W0223110

Stephen Booth

Kaltes Grab

STEPHEN BOOTH

KALTES GRAB

Roman

Aus dem Englischen
von Gerald Jung

MANHATTAN

Die Originalausgabe erschien 2002
unter dem Titel »Blood on the Tongue«
bei HarperCollins, London.

Umwelthinweis:
Dieses Buch und sein Schutzumschlag wurden
auf chlorfrei gebleichtem Papier gedruckt.
Die Einschrumpffolie (zum Schutz vor Verschmutzung)
ist aus umweltschonender recyclingfähiger PE-Folie.

Manhattan Bücher erscheinen im
Wilhelm Goldmann Verlag, München,
einem Unternehmen
der Verlagsgruppe Random House GmbH.

1. Auflage
Copyright © der Originalausgabe 2004
by Stephen Booth
Copyright © der deutschsprachigen Ausgabe 2004
by Wilhelm Goldmann Verlag, München,
in der Verlagsgruppe Random House GmbH
Die Nutzung des Labels Manhattan erfolgt
mit freundlicher Genehmigung
des Hans-im-Glück-Verlags, München
Satz: Uhl + Massopust, Aalen
Printed in Germany · GGP Media, Pößneck
ISBN 3-442-54558-7
www.manhattan-verlag.de

Für Eric Jefferson

1

Es war eine Stunde vor Tagesanbruch, als Detective Constable Ben Cooper die ersten Nachrichten bekam. Die Stunde vor Anbruch des Tages war eigentlich die tote Stunde. Doch in den Schlafzimmern der dreistöckigen Sozialbauten oder in den halbmondförmig an den Berghängen angelegten Wohnstraßen mit den Doppelhaushälften blinzelten die Leute verwirrt in eine fremde Welt aus gedämpften Geräuschen und einem umgekehrten Muster aus Hell und Dunkel. Cooper kannte die Stunde vor Tagesanbruch nur zu genau. Um diese Zeit sollte man sich nicht unbedingt draußen aufhalten. Aber es war Januar, und der Tag dämmerte spät in Edendale. Darüber hinaus hatte der Schnee den Morgen in ein frostiges Chaos verwandelt.

Cooper schlug den Kragen seines Wachsmantels bis zum Rand seiner Mütze hoch und wischte die kleinen Schneeflocken weg, die sich in seinen Kinnstoppeln verfingen, wo er sich am Morgen nicht gründlich genug rasiert hatte. Er war zu Fuß eine der kleinen Seitenstraßen vom Marktplatz heruntergekommen, der frische Schnee hatte unter seinen Sohlen geknirscht. Er war auf dem überfrorenen Kopfsteinpflaster ausgerutscht und vom Lichtkegel einer Straßenlaterne zum nächsten durch die Dunkelheit gestapft. Schließlich war er aus der Gasse in das lärmende Verkehrschaos hinausgetreten, das das Herz von Edendale zum Stillstand gebracht und jedes Vorankommen auf den schneebedeckten Straßen unmöglich gemacht hatte.

Auf der Hollowgate saßen die frustrierten Fahrer Stoßstange an Stoßstange zwischen den Auspuffwolken in ihren Autos fest.

Viele von ihnen waren praktisch blind gefahren, hinter halb vereiste oder mit braunen Schlieren überzogene Windschutzscheiben geduckt, auf denen die festgefrorenen Scheibenwischer nichts ausrichten konnten. Das Brummen der Motoren hing über der Straße und brach sich an den Fassaden der Geschäfte und den oberen Stockwerken der Gebäude aus dem 19. Jahrhundert. Das Scheinwerferlicht ließ Fahrer und Insassen zu unheimlichen Schatten erstarren, wie die Silhouetten auf einem Schießstand.

»Wir haben einen schweren tätlichen Angriff auf zwei Personen, möglicherweise mit rassistischem Hintergrund. Ungefähr gegen zwei Uhr morgens. In der Nähe der Underbank.«

Die spröde Stimme aus dem Funkgerät klang fremd und weit entfernt. Sie gehörte einer müden Telefonistin in einer fensterlosen Anrufzentrale, in der man nicht mitbekam, ob es immer noch schneite oder ob die Sonne bereits aufgegangen war. Es sei denn, jemand rief an und gab den Wetterbericht durch. Heute vereinzelt aufkommende Gewaltausbrüche. Gelegentlich etwas Blut auf der Straße. Noch eine Stunde bis zur Morgendämmerung.

Cooper trat vom Bürgersteig und stand knöcheltief im Schneematsch, der augenblicklich über den Rand seines Schuhs schwappte und seinen Fuß in einen eisigen Schwamm verwandelte. Da es erst sieben Uhr und noch immer stockfinster war, stand ihm eine lange, unangenehme Schicht bevor, falls er nicht bald seinen Spind in der Zentrale der Division E in der West Street erreichte und dort die Socken wechselte.

»Zwei männliche Opfer haben mehrere Verletzungen erlitten, ihr Zustand wird als ernst beschrieben.«

Cooper schlängelte sich zwischen den verkeilten Autos hindurch auf die gegenüberliegende Straßenseite. Um ihn herum waberten Dämpfe aus der Dunkelheit empor, blieben unter den Straßenlampen hängen und wurden von der eisigen Kälte und der absoluten Windstille in den Straßen gefangen.

»Gesucht werden vier Verdächtige, alle männlich, weiß und

zwischen fünfundzwanzig und fünfundvierzig. Hiesiger Dialekt. Einer der Verdächtigen wurde als Edward Kemp identifiziert, wohnhaft in Edendale, Beeley Street 6. Alter fünfunddreißig. Kurzes, dunkelbraunes Haar, ungefähr einsachtzig groß.«

Das Wetter schlug im Peak District so schnell um, dass die Autofahrer in der Stadt jedes Mal vom Schnee überrascht wurden. Dabei blieben auch diesmal sämtliche kleineren Straßen und Pässe im Umkreis von etlichen Meilen rings um Edendale so lange gesperrt, bis die Schneepflüge durchkamen. Womöglich waren die weiter abseits gelegenen Ortschaften bis morgen oder sogar übermorgen von der Außenwelt abgeschnitten.

Cooper war wegen des Wetters rechtzeitig aufgebrochen und mit seinem Toyota auf dem Weg von der Brigde End Farm in die Stadt durch die vom ersten Schneepflug gefräste Schneise gefahren. Die Hügel ringsumher hatten jungfräulich geglitzert und wie überdimensionale, mit Zuckerguss überzogene Hochzeitstorten in die Dunkelheit aufgeragt. Allerdings hatte er auf sein Frühstück verzichten müssen. Was er jetzt brauchte, waren ein paar Käsetoasts und eine Tasse schwarzer Kaffee. Vor den Fenstern des Starlight Cafés, dessen Lichter von den noch unberührten Schneewehen zurückgeworfen wurden, geriet er einen Moment lang in Versuchung.

»Edward Kemp ist der Beschreibung nach kräftig und besitzt einen auffälligen Körpergeruch. Er wurde zuletzt in einem dunklen Mantel und mit einem Hut gesehen. Momentan liegt keine genauere Beschreibung vor.«

Cooper warf einen Blick in das Café. Hinter der beschlagenen Scheibe sah er in Jacken, Anoraks, Schals und Handschuhe gehüllte Gestalten mit einer breiten Auswahl an Kopfbedeckungen aus Fell, Leder und Wolle. Sie sahen aus wie Models in einem Katalog für Polarforscherausrüstung.

»Die Verdächtigen führen möglicherweise Baseball-Schläger oder ähnliche Waffen mit sich. Größte Vorsicht bei der Annäherung.«

Inzwischen konnte er den Kaffee beinahe schmecken, spürte den bröseligen, leicht gerösteten Toast und den weichen, angenehm klebrigen Schmelzkäse förmlich auf der Zunge. Das Wasser lief ihm im Mund zusammen. Cooper zog den Handschuh zurück und sah auf die Uhr. Jede Menge Zeit.

Gerade als er die Nase noch näher an das Fenster presste, wurde drinnen eine Hand sichtbar und wischte die Scheibe frei. Vor ihm erschien das Gesicht einer Frau mit empört aufgerissenen Augen. Ihre Lippen formten einen obszönen Fluch, ehe sie zwei Finger in einem blauen Wollhandschuh reckte. Cooper wich zurück. Also keine Toasts heute Morgen, und auch keinen Kaffee.

»Zentrale, ich brauche einen Wagen zum Starlight Café in der Hollowgate.«

»Kommt in zwei Minuten, DC Cooper… Ist es da draußen immer noch dunkel?«

»Es ist eine Stunde vor Tagesanbruch«, antwortete Cooper. »Was dachten *Sie* denn?«

Das Eis und der böige Wind waren schuld an Marie Tennents schlimmsten Wahnvorstellungen. Es war, als bohrte jemand Dolche in ihr Gehirn, und zwar so tief hinein, dass die Klingen in ihrem Schädel aneinander schabten und dabei einen ohrenbetäubenden Lärm veranstalteten.

In der letzten Stunde vor ihrem Tod glaubte Marie, Musik durch den Wind heulen zu hören, das Zischen von Reifen auf einer vereisten Straße und murmelnde Stimmen tief unter dem Schnee. Ihr Verstand versuchte verzweifelt, die Geräusche zu deuten, das, was mit ihr geschah, einzuordnen. Doch die Musik war nicht greifbar, wie das Gebrabbel eines schlecht eingestellten Radios, kurz bevor die Batterien den Geist aufgeben.

Marie lag inmitten der Gerüche von zerdrücktem Schnee und feuchter Luft, den Geschmack ihres eigenen Blutes im Mund, und ihr Körper war eine irritierende Landschaft aus kalten Stellen, Taubheit und Schmerzen. Dort wo der Schnee in ihren Kleidern geschmolzen und wieder gefroren war, brannten ihre Arme und Beine. Das Hämmern in ihrem Kopf war zu einer zornigen, unerträglichen Qual angewachsen.

Trotz ihrer Schmerzen war sich Marie in einem lichten Augenblick darüber bewusst, dass die Geräusche, die sie hörte, von den winzigen Knochen in ihrem Innenohr herrührten, die beim Gefrieren schrumpften und sich zusammenzogen. Sie rieben gegeneinander und erzeugten ein Flüstern und Murmeln, eine Parodie von Geräuschen, die sich über ihren langsamen Rückzug aus der Wirklichkeit lustig machten. Es war ein verstörender und unartikulierter Abschied, eine letzte rätselhafte Botschaft aus der Realität, das Einzige, was ihr Sterben begleitete.

Die Sonne war hinter dem Rücken vom Irontongue Hill verschwunden. Das schneebedeckte Hochmoor lag im Schatten, und die Temperatur sank rasch. Marie spürte den zarten Kuss von Schneeflocken im Gesicht. Auf der Bergspitze lagen die letzten Sonnenstrahlen, das Licht färbte den Schnee auf den Felsen bläulich. Der Irontongue selbst war nicht zu erkennen, seine schrundige Säule aus dunklem Sandstein ragte nach Süden über das Tal. Doch weiter im Norden sah sie irgendwo Wasser aufblitzen, dort, wo das Blackbrook-Reservoir in einer Mulde eingebettet lag.

Das Letzte, was Marie sah, bevor sich ihre Lider schlossen, war ein schmaler, dunkler Umriss, der den Himmel über dem Hügel teilte. Er schien den grauen Wolkenbauch wie eine Rasierklinge zu zerschneiden. Maries Verstand klammerte sich an diesen Gedanken, und sie bot ihre letzte Widerstandskraft auf, um gegen den Schmerz anzukämpfen. Letztendlich war dieses zerfallende Denkmal in der Mitte des Schneefeldes nicht der Ort, an dem sie sterben sollte. Es gehörte den Männern, die gemeinsam gelebt hatten und gemeinsam gestorben waren. Allein zu sterben war etwas völlig anderes.

Auf der Leinwand ihres inneren Auges blitzte eine Folge

leicht unscharfer Dias auf. Sie verschwanden zu schnell, als dass sie erkannt hätte, was sie bedeuteten, trotzdem wusste Marie, dass sie etwas mit ihrem eigenen Leben zu tun hatten. Auf jedem Bild wankten und zappelten undeutliche Gestalten vor einem dunklen Hintergrund. Jedes Bild brachte einen kurzen Ausbruch an Gerüchen, Geschmäcken und Geräuschen mit sich, ein Kaleidoskop aus Sinneseindrücken, das ihr sämtliche Gefühle entzog und sie von ihr wegrissen, bevor sie erkannte, worum es sich eigentlich handelte.

Da war auch eine Stimme ... die Stimme eines Menschen, den sie kannte, an den sie sich tatsächlich erinnerte, kein Schneephantom. »Bald sind wir zusammen«, sagte sie. »Bist du glücklich?«, fragte sie.

Und dann gab es nur noch vier allerletzte Worte. Inmitten einer Woge unerträglichen Schmerzes waren sie plötzlich da, inmitten des Geruchs nach schmutzigen Laken und dem Geräusch trippelnder Schritte über ihr. Dieselbe Stimme, aber wiederum doch nicht.

»Es ist zu spät«, sagte sie.

Und Marie Tennent sollte den neuen Tag nicht mehr erleben.

Ben Cooper betrat das Café. Es war voller Gäste, die noch halb schlafend vor ihren Teetassen saßen und sich durch den Dampf, der ihnen in die Nasen stieg, nur mit Mühe wach hielten. Als Cooper kräftig aufstampfte, um sich den Schnee von den Füßen zu treten, wandten sich wie gewöhnlich einige von ihm ab.

In der Nähe des Tresens saß ein einzelner Mann. Er trug einen dunklen Mantel und eine Manchester-United-Kappe. Cooper schob sich von hinten an ihn heran, bis er an ihm riechen konnte. Der Mann verströmte einen Geruch, der sich nicht nur von dem Duft nach Schinkenspeck und Spiegelei abhob, sondern auch von dem Mief nach nassem Hund, der von den feuchten Mänteln und dem schmutzigen Fliesenboden aufstieg.

Cooper trat einen Schritt zur Seite, um das Profil des Mannes zu betrachten.

»Morgen, Eddie«, sagte er.

Der Gast nickte beiläufig. Mehr konnte Cooper unter diesen Umständen nicht erwarten. Eddie Kemp war für die meisten Polizeibeamten der Division E ein alter Bekannter und regelmäßiger Gast in ihren Verwahrungszellen und Befragungsräumen, aber in letzter Zeit hatte er auch andere Teile des Reviers in der West Street besucht, wenn auch nur von außen. Eddie Kemp hatte sich als Fensterputzer selbstständig gemacht.

»Mieses Wetter fürs Geschäft, was?«, sagte Cooper.

»Verdammt mies. Meine Fensterleder sind prügelhart gefroren. Die Dinger sehen aus wie vertrocknete Kuhfladen.«

Kemp sah aus, als wäre er in keiner besonders guten Verfassung. Seine Augen wirkten müde und waren gerötet, als hätte er die ganze Nacht nicht geschlafen. Das Starlight öffnete um fünf Uhr morgens – für die Postbeamten, deren Schicht im Sortierdienst um diese Zeit anfing, für die Busfahrer und die Eisenbahner und auch für den einen oder anderen Polizisten. Kemp sah aus, als wäre er an diesem Morgen der erste Gast gewesen.

»Legen Sie bitte die Hände auf den Tisch«, forderte Cooper ihn auf.

Kemp sah ihn missmutig an. »Sie wollen mir doch nicht das Frühstück verderben?«

»Tut mir Leid, aber ich muss Sie festnehmen.«

Der Mann hob seufzend die Handgelenke. »Die haben bloß gekriegt, was sie verdient haben«, sagte er.

Doch, es war das Geräusch von Schritten. Schritte, die rings um sie herum im Schnee knirschten. Marie Tennents Herz hämmerte schmerzhaft gegen ihr Zwerchfell, und ein Adrenalinstoß schoss wie Säure in ihre Muskeln. Sie hörte eindeutig Schritte, menschliche Schritte, die ihr zu Hilfe eilten, aber auch Schritte von etwas Schnellerem und Leichterem, das über die Schneeoberfläche jagte. Sie war überzeugt davon, dass ein Suchhund sie gewittert hatte, dass Arme ausgestreckt wurden, um sie aus dem Schnee zu ziehen und in eine Wärmedecke zu hüllen, dass jeden Augenblick freundliche Hände ihre Haut wärmen und besänftigende Stimmen den heftigen Schmerz in ihren Ohren lindern würden.

Aber die Schritte gingen an ihr vorbei. Sie konnte nicht um Hilfe rufen, weil ihr Körper nicht mehr genug Kraft aufbrachte, um zu reagieren. Ihre Lippen und ihre Zunge weigerten sich, dem Schrei in ihrem Kopf zu gehorchen.

In diesem Moment wusste Marie, dass sie einer Täuschung erlegen war. Die Schritte, die sie gehört hatte, stammten von Wölfen oder anderen wilden Tieren, die im Hochmoor lebten. Sie spürte, wie sie näher kamen und sich hastig wieder zurückzogen, wie die haarigen Bäuche über den nassen Schnee schleiften und sie gierig darauf warteten, ein Stück von ihrem Körper zu ergattern. Sie malte sich aus, wie ihnen der Geifer von den Lefzen troff, wie sie darauf lauerten, Stücke aus ihrem erkaltenden Fleisch zu reißen, obwohl ihnen der Menschengeruch, der noch immer daran haftete, zugleich Angst einflößte. Das leichte Prickeln auf ihren Wangen und in den Fältchen um ihre Augen verriet Marie, dass die Räuber schon so nahe waren, dass sie ihren Atem auf dem Gesicht spürte. Wenn sie die Augen öffnete, würde sie in ihre Mäuler blicken, auf den triefenden Speichel und die weißen Zähne. Aber sie konnte die Augen nicht mehr öffnen. Die Tränen hatten ihre Lider festgefroren.

Die Angst schwand, als die Bilder Marie wieder entglitten. Sie standen ihr immer noch vor Augen, doch die Kälte hatte ihnen alle Farbe entzogen. Die Farben waren zerschmolzen und verlaufen, bestanden nur noch aus verwaschenen Grautönen und dunklen Ecken, beraubten Maries Erinnerungen jeder Bedeutung. Sie konnte die Geräusche, die Gerüche und den Geschmack nicht mehr festhalten, nicht einmal mehr dieses eine überwältigende Gefühl, das so übermächtig geworden war, dass es ihre gesamte Vorstellung erfüllte ... und sich ihr dennoch entzog. War es Kummer oder Zorn, Angst oder Scham? Oder war es nur diese stete, unbestimmbare Sehnsucht, die sie ihr ganzes Leben lang heimgesucht hatte?

Marie hatte vergessen, wie es dazu gekommen war, dass sie jetzt im Schnee lag, doch sie wusste, dass es einen Grund gab, aufzustehen und nach Hause zu gehen. Sie wusste auch, dass es etwas mit Sugar Uncle Victor zu tun hatte. Aber die Finger aus Eis wrangen unbarmherzig jedes Bewusstsein aus ihr heraus, und bald schon würde sie überhaupt nichts mehr wissen.

Marie bemerkte nicht, dass ihre Blase nachgab und einen warmen Strom entließ, der einen unregelmäßigen Schneefleck auftaute. Bald darauf stellten auch alle anderen körperlichen Empfindungen ihre Funktion ein. Als Maries Haut gefror und ihr Blut langsam eindickte, wichen sogar die imaginären Geräusche hinter die Wahrnehmungsschwelle ihrer Sinneseindrücke zurück. Die Schritte verblassten und die Stimmen verstummten, weil niemand mehr da war, der sie hörte. Maries Herzschlag verlangsamte sich, bis die Klappen nur noch nutzlos flatterten und kein Blut mehr durch ihren Körper pumpten.

Schließlich war Marie Tennent nur noch ein Fleck, wie ein Sandkorn, das auf den öligen Rückständen der Erinnerung trieb. Dann strudelten auch diese letzten Reste durch ein Loch weit hinten in ihrem Bewusstsein und waren verschwunden.

Zum fünften Mal spähte Ben Cooper zur Ecke Hollowgate und High Street hinüber. Die Ampel hatte auf Grün geschaltet, aber die Fahrzeuge hatten sich mitten auf der Kreuzung verkeilt.

»Wo bleibt denn nur der Wagen?«, brummte Cooper und tastete nach dem Funkgerät in seiner Tasche. Er überlegte, ob es die Sache wert war, den Kollegen in der Zentrale die Laune mit einer Beschwerde über die lange Verzögerung noch mehr zu verderben. »Er müsste schon längst hier sein.«

Eddie Kemp trug schwarze Gummistiefel mit über die Ränder gerollten Wollsocken, und sein Mantel war lang genug, um seit damals, als er ihn in einem Armeeladen gekauft hatte – höchstwahrscheinlich um 1975 herum –, schon zwei- oder dreimal wieder in Mode gekommen zu sein.

Es sah aus, als wäre er bestens gegen die Kälte gerüstet. *Er* hatte bestimmt trockene Füße.

»Wir können ja ein Taxi herwinken«, schlug Kemp vor. »Oder wir nehmen den Bus. Haben Sie Kleingeld dabei?«

»Klappe.«

Etwas weiter unten auf der High Street war der Verkehr noch in Bewegung. Autos krochen durch die weißen Wirbel, die an ihren Scheinwerfern vorüberstoben. Eine ältere Dame mit pelzgefütterten Stiefeln suchte sich im Rinnstein einen Weg über den Schnee. Einen Augenblick musste Cooper an seine Mutter denken. Er hatte sich geschworen, am Abend so lange mit ihr zu reden, bis sie begriffen hatte, dass es ihm ernst damit war, aus der Bridge End Farm auszuziehen. Gleich nach Dienstschluss wollte er zu ihr gehen.

»Ich gehe auf keinen Fall den ganzen Hügel da zu Fuß rauf«, sagte Kemp. »Das ist viel zu gefährlich bei dieser Witterung. Ich könnte ausrutschen und mich verletzen. Dann könnte ich Sie verklagen. Ich könnte der Polizei Tausende Pfund abknöpfen.«

Cooper wäre am liebsten ein Stück von Kemps überwältigendem Körpergeruch abgerückt, doch er traute sich weder seinen Griff zu lockern, noch seine Position links hinter dem Gefangenen zu verlassen.

»Halten Sie die Klappe«, sagte er. »Wir warten auf den Wagen.«

Er war sich der Gäste bewusst, die ab und zu aus dem Café herauskamen und die Türglocke auslösten. Zweifellos blieben sie allesamt kurz auf der Schwelle stehen und starrten die beiden Männer auf dem Gehsteig an. Cooper verlagerte das Gewicht. Als er den Fuß aufsetzte, spürte er den Schneematsch in seinem linken Schuh hochquellen.

»Vielleicht ist der Wagen kaputt«, meinte Kemp. »Vielleicht ist er nicht angesprungen. Sie wissen ja, wenn es morgens so kalt ist, ist das die Hölle für diese billigen Autobatterien.«

»Er kommt bestimmt gleich.«

Auf der gegenüberliegenden Seite der Hollowgate befreiten die Ladenbesitzer den Bürgersteig vor ihren Geschäften vom Schnee und schaufelten ihn zu hässlichen Haufen in den Rinnstein. Die Schönheit des Schnees war dahin, sobald ihn ein Fuß oder der erste von einem Lastwagen aufgeworfene Matschschwall berührt hatte. Bei Tagesanbruch wäre er bis zur Unkenntlichkeit besudelt.

»Ich habe übrigens sehr empfindliche Atemwege«, sagte Kemp. »Sehr anfällig für Kälte und Feuchtigkeit, ehrlich. Wenn ich zu lange in dieser Witterung im Freien stehen muss, kann es gut sein, dass ich einen Arzt brauche.«

»Wenn Sie nicht bald den Mund halten, werde ich echt sauer.«

»Hoppla! Was wollen Sie denn machen? Mir einen Schneeball in den Kragen stopfen?«

Ein blinkendes Blaulicht erleuchtete die Fassade des Rathauses am Marktplatz unmittelbar hinter der Kreuzung High Street. Cooper und Kemp schauten zu dem Licht hinüber. Es war ein Krankenwagen, dessen Fahrer sich bemühte, zwischen den kriechenden Autoschlangen voranzukommen.

»Das war schlau«, sagte Kemp. »Erst den Krankenwagen bestellen, bevor Sie mich verprügeln.«

»Halten Sie die Klappe«, schnappte Cooper.

»Wenn Sie mir kurz die Handschellen abnehmen, kann ich auf dem Handy meine Alte anrufen. Dann holt sie den Schlitten raus und spannt die Hunde an. Es sind zwar nur Corgis, aber damit wären wir bestimmt wesentlich schneller.«

Hinter ihnen lachte jemand. Cooper warf einen Blick über die Schulter. Vor dem Café lehnten drei Männer an der Schaufensterscheibe, die Hände in den Taschen ihrer Anoraks und Militärjacken vergraben. Sie trugen schwere Stiefel, einer sogar welche mit Stahlkappen, wie die Sicherheitsstiefel, die Bauarbeiter anhatten, für den Fall, dass ihnen ein Ziegelstein oder ein Teil des Gerüsts auf die Zehen fiel. Drei Augenpaare erwiderten Coopers Blick herausfordernd. *Vier Verdächtige, alle männlich, weiß, zwischen fünfundzwanzig und fünfundvierzig. Die Verdächtigen führen möglicherweise Baseball-Schläger oder ähnliche Waffen mit sich. Größte Vorsicht bei der Annäherung.*

Endlich meldete sich Coopers Funkgerät.

»Tut mir Leid, DC Cooper«, sagte die Stimme aus der Zentrale. »Die angeforderte Einheit wurde durch einen Stau in der Hulley Road aufgehalten. Die Kollegen sind so schnell wie möglich bei Ihnen, aber es kann noch fünf Minuten dauern, meinen sie.«

Einer der Männer an der Scheibe fing an, zwischen seinen behandschuhten Fäusten einen Schneeball zu formen und ihn mit kurzen Handkantenschlägen in eine Handgranate zu verwandeln.

»Verdammt«, sagte Cooper.

Kemp wandte den Kopf und grinste. »Finden Sie nicht, wir sollten wieder reingehen und noch einen Tee trinken?«, fragte er. »Ich glaube, es fängt auch wieder an zu schneien. Hier draußen frieren wir uns noch den Arsch ab.«

Bis zum Morgen war Marie Tennents Körper in seiner Fötusstellung erstarrt und wie ein Tiefkühlhuhn im Supermarkt mit Frost überzogen. In ihren Herzklappen und Blutgefäßen hatten sich Eiskristalle gebildet, ihre Finger, Zehen und die ungeschützten Stellen ihres Gesichts waren durch die Erfrierungen weiß und brüchig geworden.

In der Nacht hatte sich nichts an Maries Körper herangewagt – nicht einmal der Schneehase, der über ihre Beine gehoppelt war und sich auf ihrer Schulter niedergelassen hatte, um sich das Fell zu kratzen. Der zerzauste braune Hase hatte sein tarnendes Winterfell noch nicht angelegt. Er köttelte auf Maries Hals und ließ etliche Fellbüschel, abgestorbene Hautzellen und sterbende Flöhe für den Gerichtsmediziner zurück. Danach lag Marie eine ganze Weile einfach nur da und wartete, so wie sie ihr ganzes Leben lang gewartet hatte.

Am späten Vormittag wäre sie beinahe von einem Peak Park Ranger gefunden worden, aber er kehrte kurz vor dem Gipfel um, weil er sah, dass die blaugrauen Wolken, die über das Bleaklow-Moor zogen, noch mehr Schnee mitbrachten. Er kehrte in den Schutz der Rangerstation im Tal zurück, ohne die kleinere Spur zu bemerken, die einige Meter weiter bergaufwärts plötzlich endete.

Der Neuschnee hatte Maries Leichnam rasch bedeckt und seinen Umriss sanft geglättet. Am späten Nachmittag war sie nur noch eine kleinere Erhebung inmitten der unendlichen weißen Weite, die sich oberhalb des Eden Valley über das Hochmoor erstreckte.

In der Nacht fiel die Temperatur auf den ungeschützten Schneeflächen auf minus sechzehn Grad. Jetzt war es Marie nicht mehr eilig damit, rasch gefunden zu werden. Sie würde hier noch eine Weile ausharren.

2

Detective Sergeant Diane Fry wusste, dass sie eines Tages unter einer Lawine sterben würde – einer Lawine sinnloser Büroarbeit. Es wäre ein tragischer Unfall, das Resultat einer instabilen Aktenablage, die unter dem Gewicht der hoch aufgetürmten Zeugenaussagen zusammenbrach. Der Erdrutsch würde ihren Schreibtisch samt Stuhl mit sich reißen und an der Wand ihres Büros zermalmen. Es würde Tage dauern, bis die Suchtrupps ihre Leiche entdeckten, und dann wäre sie bis zur Unkenntlichkeit zerschmettert, sämtliche Knochen genauso platt wie jetzt schon ihr Hirn, auf dem der ganze Papierkram wie Blei lastete.

Die Papierstapel erinnerten sie an etwas. Sie wandte den Kopf, schaute aus dem Fenster und kniff die Augen zusammen, um durch die Streifen auf der beschlagenen Fensterscheibe zu blicken. Genau. Schnee, der sich draußen so hoch und weiß wie der Papierkram auf ihrem Schreibtisch türmte. Sie konnte nicht sagen, was schlimmer war.

Plötzlich spürte sie einen warmen Hauch. Er kam von dem lautstarken Heizlüfter, den sie am Morgen aus der Spurensicherung hatte mitgehen lassen, bevor die Kollegen zur Arbeit erschienen waren. Vielleicht war ja der Papierkram doch einen Deut angenehmer als der Schnee. Zumindest durfte sie im Warmen sitzen. Nur Masochisten und Wahnsinnige spazierten an so einem Morgen freiwillig durch Edendale. Zum Beispiel Ben Cooper. Sie zweifelte nicht daran, dass Cooper sogar jetzt auf seinem Ein-Mann-Kreuzzug gegen das Verbrechen draußen herumlief und tapfer den Eiszapfen trotzte, die an seinen Ohren hingen.

Die Kollegen von der Spurensicherung würden das Gebäude schon bald nach dem verschwundenen Heizlüfter durchkämmen. Früher oder später musste Diane sich wieder von ihm trennen, es sei denn, sie versteckte ihn, wenn sie das Suchkommando kommen hörte. Die Kriminaltechniker erkannte man schon von weitem an ihrem Knurren. Aber der Lüfter war die einzige Wärmequelle im ganzen Raum. Fry legte eine Hand auf den Heizkörper an der Wand, der höchstens lauwarm war. Er fühlte sich an wie eine Leiche, die noch nicht ganz kalt war, aber bereits in die Leichenstarre überging. Für diese Erkenntnis brauchte man nicht erst einen Gerichtsmediziner zu konsultieren. Das Ding war seit mindestens zwei Stunden tot.

Fry reckte witternd die Nase in die Luft. Eine Duftwolke, die nach Würstchen mit Tomatensoße roch, schwebte ins Zimmer und senkte sich auf den Einbruchsbericht, der aufgeschlagen vor ihr lag. Gerüche wie dieser waren daran schuld, dass die Wände dieses eigentümliche Grün annahmen und die Fliegen tot auf die Innenseite der Verkleidungen der Leuchtstoffröhren fielen, wo sie schon seit Monaten vor sich hinbrutzelten.

»Gavin«, sagte sie.

»Hmm?«

»Wo bist du?«

»Mmm-mmpf-mm.«

»Ich weiß, dass du hier irgendwo bist. Ich kann dich riechen.«

Über einem Schreibtisch tauchte ein Kopf auf. Rotblondes Haar, ein rosiges Gesicht und Tomatensoße auf der Oberlippe. Detective Constable Gavin Murfin war Diane Frys derzeitiger Fluch – nicht so launisch wie Ben Cooper, dafür war bei ihm die Gefahr umso größer, dass er Currysoße auf den Boden ihres Wagens kleckerte. Außerdem war er übergewichtig. Als Mann in den Vierzigern sollte er dringend darüber nachdenken, was er seinem Herzen antat.

»Ich dachte, ich mach eine kleine Frühstückspause«, mampfte er.

»Würdest du das bitte in der Kantine erledigen?«

»Geht nicht.«

Fry seufzte. »Ach ja, das habe ich ganz vergessen.«

»Wir haben keine mehr. Wir müssen uns selber behelfen. Steht jedenfalls auf allen schwarzen Brettern. Jetzt arbeite ich schon zweiundzwanzig Jahre hier, und plötzlich nehmen sie uns die Kantine weg.«

»Wo hast du bloß dieses widerliche Würstchen im Brotteig her?«

»Vom Bäcker auf der West Street«, antwortete Murfin. »Hättest du was gesagt, dann hätte ich dir was mitgebracht.«

»Nein danke! Ist dir klar, wie viel Cholesterin in diesem Ding steckt? Genug, um deine Arterien so zu verstopfen, dass du innerhalb von fünf Minuten tot umfällst.«

»Ach was! Bei meinem Glück…«

Der Geruch von gebratenem Fleisch stellte merkwürdige Dinge mit Diane Frys Magen an. Er zog sich zusammen und zuckte vor Abscheu, als wäre Nahrung etwas völlig Undenkbares und Widerliches.

»In der Wurst ist auch noch Knoblauch«, stellte sie fest.

»Stimmt. Aber den muss man extra bestellen.«

Detective Inspector Paul Hitchens öffnete die Tür. Er schien etwas zu Fry sagen zu wollen, besann sich jedoch offenbar eines Besseren, machte einen Schritt ins Zimmer und blickte sich um.

»Tomatensoße? Knoblauchwurst?«, fragte er schnüffelnd.

»Mmm«, antwortete Murfin und wischte sich den Mund mit einem Blatt von einem Notizblock ab. »Frühstück, Sir.«

»Passen Sie ja auf, dass nichts auf die Akten tropft, Gavin. Beim letzten Mal dachte die Staatsanwaltschaft, wir hätten ihnen echte Blutflecken geschickt, nur um ihnen zu beweisen, dass wir über dem Fall Blut und Wasser geschwitzt haben.«

Fry sah zu Murfin hinüber. Er grinste. Er war glücklich. Sie hatte schon häufiger bemerkt, dass Essen auf manche Menschen diese Wirkung hatte. Auch DI Hitchens war in letzter Zeit ein bisschen weniger flott angezogen und dafür etwas fülliger um die Hüften. Dabei war er erst vor vier oder fünf Monaten mit seiner Freundin, einer Krankenschwester, zusammengezogen. Es war deprimierend, wie genau man voraussagen konnte, ab wann sich ein Mann gehen ließ, sobald er einen Hauch Familienluft geschnuppert hat.

»Ich wollte Ihnen nur mitteilen, dass Ben Cooper angerufen hat«, sagte der Inspector.

»Erzählen Sie mir bloß nicht, dass er sich der Krankenbrigade angeschlossen hat«, erwiderte Fry und ließ den Blick über die verwaisten Schreibtische vor ihr wandern. Urlaub, Fortbildungskurse, Versetzungen und Krankheit verwandelten das Büro der Kriminalpolizei allmählich in die Tribüne bei einem Heimspiel des FC Edendale. »Was ist mit Ben? Maul- und Klauenseuche? Beulenpest?«

»Nein. Ehrlich gesagt kann ich mich nicht erinnern, dass sich Ben irgendwann auch nur einen Tag krank gemeldet hätte.«

»Dann kann er wohl wegen des Schnees nicht zur Arbeit kommen. Tja, selber schuld, wenn man im letzten Winkel wohnen muss.«

»Deshalb hat er sich ja diesen Jeep mit Vierradantrieb angeschafft«, sagte Hitchens. »Er sagt, damit kommt er überall durch, wo andere Leute stecken bleiben.«

»Und wo ist dann das Problem?«, erkundigte sich Fry ungeduldig.

»Nirgends. Er hat auf dem Weg ins Büro jemanden festgenommen.«

»Was?«

»Er hat sich einen der Verdächtigen zu dem tätlichen Angriff geschnappt. Sieht so aus, als sei Cooper schon früh in die Stadt gefahren und hätte sich unterwegs die Tagesberichte durchgeben lassen. Er wollte vor dem Dienst noch einen Kaffee trinken, und dabei hat er Kemp im Starlight Café getroffen und gleich festgenommen. Gute Arbeit, was? So sollte man jeden Tag anfangen!«

»Das sieht Ben wieder mal ähnlich«, kommentierte Murfin. »Immer im Dienst, der Bursche. Nicht mal beim Frühstück vergisst er die Arbeit. Ich würde auf die Dauer Verstopfung kriegen.«

»Du kriegst Verstopfung, weil du nicht gewissenhaft arbeitest, Gavin«, sagte Fry.

»Vorsicht, sonst wird Oliver böse.«

Oliver war der Gummihummer auf Murfins Schreibtisch, der auf Knopfdruck Auszüge aus alten Popsongs mit irgendwelchen nautischen Themen sang. »Sailing«, »Octopus's Garden«, »Sittin' on the Dock of the Bay«. Eines Tages würde ihn Fry noch zu Hummerpastete verarbeiten und auf einem Sandwich an Murfin verfüttern.

»Jetzt schau sich mal einer dieses Wetter an«, sagte Hitchens. »Das hat uns gerade noch gefehlt.«

Fry blickte wieder aus dem Fenster. Der Wind blies kleine Schneewirbel von den benachbarten Dächern, die gegen die Scheiben klatschten, dann am Glas herunterrutschten und den Schmutz auf der Außenseite verschmierten. Sie konnte sich nicht daran erinnern, dass es zu Hause in Birmingham je geschneit hätte, jedenfalls nicht richtig. Zumindest war der Schnee nicht liegen geblieben, und ganz bestimmt hatte er sich nicht knietief aufgetürmt. Vielleicht hatte es ja etwas mit der Wärme zu tun, die von dem großflächigen Gewirr aus Schnellstraßen und Wohntürmen aufstieg. Ihre ehemalige Dienststelle in den West Midlands stellte für sie inzwischen eine schöne Erinnerung dar, jedenfalls immer dann, wenn sie in diese primitive arktische Öde hinausblickte, in die sie sich selbst verbannt hatte. Sie hatte Birmingham verlassen, ohne sich von den Kollegen zu verabschieden. Sie hätte ebenso gut sagen können: »Ich geh mal raus. Kann ein bisschen länger dauern.«

»Wenigstens einen Vorteil hat der Schnee«, stellte Inspector Hitchens fest. »Er senkt die Verbrechensrate.«

Irgendwo unter Diane Frys Papierbergen klingelte das Telefon.

In Grace Lukasz' Bungalow am Stadtrand von Edendale war die Zentralheizung in allen Zimmern voll aufgedreht. Seit dem Unfall konnte Grace Kälte nicht mehr ertragen. Inzwischen bestand sie sogar im Sommer darauf, Fenster und Türen geschlossen zu halten, damit auf keinen Fall Zugluft entstehen konnte. Ihre Bewegungslosigkeit war verantwortlich dafür, dass sie an diesen Wintertagen die Kälte deutlicher spürte als die meisten anderen Menschen, und Mangel an Behaglichkeit war nun einmal etwas, das sie absolut nicht tolerierte. Weshalb auch?

Grace war wie immer früh aufgestanden. Als Erstes hatte sie den Thermostat im Flurschrank eingestellt und dann eine Zeit lang zufrieden die Welt draußen vor ihrem Fenster betrachtet, in der ihre Nachbarn im Woodland Crescent vor Kälte weiß wurden, wenn sie das Eis von ihren Autos kratzten oder auf den glatten Gehsteigen ausrutschten und unsicher weiterwankten. Einmal war die Frau von gegenüber in ihrer Einfahrt auf dem Hinterteil gelandet, und ihre Handtasche und ihre Einkäufe waren in hohem Bogen davongeflogen. Grace hatte eine ganze Weile darüber lachen müssen.

Für ihren Mann dagegen war die stickige Wärme in dem Bungalow zu viel. Kaum war er von seinem Nachtdienst im Krankenhaus zurück, lief er bereits rot an, was Grace gründlich die Laune verdarb. Peter trat sich die Schuhe auf der Matte ab und warf seinen Mantel über den Garderobenständer. Grace wollte ihn etwas fragen, doch er wich ihrem Blick aus, als er sich an ihrem Stuhl vorbei in Richtung Wohnzimmertür schob. Mit kurzen, entschlossenen Handbewegungen setzte sie in der Diele ein Stück zurück und drehte um, wobei ihr linkes Rad eine weitere Schleifspur auf der Scheuerleiste hinterließ. Peter hatte die Tür aus Gewohnheit für sie offen gelassen. Sie blieb dicht hinter ihm, starrte auf seinen Rücken und ärgerte sich darüber, dass er einfach vor ihr weglief. Inzwischen sollte er eigentlich wissen, dass er sie damit zur Weißglut brachte.

»Hast du die Polizei angerufen?«, fragte sie jetzt in schärferem Ton, nachdem sie sich entschlossen hatte, das Thema anzuschneiden.

»Nein.«

Grace sah ihren Mann finster an. Aber sie schwieg, obwohl es sie einige Mühe kostete. Sie kannte ihn gut genug, um zu wissen, dass es nichts brachte, wenn sie ihn zu sehr bedrängte. Dann würde er nur wieder behaupten, dass sie an ihm herumnörgelte, und sich abwenden, nur um zu beweisen, dass er seine eigenen Entscheidungen traf und sich nicht von seiner Frau herumkommandieren ließ. Manchmal konnte er richtig dickköpfig sein. Dann war er wie ein störrischer alter Hund, den man mit einem Knochen locken musste.

»Na ja, wahrscheinlich hätte es sowieso nichts genützt«, sagte sie.

»Nein.«

Grace sah zu, wie Peter zum Sofa schlenderte und seinen Schlips lockerte. Gleich würde er nach der Fernbedienung greifen und sich von einer dieser schwachsinnigen Rateshows berieseln lassen. Peter behauptete immer, er müsse nach einer Nacht im Krankenhaus erst eine Zeit lang abschalten, weil er von der anstrengenden Arbeit so erschöpft sei. Dass auch *sie* von dem abschalten wollte, was sie den ganzen Tag über beschäftigt und gequält hatte, spielte jedoch keine Rolle. Ihr blieb immer viel zu viel Zeit zum Brüten. Früher hatte sie sich darauf gefreut, dass Peter nach Hause kam, hatte sich auf diese Vorstellung konzentriert, aber in letzter Zeit schien das nicht mehr zu funktionieren.

Peter hatte den Geruch nach Feuchtigkeit und Kälte von draußen mitgebracht. Der Geruch von Schnee hing in seinem

Mantel und seinem Haar und stieg von den Schuhen auf, die er auf dem nassen Fußabstreifer hatte stehen lassen. In den vergangenen Stunden hatte Grace nur den auf den Heizkörpern röstenden Staub gerochen, der sich an den Stellen sammelte, die sie beim Putzen nicht erreichte. Kurz bevor Peter gekommen war, hatte sie Raumspray versprüht. Trotzdem hatte er diesen unangenehmen kalten Geruch mit hereingebracht, und damit war die Welt dort draußen in den Bungalow eingedrungen.

»Du weißt doch, dass so was nichts bringt«, sagte er. »Du erwartest zu viel, Grace. Du bauschst schon wieder alles maßlos auf.«

»Ja, wahrscheinlich hast du Recht.«

Sie lenkte den Rollstuhl zur Zimmermitte, senkte den Kopf und rieb ihre gefühllosen Beine. Währenddessen beobachtete sie ihren Mann aus dem Augenwinkel und wartete darauf, dass sein Widerstand erlahmte. Bei aller Sturheit ließ er sich dennoch, wie alle Männer, mit der richtigen Taktik einfangen.

Peter warf sich auf das Sofa und zog die Fernbedienung unter einem Kissen hervor. Der Fernseher erwachte mit statischem Knistern zum Leben. Gerade liefen Nachrichten, mit einem Eingangsbericht über die Auswirkungen des schlechten Wetters im ganzen Land. Abwechselnd wurden Aufnahmen von Kindern, die Schlitten fuhren und Schneemänner bauten, und Bilder von festgefahrenen Autoschlangen gezeigt, von Flughafenhallen voller frustrierter Urlauber, Zugreisenden, die missmutig auf Anzeigetafeln blickten, und Schneepflügen in Schottland, die den Schnee vier Meter hoch neben einer Landstraße auftürmten.

»Wo ist Dad?«, fragte Peter.

»Er sitzt wieder über seinen Fotos«, antwortete sie.

»Es war eine anstrengende Nacht, Grace. Wir haben zwei junge Männer reinbekommen, die jemand mit Baseball-Schlägern entsetzlich zugerichtet hatte.«

»Wie schrecklich.«

Sie saßen eine Weile schweigend da. An der Kopfhaltung ihres Mannes erkannte Grace, dass er den Nachrichten ebenso wenig folgte wie sie. Sie kannte die Macht der Stille und wartete, atmete so leise, bis sie das Knacken der Heizkörper und das Brummen eines Automotors auf der Straße hören konnte. Aus der gegenüberliegenden Zimmerecke, wo der blaugrüne Papagei saß, drang leises Federrascheln. Vielleicht spürte das Tier die Spannung im Raum. Der Vogel richtete eines seiner schwarzen Augen auf sie, ehe er mit einer abrupten, zornigen Schnabelbewegung nach den Gitterstäben seines Käfigs hackte.

»Wenn du es unbedingt wissen willst«, sagte Peter, »ich glaube, er ist wieder zurückgefahren.«

Grace spürte, wie sich ihre Schultern versteiften. »Wohin denn zurück?«, fragte sie, obwohl sie ganz genau wusste, was Peter damit meinte.

»Was glaubst du denn? Nach London.«

»Zu *ihr*?«

»Ja. Zu seiner Frau. Sie hat übrigens einen Namen.«

»Andrew hat gesagt, sie ist in Amerika, auf der Beerdigung eines Cousins.« Grace schlug sich mit der flachen Hand aufs Knie, als hätte es sie durch seine Untätigkeit beleidigt. »Ich habe noch mal bei ihm angerufen, Peter. Er geht nicht ran.«

»Wir müssen eben warten, bis er sich von sich aus wieder meldet, Grace. Was bleibt uns anderes übrig?«

Grace schob sich neben einen Sessel und spürte, wie die Räder in die ausgefahrenen Rillen im Teppich glitten. Peter rührte keinen Finger, um ihr zu helfen, er schaute nicht einmal herüber, um herauszufinden, ob sie zurechtkam. Inzwischen war sie froh, dass er es nicht mehr tat. Früher hatte sie seine Schwerfälligkeit oft in Rage gebracht, und sie hatte ihn grob weggestoßen. Er hatte nichts gesagt, aber sie wusste, dass ihn ihre Grobheit schockierte und kränkte. Auch wenn ihre Beine nichts mehr taugten – ihre Hände und Handgelenke waren kräftig.

»Das ist doch unlogisch«, sagte sie. »Warum sollte er plötzlich wie aus dem Nichts auftauchen und dann ebenso rasch und ohne ein Wort wieder verschwinden?«

»Es gibt haufenweise Dinge in seinem Leben, von denen uns Andrew nichts erzählt hat.«

»An einem Tag? Dazu war nicht genug Zeit. Ein Tag ist zu kurz, um fünf Jahre nachzuholen.«

»Grace! Er führt jetzt sein eigenes Leben. Du kannst nicht bis in alle Ewigkeit über der Vergangenheit brüten.«

Diese Worte hatte sie schon zu oft gehört. Es war zu Peters Mantra geworden, das er immer wieder aufsagte, als könnte es wahr werden, wenn er es nur oft genug wiederholte. Grace wusste, dass es nicht stimmte. Wenn man weder eine Gegenwart noch eine Zukunft hatte, wo sollte man dann schon leben, wenn nicht in der Vergangenheit?

»Aber er ist unser Sohn«, sagte sie. »Mein kleiner Junge.«

»Ich weiß, ich weiß.«

Grace spürte, dass sie jetzt zu ihm durchdrang. Sie senkte die Stimme zu einem Flüstern. »Mein lieber Pjotr ...«

Doch sie hörte Peter seufzen und sah, wie er an der Fernbedienung herumfummelte. Auf dem anderen Kanal lief der Wetterbericht. Eine attraktive junge Frau stand vor einer Karte voller wattiger Wölkchen, die kleine weiße Krümel über ganz Nordengland verstreuten. Gleich würde sie in die Küche rollen und Peter eine Kanne Tee kochen müssen, sonst war sein gewohnter Ablauf gestört, und er würde den Rest des Tages schmollen.

»Da kommt noch jede Menge Schnee nach«, bemerkte er.

Die Gelegenheit war vorüber. Grace hob die Hände ans Gesicht und schnupperte an dem dünnen Ölfilm auf ihren Fingern. Das Öl und die dunklen Flecken auf ihren Händen erinnerten sie ständig an ihre Abhängigkeit von Maschinen, an ihren unfreiwilligen Rückzug vom Rest der Menschheit. Sie glaubte fest daran, dass man seine Benachteiligung in etwas Positives verwandeln konnte. Aber manchmal war es einfach schwer zu finden.

»Na, wunderbar«, sagte sie. »Das hat uns gerade noch gefehlt. Noch mehr Schnee. Noch mehr Ausreden, wieso sie ihn nicht finden. Dann behaupten sie wieder, sie sind zu sehr mit anderen Dingen beschäftigt. Und am Schluss heißt es, jetzt ist es zu spät und wir müssen uns eben damit abfinden, dass er weg ist.«

Grace blickte zu der Madonnen-Ikone in der Nische über dem Fernseher hinauf. Heute Abend würde sie wieder für ihren Sohn beten. Und sie würde auch Peter dazu zwingen.

»So viel Schnee macht eine Menge Probleme«, fuhr Peter fort. »Das können sich die meisten Leute überhaupt nicht vorstellen.«

Doch das Mädchen von der Wettervorhersage lächelte sie fröhlich vom Bildschirm an, als wäre Schnee in ihren Augen das Herrlichste, was man sich auf dieser Welt überhaupt vorstellen konnte.

Der Schneepflug der Grafschaftsverwaltung Derbyshire war brandneu. Es war ein gelber Seddon Atkinson mit einem glänzenden Schaufelblatt aus Stahl, der mit seinen automatischen Granulatbehältern überholende Autos wie mit einem Maschinengewehr beschießen konnte. An diesem Morgen waren die beiden Männer damit beschäftigt, die Hauptstrecke über den Snake Pass nach Glossop und bis zur Grenze nach Greater Manchester freizubekommen. Sie kämpften sich vom Ladybower-Reservoir aus durch immer tiefere Schneeverwehungen hinauf, unter sich den River Ashop und über sich die alte Römerstraße, die sich an den unteren Ausläufern des Bleaklow und des Irontongue Hill entlangzog.

Trevor Bradley war an diesem Morgen Beifahrer. Er hatte für die Arbeit mit dem Schneepflug nicht besonders viel übrig, und noch weniger dafür, deswegen mitten in der Nacht aufstehen zu müssen. Schlimmer noch, man hatte sie zum Snake Pass geschickt, der so ziemlich der trostloseste Ort war, an dem man sich aufhalten konnte, wenn alle anderen Leute gemütlich in ihren Betten lagen. Sie hatten die letzten Häuser schon weit hinter sich gelassen, und auf den langen, unbeleuchteten Straßenabschnitten gab es nichts zu sehen außer dem Licht ihrer eigenen Scheinwerfer und den uferlosen Schneemassen vor sowie links und rechts von ihnen. Bradley war froh, als der Fahrer kurz am abgelegenen Snake Inn anhielt, wo die Inhaber ihre Thermoskannen mit Kaffee aufgefüllt und ihnen heiße Schweinefleischpastete aus der Mikrowelle gegeben hatten. Die Männer vom Schneepflug waren im Snake Inn gern gesehen, denn an Tagen wie diesem lag es ganz in ihren Händen, ob Besucher bis zu dem Gasthaus durchkamen oder ob es gänzlich von der Außenwelt abgeschnitten blieb.

Kurz nachdem sie sich wieder auf den Weg gemacht hatten, erreichte der Schneepflug die Strecke zwischen Lady Clugh und den Snake Plantations. Hier wurde es steiler, und die Scheinwerfer fielen auf noch höhere Verwehungen, da der Wind den Schnee vom Hochmoor heruntergeweht, um den Waldsaum herumgetrieben und nach und nach zu bizarren, irrealen Skulpturen geformt hatte.

Kurz hinter dem Parkplatz, bevor sie aus dem Wald herauskamen, glaubte Bradley zu spüren, wie etwas Hartes gegen die Maschine prallte und ein paar Meter von dem Schaufelblatt mitgeschleift wurde. Im nächsten Augenblick sah er einen dunklen Umriss, der von der Schaufel angehoben und in die Böschung befördert wurde. Es war, als hätte er das Gesicht eines Mannes gesehen, das dicht vor seinem Fenster durch die Luft schwebte und wieder verschwand. Es war ein sehr bleiches Gesicht gewesen, wie von einem Gespenst, und es konnte sich eigentlich nur um eine optische Täuschung aus dem weißen Schnee und der schlechten Beleuchtung gehandelt haben.

»Wir haben was gerammt, Jack«, sagte er und leckte sich den letzten Rest der warmen Pastetensoße von den Fingern.

»Echt?«

Jack schaltete den Motor ab, und die Männer stiegen aus.

Der Fahrer schien sich mehr darum zu sorgen, dass seine Maschine etwas abbekommen hatte. Er hatte Trevor bereits erzählt, dass die Leute haufenweise Bauschutt am Straßenrand abstellten, und Ytong-Steine oder kaputte Ziegel konnten das Schaufelblatt leicht beschädigen. Der Pflug war die neueste Anschaffung der Straßenbehörde, und der Fahrer war sich seiner Verantwortung für den Zustand des Fahrzeugs durchaus bewusst.

Inzwischen stocherte Bradley in der Böschung herum, scharrte den Schnee mit den Handschuhen beiseite und zog schließlich eine blaue Reisetasche aus der Schneewehe. Die Tasche war leer, wie ihm ihr Gewicht sofort verriet.

»Echt unverschämt«, sagte er.

Er schob noch mehr Schnee beiseite. Es sah aus, als sei der Inhalt der Tasche herausgefallen, denn dort lag ein Schuh im Schnee. Die Kappe war aus schwarzem Leder, und auf der Oberseite war ein Muster aufgedruckt. Niemand ging in solchen Schuhen wandern, also musste er aus der Tasche stammen. Vielleicht hatte er vorhin im Scheinwerferlicht einfach nur ein paar Kleidungsstücke gesehen… ein weißes Hemd vielleicht, so zerknittert, dass es in dem Augenblick, als es von der Pflugschar aus der Tasche geschleudert wurde, wie ein menschliches Gesicht ausgesehen hatte.

Bradley bückte sich und wollte den Schuh aufheben, spürte jedoch einen leichten Widerstand. Vielleicht war der Schuh festgefroren. Bradley scharrte noch ein wenig mehr Schnee beiseite, bis sein Blick auf die Socke fiel, deren grün-blaues Schottenkaro ihn unwillkürlich an die Socken einiger Abteilungsleiter in der Grafschaftsverwaltung erinnerte. Er berührte sie, als er den gefrorenen Schnee wegwischte. Das war eindeutig die Socke eines Büroangestellten, so etwas trug niemand in Arbeitsstiefeln. Mit so modischen Socken würde man sich hier draußen im Handumdrehen die Füße abfrieren.

Bradley bemerkte, dass seine Gedanken abschweiften. Es dauerte einige Zeit, bis er schließlich akzeptierte, was ihm seine Finger sagten. In der Karosocke steckte ein Knöchel, und in dem Schuh steckte ein Fuß. Unter dem Schnee lag ein Mann.

Bradley richtete sich auf und drehte sich nach dem Fahrer um, der immer noch seinen Pflug und das glänzende Schaufelblatt inspizierte, das allein schon eine halbe Tonne wog. Im vergangenen Winter hatten sie mit einem ähnlichen Modell einem VW-Käfer den Kotflügel abgerissen, ehe sie überhaupt gemerkt hatten, dass unter dem Schnee ein abgestelltes Auto stand. Bradley wusste noch genau, wie das Schaufelblatt das Metall einfach so aus dem Wagen gerissen hatte, wie ein Fleischmesser, das ein gekochtes Hühnchen zerteilt. Und der Käfer mit seiner modischen gelben Lackierung hatte ihn tatsächlich an ein Hühnchen aus dem Supermarkt erinnert. Damals hatten er und sein Fahrer einige Sekunden auf den Metallfetzen gestarrt, der sich an der Pflugschar verfangen hatte, ohne zu erkennen, worum es sich handelte, bis der Wind den Kotflügel, der seine Scheinwerferkabel wie durchgetrennte Sehnen hinter sich herzog, erfasst und die Straße entlanggeweht hatte.

Jetzt rief sich Trevor Bradley dieses Bild wieder ins Gedächtnis zurück. Gerade eben war etwas gegen den Pflug geprallt und vom Schaufelblatt ein Stück mitgeschleift worden. Er erinnerte sich an etwas, das für den Bruchteil einer Sekunde im seitlich wegspritzenden Schnee gewinkt hatte. Anfangs hatte sein Verstand dieses Ding nicht einordnen können, doch jetzt identifizierte er es eindeutig als menschlichen Arm. Außerdem war da noch das Gesicht gewesen. Der Arm und das Gesicht waren alles, was er von dem Körper gesehen hatte, den der Schneepflug aufgegabelt und in die Dunkelheit geschleudert hatte.

Er spürte, dass er würgen musste, und beschloss, sich lieber nicht vorzustellen, was der Schneepflug womöglich mit dem Rest angestellt hatte.

Bradley öffnete den Mund und rief den Fahrer.

»Jack!«

Doch seine Stimme war zu leise in der kalten Luft, außerdem

ging sie im Dröhnen eines Düsenflugzeugs unter, das in den dichten Wolken über ihnen seine Anflugschneise nach Manchester suchte. Das Dröhnen der Triebwerke ließ die Windschutzscheibe des Schneepflugs vibrieren, ehe es langsam nachließ und hinter der Kuppe des Irontongue Hill verklang. Es war eine Boeing 767 der Air Canada, kurz vor dem Ende ihres siebenstündigen Fluges aus Toronto.

3

Vor jeder Tür auf dem schmucklosen Korridor stand ein Paar Schuhe, darunter ein Paar Turnschuhe mit dicken Gummisohlen, ein Paar braune, an der Seite aufgerissene Straßentreter, und ein Paar hohe Doc Martens. Den Anfang bildeten Eddie Kemps Gummistiefel, von denen der geschmolzene Schnee rann und auf dem Fußboden Pfützen bildete. Im Hintergrund spielte Nigel Kennedy *Die Vier Jahreszeiten*.

»Hat er nach einem Arzt verlangt?«, fragte Ben Cooper.

»Nach einem Arzt?« Der Sergeant runzelte die Stirn und blätterte die Papiere durch. »Nein. Er hat nur gesagt, dass er zwei Stück Zucker in den Tee nimmt, wenn ich dann so weit bin.«

»Geben Sie ihm Gelegenheit, um einen zu bitten, Sarge, nur für alle Fälle.«

Der Sergeant war gut einsachtzig groß und strahlte ebenfalls diese typische Verdrossenheit aus, die Cooper bei allen Beamten festgestellt hatte, nachdem sie ein paar Monate mit der Aufnahme von Gefangenen in die Untersuchungshaft zu tun gehabt hatten. Sie bekamen zu viel von der schäbigen Seite des Lebens zu sehen, zu viele Gefangene, die immer wieder ein- und ausgingen.

»Wieso? Glaubt er, mit ihm sei was nicht in Ordnung?«, erkundigte sich der Sergeant. »Mal abgesehen davon, dass sein Geruchssinn hinüber ist.«

»Er riecht ziemlich reif, was?«

»Reif? Ich würde eher *verfault* sagen.«

Eddie Kemp verbreitete einen seltsam ranzigen Geruch. Es

lag nicht an seinem Atem, sondern dieser säuerliche Geruch drang ihm aus sämtlichen Poren. Der Geruch stieg auf, sobald er sich bewegte, und nur seine Kleidung verhinderte, dass jeder, der sich ihm bis auf zwanzig Meter näherte, davon betäubt wurde. Als er den alten Mantel und die Thermoweste ausgezogen hatte, war fast die Farbe von den Wänden gefallen.

Kemps Sachen waren so rasch wie möglich in Tüten verfrachtet und die Verwahrungsstelle durch einen uniformierten Beamten desinfiziert worden. Im Arrestteil für die Frauen waren drei Zellen belegt, und die Insassinnen würden sich garantiert bald erneut beschweren. Cooper fürchtete, der Geruch würde ihn noch den ganzen Tag begleiten, genau wie sein erfrorener Fuß.

»Hoffentlich dauert es nicht allzu lange, bis er zur Vernehmung geholt wird«, meinte der Sergeant. »Eine unserer Prostituierten da hinten hat sich bereits zum Thema Menschenrechte schlau gemacht. Es könnte durchaus einen Paragrafen geben, der Gefangenen ein Recht auf frische Luft zuspricht.«

»Ich weiß nicht, wer Eddie Kemp vernimmt. Hauptsache, nicht ich«, meinte Cooper. »Abgesehen davon könnte er draußen auf der Straße einiges an Unterstützung haben. Ich bin sicher, dass drei seiner Kumpels vor dem Café standen. Aber er ist der Einzige, zu dem es eine klare Zeugenbeschreibung gab.«

»Die Öffentlichkeit hat nicht das Recht, das Gesetz selbst in die Hand zu nehmen«, sagte der Sergeant und hörte sich dabei an, als zitierte er aus einem Buch.

Die beiden schwer verletzten jungen Männer waren spät in der vergangenen Nacht im Underbank-Viertel von Edendale aufgefunden worden, einem Labyrinth aus engen Gassen, das sich von den eigentlichen Touristengebieten der Stadt hügelaufwärts erstreckte. Obwohl die beiden übel zugerichtet waren, hatte man nicht aus ihnen herausbekommen, warum sie überfallen worden waren.

Am Morgen sah sich die Polizei mit dem Problem konfrontiert, die Angreifer zu identifizieren. Die meisten Anwohner hatten offenbar nichts gesehen. Lediglich ein Ehepaar, das wegen des Lärms ans Schlafzimmerfenster gegangen war, hatte ausgesagt, sie hätten Eddie Kemp erkannt, weil er immer ihre Fenster putze. Eddie war stadtbekannt. Cooper hatte die Nachteile einer örtlichen Berühmtheit am eigenen Leib erfahren, weshalb er ein wenig mit Eddie mitfühlte.

»Ich habe übrigens die Namen der Opfer überprüft«, sagte er. »Beides alte Bekannte von Ihnen, Sarge. Heroin-Dealer aus den Devonshire-Wohnblocks.«

Auf den Korridoren näherte sich, wenn man Nigel Kennedy glauben wollte, das Ende des Frühlings.

»Ich verstehe nur nicht, warum es in der Funkmeldung hieß, dass es sich vermutlich um einen Angriff mit rassistischem Hintergrund handelt«, sagte Cooper. »Eines der Opfer ist Asiate, aber der andere ist weiß.«

»Wir gehen auf Nummer Sicher«, sagte der Sergeant, »und halten uns für alle Fälle den Rücken frei. Wo wir gerade von den Insassen der Anstalt sprechen …«

Erst kürzlich war eine Anzahl von Asylanten auf Derbyshire verteilt worden, von denen man einige in Edendales leer stehende Ferienunterkünfte eingewiesen hatte. Bis dahin hatte kaum ein Einwohner von Edendale in seiner Stadt Menschen anderer ethnischer Herkunft zu Gesicht bekommen, es sei denn als Betreiber eines Restaurants oder eines Cafés oder als Touristen – aber die zählten nicht. Das plötzliche Auftauchen von Iranern, Kurden, Somalis und Albanern in den Schlangen an den Bushaltestellen war in etwa so gewesen, als hätte jemand eine Tonne Unkrautvernichter in einen Teich gekippt, um anschließend zuzusehen, wie es anfing zu blubbern und zu brodeln. Zum ersten Mal sah man ein Logo der National Front auf einer Scheibe eines leer stehenden Ladens in Fargate, und angeblich hielt die British National Party in einem Pub unweit von Chesterfield Rekrutierungsversammlungen ab.

»Ihr Gefangener ist 'n ziemlicher Scherzkeks«, sagte der Sergeant. »Hat behauptet, er heißt Homer Simpson.«

»Tut mir Leid.«

»Ach, machen Sie sich nichts draus. Sie würden sich wundern, wie viele Homer Simpsons hier bei uns durchlaufen. An manchen Tagen könnte man denken, in der Stadt findet ein Treffen statt. Früher war es mal Mickymaus, klar. Aber dieser Name ist inzwischen aus der Mode. Jedenfalls hab ich ihm gesagt, dass ich ihn ins Gästebuch eintragen muss, sonst kriegt er morgen kein Frühstück.«

»Manchmal geht's hier bestimmt ziemlich bunt zu.«

»Das perlt von mir ab wie Wasser von einer Ente, Junge. Sie haben doch die Richtlinien gelesen? ›Dumme und blödsinnige Bemerkungen werden ignoriert.‹ Das hilft ungemein, wenn irgendein wichtigtuerischer Inspector daherkommt und mir sagen will, was ich zu tun habe. Man kann ihn einfach links liegen lassen und sagen: ›Tut mir Leid, steht so in den Richtlinien.‹«

»Und was ist mit der Musik?«, wollte Cooper wissen.

»Die entspannt die Kunden«, antwortete der Sergeant, obwohl Cooper fand, dass er sich nicht gänzlich überzeugt anhörte.

»Tatsächlich?«

»Hat man mir jedenfalls gesagt.«

Der Sergeant hielt einen Augenblick inne, und die beiden Männer lauschten den Klängen Vivaldis. Kennedy läutete soeben den Sommer ein.

»War die Idee von unserer Frau Inspector«, erklärte der Sergeant.

»Aha«, erwiderte Cooper. »Hat sie nicht kürzlich an einer Fortbildung teilgenommen?«

»Eine Fortbildung? Selbstverständlich hat sie an einer verdammten Fortbildung teilgenommen! Sagen Sie mir eine Woche, in der die sich *nicht* fortbildet! Die hier nannte sich ›Durchführung einer Mittelüberprüfung Ihrer Schnittstelle mit der Öffentlichkeit‹. Was zum Teufel soll das denn heißen? Sie werden schon sehen, es dauert nicht mehr lange, dann lässt sie uns hier drin Spiegel und Topfpalmen aufstellen, und als Nächstes müssen wir die Türen und Schreibtische hin und her rücken, damit die Energie besser fließen kann, oder sonst so ein Quatsch.«

»*Feng shui*«, sagte Cooper.

»Wie bitte?«

»*Feng shui.*«

»Sie haben sich wohl bei der Warterei da draußen eine Erkältung geholt«, brummte der Sergeant.

»Die Energie fließen lassen«, sagte Cooper. »Kommt aus Japan.«

Der Sergeant starrte ihn an. »Klar«, sagte er. »Was bin ich bloß für ein Dummkopf.«

Er war viel zu groß für den Tresen, an dem er arbeitete, und musste sich umständlich nach vorn beugen, um seine Unterlagen bearbeiten zu können. Wenn die Kommission für Gesundheit und Sicherheit hier nicht bald die Arbeitsplatzgestaltung revolutionierte, war in ein oder zwei Jahren, wenn der Sergeant nur noch wie Quasimodo herumlaufen konnte, ein saftiges Schmerzensgeld fällig. Doch bis dahin verfolgten ihn wohl eher Nigel Kennedys Klänge als die Glocken von Notre Dame.

Coopers Piepser vibrierte in der Hosentasche. Es war der fünfte Anruf in der letzten halben Stunde. Noch während er seinen Gefangenen durch die verschneiten Straßen von Edendale geführt hatte, war ihm die Zentrale mit anderen Ermittlungsanfragen auf die Nerven gefallen.

»Was sollen diese ganzen neuen Ideen eigentlich bewirken?«, fragte der Sergeant. »Manchmal komme ich kaum zum Luftholen. Hier geht es zu wie in einem Irrenhaus. Und damit meine ich nicht nur unsere Gäste.«

Hinter dem Sergeant kam ein Streifenbeamter aus dem Büro und händigte Cooper einen Zettel aus, auf dem *DC Cooper – Bericht an DS Fry, dringend* stand. Widerwillig verabschiedete sich Cooper von dem Plan, den er sich in den vergangenen Minuten zurechtgelegt hatte. Er hatte gehofft, seinen Spind aufsuchen, sich dort ein Paar trockene Socken holen und anschließend eine Razzia in Gavin Murfins Schreibtisch durchführen zu können, um nach etwas Essbarem zu fahnden.

»Aber ich habe natürlich nichts gesagt«, erinnerte ihn der Sergeant. »Meine Arbeit macht mir großen Spaß, ehrlich.«

Als die Passagiere des Air-Canada-Fluges 840 am Gate von Terminal 1 des Flughafens Manchester ankamen, wartete dort ein hoch gewachsener, blonder Mann mit Bart. Er begrüßte die Frau mit einem herzlichen Händedruck, doch einen Augenblick lang sahen beide so aus, als bedauerten sie, dass sie von so vielen Menschen umgeben waren. Alison Morrissey lächelte, als sie seinen stark ausgeprägten Dialekt hörte, als wäre ihre Reise nach England erst jetzt Wirklichkeit geworden.

»Schön, dass Sie mich abholen«, sagte sie.

»Ich wollte nicht, dass Sie ganz allein hier stehen.«

»Das ist sehr nett.«

Es entstand ein kurzes Schweigen. Während die Passagiere links und rechts an ihr vorbeidrängten, ließ die Frau den Blick über die ungewohnten Namen an den Flughafen-Shops schweifen: W. H. Smith, Virgin, Boots the Chemist. Als sie den Kopf neigte, um einer Durchsage zu lauschen, sah sie einen Moment wie ein Schulmädchen aus.

»Wir müssen ein ganzes Stück bis zum Parkplatz gehen«, sagte er, ohne den Blick von ihr abzuwenden. »Schaffen Sie das? Sie sehen blass aus.«

»Aber ja. Mir geht's gut.«

Er fand einen Gepäckwagen und schob ihn für sie zum Ausgang. Alison Morrissey blieb stehen, um sich die Beine zu massieren, obwohl sie während des ganzen Fluges über den Atlantik gewissenhaft ihre Übungen durchgeführt hatte.

»Scheußliches Wetter«, sagte er. »Aber vermutlich sind Sie in Kanada Schnee gewöhnt.«

»Ich wohne in einem Vorort von Toronto, Frank. Dort gibt es weit und breit weder Grizzlybären noch Holzfäller.«

Sie wirkte benommen und leicht desorientiert, doch sie riss sich zusammen und verwandelte sich wieder in eine selbstbewusste Frau Mitte zwanzig.

»Das Treffen findet doch hier im Polizeirevier statt?«, fragte sie.

»Natürlich. Keine Sorge, es ist alles gut organisiert.«

»Tut mir Leid, Frank. Es hat mich ganz plötzlich erwischt. Diese Reise ist mehr für mich als ein Urlaub in einem anderen Land – es ist wie eine Reise in die Vergangenheit.«

»Das kann ich gut verstehen.«

»Und zwar in eine gefährliche Vergangenheit. Ich habe wirklich den Eindruck, als stünde ich an der Grenze zu feindlichem Gebiet.«

»Sie dürfen nicht von allen Seiten Feindseligkeit erwarten«, widersprach er. »Das muss nicht so sein.«

Vor dem Gebäude sah Alison Morrissey zum grauen Himmel hinauf und fuhr sich mit der Hand über die Stirn.

»Sie haben Recht. Diese Atlantikflüge machen mich immer fertig. Hier ist die Frühstückszeit wohl schon vorbei?«

»Eigentlich ist schon fast Zeit zum Mittagessen. Wenn Sie wollen, essen wir gleich hier am Flughafen etwas.«

»Können wir nicht erst raus nach Derbyshire fahren? Wie lange dauert das?«

»Kommt darauf an, ob die A57 inzwischen frei ist«, antwortete er. »Auf dem Weg hierher musste ich die Autobahn nehmen. In der letzten Verkehrsdurchsage, die ich gehört habe, hieß es, der Snake Pass sei immer noch zu. Keine Ahnung, warum… normalerweise sind sie mit den Schneepflügen immer ziemlich schnell durch, jedenfalls auf den Hauptverkehrsstraßen. Vielleicht gab es einen Unfall oder so was.«

Grace Lukasz spähte vorsichtig um die Ecke in das Hinterzimmer des Bungalows. Sie hielt die Räder des Rollstuhls fest umfasst, um kein Geräusch zu verursachen. Zygmunt saß in seinem Lehnstuhl am Tisch. Es sah aus, als schliefe er. Seine Hände lagen auf der Tischplatte, die blauen Adern traten deutlich hervor, als litte er tatsächlich an dem hohen Blutdruck, über den er stets klagte, von dem die Ärzte jedoch nichts wissen wollten. Sein Kopf ruhte an der Stuhllehne, und er hatte die Brille abgenommen. Grace sah die roten Druckstellen auf beiden Seiten der Nase und die kleinen Büschel weißer Haare, die sich über die Ohren geschoben hatten. Auch in den Ohren sprossen Haarbüschel, und noch mehr Haare wucherten auf seinem Nacken, dort, wo er sich einfach immer wieder zu rasieren vergaß.

Die Augen des alten Mannes waren geschlossen, doch Grace war sich nicht sicher, ob er tatsächlich schlief. Er saß häufig einfach so da. Zygmunt behauptete immer, er denke nach, falls er sich überhaupt die Mühe machte, eine Erklärung abzugeben. Grace vermutete, dass er im Geiste sein Leben Revue passieren ließ und der Vergangenheit nachhing. In letzter Zeit schien er selten etwas anderes zu tun. Aber vielleicht tat sie ihm ja Unrecht. Vielleicht dachte der alte Mann an seine Frau Roberta. Doch sie bezweifelte es. Wahrscheinlicher war, dass er an Klemens Wach dachte. In letzter Zeit dachte er hauptsächlich an Klemens.

Am kommenden Sonntag fand in Edendale wieder das *Oplatek*-Festessen statt. Zu diesem Anlass kam fast die gesamte polnische Gemeinde im Dom Kombatanta, dem Veteranenclub, zusammen. Grace wusste, dass dieser Tag für Zygmunt den Höhepunkt des Jahres darstellte und wichtiger war als *Wigilia*, die Feier am Heiligen Abend. Das Festessen war der Tag, an dem für alle ein neues Jahr begann, aber es war auch eine Gelegenheit, über ihre Geschichte und ihren Platz in der Welt nachzudenken. Natürlich waren die meisten Teilnehmer des Festessens keine gebürtigen Polen, doch seit Solidarnosc und Demokratie und mit der Aussicht auf eine Mitgliedschaft in der EU setzten sich einige dieser Leute wieder mehr mit ihrer Kultur, ihren Wurzeln und ihrer Stellung in Europa auseinander. Zygmunt nicht. Zygmunt sprach in letzter Zeit nicht viel. Und wenn, dann nur über die Vergangenheit.

Trotzdem stand das Festessen unmittelbar bevor. Obwohl die Gemeindefeierlichkeiten in den Januar verschoben worden waren, war der Anlass kein geringerer, und alles musste korrekt über die Bühne gehen. Grace konnte die Rote-Bete-Suppe, den marinierten Hecht, den Karpfen mit Meerrettichtunke und die mit Pilzen gefüllten Tomaten fast schon riechen. Die Frauen, die das Festmahl organisierten, hielten zäh an den Traditionen fest, egal welcher Aufwand dafür betrieben werden musste.

Auch für das *Wigilia* im Kreise der Familie waren sämtliche Register gezogen worden. Alle hatten sich zu dem traditionellen, fleischlosen zwölfgängigen Menü mit dem zusätzlichen Platz für den unerwarteten Gast an den Tisch gesetzt. Zuerst hatten sie die *Oplatki*, die dünnen Oblaten, miteinander geteilt. In diesem Jahr bedeuteten ihnen diese Symbole der Versöhnung und der Vergebung mehr als je zuvor. Natürlich war es nicht so einfach zu vergeben. Grace wusste, dass Peter an ihren ältesten Sohn in London dachte, der bis auf diese gefärbte Blondine niemanden hatte, der *Wigilia* mit ihm feierte. Wie immer hatten sie Andrew eine *Oplatek* geschickt, doch ob er sie mit seiner Blonden gebrochen hatte, war fraglich. Soweit sich Grace erinnern konnte, hatte es in der ganzen Mietwohnung in Pimlico nichts gegeben, *was überhaupt an Oplatek erinnerte,* ausgesprochen wenig, das von Vergebung kündete.

Ginge es nach den jüngeren Familienmitgliedern, würden sich die Traditionen bald ändern. Richard und Alice war die ganze Angelegenheit einfach nur peinlich. Sie hätten aus *Oplatek* ein sinnentleertes Ritual gemacht, nur um es rasch hinter sich zu bringen, so dass man sich endlich dem Essen widmen und sich anschließend irgendeinen amerikanischen Spielfilm im Fernsehen anschauen konnte. Aber sie kannten Zygmunt zu gut, um ihn in dieser Jahreszeit zu verärgern, erst recht nicht in den vergangenen paar Monaten. Es war die Zeit der Vergebung, in der sie einander ihre Verfehlungen und die Fehler des zurückliegenden Jahres verzeihen konnten. Es war nicht die Zeit für Streitigkeiten.

Also hatte Zygmunt als der Älteste die erste *Oplatek* genommen und sie an seine Schwester Krystyna weitergereicht, sie gesegnet und ihr für das kommende Jahr Gesundheit und alles Gute gewünscht. Und sie hatte ihn angeschaut und ihm ebenso Gesundheit und Glück im kommenden Jahr gewünscht. Sie hatte seine Worte wiederholt, wie es Brauch war, doch dann war ihre Stimme gekippt, und die alte Frau hatte angefangen zu weinen. Grace war zu ihr gerollt und hatte ihr den Arm um die Schulter gelegt. Doch es hatte ganz so ausgesehen, als wollte die alte Frau gar nicht mehr aufhören zu weinen, vielleicht die gesamten zwölf Weihnachtstage nicht, bis zum Fest der Heiligen Drei Könige. Die Vorderseite ihres besten Kleides war von den Tränen ganz fleckig geworden.

Zygmunt hatte lediglich die Stirn gerunzelt und gewartet, dass er mit der Zeremonie fortfahren konnte, bis alle ihre Oblaten miteinander gebrochen und in die Krippenszenen gebissen hatten, die in das ungesäuerte Brot geprägt waren. Dann, erst dann, hatten sie sich zum Essen hingesetzt und angefangen, die zwölf fleischlosen Gänge einzunehmen, einen für jeden Apostel. Die Familie hatte sichtlich erleichtert aufgeatmet. Einige hatten erwartet, dass Zygmunt eine Rede halten und über die Versäumnisse und Sünden des vergangenen Jahres sprechen würde, so wie es seinen Worten nach sein Vater und sein Großvater immer getan hatten, indem sie alles auflisteten, was die jungen Leute falsch gemacht hatten, bevor sie ihnen verziehen und damit reinen Tisch für das neue Jahr machten.

Doch damit hätte Zygmunt alles nur noch viel schwieriger gemacht. Es war einfacher, so zu tun, als wären die Dinge nicht geschehen, indem man sie nicht offen ansprach.

Grace warf Zygmunt einen letzten Blick zu, um sich zu vergewissern, dass er noch atmete, dann rollte sie durch den Korridor zurück. Peter war im Wintergarten bei seinen Kakteen und Pelargonien. Auf dem Glasdach lag immer noch eine dünne Schicht Schnee, die dem Licht im Raum einen fahlblauen Schimmer verlieh.

»Ist mit Dad alles in Ordnung?«, fragte Peter, ohne sich von seiner Untersuchung einer stachligen Monstrosität auf einem Regal ablenken zu lassen. Sein Ohr war auf das Geräusch ihres Rollstuhls geeicht. Sogar Zygmunt besaß ein sehr feines Gehör. Es hätte Grace nicht gewundert, wenn der alte Mann die ganze Zeit über gewusst hätte, dass sie da war, als sie ihn von der Zimmertür aus beobachtet hatte. Es hätte ihm geradezu ähnlich gesehen, so zu tun, als bemerkte er sie nicht. Peter war genauso, wahrscheinlich wäre er seinem Vater in zehn oder zwanzig Jahren noch ähnlicher. Beide waren abwechselnd eigensinnig und hitzköpfig, unnachgiebig oder aufbrausend. Nicht zuletzt diese Unberechenbarkeit hatte sie damals so anziehend an Peter gefunden. Doch in letzter Zeit hatte er seine Launen sehr im Zaum gehalten und sich in sich zurückgezogen.

»Es geht ihm gut«, antwortete sie. »Er schaut sich die Fotoalben an.«

Eigentlich hätte Grace das nicht speziell erwähnen müssen. Die Fotoalben lagen fast immer vor Zygmunt auf dem Tisch. Es waren Familienaufnahmen, Bruchstücke der Geschichte der Lukasz', so gut es ging zusammengesetzt angesichts der vielen Lücken, des jähen Todes so vieler Familienmitglieder. Über jene Albumseite, auf der das Foto eines fröhlich lächelnden Achtzehnjährigen klebte, der Rest aber bis auf die nahezu unkenntliche Aufnahme einer Metallplakette leer war, gab es nichts zu sagen.

Zur *Wigilia* hatte es immer viele stille Gebete gegeben, in denen die Familie Lukasz versucht hatte, zu dem Teil der Verwandtschaft Kontakt aufzunehmen, der nicht in England lebte. In erster Linie hatten sie an Zygmunts und Krystynas Cousins und Cousinen in Polen gedacht, inzwischen aber auch an Andrew, den in Anwesenheit der alten Leute alle wieder Andrzej nannten.

Krystyna sagte, sie versuche immer, die Erinnerung an ihre toten Eltern in Polen heraufzubeschwören, um den Zusammenhalt zu stärken. Grace wollte sie fragen, ob ihre Gebete wirklich halfen, doch ein kurzer Blick in Krystynas Gesicht in einem unbeobachteten Moment verriet ihr alles, was sie wissen wollte.

Wie immer hatte man in der Kirche der heiligen Maria von Tschenstochau in der Harrington Street unter den Ikonen der Schwarzen Madonna eine Mitternachtsmesse gefeiert. Neben der Kirche stand die polnische Samstagsschule, in der immer noch eine Hand voll Schüler die Sprache lebendig erhielt, indem sie für die mittlere Reife auf Polnisch lernten und in der Geschichte Polens sowie im katholischen Glauben unterrichtet wurden. Die Kinder aus der Sonntagsschule führten auch das Krippenspiel beim *Oplatek*-Festmahl am kommenden Sonntag auf.

In der Kirche hatten alle mitgesungen. Ein paar Männer rochen nach Wodka, und auch einige der Frauen hatten rote Gesichter. Trotzdem versuchten alle zu singen. Die Polen waren nicht unbedingt mit schönen Gesangsstimmen gesegnet, was sie aber durch ihren Eifer wieder wettmachten. Sogar Zygmunt hatte in einige *Koledy*, seine Lieblingsweihnachtslieder, die nach der Messe gesungen wurden, eingestimmt.

Und natürlich hatte man sich unterhalten und Neuigkeiten ausgetauscht. Graces polnischen Verwandten war ausnahmslos ein bisschen Klatsch und Tratsch jederzeit willkommen. Jeder Versuch, sich gegen diese Einmischung in ihr Leben zu wehren, war zwecklos. Grace war dankbar für den Schnee, der ihr einen Vorwand lieferte, das Haus nicht verlassen zu müssen, da sie nicht wusste, was sie sagen sollte, wenn ihre Freunde sich nach Andrew erkundigten.

Sie sah zu, wie Peter über die prallen Blätter des Kaktus strich und mit der Fingerkuppe die sieben Zentimeter langen Stacheln befühlte. Er drückte dagegen, bis es aussah, als bohrten sie sich wie Nägel in seine Haut.

»Ich habe heute einen Anruf bekommen«, sagte er.

»Und?«

»Es war dieser Mann. Frank Baine.«

Grace erstarrte. Am liebsten hätte sie einen Kaktustopf aus dem Regal gezogen und gegen die Wand geschleudert. Sie wollte ihn durch die Glasscheibe hinaus auf die Steinfliesen im Garten werfen, seine hässlichen, gemeinen Stacheln zerstören und zusehen, wie der Saft aus seinem geschwollenen Körper spritzte. Aber sie reichte nicht einmal so hoch hinauf.

»Dann ist sie also hier«, stellte Grace fest.

»Heute Morgen in Manchester gelandet.«

»Willst du es ihm sagen?«

Peter schüttelte den Kopf. »Lass ihn noch eine Weile«, sagte er. »Er braucht seine Ruhe.«

Grace erinnerte sich an den freien Platz, der zur *Wigilia* gedeckt worden war. Für einen unerwarteten Gast, hatte Krystyna gesagt. Die alte Frau erklärte immer wieder, dass es sich um eine Tradition handelte. Es bedeutete, dass sie jedem Wanderer, der in dieser Nacht in den Straßen unterwegs war, mit Gastfreundschaft begegneten, jedem Fremden, der an ihre Tür klopfen könnte, wer immer er auch sein mochte. Denn zu *Wigilia* könnte dieser Fremde Jesus selbst sein. Bei der Vorstellung, Jesus könnte am Weihnachtsabend durch Woodland Crescent in Edendale spazieren und beschließen, an der Tür von Nummer 37 zu klingeln, hätte Grace am liebsten laut losgelacht. Er hatte mit Sicherheit Besseres zu tun, so wie der Weihnachtsmann am Weihnachtsabend – den Worten ihrer Eltern zufolge – Besseres zu tun hatte.

Doch Grace hatte nichts gesagt. Zygmunt selbst hatte bei den Worten seiner Schwester den Kopf geschüttelt und gelächelt.

Dann hatte er mit seiner leisen, kaum hörbaren Stimme auf Polnisch richtig gestellt, dass das zusätzliche Gedeck für all jene aufgelegt werde, die nicht unter ihnen weilten; für entfernte oder verstorbene Familienmitglieder, womit er natürlich seinen Vetter Klemens meinte. Zu *Wigilia* war Zygmunt zum Vorstand seines eigenen Haushalts geworden, und seither war es Jahr für Jahr so geblieben.

Doch Grace wusste, dass dieses Jahr das Letzte war. Bei der nächsten *Wigilia* wäre der zusätzliche Platz nicht mehr für Klemens bestimmt, sondern für Zygmunt.

Vielleicht war nicht nur die Kälte daran schuld, dass Alison fröstelte und den Mantel enger um die Schultern zog. Tatsächlich ging gerade die Sonne über Stanage Edge und dem Bamford-Moor auf. Noch eine Stunde, dann hatte sie der Luft ihre schneidende Kälte genommen und den Nebel aufgelöst, der sich noch immer an der schwarzen Wand des Irontongue Hill festklammerte. Alison sah aus, als wäre mehr als ein wenig Wintersonne notwendig, damit ihr wieder warm wurde.

Sie blickte über eine struppige Grasfläche auf ein schneebedecktes Torfmoor, aus dem sich nackter Fels erhob. Der Wind fegte von einem weiter entfernten Berg im Norden über das Moor.

»Der Berg dort drüben ist der Irontongue«, erklärte Frank Baine. »Weiter hinten sieht man den Bleaklow.«

»Sieht ziemlich trostlos aus, jetzt im Schnee.«

»Auch ohne Schnee ist es hier ziemlich öde.«

Aufmerksam sah sie zum Irontongue Hill hinüber. Baine hatte ihr bereits erzählt, dass der Berg seinen Namen einem Durchbruch schwarzen Gesteins auf seinem Gipfel verdankte, einer extrem harten Steinplatte, die bei einem urzeitlichen Vulkanausbruch herausgeschleudert worden war.

Morrissey wandte sich ab. Das Tal unter ihnen sah in der Dunkelheit unermesslich und geheimnisvoll aus. Es lag da wie ein zerknittertes Bettlaken, das von einem ruhelosen Schläfer zwischen Bergspitzen und Tälern festgezurrt worden war. Doch die Lichter der verstreuten Dörfer und Gehöfte verschwanden nach und nach im undefinierbaren Grau des Tagesanbruchs. Die Schatten der Hügel wurden dunkler und streckten ihre dunklen Finger über einen Flickenteppich aus Äckern und Feldern aus, tasteten über die Höfe zwischen Bauernhäusern und in die Gärten unsichtbarer Weiler.

»Ich hätte nicht gedacht, dass es in England so kalt ist«, sagte sie. »Ich habe nicht die passende Kleidung eingepackt.«

»Egal, was Sie eingepackt hätten«, erwiderte er, »es hätte sowieso nicht gepasst. In dieser Gegend ändert sich das Wetter alle paar Minuten. Schon morgen kann der ganze Schnee wieder verschwunden sein.«

»Wollen wir's hoffen. Ich muss die Stelle sehen. Daran liegt mir sehr viel.«

»Verstehe«, sagte Baine.

»Wollen die Lukasz' mit mir reden?«

»Nein«, erwiderte Baine.

»Ich könnte sie umstimmen«, sagte sie. »Wenn ich nur die Möglichkeit hätte, persönlich mit ihnen zu reden, dann würden sie sehen, dass ich auch nur ein Mensch bin, genau wie sie. Wir wollen doch alle dasselbe.«

»Da bin ich mir nicht so sicher.«

»Aber natürlich. Wir alle wollen die Wahrheit erfahren, oder etwa nicht?«

Sie starrten beide geradeaus auf die Windschutzscheibe und warteten darauf, dass der Beschlag sich auflöste. Die Hügel vor ihnen waren weiß und spiegelglatt wie Marmorplatten. Morrissey fröstelte.

»Die Polen sind überzeugt davon, dass sie die Wahrheit kennen«, sagte Baine. »Tut mir Leid, aber so ist es nun mal.«

Als sie weiter die A57 entlangfuhren, musste er immer wieder den Kopf aus dem Seitenfenster strecken. Auf halbem Weg blickte Morrissey zurück, während sie in der Manteltasche nach der kleinen Autofocus-Kamera suchte, die sie nicht benutzt hatte. Postkarten mit Aufnahmen von diesem Ort schienen immer nur die andere Richtung, das in Sonnenlicht gebadete Tal zu zeigen, Irontongue Hill war hingegen nie darauf abgebildet.

Kurz vor dem Snake Inn mussten sie hinter einer Autoschlange halten, die darauf wartete, dass sie ein Polizist mit einem Leuchtstab weiterwinkte. Die andere Straßenhälfte war von zwei Streifenwagen mit blinkenden Blaulichtern blockiert. Dahinter stand ein Schneepflug, hinter dem sich eine zweite Autoschlange gebildet hatte.

»Sehen Sie«, sagte Baine, »ich habe Ihnen ja gesagt, da muss jemand mit dem Schneepflug zusammengestoßen sein.«

Neugierig spähte Morrissey im Vorbeifahren aus dem Fenster, doch sie sah nirgendwo eine Beschädigung und konnte sich auch nicht vorstellen, womit der Schneepflug zusammengestoßen sein könnte. Vielleicht hatte man das andere Fahrzeug bereits abgeschleppt. Trotzdem standen immer noch jede Menge Leute am Straßenrand, und eine Frau in einem weißen Overall kauerte in einer Schneewehe.

»Von hier aus geht es nur noch bergab«, sagte Baine. »Bald sind wir in Edendale.«

Er stellte das Radio an, wo gerade die Acht-Uhr-Nachrichten liefen, ehe ein Bericht über Familien folgte, die ihren alltäglichen Verrichtungen nachgingen, sich über die Benutzung des Badezimmers und die letzte Tasse Kaffee in der Kanne stritten, hastig nach den richtigen Schuhen suchten und vor sich hin fluchten, als ihnen einem nach dem anderen einfiel, was sie heute alles zu erledigen hatten. Morrissey schloss die Augen.

»Schlafen Sie doch noch ein bisschen«, schlug Baine vor.

»Frank«, sagte sie, »jedesmal, wenn ich die Augen schließe, kommen die Bilder. Die Bilder der toten Männer.«

Baine nickte. »Jemand hat mal gesagt, Erinnerungen sind Fotos auf der falschen Seite der Augen.«

»Mein Leben lang bin ich mir nie ganz sicher gewesen, wo die Erinnerung aufhört und die Fantasie anfängt. In letzter Zeit weiß ich nicht mehr so genau, auf welcher Seite meiner Augen die toten Männer tatsächlich sind.«

Sie schlug die Augen wieder auf. Ein schwarzer Kleinbus mit abgedunkelten Scheiben und ohne Aufschrift fuhr langsam an ihnen vorbei. Morrissey drehte sich auf dem Sitz um und beobachtete, wie der Polizist ihn an den Straßenrand dirigierte. Eine blonde Frau in einem schwarzen Mantel und einem roten Schal sah sie an, bis sie sich wieder umdrehte. Dann fuhren sie weiter nach Edendale.

4

Diane Fry hasste Schichten, in denen man nur untätig herumstand. Es gab genug Leute, die das wesentlich besser konnten als sie. In der West Street war es geringfügig besser gewesen, da sie sich dort wenigstens noch ein bisschen länger vor dem Heizlüfter des Tatortteams hätte setzen können. Hier draußen hielt sie nichts warm, abgesehen von ihrem langen roten Schal, den sie sich bei Gap in Meadowhall gekauft hatte. Nichts schützte sie vor dem Wind, nicht einmal irgendeine körperliche Arbeit, die sie vor dem Festfrieren bewahrt hätte. Im Grunde hätte sie sogar noch lieber mit dem Beamten getauscht, der den Verkehr regelte, da er wenigstens ein bisschen mit den Armen wedeln durfte. Aber das war eindeutig keine Arbeit für einen frisch gebackenen Detective Sergeant.

Also vertrieb sie sich die Zeit mit ein paar unauffälligen Übungen. Sie stellte sich auf die Zehen, dehnte die Sehnen, kontrollierte ihre Atmung, erkundete die Energiezentren ihres Körpers und ließ ihren Kreislauf im Kampf gegen die Kälte bewusst bis in die äußersten Extremitäten zirkulieren. Sie war so beschäftigt, dass sie beinahe vergessen hätte, dass sie nicht allein war. Beinahe.

»Kein Blut«, stellte DI Hitchens fest, verschränkte die Arme vor der Brust und lehnte sich lässig an den Radkasten des Schneepflugs, dessen Pflugschar eilig mit einer blauen Plastikplane abgedeckt worden war. Hitchens wirkte entspannt und redete, als plauderte er über das Wetter. Heute also kein Blut, sondern nur Schnee. Wie langweilig. Aber Fry wusste, dass die

Bemerkung nicht an sie gerichtet war. Hitchens hatte ein weitaus aufmerksameres Publikum.

Gavin Murfin hatte sich mit dem Fahrer und seinem Begleiter unterhalten, die inzwischen auf dem Rücksitz eines Streifenwagens saßen. Er trug absurde Fellstiefel, die ihm bis zu den Knien reichten und wie das Unterteil eines Yeti-Kostüms aussahen. Als er jetzt um die Rückseite des Pfluges herumkam, stampfte er mit den Füßen auf und schnaufte leise in der kalten Luft.

»Blut? Kein Tropfen«, verkündete er fröhlich.

Fry warf ihrem Kollegen einen finsteren Blick zu, während Murfin nach einer Hosentasche tastete, in der er sein Notizbuch verstauen konnte. Er hatte so viele Pullover übereinander angezogen, dass er wie ein Michelin-Männchen aussah, um dessen Bauch mehrere Gummiwülste wabbelten. Trotzdem war sein Gesicht ganz rot vor Kälte. Irgendwo in seinen Taschen befand sich wahrscheinlich ein geheimer Nahrungsvorrat – genug, um ihn ein, zwei Stunden am Leben zu erhalten, bevor er den nächsten Inder ausfindig gemacht hatte, bei dem er sich eine Portion *Beef buryani* holen und damit wieder mal ihren Wagen verpesten konnte.

»Ehrlich gesagt hasse ich es, wenn es kein Blut gibt«, sagte Hitchens.

Juliana Van Doon, die Gerichtsmedizinerin, arbeitete sich in voller Montur durch das vom Schnee befreite Areal, während ein Beamter den Tatort mit einer Videokamera abfilmte. Mrs Van Doon hatte die Kleidung des Toten über seinem Unterleib öffnen lassen, um eine klaffende Wunde zu untersuchen. In ihrem weißen Anzug sah sie wie ein misslungener Schneemann aus. Fry seufzte. Ein Schneemann und das Michelin-Männchen. Irgendetwas schien mit ihr heute nicht zu stimmen. Offenbar bekam sie von der Kälte schon Halluzinationen.

»Ich finde, nur mit Blut ist es eine richtige Leiche«, fuhr Hitchens fort. »Damit kriegt die Sache erst den richtigen Pfiff. Das gewisse *je ne sais quoi*. Vielleicht diese unterschwellige Gefühl von Gewalt. Den herben Geschmack der Vergänglichkeit. Sie wissen, was ich meine, Gavin?«

»Klar«, antwortete Murfin. »Das heißt, dass der Kerl eindeutig hinüber ist oder so.«

Murfin nuschelte verdächtig, als hätte er sich unbemerkt etwas in den Mund geschoben. Sie glaubte, in seiner Tasche Schokoladenpapier rascheln zu hören. Sehnsüchtig sah sie zu ihrem Auto hinüber. In der West Street wartete bergeweise Arbeit auf sie. Ständig wartete irgendwo irgendetwas auf sie, das es zu erledigen galt. Der Alltag in Edendale ging mit all seinen Unannehmlichkeiten weiter, so wie er in jedem Städtchen in Derbyshire und zweifellos in jeder kleinen und großen Stadt im Land weiterging. Viele Verbrechen wurden nicht einmal untersucht, geschweige denn aufgeklärt. Zum Beweis dafür wucherten überall tonnenweise Papierkram-Fälle, denen man aus versicherungstechnischen Gründen Bearbeitungsnummern zuordnete, ehe sie in die Ablage wanderten. Alle Welt schrie nach mehr Polizisten, damit noch mehr Verbrechen aufgeklärt werden konnten, als hinge der Fortbestand der Welt davon ab.

Doch hier, am Fuß des Snake Pass, kam sich Fry allerdings wie am Ende der Welt vor. Links und rechts der A57 ragte eine weiße, mehrere Fuß tiefe, unberührte und unnatürlich glatte Schneewand auf, die die Straßenränder nahtlos in das Hochmoor übergehen ließ. So weit außerhalb von Edendale war die asphaltierte Straßendecke der A57 das einzige Anzeichen von Zivilisation, und Fry fand es beunruhigend, dass auch sie jetzt nicht mehr zu sehen war. Als sollte ihr unmissverständlich mitgeteilt werden, dass sie hier nie wieder wegkommen würde.

Mrs Van Doon drehte sich kurz um und sah zu den Polizisten hinüber, die auf der Straße standen. Ihre Stimmen drangen laut und klar bis zu ihr hinauf. Sie schüttelte den Kopf und konzentrierte sich wieder auf ihre Arbeit.

»Eigentlich müsste jemand, der von einem Schneepflug fast halbiert wird, wenigstens ein bisschen bluten«, meinte Hitchens.

»Ja, aber ehrlich«, pflichtete ihm Murfin bei.

»Und sei es nur, um in den letzten Sekunden seines Lebens künstlerisch zufrieden stellend auszusehen.«

Hitchens suchte Frys Blick und nickte ihr zu, als hätte sie etwas Intelligentes gesagt. Sie wusste, dass er ihre Abneigung gegen Murfin und ihre Verärgerung darüber spürte, wie der DI ihn aufstachelte. Doch Hitchens lächelte wie jemand, der alle Zeit der Welt hatte und sich bewusst dafür entschieden hatte, einen guten Teil davon genau hier zu verbringen, an diesem gottverlassenen, schneebedeckten Ort, mit einer Hand voll Kollegen von der Polizei, zwei verstörten Arbeitern vom Grafschaftsamt und einer Leiche ohne Blut.

»Vielleicht ist das ja ein Indiz«, sagte er.

Fry sah zu, wie die Gerichtsmedizinerin die Temperatur maß und die Haut des Toten auf Leichenflecken untersuchte. Der Mann trug einen dunklen Anzug, der dort, wo ihn der Pflug erwischt und wie einen Müllsack auf die Straßenböschung geschleudert hatte, entsprechende Spuren aufwies. Die blaue Reisetasche, die bei ihm gefunden worden war, stand ein paar Meter weit weg. Er sah fast aus wie ein auf einem eingeschneiten Flugplatz gestrandeter Passagier, der sich auf dem Fußboden des Terminals schlafen gelegt hatte und auf einen Flug wartete, der niemals aufgerufen wurde.

Murfin kaute verstohlen und schluckte. Als er den Mund aufmachte, glaubte Fry kleine Schokoladenstückchen in seiner Atemwolke zu erkennen, eine Art süßlichen Nebel, der sich in der eisigen Luft auflöste. »Ich glaube, ich hab's, Sir«, sagte er.

»Was denn, Gavin?«

»Der Schneepflugfahrer ist ein Vampir. Er hat dem Toten das ganze Blut ausgesaugt, bis zum letzten Tropfen.«

Fry wandte sich ab, damit die beiden ihr Gesicht nicht sehen konnten. Sie spürte, wie ihr Missmut in Wut umschlug, und musste erst ein paarmal durchatmen, bevor sie sich wieder im Griff hatte. Am liebsten hätte sie Murfin eine Ohrfeige verpasst, was jedoch in Gegenwart des Inspectors schlecht möglich war. Am schlimmsten war, dass sie Murfin noch für die Dauer der gesamten Untersuchung am Hals hatte.

»Tja«, meinte Hitchens. »Unser erster Vampir in der Dienststelle Edendale. Damit dürfte der Papierkram ziemlich knifflig werden, Gavin. Ich glaube, für so was haben wir nicht mal ein Formular.«

Murfin grinste. Seine Lippen setzten sich wieder in Bewegung, und er klopfte seine Taschen nach Nachschub ab – ein Snickers, eine Tüte Bonbons, irgendetwas würde sich garantiert finden. Fry sah ihm an, was in ihm vorging. Sein Hirn kämpfte mit einer schwierigen Herausforderung, die jedoch nichts mit der Aufklärung eines Verbrechens zu tun hatte.

»So hat eben jeder sein *Kreuz* zu tragen, Sir«, sagte er.

Mrs Van Doon drehte sich um. Das Geschwätz lenkte sie ab. »Falls es Sie interessiert: Das Herz dieses Mannes hat schon lange vorher aufgehört zu schlagen«, sagte sie. »Keine Herztätigkeit bedeutet: kein Blut. Ihre Leiche hier war schon tot, als der Schneepflug sie erwischt hat.«

Die Gerichtsmedizinerin packte ihre Sachen zusammen. Am liebsten hätte Fry ihr geholfen und wäre mit ihr weggefahren, um weg von diesem Ort und ihren Kollegen und in eine schöne, warme Leichenhalle zu kommen, in eine friedlichere Gesellschaft, wo es keine blöden Witze und auch keine Krabbenchips auf dem Boden ihres Wagens gab. Mrs Van Doon sah müde aus. Wie alle anderen war auch sie in letzter Zeit völlig überarbeitet.

Fry streckte sich ein letztes Mal, atmete tief ein und aus und spürte, wie ihr Körper infolge der zusätzlichen Sauerstoffzufuhr zu kribbeln anfing.

»Ich weiß nicht recht«, meinte Murfin. »Mir persönlich gefällt die Vampir-Theorie besser.«

»Wenn Sie mich jetzt entschuldigen«, sagte die Gerichtsmedizinerin, »ich glaube, ich bin hier vorläufig fertig.«

Fry musste einen Schritt zurücktreten, so dass sie an ihr vorbeigehen konnte. Sie suchte ihren Blick, um sie wissen zu lassen, dass sie mit ihr fühlte, doch die Frau hielt den Kopf gesenkt und sah nicht einmal auf. Um die Augen herum hatte sie Müdigkeitsfalten und darunter dunkle Ringe. Fry musste unwillkürlich daran denken, dass es in der Zentrale hieß, Stewart Tailby, ihr alter Chief Inspector, sei privat an Juliana Van Doon interessiert gewesen, es sei aber nichts daraus geworden. Tailby würde bald zu einem Verwaltungsjob in Ripley wechseln. Mrs Van Doon sah jedenfalls aus, als hätte sie in ihrem Leben bereits zu viele Leichen gesehen.

»Wissen Sie, ich kenne nämlich den Kerl, der den Schneepflug gefahren hat«, verkündete Murfin. »Ehrlich gesagt habe ich ihn noch nie bei Tageslicht gesehen.«

Die Gerichtsmedizinerin ging zu ihrem Wagen und schälte sich aus ihrem Overall. Fry hob Mrs Van Doons Tasche auf und wartete einen Augenblick, bis sie die Hand ausstreckte und sie ihr abnahm. Ihre Blicke trafen sich, doch keine der beiden Frauen sagte etwas.

»Was meinen Sie, Doc? Sollen wir ihm eine Blutprobe entnehmen?«, rief Murfin. »Ich meine, nicht dem Toten, sondern sozusagen dem Untoten. Vielleicht bekommen wir ja über die DNS-Analyse ein *Spiegel*bild.«

Murfin stieß ein bellendes Lachen aus, das sich an den Schneewänden zu beiden Seiten brach und kleine Lawinen auslöste, die auf die Straße rieselten. Mrs Van Doon streifte ihre Überschuhe ab, verstaute ihre Ausrüstung im Kofferraum ihres Wagens und fuhr grußlos davon, wobei sie derart beschleunigte, dass sich ein Schwall Eismatsch über Murfins Fellstiefel ergoss.

»Hab ich was Falsches gesagt?«, erkundigte sich Murfin.

»Blödsinn«, meinte Hitchens, »Sie haben bloß wieder mal Knoblauch gefrühstückt.«

Als Ben Cooper die Diensträume der Kripo betrat, fand er sie eiskalt und verlassen vor. Offensichtlich hatten die Heizkörper in diesem Stockwerk mal wieder den Geist aufgegeben. Es roch nach Essen. Tomatensoße und Knoblauch. Folglich war Gavin Murfin noch nicht allzu lange fort. Normalerweise hätte Cooper sofort das Fenster geöffnet und gelüftet, aber seine Finger waren schon jetzt so steif, dass er kaum einen Kugelschreiber halten konnte.

Auf seinem Schreibtisch stapelten sich Akten, die mit gelben Haftzetteln übersät waren. Es sah aus, als sei urplötzlich trotz der frostigen Temperaturen ein Beet Osterglocken erblüht. Sein Blick fiel auf einen Zettel, der größer als die anderen und mit dem schwarzen Marker beschriftet war, der normalerweise für die Aufkleber auf Beweisstücken benutzt wurde. Cooper wusste nicht, was er davon halten oder ob er ihn überhaupt anfassen sollte. Schließlich konnte es sich um wichtiges Beweismaterial für eine bevorstehende Anklage handeln. Aber es stand lediglich »Wir haben uns unseren Heizlüfter zurückgeholt, ihr Schweinepriester!« darauf.

Cooper rief in der Zentrale an.

»Cooper hier. Können Sie mir vielleicht erklären, was hier vorgeht?«

»Cooper? Wir versuchen Sie schon seit sieben Uhr zweiundvierzig zu erreichen.«

»Jetzt bin ich da. Worum geht's?«

»Sie sollten doch um sieben zum Dienst erscheinen.«

»Weiß ich. Sie müssten einen Bericht vorliegen haben, aus dem hervorgeht, dass ich anderthalb Stunden mit einem Gefangenen auf der Hollowgate festgesessen und auf einen Wagen gewartet habe, der niemals kam! Ich musste den ganzen Weg nach Spital Hill zu Fuß gehen, wo ich dann auf einen Uniformierten gestoßen bin, der sich kaum dreißig Sekunden auf den Beinen halten konnte. Sah aus, als hätte man ihn bei der Northern Ballet Company abgelehnt. Und als ich endlich hier war, habe ich erst den Festgenommenen in Untersuchungshaft gebracht.«

Es gab eine Pause, in der sich seine Gesprächspartnerin mit jemandem in der Zentrale beratschlagte. »Wir sind momentan ein bisschen knapp mit Personal«, sagte sie.

»Schießen Sie los.«

»DS Fry hat mehrere Nachrichten für Sie hinterlassen«, sagte die Kollegin aus der Telefonzentrale vorwurfsvoll. »Drei davon sind angeblich dringend.«

Cooper seufzte. »Also – wo soll ich jetzt hin? Aber nicht wieder an drei Orte gleichzeitig.«

»An der A57, oben am Snake Pass, wurde die Leiche eines unbekannten Weißen gefunden, ungefähr zweihundert Meter westlich vom Snake Inn«, antwortete die Telefonistin.

»Ist die Straße frei?«

»Unseren letzten Informationen zufolge ist sie mit einiger Vorsicht befahrbar.«

»Gut. Bin schon unterwegs.«

»Ähm ... danach sind noch ein paar Nachrichten für Sie reingekommen.«

»Nämlich?«

»Am besten lese ich Ihnen die Letzte zuerst vor. Sie lautet: ›Lass gut sein!‹«

»Was soll das denn heißen?«

»Ich würde sagen, das heißt, man ist auch ohne Sie zurechtgekommen, mein Lieber.«

Cooper blinzelte. Die Telefonistin hörte sich plötzlich genau wie seine Mutter an, zumindest so, wie sie sich angehört hatte, bevor sie krank wurde.

»Vielen Dank«, sagte er und legte auf. Er warf noch einen Blick auf die Aktenberge auf seinem Schreibtisch. Es sah ganz so aus, als wäre er mal wieder der Angeschmierte, der mit der ganzen Arbeit sitzen blieb, die sonst keiner erledigen wollte, jedenfalls nicht, solange es spannendere Dinge zu tun gab. Und das alles nur, weil er sich rechtzeitig auf den Weg zur Arbeit gemacht hatte und Eddie Kemp im Café begegnet war. Nächstes Mal würde er es anders machen. Er würde einfach so tun, als hätte er den Verdächtigen gar nicht gesehen, so wie es neunzig Prozent seiner Kollegen getan hätten, wenn sie eigentlich noch nicht offiziell im Dienst waren. Genauso würde er es beim nächsten Mal auch machen. Vielleicht.

Cooper wanderte ziellos im Zimmer umher und versuchte den Heizkörpern wenigstens ein bisschen Wärme zu entlocken. Bei jedem Schritt gab sein linker Fuß ein schmatzendes Geräusch von sich.

Frank Baine schlug zum dritten Mal auf die Klingel. Nichts rührte sich.

»Na ja, wenn Sie wirklich meinen, es ist in Ordnung«, sagte er.

»Ich komme schon klar«, sagte Alison Morrissey.

Sie stand mit ihren Taschen vor der verwaisten Rezeption. Einen Empfangsraum wie in diesem Hotel hatte sie noch nie gesehen. Er war sehr düster und mit uralten Topfpflanzen und Vitrinen voller ausgestopfter Fische voll gestellt. Außerdem war niemand zu sehen. Baine hatte den Kopf schon durch sämtliche Türen gesteckt. »Bestimmt kommt gleich jemand«, sagte Morrissey.

»Morgen früh um neun haben wir einen Termin bei der Polizei«, sagte Baine. »Ich hole Sie hier um halb neun ab, wenn es Ihnen recht ist. Wir brauchen nicht weit zu fahren.«

»Das wäre nett. Und vielen Dank, Frank.«

Schließlich ging er. Morrissey betrachtete eine Forelle von der Größe eines kleinen Hundes, die mit gläsernen Augen zurückstarrte. Ihr Maul stand offen, als wäre sie drauf und dran, etwas zu sagen.

»Kann ich Ihnen behilflich sein?«

Die Rezeptionistin.

»Ein Zimmer«, sagte Alison. »Ich habe hier ein Zimmer reserviert. Und wenn Sie es mir nicht bald zeigen, kippe ich um.«

Nachdem sie geduscht und sich ein wenig ausgeruht hatte, zog sie wieder die Akten hervor. Sie hatte Unterlagen über jedes Besatzungsmitglied von Sugar Uncle Victor. Die dickste Akte stellte die ihres Großvaters dar, Fliegerleutnant Danny McTeague. Doch ganz oben auf dem Stapel lag jene Akte, die sie sich zuerst vornehmen und heute Abend noch einmal durchlesen würde; die Akte mit der Aufschrift »Zygmunt Lukasz«.

Am späten Vormittag erfuhr Ben Cooper, wer Eddie Kemp zu dem tätlichen Angriff verhören sollte.

»Wir haben sonst niemanden«, hieß es lapidar. »Alle sind unterwegs.«

Kemp sah fast erfreut aus, als er ihn sah. Er schien zu glauben, dass sie bei der Warterei am Straßenrand Freundschaft geschlossen hatten, als hätten sie sich abgesprochen, für die Gäste des Starlight Cafés ein kleines frühmorgendliches Straßentheaterstück aufzuführen. Cooper war sich nicht sicher, wie lange das Stück gedauert hätte, ehe es in eine Tragödie umgeschlagen wäre, wenn nicht Sonny Patel und seine beiden ältesten Söhne, mit brandneuen Besen und Schaufeln ausgerüstet, aufgekreuzt wären. Umständlich hatten sie den Bürgersteig vom Schnee befreit, bis sich die drei Männer an der Schaufensterscheibe endlich in Bewegung gesetzt hatten und weggegangen waren.

»Der Tee hier ist nicht übel«, verkündete Kemp. »Aber diese grässliche Musik nervt. Da wird man ja blöd im Kopf.«

Cooper und der Uniformierte, der ihn begleitete, hielten gebührend Abstand von Kemp, um nicht zu ersticken. Bei laufendem Dreifach-Kassettenrekorder und in Anwesenheit des Pflichtverteidigers, der neben Kemp saß, gingen sie noch einmal die Ereignisse durch, die in den frühen Morgenstunden zu den Verletzungen der beiden jungen Männer geführt hatten. Kemp versuchte nicht einmal abzustreiten, dass er an der Schlägerei beteiligt gewesen war, aber er bestand darauf, dass er angegriffen worden sei und lediglich in Notwehr gehandelt habe.

»Das Übliche«, sagte Cooper.

»Das sind stadtbekannte Verbrecher«, sagte Kemp. »Dealer aus der Wohnblocksiedlung.«

»Und Sie sagen, sie hätten zuerst angegriffen?«

»Ja.«

»Bei Ihrer Einweisung hatten Sie Gelegenheit, sich von einem Arzt untersuchen zu lassen. Sie haben keine Verletzungen zu Protokoll gegeben.«

»Weil ich gut auf mich aufpassen kann«, sagte Kemp.

Jetzt, ohne die Manchester-United-Kappe, sah Cooper, dass Kemp dunkles, drahtiges Haar und den Anflug eines Schnäuzers hatte, gerade ein paar Stoppeln mehr als jemand, der am Morgen vergessen hatte, sich zu rasieren.

»Wer war außer Ihnen noch an der Sache beteiligt?«, fragte Cooper.

»Keine Ahnung.«

»Es waren also völlig Fremde?«

»Ich würde sagen, sie kamen zufällig vorbei und haben mir geholfen«, sagte Kemp. »Gute Samariter, wenn Sie so wollen.«

»Und wer hatte den Baseball-Schläger dabei?«

»Baseball-Schläger? Hab keinen gesehen.«

»Dann vielleicht einen Billard-Queue?«

»Keine Ahnung. Vielleicht hatten die Burschen, die mir zu Hilfe gekommen sind, gerade im Club Billard gespielt.«

Eddie Kemp sah den Anwalt an und grinste vergnügt. Er hatte genug Erfahrung, um zu wissen, dass Zeugenaussagen nur selten ausreichten, um eine strafrechtliche Verfolgung einzuleiten. Bei einer Gruppe von sechs Männern ließ sich nahezu unmöglich feststellen, wer was getan hatte. Außerdem war es dunkel gewesen. Fürs Erste konnte man ihm also nichts anhaben.

»Sie wissen, dass die Opfer schwer verletzt wurden?«

»Sie haben es nicht anders verdient«, sagte Kemp. »So was ist Abschaum. So was wollen wir bei uns in der Underbank nicht haben. Wir wollen nicht, dass sie unseren Kindern harte Drogen geben. Wenn sie eine Tracht Prügel davon abhält, dann ist das eine gute Sache. Euer Verein kann gegen die ja sowieso nichts ausrichten.«

»Tätlicher Angriff mit Körperverletzung ist trotzdem ein Verbrechen, Eddie, ganz egal, wer das Opfer ist.«

»Es gibt Verbrechen, und es gibt Gerechtigkeit.«

»Und was war das hier Ihrer Meinung nach?«

»Beides, könnte ich mir vorstellen.«

»Sie sind ja ein richtiger Philosoph«, sagte Cooper ungeduldig. »Zwei einander widersprechende Sichtweisen gleichzeitig.«

Kemp nickte. »Da haben Sie Recht. Nur dass ich nicht finde, dass sie einander widersprechen. Jedenfalls nicht in jedem Fall.«

Schließlich kamen Diane Fry und Gavin Murfin wie der Weihnachtsmann und einer seiner Engel in das Kripo-Büro gerauscht. Ihre Kleidung war mit Schneeflecken übersät, und ihre Gesichter leuchteten rosig.

»Ah, Ben, endlich«, sagte Fry und schlug die Hände gegeneinander, um sich aufzuwärmen.

»Ich bin schon den ganzen Morgen hier.«

»Viel zu tun gehabt?«

»Hab mich durch den Großteil der Osterglocken durchgebuddelt.«

»Wie bitte?«

»Ich hab einiges aufgearbeitet.«

»Na schön. Ich habe Arbeit für dich.«

»Toll.«

Doch Ben Cooper spürte schon wieder dieses flaue Gefühl im Magen. Bis jetzt hatte ihn noch nichts, was ihm Diane Fry aufgetragen hatte, in Begeisterung versetzt. Vermutlich sollte er den restlichen Nachmittag irgendwelche Anrufe und noch mehr Schreibtischarbeit erledigen.

»Der Schneemann braucht einen Namen«, sagte Fry.

»Welcher Schneemann?«

»Männlich, weiß, unbekannt.«

»Aha.«

»Und tot«, ergänzte Murfin.

Geduldig hörte sich Cooper die Einzelheiten an. Es waren nicht besonders viele. Eine eindeutige Identifikation des Mannes war unmöglich gewesen, obwohl sie seine Kleidung bekamen, sobald die Gerichtsmedizin mit der Leiche fertig war. Außerdem gab es noch die Reisetasche, die neben dem Toten gefunden worden war. Wie die Leiche war auch die Tasche von der Schaufel des Schneepflugs über den Boden geschleift worden. Sie war zerschrammt, aufgerissen und vom Schnee völlig durchgeweicht. Am schlimmsten aber war, dass sie leer war. Schon eine Zahnbürste oder ein Deospray hätte ihnen helfen können, ein Bild zusammenzusetzen, anhand dessen sich der Schneemann identifizieren ließ.

»Wir brauchen ein paar Vermisste«, sagte Fry.

Erst am Nachmittag hatte Cooper über mehreren Berichten zu vermisst gemeldeten Personen gesessen. Es war leicht, sie als »Vermisste« zu bezeichnen, wenn sie lediglich aus einer Hand voll Einzelangaben in einer Computerdatei bestanden. Wenn man sich jedoch näher mit diesen Fällen beschäftigte, wurden sie plötzlich zu Menschen. Sie sprangen förmlich aus dem Bildschirm heraus und verwandelten sich in unglückliche Jugendliche oder misshandelte Ehefrauen, verwirrte alte Damen oder Geschäftsmänner, die an ihrem fünfzigsten Geburtstag beschlossen hatten, sich mit dem Mädchen aus der Marketing-Abteilung auf die Suche nach ihrer verlorenen Jugend zu machen.

»Von welchem Alter reden wir?«, fragte er.

»Anfang dreißig. Gute körperliche Verfassung, gut gekleidet.«

»Mhmm. Genau das richtige Profil.«

»Wofür?«

»Um zu verschwinden.«

»Muss man dazu ein bestimmter Typ sein?«

»Abgesehen von den Jugendlichen handelt es sich bei den meisten Vermissten um Männer zwischen siebenundzwanzig und vierunddreißig.«

»Damit gehörst du genau zur Risikogruppe, Ben.«

»Geht es hier um Tod durch Unfall oder um Selbstmord oder was?«

Fry zögerte. »Keine Ahnung«, sagte sie.

»Wenn es sich um einen Mord handelt, brauchen wir kein Profil. Heutzutage kommt theoretisch jeder als Mordopfer in Frage. Gibt es irgendwelche Hinweise? Ich dachte, der Mann wurde von einem Schneepflug erfasst?«

»Er war aber schon vorher tot.«

Die Einstufung des Schneemanns auf der Wichtigkeitsskala hing vom Befund der Gerichtsmediziner ab. Wenn er einfach nur einen Herzschlag am Straßenrand erlitten hatte, würde er wohl noch eine Weile auf Eis liegen, bis sich jemand nach ihm erkundigte. Aber Fry wollte auf etwas anderes hinaus.

»Hast du einen Verdacht, Diane?«, fragte Cooper.

Fry ignorierte die Frage. »Dann haben du und Gavin einiges an Arbeit vor euch. Gebt mir eine Liste derjenigen, die in Frage kommen, und kontaktiert die benachbarten Dienststellen. Vergiss nicht, dass er auf der A57 gefunden wurde. Manchester muss jede Menge Vermisste haben.«

»Bestimmt.«

»Setzt euch mit der Vermissten-Hotline in Verbindung. Und vergiss auch nicht die landesweiten Behörden, Bahnpolizei, das Verteidigungsministerium. Ach ja, und den Northern Ireland Police Service.«

»Na toll. Terroristenhinrichtung mittels Schneepflug.«

»Man kann nie wissen.«

Chief Superintendent Colin Jepson, der Dienststellenleiter der Division E, erklärte sich bereit, sich persönlich mit Alison Morrissey zu treffen. Natürlich forderte er jüngere Beamte zu seiner Unterstützung an. Ihre Stärke liege in der zahlenmäßigen Überlegenheit, sagte er – als wäre die Besucherin die Vorhut einer feindlichen Bande, die im Begriff war, die Division E zu stürmen. Aber zahlenmäßige Überlegenheit war genau das, was sie im Augenblick nicht zu bieten hatten. Die diensthabende Inspektorin hatte gemeint, sie sei zu beschäftigt, und auch von der Abteilung für öffentliche Sicherheit war niemand verfügbar. Dann war Ben Coopers Name gefallen.

»Hier sind die Akten, die der zuständige Nachrichtenoffizier für den Chief zusammengestellt hat«, sagte Paul Hitchens, als er Cooper kurz vor seinem eigenen Feierabend die Neuigkeit überbrachte.

»Wenn der NO die Berichte zusammengestellt hat, warum nimmt er dann nicht selbst an der Besprechung teil?«

»Er hat eine Erkältung. Also müssen Sie ran, Ben.«

»Warum?«

»Der Chief fürchtet, dass man ihm ein paar Fragen stellt, für die einige Ortskenntnisse notwendig sind. Sie wissen ja, dass er es seit seiner Versetzung aus Lancashire nie so richtig geschafft hat, sich zu merken, in welchem Bezirk er eigentlich arbeitet. Deshalb hat er sich Sie als Einheimischen ausgesucht, der alle Fragen beantworten kann, die für uns andere zu schwer sind – wie man ›Derbyshire‹ buchstabiert und solche Sachen.«

»Nein. Ich meinte: warum?«, sagte Cooper. »Es hört sich so an, als sei diese Alison Morrissey auf einem Kreuzzug oder so, um den Namen ihres Großvaters reinzuwaschen. Das sind doch alles uralte Geschichten, oder?«

»Da haben Sie allerdings Recht.«

»Warum dann dieser Aufstand?«

»Politische Gründe.«

»Politisch? Was ist denn daran politisch?«

»Wir sind jemandem was schuldig.«

»Wir?«

»Wenn ich ›wir‹ sage, meine ich natürlich den Chief Inspector. Erinnern Sie sich nicht mehr an den großen Betrugsfall vor ein paar Jahren, Ben? Der Hauptverdächtige hatte das Land verlassen und ist in Kanada wieder aufgetaucht, als Holzfäller oder so was verkleidet. Erst waren die Mounties nicht besonders kooperativ, aber dann hat der Chief den Konsul in Sheffield eingeschaltet. Die beiden haben ein-, zweimal zusammen Golf gespielt, und der Konsul hat ein paar Beziehungen spielen lassen. Wie auch immer, jedenfalls hat sich unser Chief Superintendent drüben in Ottawa ein paar neue Busenfreunde gemacht. Und einer von denen ist der Onkel dieser Morrissey. Das meine ich mit Politik.«

»Das heißt, es ist alles bloß Show?«

»Gewissermaßen. Unternommen wird aber nichts.«

»Woher wollen Sie das wissen, Sir? Wir haben doch noch gar nicht mit der Frau gesprochen.«

»Sie werden ja sehen«, sagte Hitchens. »Auch politischer Einfluss kann weder Geldmittel noch Personal aus dem Boden stampfen.«

Als Cooper endlich Feierabend hatte, machte er sich sofort auf den Weg quer durch die Stadt zum Old-School-Pflegeheim. In einem der Aufenthaltsräume saß seine Mutter und wartete, in einem Lehnstuhl – aufrecht, starr, den Blick auf die Wand gerichtet und mit den Gedanken weit weg in ihrer eigenen Welt.

»Weißt du noch, was ich gesagt habe, Mum?«, fragte er. »Dass ich von der Farm wegziehe?« Er versuchte beiläufig zu klingen, als hätte er vor, kurz in den Laden an der Ecke zu gehen, um ein paar Teebeutel zu kaufen.

Isabel Cooper erwiderte nichts, doch ihr Blick wanderte zu seinem Gesicht. Cooper nahm ihre Hand. Sie fühlte sich schlaff und leblos an.

»Ich finde, ich sollte zur Abwechslung mal allein wohnen«, sagte er. »Es ist aber hier in Edendale, mach dir keine Sorgen. Ich komme dich trotzdem jeden Tag besuchen.«

Ihr Blick war noch immer nicht auf ihn gerichtet, aber einen Augenblick lang schien ein Schatten über ihr Gesicht zu huschen, ein verschwommenes Abbild des Ausdrucks, den sie immer aufgesetzt hatte, wenn sie glaubte, sie hätte ihn bei einer Lüge ertappt.

»Für dich ändert sich dadurch überhaupt nichts, Mum«, versicherte er. »Du siehst mich genauso oft wie jetzt. Viel zu oft, wie gewöhnlich. Das hast du immer gesagt, wenn ich dir zwischen den Füßen herumgelaufen bin.«

Er wünschte, sie würde ihn anlächeln, nur ein einziges Mal. Aber ihr Gesicht blieb maskenhaft starr. Das lag zum Teil an den Tabletten, die die unwillkürlichen Zuckungen kontrollierten und die Gesichtskrämpfe unterdrückten, die sie so oft in eine Fremde verwandelt hatten.

Er tätschelte ihren Handrücken, beugte sich vor und küsste sie. Ihre Wange war kalt, wie das Gesicht einer Statue. Er hörte, wie sie in einem langen Seufzer ausatmete, und spürte, dass sie sich ein bisschen entspannte. Mehr Reaktion durfte er nicht erwarten.

Einen kurzen Moment erwog Cooper, seine Entscheidung rückgängig zu machen. Aber spielte es überhaupt eine Rolle für seine Mutter? Ihr war es doch ohnehin egal, wo er wohnte, nun da sie im Pflegeheim war und wahrscheinlich nie wieder auf die Bridge End Farm zurückkehrte. Er musste gegen seinen eigenen inneren Widerstand ankämpfen, das Gefühl, sich von einem großen Teil seines Lebens zu trennen.

Er hatte versprochen, seine Mutter jeden Tag im Pflegeheim zu besuchen, und bis jetzt hatte er das auch getan. Das hieß, dass er ihr jeden Tag von seiner Entscheidung berichten konnte, bis sie es beide glaubten.

An diesem Morgen war Cooper zu früh für die Post von der Farm losgefahren, da das Postauto gewöhnlich erst gegen neun nach Bridge End hinauskam. Deshalb warteten die Immobilienangebote auf ihn, als er abends heimkam. Alle wussten, was in dem Umschlag war. Er hatte seiner Familie von seinen Auszugsplänen erzählt, aber jetzt sah er ihren Gesichtern deutlich an, dass sie ihm nicht geglaubt hatte. Josie, eine seiner Nichten, reichte ihm den Umschlag wortlos, aber mit vorwurfsvollem Blick. Sie sah aus, als wollte sie gleich in Tränen ausbrechen.

»Irgendwas Interessantes?«, erkundigte sich Matt, der zusah, wie sein Bruder den Umschlag aufriss.

Cooper erkannte auf einen Blick, dass nichts Passendes dabei war. Das Einzige, was die Makler anboten, waren ein paar Doppelhäuser mit vier Zimmern in Buxton und eine möblierte Wohnung in Chapel-en-le-Frith. Abgesehen davon, dass alles zu weit weg war, überstiegen die Mieten das, was er sich leisten konnte. Aber seiner Familie zu sagen, dass nichts dabei war, erschien ihm trotzdem wie ein Eingeständnis seines Versagens. Schlimmer noch – damit würde er die Erwartung schüren, dass er wahrscheinlich nie etwas finden und auf der Farm bleiben würde. Und wenn das der Fall war, würde er selbst nur allzu gern daran glauben, womit die Sache erledigt wäre. Er würde bis zur Pensionierung hier wohnen, oder bis Matt beschloss, die Farm zu verkaufen, was für sich allein genommen schon eine Katastrophe wäre.

Er sah Matt an. Er wusste nicht genau, was sein Bruder von seiner Idee hielt. Es war ein großer Schritt, so viel stand fest. Aber hatten damit nicht Matt, Kate und die Mädchen mehr Platz? Sogar beim Immobilienmakler war es ihm peinlich gewesen, seinen Entschluss auszusprechen. Er war fast dreißig – nicht unbedingt das Alter, in dem man verkündete, dass man zum ersten Mal von zu Hause wegzog. Er stellte sich die misstrauischen Blicke vor, die wilden Gerüchte hinsichtlich seiner Beziehung zu seiner Mutter.

»Vielleicht schaue ich mir morgen die eine oder andere Wohnung mal an«, sagte er.

Er konnte nur hoffen. Morgen konnte alles schon ganz anders aussehen.

Nachdem alle gegangen waren, blieb Diane Fry noch eine Weile im Büro. Eine Nachtschicht gab es praktisch nicht, im Polizeirevier wurde es so still wie im Leichenschauhaus. Diese Zeit mochte sie am liebsten, wenn niemand sie ablenkte, wenn sie einen Gedanken zu Ende denken konnte, ohne von singenden Hummern oder – schlimmer noch – von ihren Kollegen unterbrochen zu werden. Andauernd wollte jemand etwas von ihr.

Sie zog einen Umschlag aus einer abgeschlossenen Schublade ihres Schreibtischs, auf dem Ben Coopers Name stand und in dem sich Kopien seiner Personalakten befanden. Sie wusste, wann er hier in Derbyshire in den Polizeidienst eingetreten war, welche Bewertungen er im Lauf seiner Ausbildung erhalten hatte und wo seine erste Einsatzstelle gewesen war. Sie kannte das Datum seiner Versetzung zur Kripo, außerdem verfügte sie über mehrere Zeugnisse seiner Vorgesetzten sowie eine besondere Stellungnahme des Dienststellenleiters zum Tod seines Vaters Joe Cooper, der in Ausübung seiner Pflicht als Polizist gestorben war. Ben hatte damals Trauerurlaub und professionelle Betreuung bekommen. Ein Vermerk besagte: »Keine längerfristigen Probleme.«

Auch die ausnahmslos guten Prüfungsergebnisse seiner Bewerbung für die Beförderung zum Sergeant waren darunter, ebenso wie das Ergebnis der mündlichen Prüfung, in der er seine Bewerbung zurückgezogen hatte. Daraufhin hatte Fry die Stelle bekommen. Ließ sich Coopers verändertes Verhalten darauf zurückführen? Es wäre nur verständlich. Aber sie glaubte nicht, dass es daran lag – obwohl die Enttäuschung, bei der Beförderung, mit der er fest gerechnet hatte, übergangen worden zu sein, der Grund für das gewesen sein mochte, was er ihrer Meinung nach kurz darauf getan hatte. Sie war sich fast sicher, dass er Beweismaterial unterschlagen hatte, zumindest hatte er einen Verdacht nicht weitergegeben, und zwar aus falsch verstandener Loyalität.

Fry berührte die Narbe auf ihrem Gesicht, die verheilt, aber noch nicht verblasst war. Sie hatte keine Beweise für ihre Vermutung, und genau da lag das Problem. Es gab keinen handfesten Beweis. Unbegründete Anschuldigungen gegen einen Kollegen schadeten ihrer Karriere mit Sicherheit ebenso wie alles andere, was sie unternehmen konnte. Insbesondere, wenn sie sich gegen den Liebling des Hauses richteten, jenen Kollegen, der schon sein Leben lang in Eden Valley wohnte und alles und jeden kannte. Solange sie sich ihrer Sache nicht absolut sicher war, ging der Schuss garantiert nach hinten los, wenn sie Stimmung gegen Kollegen machte. Vor allem dann, wenn einer von ihnen im Dienst ums Leben gekommen war.

Sie wusste, dass nichts dem Verhältnis zu ihren Kollegen abträglicher sein konnte. Schon jetzt konnte sie sich vorstellen, wie ihr die anderen Beamten auf dem Korridor auswichen, wie sich die Stimmung in der Führungsebene abkühlte und man sie nach und nach ins Abseits drängte. Bis sie es endlich verstanden hatte und entweder dorthin zurückging, wo sie hergekommen war, in die West Midlands, oder sich gleich ganz aus dem Polizeidienst verabschiedete – wohl wissend, dass es niemanden interessierte, welche Entscheidung sie letztendlich traf.

Als sie daran dachte, wie Ben Cooper heute bei Dienstschluss ausgesehen hatte, verfinsterte sich ihre Miene. Er hatte wieder den lächerlichen Wachsmantel mit den langen Schößen getragen, der diese riesige Innentasche besaß, die er immer als seine Wilderertasche bezeichnete. Der Mantel war dunkelgrün, als wollte er sich damit tarnen. Was ihm im Schnee nicht viel nutzte, da ihn die Farbe für jeden Wildhüter mit einer Schrotflinte zu einem hervorragenden Ziel machte. Aber irgendwie sah er mit dem Mantel aus, als gehörte er ganz und gar hierher – ein

Mann, der mit sich und seinem Platz auf der Welt zufrieden war. Und dazu noch diese Tweedmütze, unter deren Schirm man seine Augen kaum sehen konnte!

Fry schüttelte sich. Sie konnte sich bei niemandem über Ben Cooper erkundigen. Vielleicht war ihre Sicht auf ihn ein wenig verzerrt oder ihre Antennen durch die Auseinandersetzung mit ihren eigenen Problemen abgestumpft. Eins war jedoch sicher: Cooper zog seine Kreise irgendwo jenseits ihres Radarsystems. Aber wenn er seinen Fuß auch nur einen Millimeter danebensetzte, geriet er unweigerlich wieder in ihr Visier. Vielleicht schon morgen.

5

Am nächsten Tag hatte der Himmel aufgeklart. Der Nachtfrost hatte den Schnee auf dem Moor mit Glitzer überzogen, und die Luft knisterte, als wäre sie statisch aufgeladen.

Ben Cooper stolperte seufzend in seinem Zimmer hin und her, fest entschlossen, das Frühstück heute nicht ausfallen zu lassen. Als Erstes stand dieser Termin mit der Kanadierin an, den der Chief Superintendent angesetzt hatte. Er hoffte, dass die Angelegenheit möglichst rasch über die Bühne war. Den Berichten des Nachrichtenoffiziers hatte er entnommen, dass es nicht einmal um einen ungeklärten Fall ging, den die Polizei in Derbyshire noch einmal aufgerollt haben wollte. Das Ganze war überhaupt kein Fall.

Wahrscheinlich war es nur wieder mal jemand, der von der Vergangenheit und seiner Familiengeschichte fasziniert war und unnötigen Wirbel verursachte. Chief Superintendent Jepson würde die Kanadierin so rasch wie möglich wieder hinauskomplimentieren.

Wie auch immer, sie war sowieso unwichtig. Im Augenblick konnte sich Cooper, der noch immer nicht ganz wach war, nicht einmal mehr an den Namen der Frau erinnern.

Alison Morrissey hatte sich Frank Baine zur Unterstützung mitgebracht. Baine stellte sich als freier Journalist vor, der die örtliche Geschichte der Royal Air Force und den Hintergrund der Flugzeugwracks, die überall im Peak District herumlagen, recherchiert hatte, und erzählte irgendetwas von einem noch nicht veröffentlichten Buch. Außerdem war er bereits seit Wochen im Auftrag der Kanadierin als Verbindungsmann mit der Polizei aufgetreten, hatte um Informationen gebeten und schließlich den Termin für das Treffen verabredet. Obwohl der Chief Superintendent noch nie persönlich mit Baine gesprochen hatte, ging ihm dessen Beharrlichkeit, von der ihm seine Mitarbeiter berichtet hatten, allmählich auf die Nerven.

Die vier trafen sich im Büro des Chief Superintendent, wo die Sekretärin hin- und herhuschte, Cappuccino servierte und allen Anwesenden von den Bakewell-Cremetörtchen anbot, die Jepson sämtlichen Besuchern auftischte, um seine Verbundenheit mit Derbyshire zu demonstrieren. Cooper konnte sich nicht erinnern, in der West Street schon einmal richtigen Kaffee getrunken zu haben. Er hatte gehört, dass sogar die Leute bei der Anzeigenaufnahme in der neuen Zentrale der Division B dieses Zeug angeboten bekamen, aber das glaubte er erst, wenn er es mit eigenen Augen gesehen hatte.

Die Unterredung begann mit einigen halbherzigen Nettigkeiten über das Wohlergehen von Miss Morrisseys Onkel, seine Familie, seinen Hund und sein Golf-Handicap. Dann ging dem Chief Superintendent der Gesprächsstoff aus, und er sah seine Besucher schweigend an – eine alte Verhörtechnik, in die er aus reiner Gewohnheit verfiel, ein Erbe seiner längst vergangenen Tage bei der Kriminalpolizei. Aber es funktionierte. Alison Morrissey fing sofort an zu reden.

»Wie Sie wissen, meine Herren, habe ich um diese Zusammenkunft gebeten, weil ich die Schmach auf dem Namen meines Großvaters, Daniel McTeague, der bei der kanadischen Luftwaffe als Offizier gedient hat, tilgen möchte. Er wurde im Januar 1945 als vermisst gemeldet, zu einer Zeit, als er der britischen Luftwaffe zugeteilt war.«

»Und das ist inzwischen siebenundfünfzig Jahre her«, sagte Chief Superintendent Jepson freundlich lächelnd, obwohl er damit von Anfang an seinen Standpunkt deutlich machte.

»Zufällig weiß ich, dass Ihre Kollegen von der Polizei in Manchester vergangenes Jahr einen Fall noch einmal aufgerollt haben, der bereits fünfundsiebzig Jahre zurücklag«, konterte Morrissey und sah ihrem Gegenüber direkt in die Augen. »Wenn ein Justizirrtum vorliegt, scheint es keine Rolle zu spielen, wie lange etwas her ist.«

Cooper warf ihr über die Akten hinweg, in die er sich scheinbar vertieft hatte, einen kurzen Blick zu. Er hatte nicht erwartet, dass sie so jung war. Natürlich hätte er sich ihr ungefähres Alter ausrechnen können, wenn es ihn interessiert hätte, schließlich wusste er, dass sie gekommen war, um über ihren Großvater zu sprechen. In den Akten war vermerkt, dass Fliegerleutnant McTeague zu dem Zeitpunkt, als er als vermisst gemeldet wurde, dreiundzwanzig Jahre alt gewesen war. Seine Tochter, Alison Morrisseys Mutter, war erst wenige Tage vor seinem Verschwinden zur Welt gekommen, folglich musste sie heute siebenundfünfzig sein. Offenbar gehörte sie zu jenen Frauen, die erst in den Dreißigern Mutter wurden, denn Morrissey konnte kaum älter als fünfundzwanzig oder sechsundzwanzig sein. Cooper gefiel die Art, wie sie dem Chief Superintendent geantwortet hatte. Sie war sehr zielstrebig. Und sie war gut vorbereitet.

»Es hat nie eine Gerichtsverhandlung gegeben«, rief ihr Jepson in Erinnerung. »Die Justiz wurde zu keinem Zeitpunkt eingeschaltet.«

»Die offizielle Justiz«, erklärte Morrissey.

Der Chief Superintendent seufzte leise. »Fahren Sie fort.«

»Mein Großvater war als Pilot eines Lancaster-Bombers bei der Royal Air Force in Leadenhall in Nottinghamshire stationiert, als Angehöriger der 223. Staffel des Bomberkommandos. Damals war er bereits zwei Jahre in der RAF geflogen und konnte eine hervorragende Beurteilung vorweisen. Nachdem er eine beschädigte Wellington nach einem erfolgreichen Einsatz gegen eine deutsche U-Boot-Basis in der Nähe von Rotterdam heil zurückgebracht hatte, wurde ihm eine Medaille erster Klasse verliehen, das Distinguished Flying Cross. Er hatte seiner Mannschaft befohlen auszusteigen, sobald sie über englischem Boden waren, ehe er die Maschine eigenhändig gelandet hatte. Und das, obwohl er selbst von einem Granatsplitter der feindlichen Luftabwehr verwundet worden war. Sobald er wieder gesund war, hat er sich für die Lancasters ausbilden lassen und wurde zur RAF nach Leadenhall versetzt.«

»Sehr interessant«, sagte Jepson. »Aber könnten wir zum Januar 1945 kommen?«

»Ich möchte Ihnen klar machen, was für ein Mensch mein Großvater war«, antwortete Morrissey.

Cooper sah, dass sich ihre Augen beim Sprechen einen Moment lang zornig verengten. Abgesehen von ihrem Alter hatte er vor allem nicht damit gerechnet, dass sie so attraktiv war. Sie verfügte über den Stil und das Selbstbewusstsein, das eine Frau aus der Masse herausragen ließ. Ihre Zuversicht und ihr Stolz gefielen ihm, und er wunderte sich, warum Jepson nicht sanfter mit ihr umging, denn für gewöhnlich hatte auch er eine Schwäche für attraktive junge Frauen. Doch der Chief hatte sein Herz offenbar abgeschottet, und wenn das passierte, wich er keinen Zentimeter von seinem Standpunkt ab. Das Ergebnis dieser Besprechung war bereits beschlossene Sache. Schon jetzt hatte Cooper Mitleid mit der Frau. Jepson würde sich alles anhören, was sie zu sagen hatte, am Ende würde sie unweigerlich enttäuscht werden.

»Hier ist ein Foto von meinem Großvater«, sagte Morrissey und schob erst dem Chief Superintendent ein Bild über den Tisch zu, dann Cooper ein zweites. Bis auf einen kurzen Blick bei der Begrüßung hatte sie ihn bisher kaum angesehen. Cooper hatte den Eindruck, dass sie genau wusste, was sie wollte, und wer ihr dabei am besten helfen konnte. Sofort richtete sie den Blick wieder auf den Chief Superintendent.

»Die Aufnahme wurde gemacht, als er zum Fliegerleutnant befördert wurde, nachdem er sich der 223. Staffel angeschlossen hatte«, erklärte sie. »Wegen seiner Dienstjahre war er ein oder zwei Jahre älter als die meisten anderen Besatzungsmitglieder. Deshalb nannten ihn alle ›Opa‹.«

Dem NO war es nicht gelungen, dieses Foto für die Akte aufzutreiben, obwohl es bestimmt ziemlich leicht zu beschaffen gewesen wäre, da es sich um eine offizielle Aufnahme der britischen Luftwaffe handelte. Entweder war Morrissey aktiver gewesen, oder aber sie hatte die besseren Beziehungen. Cooper sah zu Frank Baine hinüber, während ihm wieder einfiel, dass er ihn in einer Fernsehsendung über den sechzigsten Jahrestag der Schlacht um England gesehen hatte. Das Einzige, was Cooper von diesem Bericht in Erinnerung behalten hatte, war, dass einige der Lancaster-Bomber, die die RAF im Zweiten Weltkrieg eingesetzt hatte, in einem Werk in Bamford gebaut worden waren, das nur wenige Kilometer von Edendale entfernt lag. Selbstverständlich existierte das Werk schon lange nicht mehr, ebenso wenig wie die Bomber, die man dort zusammengeschraubt hatte. In der Sendung hatte eine Frau erzählt, wie sie als junges Mädchen in der Flugzeugfabrik gearbeitet hatte und dass ihr ein wichtigtuerischer Vorarbeiter erklärt habe, dass sie, wenn sie auch den kleinsten Fehler machte, schuld daran sei, wenn die Deutschen den Krieg gewannen.

»Bitte sehen Sie sich das Foto genau an«, bat Morrissey, »dann müsste Ihnen eigentlich klar werden, wie stolz mein Großvater auf diese Uniform war.«

Fliegerleutnant McTeague sah in seiner RAF-Uniform aus wie aus dem Ei gepellt: mit der Schirmmütze, den nagelneuen Streifen am Ärmel und der Medaille am Band, die an seine Brusttasche geheftet war. Die angelegten Arme wirkten, als würde er strammstehen. Sein Schlips saß perfekt, die Bügelfalten waren messerscharf. Die Uniform war natürlich blau gewesen, nur das Foto war schwarzweiß. Möglicherweise war der ursprüngliche Abzug sepiafarben gewesen, während dieser hier wie eine am Computer vergrößerte Kopie aussah. McTeagues

Gesicht war gut zu erkennen: schmaler, dunkler Schnurrbart, stolzes Lächeln und klare Augen, die direkt in die Kamera blickten. Ein gut aussehender Mann, nach dem sich so manches Mädchen umgedreht haben musste. Und in seinem Blick lag eindeutig eine gewisse Ähnlichkeit mit seiner Enkelin.

»Wie Sie sehen, trägt er sein Distinguished Flying Cross«, ergänzte Morrissey.

Jepson legte den Abzug auf seine Akte. »Januar 1945«, sagte er.

Morrissey nickte. »Am 7. Januar 1945 saß mein Großvater im Cockpit des Lancaster-Bombers SU-V«, sagte sie. »Bei der Besatzung hieß das Flugzeug Sugar Uncle Victor.«

An dieser Stelle sprang Frank Baine ein, der Fachmann. Sein Schädel war rasiert, eine Mode, die das Quer-über-den-Kopf-Kämmen zur Kaschierung früh einsetzender Glatzenbildung abgelöst hatte. Sobald er anfing zu sprechen, war Cooper klar, weshalb Alison Morrissey ihn mitgebracht hatte. Baine brauchte kaum auf seine Notizen zurückzugreifen, um darzulegen, was sich am 7. Januar 1945 zugetragen hatte. Jedenfalls die bislang bekannten Tatsachen.

»Die Lancaster SU-V war nach dem Angriff eines deutschen Nachtjägers während eines Luftangriffs auf Berlin am äußeren Steuerbordflügel beschädigt worden«, erklärte er. »Man hatte das Triebwerk ausgetauscht, und die Besatzung war auf einem Testflug mit dem neuen Triebwerk unterwegs. Es war ein reiner Routineflug – sie sollten von der Basis Leadenhall in Nottinghamshire zum Militärflugplatz Benson in Lancashire fliegen. Die Entfernung betrug höchstens 100 Meilen. Die Besatzung hatte schon mehrere Einsätze über Deutschland geflogen und war jedes Mal unversehrt zurückgekehrt. Aber über Derbyshire ging irgendetwas schief. Die SU-V prallte gegen den Irontongue Hill, ungefähr zehn Meilen von hier. Bei dem Absturz starben fünf der sieben Besatzungsmitglieder.«

Cooper hatte die Liste der Besatzungsmitglieder vor sich liegen. Sieben Namen, von denen er bislang nur einen kannte – den des Piloten, Daniel McTeague. »Moment«, sagte er. »Wer von der Besatzung wurde getötet?«

»Erstens der Funker, Sergeant Harry Gregory«, antwortete Baine.

Cooper machte ein kleines Kreuz hinter den Namen.

»Dann der Bombenschütze, Bill Mee, der mittlere Bordschütze, Alec Hamilton, und der Heckschütze, Dick Abbott, allesamt Sergeanten der britischen Luftwaffe.«

»Und wer noch?«

»Einer von den Polen«, sagte Baine. »Der Navigator, Fliegerleutnant Klemens Wach.«

»Bleibt ein weiterer Überlebender außer McTeague«, stellte Cooper fest.

»Genau.«

»Das müsste der Bordingenieur sein. Ich weiß nicht genau, wie man den Namen ausspricht…«

»Lukasz«, sagte Baine. »Wie *Gulasch.* Der zweite Überlebende war Fliegerleutnant Zygmunt Lukasz.«

Grace Lukasz hatte erfreut bemerkt, dass Zygmunt kein besonderes Interesse mehr daran zeigte, zum Dom Kombatanta, dem Club der ehemaligen polnischen Kriegsteilnehmer, zu gehen. In letzter Zeit schienen sich die alten Soldaten und Flieger nur noch über Krieg und Tod zu unterhalten, als wären die sechzig Jahre ihres Lebens seit 1945 zu einem vierzehntägigen Heimaturlaub zusammengeschnurrt. Einmal hatte sie gehört, wie ein ehemaliger Fallschirmjäger, der zu viel Wodka getrunken hatte, verkündete, dass er sich nie wieder so lebendig gefühlt hätte wie damals im Angesicht des Todes. Und jetzt wiederholte sich das Ganze – die alten Soldaten machten sich bereit für ihren letzten Flug, die letzte Reise ins Unbekannte, nur dass sie diesmal ein Leichenwagen ans Ziel bringen würde.

Früher hatten sich Zygmunt und seine Freunde für die britische Politik interessiert. Sie hatten endlos über die ihrer Meinung nach unglaubliche Gleichgültigkeit der Briten diskutiert, die sich kaum aufraffen konnten, zur Wahlurne zu gehen, geschweige denn, ihren Politikern zuzuhören.

»Seit Winston Churchill sind sie nicht mehr die Alten«, hatte Zygmunt einmal gesagt.

»Dad, das ist sechzig Jahre her«, hatte Peter erwidert.

»Das meine ich ja«, sagte Zygmunt. »Seither ist es mit ihnen bergab gegangen.«

Aber das war zu der Zeit, als er noch Englisch sprechen konnte.

Der alte Mann besaß eine besondere Begabung, Grace spüren zu lassen, dass sie eine Fremde war. Es war ein unangenehmes Gefühl, an das sie sich seit der Hochzeit mit Peter nie ganz gewöhnt hatte. Davor hatte sie Woodward geheißen und ihre Zugehörigkeit niemals in Frage gestellt, sondern sich ganz selbstverständlich als Britin betrachtet. Doch eines Tages war sie plötzlich Mrs Lukasz, und die Leute behandelten sie anders, als wäre sie noch einmal als Fremde auf die Welt gekommen. Sogar Menschen, die sie ihr Leben lang kannte, mit denen sie zur Schule gegangen war, schienen zu glauben, sie hätte die englische Sprache über Nacht verlernt.

Und dann, nach dem Unfall vor sechs Jahren, war Grace mit einem Mal froh gewesen, sich als Fremde zu fühlen. Wenn sie jetzt in ein Geschäft kam und die Unterhaltung plötzlich verstummte, konnte sie sich einreden, es läge daran, dass sie nur ihren Nachnamen gehört hatten und sie für eine osteuropäische Asylantin hielten. Inzwischen wohnten eine Menge Asylanten in den Ferienhäusern an der Buxton Road.

Erst kürzlich hatte Grace in der Zeitung gelesen, dass einige Grüppchen osteuropäischer Frauen und Kinder in den umliegenden Ortschaften aufgetaucht seien, und während die Frauen sich nach dem Weg erkundigt und die Ladenbesitzer abgelenkt hätten, hätten die Kinder die Regale leer geräumt. Sie zweifelte nicht daran, dass diese Geschichte stimmte. Die meisten dieser Leute waren sowieso Zigeuner, und Edendale hatte jahrelang mehr als genug Probleme mit Zigeunern gehabt. Einmal hatte eine Sippe ihre Autos und Wohnwagen auf einer Wiese unmittelbar neben dem Queen's Park abgestellt; Grace hatte gesehen, wie ihre Hunde herumgestreunt waren und wie sich der Müll am Rand der Wiese mit jedem Tag höher getürmt hatte. Es war ihr vorgekommen, als würde sie zusehen, wie der Winter hereinbrach und die Landschaft starb, als würde sie sehnlichst auf den ersten Frühlingstag warten, an dem die Sonne wieder herauskam und man endlich wieder alles aufräumen und säubern konnte. Mit dem gleichen Gefühl der Ohnmacht, der gleichen Ungeduld hatte sie darauf gewartet, dass dieses Ärgernis aus ihrem Leben verschwand.

Eines Morgens waren die Zigeuner tatsächlich verschwunden. Sie hatten sich vor Tagesanbruch aus dem Staub gemacht und auf der Wiese ein Meer aus Abfall und auf der Straßenböschung allen möglichen anderen Unrat hinterlassen. Was kümmerte es sie, wohin die Zigeuner weiterzogen? Was kümmerte es sie, wohin der Schnee verschwand? Der Schnee wurde irgendwie von der Erde aufgenommen, das war alles, was zählte. Die Natur hatte eine Art Selbstreinigungsrhythmus, den sie tröstlich fand.

Grace wandte sich wieder dem Zimmer zu. Sofort fiel ihr Blick auf das Familienfoto in der Nische neben der Tür. Sie und Peter, Zygmunt und Krystyna, die Enkelkinder auf den Knien. Einmal, noch vor der Hochzeit, hatte sie versucht, Peter zu überreden, ihren Nachnamen zu ändern, weil sie es ihren zukünftigen Kindern leichter machen wollte. »Lucas« wäre doch eine gute Alternative, hatte sie vorgeschlagen. Es wäre eigentlich nur eine Änderung der Schreibweise gewesen, die Aussprache wäre praktisch gleich geblieben. Doch Peter hatte sich geweigert. Er hatte ihr in einem Ton geantwortet, den sie noch nie an ihm gehört hatte, ein Ton, der sie verstummen ließ und schließlich davon abhielt, weiter mit ihm darüber zu streiten. Er hatte seine Ablehnung nie begründet, und sie hatte ihn auch nie mehr danach gefragt.

Sie betrachtete das Gesicht des alten Zygmunt, die stolze Kopfhaltung und den offenen Blick. Mit dem Alter wurde Peter seinem Vater immer ähnlicher. Manchmal, wenn sie genauer hinsah, bemerkte sie einen veränderten Ausdruck in den Augen ihres Ehemannes, wenn sein Vater ihn »Pjotr« nannte. Ihr war es nie gelungen, diesen Blick hervorzurufen, nicht einmal in ihren intimsten Momenten. Wie oft sie seinen Namen auch flüsterte, dieser stolze Blick ließ sich nicht heraufbeschwören. »Peter« hatte für ihn nicht dieselbe Bedeutung wie sein polnischer Name. Einen Augenblick lang wünschte sie sich, sie könnte diese Wirkung erzielen, indem sie ihn ebenfalls »Pjotr« nannte. Aber sie wusste, dass es zu spät war, diese Gewohnheit jetzt noch zu ändern.

Als sie einen Wagen kommen hörte, rollte Grace rasch zum Fenster. Unmittelbar hinter ihrer Hecke parkte ein Ford am Straßenrand ein. Sie sah einen Mann mit hellem Haar auf dem Fahrersitz. Es war nicht Andrew. Auf der Beifahrerseite stieg eine Frau aus. Einen kurzen Moment blieb ihr Blick auf Grace hängen, dann wandte sie sich ab und ging zu der Tür zwei Häuser weiter, während der Fahrer winkte und davonfuhr. Grace stieß den angehaltenen Atem aus. Auch sie war es nicht. Noch nicht.

Frank Baine wartete, bis er sicher war, dass man ihm immer noch aufmerksam zuhörte. Alison Morrissey ließ Chief Superintendent Jepson nicht aus den Augen. Sie wollte den Chief mit schierer Willenskraft zum Zuhören zwingen, doch Ben Cooper kannte Jepson gut genug, um zu erkennen, dass er längst abgeschaltet hatte. Wahrscheinlich hatte er bereits im Voraus entschieden, wie viel Zeit er der Sache zu opfern bereit war. Cooper wunderte sich, wie schnell die Zeit verging.

»Der ehemalige Fliegerleutnant Zygmunt Lukasz ist der einzige Überlebende der Besatzung der Sugar Uncle Victor«, erklärte Baine. »Lukasz war damals einer der Jüngsten, aber auch er ist inzwischen achtundsiebzig. Und wie es der Zufall will, wohnt er hier in Edendale.«

»Dann wollen Sie ihn bestimmt besuchen«, sagte Jepson, als wollte er damit andeuten, dass es dafür keinen besseren Zeitpunkt gäbe als jetzt. Jetzt *sofort.*

»Wir haben mit den Lukasz' Kontakt aufgenommen«, sagte Baine. »Man kann mit Fug und Recht behaupten, dass sie nicht sehr daran interessiert sind, mit uns zusammenzuarbeiten.«

»Schade«, meinte Jepson.

»Am Tag des Absturzes hat der Pilot wie vorgeschrieben die Sichtfluglage bei der Flugkontrolle abgefragt«, fuhr Baine fort. »Man hatte ihn über eine durchbrochene Wolkendecke in zweitausend Fuß Höhe und schlechte Sicht informiert. Aber irgendwie kam er vom Kurs ab und befand sich plötzlich über dem Peak District. Er hat es zu spät bemerkt, als er das Flugzeug durch die Wolkendecke nach unten brachte, um seine Position festzustellen. Direkt vor ihm ragte der Irontongue Hill auf. Er hatte nicht die geringste Chance auszuweichen.«

»Bei dem Absturz kamen fünf Mann ums Leben. Also haben zwei überlebt.«

»Ja. Der siebte war der Pilot, mein Großvater«, sagte Alison Morrissey. »Aber nach dem Unglück hat ihn niemand mehr gesehen.«

Darauf hatte Cooper gewartet. Schließlich war das der Sinn und Zweck dieses Treffens. Alles andere war lediglich Vorgeplänkel gewesen. »Seit dem Unglück gilt er als Deserteur«, sagte er. »Außerdem wurde er nach der Untersuchung für den Absturz verantwortlich gemacht.«

Morrissey wandte sich abrupt zu ihm um. »Er war der Pilot. Das Flugzeug stand unter seinem Befehl. Da es weder Anzeichen für feindliches Einwirken noch für mechanisches Versagen gab, musste er die Schuld auf sich nehmen. Er wurde in Abwesenheit schuldig gesprochen. Und es gibt keinen Beweis dafür, dass mein Großvater desertiert ist. Keinen Einzigen.«

»Aber er wurde gesehen, wie er sich von der Absturzstelle entfernt hat«, sagte Cooper.

»Nein. Das stimmt nicht.«

Chief Superintendent Jepson bewegte sich kaum merklich. Die Stimmen, die plötzlich lauter geworden waren, hatten sein Interesse geweckt. Er warf einen Blick auf den Bericht des Nachrichtenoffiziers. »Soweit ich informiert bin, wurden zwei Jungen befragt, die aussagten, sie hätten gesehen, wie ein Flieger die Straße am Blackbrook-Reservoir entlangging, vom Irontongue Hill herunter in Richtung Glossop. Das erscheint mir ziemlich eindeutig.«

»Diese Aussage war entscheidend. Ich würde mich gern noch einmal mit den beiden Jungen unterhalten, aber ihre Namen sind in den Unterlagen, die mir zur Verfügung gestellt wurden, nicht vermerkt.«

»Das mag von Ihrem Standpunkt aus bedauerlich sein, Miss Morrissey, aber schließlich waren die beiden damals noch Kinder. Zwölf und acht Jahre alt. Warum hätten sie lügen sollen?«

»Das weiß ich nicht.«

»Außerdem steht hier, dass später am Tag ein Mann in Uniform gesehen wurde, den ein Lastwagenfahrer in der Nähe von Chinley auf der A6 mitgenommen hat. Das war damals so üblich.«

»Dieser Mann ist nie mit hundertprozentiger Sicherheit als Fliegerleutnant McTeague identifiziert worden«, widersprach Morrissey.

»Das war sogar noch bis vor kurzem an der Tagesordnung. Aber seit einigen Jahren nicht mehr.«

»Wovon reden Sie?«

»Davon, dass Autofahrer Soldaten mitnehmen. Früher standen die Jungs am Straßenrand, mit ihren Kleidersäcken und einem Schild, auf dem stand, wohin sie wollten, und die Autofahrer hielten an. Man erkannte die Soldaten schon am Haarschnitt, da alle anderen jungen Männer damals lange Haare hatten. Ich kann mich noch daran erinnern, wie ich selbst mehrere Soldaten am Kreisel der M6 in der Nähe von Preston mitgenommen habe, als ich noch bei der Polizei in Lancashire war. Heutzutage kann man niemandem mehr trauen. Man weiß nie, wer an eine Uniform oder an Militärausrüstung herankommt. Wenn man solche Leute mitnimmt, kann man ausgeraubt werden oder noch Schlimmeres. Ich würde der Öffentlichkeit dringend davon abraten, schon um der eigenen Sicherheit willen.«

Alison Morrissey starrte den Chief Superintendent an, und Cooper sah, wie sie leicht errötete. Das machte sie noch anziehender, doch Jepson schien es nicht zu bemerken. Er hatte auf Öffentlichkeitarbeits-Modus umgeschaltet, als hielte er einen Vortrag vor der Handelskammer oder vor einem Komitee zur Verbesserung der Zusammenarbeit zwischen Polizei und Bevölkerung.

»Der Mann wurde nie eindeutig als mein Großvater identifiziert«, wiederholte Morrissey.

»Ja ja, ich habe Sie schon verstanden«, sagte Jepson und schaute in seinen Bericht.

»Und wie soll er zur A6 gelangt sein? Versetzen Sie sich bitte einmal kurz in seine Lage. Ich habe mir die Landkarten angesehen, und die Stelle, an der dieser Mann mitgenommen wurde, ist über zehn Meilen von der Absturzstelle entfernt. Soll mein Großvater etwa so weit zu Fuß gegangen sein? Warum hat ihn dann nicht schon eher jemand gesehen?«

»Es war dunkel«, bemerkte Cooper.

Ihre Blicke trafen sich. Er hatte das Gefühl, dass die Frau unter anderen Umständen gelächelt hätte.

Jepson nickte ihm dankbar zu. »Es war dunkel, natürlich. Der Lastwagenfahrer hat ihn um sieben Uhr morgens mitgenommen. Da ist es in dieser Gegend im Januar noch dunkel. Ben weiß das am besten. Er stammt von hier. Es geht doch nichts über ein bisschen Ortskenntnis. Das ist besser als alle Unterlagen, die Sie hier anschleppen, Miss Morrissey.«

Der Chief Superintendent schob den Bericht beiseite und strahlte Morrissey an. Cooper erkannte das Politikerlächeln, das der Chief normalerweise nur bei hohem Besuch aus der Polizeibehörde aufsetzte, wenn er hoffte, dass seine Gäste endlich abzogen und ihn in Ruhe ließen.

»Der Lastwagenfahrer konnte nicht einmal genau sagen, ob der Mann eine Fliegeruniform anhatte«, sagte Morrissey, in deren Stimme ein Anflug von Verzweiflung lag.

Jepson zog die Akte wieder zu sich heran. Er warf einen Blick auf die erste Seite, dann sah er zu Cooper hinüber, der stumm die Lippen bewegte.

»Es war dunkel«, sprach Jepson stockend nach. »Ja, natürlich war es dunkel... das haben wir doch bereits festgestellt. Miss Morrissey, wir können von einem Kraftfahrer nicht erwarten, dass er im Dunkeln die Einzelheiten einer Uniform erkennt. Wie Sie vielleicht wissen, gab es damals noch keine Straßenbeleuchtung. Es war schließlich...«

»Krieg«, ergänzte Morrissey. »Ich weiß.«

Jepson legte die Fingerspitzen aneinander und sah sich zufrieden um, als wäre dieser Punkt damit geklärt. »Haben Sie noch weitere Informationen beizusteuern, Miss Morrissey? *Neue* Informationen?«

»Mein Großvater ist nicht desertiert«, sagte Morrissey leise.

»Ich möchte Ihnen nicht zu nahe treten«, sagte Jepson, der nun, da er die Ziellinie bereits vor sich sah, allmählich in Schwung kam, »aber ich finde, Sie haben uns bis jetzt nichts wirklich Neues erzählt. Es besteht kein Grund zur Annahme, dass Ihr Großvater etwas anderes getan hat, als die Absturzstelle zu verlassen, bevor die Rettungsmannschaften eintrafen, dass er sich von einem Lastwagenfahrer auf der A6 hat mitnehmen lassen und...«

»Und was?«, fragte Morrissey.

Jepson blätterte nervös in seinem Bericht. »Na ja, vermutlich ist es ihm irgendwie gelungen, das Land zu verlassen und nach Kanada zurückzukehren.«

»Wie leicht dürfte das für einen Deserteur gewesen sein?«, fragte Morrissey. »Insbesondere damals, im Krieg?«

Es sah aus, als wollte der Chief Superintendent mit den Achseln zucken, doch er überlegte es sich in letzter Sekunde anders. Schließlich hatte er in etlichen Seminaren für Führungskräfte gelernt, dass eine derartige Geste die falschen Signale setzte.

»Bitte. Mein Problem besteht darin, dass meine einzigen Informanten hier in der Gegend – zumal es unmöglich ist, die beiden Jungen ausfindig zu machen, die meinen Großvater gesehen haben – Zygmunt Lukasz und ein Mann namens Walter Rowland sind. Rowland gehörte zu dem Trupp der RAF-Bergrettung, der zur Absturzstelle gerufen wurde. Frank hat sich mit ihnen in Verbindung gesetzt, aber sie weigern sich beide, mit mir zu sprechen.«

»Es tut mir Leid, Miss Morrissey, aber ich kann wirklich nichts für Sie tun«, sagte Jepson.

»Sie können schon – Sie *wollen* nur nicht«, sagte Morrissey.

»Wie Sie meinen. Tatsache ist aber, dass ich bei weitem nicht genug Personal habe, um Sie bei Ihrem Vorhaben auch nur zu beraten.«

Ben Cooper sah deutlich, dass Alison Morrissey das Wort »Vorhaben« nicht gefiel. Ihre Kiefermuskeln spannten sich an, und ein eigensinniger Ausdruck trat auf ihr Gesicht. Sie fingerte am Schnappschloss ihrer Aktentasche herum, als wollte sie ihre Unterlagen wieder einstecken.

Cooper nutzte die Gelegenheit, um ihr eine Frage zu stellen. »Miss Morrissey, was glauben *Sie* denn, was mit Ihrem Großvater passiert ist?«

Morrissey sah ihn einen Augenblick verwirrt an, ehe sie sich mit einer raschen Handbewegung das Haar aus dem Gesicht strich. »*Ich* glaube, er war verletzt«, sagte sie. »Vielleicht war er benommen oder hatte eine Gehirnerschütterung, so dass er nicht wusste, wo er war und was er tat. Vielleicht konnte er sich nicht mal an den Absturz erinnern. Ich glaube, er hat seine Fliegermontur ausgezogen und am Straßenrand zurückgelassen, weil sie zu schwer war, um sie zu tragen. Ich glaube, dass er zu irgendeinem Haus in der Nähe kam, vielleicht zu einem Bauernhof, und dass man ihn dort aufgenommen hat.«

»Aufgenommen?«

»Sich um ihn gekümmert und ihm ein Dach über dem Kopf gegeben.«

»Obwohl die Leute wussten, wer er war? Sie müssen doch später von dem Flugzeugabsturz gehört haben. Warum hätten sie ihn behalten sollen? Warum haben sie ihn nicht den Behörden übergeben? Wenn er verletzt war, hätten sie sich zumindest um ärztliche Versorgung kümmern müssen.«

»Ich weiß auch nicht, warum«, beharrte Morrissey. »Aber ich weiß, dass der Mann, der auf der A6 mitgenommen wurde, nicht mein Großvater war. Ich glaube, dass es sich um einen Deserteur handelte, der sich unerlaubt vom Fahrzeugdepot in Stockport entfernt hat. Er hieß Fuller. Die Polizei hat ihn später im Haus seiner Eltern in Stoke-on-Trent festgenommen.«

»Und Ihr Großvater?«, fragte Cooper. »Wie kommen Sie darauf, dass er in dieser Gegend geblieben ist? Das kommt mir ziemlich unwahrscheinlich vor.«

»Wie ich darauf komme? Sehen Sie sich das hier an«, erwiderte Morrissey und zog eine kleine Plastiktasche aus der Aktenmappe, die eine Medaille an einem rotgoldenen Band enthielt. Die Medaille war blank poliert und schimmerte im Licht der Neonlampen, funkelte sie an, als wollte sie ihnen eine Botschaft aus der Vergangenheit überbringen.

»Was ist das?«

»Das ist ein Distinguished Flying Cross der kanadischen Luftwaffe«, erklärte Morrissey und drehte die Medaille um. »Jemand hat sie letzten Sommer an die frühere Adresse meiner Großmutter in Ottawa geschickt. Ein kurzer Brief war auch dabei. Er war an meine Mutter adressiert, aber es stand nur ›Vergiss nie deinen Vater, Fliegerleutnant Danny McTeague‹ drin.«

Cooper beugte sich vor, um die Medaille genauer zu betrachten. »Das ist die Medaille Ihres Großvaters? Wo kam sie her?«

»Wir wissen nur«, antwortete Morrissey, »dass das Päckchen hier in Edendale aufgegeben wurde.«

6

Die Leiche vom Snake Pass war in die Leichenhalle des Krankenhauses von Edendale gebracht worden. Dort lag der Tote zumindest so lange auf Eis, bis er identifiziert werden konnte oder sich jemand meldete, der ihn kannte. Diane Fry hatte DC Murfin vor der Leichenhalle im Auto sitzen lassen, wo er zweifellos damit beschäftigt war, den Haufen Bonbonpapiere auf dem Wagenboden zu vergrößern.

In der Leichenhalle war es wärmer als draußen auf der Straße. Es roch auch besser – nach Desinfektionsmittel und Duftspray, die den Geruch nach Körperflüssigkeiten und Eingeweiden überdecken sollten.

»Solche Kandidaten bekommen wir kaum noch rein«, sagte Mrs Van Doon. »Normalerweise tragen die Leute alle möglichen Ausweise bei sich. Wenn nicht, haben wir ihre Fingerabdrücke, ihre Zahnformel oder ihre DNS. Aber wie ich höre, haben Sie damit bisher keinen Erfolg gehabt? Keine übereinstimmenden Daten?«

»Nichts«, antwortete Fry. »Natürlich haben wir Anfragen losgeschickt, aber seine Beschreibung passt auf niemanden, der uns als vermisst gemeldet wurde.«

»Vielleicht hat noch niemand bemerkt, dass er verschwunden ist.«

»Viele Leute laufen durch die Gegend und kriegen nichts mit«, konterte Fry.

Die Gerichtsmedizinerin warf ihr einen verdutzten Blick zu. »Für mich sieht er nicht wie der typische Durchschnittsvermisste aus«, sagte sie. »Zum einen ist er dafür zu gepflegt und zu gut gekleidet. Seine Schuhe waren teuer.«

»Stimmt. Auf die Schuhe und seine anderen Kleidungsstücke setzen wir am meisten Hoffnung. Sie sind eigentlich sehr bezeichnend.«

»Er war nicht per Anhalter unterwegs. Nicht mit diesen Schuhen. Der Schnee hat sie völlig ruiniert.«

»Nein, ein Tramper war er nicht.«

»Vielleicht ein Autofahrer, dessen Wagen liegen geblieben ist? Vielleicht wollte er ja zu Fuß in die Stadt zurück.«

»Möglich. Bis jetzt konnten wir alle liegen gebliebenen Autos lebenden Eigentümern zuordnen, aber es gibt immer noch etliche Seitenstraßen, zu denen die Schneepflüge noch nicht durchgedrungen sind.«

»Sie klingen trotzdem nicht besonders zuversichtlich.«

»Nein. Bin ich auch nicht.«

»Warum nicht?«

»Sehen Sie ihn sich doch an – wie er angezogen ist. Sie haben selbst gesagt, wie teuer er gekleidet ist. Hätte er sich wirklich in diesem Aufzug zu Fuß auf den Weg gemacht? Ohne Mantel? Warum ist er nicht beim Wagen geblieben und hat gewartet, bis jemand kommt? Wir sind hier schließlich nicht in der Antarktis. Spätestens innerhalb der nächsten vierundzwanzig Stunden wäre jemand vorbeigekommen. Und warum hat er nicht übers Telefon Hilfe gerufen? Herrgott noch mal, heutzutage hat doch jedes Schulkind ein Handy. Ich kann mir nicht vorstellen, dass ein Mann wie der hier keines dabei hat.«

»Vermutlich haben Sie Recht. Ich sollte mich lieber auf die medizinischen Tatsachen beschränken und den psychologischen Teil Ihnen überlassen.«

»So habe ich das nicht gemeint«, sagte Fry, die spürte, dass sie die Gerichtsmedizinerin mit ihrer Bemerkung gekränkt hatte.

»Schon gut.«

»Und noch etwas. Wie wahrscheinlich ist es, dass er sich zu

Fuß auf den Weg gemacht hat und die ersten Menschen, denen er begegnet ist, zufällig ein paar Straßenräuber waren, die zufällig mitten im Schneesturm über den Snake Pass gefahren sind und die Gelegenheit beim Schopf ergriffen haben?«

»Dazu kann ich nichts sagen.«

»Dann sind wir wohl einer Meinung.«

Fry warf einen Blick auf den Toten. Er war gewaschen und zugedeckt, so dass nur noch das Gesicht zu sehen war. Ihrer Schätzung nach war er etwa dreißig Jahre alt, etwas dicklich um den Hals, sonst aber recht gut in Form. Sein Haar war dunkel, kurz geschnitten und gepflegt, mit ein paar grauen Strähnen an den Schläfen. Die Stoppeln auf seinen Wangen wirkten unpassend; er war der Typ Mann, der normalerweise glatt rasiert ist. Sie betrachtete seine Hände: kräftig, aber ohne Schwielen, die Nägel sorgfältig geschnitten.

»Was ist mit seinen Verletzungen?«, erkundigte sie sich.

»Er hat eine große Bauchwunde am Unterleib. Die Bauchhöhle ist geöffnet, die seitlichen Muskeln sind durchtrennt, und der linke Arm ist oberhalb des Ellbogens fast abgerissen.«

»Das war wohl das Blatt des Schneepflugs, oder?«

»Ich kann nur sagen, dass es sich um einen scharfkantigen, ungefähr drei Meter breiten Metallgegenstand mit einem Gewicht von ungefähr einer halben Tonne gehandelt haben muss«, erwiderte Mrs Van Doon.

»Genau.«

»Außerdem haben wir noch Schürfwunden am Kopf, im Gesicht, auf dem Rücken und an den Beinen, die wahrscheinlich davon herrühren, dass der Tote ein Stück über den Asphalt geschleift wurde. Darüber hinaus habe ich zahlreiche Quetschungen sowie zwei gebrochene Rippen auf der rechten Seite des Brustkorbs festgestellt, die auf einen Sturz zurückzuführen sind.«

»Einen Sturz?«

»Genau. So wie er dalag, würde ich sagen, seine Verletzungen sind darauf zurückzuführen, dass er vom Schneepflug auf die

Steinbrocken am Straßenrand geschleudert wurde. Er lag halb auf den Steinen. Ein paar Zentimeter links oder rechts, und er wäre sanfter gelandet, im Schnee oder auf Erdreich.«

»Vermutlich hat ihm das zu diesem Zeitpunkt nicht mehr viel ausgemacht.«

»Nein. Sämtliche Verletzungen, die ich aufgezählt habe, hat er post mortem erlitten.«

»Als er schon tot war.«

»Genau das bedeutet post mortem in aller Regel. Sonst würden sich meine Kunden wahrscheinlich beschweren, wenn ich ihnen die inneren Organe entnehme.«

»Dann kommt jetzt die Eine-Million-Pfund-Frage …«

»Sie meinen … *woran* er gestorben ist?«

»Bingo.«

»Dazu müsste ich noch ein paar Tests durchführen«, sagte die Gerichtsmedizinerin. »Im Gegensatz zu Ihrem Inspector, der auf Vermutungen angewiesen ist, steht mir ein modernes Labor zur Verfügung.«

»Aber …«

»Ich muss mir die Beschaffenheit der Hauptwunde genauer ansehen, bevor ich irgendetwas mit Sicherheit sagen kann.«

»Worauf wollen Sie hinaus?«

»Konkrete Indizien«, erwiderte Mrs Van Doon und deutete auf eine der Plastiktüten mit der Kleidung des Opfers. »Ihr Inspektor hat sich geirrt, als er sagte, es gäbe kein Blut. Es gab welches, wenn auch nicht viel. Am Unfallort war nichts zu sehen, weil die Kleidung das Blut aufgesaugt hatte. Der Tote trug eine Thermojacke, ein Hemd und einen Baumwollpullover. Eine kleine Menge Blut ist durch all diese Schichten gedrungen und hat Flecken im Futter seiner Anzugjacke hinterlassen, deshalb war äußerlich nichts zu erkennen. Zum Glück war er schon eine Weile tot, als ihn der Schneepflug erwischt hat. Wenn die Hauptwunde stark geblutet hätte, wäre mir womöglich überhaupt nichts aufgefallen.«

»Wollen Sie damit sagen, dass der Mann bereits eine Verletzung hatte, die von der späteren überdeckt wurde?«

»Genau. Das ist im Moment zumindest *eine* Theorie, die ich weiterverfolge. Die Schaufel des Schneepflugs hat eine regelmäßige Form. Ich habe mir sagen lassen, dass sie ganz neu ist, was eine sehr hilfreiche Information ist. Die Wunde weist jedoch eine Unregelmäßigkeit auf, die zur Position des Blutflecks auf der Kleidung passt. Wir müssen das aber noch genauer abgleichen. Dazu muss ich tiefer ins Gewebe.«

»Tiefer? Glauben Sie, es handelt sich um einen Messerstich?«

»Gut möglich. Zu welchem Schluss ich gekommen bin, können Sie dann in meinem Bericht nachlesen.«

»Dann wurde der Mann also erstochen und anschließend mit dem Auto dorthin gebracht?«

»Das würde auch besser in Ihren angenommenen Zeitrahmen passen, nicht wahr?«

»Aber als er gefunden wurde, war er schon eine ganze Weile tot…«

»Ja, aber wenn er mit einem Auto dorthin gebracht wurde, lautet die Frage: *Wann* hat man ihn dort abgeladen? Meiner Meinung nach hätten andere Autofahrer die Leiche sehen müssen – wenn es nicht geschneit hätte. Andererseits war dort nach den Schneefällen wahrscheinlich ohnehin nicht mehr viel Verkehr.«

Fry dachte angestrengt nach. »Falls ihn jemand dort abgeladen hat, muss es schon so heftig geschneit haben, dass niemand mehr freiwillig über den Snake Pass gefahren ist. Deshalb kam auch niemand vorbei, der etwas gesehen haben könnte. Wahrscheinlich waren die Schneewarnlampen am Anfang der Straße bereits eingeschaltet, und die Autofahrer haben wieder kehrtgemacht. Wann die Warnlampen angeschaltet wurden, lässt sich leicht feststellen. Aber das Ganze muss auch passiert sein, bevor die Straße völlig unpassierbar wurde. Bei so schwerem Schneefall bleibt ein Zeitfenster von höchstens einer halben Stunde.

Und wir sollten nach einem Fahrzeug mit Allradantrieb suchen. Mit einem anderen Wagen hätte sich da niemand hinaufgewagt, der noch halbwegs bei Verstand ist. Das Risiko, mit einer Leiche im Kofferraum dort oben einzuschneien, wäre zu groß gewesen. Das hilft uns schon ein gutes Stück weiter. Vielen Dank.«

Mrs Van Doon strich sich eine widerspenstige Haarsträhne aus der Stirn und lächelte matt. »So viel kann man aus einem bisschen Blut ableiten«, sagte sie. »Zumindest darin stimme ich mit Ihrem Inspector überein: Blut macht eine Leiche tatsächlich wesentlich ergiebiger.«

Ben Cooper begleitete die Besucher die Treppe hinunter und durch den Flur zur Anzeigenaufnahme. Alison Morrissey ging schnell und sah stur geradeaus, während Frank Baine es jedoch nicht besonders eilig zu haben schien und neugierige Blicke in die Büroräume warf, an denen sie vorbeikamen. Cooper betrachtete Morrisseys schmale schwarze Aktentasche. Er hätte etwas darum gegeben, alle Akten darin an sich nehmen und sich in die Einzelheiten der Geschichte vertiefen zu dürfen, die bei ihrem Termin nicht einmal ansatzweise besprochen worden waren. Die Erklärungen des NO waren zwar einigermaßen brauchbar gewesen, aber sie verrieten nichts über die menschliche Dimension der Tragödie, um die es Alison Morrissey ganz offensichtlich in erster Linie ging.

Doch kaum ertappte er sich bei dem Gedanken, Morrissey würde ihn die Akten vielleicht lesen lassen, wenn er sie darum bat, verwarf er ihn auch schon wieder. Er hatte auch so schon mehr als genug zu tun. Nur weil ihn ein Fall interessierte, hieß das nicht automatisch, dass er sich darum kümmern musste.

Als Cooper den Besuchern die Sicherheitstür aufhielt, drehte sich Morrissey um und sah ihn an. Ihr unverblümter Blick verunsicherte ihn. Er hatte das Gefühl, dass sie direkt in ihn hineinsah, als könnte sie alles über ihn aus seinem Gesichtsausdruck und seinem Verhalten ablesen, was sonst nur sehr wenigen Menschen gelang. Verlegen straffte er die Schultern und spürte, dass er vom Hals aufwärts rot wurde.

»Und was halten *Sie* davon?«, fragte sie. »Würden Sie nicht auch gern wissen, was damals wirklich passiert ist?«

»Es gehört nicht zu meinen Aufgaben, mich zu so einem Fall zu äußern«, antwortete Cooper. »Ich tue nur, was man mir sagt.«

Sie betrachtete ihn mit einem skeptischen Lächeln. Anfangs war er sich nicht ganz sicher gewesen, aber jetzt sah er, dass sie tatsächlich hellgraue Augen hatte.

»Das ist schade«, sagte sie.

Cooper hatte das Gefühl, als wäre er gewogen und für zu leicht befunden worden. Er blickte der jungen Frau nach, die jetzt eilig durch die Anzeigenaufnahme ging und mit ihrem schicken schwarzen Kostüm und der Aktenmappe wie eine erfolgreiche Abteilungsleiterin aussah. Frank Baine blieb im Türrahmen stehen.

»Hier meine Visitenkarte«, sagte er. »Falls ich Ihnen irgendwie behilflich sein kann.«

Geistesabwesend nahm Cooper die Karte entgegen. »Danke.«

Dann beugte sich Baine vor und deutete grinsend mit dem Kinn auf die Gestalt.

»Denken Sie dran: Wenn die Leidenschaft einer Frau erst mal entfacht ist, kann sie nichts mehr aufhalten«, sagte er.

Die Buchhandlung Eden Valley Books befand sich in Nick i th' Tor, einer der kopfsteingepflasterten Gassen, die vom Marktplatz zum Viertel um die Eyre Street führten. Der Laden befand sich in einem hohen schmalen Haus, das aussah, als hätte man es nachträglich zwischen zwei wesentlich breitere Gebäude gezwängt, oder wie ein Lückenfüller, bei dem die Architekten der Yorkshire Bank sämtliches Material verbaut hatten, das bei der Errichtung des großen Nachbargebäudes übrig geblieben war. Die ersten beiden Etagen des dreistöckigen Hauses waren für die Bücher reserviert, und nach den winzigen Fenstern im Giebel zu schließen, gab es oben noch ein paar Wohnräume. Ben Cooper fiel wieder ein, dass das Haus sogar einen Keller hatte, der sich bis unter die Straße erstreckte und in dem ebenfalls Bücher untergebracht waren.

Es gab wesentlich modernere Buchläden in Edendale, aber Cooper hatte schon oft bei Eden Valley Books herumgestöbert und war sich sicher, dass er das Gesuchte dort finden würde, auch wenn er nur eine halbe Stunde von seiner Mittagspause abzwacken konnte. Lawrence Daley, der Besitzer, schien sich darauf spezialisiert zu haben, obskure Bücher zu allen möglichen esoterischen Themen zu sammeln.

Die Grundzüge der Schaufenstergestaltung waren noch nicht bis zu Eden Valley Books vorgedrungen. Durch die verschmierte Scheibe konnte Cooper nur ein paar Holzregale erkennen, an denen Reklamezettel für allerlei Veranstaltungen in und um Edendale klebten, die schon vor Monaten stattgefunden hatten. Das Konzert einer Folk-Gruppe, ein parapsychologischer Abend im Gemeindezentrum sowie ein Herbstfest zur Unterstützung des Katzenschutzvereins.

Der Schnee in Nick i' th' Tor verwandelte sich zusehends in Matsch, überall rann Wasser über das abschüssige Pflaster Richtung Marktplatz. Die schmale Tür des Buchladens klemmte, so dass Cooper sich dagegen stemmen musste, bis sie schließlich nachgab. Sie erinnerte ihn eher an ein Bollwerk zur Verteidigung als an einen Eingang, insbesondere, als über ihm eine Glocke ertönte und irgendwo im Laden ein nervöses Scharren zu hören war.

Cooper war sofort von Büchern umringt. Gleich hinter der Tür standen sie in langen Regalen aufgereiht, und die winzigen Räume war so voll gestopft, dass man nicht an den Stapeln vorbeikam, ohne sie zu streifen. Weiter hinten türmten sie sich bis zur Decke, stapelten sich auf dem Fußboden und auf der Holztreppe, und zweifellos waren auch die oberen Räume voll damit. Auf einem Tisch sah Cooper eine ganze Reihe von Enid

Blytons »Fünf Freunde«-Geschichten sowie ein Jahrbuch von 1945, dessen Einband mit Schimmelflecken gesprenkelt war. Es roch betäubend nach modrigem Papier – Papier, das jahrzehntelang den Mief ungeheizter Steinhäuser an feuchten Berghängen aufgesogen hatte.

»Hallo?«, rief Cooper.

Lawrence Daley trug eine nicht besonders saubere Seidenweste mit ausgefallenem Muster, dazu eine braune Cordhose, die durch das stundenlange Hocken vor den unteren Regalbrettern schlabberig und ausgebeult war. Manchmal hatte Cooper den Buchhändler auch schon mit einer Fliege gesehen, heute trug er jedoch ein kariertes Hemd mit offenem Kragen und hatte die Ärmel über den bleichen Unterarmen hochgerollt. Sein Haar war ungekämmt, und er sah staubig und verschwitzt aus, als herrschte draußen Hochsommer mit tropischen Temperaturen und nicht eisiger Winter kurz vor dem nächsten Schneefall.

»Ich räume gerade ein bisschen die Naturgeschichte auf«, erklärte Lawrence, als er Cooper hinter den Bücherstapeln erspähte. »Manche von diesen Bänden liegen hier schon seit Großmutters Zeiten herum. Hier – da stehen immer noch Preise in Shilling drin. Gestern kam ein Kunde mit so einem an und hat darauf bestanden, nur fünfzehn Pence dafür zu bezahlen. Ich musste nachgeben, denn so stand es auf dem Preisschild, umgerechnet in heutige Währung.«

»Werfen Sie die weg?«, erkundigte sich Cooper und rümpfte die Nase über den muffigen Geruch und die Staubwolke, die in der Luft hing.

»Wegwerfen? Soll das ein Witz sein? Ich kann sie nicht wegwerfen. Sie müssen nur neu ausgepreist werden.«

»Aber wenn sie doch schon hier stehen, seit Ihre Großmutter den Laden betrieben hat…«

»Ich weiß, ich weiß. Man reißt sie mir nicht grade aus den Händen. Aber wenn das mein Ziel wäre, würde ich mir den Laden bis zur Decke mit Harry Potter vollstellen, wie alle anderen Buchhändler. Sie sind doch Detective Cooper, hab ich Recht?«

»Ben Cooper, genau. Ich suche ein Buch über Flugzeugabstürze. Hier in der Gegend liegen so viele Wracks herum, dass bestimmt mal jemand etwas darüber veröffentlicht hat.«

»Gehen Sie nach hinten und links durch den Vorhang, dann ein paar Stufen nach unten, dort müssten Sie eigentlich auf halber Regalhöhe etwas dazu finden«, sagte Lawrence.

»Danke.«

Cooper schlängelte sich durch die Regalreihen, vorbei an Lyrik und Belletristik, an Biographien und Philosophie, bis er bei der Geographie in einer Sackgasse landete. Also wandte er sich bei Bildender Kunst nach links und entdeckte hinter einem Vorhang in einer Nische die Musik, unmittelbar vor der Treppe zum Keller. Auch links und rechts der Treppe waren Regale angebracht. Nach ein paar knarrenden Stufen stand Cooper vor der Luftfahrt. Es wunderte ihn nicht, dass diese Abteilung so schwer zu finden war, da dieses Thema für Eden Valley Books geradezu unpassend modern anmutete. Er spähte in die Dunkelheit am Fuß der Treppe und fragte sich, was Lawrence dort unten noch alles verstaut haben mochte – wahrscheinlich Gebiete wie Computer und Informationstechnologie.

Er fand tatsächlich zwei schmale Bände über Flugzeugwracks im Peak District, genau das, wonach er gesucht hatte.

»Guter Tipp, Lawrence«, sagte er, als er zur Kasse zurückgefunden hatte. »Gleich zwei Stück.«

»Erstaunlich«, meinte Lawrence. »Steht ein Preis drauf?«

»Also ... eigentlich nicht.«

Lawrence seufzte. »Dann kann ich ja wohl kaum etwas dafür verlangen.«

»Aber ich bitte Sie!«

»Nicht, wenn kein Preis draufklebt. Das ist gesetzlich verboten.«

»Von solchen Sachen verstehe ich nichts«, sagte Cooper. »Jedenfalls kann ich die Bücher nicht mitnehmen, ohne zu bezahlen.«

»Dann also … fünfzig Pence.«

»Wie Sie meinen.«

Cooper wühlte in seinen Taschen. Er zog die Immobilienprospekte heraus, um weiter unten nach Kleingeld zu suchen. Ausgerechnet jetzt meldete sich auch noch sein Piepser, aber das konnte warten.

»Oha«, sagte Lawrence, »sind Sie in die Fänge der Halsabschneider geraten?«

»Wie bitte?«

»Na ja, Immobilienmakler«, sagte er und zeigte auf die Broschüren. »Wollen Sie ein Haus kaufen?«

»Das kann ich mir nicht leisten«, antwortete Cooper. »Ich suche nur vorübergehend eine Mietwohnung.«

»Aha. Eine eigene Wohnung, hm? Oder ist da irgendwo ein Mitbewohner mit im Spiel?«

»Nein.«

»Und? Schon was gefunden?«

»Nein.«

Cooper reichte ihm die fünfzig Pence, die Lawrence in die Kasse warf, ehe er unter dem Tresen eine gestreifte Papiertüte hervorzog. Cooper betrachtete die Postkarten und Werbebroschüren, die an die Wand geheftet waren. Auf den meisten wurden die Dienste von Schreibagenturen, Hellsehern und Aromatherapeuten angeboten, dazwischen befand sich jedoch eine Anzeige, die ihn näher hinsehen ließ.

»Hier wird eine möblierte Wohnung angeboten«, sagte er. »In der Welbeck Street, unten am Fluss.«

»Ach ja«, sagte Lawrence.

»Das wäre praktisch, für die Stadt. Von dort aus könnte ich zu Fuß zur Arbeit gehen. Auch die Miete klingt vernünftig. Kennen Sie die Vermieterin? Eine Mrs Shelley?«

»Leider ja. Sie ist meine Tante.«

»Tatsächlich?«

»Sie wohnt selbst in der Welbeck Street, und das Haus neben ihrem gehört ihr auch«, sagte Lawrence. »Mein Onkel hat immer davon geträumt, die beiden Häuser abzureißen und ein palastartiges Stadthaus zu errichten. Keine Ahnung, warum – denn die beiden waren immer zu zweit, ohne Kinder.«

»So einen Onkel habe ich auch. Er liebt unvollendete Projekte. Wahrscheinlich fühlt er sich auf diese Weise unsterblich. Er glaubt, dass er auf keinen Fall stirbt, bevor er nicht alle seine angefangenen Sachen zu Ende geführt hat.«

»Bei Onkel Gerald hat das nicht funktioniert. Bevor er auch nur eine einzige Wand einreißen konnte, war er tot.«

»Das tut mir Leid.«

»Tante Dorothy nicht. Sie war selig, dass sie ihn endlich los war, und ließ das Nebenhaus in zwei Wohnungen umwandeln. Das ist ihr hervorragend gelungen. Ich glaube, die Arbeiter sollten mit ihren Vorschlaghämmern die Erinnerung an Onkel Gerald auch gleich kurz und klein schlagen und dann eine dicke Schicht Putz und eine nette Blümchentapete draufkleben.«

»Und eine der Wohnungen steht leer?«

»Jedenfalls stand sie noch leer, als sie mich gebeten hat, den Zettel anzuhängen«, antwortete Lawrence. »Vielleicht ist sie inzwischen auch schon vergeben, Tante Dorothy hat nichts mehr davon erwähnt. Ich habe ihr eingeschärft, darauf zu achten, an die richtigen Leute zu vermieten. Zuverlässige, vertrauenswürdige Leute mit einem festen Job. Manchmal mache ich mir Sorgen, wen sie dort reinlässt, wo sie doch ganz allein lebt.«

»Ich würde mich für die Wohnung interessieren, wenn sie immer noch frei ist«, sagte Cooper.

»Sie entspricht vielleicht nicht ganz Ihren Ansprüchen. Tante Dorothy ist schon ein bisschen verwirrt. Nicht direkt übergeschnappt, verstehen Sie mich nicht falsch, aber sie kommt mit den alltäglichen Kleinigkeiten manchmal nicht mehr so ganz klar.«

Cooper sah sich die Karte noch einmal an. »Zuverlässig und vertrauenswürdig? Was meinen Sie, Lawrence, trifft das auf mich zu?«

»Nein. Aber Sie können ja schwindeln.« Der Buchhändler lachte. Dann streckte er die Hand aus und tätschelte den Cordkragen von Coopers Wachsmantel. »Ich mag übrigens Wetterschutzkleidung«, schmunzelte er. »Normalerweise ziehen sich Polizisten immer so langweilig an. Aber die Mütze steht Ihnen. Sie betont Ihre Augen.«

Cooper wich einen Schritt zurück. »Vielleicht versuche ich es einfach mal«, sagte er. »Mrs Shelley, Welbeck Street 6? Darf ich mich auf Sie berufen?«

Lawrence kicherte in sich hinein. »Glauben Sie mir«, sagte er, »mit Schwindeln kommen Sie weiter.«

Auf dem Weg hinaus fiel Cooper eine in Saffianleder gebundene Ausgabe von *Eine Geschichte zweier Städte* ins Auge. Es sah fast aus, als wäre Mr Dickens persönlich eines Tages in den Laden spaziert, hätte das Buch auf das Regal gelegt, und seither hatte es niemand mehr in die Hand genommen.

Draußen auf der High Street sah Cooper einen Bus nach Hulley wie ein dunkelblaues Schiff durch den Matsch pflügen. Er schleuderte eine Bugwelle nach beiden Seiten, die die Fußgänger von den Bürgersteigen zu spülen drohte.

Auf dem Weg durch die Einkaufsmeile Clappergate zurück zur West Street klopfte sich Cooper nachdenklich auf die Manteltaschen. In der geräumigen Wilderertasche auf der Innenseite waren die beiden Bücher über die Flugzeugwracks im Peak District verstaut, das eine speziell über die Lancaster SU-V, jenen Absturz, der Alison Morrissey nach Edendale geführt hatte. In einer anderen Tasche steckten die Maklerangebote mit den Eigentumswohnungen, die nicht in Frage kamen. Cooper wusste, dass er eigentlich nicht allein leben wollte. Er zog aus der Bridge End Farm aus, weil er ein starkes Bedürfnis nach Veränderung hatte – das war alles.

Er fragte sich, ob Alison Morrissey allein lebte. Wahrscheinlich nicht. Außerdem ging ihn das ohnehin nichts an. Sie war nur zu Besuch in Edendale und würde bald nach Kanada zurückfliegen, in eine andere Welt, und er würde sie nie wieder sehen. Aber vielleicht durfte er hoffen, dass es irgendwo eine andere Frau gab, die ein bisschen so wie Alison Morrissey war und auf ihn wartete.

7

In der West Street wurde Ben Cooper bereits von Diane Fry erwartet, die ihn wütend anfunkelte, als er das Büro betrat.

»Du hast das Telefon nicht abgenommen«, sagte sie.

»Ich war gerade beschäftigt«, protestierte Cooper. »Ich hätte dich zurückgerufen. Wie läuft's mit dem tätlichen Angriff auf die beiden Jungs?«

»Den kannst du fürs Erste vergessen.«

»Vergessen? Das war ein zweifacher tätlicher Angriff mit vorsätzlicher Körperverletzung und dazu noch unerlaubter Waffenbesitz! Ganz zu schweigen davon, dass das Ganze potenziell rassistische Hintergründe hatte.«

»Ja ja, und wahrscheinlich hat auch noch jemand Papier auf den Bürgersteig geworfen, als du gerade nicht hingeschaut hast. Vergiss es.«

»Aber Diane …«

»Hefte es in deinem Hängeordner ab, Ben. Wir haben Wichtigeres zu tun.«

»Was ist denn so wichtig? Habt ihr noch eine Leiche gefunden?«

»Wichtig ist«, sagte Fry, »dass wir eine Einsatzbesprechung zum Fall Schneemann haben. Er ist soeben zum Mordfall geworden.«

Ohne besonders darüber nachzudenken, hatte Ben Cooper angenommen, dass der neue Chief Inspector der Division E eine Frau sein würde. Und wenn keine Frau, dann bestimmt ein

Angehöriger einer ethnischen Minderheit oder wenigstens ein Schwuler. Es war so gut wie ausgeschlossen, dass ein so hoher Posten ohne Berücksichtigung geschlechtlicher, ethnischer oder sexueller Gesichtspunkte besetzt wurde.

Aber Cooper konnte DCI Oliver Kessen noch so intensiv unter die Lupe nehmen, er war und blieb ein Weißer mittleren Alters mit fortschreitender Glatzenbildung, schlechten Zähnen, einem schlecht sitzenden Anzug und einem Bauchansatz. Kessen, der neben ihrem alten DCI saß, stand natürlich im Mittelpunkt der allgemeinen Aufmerksamkeit. Obwohl er lediglich von der Division D überwechselte, die bekanntermaßen nicht gerade in Australien operierte, bekamen ihn die Beamten in Edendale heute zum ersten Mal zu Gesicht.

»Guten Tag zusammen«, sagte Kessen. »Es freut mich, Sie kennen zu lernen. Alles so weit unter Kontrolle?«

Einige öffneten den Mund, um zu antworten, klappten ihn jedoch sofort wieder zu, als sie Chief Tailbys Gesichtsausdruck sahen. Tailby sah aus wie ein Schulrektor, der seine Schützlinge angewiesen hatte, nicht mit Fremden zu sprechen.

»Ich glaube schon. Ganz bestimmt«, sagte Tailby.

»Also, ich bin eben erst angekommen und darauf angewiesen, dass Sie mich auf den aktuellen Stand bringen. Aber ich wage schon mal zu behaupten, dass in dieser Dienststelle alles vorbildlich läuft. Wie ich sehe, hat Mr Tailby hier ein hervorragendes Team.«

Der Neue sah nickend in die Runde und versuchte mit so vielen Beamten wie möglich Blickkontakt aufzunehmen. Cooper sah etliche seiner Kollegen wie Kaninchen im Scheinwerferlicht erstarren. Offenbar versagten ihre sozialen Fähigkeiten angesichts zweier gleichrangiger, miteinander rivalisierender Vorgesetzter auf katastrophale Weise. Kessen musste bei dieser lebhaften Reaktion ja denken, er sei in ein Wachsfigurenkabinett geraten. Mit der richtigen Beleuchtung hätte die Tischrunde ein perfektes Szenario für ein Gruselkabinett abgegeben.

Es war immer ein bisschen seltsam, wenn ein neuer Chef kam. Aber es war Stewart Tailbys eigene Entscheidung gewesen, seinen Posten zu verlassen und einen Schreibtischjob im Präsidium zu übernehmen. Daher konnte er im Grunde nichts gegen die Ankunft seines Nachfolgers einzuwenden haben, und er konnte sich auch schlecht dagegen verwahren, dass der Neue nun neben ihm saß und vor seinen ehemaligen Mitarbeitern eine Begrüßungsansprache hielt. Kessen war zu unerfahren, um bei einem wichtigen Fall die Ermittlungen zu leiten. Deshalb saß Tailby noch so lange hier fest, bis die Division E einen Detective Superintendent als Leiter der Kriminalpolizei zugeteilt bekam. Es gab auch andere Kollegen im Raum, die bei Tailbys Weggang auf dessen Posten spekuliert hatten, aber das war eine andere Geschichte. *Denen* zu sagen, sie sollten sich nicht darüber ärgern, war zwecklos.

»Wie einige von Ihnen wissen, liegen die ersten Obduktionsergebnisse des Unbekannten vor, dessen Leiche an der A57 am Snake Pass gefunden wurde«, verkündete Tailby. »Die Ergebnisse zwingen uns, ab sofort in einem Mordfall zu ermitteln. Ich bin mir bewusst, dass Sie alle mit anderen Fällen beschäftigt sind, und ich muss nicht eigens betonen, dass unsere Personaldecke extrem dünn ist. Wir hoffen auf Unterstützung von anderen Divisionen. Aber ich muss Ihnen leider mitteilen, dass, was Personalfragen betrifft, alle im gleichen Boot sitzen.«

Der Raum war tatsächlich wesentlich spärlicher besetzt als bei jedem anderen größeren Fall, an den sich Cooper erinnern konnte. Dass die Personalkrise ausgerechnet mit einem unbekannten Mordopfer und einem zweifachen schweren tätlichen Angriff mit mehreren Verdächtigen zusammenfiel, war wohl eine Ironie des Schicksals. Beide Fälle verlangten nach langwieriger Routinearbeit, aber dafür gab es nicht genug Leute.

»Inspector Hitchens und Sergeant Fry unterrichten Sie nun ausführlicher über die Informationen, die uns bislang vorliegen«, fuhr Tailby fort.

Die blaue Tasche des Schneemanns stand ganz vorn auf dem Tisch und war wie jedes Beweisstück in Plastik verpackt. Alle starrten sie an, als könnte sie ihnen verraten, was sie so dringend wissen wollten. Paul Hitchens erhob sich.

»Diese Tasche wurde von den Schneeräumern bei der Leiche gefunden«, erklärte er. »Es ist eine handelsübliche Marke, wenn auch nicht billig. Eine unserer ersten Aufgaben besteht darin, sämtliche Geschäfte in der Umgebung ausfindig zu machen, die derartige Reiseartikel verkaufen. Leider gibt es keine Etiketten, ebenso wenig wie einen Inhalt, mit dessen Hilfe wir den Besitzer identifizieren könnten.«

»War die Tasche denn ganz leer?«, fragte Cooper.

»Sie war so leer, dass man sie für einen Einsatzraum bei der Kripo Derbyshire halten könnte«, sagte Hitchens. »Nur dass sie besser riecht.«

Cooper sah, dass Chief Inspector Kessens Augen sich unmerklich weiteten. Er sah erst Hitchens an, dann wandte er sich Tailby zu, der ihn ignorierte. Zum ersten Mal an diesem Morgen stahl sich ein leises Lächeln auf Tailbys Gesicht.

»Das heißt, jemand hat sich große Mühe gegeben, alle Hinweise auf die Identität des Toten zu beseitigen«, sagte Cooper.

»Ja und nein«, erwiderte Hitchens. »Es wurden zwar alle Sachen aus der Tasche genommen, den Toten selbst aber hat man voll bekleidet liegen lassen. Man hat ihm seine Brieftasche und vielleicht auch sein Handy abgenommen, falls er eins dabeihatte, aber seine Taschen hat man nicht geleert. Und warum haben die Täter die Reisetasche liegen lassen? Wenn sie sie angefasst haben, gehen sie damit ein Risiko ein. Warum haben sie die Tasche nicht gleich zusammen mit den Kleidern weggeworfen? Das passt alles nicht richtig zusammen.«

»Was sagen die Vermisstenmeldungen?«, fragte Chief Inspector Kessen.

»Bestimmt ist auch da alles unter Kontrolle«, antwortete Tailby.

»Selbstverständlich. Ich wollte nur wissen, wer sich darum kümmert.«

Gavin Murfin hob zögernd die Hand. Er hatte den Mund voller Schokolade und kaute ein bisschen schneller, als sich die Blicke beider Chief Inspectors auf ihn richteten.

»Das ist Detective Constable Murfin«, stellte Tailby ihn vor.

»Guten Tag, Murfin«, sagte Kessen. »Sie haben die Vermisstenmeldungen im Griff?«

Murfin machte den Mund auf, aus dem jedoch nur Kaugeräusche und leises, würgendes Schlucken drangen.

»Schon irgendwas herausgefunden, Murfin?«, hakte Tailby nach.

»Nein, Sir. Wir haben eine Liste vorliegen, auf der einem aber sozusagen nichts direkt ins Auge springt.«

»Überregionale Behörden?«

»Die Anfrage läuft noch«, gab Murfin zurück. »Von einigen haben wir noch keine Antwort.«

»Dann bleiben Sie dran, Murfin.«

»Jawohl, Sir.« Murfin merkte, dass seine Hand immer noch in die Luft ragte. Er ließ sie sinken und sah verlegen in die Runde.

»Und wer ist die Dame?«, fragte Chief Inspector Kessen plötzlich. Alle drehten sich nach der Tür um, doch dort war niemand zu sehen. Cooper ließ den Blick nicht von seinen beiden Vorgesetzten und sah, wie sich Tailbys Kiefermuskeln anspannten. An diesem Nachmittag befand sich nur eine einzige Frau im Raum, und das war keine Dame, sondern Diane Fry. Schließlich folgten ein paar Beamte Kessens Blick. Er lächelte und zog neckend die Augenbraue hoch, eine Marotte, die er sich beim Betrachten von Sean-Connery-Videos angewöhnt haben musste.

Fry stand auf und beantwortete die Frage selbst, was bei Besprechungen absolut unüblich war.

»Detective Sergeant Diane Fry, Sir.«

»Guten Tag, Diane. Und woran arbeiten Sie gerade?«

»Sergeant Fry gehört zu meinen besten Leuten«, informierte ihn Tailby mit unheilvoller Miene.

»Aber gewiss. Das sieht man auf den ersten Blick. Aber ich glaube, dass sie jetzt eher zu *meinen* Leuten gehört, Stewart.«

»Wir haben eine Beschreibung des Mannes mit der Bitte um Hinweise an alle Medien herausgegeben«, sagte Fry kühl. »Außerdem haben wir Beamte zu Kontrollpunkten an der A57 geschickt, wo sie sämtliche Autofahrer aus der Umgebung anhalten, die etwas gesehen haben könnten. Und wir suchen nach einem Wagen mit Allradantrieb, der womöglich zu dem Zeitpunkt in dieser Gegend gesehen wurde, zu dem die Leiche dort hingeschafft wurde. Selbstverständlich gehen wir auch den Hinweisen nach, die uns der Tote selbst liefert: seiner Kleidung und allem, was er bei sich hatte. Die Kleidung scheint momentan am vielversprechendsten zu sein.«

Chief Inspector Kessen nickte und lächelte beifällig.

»Außerdem haben wir eine kleine Tätowierung am linken Oberarm der Leiche gefunden«, fuhr Fry fort. »Ein Dolch mit einer Schlange. Ein weit verbreitetes Motiv, trotzdem könnte es uns bei der Identifizierung helfen.«

»Ich bin sicher, dass Sie ausgezeichnete Arbeit leisten«, sagte Kessen. »Ganz hervorragende Arbeit.«

»Sollen wir weitermachen?«, fragte Tailby. »Wir haben heute noch viel vor.«

Fry drehte sich um, so dass sie Cooper und Murfin sehen konnte, die sich jedoch beide hüteten zu grinsen.

»Erklären Sie uns doch bitte noch einmal den zeitlichen Ablauf«, sagte Tailby.

Fry folgte seiner Bitte und erläuterte den eingeschränkten Zeitraum, in dem die Mörder Gelegenheit hatten, die Leiche am Snake Pass abzuladen, ohne dabei gesehen zu werden.

»Deshalb gehen wir mit ziemlicher Sicherheit davon aus, dass es sich um ein Fahrzeug mit Allradantrieb gehandelt haben muss«, sagte sie.

»Davon gibt es hier nicht gerade wenige.«

»Eddie Kemp hat eins, zum Beispiel«, warf Murfin ein.

»Wer?«, fragte Tailby.

»Der Bursche, den wir wegen des tätlichen Angriffs hier hatten.«

»Wirklich?«

»Wir haben einen Verdächtigen in Gewahrsam?«, erkundigte sich Kessen. »Das wusste ich ja gar nicht. Wer hat ihn festgenommen?«

»Ich«, sagte Cooper. »Aber das betrifft einen ganz anderen Fall.«

»Wissen wir das zweifelsfrei?«

»Es ist in der gleichen Nacht passiert«, sagte Murfin.

Cooper zögerte. »Es gibt keine offensichtliche Verbindung zwischen den beiden Fällen. Bis auf die zeitliche Überschneidung.«

»Er fährt einen Isuzu Trooper. Ich habe ihn schon draußen stehen sehen, wenn er die Fenster geputzt hat.«

»Was hat er geputzt?«

»Er ist Fensterputzer«, erklärte Murfin. »Jedenfalls ist er nicht mehr in Gewahrsam – wir haben ihn wieder nach Hause geschickt. Er hat seine vierundzwanzig Stunden abgesessen.«

Tailby verzog das Gesicht. Zu oft schon hatte sich herausgestellt, dass die Polizei einen Verdächtigen in Gewahrsam genommen und wieder freigelassen hatte, bevor die entscheidenden Beweise seine Festnahme rechtfertigten. »Wir sollten uns lieber noch einmal vergewissern, dass es tatsächlich keine Verbindung zwischen den beiden Vorfällen gibt«, sagte er. »Wer kann das überprüfen?«

Cooper bemerkte, dass der Chief Inspector ihn ansah. »Ich übernehme das, Sir«, sagte er.

Inspector Hitchens meldete sich zu Wort. »Wir überprüfen gerade die Aufnahmen der Überwachungskameras und hoffen, dass entweder die Verdächtigen oder die Opfer von einer der Kameras im Zentrum erfasst wurden.«

»Sehr schön«, sagte Tailby. »Dann sollten wir uns wohl wieder mit der Identifizierung des Schneemanns beschäftigen. Das wird einige Zeit in Anspruch nehmen. Solange wir nicht wissen, wer er ist, treten wir auf der Stelle. Natürlich brauchen wir die Unterstützung der Öffentlichkeit. Aber da er wahrscheinlich nicht aus der Gegend stammt, dürfte das eine Weile dauern. Das heißt, es gibt jede Menge zu tun. Mr Kessen glaubt, dass wir alles so weit unter Kontrolle haben, da wollen wir ihn doch nicht enttäuschen.«

Diane Fry sah sehr wütend aus. Sobald die Besprechung vorbei war, beugte sich Ben Cooper zu ihr hinüber.

»Sieht ganz so aus, als hätten wir es bei dem Schneemann-Fall mit Amateuren zu tun«, sagte er. »Die Täter haben die Tat nicht richtig durchdacht. Sie sind nicht logisch vorgegangen. Ohne System und ohne Plan. Ist doch gut, oder? Das heißt, sie machen sich jetzt schwer Sorgen, ob sie Spuren hinterlassen haben.«

Fry zuckte die Achseln. »Ich bin nicht ganz deiner Meinung. Die Zeitplanung sieht für mich ziemlich durchdacht aus. Das hat sich jemand genau überlegt.«

»Oder sie hatten einfach Glück.«

»Gegen das Glück können wir nicht viel machen, Ben.«

»Doch.«

»Und zwar?«

»Wir müssen eben selber Glück haben.«

»Von wegen.«

Aber Ben Cooper glaubte an das Glück. Er glaubte daran, dass sich das Glück, wenn man nur lange und ernsthaft an etwas arbeitete, letztendlich zu den eigenen Gunsten wendete.

Was Cooper nicht erkannte, war die Tatsache, dass ihm das Glück in dieser Woche bereits fast auf den Füßen gestanden hatte. Mehr war fürs Erste nicht zu holen.

Nachdem die Ermittlungsteams eilig zusammengestellt worden waren, verließ Cooper mit Diane Fry und Gavin Murfin den Einsatzraum. Sie schwiegen, nur Murfin summte leise vor sich hin. Cooper versuchte, die Melodie zu erkennen. Es hörte sich an wie ein alter Song von den Eagles: *New Kid in Town*.

»Tja, neue Besen kehren besser«, kommentierte Murfin, als sie wieder im Büro waren, und begann in seinen Schreibtischschubladen zu wühlen. »Hat meine Mutter jedenfalls immer gesagt.«

Cooper sah, dass Fry sich nicht überwinden konnte, ihm etwas zu entgegnen. Sie war blass und bewegte sich so steif, als wäre ihr entsetzlich kalt. Im Einsatzraum war es tatsächlich sehr kalt gewesen, so kalt, dass man die Luft mit einem Eispickel hätte bearbeiten können.

»Du bist immer optimistisch, was, Ben?«, sagte sie schließlich. »Du hast von Glück geredet. Aber sieh dich doch um. Unsere personellen Kapazitäten sind auf dem Nullpunkt, und zu allen anderen Fällen haben wir jetzt noch eine nicht identifizierte Leiche. Wir haben einen neuen Boss, der alte Chief Super ist kurz vorm Durchdrehen, und unser größter Aktivposten ist ausgerechnet Gavin. Sogar das Wetter ist gegen uns. Glaubst du wirklich, es sieht auch nur annähernd so aus, als wäre das Glück auf unserer Seite?«

»Man kann nie wissen.«

»Meinst du, wir könnten Mr Tailby überreden, doch hier zu bleiben?«, fragte Murfin.

»Ich glaube, dazu ist nicht viel Überredung nötig«, sagte Cooper. »Er ist nicht besonders scharf auf den neuen Job in der Zentrale.«

»Auf den neuen Chief Inspector ist er noch weniger scharf.«

»Mr Kessen wird sich schon einleben, Gavin.«

»Das könnte eine Weile dauern. Ich weiß nicht, Ben … wir alten Polizisten werden manchmal Dinosaurier genannt. Aber dort im oberen Stock kommt es mir manchmal vor wie der reinste Jurassic Park.«

»Warum hast du dann Eddie Kemp erwähnt? Wolltest du beim neuen Chief ein paar Punkte machen? Kemp hat doch nichts damit zu tun. Was hast du bloß immer gegen ihn?«

»Vielleicht hat er mein Fenster nicht richtig geputzt«, sagte Murfin. »Ich weiß auch nicht. Vielleicht wollten Kemp und seine Kumpels auch einfach Ärger. Bei den anderen beiden sind sie auf den Geschmack gekommen, und dann haben sie irgendeinen armen Kerl vor der Stadt am Straßenrand aufgegabelt.«

»Ich habe mit Kemps Frau gesprochen«, wandte Cooper ein. »Sie sagt, er ist die ganze Nacht nicht zu Hause gewesen. Er ist um acht Uhr in den Pub gegangen, und bis zum nächsten Morgen, als sie telefonisch benachrichtigt wurde, dass er bei uns ist, hat sie nichts mehr von ihm gehört. Außerdem hat sie gesagt, der Isuzu sei die ganze Nacht weggewesen. Jemand hat ihn erst frühmorgens zurückgebracht und den Schlüssel durch den Briefschlitz geworfen.«

»Vermutlich einer von Kemps Kumpels, weil er selber zu der Zeit ja bereits in Gewahrsam war«, sagte Fry.

»Vermutlich. Wir sollten das sicherheitshalber überprüfen.«

»Kennt Mrs Kemp die Freunde ihres Mannes?«

»Ich würde sagen, sie kennt sie, will sie aber nicht kennen.«

»Hat sie keine Namen genannt?«

»Nein. Sie ist nicht gerade begeistert von der ganzen Sache, sagt aber natürlich nicht gegen ihren Mann aus. Die beiden Opfer könnten uns da schon eher weiterhelfen, falls wir von ihnen brauchbare Aussagen bekommen, was ich allerdings bezweifle. Sie gehören zur der Bande vom Devonshire-Wohnblock – für solche Leute wäre es reiner Selbstmord, sich mit der Polizei zu unterhalten. Also haben wir lediglich die Aussage des alten Ehepaares in der Hand, das aus dem Fenster geschaut hat und Kemp erkannt haben will. Ihr wisst ja, wie verlässlich Zeugenaussagen unter solchen Umständen sind. Eddie selbst sagt, wenn er jemanden geschlagen hat, dann höchstens in Notwehr.«

»Die anderen drei hat er nicht identifiziert, oder?«

»Du machst wohl Witze. Jemand muss herausfinden, wer die Typen waren.«

»Gott weiß, wer«, sagte Fry. »Und Gott weiß, wann.«

»Wetten, dass es mal wieder mich trifft?«, seufzte Cooper. »So wie es aussieht, steht Kemps Wagen auf meiner Liste.«

»Hey«, sagte Murfin, »ist euch aufgefallen, dass der neue Chief Oliver heißt?« Er hielt den gleichnamigen Hummer hoch.

»Willst du etwa behaupten, das wäre ein Zufall, Gavin?«

Diane Fry hatte die ganze Zeit über leise mit den Fingerspitzen auf ihren Schreibtisch getrommelt. Doch nun schien sie einen Entschluss gefasst zu haben und schüttelte unwillig den Kopf.

»Du solltest dich jetzt besser auf den Weg machen und dir den Wagen ansehen, Ben«, sagte sie. »Und nimm Gavin mit.«

»Ich hab genug mit den Vermissten zu tun«, protestierte Gavin.

»Sag in der Einsatzzentrale Bescheid, wo du bist, und geh mit Ben. Er kann nicht allein zu Kemp. Er ist sowieso schon viel zu oft allein unterwegs.«

Murfin ging grummelnd hinaus. Besorgt beobachtete Cooper, wie Fry eine Weile aus dem Fenster starrte. Sie hatte die Zähne zusammengebissen und fingerte entgegen ihrer Gewohnheit an einer Haarsträhne herum. Die Sehnen ihrer blassen, schmalen Hand standen so deutlich hervor, dass er sie mit dem Finger hätte nachfahren können.

»Neue Besen kehren besser, was?«, sagte sie. »Dem stecke ich einen Besenstiel in den *Arsch.*«

Cooper nickte. Er nahm nicht an, dass sie von Gavin Murfin sprach.

8

Das Altstadtviertel von Edendale mit dem wohlklingenden Namen Buttercross hatte einen besonders pittoresken Glanz, der für die Touristen im Lauf der Jahre aufpoliert worden war und seither sorgfältig in Schuss gehalten wurde. Hier drängte sich ein Antiquitätenladen an den nächsten. Manche waren vollgestopft mit schimmernden Mahagonimöbeln und Messinggeschirr, andere wiederum, in deren Schaufenstern lediglich ein paar bunte Flaschen und eine Keksdose zum diamantenen Jubiläum von Queen Victoria standen, sahen trübe und verstaubt aus.

Hier gab es Geschäfte, die Ben Cooper noch nie geöffnet gesehen hatte, obwohl er sein ganzes Leben in und um Edendale verbracht hatte. Auch heute hingen die »Geschlossen«-Schilder in den Türen, ohne jeden Hinweis, wann der Inhaber den Betrieb wieder aufzunehmen gedachte. Vielleicht ließen sich die Besitzer nur zu besonderen Anlässen blicken, an langen Wochenenden etwa, wenn sich die Touristen mit den dicken Brieftaschen durch die Buttercross schoben. Vielleicht verkauften sie an solchen Tagen so viele Flaschen und Keksdosen, dass sie für den Rest des Jahres ausgesorgt hatten. Vielleicht mussten sie aber auch zusätzlich einer richtigen Arbeit nachgehen.

An diesem Nachmittag entsprach Buttercross jedenfalls genau seinem Touristenprospekt-Image. Der Schnee, die verwitterten Häuserwände und die Maßwerkfenster verströmten das passende Dickenssche Flair, um die alten Möbel ins rechte Licht zu rücken. Leider gab es im Januar keine Touristen, die das Ganze hätten gebührend würdigen können.

Zwischen den Läden wand sich unvermutet ein schmales Sträßchen bergauf. Zu beiden Seiten waren für die Fußgänger Handläufe in die hohen Kalksteinmauern eingelassen, dafür gab es keinen Bürgersteig. Die Mauern waren ursprünglich aus dem traditionellen Trockenstein errichtet worden, wurden jetzt jedoch von Mörtel zusammengehalten, aus dessen Ritzen Immergrün wucherte – einsame grüne Stängel, von gefrorenem Schnee umhüllt.

Gavin Murfin wurde gegen die Tür von Coopers Toyota geworfen, als sie über das Kopfsteinpflaster holperten, scharf abbogen und die nächste steile Gasse in Richtung Underbank hinauffuhren. Hier oben waren die Straßen sogar noch schmaler. An den Türen hingen kleine Klopfer in Gestalt von Eulen und Füchsen, während die Hausnummern auf bunten Fliesen in den Stein eingelassen waren. Weiter oben, unweit der Jugendherberge, stand eine Reihe dreistöckiger Häuser aus dem Beginn des 19. Jahrhunderts. Einige davon waren in Mietswohnungen umgewandelt worden, nur das Letzte sah unbewohnt und heruntergekommen aus. Ein zerbrochenes Fenster im ersten Stock war bis zum heutigen Tag nicht repariert worden.

Die Beeley Street war kaum mehr als eine schmale Gasse ohne feste Fahrbahndecke und gerade breit genug für ein Auto. Cooper und Murfin gingen das letzte Stück zu Fuß und überquerten eine kleine schneebedeckte Grasfläche.

»Das ist jedenfalls Eddie Kemps Wagen«, sagte Murfin. »Den habe ich schon oft in der West Street gesehen.«

Es war ein silberfarbener Isuzu Trooper, auf dessen Dachgepäckträger mehrere Leitern festgeschnallt waren. Er parkte mit der Schnauze bergab in Richtung Buttercross auf einer leicht erhöhten Betonrampe vor Kemps Haus. Die Müllmänner hatten einen neuen Plastiksack hinter das Speirohr neben der Tür geklemmt. Obwohl die Straßen inzwischen frei waren, würden sie so bald nicht wieder hier heraufkommen.

Eddie Kemp öffnete persönlich die Tür.

»Ach, Sie sind's«, sagte er. »Ich beantworte keine Fragen mehr.«

»Ist das Ihr Wagen, Sir?«, fragte Cooper.

»Sind Sie taub? Ich hab eben gesagt, dass ich keine Fragen mehr beantworte.«

»Ich kann auch über das Kraftfahrzeugamt überprüfen lassen, ob Sie als Eigentümer eingetragen sind.«

»Warum denn? Ist was nicht in Ordnung damit?«, wollte Kemp wissen.

»Ich weiß nicht, Sir. *Ist* denn etwas damit nicht in Ordnung? Sollen wir mal einen Blick darauf werfen, wo wir schon mal hier sind?«

»Nein.«

»Flotte Kiste«, sagte Murfin gut gelaunt. »Bestimmt sehr praktisch.«

»Ihr wisst doch auch so, dass das mein Wagen ist«, sagte Kemp. »Alle Bullen wissen das. Ich parke jedes Mal ordentlich auf eurem Parkplatz, wenn ich die Fenster putzen komme.«

»Allradantrieb, oder?«, fragte Cooper.

»Klar.«

»Fährt sich gut im Schnee.«

»Muss er ja.«

»Sind Sie am Montagabend mit diesem Wagen gefahren, Sir?«

»Er hat hier gestanden.«

»Seit wann?«

»Hat jemand gesagt, ich wäre damit rumgefahren?«

»Das ist keine Antwort.«

»An Ihrer Stelle würde ich Detective Cooper antworten«, sagte Murfin. »Wenn er sauer wird, nennt er Sie nicht mehr ›Sir‹. Und das kann ziemlich hässlich werden.«

Cooper stieg auf die Rampe und betrachtete sich die Reifen des Isuzu. Daraus ließen sich zwar keinerlei Rückschlüsse ziehen, aber das wusste Kemp nicht.

»Wann machen Sie für gewöhnlich Feierabend, Sir?«, fragte er.

»Wenn es dunkel wird.«

»Zurzeit also gegen Viertel nach vier. Sind Sie am Montagabend gleich nach der Arbeit nach Hause gefahren?«

»Ich habe Frau und Kind«, antwortete Kemp. »Die wollen mich ab und zu mal sehen.«

»Darf ich das als ›Ja‹ verstehen?«

»Verstehen Sie's, wie Sie wollen. Was suchen Sie überhaupt hier?«

Murfin zeigte auf die Straße in Richtung Buttercross. »Ich hatte hier in der Gegend mal eine Freundin. Ich glaube, da hinten an der Ecke war ein kleiner indischer Imbiss, neben dem Friseur. Gibt's den noch?«

»Ja, der ist noch da«, erwiderte Kemp.

»Und wann macht er auf?«

»Woher zum Teufel soll ich das wissen?«

An den Reifen des Isuzu klebte Schlamm, und im Profil steckten kleine Steinchen, während sich braune Dreckschlieren über die Seiten des Wagens zogen. Cooper arbeitete sich nach hinten und spähte durch die Heckscheibe ins Wageninnere.

»Wann genau sind Sie am Montag weggegangen, Sir?«, fragte Cooper.

»Ich war noch eine Weile im Pub«, sagte Kemp. »Was wollen Sie eigentlich von mir?«

»In welchem Pub?«

»The Vine. Das habe ich doch gestern alles schon gesagt.«

»Haben Sie sich dort mit Ihren Freunden getroffen?«

»Ich habe viele Freunde«, sagte Kemp.

»Tatsächlich?«

»Einige von denen trinken auch im Vine.«

»Gibt es dort auch was zu essen?«, erkundigte sich Murfin.

Kemp trat auf die Rampe und stellte sich neben Cooper – weniger, weil er dessen Gesellschaft suchte, sondern eher, um Murfin zu entgehen. Kemp war drei oder vier Zentimeter kleiner als Cooper, aber recht kräftig gebaut. Beide schauten durch die Heckscheibe in den Isuzu. Dort standen Eimer, Schwämme und Plastikwannen mit Kleidern und Fensterledern. Außerdem lagen zwei Rollen steifer blauer Plastikplane darin, jede ungefähr einen Meter zwanzig lang und schmutzig.

»Wofür benutzen Sie die Planen?«, fragte Cooper.

»Da stelle ich die Leitern drauf, damit ich den Leuten ihre schicken Bodenbeläge nicht kaputtmache und so.«

»Wann sind Sie am Montag aus dem Pub nach Hause gekommen?«

»Als er zugemacht hat. Hab ich doch schon gesagt.«

»Sind Sie danach noch einmal mit dem Wagen weggefahren?«

Kemp schwieg. Als er sich an den Wagen lehnte, sah Cooper frischen Schorf auf den Knöcheln seiner Handgelenke. Inzwischen stand er ziemlich dicht neben Eddie und stellte fest, dass die eiskalte Luft wahre Wunder bewirkte, was die Reinigung der Nasenhöhlen und die Schärfung des Geruchssinnes betraf. Cooper dachte an die Leute, die behaupteten, die Aura anderer Menschen sehen zu können. Konnte man Auren auch riechen? Wenn ja, dann wäre Eddie Kemps Aura vermutlich gallig grün und von gelben Streifen durchzogen, wie Erbsensuppe mit Zimt.

»Sind Sie mit Ihren Freunden noch ein Stück die A57 raufgefahren?«, fragte Cooper.

Kemp schwieg noch immer.

»Wer von Ihren Freunden war dabei? Die, mit denen Sie sich im Vine getroffen haben? Haben Sie in dieser Nacht noch mehr als nur zwei Opfer gefunden? Ist irgendwas schief gelaufen?«

Kemp trat den Rückzug in Richtung Haus an.

»Können Sie uns wenigstens eine gute Frittenbude empfehlen?«, sagte Murfin, als Kemp an ihm vorbeikam.

»Wir müssen Ihren Wagen mitnehmen, um ihn uns genauer anzusehen, Sir«, rief ihm Cooper nach.

Kemp schob eine Hand in die Hosentasche, drehte sich um und warf einen Schlüsselbund auf die Betonrampe.

»Wenn Sie schon dabei sind, können Sie ihn auch gleich waschen«, knurrte er und knallte die Haustür hinter sich zu.

Ben Cooper und Gavin Murfin saßen in Coopers Toyota und warteten auf den Abschleppdienst. Es war kalt und wurde allmählich dunkel. Cooper ließ den Motor laufen, damit sie die Heizung anstellen konnten, und fragte sich, was er mit der Wartezeit anfangen sollte. Er sah zu Murfin hinüber, der jedoch den Kopf gegen die Scheibe gelehnt und die Augen geschlossen hatte, sobald sich die Wärme im Wageninneren ausbreitete. Sein Mund stand leicht offen. Von ihm war keine Unterhaltung zu erhoffen.

Cooper versuchte es mit dem Radio. Auf Radio Four lief eine gesellschaftspolitische Diskussion, auf Radio Sheffield eine Telefonaktion, und Peak 107 brachte Pophits der Achtziger. Er wühlte in seinen Kassetten, fand aber nichts, was er in den vergangenen paar Tagen nicht schon mehrfach gehört hatte. Dann fielen ihm die Bücher ein, die er bei Lawrence Daley gekauft hatte und die immer noch in den Tiefen seiner Wilderertasche vergraben sein mussten.

Er knipste die Innenbeleuchtung an und blätterte in den Inhaltsverzeichnissen der beiden Bücher, ehe er auf das Kapitel mit der Bruchlandung von Lancaster SU-V, Sugar Uncle Victor, stieß. Sie war eine von vielen Maschinen, die über dem Peak District ihrer primitiven Navigationsausrüstung und den tückischen Wetterverhältnissen zum Opfer gefallen waren. Einige davon waren Flugzeuge, die sogar die Deutschen nicht hatten vom Himmel holen können – die Berge des Dark Peak hatten es geschafft.

Ironischerweise war die Mk III Avro Lancaster W5013 ganz in der Nähe gebaut worden, im Werk von Metropolitan Vickers in Bamford. So hatte sie ihre Tage nur wenige Kilometer von dem Ort entfernt beendet, an dem sie entstanden war. Auf einer neueren Aufnahme des Wracks sah Cooper, dass noch immer etliche größere Trümmer auf dem Berg lagen – ein Teil des

Hecks, ein Stück Flügel sowie die Motorengehäuse, wenn auch ohne Propeller.

Wie Frank Baine hatte auch der Autor dieser Bücher aufwändig recherchiert und lieferte umfassende Einzelheiten über die Besatzungsmitglieder. Es hatten sich sieben Männer an Bord der Lancaster befunden – vier britische Flieger, zwei Polen und der kanadische Pilot, Danny McTeague.

Der Bombenschütze und der Heckschütze, die Sergeants Bill Mee und Dick Abbott, wurden tot in einiger Entfernung von der Maschine gefunden. Der Text beschrieb sie als »stark verstümmelt«, doch Cooper entging der Euphemismus nicht. Diese Formulierung wurde heute noch bei offiziellen Erklärungen der Presse gegenüber verwendet, wenn es sich um Opfer schwerer Verkehrsunfälle oder um Selbstmord auf den Schienen handelte. Das hieß, dass sie völlig zerstückelt waren. Der Funker, Sergeant Harry Gregory, und der Schütze in der oberen Kuppel, Sergeant Alec Hamilton, hatten sich nicht aus dem Wrack befreien können und waren in den Flammen umgekommen, die den mittleren Abschnitt des Rumpfs verzehrt hatten. Sie waren bis zur Unkenntlichkeit verbrannt und anhand der Uniformen unter ihren Fliegerkombinationen und ihres Tascheninhalts identifiziert worden, nachdem man die Toten in die Leichenhalle der Royal Air Force nach Buxton überstellt hatte.

Cooper ließ das Buch sinken. Er fragte sich, ob Alison Morrissey die Möglichkeit in Betracht gezogen hatte, dass eine der Leichen falsch identifiziert worden war. Vielleicht war ihr Großvater doch bei dem Absturz ums Leben gekommen, vielleicht hätte man die ganze Zeit nach einem anderen Besatzungsmitglied fahnden sollen. Seine Gedanken wanderten zu Fliegerleutnant Zygmunt Lukasz, dem Bordingenieur, der überlebt hatte und heute achtundsiebzig Jahre alt war.

Gavin Murfin regte sich und grunzte leise, dann schlug er die Augen auf.

»Wo sind wir?«, fragte er.

»Underbank«, antwortete Cooper. »Wir warten auf den Abschleppwagen.«

»Hier um die Ecke ist ein guter Inder, wo es auch Sachen zum Mitnehmen gibt«, sagte Murfin. Dann schnaubte er, und sein Kopf sank wieder zurück.

Wetterbedingungen und primitive Ausrüstung – Cooper vermutete, dass so die Standarderklärung für viele dieser Unfälle lautete. Sonst ließ sich der Absturz von Sugar Uncle Victor nicht erklären – die Maschine flog viel zu tief und befand sich nicht auf ihrem vereinbarten Kurs. Im Buch wurde jedoch angedeutet, dass der Grund für die Kursabweichung auch darin liegen konnte, dass der Pilot die Anweisungen des Navigators nicht beachtet hatte. Handelte es sich also lediglich um einen dieser Piloten, die zwischen ansteigendem Gelände und tief hängender Wolkendecke in die Falle gerieten? Hatte er unvermutet direkt vor sich Berge auftauchen sehen, wo er sich doch schon kurz vor dem Heimatflugplatz in Nottinghamshire glaubte? Oder war etwas anderes schief gegangen?

Einer der Augenzeugen, die zum Schicksal von Sugar Uncle Victor zitiert wurden, war Walter Rowland, ein ehemaliges Mitglied der RAF-Bergrettung – der Mann, den auch Alison Morrissey erwähnt hatte und der sich ebenso wie Zygmunt Lukasz weigerte, mit ihr zu reden. Wollte oder konnte er nicht? Im Buch stand, Rowland sei zur Zeit des Absturzes achtzehn Jahre alt gewesen. Nach so langer Zeit verblasst die Erinnerung. Andererseits gab es Erinnerungen, die allzu deutlich waren, um daran zu rühren.

»Noch nichts zu sehen?«, fragte Murfin.

»Nein.«

»Das ist nicht gut, Ben. Ich träume schon von Curry. Ich muss unbedingt herausfinden, ob dieser Inder offen hat.«

»Von mir aus. Ich bleibe hier, bis du wiederkommst.«

»Willst du auch was?«

»Nur ein Fladenbrot.«

»Mehr nicht? Davon kann doch niemand leben.«

»Das hatte ich auch nicht vor.«

Murfin stieg aus, und Cooper beobachtete, wie er die Straße hinunterstolperte und sich vorsichtig am Handlauf festhielt, um nicht zu stürzen. Falls er es mit mehreren Gerichten und einer Tüte Fladenbrot heil zurückschaffte, grenzte das an ein Wunder.

Cooper schaute auf sein Handy und versuchte sich zu erinnern, was Frank Baine gesagt hatte. Wo wohnte Alison Morrissey? Aber es fiel ihm einfach nicht mehr ein. Es gab nicht allzu viele Hotels in Edendale, außerdem konnte er Baine am Morgen anrufen. Bei dieser Gelegenheit konnte er den Journalisten gleich nach der Adresse von Walter Rowland fragen.

Cooper lachte leise auf. Diese ganze Geschichte ging ihm nicht mehr aus dem Kopf, als hätte er vor, dieses siebenundfünfzig Jahre alte Rätsel zu lösen. Wie lächerlich. Der Chief hatte die Kanadierin schon wieder nach Hause geschickt, und das zu Recht. Sie hatten absolut keine Zeit, sich mit sinnlosen Nebenprojekten zu beschäftigen, weder er noch sonst jemand. Was brachte es ihm also, wenn er wusste, in welchem Hotel Alison Morrissey abgestiegen war? Wozu sollte er Walter Rowland aufsuchen?

In der Überzeugung, das Kapitel Sugar Uncle Victor damit abgeschlossen zu haben, blätterte Cooper um und betrachtete die Aufnahmen, die kurz nach dem Absturz von dem Wrack gemacht worden waren. Teile des zerborstenen Rumpfes lagen im Schnee, wo sie von Polizisten und Militärangehörigen in langen Mänteln untersucht wurden. Auf einem Bild waren deutlich die Buchstaben SU-V auf der Flugzeughülle zu erkennen. Im Hintergrund war nichts vom Irontongue Hill zu sehen, doch der Fotograf hatte eine Panoramaaufnahme über das Hochmoor bis hin zum in der Ferne schimmernden Blackbrook-Reservoir gemacht, so dass hinsichtlich der Örtlichkeit kein Zweifel bestand.

Mit der nächsten Fotoserie nahm die Geschichte mit einem Mal eine menschliche Dimension an. Auf dem ersten Foto war die Besatzung der Lancaster vollzählig versammelt: sieben junge Männer in Irving-Anzügen und Fliegerstiefeln, mit hochgeschlagenen Fellkrägen und umgehängten Kopfhörern. Sie standen vor dem Rumpf eines Flugzeuges, wahrscheinlich der Uncle Victor. Die Sonne stand tief und fiel direkt auf die Männer, was ihre Augen schmal und ihre Gesichter blass wirken ließ, wie bei Bergleuten, die gerade erst wieder ans Tageslicht gekommen waren. Sie wirkten erschöpft, setzten jedoch für die Kamera ein Lächeln auf.

Cooper fand seinen Vergleich mit den Bergleuten nicht unpassend, denn die Arbeit unter gefährlichen Bedingungen schmiedete ein Band zwischen Männern, das nur schwer wieder aufzulösen war. Diese jungen Flieger hatten Tausende von Kilometern auf engstem Raum und unter schwierigen Bedingungen zurückgelegt, Nacht für Nacht über feindlichem Gebiet, ohne zu wissen, ob sie jemals wieder zu ihrem Heimatflughafen zurückkehren würden. Und keiner von ihnen sah älter aus als Anfang zwanzig.

Daneben war eine Aufnahme des Bodenpersonals und der Waffenwarte, die das Flugzeug für den nächsten Einsatz bereitmachten. Es war die Lancaster, wie man deutlich an dem Pfandleiherzeichen auf der Nase der Maschine erkennen konnte; damals war »Onkel« eine weit verbreitete scherzhafte Bezeichnung für Pfandleiher. Cooper fiel auf, dass das Bodenpersonal keine einheitliche Uniform anhatte – die Männer trugen Lederjacken, Fellstiefel, Gummistiefel, Felduniformen, Ölzeug, Waffenröcke, Schals, Fausthandschuhe, Fingerhandschuhe und wollene Balaklavas.

Auf der gegenüberliegenden Seite war das stimmungsvollste Bild. Es war im Inneren des Flugzeuges aufgenommen und an den Stellen, wo das Negativ verschmutzt gewesen war, grobkörnig und fleckig. Die gewölbte Hülle des Flugzeugs war zu erkennen, außerdem die Beschriftung einer Elsan-Chemietoilette. Im Vordergrund stand ein halb der Kamera zugewandtes

Besatzungsmitglied. Die Sergeanten-Streifen auf dem Ärmel waren deutlich zu erkennen, und er trug eine lederne Fliegerhaube und einen Fallschirmgurt über der Uniform, als machte er sich gerade zum Absprung bereit.

Doch der Flieger war mit Sicherheit noch fast ein Junge. Es gab keine Bildunterschrift, und er ließ sich nur schwer als einer der Männer auf der Seite gegenüber identifizieren. Die Aufnahmen mussten zu verschiedenen Zeitpunkten gemacht worden sein, denn dieser junge Mann hatte einen zarten Schnurrbart, wohingegen der einzige Flieger auf dem Gruppenfoto mit Schnurrbart als der Pilot, Danny McTeague, angegeben wurde. Das hier war nicht McTeague. Dieser junge Mann besaß eine vorspringende Nase und ein schmales Gesicht, und unter seinem Fliegerhelm lugte eine dunkle Haarsträhne hervor, die ihm in die Stirn fiel. Cooper nahm an, dass es sich um Sergeant Dick Abbott handelte, den Heckschützen, der damals erst achtzehn Jahre gewesen war. Die anderen hatten ihn Lofty genannt, weil er nur einsfünfundsechzig groß war.

Cooper betrachtete das Foto lange und vergaß völlig, zu den vielen anderen Flugzeugen weiterzublättern, die am Dark Peak verunglückt waren. Es kam ihm vor, als wollte der junge Flieger über die Kluft von über fünf Jahrzehnten hinweg mit ihm in Verbindung treten. Vor noch nicht allzu langer Zeit war er selbst so alt wie dieser Junge gewesen. Cooper versetzte sich unwillkürlich in die Lage des jungen Mannes. Er spürte die Fallschirmriemen an den Schultern und den derben Uniformstoff auf der Haut, hörte das Dröhnen der vier Merlin-Motoren und spürte das Vibrieren der primitiven Maschine, die ihn in die Lüfte tragen würde. Er war erst achtzehn Jahre alt, und er hatte Angst.

Ben Cooper bemerkte kaum, wie sich der Abschleppwagen mit blinkenden Warnlichtern und bullerndem Dieselmotor durch die enge Beeley Street schob. Er war so damit beschäftigt, seine Gefühle zu ordnen, dass er zuerst nicht hörte, wie Gavin Murfin an die Scheibe klopfte, weil er mit den tropfenden Behältern im Arm die Tür nicht aufbekam.

Kaum hatte sich Murfin auf den Beifahrersitz gezwängt, füllte sich das Wageninnere mit dem Duft von Curry und Kochreis. Der Dampf aus den Behältern ließ die Fenster beschlagen, bis die Beeley Street und Eddie Kemps Isuzu beinahe vollständig im Dunst verschwanden.

»Hier ist dein Fladenbrot«, sagte Murfin. »Wenn du willst, kannst du es gern bei mir einstippen.«

Doch die Tüte blieb ungeöffnet auf Coopers Schoß liegen, das Fett drang durch das Papier bis zu seinem Mantel.

Erst jetzt fiel ihm auf, dass es der Ausdruck in den Augen des jungen Mannes war, der ihn so deutlich von den Männern auf dem Gruppenbild unterschied, weshalb man ihn zwischen den posierenden, lächelnden Helden auch nicht wieder erkannte. Es war der ausdruckslose, leere Blick eines Mannes, der keine Ahnung hatte, ob er die nächste Nacht überleben und heil wieder zurückkehren würde. Der Blick des jungen Mannes erzählte von der Aussicht, im Maschinengewehrfeuer eines deutschen Nachtjägers zu sterben, oder davon, dass die Motoren der Lancaster womöglich versagten und sie in der eisigen Nordsee notlanden mussten. Der Bildunterschrift zufolge waren die Lancasters dafür berüchtigt, dass man nur schwer aus ihnen herauskam, sobald sie erst einmal im Wasser waren.

In Wahrheit ließen der gehetzte Blick und die grobkörnigen Grautöne des Bildes den Flieger fast aussehen, als sei er schon nicht mehr da. Es hätte einfach ein verblasstes Porträt sein können, das jemand in die Aufnahme des Flugzeuginneren hineinkopiert hatte, oder das Ergebnis einer versehentlichen Doppelbelichtung.

Ben Cooper hatte den Eindruck, als hätte der Fotograf eine Art Vorahnung oder ein böses Omen festgehalten, einen kurzen Blick in die Düsternis der nahen Zukunft. Mit seinen achtzehn Jahren sah Sergeant Dick Abbott aus wie sein eigener Geist.

9

Zurück in der West Street, wühlte sich Ben Cooper durch die Unterlagen, die sich auf seinem Schreibtisch angesammelt hatten, bis er den Bericht fand, den der Nachrichtenoffizier für das Treffen mit Alison Morrissey erstellt hatte. Im Gegensatz zu dem Buch aus Lawrences Laden fanden sich darin kaum Einzelheiten über den Absturz und die Besatzung der Lancaster, doch er hatte einen Vorteil: Er enthielt die Namen der beiden Jungen, die ausgesagt hatten, den gesuchten Flieger in jener Nacht auf der Straße zum Blackbrook Reservoir gesehen zu haben.

Cooper erinnerte sich an diesen Punkt, denn Morrissey hatte sich während der Besprechung beschwert, es sei ihr nicht gelungen, die Namen der beiden festzustellen, da sie damals in keinem Bericht erwähnt worden seien. Es wäre unklug gewesen zuzugeben, dass er diese Information unmittelbar vor seiner Nase liegen hatte; jedenfalls wäre der Chief von einer so offensichtlichen Hilfsbereitschaft bestimmt nicht begeistert gewesen. Aber das bedeutete, dass der NO bei der Recherche gründlich gearbeitet hatte. Oder Alison Morrisseys Informationen waren ziemlich mangelhaft.

»Kennst du Harrop, Gavin?«, fragte er.

Murfin schniefte. »Ein elendes Kaff. Total hinterm Mond, Ben. Du willst doch nicht etwa da hinziehen?«

»Nein. Ich glaube, ich bin noch nie dort gewesen.«

»Es liegt irgendwo oben am Snake Pass auf dem Weg nach Glossop rüber.«

»Also auf der anderen Seite vom Irontongue Hill.«

»Genau. Jede Wette, dass die heute den ganzen Tag von der Außenwelt abgeschnitten waren. Nach Harrop fährt nicht mal ein Bus. Und wo es keinen Bus gibt, muss auch der Schneepflug nicht hin. Wahrscheinlich werden die erst morgen von irgendjemandem ausgebuddelt.«

Die beiden Jungen hießen Edward und George Malkin und waren damals zwölf und acht Jahre alt gewesen. Sie stammten von der Hollow Shaw Farm in Harrop. Nach Gavins Aussage klang Harrop ganz nach einem dieser Weiler, in denen die Familien über Generationen am gleichen Ort blieben. Cooper griff nach dem Telefonbuch. Tatsächlich – es war immer noch ein G. Malkin auf der Hollow Shaw Farm eingetragen. Gut möglich, dass es sich um den George Malkin handelte, der damals acht Jahre alt gewesen war und heute fünfundsechzig sein musste.

»Machst du Schluss, Ben?«, fragte Murfin. »Lust auf ein Bierchen?«

»Grundsätzlich gern, Gavin«, antwortete Cooper. »Aber ich hab noch was zu erledigen. Ich muss mir ein paar Wohnungen ansehen.«

»Ah, die Freuden der Wohnungssuche. Dabei gehen sämtliche Sozialkontakte vor die Hunde.«

Cooper verließ Edendale in östlicher Richtung. Er fuhr den Snake Pass hinauf und auf der anderen Seite fast bis nach Glossop wieder hinunter, bog jedoch kurz davor nach Norden ab und fuhr an den Ausläufern des Torfmoors entlang um den Irontongue Hill herum. Der hoch aufragende Felsen auf der Bergkuppe war ein vertrauter Anblick, denn an klaren Tagen konnte man ihn von der A57 aus ziemlich gut sehen. Aus dieser Richtung sah der Felsen eindeutig wie eine Zunge aus, mit Graten und Klüften, die ihre dunkle Oberfläche zerfurchten. Aber es war keine menschliche Zunge. Ihre Länge und die leicht aufgerollte Spitze hatten eher etwas Reptilienhaftes. Und sie war kälter und härter als Eisen, da sie aus dem dunklen Stein bestand, aus dem man früher Mühlsteine gefertigt hatte, ein Stein, dem die Witterung kaum etwas anhaben kann, auch nicht in Hunderten von Jahren.

Harrop war kaum groß genug, um als Dorf bezeichnet werden zu können. Dennoch waren die Straßen so weit geräumt, dass Cooper keine Schwierigkeiten hatte, mit seinem Toyota durchzukommen. Oberhalb von Harrop lagen mehrere Bauernhäuser und Gehöfte, die allesamt die nüchternen Namen trugen, die in der Umgebung des Dark Peak üblich waren: Slack House, Whiterakes, Red Mires, Mount Famine und Stubbins. Sie klebten am Berghang wie Kletten im Fell eines schlafenden Hundes.

Die Straße zur Hollow Shaw Farm hinauf führte an einem einzelnen, modernen Bungalow und einer einsamen Reihe Cottages vorbei. Hinter dem Bungalow war die Straße nicht asphaltiert und hinter den Cottages nicht einmal mehr befestigt. Seit etlichen Kilometern hatte Cooper keine Straßenlaternen mehr gesehen. Er musste im Schritttempo weiterfahren und das Lenkrad pausenlos hin- und herreißen, um den übelsten Schlaglöchern auszuweichen, doch in der pechschwarzen Dunkelheit sah er einige davon erst, als er schon fast hineingerutscht war. Eine absolut katastrophale Strecke für Stoßdämpfer, genau die Art von Feldweg, den Postzusteller und Handlungsreisende wie die Pest mieden. Wer am Ende einer solchen Zufahrt wohnte, hatte dafür seine Gründe. Als er nach Hollow Shaw hinauffuhr, fragte sich Cooper, welchen Grund George Malkin wohl haben mochte.

Er stellte den Wagen vor dem alten Bauernhaus ab und stieg aus. Ein Stück entfernt lehnte ein Mann an einer Mauer. Hier oben war es so still, dass Cooper ein Rascheln aus dem Feld hinter der Mauer hören konnte. Es war das leise Schnauben einer Schafherde. Irgendwo dahinter musste auch das Blackbrook-Reservoir liegen. Es war kein großes Staubecken wie jene in den überfluteten Tälern, wo die ausgedehnten Wasserflächen von Ladybower und Derwent die Touristen scharenweise anlockten. Blackbrook war klein und unabhängig und hielt gerade genug Wasser bereit, um den östlichen Stadtrand von Manchester mit Trinkwasser zu versorgen.

»Mr Malkin?«

»Der bin ich.«

Cooper ging quer durch den Garten auf den Mann zu. Malkin trug einen blauen Overall, einen schwarzen Anorak und eine Holzfällermütze mit wollenen Ohrklappen. Zuerst dachte Cooper, der Mann hätte sich mehrere Pullover um die Hüfte gebunden, doch als Malkin sich bewegte, stellte er fest, dass der Mann eine birnenförmige Figur mit ausladenden Hüften besaß, wie sie für jemanden typisch war, der nicht genug Sport trieb. Cooper stellte sich vor.

»Wenn Sie vielleicht ein paar Minuten für mich übrig hätten, Mr Malkin? Es ist aber nichts Schlimmes.«

»Dann kommen Sie wohl besser mit ins Haus.«

Das Bauernhaus war niemals dem modernen Lebensstandard angepasst worden. Es verfügte weder über Doppelverglasung noch Zentralheizung, und der Rauchkringel aus dem Schornstein verriet, dass mindestens ein Kohleofen in Betrieb war. Der Haustür aus Mattglas und dem blauen Linoleumboden in der Diele nach zu urteilen, hatte die letzte Modernisierung in den Sechzigerjahren stattgefunden.

Malkin zog den Anorak aus und nahm die Mütze ab. Seine Haut war wettergegerbt, und er wirkte vorzeitig gealtert. George Malkin war beim Absturz der Lancaster acht Jahre alt gewesen, folglich bezog er erst seit kurzem Rente.

»Entschuldigen Sie das Durcheinander«, sagte Malkin. »Ich bekomme nicht oft Besuch.«

Cooper fröstelte. Im Haus herrschte eine Kälte, die zum Teil von jahrelangem mangelhaftem Heizen herrührte, eine Gebirgsfeuchtigkeit, die sich in den Steinwänden eingenistet hatte. Darüber hinaus hatte der Wind, der vom Kinder herabfegte und auf den öden Feldern heulte, seinen Weg in Malkins Haus gefunden, um dort zu überwintern. Er zog unter der Hintertür herein und durch die Lücken in den Rahmen der Schiebefenster hindurch, legte sich um die Möbel und auf die Wände. Cooper hatte das Gefühl, als wäre die Kälte so etwas wie ein lebendiges, greifbares Wesen, das sich mit einem eigenen Willen bewegte und ihm, als er durch den Raum ging, über den Nacken strich und sich auf jeder Schwelle wie ein feuchter Vorhang vor ihm aufbaute.

»Nicht grade warm heute«, stellte Malkin fest und beobachtete Cooper, der sich vor dem Kaminfeuer hin und her drehte, um wenigstens ein bisschen Wärme abzubekommen.

»Kann man wohl sagen.«

»Das alte Haus muss im Winter ziemlich beheizt werden. Aber ich habe mich daran gewöhnt. Wissen Sie, ich bin hier aufgewachsen, ich hab mein ganzes Leben hier verbracht. Ich kenne es nicht anders. Es heißt, man kriegt dünneres Blut, sozusagen als Ausgleich.«

Es gab nirgendwo ein Entkommen vor der Kälte. Sogar als Cooper sich ganz dicht vor das Kohlenfeuer stellte, wurde er nur auf einer Seite warm. Die Kälte klammerte sich weiterhin wie ein Parasit an seinen Rücken und entzog ihm seine Körperwärme.

»Hier oben sind Sie dem Wetter ja ziemlich schutzlos ausgesetzt. Sind Sie oft eingeschneit?«

»Ja, klar. Wenn es schneit, ist es hier zuerst dicht. Der Schnee kommt von da oben aus dem Tal und durch die Hügel direkt auf Harrop runter. Wenn dann noch ein bisschen Wind mitkommt, gibt's hier gleich riesige Schneewehen. Im Winter '78 hätten Sie mal herkommen sollen. Das war vielleicht ein Winter! Wir haben tagelang unser Auto gesucht. Ein Ford Escort, wenn ich mich recht entsinne. Als wir ihn endlich ausgebuddelt hatten, war der Motorraum ein einziger Block aus gefrorenem Schnee. Und die Leute liefen oben auf den Steinmauern, weil der Schnee auf der Straße so hoch lag, dass die Mauern der einzige feste Untergrund weit und breit waren.«

»Daran kann ich mich sogar noch erinnern«, meinte Cooper. Damals war er sechs Jahre alt gewesen und musste ein paar Tage nicht zur Schule gehen. Wahrscheinlich hatte er nicht einmal hinaus in den Schnee gedurft, sondern hatte ihn von seinem Zimmerfenster aus betrachtet, sich die Nase an der Scheibe platt gedrückt und Muster auf die gefrorenen Scheiben gemalt. Vielleicht hatten ihm seine Eltern schließlich doch noch erlaubt hinauszugehen, nachdem der Großteil des Schnees wieder verschwunden war. Er wusste noch, dass ihn sein Bruder Matt mit Schneebällen bombardiert hatte, die hart wie Holzkugeln waren, aber in der Kapuze seines Anoraks zu kaltem, nassem Matsch schmolzen, der ihm den Nacken hinunterrann. Seither hatte es nie mehr so viel Schnee gegeben. Jedenfalls konnte er sich nicht daran erinnern. Keinen richtigen Schnee.

»Kommen Sie mit in die Stube«, forderte Malkin ihn auf. »Wärmen Sie sich auf.«

Die so genannte »Stube« war eine Art Wohnzimmer, das von einem riesigen Eichentisch beherrscht wurde, dessen Beine nur an einer Seite auf einem Teppich standen. Auf der anderen Seite war der Teppich aufgerollt, und die nackten Dielenbretter, die aussahen, als seien sie vor kurzem erst feucht geworden und müssten noch trocknen, lagen frei. Da die Bretter alt waren, klafften große Lücken zwischen ihnen. Cooper spürte einen eisigen Lufthauch, als stünde er vor der offenen Tür eines mannshohen Tiefkühlschranks. Auf der Fensterbank stand eine Flasche Milch, daneben lagen ein ungeschnittener Laib Brot und ein Metallbesteck, und neben einem alten Lehnsessel stapelten sich mehrere Wochen alte Zeitungen unter einer Stehlampe. Auf dem Ölgemälde an der Wand war eine Herde brauner Kühe vor einer düsteren Winterlandschaft zu sehen. Die Berge hinter den Kühen sahen eher nach der Schweiz als nach Derbyshire aus. Richtige Gipfel.

»Dass sich noch jemand an den Absturz der Lancaster erinnert…«, meinte Malkin. »Das ist schon so lange her.«

»Siebenundfünfzig Jahre«, sagte Cooper und suchte ein Stück Teppich, auf das er sich stellen konnte.

»Ich war damals erst acht.«

»Aber Sie haben es nicht vergessen, stimmt's?«

»Nein. Natürlich nicht. Das Ganze hat mich tief beeindruckt. Das ist so in dem Alter. Jetzt kann ich mich manchmal nicht einmal mehr erinnern, was ich vor fünf Minuten gemacht habe, aber an den Flugzeugabsturz erinnere ich mich noch so gut, als wäre es erst gestern passiert.«

»So alt sind Sie doch noch nicht«, sagte Cooper. »Fünfundsechzig? Das ist doch heute kein Alter. Man geht in Rente, das ist alles.«

»Rente? Ich musste schon vor ein paar Jahren in Rente gehen. Heutzutage ist man schon lange vor fünfundsechzig nutzlos.«

Auf dem Kaminsims stand allerhand Krimskrams herum, und auf einem Holzgestell, das einmal ein viktorianisches Blumentischchen gewesen sein mochte, befand sich ein Fernseher. In einer Ecke hingen die losen Drähte einer herausgerissenen Steckdose aus der Scheuerleiste.

»Sie waren Landwirt, stimmt's?«, fragte Cooper.

Malkin lachte. Er hatte ein rasselndes Lachen, bei dem man deutlich hören konnte, wie der Schleim in seiner Kehle aufstieg. »Landarbeiter. Lohnarbeit, mehr nicht. Ich war Schäfer, und zwar ein guter. Aber es spielt keine Rolle, wie gut man seine Arbeit macht, wenn's darum geht, Kosten einzusparen. Die Lohnarbeit muss als Erstes dran glauben. Fünfundsechzig? Kann sein. Aber es ist egal, wie viele Jahre man auf dem Buckel hat. Was einen jung hält, ist eine Arbeit, die wichtig ist. Wenn man zu nichts mehr nütze ist, kann man auch gleich den Löffel abgeben.«

Malkins Körperfülle und die Wölbung seines Bauches wurden von dem selbst gestrickten grünen Pullover, der bereits bei seiner Entstehung eine Nummer zu klein gewesen sein musste, noch betont. Natürlich waren die Bauern heutzutage körperlich nicht mehr so gefordert wie früher. Sie konnten ganze Tage in den beheizten Kabinen ihrer Traktoren oder Mähdrescher verbringen, drückten Knöpfe an ihren Futtermischern und füllten stapelweise Papierkram aus – letztendlich nicht viel anders als die Polizisten. Der moderne Bauer warf keine Heuballen mehr durch die Gegend und schleppte auch keine verirrten Schafe auf dem Rücken nach Hause, ebenso wenig wie man von einem Polizisten noch erwartete, dass er zu Fuß Streife ging oder hinter einem Verdächtigen herrannte. Moderne Methoden führten auch dazu, dass die Menschen anders aussahen – die Figur passte sich an gepolsterte Stühle und Bildschirmarbeitsplätze an.

»Mich würde interessieren, ob Sie irgendwelche Erinnerungsstücke an den Absturz aufbewahrt haben«, sagte Cooper.

»Erinnerungsstücke?«

»Vielleicht vom Flugzeug selbst.«

»Ted und ich haben ein paar kleine Teile mitgenommen. Aber heute ist nicht mehr viel davon da.«

»Ted ist Ihr Bruder, nicht wahr?«

»Ja. Er war vier Jahre älter als ich. Ich bin ihm überallhin nachgelaufen, wie ein kleiner Hund. Wie Kinder eben so sind. Ich muss ihm damals ziemlich auf den Wecker gefallen sein.«

»Wo ist er jetzt?«

»Schon lange tot«, antwortete Malkin.

In der Nähe des Kamins hing Wäsche zum Trocknen über einem hölzernen Kleiderständer. Vermutlich gab es im ganzen Haus keinen Trockner, und die Wäschestücke, die man draußen auf die Leine hängte, wurden steif wie ein Stück Karton.

»Ich hole die Kiste«, sagte Malkin. »Bleiben Sie am Kamin und wärmen sich auf.«

»Danke.«

Cooper wartete und betrachtete besorgt die Wäsche, die in seinen Augen ein bisschen zu nahe am Feuer hing. Kleine Dampfkringel und ein warmer, beißender Geruch stiegen von den feuchten Socken und weißen Unterhosen auf. Cooper fürchtete, dass sich gleich die ersten Brandflecken auf dem Stoff zeigen würden. Auf der anderen Seite des Zimmers führte ein kurzer Flur zu einer Art Küche. Cooper sah eine Spüle aus Steingut mit einem Emailseiher, einen Durchlauferhitzer für heißes Wasser und einen Schrank mit einer Klappe, die man herunterlassen und als Arbeitsfläche benutzen konnte.

Als George Malkin mit einer kleinen Holzkiste zurückkam, zog er als Erstes ein Foto heraus. Die kleinen, noch mit alten Box-Kameras aufgenommenen Schnappschüsse waren immer die wertvollsten Schätze der Leute.

Diese Aufnahme, ein winziges Schwarzweißfoto mit breitem Rand, stammte aus dem Jahr 1945. Eine Ecke war umgeknickt, und als Cooper sie gerade bog, sah er ein Netz aus Linien, die der Staub in den Knickstellen des Papiers hinterlassen hatte. Das Foto zeigte einen Ausschnitt der verunglückten Lancaster kurz nach dem Unglück, nachdem sie zum Ausflugsziel für Neugierige geworden war. Das Wrack war kaum zu erkennen: Stücke zerrissenen und verbogenen Metalls, baumelnde Drähte, und alles mit der dunklen Erde verschmiert, die beim Aufprall im Torfmoor aufgeworfen worden war.

Im Hintergrund sah man zwei Männer mit Filzhüten, die durch die Löcher im Rumpf ins Innere der Maschine spähten. Aber im Vordergrund stand noch jemand – ein kleiner Junge. Er war höchstens zehn Jahre alt, besaß aber diesen merkwürdigen, weitaus wissenderen und reiferen Gesichtsausdruck, wie er besonders auf alten Aufnahmen häufig zu sehen ist, als wären die Kinder damals lange vor der Zeit erwachsen gewesen. Es heißt oft, heute würden die jungen Leute zu schnell erwachsen. Aber deren Wissen beschränkt sich hauptsächlich auf Sex und Drogen – eine Abgebrühtheit, die sie von ihren Eltern und den vorangegangenen Generationen unterscheidet. Die Kinder, die im Krieg groß wurden, wussten über andere Dinge Bescheid. Vor allem über den Tod.

Der Junge trug eine knielange Hose und einen Pullover mit weißem V-Ausschnitt und Ärmeln mit Gummizug. Die Socken waren ihm bis zu den Knöcheln hinuntergerutscht, die schweren Stiefel fest geschnürt. Eine Locke fiel ihm in die Stirn, aber über den abstehenden Ohren war das Haar kurz geschoren. Er schaute direkt in die Kamera und hatte eine selbstbewusste Pose eingenommen; die linke Hand ruhte auf einem der gewaltigen Motoren, der aus dem Schrott herausragte. Der Motor war unversehrt, und die leicht gewölbten Propellerblätter waren ein gutes Stück größer als der Junge. Es schien unvorstellbar, dass später Souvenir-Jäger das Hochmoor heimsuchen und die Propeller von den Motoren schneiden sollten. Um ein einziges Blatt zu tragen, brauchte man mindestens zwei Mann, die sich auf dem unebenen Boden und den abschüssigen Hängen ziemlich hätten plagen müssen, um damit bis zur Straße zu gelangen. Was brachte die Leute nur dazu, so viel Mühe auf sich zu nehmen? Und wo waren die Propellerblätter und die übrigen Flugzeugteile jetzt?

»Wer ist das?«, fragte Cooper.

»Raten Sie mal«, gab Malkin zurück.

Cooper blickte von dem Foto zu dem Mann, der ihm gegenüber am Tisch saß. Obwohl sein Haar inzwischen grau war und ihm nicht mehr in die Stirn fiel, unterschied sich seine Frisur nicht sonderlich von der aus dem Jahr 1945; auch die Ohren standen noch genauso ab. Und der offene Blick war ebenfalls gleich – damals wie heute der Blick eines Menschen, der zu früh erwachsen geworden war.

»Dann sind Sie also zum Irontongue hinaufgegangen, um sich die Unglücksstelle anzuschauen?«

»Das war damals unheimlich aufregend. Es gab ja noch kein Fernsehen. Heute würde das keinen mehr von der Flimmerkiste oder vom Computer weglocken, oder? Mein Vater hatte nie Zeit, sich mit uns zu beschäftigen, deshalb sind wir mit unserem Onkel Norman raufgegangen, der ein Stück außerhalb von Glossop gewohnt hat. In der Schule hab ich anschließend noch monatelang davon erzählt. Eine Zeit lang hab ich mit dieser Geschichte im Mittelpunkt gestanden.«

»Haben Sie sich auch ein Andenken mitgenommen?«

»Klar. Wie alle anderen. Nur ein paar kleine Andenken, die wir dann mit anderen Jungs getauscht haben. Am meisten waren wir hinter amerikanischen Sachen her, es sei denn, wir bekamen was von einem deutschen Flugzeug in die Finger. Damals lag überall solcher Kram herum, aber ich hab mich von fast allem wieder getrennt.«

»Haben Sie jemals irgendwelche Medaillen gefunden?«

»Medaillen?« Malkin sah ihn überrascht an. »Medaillen wären ganz schön was wert gewesen, glaube ich. Aber die konnte man wohl nur bei den Leichen finden, meinen Sie nicht?«

»Wahrscheinlich. Was haben Sie stattdessen mitgenommen?«

Malkin zog die Kiste heran und kramte darin herum. »Hier sind ein paar Zeitungsausschnitte, falls Sie die sehen wollen.«

»Ich glaube, die meisten kenne ich schon.«

»Auch gut.« Er kramte weiter. »Hier muss es doch irgendwo sein. Ah, ja. Das ist das Einzige, was ich behalten habe.« Er zog einen runden Metallgegenstand mit einer geschwärzten Hülle heraus. Cooper hatte irgendein unkenntliches Teil des Flugzeuges erwartet, aber das hier kam ihm bekannt vor.

»Sieht aus wie eine Uhr«, sagte er.

»Ist es auch.« Malkin zog sie aus der Hülle. Die geschwärzte Oberfläche bestand nicht aus Metall, sondern aus durch starke Hitzeeinwirkung geschmolzenem Glas. Das Zifferblatt darunter war einigermaßen unversehrt, obwohl sich der Metallrahmen ein wenig verzogen hatte und unter der Zahl zwölf ein Brandfleck zu sehen war. Die Zeiger waren etwa um zehn vor elf stehen geblieben.

»Zweiundzwanzig Uhr neunundvierzig«, sagte Malkin. »Genau um diese Uhrzeit ist die Maschine abgestürzt.«

»Sie meinen, ein Mitglied der Besatzung hat die Uhr bei dem Unglück getragen?«

»Ich glaube schon. Ich hab sie halb vergraben im Torf gefunden und hab sie weder meinem Onkel noch sonst jemandem gezeigt, sondern einfach in die Tasche gesteckt und mitgenommen. Später hab ich sie nur Ted und meinen Kumpels in der Schule gezeigt. Glauben Sie, die ist was wert?«

»Sie gehörte einem Toten«, sagte Cooper.

»Das war ja das Aufregende daran«, sagte Malkin. »Können Sie das nicht verstehen? Die aufregendsten Dinge sind die, von denen man genau weiß, dass sie verboten sind.«

Cooper betrachtete noch einmal das Foto mit dem achtjährigen Jungen, während Malkin an der kaputten Uhr herumfingerte. Das wissende Gesicht des Jungen, der sich gegen den Propeller lehnte, löste ein leises Unbehagen in ihm aus.

Malkin bemerkte Coopers Miene. »Ja«, sagte er, »als mein Onkel das Bild gemacht hat, hatte ich sie bereits in der Hosentasche.«

Cooper legte das Foto vorsichtig wieder in die Kiste. »Das *waren* doch Sie und Ihr Bruder, die den Flieger gesehen haben?«, fragte er. »Den, der verschwunden ist?«

»Ja, das stimmt. Wer hat Ihnen das erzählt?«

»Das steht in den alten Berichten. Sind Sie damals von der Polizei vernommen worden?«

»Ja. Einen Tag nach dem Absturz kam ein Polizist vorbei. Wir hatten unserem Vater erzählt, dass wir den Flieger gesehen haben, und er hat es der nächsten Polizeiwache gemeldet. Damals redeten alle davon.«

»Sagen Sie mir, wo Sie den Flieger gesehen haben, Mr Malkin. Wie sah er aus?«

»Das kann ich nicht – es war dunkel. Er trug eine Fliegerkombination, mehr weiß ich nicht. Mit Lederhelm und so weiter. Er hatte eine Taschenlampe dabei, und wir haben gesehen, wie er auf der Straße ging, die um das Reservoir herum und dann ins Tal führt. Unten kommt sie in der Nähe des alten Zollhauses auf der Straße nach Crowden heraus.«

»Können Sie mir die Stelle zeigen?«

Malkin nickte.

Sie gingen wieder nach draußen und an der Mauer entlang zu Coopers Wagen. Die Schafe kauten und schnaubten leise auf der Wiese.

»Sehen Sie mal da drüben«, sagte Malkin und deutete auf die Wiese, als wäre es helllichter Tag und nicht stockfinster. »Das ist guter, fruchtbarer Boden. Das beste Weideland im Umkreis. Vor vielen Jahren war hier mal ein Steinbruch, aber den hat man wieder zugeschüttet. Hier wachsen die leckersten Lammkoteletts von ganz Derbyshire, sagt mein Freund Rod immer. Wenn Sie wollen, geb ich Ihnen ein paar mit.«

»Nein, vielen Dank. Die Straße zum Reservoir …«

Malkin wies in die Dunkelheit. »Weiter hinten. Sehen Sie die Mauer da, die mit dem kleinen Tor und dem Weißdornbusch?«

»Halbwegs«, sagte Cooper, obwohl er lediglich die ungefähre Richtung ausmachen konnte, in die der alte Mann zeigte.

»Dort verläuft die Wasseramtstraße. Jetzt ist ein abgesperrtes Tor dran, aber damals war die Straße bloß eine Art Feldweg, damit die Wartungsleute zum Reservoir kamen. Ich wette, der Flieger war froh, dass er sie gefunden hatte. Er muss vom Irontongue runter durch den Schnee gestapft sein, das muss im Dunkeln mindestens eine Stunde gedauert haben. Ted und ich gingen an der Mauer vom Reservoir entlang, um näher an die Absturzstelle ranzukommen. Wir haben es vom Haus aus dort oben brennen sehen. Vermutlich hätten wir den Flieger niemals gesehen, wenn er nicht dauernd mit der Taschenlampe gewedelt hätte. Und gehört haben wir ihn auch.«

»Gehört? Hat er etwas gerufen?«

»Er hat gesungen«, erklärte Malkin.

Cooper starrte ihn an. Unter der Mütze und den Ohrenklappen war nicht viel von seinem Gesicht zu sehen, aber der Stimme nach zu urteilen machte er keine Witze.

»*Gesungen*? Was hat er denn gesungen, Mr Malkin?«

»Soweit ich mich erinnere, war es *Show Me the Way to Go Home*.«

10

Am nächsten Morgen war Ben Cooper wieder früh im Dienst und überprüfte als Erstes die Einsatzformulare für die Ermittlungen im Schneemann-Fall. Da noch niemand da war, der die Aufgaben verteilen konnte, kam er vielleicht glimpflich davon, indem er sich etwas Interessantes heraussuchte. Zumindest in dieser Hinsicht konnte man dem Schnee dankbar sein – in letzter Zeit war er immer der Erste im Büro. Bislang waren nur die Leute von der Nachtschicht da, die jedoch demnächst nach Hause gehen würden. Und die reinen Schreibtischtäter fingen nicht vor neun Uhr an.

»So versessen auf Arbeit, Ben?«

Diane Fry löste ihren roten Schal, zog das Haar unter einem Rollkragen hervor und schüttelte sich wie ein Hund, der gerade aus dem Wasser kam. Als sie den Mantel ausgezogen hatte, wirkte sie nur noch halb so dick. Coopers Mutter hätte sie zu dünn gefunden und gesagt, dass sie ein bisschen Speck gegen die Winterkälte vertragen könnte.

»Ich dachte, ich könnte ebenso gut schon mal anfangen«, sagte Cooper. »Schließlich haben wir keine Zeit zu verlieren, wenn man bedenkt, dass wir ständig zu hören bekommen, wie dünn wir hier besetzt sind.«

»Nimm dir ein Fleißsternchen. Aber du bist nicht der Einzige. Sogar der Chief Super ist schon da, und Hitchens habe ich schon nach oben gehen sehen.«

Was die Ermittlungsarbeit anging, gab es nicht viel zu tun, denn der Schneemann war immer noch nicht identifiziert. Ein

Formular fiel Cooper jedoch sofort ins Auge. Es ging um den Anruf einer Frau am Vorabend, nachdem sie in den Nachrichten von dem Leichenfund gehört hatte. Die meisten Anrufe waren aussortiert oder die Einzelheiten für später aufgenommen worden. Bei diesem jedoch hatten die Leute in der Zentrale das Gefühl gehabt, ihn verfolgen zu müssen, deshalb war er an die Kripo weitergereicht worden. Die Frau behauptete, einen Mann gesehen zu haben, auf den die Beschreibung des Schneemannes passte – bis hin zu der eleganten Kleidung und den gewienerten Schuhen, wenn auch ohne Reisetasche.

Auch Cooper war der Ansicht, dass man sich mit der Frau unterhalten sollte. Es handelte sich um eine gewisse Mrs Lukasz.

Er zeigte Diane Fry das Formular.

»Sieh mal«, sagte er. »Der Anruf hier kam von einer Frau namens Grace Lukasz vom Woodland Crescent in Edendale.«

»Na und?«

»Lukasz…«, wiederholte er nachdenklich, ehe ihm einfiel, dass Fry ja nichts von Alison Morrissey, Fliegerleutnant Danny McTeague und der Besatzung von Sugar Uncle Victor wusste. »Der Name fiel gestern in der Sitzung mit dem Chief…«

»Wo? Ach, die Sache mit der Kanadierin. Worum ging es dabei eigentlich? Irgendeine alte Kriegsgeschichte, habe ich gehört. Woher nimmt sie das Recht, uns die Zeit zu stehlen?«

»Jemand aus Edendale hat ihr eine Medaille geschickt, die früher ihrem Großvater gehört hat, der seit 1945 verschwunden ist. Er war Bomberpilot und ist angeblich desertiert, nachdem sein Flugzeug hier in der Nähe abgestürzt ist.«

»Und?«

Cooper sah, dass Fry bereits das Interesse verloren hatte. Warum sollte sie sich auch für den Vorfall interessieren? An der Geschichte war nichts, was für die Polizei interessant sein könnte. Es sei denn, Morrissey hätte einen Hinweis für ihre Ermittlungen liefern können. Eine verlorene Medaille, die nach siebenundfünfzig Jahren wieder auftauchte, war jedoch weit davon entfernt.

»Ich meine nur, es ist ein ziemlicher Zufall. Der Name ist nicht sehr verbreitet.«

»Du weißt doch, wie das ist«, sagte Fry. »Wenn man ein ungewöhnliches Wort oder einen Namen zum ersten Mal gehört hat, stolpert man auf einmal ständig darüber.«

»Wenn es ein üblicher Name in Edendale wäre, wäre er mir garantiert schon vorher aufgefallen.«

»Ach ja, das habe ich ganz vergessen – du bist ja Mr Ortskenntnis persönlich. Wahrscheinlich kennst du das ganze Telefonbuch auswendig.«

Sie nahm ihm das Formular aus der Hand und las es sich durch. Der Name Lukasz sagte ihr überhaupt nichts, ihr ging es lediglich um die Verwertbarkeit der Information. Cooper wünschte insgeheim, sie würde ihm das Formular wieder zurückgeben, aber stattdessen blätterte sie auch noch die restlichen Formulare durch.

»Von mir aus, aber dann übernimm das hier gleich mit. Damit schlagen wir gleich mehrere Fliegen mit einer Klappe, und ich kann dich bei der Tagesbesprechung entschuldigen. Ich schätze, dass wir dieses eine Mal ohne dich auskommen.«

»Na schön. Du weißt aber, dass ich noch etliche andere Ermittlungen zu erledigen habe?«

»Geht uns das nicht allen so?«

Bevor er hinausging, überprüfte Cooper im Wählerverzeichnis die Adresse, die Grace Lukasz angegeben hatte. Der Eintrag für Woodland Crescent 37 verzeichnete drei registrierte Wähler in diesem Haushalt: Piotr Janusz Lukasz, Grace Anne Lukasz und Zygmunt Henryk Lukasz. Damit hatte er den Überlebenden des Lancaster-Absturzes gefunden. Vielleicht irrte sich Diane, was das Glück betraf – es sah ganz so aus, als sei es der Polizei von Edendale durchaus wohlgesinnt.

Dabei hatte Cooper nicht einmal einen Anlass, Zygmunt Lukasz ausfindig zu machen, außerdem hatte er nicht die leiseste Ahnung, was er den alten Mann überhaupt hätte fragen sollen. Jedenfalls nicht offiziell. Persönlich jedoch interessierte ihn Lukasz' Version der Bruchlandung von Sugar Uncle Victor und dem Verschwinden von Fliegerleutnant Danny McTeague ungemein. Vielleicht konnte Lukasz das Unbehagen besänftigen, das in ihm aufgekeimt war, als er die Fotos von der Besatzung gesehen hatte, insbesondere das des jungen Fliegers, dem der Tod förmlich ins Gesicht geschrieben schien.

Außerdem glaubte er im Gegensatz zu Diane Fry, dass Alison Morrissey durchaus das Recht hatte, Nachforschungen über ihren Großvater anzustellen. Sie hoffte gegen jede Vernunft, dass die Medaille, die nach Kanada geschickt worden war, von Danny McTeague selbst stammte, was wiederum bedeutete, dass er noch am Leben war und hier irgendwo in der Gegend wohnte. Es bedeutete zumindest, dass irgendjemand mehr über McTeague wusste, als seinerzeit bekannt geworden war. Cooper war klar, dass er an Morrisseys Stelle genauso handeln würde. Es war ein bisschen ungerecht, dass er ihr nicht helfen konnte, obwohl er an der richtigen Stelle saß. Wenn er nur nicht so viel anderes zu tun hätte!

Cooper schrieb die Namen der Familie Lukasz in seinen Notizblock. Er würde sie erst besuchen, wenn er die anderen Adressen abgeklappert hatte. Am liebsten hob er sich das Beste bis zum Schluss auf.

Chief Superintendent Jepson stand am Fenster seines Büros im obersten Stock der Zentrale in der West Street und blickte auf den Parkplatz hinter dem Gebäude hinunter. Der Schnee war an einer Stelle notdürftig zur Seite geräumt worden, trotzdem standen die Autos und Transporter kreuz und quer herum. Eine Gestalt in einem langen Wachsmantel und mit einer Schirmmütze überquerte den Parkplatz.

»Ben Cooper ist ein guter Junge«, sagte Jepson. »Ich möchte nicht, dass er lange da draußen in der Kälte herummarschiert.«

Inspector Paul Hitchens war so früh zum Dienst erschienen, weil man es ihm gesagt hatte. Er stand mitten im Zimmer und wartete darauf, dass der Chief Super die Katze endlich aus dem Sack ließ. Bis jetzt hatten sie lediglich über das Wetter geplaudert.

»Ich gebe zu, dass es einiges Murren unter den Kollegen gegeben hat«, sagte Hitchens.

»Murren? Was wollen Sie damit sagen?«

»Cooper ist hier sehr beliebt. Viele Leute finden, dass er schlecht behandelt wurde. Beförderungsmäßig. Wieder jemand, der wegen eines Neulings von außen übergangen wurde, heißt es.«

»Vielleicht haben die Leute sogar Recht«, sagte Jepson. »Ich möchte sicher gehen, dass Chief Inspector Kessen auch tatsächlich über Coopers Stärken und Potenzial Bescheid weiß. Es ist nicht gut, wenn der erste Eindruck falsch ist. Und, Paul…«

»Ja, Chief?«

»Das meine ich ganz allgemein.«

»Ich verstehe nicht ganz, wovon Sie reden.«

»Ich meine das mit dem ersten Eindruck. Der erste Eindruck kann lange vorhalten.«

»Verstehe.«

»Also treten wir mal mit einer etwas positiveren Haltung an, ja? Ein bisschen weniger von diesem billigen Humor.«

»Selbstverständlich, Sir«, sagte Hitchens. »Ich sehe zu, dass mein Humor in Zukunft etwas kostspieliger wird.«

Natürlich behielt Diane Fry Recht. Es war der falsche Zeitpunkt, um auf ein bisschen Glück zu hoffen. Zwei Leute auf seiner Liste blieben in ihren Aussagen viel zu vage, um zur Identifizierung des Schneemanns beizutragen. Wie vorauszusehen war, erwiesen sich ihre Beschreibungen bei näherer Befragung als unzureichend und nutzlos. Und selbst *wenn* sie den Schneemann gesehen hatten, konnten sie nicht sagen, wer er war, wohin er wollte oder woher er gekommen war.

Die erste Zeugin war eine alte Dame mit einer Brille mit Bifokalgläsern und schütterem Haar gewesen, die gesehen hatte, wie ein Fremder in ihrer Straße stehen geblieben war und die Hausnummern betrachtet hatte. Sie hatte aber nicht beobachtet, dass er an einem bestimmten Haus geklingelt hatte. Und leider war ihr auch kein Auto aufgefallen, das ihm gehört haben könnte, was ihnen immerhin hätte weiterhelfen können.

Die zweite Zeugin, eine geschiedene Dame mit zwei kleinen Kindern im Grundschulalter, war jünger und erinnerte sich an mehr Details. Außerdem hatte sie den Betreffenden aus der Nähe gesehen. Sie hatte jemanden wie den Schneemann beobachtet, wie er in der Drogerie in der Clappergate Rasierklingen und eine Flasche *Grecian 2000*, eine Tönungslotion gegen graues Haar, und zwar in Dunkelbraun, gekauft hatte. Ihr war aufgefallen, dass er gut gekleidet war, mit ordentlich geputzten Schuhen, und dass er seine Einkäufe mit einer nagelneuen Zwanzigpfundnote bezahlt hatte. Sie hatte in der Kassenschlange direkt hinter ihm gestanden und glaubte, dass er ein Rasierwasser namens *Obsession* benutzte. Anschließend hatte sie ihn in Richtung Marktplatz davongehen sehen, ihn dann aber in der Nähe der Kreuzung High Street verloren, wo er die Straße überquert hatte. So drückte sie es aus – sie hatte ihn »verloren«. Cooper war beeindruckt gewesen. Mit ein bisschen Training hätte sie eine effektive Überwachungsspezialistin abgeben können.

Die dritte Frau war nicht zu Hause gewesen. Cooper hatte seine Karte mit der Bitte, sie möge sich mit ihm in Verbindung setzen, unter der Tür durchgeschoben. Diese Zeugin wohnte in einer der halbmondförmig angelegten Straßen, die sich an die Hügel oberhalb von Edendale drängten. Der Großteil der Gebäude hier waren Einfamilienhäuser aus den Sechziger- und

Siebzigerjahren, einige davon ziemlich groß, mit gepflegten Gärten und ausgebauten Dachgauben.

Damit blieb nur noch die Adresse übrig, die er sich bis zuletzt aufgehoben hatte. Cooper warf einen Blick auf die Straßenkarte im Handschuhfach seines Wagens. Woodland Crescent war nur zwei Kreuzungen von der Straße entfernt, in der er sich gerade befand, also höchstens ein paar hundert Meter. Er parkte den Toyota am Straßenrand und ging zu Fuß in Richtung Stadtmitte, wobei er sich in der Mitte des Bürgersteigs hielt, um nicht in den tiefen Schnee zu geraten.

Er kam an einem kleinen Lebensmittelladen und an einer Postfiliale vorbei, vor denen Reklameschilder der *Derbyshire Times* und der *Daily Mail* standen. Ein kleiner Laster mit dem Namen eines hiesigen Bauunternehmers auf der Fahrertür stand in einer Einfahrt neben einer gläsernen Voliere voller flatternder Zebrafinken. Zweihundert Meter weiter, auf der Hauptstraße, sah er die Geschäftsräume eines Traktorvertragshändlers, direkt gegenüber vom Queen's Park, der größten Grünanlage der Stadt.

Woodland Crescent unterschied sich nicht sehr von den anderen Straßen: noch mehr Bungalows und weiter oben ein paar neuere Häuser mit großzügigen Rasenflächen zwischen den Einfahrten. Ein ungefähr sechzigjähriger Mann, der wie ein Fischer mit gelbem Ölzeug bekleidet war, schob mit einem Besen langsam Schnee vom Bürgersteig. Als Cooper vorbeiging, hielt er inne und nickte ihm zu. Sein Gesicht war gerötet und er schnaufte schwer. Seine Atemwölkchen ließen Cooper an die Autos denken, die früher am Morgen in den Abgasschwaden ihrer alten Motoren standen.

Hinter dem Fenster der Nummer 37, dem Haus der Lukasz', saß eine Frau. Es war ein großer Bungalow mit integrierter Garage und einem beachtlichen Wintergarten auf der Rückseite. Cooper vermutete, dass es sich bei der Frau um Grace Lukasz handelte. War sie mit Piotr Lukasz verheiratet?

Cooper ging die Auffahrt zum Haus hinauf, wobei er sich

der Blicke der Frau durchaus bewusst war. Sie beobachtete ihn misstrauisch, als wäre er ein unwillkommener Gast – ein Zeuge Jehovas oder ein Versicherungsvertreter. Kurz vor der Haustür blieb er stehen und sah sie an. Die Frau starrte zurück. Und auf ihrem Gesicht war nicht nur Misstrauen zu erkennen, sondern Furcht.

Als er geklingelt hatte, war das Gesicht der Frau aus dem Fenster verschwunden, obwohl er sie nicht hatte aufstehen sehen. Durch die Glasscheiben in der Tür sah er eine Bewegung und begriff mit einem Mal, warum die Frau nicht aufgestanden war. Sie saß im Rollstuhl.

Cooper stellte sich vor und zeigte, irritiert von der Nervosität der Frau, seinen Dienstausweis vor. Als sie hörte, wer er war und warum er sie aufsuchte, entspannte sie sich merklich. Sie zog ihn förmlich in die Diele des Bungalows und machte die Tür hinter ihm zu. Dann beugte sie sich vor und schob den wurstförmigen Stoffdackel, der die Zugluft abhalten sollte, wieder vor die Tür.

»Wenn Sie so nett wären, die Schuhe auszuziehen«, sagte sie. »Dort im Schränkchen steht noch ein Paar Gästepantoffeln.«

Die Wärme im Haus sorgte schon jetzt dafür, dass Cooper unter seinem Mantel der Schweiß ausbrach. Der Unterschied zwischen diesem Haus und der Hollow Shaw Farm war ungefähr so, als würde man in Island ein Flugzeug besteigen und in Äquatorialafrika wieder von Bord gehen. Grace Lukasz trug einen cremefarbenen Pullover und eine Freizeithose und wirkte zugleich leger und elegant. Während er die Hausschuhe anzog, warf Cooper einen Blick in die Flure, die nach beiden Richtungen von der Diele abgingen. Das Haus hatte mindestens vier Schlafzimmer. Er fragte sich, womit Piotr Lukasz sein Geld verdiente.

»Ich bin mir absolut nicht sicher«, sagte Mrs Lukasz. »Aber die Beschreibung kam mir sehr ähnlich vor. Und da die Polizei um Hilfe gebeten hat …«

»Ganz recht. Wir wissen die Hilfe der Bevölkerung immer sehr zu schätzen.«

Sie neigte den Kopf ein wenig, um ihn mit einem amüsierten Lächeln anzusehen. Sie ließ sich nicht an der Nase herumführen. Früher einmal musste sie recht attraktiv gewesen sein und war es im Grunde genommen immer noch – zumindest für denjenigen, der über den Rollstuhl hinwegsehen konnte. Sie hatte nicht einmal den Hauch eines Akzents. Das hieß nicht unbedingt, dass sie nicht polnischer Herkunft war, aber fürs Erste ging er davon aus, dass sie Engländerin und Zygmunt Lukasz' Schwiegertochter war.

»Haben Sie schon herausgefunden, wer der Mann ist?«, erkundigte sie sich.

Verdutzt stellte Cooper fest, dass Mrs Lukasz die Initiative ergriffen hatte und nun diejenige war, die die Fragen stellte. Er hatte einen Moment lang ganz vergessen, weshalb er gekommen war, weil er mit den Gedanken zu sehr mit dem alten Flieger beschäftigt gewesen war. Er kannte sich selbst gut genug, um zu wissen, dass sich so etwas rasch zur fixen Idee auswuchs, wenn er nicht aufpasste. Trotzdem hätte er Zygmunt Lukasz gern kennen gelernt, schon allein, um ihn mit den Fotos aus dem Buch zu vergleichen und festzustellen, ob *er* der junge Mann war, der sich mit ihm über diese siebenundfünfzig Jahre hinweg in Verbindung zu setzen versuchte.

»Nein, leider noch nicht, Mrs Lukasz. Ich hatte gehofft, dass mich ein Besuch bei Ihnen ein Stück weiterbringt.«

»Aha.«

Seltsamerweise schien sie enttäuscht zu sein. »Leider hat er sich nicht vorgestellt. Er hat hier geklingelt, aber ich habe ihn wieder weggeschickt.«

»Wann war das noch mal?«

»Am Montagmorgen. Ich habe gestern angerufen, nachdem ich es in den Nachrichten gehört habe. Sie haben sich Zeit gelassen herzukommen.«

»Wir müssen sehr viele Leute befragen«, sagte Cooper.

Mit einem Mal hatte er das Gefühl, beobachtet zu werden. Er sah sich um und begegnete dem skeptischen Blick eines blaugrünen Papageis, der den Kopf ähnlich wie seine Besitzerin schief legte und ihn betrachtete.

»Ich dachte, er verkauft vielleicht Versicherungen oder Austauschfenster«, sagte Mrs Lukasz. »Von denen treiben sich immer wieder welche hier herum. Natürlich habe ich gleich gesehen, dass er kein Jehova war.«

»Nein?«

»Seit sie herausgefunden haben, dass wir Katholiken sind, kommen sie nicht mehr vorbei. Was sehr schade ist, denn ich wollte immer mal einen von ihnen bekehren.«

»Hat der Mann, der am Montag bei Ihnen geklingelt hat, nicht gesagt, was er will?«

»Dazu habe ich ihm erst gar keine Gelegenheit gegeben«, antwortete Mrs Lukasz. »Ich habe keine Lust, an der Haustür in der Kälte zu sitzen und mich mit Verkäufern zu unterhalten. Sie hätte ich auch beinahe wieder weggeschickt, aber dann habe ich gesehen, dass Sie nichts verkaufen wollen. Nicht mit diesem Mantel.«

Peinlich berührt von den Blicken der Frau und des Papageis fummelte Cooper an seinem Kugelschreiber herum. »Würden Sie mir bitte eine Beschreibung von ihm geben? Möglichst detailliert.«

Grace Lukasz lieferte ihm eine kurze, prägnante Beschreibung, die bis zu den Schuhen haargenau auf den Schneemann passte. Für jemanden, der dem Fremden nicht einmal Gelegenheit gegeben hatte, etwas zu sagen, war sie eine sehr aufmerksame Beobachterin.

»Hatte er ein Auto?«

»Ich habe keins gesehen.«

»Haben Sie beobachtet, aus welcher Richtung er kam oder in welche Richtung er wieder davonging?«

»Eigentlich nicht.«

»Gibt es noch jemanden in Ihrem Haushalt, den ich dazu befragen könnte, Mrs Lukasz?«

Sie zögerte und sah sofort wieder misstrauisch aus. Cooper hätte fast noch einmal seinen Ausweis gezückt.

»Vielleicht hat er woanders geparkt«, sagte sie. »Versuchen Sie Ihr Glück bei den Nachbarn. Wenn er etwas verkaufen wollte, hat er bestimmt die ganze Straße abgeklappert.«

»Das mache ich.«

»Lassen Sie mich wissen, wer er war, wenn Sie es herausgefunden haben?«

Wieder war Cooper überrascht. Doch Grace Lucasz wartete ungeduldig auf seine Antwort, als wäre es Teil ihrer Abmachung, dass man sie über das Ergebnis der Befragung informierte. Vermutlich war es verständlich, dass sie wissen wollte, wer der Mann war, der vor ihrer Tür gestanden hatte und kurz darauf gestorben war.

»Mal sehen, was ich tun kann«, sagte er. »Wir sammeln so viele Hinweise wie möglich. Da ich nun schon mal hier bin…«

»Mein Mann ist zu Hause«, unterbrach sie. »Außerdem wohnt hier noch mein Schwiegervater. Aber sie haben den Mann beide nicht gesehen.«

»Vielleicht sollten wir sie sicherheitshalber selbst fragen. Es würde uns wirklich sehr helfen.«

Mrs Lukasz schien ein Lachen zu unterdrücken. »Kommen Sie mit.«

Sie führte ihn durch einen Flur in den hinteren Teil des Bungalows, klopfte an eine Tür und rief einen Namen. Cooper fiel auf, dass sie »Peter« rief, nicht Piotr, wie der Name ihres Mannes im Wählerverzeichnis angegeben war. Ein Mann kam heraus, und Cooper erhaschte einen kurzen Blick auf einen hellen Wintergarten voller Pflanzen. Lukasz hatte dunkles Haar und lange, schlanke Finger, die er sich an einem Tuch abwischte, und sah ziemlich müde um die Augen aus.

»Nein, ich habe ihn nicht gesehen«, beantwortete Lukasz die Frage steif. Doch Cooper hatte dasselbe Gefühl wie bei seiner Frau. Beide hatten den Bruchteil einer Sekunde gezögert, als hätten sie auch etwas anderes antworten können, bevor sie sich eines Besseren besannen.

»Sind Sie ganz sicher, Sir?«

Lukasz nickte. »Ich war gar nicht da. Ich bin Facharzt in der Notaufnahme, und an diesem Morgen bin ich länger geblieben, weil wir einen kritischen Fall hatten.«

»Wie ich gehört habe, wohnt Ihr Vater ebenfalls hier.«

»Ich glaube nicht, dass er Ihnen weiterhelfen kann.«

Cooper überlegte gerade, wie weit er sein Glück strapazieren sollte, als es klingelte. Er hörte Grace Lukasz in die Diele zurückrollen. Instinktiv drehte sich Cooper nach der Haustür um, weshalb er genauso gut zu sehen war wie Peter Lukasz, als Grace öffnete.

Und in der nächsten Sekunde wünschte er sich ganz, ganz weit weg. Vor der Tür der Lukasz' standen Frank Baine und Alison Morrissey.

»Wir müssen ein paar Kleidungsstücke finden«, sagte Inspector Paul Hitchens. »Andernfalls haben wir nichts als die nackten Tatsachen.«

An der Tafel hinter den beiden Detective Chief Inspectors hingen Fotos vom Schneemann. Noch immer bestand keine Aussicht auf eine Identifizierung. Man erwog, den Toten von einem Zeichner malen zu lassen und das Porträt in den Zeitungen und im Lokalfernsehen zu veröffentlichen, außerdem könnten die Beamten es Kraftfahrern an den Kontrollpunkten entlang der A57 zeigen. Die Autofahrer waren bereits angehalten und befragt worden, aber niemand konnte sich an einen Mann mit einer blauen Reisetasche am Straßenrand erinnern, auch nicht an ein Fahrzeug in der Parkbucht, wo man den Schneemann gefunden hatte. Vielleicht half ein Bild ihrem Gedächtnis auf die Sprünge.

Diane Fry fand, dass DCI Kessen aussah, als hätte er sich noch immer nicht an den Humor in der Division E gewöhnt. Man munkelte, dass der neue Detective Superintendent jemand sein würde, der Kessen davon abhielt, allzu viele Probleme zu machen.

»Unsere heutige Aufgabe besteht also darin, ein paar Kleidungsstücke zu finden«, sagte Hitchens. »Und ich bin für diese Shoppingtour zuständig.«

Es sah aus, als genieße Hitchens es in vollen Zügen, so im Mittelpunkt der Aufmerksamkeit zu stehen. Er trat vor die Landkarte an der Wand und pochte mit seinem Lineal auf ein Gebiet westlich der Parkbucht an der A57, in der der Schneemann gefunden worden war. Eine Spurensuche in der Parkbucht selbst hatte jede Menge Abfall zutage gefördert, aber nichts, was sich in der blauen Tasche hätte befinden können – es sei denn, der Schneemann hätte Radkappen und alte Kissenbezüge getragen.

»Hier fangen wir an«, erklärte Hitchens. »Gleich unterhalb der Straße befindet sich ein stillgelegter Steinbruch. Er ist von der Parkbucht aus gut zu erreichen und eine beliebte Stelle für illegale Müllentsorgung. Dieser Ort ist sozusagen die Knightsbridge-Boutique eures Einkaufsbummels. Möglicherweise gibt es dort genau das, was wir suchen, bloß kommt man leider nicht so leicht hinein.«

Fry sah nicht viele Beamte über den Scherz lachen. Sogar Chief Inspector Tailby runzelte die Stirn. Seit Hitchens zu seiner neuen Freundin in ein modernes Haus in Dronfield gezogen war, war er eindeutig anspruchsvoller geworden. Es klang ganz so, als hätte sie ihn eines schönen Tages nach London geschleppt, um ihm zu zeigen, was Shopping eigentlich bedeutete. Das Gehalt eines Inspectors unterschied sich eben merklich von dem eines einfachen Sergeants.

»Falls die Tasche vor Ort ausgeleert wurde, stehen unsere Chancen ganz gut, dass ihr Inhalt irgendwo da unten im Steinbruch liegt«, sagte Hitchens. »Leider haben sich die Eigentümer, als der Steinbruch geschlossen wurde, mächtig Mühe gegeben, ihn zu sichern. Sie haben Felsbrocken vor dem Eingang aufgetürmt, als wollten sie die Pyramiden von Gizeh nachbauen, und die Wände selbst sind steil und glatt. Wahrscheinlich hatten sie Angst, dass jemand die liegen gebliebenen Mühlsteine klaut.«

Hitchens ließ fröhlich sein Lineal wirbeln, als dirigierte er einen Chor. Die beiden DCIs saßen mit versteinerten Mienen am Tisch und weigerten sich mitzusingen.

»Das heißt also, dass wir ohne schweres Gerät nicht in den Steinbruch hineinkommen«, fuhr Hitchens fort. »Das wiederum kostet Zeit, von Geld mal ganz abgesehen. Da wir weder das eine noch das andere haben, greifen wir auf die gute alte Improvisation zurück. Um es einfach auszudrücken: Wir haben beschlossen, einen Mann, ausgerüstet mit einem langen Seil und einer ausgeprägten Sorglosigkeit im Hinblick auf seine persönliche Sicherheit, in die Grube hinabzulassen.« Hitchens lächelte. »Jetzt brauchen wir nur noch einen Freiwilligen. Bitte nicht vordrängeln!«

Niemand rührte sich. Niemand knarrte auch nur mit dem Stuhl.

»Hier sind ein paar Fotos zur Ermunterung«, sagte Hitchens.

Er hielt den vergrößerten Abzug eines Fotos in die Höhe, das vom Zaun am Rand der Parkbucht aus aufgenommen worden war und einen Blick in den Steinbruch gewährte. Die Wände waren nahezu spiegelglatt, bis auf ein paar Stellen, wo der Stein abgebröckelt war. Auf dem Boden lag Schnee, der sich wie ein weißes Laken über riesige, unregelmäßige Formen ausbreitete. Allen war klar, dass sich unter dem Schnee Steine befanden, die den einen oder anderen gebrochenen Knöchel verhießen.

»Keiner?«, fragte Hitchens. »Dann muss ich wohl einen Freiwilligen bestimmen.«

Peter Lukasz hatte so wütend auf die beiden Besucher reagiert, dass Ben Cooper schon dachte, er müsse eingreifen, um eine öffentliche Ruhestörung oder einen tätlichen Angriff zu verhindern. Bis dahin war ihm Lukasz wie ein ganz normaler, vernünftiger Mann vorgekommen, doch im Handumdrehen hatte er sich in einen zähnefletschenden Wachhund verwandelt. Er hatte Alison Morrissey und Frank Baine von seinem Grundstück verjagt und bis auf den Bürgersteig verfolgt. Erst dann war er ins Haus zurückgekehrt und hatte die Tür hinter sich zugeknallt.

Schwer atmend hatte Lukasz anschließend knapp und geistesabwesend Coopers Fragen beantwortet. Er wisse nichts und habe den Mann, von dem seine Frau sprach, nicht gesehen, sagte er.

Schließlich wandte Cooper sich zum Gehen, um sich bei den Nachbarn umzuhören, ob sie ebenfalls Besuch vom Schneemann gehabt, sich aber nicht gemeldet hatten, weil sie keine Ähnlichkeit zu der in den Nachrichten durchgegebenen Beschreibung festgestellt hatten. Vielleicht hatte ihm einer der Nachbarn Fenster mit Doppelverglasung abgekauft, was allerdings ein echter Glücksfall wäre. Außerdem gab es noch die dritte Zeugin, die bei Coopers Besuch nicht zu Hause gewesen war. Und zweifellos warteten in der West Street noch unzählige andere Aufgaben auf ihn.

Trotzdem widerstrebte es ihm, sich womöglich zu früh zu verabschieden. Umständlich wechselte er die Schuhe, um Zeit zu schinden, während er durch die Glastür spähte, um zu sehen, ob sich vor dem Haus noch immer jemand aufhielt.

Dann fiel ihm auf, dass Lukasz nicht in den Wintergarten zurückging, sondern im Nebenzimmer verschwand. Als er die Tür öffnete, erhaschte Cooper einen kurzen Blick auf eine dritte Person, die an einem Tisch saß. Es war ein alter Mann mit dünnem, weißem Haar, das aus der Stirn zurückwich und über den Ohren zurückgekämmt war. Auf seiner römisch gebogenen Nase saß eine Nickelbrille, und er trug einen dicken, braunen

Pullover, in dem seine Schultern im Verhältnis zum restlichen Körper unverhältnismäßig breit wirkten. Als Peter Lukasz das Zimmer betrat, blickte der alte Mann auf, und Cooper sah seine Augen. Sie waren hellblau und in die Ferne gerichtet, als blitzte der Himmel hinter einer aufreißenden Wolke auf.

Es dauerte nur eine Sekunde, dann war die Tür wieder zu. Aber Ben Cooper hatte einen ersten flüchtigen Eindruck von Zygmunt Lukasz bekommen.

Inspector Hitchens verschränkte die Arme und ließ den Blick durch den Raum wandern, in dem es totenstill geworden war. Niemand meldete sich, um sich freiwillig in den Steinbruch abseilen zu lassen. Unter den Anwesenden gab es Polizisten, die schon angesichts einer etwas steileren Treppe in Panik gerieten. Bei anderen fehlte es von vornherein an den technischen Voraussetzungen. Zum Beispiel Gavin Murfin. Wenn man ihm ein Seil in die Hand drückte, würde er wahrscheinlich versuchen es aufzuessen.

Inspector Hitchens Blick blieb einen Moment lang an Murfin hängen, ehe er weiterwanderte. Plötzlich hielt er inne und schaute sich noch einmal im Raum um.

»Moment mal«, sagte er. »Hier fehlt doch jemand.«

11

Ben Cooper hatte sich nie richtig an das Gefühl gewöhnen können, rückwärts ins Leere zu treten. Die Sekunde, ehe sein Stiefel die Felswand berührte, war ein Moment, der sich mit nichts vergleichen ließ. Jedes Mal schoss ihm der Gedanke durch den Kopf, dass er nie wieder festen Boden unter die Füße bekommen würde – oder vielmehr, dass er ihn nur noch ein einziges Mal berühren würde, nämlich wenn er am Fuß des Felsens aufschlug.

Aber seine Sohlen landeten sanft auf dem rauen Sandstein. Das Seil in seinen Händen vibrierte, und die Sicherungsgurte strafften sich. Er ließ ein Stück Seil nach, bis er sich weit genug zurücklehnen konnte, um einen sicheren Stand zu haben, indem er sein Gewicht gegen den Felsen stemmte. Dann fasste er noch einmal nach und beugte sich ein Stück vor. Der Winkel musste genau stimmen. War er zu spitz, rutschten die Füße von der glatten Oberfläche ab, und er prallte mit dem Gesicht gegen die Wand.

Cooper blickte nach oben und sah zwei Mitglieder des Bergrettungs-Teams aus Buxton über die Kante zu ihm herunterspähen; ihre Köpfe sahen winzig aus und standen in keinem Verhältnis zum Himmel.

»Alles klar, Ben?«

»Bestens.«

Ein Stück weiter rechts drehte sich Liz Petty von der Spurensicherung mit dem Rücken zur Felskante und machte den ersten Schritt in den Abgrund. Sie trug ihren blauen Overall und eine gelbe, wasserdichte Jacke. Der rote Helm hing ihr fast über die Augen.

Cooper war von seinen Freunden von der Bergrettung in die Geheimnisse des Abseilens eingeweiht worden und wusste, dass es wesentlich einfacher war, als es für die Zuschauer dort oben aussah. Erstens musste man nicht wie sie ständig nach unten sehen. Man konzentrierte sich voll und ganz auf das Seil, darauf, wohin die Füße traten, und auf die Felswand vor einem. Sobald man dem schwindelnden Abgrund den Rücken gekehrt und den ersten Schritt ins Leere gewagt hatte, war das Ganze eigentlich ziemlich einfach.

Er hielt kurz inne und manövrierte sich um einen Sandsteinbuckel herum. Liz kam neben ihm auf, wandte den Kopf und lächelte ihn an. Es war das verschwörerische Bergsteigergrinsen. Ihr Gesicht war vor Kälte und Aufregung gerötet, und ihre Augen strahlten ihn unter dem Helm hervor an.

»Abwärts?«, fragte sie.

Cooper rutschte ab und streckte die linke Hand aus, um sich auszubalancieren und zu verhindern, dass sein Gewicht das Seil zum Schwingen brachte. Er verdrehte sich ein wenig und blickte nach unten auf seine Bremshand, während er das Seil durch den Abseilachter laufen ließ. Der harte Sandstein schmirgelte über seine Finger, während er an anderen Stellen bröckelig und lose war, zermürbt durch die jahrzehntelangen Arbeiten im Steinbruch.

Sie bewegten sich weiter nach unten. Die Kollegen wollten immer wieder wissen, ob alles in Ordnung sei, als könnte man sich auf dem Weg hinunter verlaufen. Cooper versprach, sich sofort zu melden, falls das Seil riss. Sie lachten, wenn auch nicht sehr überzeugend.

Einige Meter über dem Boden hielt Liz an. Cooper beobachtete, wie sie sich das Seil mit drei Schlingen um die Hüfte wand, so dass ihre Bremshand frei war. Sie zog eine Digitalkamera aus der Jackentasche und machte eine Panoramaaufnahme vom

Steinbruchboden. Sie wussten beide nicht, was sie dort unten zu erwarten hatten. Vielleicht war die ganze Aktion völlig unsinnig. Aber es kam zu oft vor, dass winzige Spuren und Beweise übersehen wurden, bis es zu spät war.

Liz war leichter als Cooper und beherrschte den mühelosen Rhythmus, der sie mit fast schwerelosen Schritten nach unten brachte, nahezu perfekt. Als Cooper den Boden berührte, hatte sie sich bereits ausgeklinkt und die Gurte abgelegt. Sie rief zu einem ihrer Kollegen hinauf, woraufhin ihre Tasche heruntergelassen wurde.

»Also los«, sagte sie, nachdem auch Cooper seine Gurte gelöst hatte. »Mal sehen, was wir hier haben.«

Der Boden war mit großen Sandsteinbrocken übersät, die aus den Wänden gesprengt worden waren. In östlicher Richtung lagen die übereinander getürmten Kolosse, die den regulären Zugang versperrten. Liz Petty machte mehrere Aufnahmen, ehe sie neben einem großen Stein in die Hocke ging, ihre Tasche aufklappte und ein Bündel Tüten für Beweismaterial entrollte.

»Wir suchen doch nach Kleidung? Eher elegant? Oder eher Freizeitkleidung?«

»Eher elegant.«

»Dann können wir diese Arbeiterjacke wohl ausschließen.«

Cooper beugte sich über ihre Schulter. Sie zeigte auf einen dunklen, durchgeweichten Stoffhaufen, der ausgesprochen modrig roch und an einigen Stellen bereits grüne Schimmelflecken aufwies. In den Lederaufsätzen an den Schultern klafften Risse.

»Die liegt schon zu lange hier.«

»Schade. Sie könnte einem wahrscheinlich einiges über ihren Besitzer verraten. Zum Beispiel, was er gefrühstückt hat. Die verkrusteten Flecken hier sind noch prima erhalten.«

Trümmer und Schutt waren von den Betreibern des Steinbruchs zum größten Teil einfach liegen gelassen worden. Hier und da ragten noch immer schartige Metallstücke aus dem Boden, und es gab unsichtbare Löcher, in die man fallen konnte. Vorsichtig bahnten sie sich einen Weg zwischen den Steinen hindurch, froh über die Stiefel, die sie vor scharfen Kanten und Unebenheiten schützten, bei denen man sich leicht den Knöchel verstauchen konnte.

Cooper deutete zum Rand des Steinbruchs hinauf. »Falls die Kleider heruntergeworfen wurden, dann wahrscheinlich von irgendwo dort drüben.«

Liz schob sich den Helm aus der Stirn, der ihr jedoch gleich wieder über die Augen rutschte, als sie sich bückte, um über einen Felsbrocken zu klettern, der mehrere Tonnen wiegen musste. Ab und zu blieb sie stehen, um einen Fund genauer zu untersuchen, und jedes Mal wartete Cooper geduldig, obwohl er wenig Hoffnung hatte, dass die schlammfarbenen Stofffetzen zwischen dem Geröll dem Schneemann gehört hatten.

»Das hier sieht schon besser aus.«

Wieder machte sie zunächst Aufnahmen aus unterschiedlichen Blickwinkeln, um den genauen Fundort zu lokalisieren, und dann erst eine Nahaufnahme.

»Was ist denn das?«

Liz packte mit der Pinzette eine Ecke Stoff und hielt ein blaues Kleidungsstück hoch. »Ein Damenschlüpfer. Noch ziemlich neu. Ein bisschen feucht, aber das ist bei dem Schnee kein Wunder.«

Cooper sah sich den Fetzen an. »Wenn der aus der Reisetasche des Schneemanns stammt, wirft das ein völlig neues Licht auf die Sache.«

»Vielleicht verrät es etwas über seine sexuellen Neigungen.«

»Ich dachte eigentlich eher, dass ihn vielleicht eine Frau begleitet hat. Wir sind immer davon ausgegangen, dass wir nach Männerkleidung suchen.«

Liz wählte eine Papiertüte als vorübergehendes Behältnis für ihren Fund. Das blaue Höschen sollte an der Luft trocknen und nicht luftdicht in Plastik verschlossen werden, da dies die Verbreitung von Mikroorganismen nur noch förderte.

Wieder wurden Rufe vom Rand der Felswand laut. Cooper drehte sich um, reckte den Daumen und zeigte auf die Tüte.

»Inspector Hitchens hat den Steinbruch mit einer Boutique in Knightsbridge verglichen«, sagte er.

Liz hielt die Tüte in die Höhe und betrachtete die Unterwäsche skeptisch. »Wenn Sie mich fragen«, sagte sie, »sind wir hier eher in einem Wohlfahrtsladen für notleidende Senioren.«

Diane Fry hatte leichte Gewissensbisse, weil Ben Cooper in seiner Abwesenheit für den Steinbruch eingeteilt worden war. Aber sie tröstete sich damit, dass er sich ohnehin freiwillig gemeldet hätte, wenn er bei der Sitzung dabei gewesen wäre. So war er nun mal. Ohne jeden Sinn und Verstand.

Um ihn trotzdem ein wenig zu unterstützen, warf sie einen Blick auf seinen Schreibtisch, falls dort irgendetwas lag, das dringend bearbeitet werden musste. Die erste Akte, die ihr auffiel, war die von Eddie Kemp, dem Fensterputzer. Seit Kemps Verhaftung hatten die Leute scharenweise angerufen und ihn sämtlicher Verbrechen beschuldigt, die sich im Strafgesetzbuch finden ließen. Wollte man den Anrufern Glauben schenken, war Kemp ein Exhibitionist und Spanner und hatte vom Sozialversicherungsbetrug bis hin zum Kindesmissbrauch so ziemlich alles auf dem Kerbholz. Außerdem waren mindestens drei Anrufe eingegangen, die in ihm den Mörder des Mannes erkannt haben wollten, der am Snake Pass gefunden worden war.

Diese Informationen waren zwar an die Kriminalpolizei weitergeleitet worden, doch den Berichten mangelte es an überzeugenden Details wie Namen, Orts- und Zeitangaben. Das Fehlen solcher Details war für gewöhnlich ein sicheres Zeichen für einen Anruf aus böswilliger Absicht. Allem Anschein nach rangierte Eddie Kemp auf der Beliebtheitsskala seiner Nachbarn nicht besonders weit oben. Wahrscheinlich hatten einige von ihnen mit Entsetzen festgestellt, dass er inzwischen auf Kaution frei und längst wieder zu Hause war. Was die Polizei brauchte, waren verlässliche Angaben über seine Komplizen sowie Zeugen des tätlichen Angriffs oder der Ereignisse unmittelbar davor.

Immerhin war ein nützlicher Hinweis dabei gewesen. Auf einer der blauen Plastikplanen aus Kemps Wagen hatte sich der Abdruck von zwei Gegenständen befunden, die wie Baseball-Schläger geformt waren, außerdem hatte man auf dem Plastik Spuren von menschlichem Blut und Schweiß sichergestellt. Eine DNS-Analyse könnte eine Übereinstimmung ergeben, falls die Gelder für die Proben an das gerichtsmedizinische Labor bewilligt wurden. Die Erfolge in diesem Fall waren zu einer Frage des Etats geworden.

Fry schrieb Ben Cooper eine Notiz. Auf seinem Schreibtisch stapelten sich noch andere Fälle, und an den meisten Akten klebten Haftzettel – Anrufe von der Staatsanwaltschaft, von Kollegen aus anderen Abteilungen oder anderen Divisionen, und sogar von Opfern, die nachfragten, was aus ihrem Fall geworden sei, und verzweifelt versuchten mit demjenigen, von dem sie naiverweise annahmen, er sei mit seiner Aufklärung beschäftigt, Kontakt aufzunehmen. Sie alle würden warten müssen. Fry hoffte nur, dass Cooper einen Sicherheitsgurt trug. Noch ein Ausfall hätte ihnen gerade noch gefehlt.

Frys Telefon klingelte wieder, und zwar in diesem gewissen Ton, bei dem sie schon vorher wusste, dass sie den Hörer lieber gar nicht abheben sollte. Diesmal war es die Einsatzzentrale, die sie informierte, dass die Suche im Steinbruch abgebrochen worden war. Das Bergrettungsteam sei zu einem Noteinsatz gerufen worden und habe inzwischen am nahe gelegenen Irontongue Hill eine Leiche gefunden. Die Polizisten vor Ort waren abberufen worden, um sich um diesen neuen Fall zu kümmern. Die Zentrale ließ sie das freundlicherweise wissen, weil Ben Cooper einer der Beamten vor Ort war.

Fry stützte das Kinn in die Hände und ließ den Blick über die verbliebene Mannschaft schweifen.

»*Ooh-wee, baby… ooh-wee! Won't you let me take you on a sea cruise.*«

»Gavin«, blaffte sie, »mach sofort diesen blöden Hummer aus, sonst schmeiße ich ihn aus dem Fenster!«

Marie Tennent war zunächst kaum mehr als menschliches Wesen zu erkennen. Als Ben Cooper am Fundort eintraf, hatte jemand das Eis von ihr abgekratzt, so dass sie nun wenigstens wie ein Stapel nasser Kleidung aussah, den jemand am Berghang zurückgelassen hatte. Gefrorener Schnee klebte in kleinen Klümpchen an ihr. Cooper hatte versucht, ein Stück in der Nähe ihrer Tasche sauber zu bürsten, doch die Eiskristalle hatten sich fest in den Fasern ihres Mantels verhakt.

Er stand mit den anderen Polizisten und den Leuten von der Bergrettung herum, die von einem Fuß auf den anderen traten und auf das Eintreffen des Arztes warteten, der offiziell feststellte, dass die Frau tot war und sich nicht lediglich kryogenetisch tiefgefroren in einem Stadium des Scheintods befand. Einer der Rettungsmänner war ein Peak Park Ranger mittleren Alters, der in seinem Leben zweifellos schon die eine oder andere Leiche gesehen hatte. Er riss einen Witz darüber, dass der Arzt sich erst einen Eispickel borgen müsste, wenn er sein Rektalthermometer einsetzen wollte, was die Umstehenden mit einem verwegenen Lachen quittierten.

Liz Petty hatte Cooper zum Fundort begleitet, obwohl sie dort noch nichts ausrichten konnte. Sie hatte immer noch den Helm auf dem Kopf, und als sie Cooper jetzt ansah, bemerkte er das eifrige Glühen in ihren Augen.

»Vielleicht ist das ja Mrs Schneemann.«

»Wer weiß?«

»Sagen Sie mir Bescheid, wenn ich Ihnen helfen kann; sobald Sie sicher sind, dass sie tot ist.«

Am Morgen hatte der Pilot eines kleinen Flugzeugs Marie Tennents Silhouette auf dem Torf erspäht, nachdem der Schnee allmählich von ihren Schultern gerutscht war. Es war gerade noch rechtzeitig gewesen, denn inzwischen hatte es wieder geschneit, und so wie der Himmel im Norden aussah, hätte Marie ebenso gut noch ein paar Tage unentdeckt bleiben können.

Cooper stellte fest, dass Liz immer noch neben ihm stand und ihn nachdenklich ansah.

»Ich vermute, dass es sich um Selbstmord handelt«, sagte sie.

»Es wird wohl zunächst auf einen Unfalltod hinauslaufen.«

»Wollte bei schlechten Wetterverhältnissen einen Berg besteigen, ist abgestürzt und später an Erschöpfung gestorben, bevor sie gefunden wurde? Hört sich schlüssig an.«

»Das passiert hier ständig. Als ob die Leute das schlechte Wetter für ein bisschen Zuckerguss hielten, ein Extra-Bonus der Parkverwaltung, um die Landschaft ein bisschen malerischer zu gestalten.«

Cooper drehte sich um und blickte über das Hochmoor. Heute sah der Peak District tatsächlich wie eine Szene aus den altmodischen Wintern aus, von denen die Leute immer sprachen. Der Schnee, der Anfang der Woche gefallen war, hatte die vertrauten Umrisse der Landschaft abgerundet, bis die Hügel und Täler fast unkenntlich geworden waren.

Jeder, der schon vor Mitte der Achtzigerjahre in der Gegend gewohnt hatte, kannte seine eigenen Geschichten von unermesslichen Schneefällen, die alles zum Erliegen brachten, von mannshohen Schneewehen und davon, wie die Leute auf den zugefrorenen Flüssen Schlittschuh liefen.

Angeblich war Burbage Edge einmal in zehn Meter hohen Schneewehen untergegangen. Danach hätten die Birken Jahre gebraucht, um sich von den Schäden zu erholen, denn der Schnee hatte ihre Zweige und Äste wie Streichhölzer abgeknickt und einen nach dem anderen abgerissen. An solchen Tagen war es einfach idiotisch, sich ins Hochmoor hinauszuwagen.

Cooper drehte den Plastikbeutel mit der Brieftasche der Frau um, die er in ihrer linken Manteltasche gefunden hatte, dem ersten Teil von ihr, der sich aus dem Schnee gelöst hatte. Eine Scheckkarte und ein Kontoauszug wiesen sie als Marie Tennent aus, wohnhaft in Edendale in der Dam Street 10. Warum hatte niemand Marie Tennent als vermisst gemeldet? Auch ohne nachzusehen wusste er, dass sie nicht auf der Vermisstenliste stand, da er sie erst gestern mit Gavin Murfin durchgegangen war, und Marie lag schon länger hier. Wo also war Maries Familie? Was war mit ihren Freunden und Nachbarn?

Der Autopsiebericht würde ihnen verraten, ob Marie Tennent schon vorher verletzt und vor Kälte zusammengebrochen war, oder ob sie sich einfach hingelegt hatte und erfroren war. Die körperlichen Gegebenheiten konnten bei der Obduktion festgestellt werden, aber keine noch so genaue Untersuchung ihres Gehirns gab Aufschluss über ihre geistige Verfassung vor ihrem Tod.

»Da sind Tierspuren«, bemerkte Liz. »Sie können bei der Bestimmung des Todeszeitpunkts hilfreich sein.«

»Ja. Danke.«

Cooper sah der toten Frau ins Gesicht. Sie lag zusammengerollt auf der Seite, hatte ihm den Kopf zugewandt, die Hände an den Schläfen, als hätte sie sich die Ohren zugehalten, um den nahenden Tod nicht hören zu müssen. Ihre Augen waren geschlossen, die Haut im Gesicht war weiß und mit einer dünnen Eisschicht überzogen, während sich Nase und Lippen bereits langsam schwarz färbten.

Cooper wusste, dass ihn seine Kollegen manchmal einer allzu überbordenden Fantasie bezichtigten. Auch er traute sich nicht zu, im Gesicht einer Leiche lesen zu können. Aber eines wusste er genau, und ein kurzer Blick über die Schulter bestätigte seine Theorie. Als sie starb, hatte Marie Tennent zum Irontongue Hill gewandt gelegen und nicht von ihm abgewandt. Die Trümmer der Heckflosse des abgestürzten Lancaster-Bombers SU-V waren von hier aus deutlich sichtbar. Das Letzte, was Marie in ihrem Leben gesehen hatte, musste ein rostiges Fragment von Sugar Uncle Victor gewesen sein.

Cooper fiel wieder ein, was Diane über Namen gesagt hatte, die immer wieder aufzutauchen schienen, kaum dass man sie zum ersten Mal gehört hatte. Von den Trümmern der Lancaster am Irontongue Hill hatte er seit seiner Kindheit vage gewusst. Solche Geschichten sind spannend für Jungen, für die der Krieg etwas Aufregendes und Heldenhaftes ist, wahrscheinlich hauptsächlich deshalb, weil er so weit weg war, dass man höchstwahrscheinlich nie persönlich damit konfrontiert war. Er hatte den Höhepunkt des Kalten Krieges verpasst, als die Menschen im Bewusstsein der Gefahr gelebt hatten, jeden Tag von einem Atomkrieg ausradiert werden zu können, und er war zu jung, um sich an Vietnam zu erinnern. Für ihn war all das Geschichte, so weit weg wie der Erste Weltkrieg, es hatte nichts mit den Menschen zu tun, die er kannte. Trotzdem war das Wrack irgendwo in seinem Hinterkopf immer präsent gewesen.

Cooper glaubte nicht, dass er den Namen des Flugzeugs vor dem Vortag schon einmal gehört hatte. Lancaster SU-V. Sugar Uncle Victor. So etwas hätte er sich bestimmt gemerkt. Der Name klang so harmlos für eine eigens zum Töten und Vernichten gebaute Maschine. Er war überzeugt, dass ihm die Ironie nicht entgangen wäre. Jetzt war seine Aufmerksamkeit zweimal in zwei Tagen auf den Bordingenieur von Sugar Uncle Victor gelenkt worden. Und hier vor ihm lag eine Frau, die kurz vor ihrem Tod möglicherweise entweder unterwegs zu dem Wrack gewesen oder gerade davon zurückgekommen war.

Fälle wie dieser verführten zu zahlreichen Spekulationen. Die erste war, dass Marie Tennent auf die eine oder andere Weise selbst für ihren Tod verantwortlich war. Selbstmord oder Unfall – spielte das wirklich eine Rolle? Eigentlich doch nur für den Leichenbeschauer von High Peak, der gern ordentliche Protokolle mochte.

»Ben?«, rief Liz. »Ich glaube, Sie werden hier gebraucht.«

»Komme schon.«

Ein Rettungshubschrauber der Luftwaffe hatte den Arzt heraufgeflogen und stand jetzt, nachdem der Arzt abgeseilt worden war, über ihnen in der Luft, wo er darauf wartete, die Leiche mit einer Winde an Bord zu ziehen.

Cooper warf einen letzten Blick auf die zerfetzte Heckflosse. Er musste demnächst unbedingt einmal selbst dort hinaufsteigen und sich die Trümmer des Flugzeuges genauer ansehen, die Fliegerleutnant Danny McTeague im Stich gelassen hatte. Er hatte keine Ahnung, welche Verbindung es zwischen dem Wrack und den beiden Todesfällen geben mochte, aber er hatte den dringenden Verdacht, dass sie sich schon bald miteinander verflechten würden.

Er hatte den Eindruck, als kreiste die Phantomsilhouette von Sugar Uncle Victor abermals mit dröhnenden Merlin-Motoren unter der Wolkendecke über dem Eden Valley, an Bord ihre dahingemetzelte Besatzung, die zu einem letzten Einsatz zurückgekehrt war. Es war, als wäre die alte Lancaster im Windschatten von Alison Morrisseys Air Canada Boeing 767 aus Toronto in das Tal zurückgekehrt.

12

Frank Baine lehnte an der Wand des Postamts neben dem Einkaufszentrum von Buttercross. Er zündete sich eine Zigarette an und warf das Streichholz in den Schnee, wo es kurz aufzischte, dann zog er kräftig an der Zigarette und hielt sie schützend in der gewölbten Hand, während er zusah, wie zwei Halbwüchsige ihre Fahrräder an das Fenster der Post lehnten und hineinstürzten.

Ein Sattelschlepper kam die Buxton Road herunter auf den Verkehrskreisel zu. Statt auf die Umgehungsstraße abzubiegen, hielt er direkt auf Buttercross zu. Baine stieß eine Lunge voll Rauch aus, und als der Fahrer stark abbremste und der Lkw ein paar Meter vor der Ampel zum Stehen kam, schaute Baine automatisch auf das Kennzeichen. Da der Laster die gesamte Fahrbahn blockierte, bildete sich rasch eine lange Autoschlange dahinter.

Auf der Beifahrerseite kletterte ein Mann aus dem Führerhaus, den Baine jedoch erst richtig sehen konnte, als der Sattelschlepper blinkte und ein Stück näher an die Ampel heranfuhr. Er erkannte George Malkin, der die Straße überquerte. Malkin sah ihn erst an, als er nur noch ein paar Schritte entfernt war.

»Frank Baine?«

»Der bin ich. Tolles Transportmittel.«

Malkin erwiderte nichts.

Baine lächelte und zog an seiner Zigarette. »Na schön«, sagte er. »Reden wir übers Geld.«

Die östlichen Ausläufer des Irontongue Hill waren ausgesprochen beliebt bei Moto-Cross-Fahrern – Motorradfreaks, die mit ihren Maschinen gern abseits der Straßen fuhren und ein bisschen den Schmutz spritzen ließen.

Erst am vergangenen Sonntag, bevor der Schnee kam, war es hier zu einer Auseinandersetzung zwischen einer Gruppe Wanderer und ein paar Cross-Fahrern gekommen. Seit einiger Zeit schon hatte es Beschwerden gegeben, dass die Motorradfahrer die Wege aufrissen und in Schlammrinnen verwandelten, die für Wanderer nicht mehr zu benutzen waren, wenn sie nicht bis zu den Knien im Matsch versinken wollten.

An diesem Morgen war eine Cross-Maschine von einem Anhänger gestohlen worden, der auf einem Bauernhof außerhalb von Edendale geparkt stand. Einem Streifenwagen fiel ein Motorradfahrer auf einem Parkplatz unweit des Waldes oberhalb des Gasthauses auf der A57 auf. Die Beamten hielten an, um ihm ein paar Fragen zu stellen. Doch als er sie sah, brauste er davon. Die Polizisten nahmen sofort die Verfolgung auf. Sie fuhren einen Range Rover, wussten aber nur zu gut, dass sie sich keine allzu großen Hoffnungen machen durften, den Fahrer zu erwischen, wenn er die Straße verließ. Etwa hundert Meter weiter gab es ein offenes Tor, das zu einem von den Cross-Fahrern bevorzugten Weg führte.

Das Motorrad schlidderte durch die Einfahrt und pflügte durch eine Schneewehe, so dass eine weiße Fontäne gegen die Steinmauer klatschte. Der Range Rover kam ins Rutschen, als der Fahrer bremste, doch er behielt den Wagen unter Kontrolle und bog in die Zufahrt ab, um dem Motorradfahrer bergauf zu folgen.

Der Weg stieg steil an und wurde immer schmaler.

»Wir blasen die Sache besser ab«, sagte der Beifahrer.

»Nur noch um die nächste Kurve, von dort aus sehen wir, wohin er fährt«, sagte der Fahrer. »Wenn der Schnee dort tiefer wird, kriegt er sowieso Probleme.«

»Pass auf!«, rief der Beifahrer.

Die Kurve war zu eng für den Range Rover. Er geriet wieder ins Schleudern, aber diesmal bekam ihn der Fahrer nicht mehr unter Kontrolle. Der Wagen kam von der Fahrbahn ab und rutschte ein paar Meter weiter in ein Bachbett, wo er mit Stoßstange und Vorderrädern im Wasser stehen blieb.

Der Fahrer stellte den Motor ab. »Verflucht noch mal!«, stieß er hervor.

»Die von der Werkstatt werden nicht begeistert sein«, sagte der Beifahrer. »Erst letzte Woche ist ein neuer Kühler eingebaut worden.«

»Ruf an«, sagte der Fahrer.

Er öffnete die Tür und trat in mehrere Zentimeter tiefes, eiskaltes Wasser. Das Bachbett war voller Steine, und er hatte Schwierigkeiten, das Gleichgewicht zu halten, als er versuchte gegen die Strömung ans Ufer zu gelangen. Er streckte eine Hand aus und griff nach einem Birkenschössling, der am Ufer wuchs, als er feststellte, dass er sich an etwas anderem festklammerte – an einem Kleidungsstück. Es war ein Hemd. Ein blaues Hemd mit feinen weißen Streifen und weißen Manschetten. Er betrachtete das Etikett auf der Krageninnenseite und sah, dass das Hemd von einem bekannten Hersteller stammte und keines der portugiesischen Billigteile war, die er selbst in den Schnäppchenläden von Edendale kaufte.

Der Fahrer sah auf und bemerkte erst jetzt, dass das Bachbett mit Kleidungsstücken übersät war. Auf den Steinen lagen Hemden und Hosen, Socken und Unterhosen, über die das Wasser hinweggurgelte. Ein blau-rot gestreifter Schlips baumelte an einem Büschel dürren Heidekrauts. Ein Schuh hatte sich mit Wasser gefüllt und war auf den Grund gesunken, wo seine Schnürsenkel wie Seetang hin und her wogten.

Plötzlich fiel dem Fahrer die Leiche des Unbekannten ein, die ganz in der Nähe gefunden worden war, der Mann, der von einem Schneepflug erwischt worden war. Bei der Leiche hatte man eine Reisetasche gefunden, die jedoch leer gewesen war.

»Hast du schon angerufen?«, rief er seinem Kollegen zu.

»Ja.«

»Dann ruf noch mal an.«

Ben Cooper hatte beschlossen, zu Fuß zur Dam Street zu gehen. Das Haus, in dem Marie Tennent gewohnt hatte, war kaum eine halbe Meile von der Dienststelle in der West Street entfernt, auf der anderen Seite der Stadt, in dem Gewirr von Gassen rings um die alte Seidenspinnerei. Es lohnte sich kaum, den Wagen zu nehmen, jedenfalls nicht, wenn die Straßen immer noch mit dahinkriechenden Fahrzeugen und Fußgängern verstopft waren, die ebenfalls auf der Fahrbahn herumschlitterten, weil die Gehwege noch nicht frei waren. Außerdem gab es rings um die Dam Street kaum Parkplätze, auch wenn kein Schnee lag. Die Häuser der Spinnereiarbeiter waren lange vor der Zeit gebaut worden, als die Leute Garagen oder Straßen brauchten, die breit genug waren, um Autos darauf abzustellen.

Die Spinnerei selbst war erst kürzlich in ein Heimatmuseum umgewandelt worden. Das alte, dreistöckige Steinhaus war immer mehr verfallen und ihm hatte jahrelang der Abriss gedroht, doch jetzt hatte man sogar ein neues Café und einen Laden angebaut. Cooper fragte sich, was um alles in der Welt die Architekten geritten haben mochte, den Anbau aus rotem Backstein zu errichten, wo die alte Spinnerei und sämtliche anderen Gebäude ringsherum aus Naturstein waren. Im Peak District wurde fast alles aus Naturstein gebaut, so dass der Backstein wie ein Fremdkörper wirkte.

An der Ecke Dam Street führte ein Mann einen Dobermann an einer kurzen Leine spazieren. Er musterte Cooper misstrauisch und fasste die Kette noch kürzer, als wollte er damit andeuten, dass der Hund bei der geringsten Provokation angriff.

Cooper wartete, bis der Mann vorbei war, ehe er weiter bis

zu Marie Tennents Haus ging. Es war das letzte in einer Zeile von Reihenhäusern, besaß einen kleinen Vorgarten und einen Ausblick über den Mühlteich auf der Rückseite des Heimatmuseums. Es war durch eine hohe Steinmauer vom Nebenhaus getrennt, die jegliche Kommunikation zwischen den Nachbarn verhinderte. An diesem Ende der Straße schien es ganz besonders ruhig zu sein, wie zumindest der kleine, mit einer dünnen Eisschicht überzogene Teich vermuten ließ. Cooper betrachtete die Häuser auf der gegenüberliegenden Straßenseite, an denen sämtliche Fenster und Türen mit Brettern vernagelt waren. Die Häuser warteten entweder auf ihre Renovierung oder auf den Abriss.

Zuerst klopfte er an die Nachbartür, bekam aber keine Antwort. Er hatte gerade beschlossen, es noch einmal zu probieren, nachdem er die Nummer 10 überprüft hatte, als hinter ihm eine Stimme ertönte.

»Ja?«

Es war der Mann mit dem Dobermann, der mit der Kette herumfuchtelte, als wollte er den Hund jeden Augenblick loslassen. Der Hund sah nicht besonders interessiert aus, aber Cooper wollte es lieber nicht darauf ankommen lassen und stellte sich vor.

»Wohnen Sie hier, Sir?«

»Das will ich wohl meinen. Was wollen Sie?«

»Ich habe ein paar Fragen zu Ihrer Nachbarin Marie Tennent.«

»Dieses Mädchen aus Schottland?«

»Das weiß ich nicht.«

»Ich glaube, sie stammt aus Schottland.«

»Sie heißt mit Nachnamen Tennent.«

»Genau. Wie das Bier. Was hat sie denn angestellt? Platz!«

Mit einem erleichterten Schnaufen ließ sich der Dobermann nieder. Aus der Nähe machte der Hund einen völlig erschöpften Eindruck, als wäre er schon viel zu lange durch die Straßen getrabt. Genau genommen sah er aus wie manche Streifenpolizisten, wenn sie die Schicht getauscht und achtzehn Stunden ununterbrochen Dienst geschoben hatten.

»Sie hatte leider einen Unfall«, sagte Cooper.

»Typisch Bullensprache! Ihr könnt nie sagen, was ihr wirklich meint. Sie ist tot, stimmt's?«

»Ja. Kannten Sie sie gut?«

»Praktisch überhaupt nicht. Sie hat ziemlich zurückgezogen gelebt.«

»Vielleicht hatte sie Angst vor Hunden.«

Der Mann schaute Cooper nach, als er zur Tür von Nummer 10 ging und sie mit dem Schlüssel aufschloss, den er von der Hausverwaltung bekommen hatte. Cooper drehte sich kurz um. Aus dem Maul des Dobermanns trieften lange Speichelfäden auf das Pflaster. Die Muskeln in seinen Schultern und Hinterläufen waren gespannt. Cooper war froh, dass die Tür gleich beim ersten Versuch aufging, so dass er das kalte Haus von Marie Tennent betreten konnte.

Das Erste, was er in der Diele sah, war das grüne Blinklicht eines Anrufbeantworters. Er drückte auf den Knopf und hörte eine schottisch klingende Stimme. Nicht aus dem Hochland, sondern eher städtisches Schottisch – vielleicht Glasgow oder Edinburgh, die beiden Dialekte konnte er nie genau auseinander halten. Es war eine Frau mittleren Alters, die weder ihren Namen noch eine Telefonnummer nannte.

»Marie, ruf mich an, wenn du wieder da bist. Sag mir, wie es vorangeht, damit ich mir keine Sorgen um dich machen muss.«

Auf einem Tisch stapelten sich Rechnungen, und am unteren Spiegelrand klebten gelbe Haftzettel. Hinter der Tür hing ein roter Mantel an einem Haken, unter dem Tisch stand ein Paar Schuhe, und auf dem Boden lag ein Postpaket mit Büchern, das aber noch nicht ausgepackt war.

Cooper blieb stehen und versuchte, die ersten Eindrücke auf sich wirken zu lassen. Irgendetwas schien nicht zu passen. In einem offensichtlich leeren Haus fiel jedes unpassende Geräusch sofort auf. Aber er hatte kein Geräusch gehört. Er wandte prüfend den Kopf, schnüffelte nach Gas- oder Brandgeruch oder nach dem Gestank von Tod und Zersetzung. Aber er bemerkte nichts, was seine Alarmglocken normalerweise zum Schrillen gebracht hätte. Im Flur hing lediglich ein flüchtiger Duft, der sich ihm sofort wieder entzog, bevor er ihn einordnen konnte. Er war nicht sicher, aus welcher Richtung er kam. Möglicherweise war es ein Rest Raumspray oder ein Hauch kürzlich benutzten Desinfektionsmittels.

Es war kalt im Flur, aber nicht kälter als in jedem anderen Haus, das seit Tagen unbewohnt war. Vermutlich gab es in den Cottages keine Zentralheizung. Und wenn doch, dann war bestimmt eine Zeituhr eingestellt, um Gas zu sparen. In diesem Fall war jetzt eine Tageszeit, zu der Marie normalerweise nicht zu Hause war, was wiederum bedeuten könnte, dass sie einer geregelten Arbeit nachging.

Cooper blieb reglos stehen und lauschte. Irgendwo tickte eine Uhr. Eines der übelsten Geräusche, die es gab: das Ticken einer Uhr in einem leeren Haus, dessen Bewohner verstorben war. Es erinnerte einen daran, dass sich die Welt, wenn man tot war, einfach weiterdrehte, dass der Sekundenzeiger nicht einmal kurz innehielt, wenn man vom Leben zum Tod überwechselte. Das Geräusch löste stets eine Urangst aus – das Wissen, dass die Zeit unaufhaltsam verrann, dass deine Uhr bis zu deinem Tod unerschütterlich ablief.

Die Uhr eines Menschen sollte bei seinem Tod stehen bleiben. Cooper wusste, dass dieser Wunsch völlig irrational war und aus einem tiefen Aberglauben herrührte. Trotzdem wäre er am liebsten auf einen Küchenstuhl gestiegen und hätte die Batterie aus der Uhr genommen oder ihr Gegengewicht abgenommen, um die Zeiger zum Stillstand zu bringen. Er wollte sich in Gegenwart des Todes stummen Respekt ausbitten. Aber er tat es nicht. Stattdessen ließ er es zu, dass ihn das Ticken durch das ganze Haus verfolgte, von einem Zimmer zum anderen, dass es ihn verhöhnte wie das Kichern eines bösartigen Spielzeugs.

Die erste Tür, die vom Flur abging, führte ins Wohnzimmer. Cooper ging zum Kamin und betrachtete die Gegenstände auf dem Sims. Eine neuere Gasrechnung steckte hinter einer gesprungenen chinesischen Schale mit Weidenmotiv, daneben ein Kassenbon vom Supermarkt. Er wandte sich dem ausziehbaren Mahagoni-Esstisch in der Ecke zu, auf dem eine Glasvase mit einem Trockenblumenstrauß auf einer Bastmatte stand. Nirgendwo ein Abschiedsbrief.

In dem Zimmer stand außerdem ein mit Konto- und Kreditkartenauszügen, Briefen und alten Fotos übersäter Schreibtisch. Cooper suchte vorsichtig ein paar Briefe jüngeren Datums heraus, um Namen von Marie Tennents engeren Bekannten zu finden. Keine Adresse war aus der Gegend, keiner der Namen hörte sich an, als gehörte er zu einem Lebensgefährten. Einer hieß John und schien ein Verwandter zu sein, der an der Universität Glasgow studierte.

Dann sah er, dass auf einem ansonsten unbenutzten Rost hinter der Gasflamme Papier verbrannt worden war. Er ging in die Hocke, um es sich näher anzusehen, und stellte bereits erste Spekulationen an, warum Marie Tennent einen Abschiedsbrief geschrieben und dann verbrannt hatte… oder ob ihn jemand anders für sie verbrannt hatte. Doch aus der Nähe sah er, dass es sich keineswegs um einen Abschiedsbrief handelte. Der Brief besagte, dass Marie Tennent, wohnhaft in Edendale, Dam Street 10, zum ausgewählten Kreis der Gewinner von 250 000 Pfund in bar gehöre. Sie wurde aufgefordert mitzuteilen, in welcher Form sie das Geld zu erhalten wünsche. Außerdem enthielt der Brief Vorschläge, wie sie es am besten anlegte: ein neues Auto, Urlaub in der Karibik, ein Traumhaus auf dem Land. Cooper stieß den Brief leicht an, worauf das geschwärzte Papier zerfiel. Wenn man ohnehin schon verzweifelt war, reichte der Zynismus derartigen Werbemülls womöglich aus, einem den Rest zu geben.

Cooper hob sämtliche Kissen auf dem Sofa und den beiden Sesseln hoch. Er fand drei Kugelschreiber, eine Hand voll Kleingeld und ein Quietschspielzeug für Hunde in Form eines Knochens. Besaß Marie einen Hund? Aber laut Hausverwaltung wohnte sie erst anderthalb Jahre hier. Der Hund hatte vielleicht einem früheren Mieter gehört. Cooper konnte nirgendwo Hundehaare entdecken, weder auf den Möbeln noch auf dem Teppich. An der Außenwand war ein kleiner feuchter Fleck auf der Tapete, der aber nach schlechter Instandhaltung aussah. Auch die Fenster waren schon seit geraumer Zeit nicht mehr geputzt worden. Die Aussicht auf die verrammelten Häuser gegenüber war trübe und verschmiert und mit kleinen Bröckchen schmutzigen Schnees und trockenen Streifen Vogelkot gesprenkelt.

Cooper ging in den Flur zurück und inspizierte den Schrank unter der Treppe, wo er den Thermostat für die Zentralheizung fand. Er war so eingestellt, dass die Heizung um neun Uhr morgens ausging und um drei Uhr nachmittags wieder ansprang. Umsichtigere Selbstmörder hätten in der Gewissheit, dass am Nachmittag niemand mehr da sein würde, der es warm haben wollte, die Zentralheizung ganz abgestellt, um nicht unnötig Gas zu verbrauchen. Anderen, den Impulsiveren oder Egozentrischeren, wäre so etwas niemals in den Sinn gekommen. Cooper wusste noch nicht genug über Marie Tennent, um sagen zu können, zu welchem Typ sie gehörte.

Als er auf die Küche zuging, erkannte er den Geruch schlagartig. Er war so eindeutig, dass er kaum glauben konnte, dass er nicht sofort geschaltet hatte: eine Mischung aus nassen Vliestüchern und schmutzigen Windeln, Plastikflaschen und Sterilisierungslösung, warmer Milch und Waschpulver. Es roch eindeutig nach Baby.

13

Ben Cooper hämmerte gegen die Tür von Nummer 8, dann versuchte er es beim nächsten und dann beim übernächsten Haus. Niemand öffnete. Sogar der Mann mit dem Dobermann schien verschwunden zu sein oder weigerte sich, die Tür aufzumachen.

Nachdem er in der Zentrale um Verstärkung gebeten hatte, kehrte Cooper in Marie Tennents Haus zurück und ging noch einmal rasch durch sämtliche Zimmer. Beim Gedanken, irgendwo im Haus könnte ein Baby liegen, brach ihm der kalte Schweiß aus. Wie lange konnte ein Baby überleben, wenn es allein gelassen wurde? Er hatte nicht die geringste Ahnung, nur den Verdacht, dass Babys unablässig Nahrung und Fürsorge brauchten. Doch diese Ahnung stammte lediglich aus der Zeit, als er aus sicherer Entfernung seine Schwägerin Kate beobachtet hatte, als seine beiden Nichten noch ganz klein gewesen waren. Josie und Amy hatten geweint, wenn sie Hunger hatten und wenn ihre Windeln gewechselt werden mussten. Wenn sich hier im Haus wirklich ein verlassenes Baby befand, würde es bestimmt inzwischen weinen. Schon längst. Außerdem hätten es die Nachbarn hören müssen, ganz bestimmt. Und die Nachbarn hätten es gemeldet, auch wenn sie sich nicht die Mühe gemacht hatten, die Polizei darüber zu informieren, dass sie die Mutter des Kindes schon geraume Zeit nicht mehr gesehen hatten.

Diese Überlegung beruhigte Cooper ein wenig, während er hektisch Küchen- und Kleiderschränke aufriss. Aber dann sah er sich die Wände an und stellte fest, wie dick sie waren. Die Steinhäuser waren über hundertfünfzig Jahre alt und für die Spinnereiarbeiter zu einer Zeit errichtet worden, in der Häuser noch für mehrere Generationen gebaut wurden. Er hatte es hier mit soliden Wänden zu tun und nicht mit Verschlägen aus Bauholz und Gipskarton, die man mit der Faust zertrümmern konnte. Da weder Tür noch Fenster offen standen, hörte er von draußen keinen Laut. Ein Baby konnte sich sehr wohl die Lunge aus dem Leib gebrüllt haben, ohne gehört zu werden. Vielleicht hatte es sich einfach zu Tode geschrien.

Er schob das Durcheinander an der Rückwand des Verschlags unter der Treppe zur Seite – einen Staubsauger, eine Teppichrolle, Pappkartons und einen ausgemusterten Couchtisch mit Glasplatte. Wann immer er etwas beiseite rückte, erwartete er dahinter ein kleines Bündel zu sehen. Doch da war nichts.

»Ben?«

Ausnahmsweise war er froh, Diane Frys Stimme zu hören. »Hier«, rief er. »Gut, dass du da bist!«

Fry blieb im Türrahmen stehen und sah sich im Zimmer um, ohne von Cooper Notiz zu nehmen. Sie ging um das Sofa herum, blieb am Fenster stehen und fuhr mit dem Finger über den Schmutzfilm auf der Scheibe. »Putzen die Leute hier denn keine Fenster?«

»Kommt drauf an, ob man Wert auf die Aussicht legt«, antwortete Cooper.

»Du sprichst schon wieder in Rätseln, Ben. Das passt nicht zu dir. Wo hast du schon nachgesehen?«

»Überall. Aber nicht gründlich.«

»Dann bleib du hier unten, während ich das obere Stockwerk übernehme. Aber ganz ruhig, es besteht kein Grund zur Panik.«

»In Ordnung.«

Fry ging zur Treppe. Cooper war erleichtert, dass ihm ein Teil der Verantwortung abgenommen wurde.

»Diane?«

»Was denn?«

»Danke, dass du gekommen bist.«

»Musste ich doch. Ich werde schließlich dafür bezahlt, dass ich auf dich aufpasse.«

Als er wieder in Marie Tennents Küche stand, beschloss Cooper, in der Waschmaschine nachzusehen. Man las immer wieder in der Zeitung, dass sich kleine Kinder in Waschmaschinen eingesperrt hatten, doch diese hier war zur Hälfte mit Unterwäsche gefüllt. Unmittelbar daneben trockneten Windeln auf einem Ständer neben einem Heizlüfter.

Als Nächstes nahm er sich den Kühlschrank vor. Er enthielt Fruchtsaft und Joghurt, geriebene Karotten und tiefgefrorene Pommes frites, einiges davon längst jenseits des Haltbarkeitsdatums. In den Schränken standen jede Menge Töpfe und Kochutensilien, aber nur wenige Lebensmittel. Vor allem Nudeln und Linsen, Bohnen in Tomatensoße und billiger Weißwein. Keine Spur von Hundefutter und auch keine Fressnäpfe. Also eher doch kein Hund. An einer Pinnwand aus Kork hingen noch mehr Zettel: Telefonnummern und Einkaufslisten. Kein Abschiedsbrief.

Er öffnete die Hintertür und blickte in einen kleinen Garten, über dessen geflieste Terrasse eine Wäscheleine gespannt war. Gefrorener Schnee umhüllte die Leine wie Isolierung ein Elektrokabel. Viel mehr konnte Cooper nicht erkennen, denn der Schnee war nicht gefegt, aber er ging davon aus, dass sich unter der Schneedecke ein paar kahle Blumenbeete rings um ein Stück Rasen befanden. Vögel hatten im Schnee gescharrt, und in einer Ecke lag ein kleines braunes Häufchen. Da hatte eine Katze aus der Nachbarschaft ihre Fäkalien vergraben wollen, aber offenbar festgestellt, dass die Wärme den Schnee ringsum zum Schmelzen brachte. Nach links erstreckten sich ähnliche Gärten, die durch niedrige Mauern und Zäune voneinander getrennt wurden. Von keinem der Häuser aus konnte man Maries Garten einsehen. Geradeaus endete der Garten an der rückwärtigen Hauswand der Spinnerei, in der nur wenige, winzig kleine Fenster eingelassen waren, dunkle Rechtecke im Schnee, der an den Steinen klebte. An der Wand von Maries Haus befand sich ein Kohlenbunker. Als Cooper den Deckel anhob, rutschte eine Lage Schnee herunter und türmte sich vor der Wand auf. Nichts.

Blieb nur noch ein mögliches Versteck: die grüne Mülltonne auf Rollen, die an der Mauer neben dem Tor stand, das auf eine kleine Gasse hinter der Spinnerei führen musste. Um dort hinzukommen, musste Cooper den Garten durchqueren, obwohl er nicht genau wusste, wo der Weg unter der Schneedecke verlief. Am Tor hing ein Vorhängeschloss. Es war verriegelt. Von hier aus gesehen ragte die Spinnerei wie eine Festung auf, abstoßend und bedrohlich. Natürlich war dies die Nordseite. Sämtliche Fenster befanden sich auf der Südseite, um die Arbeiter an den Webmaschinen mit ausreichend Licht zu versorgen. Nicht uninteressant, wenn man bedachte, dass sie es bei der Arbeit hell hatten, während es in ihren Häusern düster war, weil sie im Schatten der Fabrik lagen.

Sobald er die Mülltonne berührte, war Cooper klar, dass sie nicht leer war. Eine leere Tonne war so leicht und so hoch, dass man sie mit einem Finger ankippen konnte, wenn man sie von dort, wo die Müllmänner sie abgestellt hatten, wieder zurückholte. In dieser Tonne jedoch lag noch etwas. Er schlug gegen die Seiten und rückte die Tonne von der Mauer, um den Deckel zu öffnen. Er wischte den Schnee weg und betrachtete den Aufkleber der Bezirksverwaltung High Peak, der auf dem grünen Plastik klebte und auf dem die Müllabfuhrtermine für Weihnachten und Neujahr vermerkt waren.

Der Geruch, der ihm entgegenschlug, als er den Deckel aufklappte, ließ ihn zurückweichen. Er stieß die Tonne an, worauf etwas, das in eine Supermarkt-Tüte eingewickelt war, auf dem Boden herumrollte. Etwa ein Zentimeter dunkler Flüssigkeit schwappte hin und her, sammelte sich in einer Ecke und gab die Sicht auf allerlei am Boden der Tonne festgebackenen Abfall frei. Cooper drehte sich um und überlegte, ob er Fry rufen sollte. Stattdessen zog er seine Wollhandschuhe aus und schob sie in die rechte Jackentasche, ehe er aus der linken ein Päckchen zog, das ein anderes Paar Handschuhe enthielt. Latex und steril. Er musste sich ein wenig strecken, um den Boden der Tonne zu erreichen, und schob die Finger durch die Henkel der Tragetüte. Sie waren zugebunden, um die Tüte fest zu verschließen, so fest, dass er eine ganze Weile brauchte, um sie aufzuknoten.

Trotz des Gestanks musste er lächeln, als er sah, was sich in der Plastiktüte befand.

Cooper ging wieder ins Haus zurück und nach oben zu Diane Fry. Im ersten Stock befanden sich nur ein Zimmer und das Bad. Obwohl Marie ein Doppelbett hatte, lagen nur auf einer Seite Kopfkissen und Bettdecke.

»Was gefunden?«, fragte Fry.

»Vor ein paar Tagen hat Marie Tennent eine Lammkeule gebraten, aber keinen Bissen davon gegessen«, sagte er. »Ich würde sagen, sie hat sie so lange im Kühlschrank gelassen, bis sie schlecht wurde, und sie dann in die Mülltonne geworfen. Das könnte etwas bedeuten.«

»Was denn?«

»Normalerweise macht man sich keine ganze Lammkeule, wenn man allein lebt. Nehme ich jedenfalls an.«

»Stimmt. Meinst du, sie hat Besuch erwartet, der dann nicht gekommen ist?«

»Offenbar werden die Mülltonnen hier normalerweise montags geleert. An Neujahr kamen die Müllmänner außerplanmäßig, aber in dieser Woche hätten sie wieder im üblichen Rhythmus sein müssen. Das heißt, sie hat die Lammkeule frühestens am Montag nach der Leerung weggeworfen.«

»Wie hast du denn so schnell herausgefunden, wann hier die Müllabfuhr kommt?«

»Steht auf dem Mülleimer.«

Cooper stand auf dem engen Treppenabsatz und sah zu, wie Fry das Zimmer durchsuchte. Er spürte einen leichten Zug und hob den Blick.

»Hier oben ist eine Luke«, sagte er. »Dahinter muss eine Dachkammer sein.«

»Kommst du mit dem Stuhl dran?«

Cooper stellte sich auf den Stuhl und drückte die Klapptür auf. Fry reichte ihm eine kleine Taschenlampe, und er stemmte sich mit den Ellenbogen so weit hoch, dass er die Dachkammer sehen konnte. Sie war kaum mehr als ein Stauraum zwischen den Dachbalken, mit einer Schicht uralten Dämmmaterials, in das nistende Mäuse Löcher geknabbert hatten. Er leuchtete sämtliche Ecken aus. Nichts.

Er stieg wieder herunter und trug den Stuhl zurück ins Schlafzimmer. Fry hatte inzwischen ein Bild herausgezogen, das unter dem Bett gelegen hatte. Es war in ein altes Tuch eingewickelt und von einer dicken Staubschicht überzogen.

»Es gibt sowieso kein Baby hier«, sagte sie.

»Gott sei Dank. Jetzt müssen wir nur noch rausfinden, wo sie es gelassen hat.«

»Genau.«

Cooper sah zu, wie Fry das Bild auspackte.

»Das ist ein Druck von Chatsworth House«, stellte er fest, als er die Ansicht einer weitläufigen Parklandschaft vor einer eindrucksvollen, weißen palladianischen Fassade erkannte. Es war das Anwesen des Duke of Devonshire, eine der größten Touristenattraktionen der Gegend.

»Sehr malerisch. Aber es hat ihr offensichtlich nicht gefallen.«

Cooper nahm das Bild und drehte es um. »Es stammt aus dem Andenkenladen in Chatsworth«, sagte er.

»Aber so, wie es aussieht, ist es schon vor längerer Zeit gekauft worden.«

»Ja, und ich frage mich, ob sie es selbst erstanden hat oder ob es ein Geschenk war. Nach Chatsworth sind es nur ein paar Kilometer. Vielleicht hat sie einen Tagesausflug gemacht.«

»Ah, du meinst, mit ihrem geheimnisvollen Geliebten?«

»Solche Sachen werden immer gern als Geschenk gekauft, als Erinnerung an einen gemeinsam verbrachten Tag.«

»Tatsächlich?«

»Wenn man so was mag.«

»Wie viel hat das Ding wohl gekostet?«

»Ein Druck dieser Größe? Vielleicht dreißig oder vierzig Pfund.«

»Das können wir ja überprüfen.«

»Interessant«, sagte Cooper. »Abgesehen von den üblichen Haushaltsgegenständen muss dieser Druck einer ihrer wertvollsten Besitztümer gewesen sein.«

Der Kleiderschrank war hauptsächlich mit Jeans, Pullovern und langen Röcken bestückt. Auf dem Boden stand ein Paar Kindersandalen, die Maries Baby jedoch sicher erst in ein paar Jahren gepasst hätten. Ein schwarzes Abendkleid hing immer noch auf dem Bügel von der Reinigung.

»Was ist mit dem Bad?«, fragte Cooper.

Der Badezimmerschrank enthielt Zahnbürste und Zahnpasta, Zahnseide, Mundwasser, eine Flasche Migränetabletten und einen Folienstreifen Verhütungspillen, der noch zur Hälfte voll war.

»Die Pillen sind uralt«, sagte Fry. »Längst abgelaufen.«

»Seit mehr als neun Monaten?«

»Ja, aber das heißt nicht unbedingt, dass es ihr eigenes Baby war.«

»Meinst du, sie wollte es verheimlichen?«

»Warum? Sie war eine erwachsene Frau. Außerdem ist ein uneheliches Kind heute keine Schande mehr. Deswegen wird man nicht mehr ins Irrenhaus gesperrt. Nicht mal in Edendale. Ich habe gehört, seit letzter Woche werden hier sogar keine Hexen mehr verbrannt.«

»Vielleicht wollte sie ihr Kind vor jemand Bestimmtem verheimlichen.«

»Vor wem denn?«

»Vor ihrem Freund«, schlug Cooper vor.

»Schon wieder Mr Unbekannt. Dabei wissen wir nicht einmal, ob es ihn überhaupt gibt.«

Cooper stellte ein gebraucht gekauftes Paar Babyschuhe auf den Tisch. »Im Gegenteil«, sagte er. »Ich glaube, allmählich bekomme ich ein Gefühl für ihn.«

»Du und dein Einfühlungsvermögen. Du kannst ja auf dem Rückweg bei ihrem Hausarzt vorbeifahren. Und beim Krankenhaus und beim Sozialamt. Wir brauchen jeden Hinweis, den wir kriegen können.«

Fry ließ ihren Blick über die Bücherregale wandern und berührte die Buchrücken behutsam, als wären sie exotische religiöse Ikonen. Cooper musterte ebenfalls die bunte Mischung aus modernen Romanen, Prominenten-Biographien, Kochbüchern, Diätbüchern und Ratgebern.

»Sieht aus, als hätte sie viel gelesen«, sagte er.

»Zu viel Phantasie vermutlich. Das tut niemandem gut.«

Cooper griff nach einem Danielle-Steel-Roman, der mit dem Gesicht nach oben auf dem Regal lag. Der Umschlag war abgenutzt und sah aus, als wäre er schon durch viele Hände gegangen. »Warum nicht?«

»Schau dir das Zeug doch an. Die Hälfte davon handelt vom trostlosen Leben anderer Leute. Mal ehrlich, am Ende stellt sich doch sowieso bei den meisten heraus, dass ihr Leben ziemlich beschissen gelaufen ist, ganz egal, wer man ist. Warum soll man also unbedingt lesen wollen, wie schlecht es anderen geht?«

Cooper drehte das Buch um und las die Inhaltsangabe auf der Rückseite. »Vielleicht hatte sie das Gefühl, dadurch mit anderen Menschen in Kontakt zu treten.«

Fry warf ihm einen schrägen Blick zu. »Bitte etwas weniger Gefühl und dafür etwas mehr Ermittlungsarbeit, Ben.«

Cooper lächelte. »Eden Valley Books«, sagte er.

»Was?«

Er hielt ein Lesezeichen aus Lederimitat hoch, das zwischen Kapitel 26 und 27 von Danielle Steel gesteckt hatte. »Ich habe soeben ermittelt, wo Marie ihre Bücher gekauft hat.«

»Ein Laden hier in der Stadt?«

»Ja. In der Nähe vom Markt. Noch nie gesehen?«

»Sonst hätte ich nicht gefragt.«

»Der Typ, dem er gehört, heißt Lawrence Daley. Ich war schon ein paarmal dort.«

»Tatsächlich? Um dir deine tägliche Dosis Barbara Cartland abzuholen?«

»Er hat mal ein paar alte Liederbücher für mich aufgetrieben. Du weißt schon, für den Männerchor.«

»Wie reizend.«

»Außerdem ist mehrmals bei ihm eingebrochen worden, kurz nachdem ich zur Kripo versetzt wurde. Weiß der Himmel warum – dort gibt es nun wirklich nichts zu holen. Wir sind beide zu dem Schluss gekommen, dass es wahrscheinlich ein heroinsüchtiger Schwachkopf war, der im Fernsehen etwas über Antiquitäten gesehen oder gehört hatte, dass bei Sotheby's alte Bücher für Unsummen versteigert werden, und deshalb scharf auf diese Art Ware war. Ich glaube nicht, dass er mit einem Stapel alter Agatha-Christie-Krimis allzu weit gekommen wäre.«

»Und was willst du damit sagen?«

»Dass ich Lawrence Daley flüchtig kenne. Er ist ein bisschen schrullig, aber ganz in Ordnung.«

»Ben. Ich weiß auch so, dass du hier alle persönlich kennst.«

»Ich dachte nur, dass Lawrence vielleicht etwas über Marie Tennent weiß, wenn sie so viele Bücher bei ihm gekauft hat. Er gehört zu den Leuten, die mit ihren Kunden plaudern und dabei das eine oder andere erfahren.«

Fry nickte. »Na ja, es wäre einen Versuch wert. Sieht nicht so aus, als würden wir hier noch viel finden.«

»Nach dem Sozialamt und dem Krankenhaus fahre ich beim Buchladen vorbei und rede mal mit Lawrence.«

»Ich habe heute Nachmittag eine Besprechung. Halt mich auf dem Laufenden.«

Sie stellten Maries Bücher zurück und legten die Reklamepost wieder auf den Tisch im Flur.

»Was ist mit dem Päckchen?«, sagte Fry und stieß mit der Fußspitze gegen den Karton an der Tür.

»Noch mehr Bücher.«

»Hast du es dir schon angesehen?«

»Noch nicht.« Cooper zog ein Taschenmesser heraus und durchtrennte das Klebeband. »Ich glaube, so was nennt man Weiberromane, oder?«, sagte er, als er den Karton öffnete und mehrere Bücher mit leuchtend gelben und pinkfarbenen Einbänden zum Vorschein kamen, mit denen sich kein Mann je freiwillig sehen lassen würde. »Sieht nach Buchklub aus.«

»Steht kein Lieferdatum drauf?«, wollte Fry wissen.

Cooper musterte den Aufkleber des Paketdienstes. »Montag.«

»Der Tag, an dem sie losgezogen ist.«

»Sie hat die Lieferung selbst unterschrieben. Aber sie hat das Paket nicht mehr aufgemacht.«

»Nein.«

»Ich an ihrer Stelle hätte es sofort geöffnet«, sagte Cooper, »und nachgesehen, was drin ist.«

»Warum sollte sie das tun, wenn sie nicht vorhatte, die Bücher gleich zu lesen?«, sagte Fry.

»Stimmt auch wieder. Aber sie muss doch vorgehabt haben, sie zu lesen, sonst hätte sie sie nicht bestellt.«

»Genau. Folglich muss zwischen der Bestellung der Bücher und der Lieferung etwas mit ihr passiert sein. Die Bücher waren ihr plötzlich nicht mehr wichtig.«

Cooper blätterte in einem der Bücher, ehe er sich der Umschlagrückseite zuwandte. Dem Klappentext zufolge ging es um die ausgelassene, frivole Geschichte einer Frau über dreißig, die auf der Suche nach dem richtigen Mann fürs Leben war und dabei etliche katastrophale Beziehungen mit den Falschen einging. Das Titelbild zeigte verstreute Unterwäsche auf einem Teppich aus Konfetti sowie einen Brautstrauß.

»Es kann aber auch sein«, fuhr Cooper fort, »dass ihr die Bücher *zu* wichtig waren.«

Als sie fertig waren, schlossen sie Marie Tennents Haustür hinter sich ab.

»Warum hat sie es uns nicht ein bisschen leichter gemacht?«, meinte Fry. »Wenn schon die Müllabfuhr eine Nachricht hinterlassen hat, warum dann sie nicht?«

Cooper betrachtete die mit Brettern vernagelten Fenster der anderen Häuser, die hohe Mauer an der Grenze von Maries Garten und schließlich die dunkle Oberfläche des unbewegten Teichs, der die Straße wie eine eisige Wand begrenzte.

»Eine Nachricht?«, fragte er. »Für wen denn?«

Nachdem sie mit der Hausverwaltung gesprochen hatten, rief Diane Fry in der Zentrale an und gab durch, dass es ihnen nicht gelungen war, das Baby zu finden. Während sie telefonierte, bemerkte sie irritiert, dass Cooper vor dem Büro der Hausverwaltung stehen blieb und in die Schaufenster sah. Das Büro befand sich in einem Eckgebäude, und in dem Fenster zur Fargate befanden sich zahlreiche Fotos von Häusern sowie deren Preise und nähere Informationen. Fry hatte noch nie verstanden, was die Leute an dieser Art Schaufenster fanden. Vielleicht faszinierte es sie, zu erfahren, wie teuer die Häuser anderer Leute waren, oder sie spielten mit dem Gedanken an das Unerreichbare und überschlugen die finanzielle Belastung, die eine Verwirklichung ihrer Träume unweigerlich nach sich ziehen würde. Auch dies war eine Art, seine Fantasie auszuleben, die sich gar nicht so sehr von der Lektüre von Danielle-Steel-Romanen unterschied.

Sie beobachtete, dass Coopers Aufmerksamkeit von der unteren Ecke des Schaufensters in Beschlag genommen wurde.

»Was siehst du dir da an?«, fragte sie, nachdem sie das Gespräch beendet hatte.

»Wie? Ach, nichts weiter. Hier werden ein paar Wohnungen angeboten.«

»Na und? Warum interessierst du dich dafür?«

»Das habe ich dir doch schon erzählt. Ich ziehe aus der Bridge End Farm aus. Jetzt muss ich nur noch etwas finden, das ich mir leisten kann.«

»Es ist dir also wirklich ernst damit?«

»Natürlich.«

»Das hätte ich nicht gedacht.«

»Warum nicht?«

Fry zuckte die Achseln. »Du bist viel zu häuslich. Ein Familienmensch, der es am liebsten schön gemütlich und kuschelig hat.«

Cooper bückte sich, um sich die Angebote am preiswerteren Ende der Liste anzusehen. Seltsam, dass die Fenster von Immobilienmaklern immer so angelegt waren, dass sich die reichen Leute nicht bücken mussten, um nach passenden Häusern zu suchen.

»Nein, ich habe wirklich nicht geglaubt, dass du jemals ausziehst«, fuhr Fry fort. »Nicht bevor du selber eine Frau hast, mit der du dir irgendwo ein Nest baust und Kinder kriegst. Dann würdest du dich bestimmt für eine dieser kleinen Doppelhaushälften dort drüben interessieren. Vielleicht die da …« Sie deutete auf die andere Seite des Fensters, wo Neubauten angeboten wurden. Das Haus, auf das sie zeigte, war ein rechteckiger Steinkasten mit einer Garagentür, die seine Front förmlich erschlug. Vor dem Haus war ein kahler Flecken Erde zu sehen, und zweifellos befand sich hinten eine kleine Grillterrasse. Das Haus links daneben sah absolut identisch aus, ebenso das auf der rechten Seite. Und Fry war sicher, dass das dahinter genauso aussah, und das gegenüber auch, so wie in den Neubaugebieten, die sich auf den Hügeln südlich der Stadt ausbreiteten. Sie hatte sich diese Viertel angesehen und fand, dass sie eine beruhigende Anonymität ausstrahlten, beinahe ein bisschen, als hätte man ein Stück Großstadt in die Schrulligkeit von Edendale verfrachtet, wie die Vorhut einer urbanen Invasion.

»Schulen, Geschäfte und andere Einrichtungen sind bequem zu erreichen«, sagte sie. »Und es sind nur ein paar Autominuten bis zur A6, falls man nach Manchester oder nach Derby pendeln muss.«

»Und wahrscheinlich weiß niemand, wie die Nachbarn heißen«, sagte Cooper.

»Kann sein. Ist dir das wichtig?«

»Ich denke schon.«

»Na gut. Und was ist an dieser Wohnung da so Besonderes?«

»Eigentlich nichts. Aber sie liegt mitten in der Stadt. Sie ist nicht zu groß. Und die Miete ist passabel.«

»Hast du nicht genug Ersparnisse, um dir etwas zu kaufen?«

»Ach was. Ich brauche etwas, das ich mir von meinem Polizeigehalt leisten kann, sonst kann ich das Ganze vergessen.«

Fry dachte an ihre eigene Wohnung in der Grosvenor Avenue, das Viertel mit den möblierten Studentenbuden und Waschsalons, den asiatischen Gemüsehändlern und irischen Szenekneipen. »Eine niedrige Miete bedeutet meistens ein grässliches Loch, das sonst keiner haben will«, sagte sie.

»Vermutlich«, seufzte Cooper. »Scheint ziemlich schwer zu sein, den perfekten Ort zum Leben zu finden.«

»Nicht nur schwer, sondern unmöglich. Die meisten Leute sind schlau und geben es irgendwann auf.«

»Tja, wahrscheinlich hast du Recht.«

Fry ging zum Wagen. Sie hatte genug Zeit mit Ben Coopers Verschrobenheiten vertrödelt. Aber als sie die Fahrertür öffnete, hatte er sich immer noch nicht vom Fenster der Immobilienfirma losgerissen.

»Meine Güte, kommst du jetzt endlich?«

»Diane?«, rief er.

»Was ist denn jetzt noch?«

»Wenn es so schwer ist, den perfekten Ort zum Leben zu finden – wie schwer ist es dann erst, den perfekten Ort zum Sterben zu finden?«

14

Hoch über dem Irontongue Hill malte wieder eine Boeing 767 beim Anflug auf Manchester einen weißen Streifen auf den heller werdenden Himmel. Sie war ein paar Minuten zu spät dran und wartete hinter einer Maschine aus Paris auf die Landeerlaubnis. Ein ganzes Stück tiefer flog ein kleines Flugzeug eine weite Schleife und drosselte die Geschwindigkeit, als wollte jemand aus dem Cockpit Fotos schießen.

Auf dem Berghang darunter drehten sich vier Leute nach dem Motorengeräusch der kleinen Maschine um. Sie wandten die Gesichter zum Himmel und kniffen wegen der Helligkeit und den Schneeflocken, die ihnen der Wind ins Gesicht blies, die Augen zusammen.

»Eine Piper Warrior, Typ 18«, stellte Corporal Sharon Thompson fest. Ihre Pausbacken waren knallrot vor Kälte, und sie hatte das Haar straff unter die Uniformmütze und die Kapuze ihrer Windjacke zurückgekämmt. »Wahrscheinlich vom Flugplatz Netherthorpe.«

Hauptfeldwebel Josh Mason warf einen Blick auf die Unterseite der Maschine, die sich wieder entfernte.

»Red keinen Blödsinn«, sagte er. »Sieht doch jeder Idiot, dass das keine Typ 18 ist. Hast du keine Flugzeugerkennung gehabt?«

Thompson wurde noch eine Nuance röter, setzte aber eine trotzige Miene auf. »Komm schon, Spieß. Wir haben noch einen langen Weg vor uns. Wir wollen doch nicht den ganzen Tag hier draußen bleiben. Es ist ohnehin schon dunkel, bis wir zurückkommen.«

»Ach was. Wir sind ja gleich da.«

Die Kadetten stapften durch eine tief verschneite Senke und auf der anderen Seite wieder hinauf. Sie stolperten und schlitterten, bis sie fast die Spitze erreicht hatten und sich die letzten paar Zentimeter an ein paar verdorrten Grasbüscheln emporziehen konnten.

»Geschafft«, sagte Mason stolz. »Der trigonometrische Punkt. Die Lancaster müsste ungefähr hundert Meter Richtung Nordnordwest liegen, gleich hinter der nächsten Kuppe.«

Die Kadetten stöhnten. »Muss das sein, Spieß?«, maulte Kadett Derron Peace und klopfte sich den Schnee von der Felduniformhose.

»Wir sollten doch einen Orientierungsgang machen«, meinte Thompson. »Wenn der Alte das rauskriegt...«

»Das tut er aber nicht, oder?«, meinte Mason.

»Es ist leichtsinnig, Leute bei diesem Wetter raus ins Hochmoor zu führen. Dafür sind wir nicht ausgerüstet.«

»Von mir aus, dann bleibt eben hier.« Mason stapfte auf den nächsten Hang zu.

»Aber Sie haben die Karte und den Kompass«, wandte Thompson ein.

Die Kadetten sahen einander an und folgten ihrem Ausbilder im Gänsemarsch. Das Kanzelfenster der Piper reflektierte einen Sonnenstrahl, als sich die Maschine auf die Seite legte und hinter dem Berg verschwand, wo das Dröhnen ihres Motors zu einem unheilvollen Grummeln verebbte, als es sich an den felsigen Flanken des Irontongue brach.

Chief Superintendent Jepson schloss die Augen vor Schmerzen. Einen Augenblick lang dachte er, er hätte einen Herzanfall. In der letzten Zeit überkam ihn diese Angst häufiger, jedenfalls seit sein Arzt gesagt hatte, sein Blutdruck sei zu hoch und er müsse dringend abnehmen. Jedesmal wenn er ein unangenehmes Ziehen oder den Anflug eines Krampfes spürte, glaubte er an einen Herzanfall. Dann lehnte er sich zurück, atmete langsam durch und griff nach einem Aspirin, um das Blut zu verdünnen, bevor es zu spät war. Aber es war nie ein richtiger Herzanfall. Noch nicht. Normalerweise handelte es sich lediglich um die Folgeerscheinung von dem Stress, den ihm seine Untergebenen bereiteten und der von Tag zu Tag größer zu werden schien. Sie schienen es kaum erwarten zu können, ihm von den neuesten Katastrophen in der Division E zu berichten, ohne sich darum zu scheren, was sie seinem Herz-Kreislauf-System damit antaten.

Die Nachrichten heute Morgen waren geradezu symptomatisch. Einundfünfzig Wochen im Jahr herrschte Personalmangel, aber nie so sehr, dass er nicht damit zurechtkam. Genau genommen arrangierte er sich so gut damit, dass die Verwaltung in Ripley dies als Begründung anführte, weshalb sie seine Anfragen nach weiteren Beamten regelmäßig ablehnte. Sie wiesen jedes Mal darauf hin, dass die Division E weniger Kapitalverbrechen zu bearbeiten hatte als alle anderen Abteilungen von A bis D. Aber das bedeute natürlich auch, dass er die Abteilung hervorragend führe, dass er, was »intelligenzgeleitete Polizeiarbeit« anging, ein Vorbild für die anderen Commander sei und dass seine Informationspolitik und sein Organisationstalent so herausragend seien, dass die Frage, wie viele Beamte er jeweils zur Verfügung hatte, letztendlich eine rein akademische geworden sei. Damit wollten sie ihm schmeicheln und ihn zugleich ruhig stellen.

Und dann kam die eine Woche des Jahres, in der das gesamte System zusammenbrach. Diese eine Woche, in der der Verkehr auf jeder Straße außerhalb der Innenstadt im Schnee stecken blieb und seine Leute alle Hände voll zu tun hatten, liegen gebliebene Fahrzeuge aus dem Weg zu räumen. Jene Woche, in der die Hälfte seiner Leute auf dem Eis ausrutschte und sich das Schlüsselbein brach oder sich beim Freischaufeln der Hauseinfahrt den Rücken zerrte, während sich die andere Hälfte wegen

Grippe krankmeldete. In derselben Woche fuhr irgendein Idiot einen Streifenwagen in Harpur Hill gegen die Mauer, und ein noch größerer Idiot ließ sich seine Karre von zwei jugendlichen Einbrechern, die er eigentlich festnehmen sollte, klauen und abfackeln. Dann wollte der Verwaltungsinspektor wissen, wie seine Gelder ausgegeben wurden, und die Beschwerdeabteilung erhielt von diesen langfingrigen Zigeunerbrüdern, die ihr Lager auf dem Golfplatz aufgeschlagen hatten, die übliche Klage wegen rassistischer Übergriffe.

Und nun hatte es seine Abteilung nicht nur mit einer, sondern gleich mit zwei Leichen zu tun. Womöglich sogar mit dreien, wenn das gesuchte Baby nicht bald auftauchte. Eine Leiche war ärgerlich, zwei waren Pech, drei eine absolute Katastrophe. Genau genommen waren drei Leichen eine völlig irrwitzige Leichenflut. Chief Superintendent Jepson sah sie förmlich wie Kegel auf sich zustürzen, oder wie Mumien, die aus ihren Särgen kippten, vor seinen Füßen landeten und ihn aus ihren Leinenbinden angrinsten. Ja, es kam ihm vor, als lägen überall Leichen in der Gegend herum. Sie waren schlimmer als die verlassenen Autos, schlimmer noch als Polizisten, die mit verrenktem Rücken zu Hause auf dem Sofa lagen, als Leichen, die eigentlich tot sein sollten, es aber nicht waren.

»Intelligenzgeleitete Polizeimethoden« müssten ihn dazu befähigen, einen Beamten mit einem Stapel Haftbefehle in der Hand zu der jeweiligen Adresse zu schicken. Doch seine Intelligenz war erschöpft vom vielen Leiten und hatte sich einfach aus dem Staub gemacht. Wahrscheinlich hatte sie sich im finsteren Hochmoor verlaufen und war in einen Abgrund gestürzt.

»Also, wen haben wir denn überhaupt noch zur Verfügung?«, sagte er und öffnete die Augen gerade so weit, um Inspector Hitchens' Gesichtsausdruck sehen zu können. Der Chief suchte nach einem Anzeichen von Überheblichkeit, gerade so viel, dass ein Wutausbruch gerechtfertigt wäre. Aber wie immer wusste Hitchens genau, wann das Maß voll war.

»Die Unterwasser-Einheit ist vollzählig«, erwiderte der Inspector. »Außerdem haben wir noch drei Politessen, die bei all dem Schnee auf den gelben Linien sowieso nichts zu tun haben.«

Das Geräusch, das Jepson ausstieß, glich eher einem Winseln als einem Seufzer. »Das ist nicht lustig.«

»Sie wissen selbst, Chief, dass wir darüber gesprochen haben, die Division auf absolute Noteinsätze zurückzufahren.«

»Ich hätte nie gedacht, dass es so weit kommen würde. Aber zu allem anderen auch noch ein zweifacher tätlicher Angriff, zwei Leichen und ein vermisstes Baby …«

»Und der Krankenwagen«, vervollständigte Hitchens.

»Was für ein Krankenwagen?«

»Es ist erstaunlich, dass sich die Presseleute noch nicht draufgestürzt haben. Das ist doch genau die Art Story, auf die sie scharf sind. Bietet sich geradezu an, der Polizei mal wieder eins überzubraten … ich kann die Schlagzeilen der *Eden Valley Times* schon vor mir sehen.«

»Was für ein Krankenwagen?«

»Vielleicht ist es noch ein bisschen zu früh für die Reporter. Vermutlich fallen sie erst später über uns her. Ach ja, und die Streifenbeamten haben erzählt, ein paar Fotografen seien vor Ort aufgetaucht, also können wir uns schon jetzt auf ein paar Bilder auf der Titelseite freuen.«

»*Was für ein Krankenwagen?*«

»Entschuldigung, Chief, ich meine den Krankenwagen, der einen Streifenwagen auf der Buxton Road gerammt hat. Keine Sorge, eigentlich war es kaum mehr als ein Auffahrunfall. Bei dem Vauxhall ist der Kofferraum zerbeult, und bei dem Krankenwagen ist der Kühler kaputt.«

Jepson schloss die Augen wieder. »Bitte sagen Sie, dass in dem Krankenwagen kein Patient lag.«

»Im Krankenwagen lag kein Patient, Chief.«

Der Chief Superintendent riss ungläubig die Augen auf. »Nein?«

»Eigentlich doch. Ich habe gelogen.«

»Herrgott noch mal! Aber warten Sie … ein zerbeulter Kofferraum? Der Krankenwagen ist in unser Fahrzeug hineingefahren? Dann war es nicht die Schuld unseres Fahrers. Immerhin ein kleiner Trost. Er musste wohl ein bisschen plötzlich bremsen?«

»Könnte man so sagen«, meinte Hitchens.

Jepson fuhr sich mit der Hand über die Brust und suchte nach einer Regung unter dem Hemd. Er ließ die Hand auf der Stelle ruhen, von der er vermutete, dass sich darunter sein Herz befand. Seine Finger zuckten, als trommelten sie in einem unregelmäßigen, eher synkopischen Rhythmus. Er spürte ein leises Flattern als Antwort. Er war also noch am Leben.

»Was sagen Sie da?«

»Also, der Fahrer des demolierten Milchlasters sieht das wahrscheinlich anders, falls die Sache vor Gericht kommt.«

»Ich glaube, Sie erzählen mir den Rest lieber später.« Der Chief Superintendent sah Diane Fry an, die ungeduldig neben Hitchens stand. »Diese Frau, die gefunden wurde, die Selbstmörderin …«

Aber Hitchens war noch nicht fertig. »Bis jetzt ist es noch nicht gelungen, den Tankzug aus dem Graben zu ziehen«, fuhr er fort. »Die ganze Straße ist voll Milch. Inzwischen natürlich gefroren wie eine riesige Platte Vanilleeis. Soll wirklich lecker aussehen.«

Fry wurde allmählich ungeduldig. »Sie meinen Marie Tennent, die Frau vom Irontongue Hill, Sir.«

»Genau«, erwiderte Jepson. »Was können Sie uns darüber erzählen, Fry?«

»Eine sehr ungewöhnliche Methode, Selbstmord zu begehen«, sagte sie. »Aber sehr effektiv – falls es tatsächlich Selbstmord war. Sie hätte die Nacht unmöglich überleben können, weil sie eindeutig nicht dick genug angezogen war. Und sie hat offenbar keinen Versuch unternommen, sich in Sicherheit zu bringen. Soweit wir es im Augenblick beurteilen können, hat sie sich einfach hingelegt und ist erfroren.«

»Wenn ich es mir aussuchen dürfte, würde ich so nicht sterben wollen«, meinte Jepson, als hätte er schon seit längerem verschiedene Alternativen für sich abgewogen.

»Marie Tennent war achtundzwanzig Jahre alt. Sie hat bis kurz vor der Geburt des Babys als Verkäuferin gearbeitet. Ihre Hausärztin hat bestätigt, dass sie wegen des Babys sehr nervös war, auch schon vor der Geburt. Wer weiß, was in einer Frau in dieser Verfassung vor sich geht? Vielleicht kam ihr die Verantwortung mit einem Mal zu groß vor?«

»Hat sie keinen Abschiedsbrief hinterlassen?«

»Nein.«

»Das ist ein Problem. Ohne einen Brief oder zumindest ein paar überzeugende Aussagen ihrer Familie oder enger Freunde, was ihre seelische Verfassung betrifft, dürfte der Leichenbeschauer nicht auf Selbstmord erkennen. Vermutlich war diese Marie Tennent auch nicht verheiratet?«

Fry machte sich nicht einmal die Mühe, diese Frage zu beantworten. »Das Hauptproblem ist das Baby«, fuhr sie fort. »Ich befürchte, dass wir es irgendwann tot auffinden. Dann stellt sich die Frage, ob es vor oder nach dem Tod seiner Mutter gestorben ist.«

»Das ist ja grauenhaft«, seufzte Jepson.

»Von den Nachbarn hat niemand Marie als vermisst gemeldet. Sie hat keine Familie hier, aber wir haben ihre Mutter in Schottland ausfindig gemacht. Von ihr wissen wir, dass das Baby Chloe heißt. Es ist erst sechs Wochen alt.«

Das Schicksal des Babys würde überall große Betroffenheit auslösen. Wer hat die kleine Chloe gesehen?, würde am Morgen in den Zeitungen stehen. Die Öffentlichkeit war in diesem Fall ihre größte Hoffnung auf einen raschen Erfolg.

»Und es gibt wirklich keinen Ehemann dazu?«, fragte Jepson. »Keinen Verlobten? Oder wenigstens einen Lebensgefährten?«

»Bislang haben wir keinen gefunden.«

»Es muss doch jemanden geben, Fry. Ich meine, vor neun Monaten muss es *irgendjemanden* gegeben haben.«

Fry zuckte die Achseln. »Vielleicht war es auch nur wieder so ein Fall von ›Samstagabend machen wir in Sheffield einen drauf‹.«

»Wie bitte?«

»Das sagen manche Frauen bei der Child Support Agency, wenn sie nach dem Vater gefragt werden. Sie sagen, dass sie es nicht wissen, sondern sie hätten nur in Sheffield einen draufgemacht.«

»Gütiger Himmel! Ein Samstagabend in Sheffield? Zu meiner Zeit bedeutete das höchstens, dass man am nächsten Morgen mit einem Brummschädel aufwachte. Schlimmstenfalls mit ein bisschen Erbrochenem auf den Schuhen.«

»Bei allem Respekt, Sir, aber Sie waren ein Mann.«

Jepson lächelte müde. »Allerdings. Das war ich. Offenbar haben Sie meinen amtsärztlichen Bericht gelesen. Aber gibt es heutzutage keine ›Pille danach‹ oder so was?«

Fry lachte. »Die gibt es durchaus. Aber es gibt auch schon seit Jahrzehnten Kondome und alle möglichen anderen Verhütungsmethoden. Ich muss wohl nicht extra erwähnen, dass die Männer auch ein wenig Verantwortung an den Tag legen könnten …«

»Schon gut, schon gut. Lagen im Sozialamt keine Vermerke über potenzielle Probleme mit dieser Frau vor?«

»Nein.«

»Und mit uns hatte sie auch noch nie zu tun? Haben keine Nachbarn angerufen, die sich wegen der Fürsorge Gedanken gemacht haben? Keine anonymen Hinweise über Babys, die plötzlich verschwunden sind? Bitte sagen Sie mir, dass es keine Anzeigen gab, denen wir hätten nachgehen sollen.«

»Das habe ich noch nicht überprüft, Sir.«

»Dann tun Sie das lieber gleich, Fry, bevor auch noch jemand damit zur Presse geht. Zwei Leichen reichen vollkommen. Mehr können wir jetzt nicht gebrauchen.«

»Apropos«, sagte Hitchens. »Der Patient im Krankenwagen ist gestorben.«

Der Chief Superintendent wurde einen Moment lang so starr und bleich, dass Diane Fry schon erwog, ihm eine Herzmassage zu geben. Dann rührte Jepson sich wieder. Bereits seine ersten Worte verrieten, dass er beschlossen hatte, den Krankenwagen zu ignorieren.

»Gott sei Dank sind wir wenigstens diese Kanadierin los. Die hätte uns gerade noch gefehlt.«

»Aber noch mal zu Marie Tennent«, sagte Fry. »Wir müssen herausfinden, bei wem sie das Baby gelassen hat. Und woher wollen wir mit Sicherheit wissen, dass sie es überhaupt bei jemandem gelassen hat?«

»Das wissen wir nicht«, sagte Hitchens.

»Und wo ist der verflixte Vater?«, sagte Jepson.

»Vielleicht kann uns Maries Mutter ein paar Hinweise geben«, sagte Fry. »Sie kommt morgen früh nach Edendale.«

»Sieht ganz so aus, als hätten Sie einen neuen Fall, Diane«, meinte Hitchens.

»Vielen Dank. Ich hatte schon gehofft, dass Sie das sagen würden.«

»Setzen Sie die verfügbaren Leute dort ein, wo sie am meisten gebraucht werden«, sagte Jepson, als wiederholte er ein Mantra.

»Was soll das genau heißen?«, fragte Fry und sah den Inspector an.

»Das heißt, Sie bekommen eine halbe Politesse«, antwortete Hitchens.

Jepson versuchte tief durch die Nase zu atmen und seine Lungen so lange mit Sauerstoff zu füllen, bis sich sein Kopf angenehm leicht anfühlte.

»Und jetzt dürfen Sie mir die Sache mit dem Krankenwagen erzählen«, sagte er.

Auf dem Bildschirm erschien eine Straßenszene. Ben Cooper erkannte die Fargate mit den Antiquitätenläden von Buttercross im Hintergrund. Zwei Gestalten warteten darauf, die Straße überqueren zu können. Auf dem Boden lag kein Schnee. Auf dem Display stand das Datum des 8. Januar, die Zeit war mit 01:48 Uhr angegeben.

Eine der Gestalten auf dem Videoband war ein großer, schlanker weißer Jugendlicher von ungefähr achtzehn Jahren mit vorspringender Nase und kurz geschorenem Haar. Ihm folgte ein ungefähr gleichaltriger Asiate über die Straße, der nicht ganz so groß und in eine dicke Daunenjacke gehüllt war, die es unmöglich machte, etwas über seine Statur zu sagen. Ihr wichtigtuerischer Gang ließ darauf schließen, dass sie ihren Mut künstlich mit Alkohol befeuert hatten.

Als sie die Antiquitätenläden von Buttercross erreicht hatten, tippte der eine dem anderen auf den Arm, nachdem sie zu einer dritten Gestalt, die sich schwerfälliger und langsamer bewegte, aufgeschlossen hatten. Die beiden Jugendlichen legten die letzten Meter im Laufschritt zurück und schlugen mit fliegenden Fäusten auf ihr Opfer ein. Was sie damit bezweckten, war unklar. Hatten sie vor, den Mann auszurauben, oder ging es ihnen allein um die Gewalt? Der Überfall dauerte nicht besonders lange. Sie befanden sich vor einem Laden, hinter dem eine schmale Gasse zum Underbank-Viertel hinaufführte. Und mit einem Mal tauchten aus dieser Gasse weitere Gestalten auf und begannen die beiden Jugendlichen in ein Handgemenge zu verwickeln.

Cooper verfluchte die Straßenbeleuchtung, die die Gesichter in Schatten tauchte und die Farben ihrer Kleidung verwischte. Man konnte unmöglich sagen, wie viele Neuankömmlinge an dem Angriff beteiligt waren, aber es mussten mindestens drei sein. Der weiße Junge zog etwas aus seinem Mantel, das nach einem Messer aussah, während jemand mit einem Gegenstand, der ein Baseball-Schläger hätte sein können, ausholte. Cooper sah erst einen der Jungen zu Boden gehen, dann den anderen, ehe ein Stiefel so heftig auf ihre Rippen traf, dass er den Tritt zu hören glaubte.

Das Spektakel war rasch vorbei. Es würde nicht leicht werden, herauszufinden, wer was getan hatte, auch wenn die Beteiligten identifiziert waren. Cooper kannte Eddie Kemp, aber er hätte nicht sagen können, ob er bei der Gruppe gewesen war, die in der Dunkelheit gelauert hatte.

Er wollte das Band schon anhalten, als er weiter hinten auf der Straße eine Gruppe sah, die sich von der Kamera entfernte. Es waren vier Gestalten, wahrscheinlich alles Männer, und es war durchaus möglich, dass sie eine Abkürzung genommen hatten, um nicht direkt an der Überwachungskamera vorbeizukommen. Am Straßenrand parkten Autos, doch das Grüppchen war aus dem Sichtfeld verschwunden, bevor man sehen konnte, ob es auf ein bestimmtes Fahrzeug zuging.

Cooper spulte zurück. Die Gruppe kam mit größerer Geschwindigkeit und rückwärts wieder herbei, während die beiden Jugendlichen aufstanden und sich zurückzogen. Als er das Band wieder vorwärts abspielte, bestätigte sich, was er beim ersten Durchlauf aus dem Augenwinkel gesehen hatte. Einer der Männer drehte sich beim Weggehen kurz zu den Jugendlichen um, wobei sein Gesicht teilweise von einer Straßenlaterne beleuchtet wurde. Das Bild würde sehr grobkörnig ausfallen, aber die Aufnahme reichte aus, um sie vor Gericht als Beweis zu verwenden. Eddie Kemp würde sich einiges einfallen lassen müssen, um sich aus dieser Sache herauszureden.

Die Luftwaffenkadetten fanden das Wrack ohne Probleme. Sobald es aus dem Schnee ragte, war es nicht mehr zu übersehen. Sie stocherten eine Weile in den verstreuten Trümmern herum. Unter dem Schnee lag wahrscheinlich noch mehr, aber die kleineren Stücke würden erst bei Tauwetter wieder zum Vorschein kommen. Den Kadetten wurde allmählich kalt, und sie wurden immer ungehaltener, als sie Hauptfeldwebel Josh Mason dabei zusahen, wie er über das Fahrwerk kletterte, sich rittlings auf eine Motorverkleidung setzte und wie ein Rodeoreiter mit den Armen wedelte.

»Seht mal, wie ich das Ding hier reite!«

»Gehen wir jetzt wieder zurück?«, fragte Sharon Thompson.

»Willst du es dir nicht ansehen, wo wir schon mal hier sind? Das ist ein Lancaster-Bomber. Die sieht man nicht mehr alle Tage. Wisst ihr, wie viele Tonnen Bomben diese Kisten an Bord hatten?«

Mason zerrte an der Tragfläche und hob sie drei oder vier Zentimeter vom Boden, wodurch eine dunkle Mulde sichtbar wurde. Plötzlich hielt er inne und stemmte sich gegen das Gewicht. Seine Windjacke flatterte in einer Bö.

»Hey!«, rief er. »Ich glaube, die haben einen von der Besatzung vergessen!«

»Was?«

»Hier drunter liegen Knochen. Ein Skelett! Eine Leiche!«

»Erzähl keinen Quatsch!«

»Das ist ein vermisster Flieger von 1945.«

Die Kadetten lachten unsicher. Sie waren überzeugt, dass Mason lediglich die Überreste eines kranken Schafes oder verirrten Lämmchens entdeckt hatte, das sich zum Sterben unter den Flügel verkrochen hatte.

Keuchend stemmte Mason den Flügel ein Stück höher, während dunkle, nasse Torfbatzen von der Metallunterseite bröckelten. Widerwillig kamen die anderen näher. Sie waren bereit, sein Spielchen eine Weile mitzuspielen, auch wenn sie wussten, dass er sie nur mit einem toten Schaf zu veralbern versuchte.

Das Skelett lag in einer Vertiefung unter dem Flügel, in der es vor der Witterung und vor Aasfressern geschützt gewesen war. Es sah aus, als wäre es noch fast vollständig. Der Schädel hing an einem zerbrechlichen Hals, die kleinen Gelenkknochen lagen alle an ihrem Platz, und am Brustkorb und an den Unterschenkeln klebten sogar noch kleine Hautfetzen. Aber die Kadetten erkannten sofort, dass dieser Leichnam viel zu klein für ein Schaf war. Und es war auch keine lockige graue Wolle, die an der verwesten Kopfhaut klebte, sondern etwas von Menschenhand Gefertigtes und viel Schockierenderes schrie ihnen aus dem dunklen Torf entgegen.

Mason zuckte zurück und ließ den Flügel los, der mit einem dumpfen Knall zurückschnellte, ihre Stiefel mit nassem Schnee bespritzte und das Skelett wieder im Dunkeln verschwinden ließ. Die Kadetten schnappten entsetzt nach Luft, wichen taumelnd zurück und schüttelten die Köpfe, um sich wieder ein wenig zu sammeln. Dann starrten sie Josh Mason an, als wäre er allein dafür verantwortlich, dass sich dieses Bild in ihre Köpfe brannte.

Aber sie alle hatten die Knochen unter dem Flügel gesehen. Sie alle hatten die weiße Strickjacke und das alberne rosafarbene Mützchen gesehen. Sie alle hatten genug gesehen, um zu begreifen, dass die Klappen an dem Mützchen die winzigen Ohren eines Babys schützen sollten.

15

Ben Cooper hatte den Eindruck, als seien heute noch mehr Bücher in Lawrence Daleys Laden, falls das überhaupt möglich war. Konnten sie sich über Nacht vermehrt haben? Oder waren sie nur anders geordnet, so dass die Stapel noch instabiler aussahen?

»Ich finde, diese Bücher nehmen viel zu viel Platz weg«, meinte Cooper, als Lawrence aus dem hinteren Teil des Ladens hervorkam. »Sie haben selbst gesagt, dass Sie keine Neuanschaffungen mehr unterbringen können.«

»Darum geht es doch nicht.« Lawrence seufzte, wischte sich mit dem Ärmel über die Stirn und ließ sich auf einem wackeligen Turm altersschwacher Bände nieder. Ziemlich weit oben lagen *Beobachtungen im Gebiet des unteren Derwent Valley* sowie *Umfassende Aufzeichnungen der Vogelzüge in West-Derbyshire 1925–1930*. Lawrences Brillengläser waren mit braunem Staub bedeckt, durch den die Bücher um ihn herum noch verstaubter aussehen mussten.

»Worum geht es dann?«, wollte Cooper wissen.

»Es geht darum, dass die alten Bücher genau das sind, was meine Kunden hier im Laden sehen wollen. Sie kommen wegen der Atmosphäre, verstehen Sie? Sie mögen das Ambiente. Sie möchten die Bücher anfassen und ihren Geist in sich aufnehmen. Glauben Sie, der Kunde neulich wäre reingekommen, wenn ich statt diesem Zeug hier Harry Potter verkaufen würde?«

»Nein, aber …«

»Alles eine Frage der Zielgruppenorientierung. Man muss

seine Nische finden. Man muss die Bedürfnisse eines ganz speziellen Marktes analysieren und sein Angebot entsprechend ausrichten.«

»Das haben Sie doch irgendwo in einer Zeitung gelesen«, sagte Cooper.

»Stimmt. Erst vergangene Woche ging es in einem Artikel im Buchhändler-Blatt darum, wie kleine unabhängige Buchhandlungen überleben können«, erwiderte Lawrence. »Unterm Strich stand darin, dass ich meine Marktnische finden muss, sonst kann ich gleich dichtmachen. Leider sieht es ganz so aus, als wollte die Kundschaft, die meine Nische darstellt, in Wahrheit keine Bücher kaufen. Die Leute wollen nur ein bisschen in alten Wälzern blättern, in denen handschriftliche Preise wie ›drei Shilling und Sixpence‹ stehen. Das ist praktisch Teil des Erlebnisses für sie.«

Cooper nahm eine von der Historischen Gesellschaft Edendale herausgegebene Broschüre mit dem Titel *Volksbräuche im Eden Valley* in die Hand. »Marketing-Strategien? Solche Artikel stehen auch immer in der *Police Gazette.*«

»Ach? Und was suchen die Kunden in Ihrer Nische?«

»Vermutlich so ziemlich dasselbe – immer nur den schönen Schein, aber keine Substanz.«

Lawrence lachte. »Möchten Sie einen Kaffee? Auch den gibt's bei mir gratis, sozusagen als Dreingabe zum Ambiente.«

»Gern, wenn ich dazu noch ein paar Gratis-Informationen bekomme.«

Der Buchhändler verdrehte die Augen. »Das ist ja mal was ganz Neues! Ein Polizist, der Informationen haben will. Tut's nicht vielleicht auch ein Schokoplätzchen zur Verdauung?«

»Nein.«

»Für ein freundliches Lächeln, junger Mann, könnte ich vielleicht noch ein paar Marmeladenkekse hervorzaubern.«

»Nur Kaffee, mit Milch und ohne Zucker, vielen Dank«, sagte Cooper.

Lawrence drückte ihm eine Rolle Etiketten und einen Kugelschreiber in die Hand. »Dann machen Sie sich wenigstens ein bisschen nützlich, während ich das Wasser aufsetze.«

»Wie meinen Sie das?«

»Sie können ein paar Bücher auspreisen.«

»Moment mal, Lawrence ... Ich habe keinen Schimmer, was antiquarische Bücher kosten.«

»Mein Gott, denken Sie sich einfach irgendwas aus. Damit liegen Sie bestimmt richtiger als mit drei Shilling und Sixpence.«

Lawrence verschwand in einer überraschenden Wolke aus Deodorant im Hinterzimmer. Cooper erhaschte einen kurzen Blick in die winzige Teeküche, ehe er sich den Klebeschildchen und dem nächstbesten Bücherstapel zuwandte. Er zuckte die Achseln und machte sich daran, die Bücher mit Etiketten zu versehen, auf denen sich die handgeschriebenen Preise befanden. Je nach Größe und Dicke des jeweiligen Bandes variierte der Preis zwischen einem und fünf Pfund. Cooper ahnte, dass auch Alter und Seltenheitswert in den Preis mit einfließen sollten, doch das war zu kompliziert. Er hoffte, dass eines Tages ein armer Büchernarr davon profitierte, wenn er bei Eden Valley Books in der Ecke mit der Naturgeschichte ein Schnäppchen machte. Vielleicht sollte er Lawrence vorschlagen, die Angelegenheit verkaufsfördernd auszuschlachten und ein Schild mit der Aufschrift *Bücher ausgezeichnet von Ben Cooper! Nutzen Sie die einmalige Gelegenheit! Solange der Vorrat reicht* ins Schaufenster zu stellen. Andererseits würde es wahrscheinlich das Ambiente ruinieren, überhaupt ein Schild ins Schaufenster von Eden Valley Books zu stellen.

Er zeichnete eine ramponierte Ausgabe der *Naturgeschichte von Selbourne* mit 2,50 Pfund aus und schrieb »oder anderes Angebot« darunter, um ein bisschen Abwechslung hineinzubringen. Es sah sich im Laden um und bemerkte auf dem Fußboden zwischen zwei Regalen ein paar verräterische schwarze Mäuseköttel. In einer Ablage hinter dem Verkaufstresen stand ein halb leerer Becher Whisky. Auf diese Weise verhinderte Lawrence also, dass er tagsüber vor Langeweile starb.

»Wie läuft's?«, rief Lawrence von hinten.

»Bestens«, antwortete Cooper. »Mit ein bisschen Übung kriege ich bestimmt einen Job im Supermarkt als Regaleauffüller.«

»Prima. Ehrgeizige Männer haben mir schon immer imponiert.«

Vorsichtig manövrierte der Buchhändler ein Tablett herein und schwenkte die Hüften, um den Bücherstapeln auszuweichen, während er zufrieden die neu ausgepreisten Bände musterte.

»Für Sie hat sich der Besuch doch schon gelohnt. Sie haben ein neues Talent entdeckt.«

»Ich wollte Sie zu einer Frau namens Marie Tennent befragen«, sagte Cooper, als er seinen Kaffeebecher in der Hand hielt.

»Kenne ich sie?«

»Das ist ja genau die Frage, Lawrence.«

Lawrence hatte einen Teller Kekse mitgebracht, aber es schien ihm nichts auszumachen, sie ganz allein aufzuessen. Genau genommen stopfte er sie sich abwesend mit den automatischen Bewegungen eines Menschen in den Mund, der daran gewöhnt ist, den ganzen Tag vor sich hin zu mampfen.

»Aha«, sagte er. »Marie… wie war noch gleich der Name?«

»Tennent. Sie müsste ungefähr achtundzwanzig sein, mittelgroß, dunkle Haare, eher ein bisschen mollig. Möglicherweise hat sie Bücher von Danielle Steel hier gekauft.«

»Oh, eine Kundin? Das ist ja mal etwas ganz Neues.«

Lawrence fing an, an seiner Brille herumzufummeln, wobei er Kekskrümel auf dem Rahmen und einen fettigen Fingerabdruck auf einem Brillenglas hinterließ.

»Erinnern Sie sich an die Frau, Lawrence?«

»Wie lange soll das her sein?«

»Das weiß ich nicht genau. Vielleicht schon länger. Sie hatte ein paar neuere Romane im Regal stehen, aber auch Fitness-Bücher und Autobiographien.«

Coopers Handy klingelte. Er zog es aus der Tasche, warf einen Blick auf das Display und drückte seufzend auf die Abbruchtaste. Schon wieder Arbeit.

»Danielle Steel, haben Sie gesagt? Ich habe nicht viele Kunden, die Danielle Steel kaufen. Viel zu populär, wenn Sie verstehen, was ich meine.«

Cooper ging Lawrences Gefummel an der Brille allmählich auf die Nerven. Es irritierte ihn, wenn er jemandem, mit dem er sich unterhielt, nicht in die Augen sehen konnte.

»Dann haben Sie so etwas überhaupt nicht im Angebot?«

»Das habe ich nicht gesagt«, sagte Lawrence. »Da hinten stehen ein paar Bücherkisten, die ich bei Versteigerungen gekauft habe. Ich bin noch nicht dazu gekommen, sie auszupacken, aber meine Kunden dürfen trotzdem schon darin stöbern. Alles, was sie dort finden, kostet zehn Pence. Kann sein, dass auch ein paar Ausgaben von Danielle Steel dabei waren. Einmal hat jemand einen Jeffrey Archer rausgezogen.«

»Wenn Marie Tennent regelmäßig hier eingekauft hätte, würden Sie sich doch an sie erinnern, oder?«

Lawrence nahm den letzten Keks und brach ihn erst in der Mitte durch und dann die Hälften in Viertel, wobei er Schreibtisch und Fußboden mit Krümeln übersäte. Ein Festmahl für die Mäuse heute Nacht.

»Selbstverständlich. Meine Stammkunden kenne ich alle ziemlich gut. Meistens weiß ich schon, wonach sie suchen.«

»Aber an diese Frau erinnern Sie sich nicht?«

Lawrence schüttelte den Kopf, ehe er die Hand über ein Brillenglas legte, als wollte er die Sehfähigkeit des anderen Auges testen. »Tut mir Leid. Dann wohnt sie wohl hier – oder ist sie eine Touristin?«

»Nein, sie wohnt hier. Sie hat erst vor kurzem ein Baby bekommen. Vielleicht ist Ihnen eine Schwangere aufgefallen?«

Endlich nahm Lawrence die Hand vom Gesicht. Cooper fiel auf, dass das eine Auge des Buchhändlers ziemlich seltsam aussah. Es hing leicht herunter und saß ein wenig schief in seinem Gesicht. Er fragte sich, ob Lawrence vielleicht kürzlich einen kleinen Schlaganfall erlitten hatte, der die Gesichtsmuskeln auf einer Seite in Mitleidenschaft gezogen hatte. Aber dann fiel ein Glas aus Lawrences Brille und landete auf den Büchern vor ihm auf dem Schreibtisch, und mit einem Mal sah sein Auge wieder normal aus. Cooper vermutete, dass sich das Brillenglas durch das ständige Herumspielen am Gestell gelockert hatte.

»Himmelherrgott noch mal!«, schimpfte Lawrence. »Wenn die erst mal draußen sind, kriegt man sie kaum wieder rein. Besonders, wenn man nicht richtig sieht, weil einem das Brillenglas rausgefallen ist.«

»Haben Sie keine Ersatzbrille?«

»Irgendwo schon«, lautete die vage Antwort. Lawrence sah sich angestrengt mit dem anderen Auge im Laden um, und Cooper befürchtete schon, er würde ihn bitten, zwischen den Bücherbergen nach seiner Ersatzbrille zu suchen. Aber Lawrence war offenbar vorbereitet, denn an einer Kette um seinen Hals hing ein kleiner Schraubenzieher.

»Was ist denn mit der Frau?«, erkundigte er sich. »Was hat sie angestellt?«

»Sie ist tot«, sagte Cooper.

Lawrence legte die Brille auf den Ladentisch und beugte sich darüber, während er versuchte, die winzigen Schrauben wieder festzuziehen. Wahrscheinlich dauerte dieses Unterfangen eine ganze Weile. Lawrences Hände waren zu zittrig, um die Schraube an der richtigen Stelle festzuhalten und gleichzeitig den Schraubenzieher anzusetzen.

»Tja«, sagte Lawrence. »Dann habe ich wohl wieder eine Kundin verloren.«

Cooper hatte keine allzu großen Hoffnungen in Lawrence gesetzt. Auch wenn nur wenige Kunden seinen Laden aufsuchten, war es zu viel verlangt, dass er sich an einen ganz bestimmten erinnerte. Es war geradezu qualvoll, ihm bei dem Kampf mit der Schraube zuzusehen, außerdem zwang es ihn, sich dabei mit Lawrences Schädeldecke zu unterhalten. Aber freiwillig würde Cooper seine Hilfe nicht anbieten.

»Ich habe ganz vergessen, bei Ihrer Tante wegen der Wohnung nachzufragen«, sagte er.

»Halb so wild«, meinte Lawrence. »Wahrscheinlich ist die Wohnung sowieso nicht das, was Sie suchen.«

»Nein, sie ist bestimmt in Ordnung. Ich wollte Ihre Tante gestern Abend anrufen, hatte aber zu viel zu tun.«

»Sie finden bestimmt etwas Besseres. Haben Sie es schon mal bei dem Makler auf der Fargate probiert? Der hat ein paar nette Sachen im Angebot.«

»Den kann ich mir nicht leisten.«

»Tante Dorothy wird ohnehin ein bisschen exzentrisch in letzter Zeit.«

»Nein, ich gehe auf jeden Fall noch bei ihr vorbei.« Cooper sah auf das schwarze Brett. »Wie ich sehe, haben Sie den Zettel abgenommen.«

»Ja. Wahrscheinlich ist die Wohnung inzwischen längst vermietet.«

»Wirklich?«

»Keine Ahnung.« Lawrence beugte sich so weit über den Ladentisch, dass Cooper ihn kaum verstand.

»Wie bitte?«

»Ich dachte nur, der Zettel ist schon so ausgeblichen.«

»Ich kann es ja trotzdem noch versuchen. Ich gehe gleich heute Abend in die Welbeck Street.«

Kaum hatte er die Worte ausgesprochen, wusste Cooper, dass er sich damit verpflichtet hatte. Wenn die Wohnung auch nur halbwegs bewohnbar war, würde er keinen Grund finden, sie nicht zu nehmen, jedenfalls nicht ohne langwierige und unglaubwürdige Erklärungen.

Er verabschiedete sich von dem Buchhändler, der immer noch mit seinem Brillenglas beschäftigt war. Vor dem Ladentisch sah er eine Reihe illustrierter Romane von Thomas Hardy liegen: *Fern der rasenden Menge*, *Die Liebe der Fancy Day*, *Juda der Unberühmte*. Als Teenager hatte er Thomas Hardy immer gemocht. *Juda* war eins der Bücher in seinem Leistungskurs gewesen, und die anderen hatte er eins nach dem anderen verschlungen und sich in die Beschwörung einer vergangenen, aber doch vertrauten Welt hineinziehen lassen. Diese Ausgabe war mit Goldschnitt und bunten Illustrationen ausgestattet, steckte in einem Pappschuber und war mit 45 Pfund ausgezeichnet. Cooper fragte sich, was Lawrence Daley daran wohl verdiente. Vorausgesetzt natürlich, dass er sie jemals verkaufte.

Als Ben Cooper vor dem Haus in der Welbeck Street stand, war es seit über einer Stunde dunkel. Es lag gegenüber vom Dam-Street-Viertel, in dem Marie Tennent gewohnt hatte, am anderen Flussufer. Wären nicht die Häuser auf der anderen Straßenseite gewesen, hätte er das Dach des Heimatmuseums in der alten Seidenspinnerei sehen können.

Dorothy Shelley stand in der Diele der Parterrewohnung von Nummer 8 und musterte ihn von oben bis unten. Die schlanke Frau trug eine Kaschmir-Strickjacke und hatte sich eine zweite über die Schultern geworfen. Die Strickjacken waren an den Rändern ein wenig abgenutzt und verliehen ihr einen Hauch von heruntergekommenem Adel, der echt sein konnte, aber ebenso gut nur ein Image, das sie bewusst hervorrief. Cooper gefiel die Wohnung, die das gesamte Erdgeschoss der Doppelhaushälfte einnahm, auf Anhieb. Sie war solide und geschmack voll renoviert, mit kleinen Schönheitsfehlern wie einer Fachwerkwand hier und einer Kunststoffverkleidung da.

»Was ist denn in der Miete enthalten?«, erkundigte er sich. »Wie sieht es mit Gemeindesteuer und Wassergeld aus?«

»Haben Sie etwas gegen Katzen?«, fragte Mrs Shelley.

»Nein, überhaupt nicht. Wir hatten immer mehrere zu Hause. Na ja, es waren eigentlich eher Bauernhofkatzen. Sie sollten draußen sein, aber sie haben sich genauso oft im Haus wie in den Ställen herumgetrieben.«

»Das ist schön«, sagte Mrs Shelley. »Ich habe nämlich eine kleine Untermieterin.«

»Ach ja?«

»Sie wohnt im Wintergarten und geht nur in den Garten, wenn sie ihr Geschäft erledigen muss. Sonst ist sie ganz friedlich.«

»Sie meinen, Sie haben eine Katze? Das geht schon in Ordnung, solange die Zentralheizung funktioniert und es nicht allzu feucht ist. Wer kümmert sich um die Wartung?«

»Ich habe sie Miranda genannt«, erklärte Mrs Shelley. »Sie ist eine Streunerin, aber sie scheint sich für eine Weile bei mir niedergelassen zu haben. Freut mich, dass es Ihnen nichts ausmacht, denn ich könnte sie nicht hinauswerfen. Jetzt schon gar nicht.«

»Also, in dieser Hinsicht bekommen wir bestimmt keine Schwierigkeiten. Läuft der Strom über einen Münzzähler? Oder bekomme ich eine gesonderte Rechnung? Mir würde eine ungefähre Angabe der laufenden Kosten reichen, damit ich überschlagen kann, ob ich mir die Wohnung leisten kann.«

»Um ehrlich zu sein, mache ich mir ein bisschen Sorgen um Miranda«, fuhr sie fort.

»Wieso denn?«

»Ich weiß, sie ist nur eine Straßenkatze, aber ich habe sie aufgenommen, weil ich gesehen habe, dass sie schwanger ist. Ich konnte den Gedanken einfach nicht ertragen, dass sie ihre Babys draußen in Schnee und Eis bekommt.«

Cooper öffnete eine Schranktür, in der Hoffnung, dahinter den Stromzähler zu finden. Doch der Schrank war voller Putzmittel und leerer Schachteln.

»Deshalb habe ich sie in den Wintergarten gebracht und ihr dort ein kleines Lager bereitet«, erzählte Mrs Shelley.

Cooper seufzte. »Hat sie ihre Kätzchen inzwischen bekommen?«

»Nein. Das ist es ja gerade, weshalb ich mir Sorgen mache.«

»Es macht Ihnen doch nichts aus, wenn ich mir das eine oder andere Möbelstück dazukaufe? Einen Stuhl vielleicht und einen Schreibtisch. Und ich brauche einen Platz, wo ich meinen Computer hinstellen kann. Vielleicht dort drüben, vor die Steckdosen. Dazu müsste ich die Anrichte ein Stück zur Seite rücken.«

»Sie scheint immer dicker zu werden, aber nichts passiert.«

»Die Anrichte würde gut in diese Ecke passen, Mrs Shelley. Wenn ich den Tisch einen halben Meter verschiebe …«

Sie zerknüllte nervös ihre Handschuhe. »Wenn Sie schon mal da sind, würden Sie vielleicht einen Blick auf sie werfen? Auf Miranda, meine ich …«

»Mrs Shelley, wenn Ihre Katze Probleme hat, sollten Sie vielleicht lieber einen Tierarzt aufsuchen.«

»Ich weiß, aber Tierärzte sind so schrecklich teuer. Schauen Sie sich Miranda doch eben mal an. Sie haben doch gesagt, dass Sie auf einem Bauernhof wohnen, also verstehen Sie bestimmt was von Tieren. Sie können bestimmt sagen, ob ich mir grundlos Sorgen mache.«

»Eigentlich habe ich dafür keine Zeit. Ich bin nur kurz von der Arbeit hergekommen und muss gleich wieder zurück. Vorher hätte ich aber noch ein paar Fragen. Wie sieht es zum Beispiel mit einem Parkplatz aus?«

»Wenn Sie meinen, das arme Ding braucht einen Tierarzt, dann treibe ich das Geld schon irgendwie auf.«

Cooper seufzte wieder. »Na schön. Ich sehe sie mir an.«

Mrs Shelley ging durch die Küche voran in den kleinen Wintergarten. Cooper folgte ihr und blieb unterwegs kurz stehen, um sich den Elektroherd und den Kühlschrank anzusehen. Sie sahen einigermaßen neu und gut erhalten aus, aber es gab kaum Arbeitsflächen, und die Schränke waren alt und an den Kanten reichlich abgestoßen.

»Haben Sie eine Gefriertruhe, oder gibt es noch genug Platz, um eine aufzustellen?«, fragte er.

»Sie ist hier drin«, sagte Mrs Shelley. »Das arme Ding.«

Miranda war pechschwarz. Ihr dichtes Fell sah aus, als sei es vor kurzem gebürstet worden. Die Katze lag zusammengerollt in einem mit Kissen und einer alten Decke ausgepolsterten Körbchen, das vor die Stelle geschoben worden war, an der die Abzugswärme vom Ofen durch die Wand ging, wahrscheinlich das wärmste und gemütlichste Fleckchen im ganzen Haus.

»Was meinen Sie, mein Lieber?«

»Ich finde, eine Gefriertruhe macht sich besser in der Küche.«

Mrs Shelley sah ihn vollkommen verblüfft an. »Sie haben sie ja noch nicht mal richtig angeschaut«, sagte sie.

Gehorsam ging Cooper in die Hocke, worauf die schwarze Katze schläfrig ein Auge öffnete. Es war ein klares, gelbes Auge in einem breiten Gesicht, das fast schon an eine Perserkatze erinnerte. Cooper sah, dass ihr Bauch ziemlich dick war. Sie musste sich im Körbchen auf die Seite legen, um es einigermaßen bequem zu haben.

Cooper streckte vorsichtig die Hand aus und versuchte seine Erinnerungen an Katzen zu verdrängen, die nicht gern von Fremden angefasst wurden und die Spuren ihrer Krallen auf seinem Handrücken hinterlassen hatten, um diese Meinung zu unterstreichen. Aber Miranda rührte sich nicht, als er ihre Flanke streichelte und die Schwellung unter dem schwarzen Fell betastete. Ein leises, tiefes Schnurren ertönte, als hätte jemand einen winzigen Motor angelassen, und Cooper schob seine Hand sanft ein Stück weiter in Richtung der Stelle, wo der Bauch der Katze auf der Decke ruhte.

»Wie lange ist sie schon so dick?«, fragte er.

»Also, sie war schon ziemlich mollig, als ich sie aufgenommen habe«, antwortete Mrs Shelley. »Und seither scheint sie immer dicker geworden zu sein. Das geht jetzt schon bestimmt sechs Wochen so.«

»Sechs Wochen? Sind Sie sicher?«

»Aber ja.«

Cooper strich mit der Hand über den Katzenbauch und suchte behutsam nach geschwollenen Zitzen. Miranda protestierte nicht im Geringsten, als er ihr Hinterbein anhob und einen kurzen Blick auf ihr unter dem Fell verstecktes Hinterteil warf. Dann ließ er das Bein wieder sinken und betrachtete den Boden neben dem Korb, wo mehrere Untertassen mit frischer Milch und drei verschiedenen, lecker aussehenden Delikatessen standen – das eine sah aus wie Tunfisch, und daneben waren ein paar Fetzen Hühnchen zu erkennen.

»Hoffentlich haben Sie Miranda nicht zu sehr verwöhnt«, sagte er.

»Sie muss doch ordentlich essen«, sagte Mrs Shelley, die seinem Blick gefolgt war. »Das ist im letzten Stadium der Schwangerschaft sehr wichtig. Ich passe gut auf, dass immer genug dasteht, um ihren Appetit anzuregen, und ich gebe ihr zusätzlich kleine Leckereien, wenn ihr danach ist. Das ist doch nicht falsch, oder?«

»Nicht innerhalb gewisser Grenzen.«

Cooper ließ die Katze wieder ihre ursprüngliche Haltung einnehmen. Sie legte sich wieder bequem hin, wobei sie darauf achtete, genug Platz für ihren runden Bauch zu lassen, und sah zu ihm auf. Ihr Blick war zugleich herausfordernd und verschwörerisch. Sie schien ihm etwas mitteilen zu wollen, schien ihre Anerkennung ausdrücken zu wollen, dass sie auf jemanden gestoßen war, der etwas von diesen Dingen verstand. Ein warmes Körbchen, so viel zu essen, wie man wollte, ein bisschen Zuneigung und ansonsten keinerlei Ansprüche an einen – in Coopers Augen ein durchaus erstrebenswerter Zustand.

»Ich glaube nicht, dass Miranda in der nächsten Zeit Junge bekommt«, sagte er.

»Ach, herrje. Was fehlt ihr denn sonst?«

»Eigentlich überhaupt nichts. Jedenfalls nichts, das nicht mit ein bisschen weniger Essen und etwas mehr Bewegung behoben werden könnte.«

»Die arme Miranda.«

»Und Sie sollten sich vielleicht einen anderen Namen für ihn überlegen.«

Die Katze warf ihm einen zweiten Blick zu – einen offenen, interessierten Blick, schicksalsergeben, aber ohne jede Scham. »Also mal unter uns Männern«, schien er zu sagen, »du hättest es doch genauso gemacht.«

»Wenn Sie dann fertig sind«, sagte Mrs Shelley, »wollen Sie mir dann nicht verraten, was Sie von der Wohnung halten?«

Cooper zögerte. Er betrachtete die Brandmauer des Nachbarhauses, den mit Katzenhaaren übersäten Boden des Wintergartens und den Korbstuhl mit den schwarzen Stockflecken unter dem Fensterbrett. Er wusste immer noch nicht, wo der Stromzähler und wie hoch die Gemeindesteuer war und wer für die Instandhaltung aufzukommen hatte. In der Stille, ehe er antwortete, hörte Cooper keinen Laut im ganzen Haus außer dem Schnurren der Katze und dem Ticken der Heizkörper.

»Ich nehme sie«, sagte er.

Als er an diesem Abend nach Hause auf die Bridge End Farm kam, stellte Ben Cooper fest, dass Alison Morrissey mit ihrer Geschichte an die Öffentlichkeit gegangen war. In Wahrheit musste sie schon vor ihrer Ankunft mit den Medien Kontakt aufgenommen und sie mit Informationen über den Anlass ihres Besuches versorgt haben. Ein geschickter Schachzug, und er fragte sich, ob ihr jemand zu dieser Strategie geraten hatte.

Die regionalen Fernsehsender hatten die Geschichte aufgegriffen und brachten an diesem Abend mehrere kurze Berichte darüber. Morrissey war ein Geschenk des Himmels für den Bildschirm – ihr Gesicht machte sich gut vor der Kamera, denn es strahlte nicht nur Leidenschaft und Intelligenz aus, sondern war auch noch auffallend hübsch. Eine Szene in der Sendung

Kalender auf YTV zeigte sie vor dem Hintergrund des schneebedeckten Irontongue Hill, auf dem immer noch die Trümmer des Lancaster-Bombers ihres Großvaters lagen. Morrisseys Gesicht war von der Kälte gerötet, und ihr dunkles Haar wogte im Wind, während sie die Fragen des Interviewers beantwortete. Ihre klare, ruhige Stimme übertönte das Tosen des Windes. Außerdem konnte sie sich gut ausdrücken, ohne das Stottern und die »Ähs« und »Ems«, die bei anderen Leuten so nervtötend waren, die nicht daran gewöhnt waren, interviewt zu werden.

Cooper sah zu, wie die Kamera schließlich hochzog und noch einmal kurz auf Alison Morrisseys Profil verweilte, das dem Berg zugewandt war. Ihr Gesicht drückte gesunden Menschenverstand und Entschlossenheit mit einem Hauch von kontrollierter Emotion aus. Ihm war nicht ganz klar, wie sie diesen Effekt erzielte; es lag wohl an der Art, wie sie den Kopf leicht neigte, oder an der anmutigen Linie ihres Halses. Er glaubte nicht, dass sie diesen Gesichtsausdruck eigens für die Kamera einstudiert hatte.

Diese Frau war keine durchgeknallte Spinnerin, die von einer fixen Idee besessen war. Entschlossen und klug, das war Morrissey ganz bestimmt, aber sie schien auch aufrichtig zu sein. Aufrichtige Leute machten oft die größten Scherereien.

Morrisseys Anblick hatte ihn den Lärm um ihn herum eine Weile vergessen lassen – jenes übliche Abendprogramm der Familie seines Bruders Matt, das hauptsächlich aus Schreien, Streiten, Lachen und Singen zu bestehen schien. Aber selbst das schien zu verblassen, als die Fernsehkamera sich jetzt dem Berghang widmete. Cooper sah, dass der Beitrag am frühen Nachmittag des gleichen Tages gedreht worden war, denn im Osten ballten sich bereits Wolken zusammen, während auf den kahlen Felsvorsprüngen am Gipfel des Irontongue Hill immer noch vereinzelte Sonnenstrahlen lagen. Der Regisseur musste von dem Effekt genauso begeistert gewesen sein wie von Alison Morrisseys Kameratauglichkeit.

Der Kontrast zu DCI Kessen, der sich in der Hauptnachrichtensendung mit einem Aufruf hinsichtlich des Verbleibs von Marie Tennents Baby an die Öffentlichkeit gewandt hatte, war nicht zu übersehen. »Wir sind sehr besorgt, was das Wohlergehen des Kindes betrifft«, hatte er gesagt. Genau genommen hatte er es dreimal gesagt, ohne dass es ihm gelungen wäre, seine Stimme aufrichtig klingen zu lassen.

Als das nächste Thema kam, ein lustiger Beitrag über eine kuriose Tradition in North Yorkshire, starrte Cooper noch eine Zeit lang geistesabwesend auf den Bildschirm.

Im Moment passierte in seinem Leben so viel, dass er sich beim besten Willen nicht vorstellen konnte, sich auch noch mit einer siebenundfünfzig Jahre zurückliegenden Geschichte zu beschäftigen. Doch die Anzeichen für den Beginn einer Besessenheit waren eindeutig. Sie gingen stets mit dem Wunsch einher, alles herauszufinden, was es zu dem Thema zu wissen gab, und der Tendenz, sogar dann darüber nachzudenken, wenn er eigentlich im Dienst war.

Er konnte von Glück sagen, dass er mit dieser Neigung zu Fantastereien in seinem Job bei der Polizei so lange überlebt hatte. Bislang hatten ihm seine Vorgesetzten aufgrund seines guten Rufes eine Menge Freiraum gelassen. Natürlich spielte auch seine Herkunft eine Rolle. Er war Sergeant Joe Coopers Sohn. Wen wunderte es also schon, wenn er ab und zu ein bisschen durcheinander war? Aber jetzt war sich Cooper mehr denn je darüber im Klaren, dass er sich vorsehen musste.

Er schaltete den Fernseher aus und warf einen Blick auf seine Armbanduhr. Der Mann, mit dem er sich momentan am liebsten unterhalten hätte, war Walter Rowland, das ehemalige Mitglied der RAF-Rettungsmannschaft, das damals an der Absturzstelle gewesen war. Mit Ausnahme von Zygmunt Lukasz war Rowland seines Wissens der einzige überlebende Zeuge. Aber es war ein langer Tag gewesen, und Cooper war müde. Vielleicht ergab sich morgen eine Möglichkeit, mit Rowland Kontakt aufzunehmen. Wahrscheinlich war es ohnehin reine Zeitverschwendung. All das lag schließlich eine Ewigkeit zurück, und Rowland war inzwischen ein alter Mann, der die ganze Geschichte höchstwahrscheinlich längst vergessen hatte.

Da er den Fernseher ausgeschaltet hatte, verpasste Cooper die nächste Nachrichtensendung, in der berichtet wurde, man habe am Absturzort eines alten Flugzeuges am Irontongue Hill menschliche Überreste gefunden.

Seit er in Rente gegangen war, hörte Walter Rowland in seiner Werkstatt gern Radio. Die Stimmen leisteten ihm bei der Arbeit Gesellschaft und halfen ihm, die immer stärkeren Schmerzen zu vergessen, die seine Hände manchmal tagelang verkrampften. Das Gebrabbel der Nachrichtensprecher, die von Geschehnissen in und um Derbyshire berichteten, hatte etwas Beruhigendes. Es vermittelte ihm das Gefühl, dass es ihm dort, wo er war, gut ging. Dass er nicht irgendwo dort draußen umherirrte, in diesem pausenlosen Wahnsinn aus Autounfällen, Hausbränden und endlosen, unverständlichen Diskussionen über Themen, von denen er nichts verstand. Was er jedoch heute Abend im Radio hörte, ließ ihn an seiner Drehbank aufhorchen. Er starrte auf einen Kringel Holzwolle, der von dem halb fertigen Stuhl herunterbaumelte und gleich abfallen würde. Er hatte vergessen, was er eigentlich vorgehabt hatte.

Als die Maschine der Royal Air Force am Irontongue Hill verunglückte, war Rowland gerade achtzehn Jahre alt geworden. Er hatte sich zwölf Monate vor Kriegsende freiwillig gemeldet und war nie an der Front gewesen. Stattdessen hatte man ihn zur Bergrettung der RAF eingezogen, zu einer Einheit, die ihren Stützpunkt am Harpur Hill hatte. Doch am Ende hatte er doch noch etwas vom richtigen Krieg mitbekommen; jede Menge Tote und Verletzte, die jedoch alle von der eigenen Seite waren – britische und amerikanische Flieger, auch Kanadier, Australier und Polen, die nicht im feindlichen Beschuss umgekommen waren, sondern an den Berghängen des Peak District. Viele von ihnen waren unüberlegt in die tödliche Umarmung des Dark Peak geflogen, jene alte Falle, die zwischen der niedrigen Wolkendecke und dem ansteigenden Gelände lauerte.

An diesem Abend gab es nichts Besonderes in den Nachrichten, doch dann hörte er den Sprecher etwas von menschlichen Überresten und einem Flugzeugwrack am Irontongue Hill sagen. Die wenigen Worte reichten aus, um Rowland über ein halbes Jahrhundert in die Vergangenheit zu versetzen, zu einem brennenden Flugzeug auf einem schneebedeckten Berg und das Blutbad darum herum. Überall hatten damals menschliche Überreste gelegen, rings um das Flugzeug, und in dem Wrack selbst hatten Männer gesessen, die wie Steaks gegrillt worden waren.

Er überlegte, ob es möglich war, dass es noch eine Leiche gegeben haben könnte, die von der Rettungsmannschaft übersehen worden war, ein tödlich verletztes Mitglied der Besatzung. Aber dann fiel ihm wieder ein, wie akribisch die Trümmer damals durchsucht worden waren, nicht nur von den Rettungsmannschaften und der örtlichen Polizei, sondern auch später von der Bergungseinheit der Luftwaffe. Und er erinnerte sich daran, wie viele Trümmer im Laufe der Jahre verschwunden waren – von Souvenirjägern oder von neugierigen Wanderern mitgenommen oder den wütenden Sturmböen überlassen, die im Winter über das öde Land fegten.

Rowland wischte mit dem Handrücken die Holzspäne von seinem Overall.

»Unmöglich«, sagte er zu dem Stuhlbein auf seiner Werkbank. »Das kann gar nicht sein.«

Er hatte das Interesse an dem Stuhl verloren. Die glatte Oberfläche und die anmutig geschwungenen Beine waren unwichtig, sie waren nur noch der Versuch eines alten Mannes, sich abzulenken und sich die Erinnerungen vom Leibe zu halten. Seine Hände waren ohnehin nicht mehr so geschickt wie früher. Die Arthritis war zu weit fortgeschritten, und die Schmerzen waren inzwischen so schlimm, dass er das Holz kaum mehr richtig festhalten konnte. Er wusste, dass er den Rest der Woche leiden musste, als Strafe für die kurze Zeit, die er mit der Arbeit an dem Stuhl zugebracht hatte. Manche Leute rieten ihm, damit aufzuhören und endlich einzusehen, dass er sich vergeblich abmühte. Doch der Tag, an dem er das einsah, wäre sein letzter.

Rowland öffnete die Hintertür der Werkstatt und spuckte hustend einen Mund voll Sägespäne auf den Pfad. Der Schnee färbte sich dunkel. Dann hob er langsam den Kopf und sprach zum Nachthimmel, als könnte die eisige Luft seine Stimme zum Irontongue Hill hinauftragen, wo die Reste der Lancaster SU-V lagen.

»Alle, die beim Absturz gestorben sind, haben wir rausgeholt«, sagte er. »Und der eine, der den Tod verdient hätte ... der Dreckskerl ist einfach abgehauen.«

16

Die kleinen Knochen auf dem Tisch im Leichenschauhaus sahen bedauernswert aus. Dunkler Torf war auf dem Skelett festgetrocknet und vorsichtig in einen Indizienbeutel gefegt worden, als er abbröselte. Einige Knochen waren zerbrochen oder zermalmt worden, als Hauptfeldwebel Josh Mason den Flügel von Sugar Uncle Victor auf sie fallen gelassen hatte.

»Ohne den Schädel könnte man es wirklich für ein totes Lämmchen halten«, sagte Juliana Van Doon. »In diesem Alter sind sie noch kaum ausgebildet.«

»Wie alt war das Kind?«, wollte Diane Fry wissen.

»Hmm. Vielleicht zwei Wochen. Wir bitten einen forensischen Anthropologen, sich das Skelett genauer anzusehen. Die einzigen Verletzungen, die ich feststellen kann, sind eindeutig post mortem.«

»Diese dämlichen Fliegerkadetten.«

»Ihnen kann man wohl keinen Vorwurf machen.« Die Gerichtsmedizinerin benutzte ein kleines Metallinstrument, um ein lebendiges Insekt, das sich zum Überwintern im Kiefergelenk eingenistet hatte, zu entfernen und in eine andere Tüte zu stecken. »Ich weiß aus der Zeitung, dass Sie nach einem kleinen Kind gesucht haben. *›Hat jemand die kleine Chloe gesehen?‹*«

»Stimmt«, sagte Fry.

»Also, das Geschlecht dieses Kindes hier kann ich nicht bestimmen. Aber eins kann ich mit Sicherheit sagen – es ist nicht Chloe. Dieses Baby ist schon viele Jahre tot.«

Fry nickte und betrachtete die Plastiktüten mit dem rosafarbenen Häubchen und dem weißen Strickjäckchen, die bei dem Baby gefunden worden waren.

»Allerdings«, fuhr sie fort, »sind die Sachen, die es anhatte, funkelnagelneu.«

Am Freitagmorgen hatte DC Gavin Murfin in den Datenbanken der Vermisstenstellen immer noch keinen passenden Datensatz für den Schneemann gefunden. Er war drauf und dran aufzugeben. Auf der Liste fanden sich die üblichen vermissten Ehemänner und Söhne. Es gab Männer mittleren Alters, die der Midlifecrisis erlegen waren und ihre langweiligen Ehefrauen verlassen hatten, und es gab die Teenager, die schon früh in die Midlifecrisis gestürzt waren und sich von der wirklichen Welt verabschiedet hatten. Dazu jede Menge andere Verschwundene und Vermisste.

Leider schien keiner von ihnen der Besitzer des teuren Anzuges und der teuren Schuhe zu sein. Am merkwürdigsten war, dass eine Haus-zu-Haus-Befragung am Woodland Crescent ergeben hatte, dass der Mann, den Grace Lukasz beschrieben hatte, nur bei ihr und bei niemandem sonst geklingelt hatte.

»Wir müssen Mrs Lukasz herbringen, damit sie eine offizielle Aussage macht«, sagte Diane Fry, als sie von der Unterredung mit ihren Vorgesetzten zurückkam. »Es muss irgendwo einen Hinweis geben, wer dieser Mann war und was er am Woodland Crescent gewollt hat.«

Die Nachforschungen im Schneemann-Fall und die Suche nach Eddie Kemps Kumpels bei dem tätlichen Angriff nahmen so gut wie alle zur Verfügung stehenden Kräfte der Division E in Anspruch. Dabei hatte das vermisste Baby im Grunde oberste Priorität. Unterdessen stapelten sich ungelöste Fälle und ergebnislose Ermittlungen auf den Schreibtischen, und die Staatsanwaltschaft machte ihnen wegen der verspäteten Weitergabe gerichtswichtiger Akten die Hölle heiß.

Ben Cooper war an diesem Morgen mit weiteren Ermittlungen im Fall Schneemann beschäftigt. Er musste etliche Adressen in Edendale aufsuchen und zum Snake Inn hinausfahren, um sich noch einmal mit dem Personal dort zu unterhalten.

»Übrigens glaube ich, dass Eddie Kemp noch einmal zur Vernehmung herbestellt wird«, sagte Fry.

»Hat die Spurensicherung etwas in seinem Wagen gefunden?«, fragte Cooper.

»Noch nichts Eindeutiges. Aber wir müssen unbedingt jemanden vernehmen. Ich weiß nicht genau, wer das zu entscheiden hat. Vielleicht Mr Tailby, vielleicht auch Mr Kessen, wo wir gerade von zu vielen Häuptlingen und zu wenig Indianern reden.«

»Kriegen wir denn nun Unterstützung oder nicht?«

»Das kann ich nur hoffen. Aber wenn es darum geht, wer das organisiert …«

»Hab schon verstanden.«

Fry sah zu, wie Cooper in seinen Akten wühlte. »Hast du schon eine Wohnung gefunden, Ben?«

»Ehrlich gesagt, ja. Ich habe mir gestern Abend eine angeschaut. Eine Mietwohnung in der Welbeck Street, ziemlich zentral gelegen. Sie gehört Lawrence Daleys Tante.«

»Wessen Tante?«

»Der Tante von Lawrence Daley, dem Inhaber von Eden Valley Books. Du weißt schon, dort, wo Marie Tennent ihre Bücher gekauft hat.«

»Ach ja, dann hast du also gleich zwei Fliegen mit einer Klappe geschlagen, als du dort warst?«

»Eigentlich nicht.«

»Jetzt fällt es mir wieder ein … du hast auch gleich ein paar Bücher gekauft.«

»Das hat keine zwei Minuten gedauert.«

»Die kannst du bei deinen Befragungen gleich wieder hereinholen, wir haben nämlich alle Hände voll zu tun.«

»Dir ist aber klar, dass der Bericht über Marie Tennent noch aussteht?«, fragte er.

»Mrs Van Doon ist bis jetzt noch nicht dazu gekommen, also dauert es noch ein paar Tage, bis wir ihren Untersuchungsbericht bekommen. Alles eine Frage der Priorität. Wir müssen mit dem Schneemann weiterkommen und endlich herausfinden, wer er ist. Die tote Frau kann warten.«

»Dann war das mit den Überresten also falscher Alarm? Es war nicht Chloe?«

»Nein. Das Kind, das gefunden wurde, war schon lange tot.«

»Armes Würmchen. Was glaubst du, was da los war? Eine ungewollte Schwangerschaft? Eine Mutter im Teenager-Alter?«

»Von wegen Teenager, heutzutage kriegen schon Zehnjährige Babys.«

»Aber die Kleidung…«

»Dazu kann uns bestimmt die Spurensicherung mehr sagen«, erwiderte Fry. »Aber die Kleidungsstücke waren ganz neu. Wir haben es gestern Abend bekannt gegeben, und seitdem werden wir mit Anrufen über vermisste Babys überschüttet.«

»Aber vermutlich hat sich niemand gemeldet, der sich um Chloe kümmert?«

»Nein.«

»Wenn sich herausstellt, dass die Kleider Maries Baby gehört haben…«

»Wir sind immer noch sehr besorgt wegen Chloe. Gestern Abend haben wir Streifenbeamte sämtliche Nachbarn aufsuchen lassen. Niemand weiß etwas über das Baby. Heute wird Maries Haus noch einmal durchsucht, nur für alle Fälle, und heute Vormittag kommt Maries Mutter. Sie wohnt in Falkirk und sagt, sie hätte ihre Tochter kurz nach Chloes Geburt zum letzten Mal gesehen. Marie wollte sie im Frühling in Schottland besuchen, aber seither haben sie nur telefoniert, sagt die Mutter. Vielleicht kriegen wir noch ein bisschen mehr aus ihr heraus, wenn sie erst mal da ist.«

»Marie hat also tatsächlich ein Baby gehabt?«

»Was dachtest du denn?«

»Hätte ja sein können, dass sie sich nur um ein fremdes Baby gekümmert hat, das einer Freundin oder so. Sie hätte als illegale Tagesmutter arbeiten können. Sie hätte eine von diesen Frauen sein können, die sich so sehr ein Baby wünschen, dass sie ein fremdes Kind stehlen. Es gibt viele Möglichkeiten.«

»Nicht, wenn wir der Großmama glauben. Aber wie auch immer, Ben, wenn du weniger Zeit in Buchläden und mehr Zeit über deinen Akten verbringen würdest, wüsstest du, dass Maries Hausarzt diesbezüglich jeden Zweifel ausgeräumt hat.«

Aber Cooper hatte eigentlich gar nichts bezweifelt. Der Eindruck, den er in Marie Tennents Haus gewonnen hatte, war ziemlich eindeutig gewesen. Marie war Mutter gewesen, und ihr Baby befand sich irgendwo, wo sie bis jetzt noch nicht danach gesucht hatten.

»Wie sieht's mit dem Garten aus?«, fragte er.

Fry seufzte. Trotz allem wusste Cooper, dass sie dasselbe dachte wie er.

»Unsere Leute haben Spaten dabei«, sagte sie.

Nachdem sie ihre Tochter in der Leichenhalle des Krankenhauses identifiziert hatte, wurde Mrs Lorna Tennent wieder in die West Street gebracht. Man kochte ihr einen Tee und setzte sie in ein Vernehmungszimmer. Sie weinte eine Weile, bis ihre Augen rot und geschwollen waren, dann begann sie von ihrer Tochter und dem Baby, der kleinen Chloe, zu erzählen.

»Natürlich bin ich nach der Geburt zu ihr gefahren«, sagte sie. »Ich bin eine Woche geblieben, aber dann musste ich wieder zur Arbeit nach Falkirk.«

»Was für einen Eindruck hatten Sie von Ihrer Tochter?«, fragte Fry. »War sie Ihrer Meinung nach in der Lage, mit einem Säugling umzugehen?«

»Sie kümmerte sich fast nur noch um Chloe. Aber Marie war nicht besonders praktisch veranlagt. Ich wollte, dass sie mit mir zurück nach Schottland geht, damit ich ihr helfen und mich ein bisschen um das kleine Ding kümmern konnte. Aber sie wollte nicht. Sie wollte allein mit ihrem Baby sein, wollte nicht, dass ich ihr im Weg stehe. Sie hätte fast nicht einmal das Jäckchen angenommen, das ich gestrickt habe.«

»Ein Jäckchen? Welche Farbe hat es?«

»Weiß.«

»Würden Sie es wieder erkennen?«

»Selbstverständlich. Haben Sie denn eins gefunden?«

»Möglicherweise.«

Mrs Tennent nickte traurig. »Marie wollte nicht, dass Chloe das Jäckchen trug. Sie fand, ich würde mich zu sehr einmischen. Sie haben Recht, sie war dieser ganzen Sache nicht unbedingt gewachsen, aber sie wollte sich auch nicht helfen lassen. Natürlich ist es beim ersten Kind immer ein bisschen schwierig.«

Fry wartete einen Augenblick. »Aber ... Mrs Tennent ... Chloe war nicht Maries erstes Baby, oder?«

Die Frau starrte sie an, ehe ihr wieder die Tränen kamen, als sie begriff, was Fry gesagt hatte. »Ich habe mich immer gewundert«, sagte sie. »Marie hat mir nichts erzählt, aber ich habe mir so meine Gedanken gemacht. Sie fand immer wieder neue Gründe, weshalb sie mich monatelang nicht besuchen kam, und als wir uns dann endlich wieder gesehen haben, sah sie ganz elend aus.«

»Wann war das?«

»Vor über zwei Jahren. Sie ist hierher gezogen, weil ihr die Gegend so gut gefallen hat. Als sie jünger war, sind wir jedes Jahr einmal nach Edendale gefahren.« Mrs Tennent unterbrach sich. »Ich nehme an, sie hatte eine Abtreibung. Sie hätte es mir nie gesagt, weil wir Katholiken sind, verstehen Sie? Marie ist katholisch erzogen.«

»Wir glauben nicht, dass Marie eine Abtreibung hatte«, erklärte Fry. »Sie hat schon einmal ein Kind geboren.«

»Aber ...«

Fry zeigte ihr einen Ausschnitt aus der Morgenzeitung. »Wir

glauben, dass das hier Maries erstes Baby gewesen sein könnte. Dort haben wir auch das Jäckchen gefunden, das ich Ihnen gleich zeige.«

Mrs Tennent las sich den Artikel zweimal durch. »Wissen Sie, woran das Baby gestorben ist?«

»Noch nicht. Möglicherweise werden wir es auch nie erfahren.«

»Marie hat mir erzählt, sie hätte eine neue Stelle in einer Boutique und sei zu beschäftigt, um zu mir zu kommen oder um Besuch zu empfangen.« Mrs Tennent seufzte. »Ich hätte meinem Gefühl folgen sollen, dann hätte ich vielleicht helfen können. Vermutlich hat niemand gewusst, dass sie ein Baby bekommen hatte.«

»Es sieht leider ganz danach aus.«

Aber ebenso wie Fry dachte auch Mrs Tennent weiter. »Arme kleine Chloe«, sagte sie. »Wie schrecklich, wenn man sich überlegt, was ihr womöglich zugestoßen ist. Aber Marie hätte ihr nie absichtlich etwas getan. Das weiß ich ganz genau.«

»Ihr Arzt sagt, sie hätte sich schon vor der Geburt ziemlich vor dem Leben mit dem Kind gefürchtet.«

»Ich weiß, ich weiß. Aber das ist nicht dasselbe wie seinem Kind absichtlich etwas anzutun. Ich dachte, dass sie vielleicht besser zurechtkommt, nachdem sie sich von ihrem Freund getrennt hat, falls man ihn überhaupt als Freund bezeichnen kann. Er war natürlich verheiratet. Nach ein paar Monaten ist er zu seiner Frau zurückgegangen, aber davor hat er unsere Marie noch geschlagen. Was Männer betrifft, hat sie schon immer danebengegriffen.«

Fry beugte sich gespannt vor. »Wer war dieser Freund?«

Im ersten Augenblick sah Mrs Tennent aus, als wollte sie gleich wieder losweinen, doch dann verfinsterte sich ihre Miene.

»Ich habe ihr immer wieder in den Ohren gelegen, dass sie bestimmt einen besseren Mann findet als diesen Kerl. Marie meinte, er hätte immerhin ein eigenes Geschäft. Dabei war er bloß Fensterputzer.«

Die Zahl der zu Befragenden stieg ständig, ohne dass das Personal aufgestockt wurde, das dafür erforderlich war, obwohl eine Hand voll Beamter aus anderen Bezirken nach Edendale abbestellt worden waren. Ben Cooper war mit einer Mappe voller Formulare ergebnislos von Tür zu Tür gegangen, ehe er bemerkte, dass er höchstens einen Kilometer von Underbank entfernt war. Er fragte sich, ob Eddie Kemp seinen Wagen bereits wiederhatte, und arbeitete sich bis zu Kemps Straße vor, wo er feststellte, dass der Isuzu nicht auf der Betonrampe stand.

Cooper war seinem Zeitplan inzwischen fast eine halbe Stunde voraus. Als Nächstes stand der Snake Inn auf seiner Liste, wo er die Aussagen der Angestellten aufnehmen und ihr Gedächtnis hinsichtlich der Fahrzeuge auffrischen sollte, die am Montagabend nach Schließung des Passes an der Gaststätte vorbeigefahren waren. Eine halbe Stunde auf ein Bier in einem gemütlichen Pub hörte sich verlockend an. In diesem Moment klingelte sein Handy. Es war Diane Fry.

»Ben… ich weiß, du hast zu tun, aber ich möchte, dass du dich in einer halben Stunde mit mir vor Eddie Kemps Haus in der Beeley Street triffst.«

»In einer halben Stunde?«

»Schaffst du das?«

»Klar, aber…«

»Marie Tennents Mutter war gerade hier«, erklärte sie. »Rate mal, wer Maries Freund war, bevor er wieder zu seiner Ehefrau zurückgegangen ist.«

»Doch nicht etwa Eddie?«

»Genau der. Marie muss wirklich ziemlich verzweifelt gewesen sein.«

»Vielleicht hat er verborgene Qualitäten?«

»Ja, wahrscheinlich stand sie auf seinen großen Dödel.«

»Meinst du, das Baby ist bei *ihm*? Hoffentlich.«

»Na ja, er entspricht nicht gerade meiner Vorstellung von einem idealen Vater.«

»Das nicht«, stimmte ihr Cooper zu. »Aber er ist besser als manche andere Alternative.« Er sah auf das Straßenschild. Eddies Haus befand sich um die Ecke. »In einer halben Stunde, Diane?«

»Ich muss mein Gesicht vorher in einer Besprechung zeigen, deshalb geht es nicht früher. Schaffst du das?«

»Überhaupt kein Problem.«

Nach diesem Telefonat schlug Cooper eine Adresse in seinem Notizbuch nach und wendete den Wagen. Der ehemalige Bergrettungsmann Walter Rowland wohnte nur ein paar Straßen weiter, in einer Straße, deren Häuser wie Vogelnester hoch über Buttercross am Hang klebten.

Rowlands Haustür war einer von zwei schmalen Eingängen, die sich ein hölzernes Vordach mit geschnitztem Blumenmuster teilten. Vor den beiden Cottages stand ein steinerner Aufsteigblock aus einer der früheren Kutschstationen der Stadt zwischen den Resten einiger vom Frost geschwärzter Petunien. Am Ende der Häuserzeile erhob sich ein modernes Gotteshaus, und ein Stück weiter, an der Ecke zur Harrington Street, stand noch eine Kirche, die Cooper nicht kannte.

Die Fenster im ersten Stock von Rowlands Häuschen waren winzig und so schmuddelig und dunkel, dass offensichtlich weder Eddie Kemp noch einer seiner Fensterputzerkollegen in der letzten Zeit mit ihren Leitern und Fensterledern hier zugange gewesen waren. Aus den Rahmen bröckelte der Kitt, und die Fensterstürze waren überall dort reichlich mitgenommen, wo das Wetter große Stücke des weichen, goldfarbenen Sandsteins herausgenagt hatte. Von außen machte das Haus den Eindruck, als sei lediglich das Erdgeschoss bewohnt. Die unteren Fenster waren mit billigem Messingtrödel voll gestopft, und vor den Gardinen standen Topfpflanzen und Porzellanfigürchen. Diese Gegenstände dienten traditionell als Barrikaden gegen die neugierigen Blicke der Touristen, die sich im Sommer durch die Straße schoben, ohne Respekt vor dem Privatleben der Einheimischen zu zeigen, die hier das ganze Jahr über wohnten.

Walter Rowland war Mitte siebzig und sah aus wie jemand, der sein Leben lang mit den Händen gearbeitet hat, jetzt aber nicht mehr dazu fähig war. In seinen verkrümmten Fingern zuckten ab und zu die Sehnen, die so deutlich unter der Haut zu sehen waren, dass sie wie Fäden einer Marionette wirkten. Ben Cooper bemerkte, dass ihn dieses Zucken von Rowlands Gesicht und dem Klang seiner Stimme ablenkte.

»Kommen Sie doch rein«, forderte Rowland ihn auf. »Ich weiß zwar nicht, was Sie wollen, aber ich kriege nur selten Besuch.«

Das Cottage war ein traditionelles Reihenhaus, zwei Zimmer unten, zwei oben, alles sauber und ordentlich. Das Erdgeschoss bestand aus einem kombinierten Wohn- und Esszimmer, das zur Straße hinausging, sowie einer Küche im rückwärtigen Teil. Rowland führte Cooper durch das vordere Zimmer, das von einem Kiefernholztisch und einem schmiedeeisernen schwarzen Kamin mit Gasfeuer dominiert wurde, das den Raum immerhin mit ausreichend Wärme erfüllte, um die Kälte draußen vergessen zu lassen.

In der Küche sah Cooper eine offene Hintertür, die nicht nach draußen, sondern in eine kleine, an das Haus angebaute Werkstatt führte. Er erspähte eine Werkbank mit einem metallisch glänzenden Schraubstock und ordentlich an der Wand aufgehängten Werkzeugen. Auf dem Boden lagen Holzspäne, auf einem Tisch mehrere halb fertige Gegenstände.

Rowland schloss umständlich die Werkstatttür, wobei er nicht die Hände benutzte, sondern sich mit Ellbogen und Schulter dagegenlehnte. Dann schaltete er, ohne sich zuvor zu erkundigen, ob sein Besucher einen Tee wollte, den elektrischen Wasserkocher an, der unmittelbar neben der Spüle unter dem rückwärtigen Fenster stand. Cooper fiel auf, dass die Haut des alten Mannes so durchscheinend war wie seine Hände. Man konnte die Adern in seinen Schläfen sehen, und das Licht vom Fenster schimmerte durch die Spitzen seiner Ohren.

»Natürlich erinnere ich mich an die abgestürzte Lancaster«,

sagte Rowland. »Ich erinnere mich an alle Abstürze, zu denen ich gerufen wurde, an jede einzelne Leiche und an jeden verletzten Flieger, den ich mit meinen Kameraden ins Tal getragen habe. So was vergisst man nicht. Und die Lancaster war am allerschlimmsten.«

»Erinnern Sie sich auch noch an die Aufregung um den kanadischen Piloten, der nie gefunden wurde?«

»Der ist abgehauen«, sagte Rowland. »McTeague, der Pilot. Mord war das, glatter Mord. Der Mann hat vier von seinen Leuten tot liegen lassen und einen, der im Sterben lag, und ist einfach abgehauen. Er hat sich keinen Pfifferling um seine Besatzung geschert.«

»Vielleicht stand er unter Schock. In solchen Situationen sind die Leute oft unberechenbar. Womöglich wusste er nicht einmal, wo er überhaupt war oder was passiert ist.«

Rowland schnaubte verächtlich. »Eins sag ich Ihnen: Wir hatten manchmal Männer, die sind im Lazarett aufgewacht und wussten nicht, warum sie dort waren, und an den Absturz haben sie sich schon gar nicht erinnert. Doch, so was gibt's. Aber das hier war anders.«

»Und wieso?«

Rowland ging zurück ins Vorderzimmer und setzte sich an den Tisch. Cooper folgte ihm und zuckte unwillkürlich zusammen, als er sah, welche Schmerzen dem alten Mann das Gehen bereitete.

»Er muss inzwischen gestorben sein«, sagte Rowland.

»Das weiß ich nicht.«

»Man soll ja nicht schlecht über die Toten reden. Ich würd's auch nicht wollen, dass die Leute schlecht über mich reden, wenn ich mal tot bin. Das wird nicht mehr lange dauern, deshalb denke ich wohl immer öfter dran.«

»Außer McTeague gab es bei dem Absturz nur einen einzigen anderen Überlebenden«, sagte Cooper.

»Und hat *der* was gesagt?«

»Nein.«

»Reine Loyalität. Der Käpt'n macht nichts falsch. So war das damals.«

Cooper nickte. »Da haben Sie Recht. So war das damals.«

»Ich dachte immer, sie finden ihn bald«, meinte Rowland. »Aber angeblich hat er es bis runter zur Straße geschafft, und von dort ist er dann per Anhalter weitergefahren. Hat seine Fliegerausrüstung weggeworfen und ist abgehauen.«

»Ein Lastwagenfahrer hat damals ausgesagt, er habe ein paar Stunden später auf der A6 einen Soldaten bis nach Derbyshire mitgenommen«, sagte Cooper. »Der Mann habe während der Fahrt kaum gesprochen, meinte er. Falls es McTeague war, gibt es keine plausible Erklärung dafür, wie er es von Harrop bis zur A6 geschafft haben soll.«

»Die Leute hier haben ständig Soldaten mitgenommen«, sagte Rowland. »So sind die Jungs immer nach Hause gekommen, wenn sie mal frei hatten, und auch wieder zurück zu ihren Stützpunkten. Alle haben das gemacht. Und niemand wäre auf die Idee gekommen, irgendwelche Fragen zu stellen.«

»Schon klar. Der Lastwagenfahrer hat später, als er von seiner Tour zurückkam, auch nur von dem vermissten Flieger gehört, weil er hier aus der Gegend stammte. Aber McTeague war ein Deserteur. Man hätte ihn suchen lassen.«

»Ein Deserteur? Vielleicht. Aber einer von Hunderten«, sagte Rowland. »Die Jungs haben sich pausenlos ohne Erlaubnis von der Truppe entfernt, aber das wurde nicht an die große Glocke gehängt. Schlecht für die Moral, wissen Sie. Man konnte doch nicht zulassen, dass die Öffentlichkeit dachte, unsere mutigen Jungs hätten die Hosen voll.«

»Damals waren ganz andere Zeiten, was?«, sagte Cooper. »Ein fremdes Land.«

Rowland nickte, wohl wissend, was Cooper damit andeuten wollte. »Das ist die Vergangenheit immer, sogar wenn man selber dabei war.«

Cooper schwieg eine Weile und wartete, bis der alte Mann weitere Erinnerungen zutage gefördert hatte. Er wusste, wie es mit lange zurückliegenden Erinnerungen war. Sie glichen einem gewaltigen Meer, das mit der Flut herantoste, dann aber die Küste kaum berührte und wieder zurückwich, so dass nur eine schmale feuchte Spur am Strand zurückblieb.

»McTeague«, wiederholte Rowland gedankenverloren. »Er hat seinen Leuten versprochen, Hilfe zu holen, aber er hat nur seine eigene Haut gerettet. Wäre er als Einziger gestorben und die anderen hätten überlebt, wäre das gerecht gewesen. Für das, was er getan hat, gibt es keine Entschuldigung. Absolut keine. Ich hoffe nur, dass ihn der Gedanke an die vier Toten sein Leben lang verfolgt hat.«

»Vielleicht war es ja so.«

Cooper unterdrückte ein Grinsen. Es hatte nicht viel gebraucht, um den alten Mann dazu zu bringen, seine eigene Regel zu brechen, nicht schlecht von den Toten zu reden.

»Zwei von der Besatzung waren doch Polen?«, sagte Rowland.

»Stimmt.«

»Mutige Burschen waren das. Haben zwar immer zusammengehockt, aber auch gut gekämpft. Die haben die Deutschen aus tiefstem Herzen gehasst. Aber die Russen haben sie auch gehasst. Überhaupt konnten die gut hassen, die polnischen Jungs. Hatten ihre Überzeugungen, und dabei blieben sie auch, da hätte man sich auf den Kopf stellen können. Und man hat nie gehört, dass einer von *denen* desertiert ist.«

»Sie haben für ein Ziel gekämpft, das sie ganz persönlich anging – sie wollten wieder in ihre Heimat und zurück zu ihren Familien. Wahrscheinlich weiß man in einer solchen Situation eher, warum man kämpft.«

»Aber sie sind nicht wieder in ihre Heimat zurückgegangen, jedenfalls nicht alle«, widersprach Rowland. »Viele sind hier geblieben. Wegen der Russen. Die Polen wollten kein kommunistisches Polen.«

»Und weil sie englische Mädchen geheiratet und hier eine neue Heimat gefunden haben.«

»Ja, das stimmt auch wieder, und das kann man ihnen nicht mal verdenken. Ich weiß noch, dass unsere Mädels ganz wild auf sie waren. Sie hatten so was ... irgendwie waren sie geheimnisvoll und romantisch, das auch. Na ja, so was mögen die Mädchen ja.«

»Vermutlich haben die britischen Soldaten ihnen das manchmal ein bisschen übel genommen.«

»Kann sein. Aber die Polen waren immer noch besser als die elenden Yankees. Wenn ich die Wahl hätte, würde ich mich jederzeit für 'n Polen entscheiden. Auf alle Fälle war ich froh, dass sie auf unserer Seite waren. Die hätte ich nicht gern als Feinde.«

»Nein«, bestätigte Cooper. »Sie vergessen wohl nicht so schnell, was man ihnen angetan hat.«

Rowland sah schweigend an ihm vorbei. Die Hände des alten Mannes krochen langsam auf dem Tisch aufeinander zu, als könnten sie einander durch die Berührung Erleichterung verschaffen. Cooper hörte den Wasserkocher in der Küche brodeln und dann das Klicken, als er sich abschaltete. Rowland rührte sich nicht.

»Sie wissen überhaupt nichts da drüber«, sagte er. »Sie sind nicht dabei gewesen, so wie ich. Sie mussten die Fetzen nicht aufsammeln. Und davon lagen jede Menge herum. Dieser Pole... Zygmunt hieß er. Den konnten wir noch retten, aber sein Cousin ... der ist gestorben.«

»Klemens Wach«, sagte Cooper.

»Genau. Haben Sie mit dem alten Zygmunt gesprochen?«

»Noch nicht.«

»Der wird Ihnen auch nicht viel sagen. Der nicht. Er wird Ihnen nicht erzählen, dass er damals, als wir ihn gefunden haben, seinen Cousin im Arm gehalten hat wie eine Mutter ihr Baby. Er wird Ihnen nicht sagen, dass der Arm seines Cousins an der Schulter abgetrennt war und dass Zygmunt ihn die ganze Zeit fest an den Körper gedrückt hat, und überall sprudelte das Blut in den Schnee. Sein Fliegeranzug war schon ganz durchtränkt. Zuerst haben wir gedacht, wir hätten zwei Tote gefunden, aber er lebte noch, grade eben so. Der Großteil von dem Blut stammte von seinem Cousin. Vielleicht glauben Sie jetzt, ich würde schlecht von McTeague denken. Aber stellen Sie sich nur mal vor, wie es erst dem alten Zygmunt gehen muss. Angeblich hat er all die Jahre nie darüber gesprochen. So was frisst einen Menschen auf. Er hat nicht vergessen, und er hat nicht verziehen. Glauben Sie mir, er hatte nur einen Wunsch im Leben – McTeague zu finden. Das ist doch logisch. Mir wär's genauso gegangen.«

Cooper nickte. »Ist außer mir noch jemand hier gewesen, um mit Ihnen darüber zu reden, Mr Rowland?«

»Wer denn?«

»Eine Frau aus Kanada namens Alison Morrissey vielleicht.«

»Ach, die?«

»War sie hier?«

»Nein, aber ein Kerl namens Baine. Ein Journalist. Er ist hier gewesen und hat was von einer Kanadierin erwähnt. Er hat gemeint, sie ist eine Verwandte von Fliegerleutnant McTeague.«

»Sie ist seine Enkelin.«

»Ich weiß nicht, was er sich davon verspricht, wenn sie sich mit mir unterhält«, sagte Rowland. »Ich kann ihr nicht mehr erzählen als Ihnen. Und ich glaube kaum, dass es das ist, was sie hören will.«

»Nein, das glaube ich auch nicht.«

»Na also. Ich werde die Frau nicht anlügen. Warum ist sie überhaupt hergekommen? Was ich ihr zu sagen habe, wird ihr nicht gefallen. Das habe ich Baine auch schon gesagt. Und wissen Sie, was er geantwortet hat?«

»Keine Ahnung.«

»Er sagte, vielleicht sei meine Erinnerung getrübt. Keine Ahnung, was ich damit anfangen soll. Meint er damit, ich soll lügen?«

»Sie können sich nur an das erinnern, was Sie gesehen und gehört haben«, sagte Cooper.

Rowland blickte ihn an, während sich sein Mund reflexartig unter den vertrauten Schmerzen verzog.

»Meinen Sie, ich soll mit ihr reden?«, sagte er. »Sind Sie deshalb gekommen?«

»Das ist ausschließlich Ihre Entscheidung«, sagte Cooper. »Es geht mich absolut nichts an.«

»Ach nein?«

Rowland versuchte seine Hände in den Schoß zu legen, schien jedoch keine bequeme Haltung zu finden. Unruhig rutschte er auf seinem Stuhl hin und her, als wollte er Cooper auf diese Weise wissen lassen, dass es allmählich Zeit wurde zu gehen.

»Nach dem Absturz müssen eine Menge Leute dort oben gewesen sein«, sagte Cooper. »Die Leute von der Bergrettung, die Polizei, eine Untersuchungskommission von der RAF…«

»Ja, die waren alle da. Und die Home Guard«, sagte Rowland. »Erinnern Sie sich an die Home Guard?«

»So weit kann ich mich nicht zurückerinnern, Mr Rowland.«

»Ach ja, dazu sind Sie wohl zu jung. Wie die meisten Leute heutzutage. Die Home Guard, das waren die Burschen, die zu alt oder nicht gesund genug fürs Militär waren. Einige davon waren auch berufsbedingt zurückgestellt: Bauern, Bergarbeiter und so. Die Jungs von der Home Guard hätten auf das Wrack aufpassen sollen, haben es aber damit nicht allzu genau genommen.«

»Könnte von denen noch jemand am Leben sein?«

»Niemals, schon längst nicht mehr. All das ist siebenundfünfzig Jahre her, verstehen Sie? Von uns ist kaum noch jemand übrig, nur solche wie ich, die damals noch ganz junge Männer waren. Die anderen betrachten sich die Radieschen längst von unten. Nur ich erinnere mich noch an den Absturz, ich und der Pole, Zygmunt. Und George Malkin.«

»Kennen Sie Malkin?«

»Aber ja, ich erinnere mich an die Malkin-Jungs. Die waren damals noch Kinder. Wohnten auf einem Hof drüben beim Blackbrook-Reservoir, gleich auf der anderen Seite vom Heidemoor. Ich weiß noch, dass sie immer oben am Irontongue Hill herumgestromert sind. Wir mussten sie ein- oder zweimal vom Wrack wegjagen. Am Ende ist dann ihr Vater gekommen und hat sie mit nach Hause genommen. Das waren zwei neugierige Bürschchen, einer wie der andere, und ständig auf Abenteuer aus.«

»Für ein Kind muss ein abgestürztes Flugzeug ein ziemliches Abenteuer gewesen sein.«

»Ja, ja, die Malkin-Jungs«, sagte Rowland, »die haben sich überall rumgetrieben. Ihr Vater hat ihnen beigebracht, allein klarzukommen. So was lernen die Kinder heutzutage nicht mehr – Selbstständigkeit.« Rowland schüttelte den Kopf. »Wenn Sie mich fragen, versauen die gerade eine ganze Generation.«

Coopers Fragen schienen Rowlands Erinnerung wieder geweckt zu haben. Er starrte ins Leere – der Blick eines Mannes, der sich an eine Zeit erinnerte, in der ihn sein Land noch gebraucht und nicht achtlos beiseite geschoben hatte.

»Diese Polen«, fuhr er fort. »Wissen Sie, wie die Großbritannien immer genannt haben? Ich meine die Polen, die von Frankreich rübergekommen sind, um hier weiterzukämpfen, als dort die Deutschen einmarschiert waren?«

Cooper schüttelte den Kopf. »Keine Ahnung.«

»Sie wussten, dass es nach Großbritannien keinen Ort mehr gab, wo sie hinkonnten«, sagte Rowland. »Kein Land, von wo aus sie gegen Hitler kämpfen konnten. Deshalb haben sie uns ›Insel der letzten Hoffnung‹ genannt.«

17

Inzwischen nannten manche Beamte die beiden Detective Chief Inspectors von Edendale bereits »Tweedledum« und »Tweedledee«, weil man sie nur selten zu sehen bekam, es sei denn, sie saßen Seite an Seite am Kopfende einer Einsatzbesprechung. Alle wussten, dass sich ein Ermittlungsleiter, der ein Schwerverbrechen aufzuklären hatte, nicht mit den Niederungen des Tagesgeschäfts befasste. Manchmal, wie zum Beispiel jetzt, schien der Ermittlungsleiter allerdings jegliche Tuchfühlung mit dem verloren zu haben, was sich in den untersten Rängen abspielte.

»Was für ein Auto ist das?«, fragte DCI Kessen, als Fry sich mit leichter Verspätung in die Besprechung schlich und ganz hinten Platz nahm. Was ihr jedoch nicht besonders viel nutzte, da die meisten Stühle vor ihr leer waren. Sowohl Cooper als auch Murfin fehlten heute Morgen.

»Edward Kemps Auto«, erläuterte DI Hitchens. »Der Hauptverdächtige des zweifachen tätlichen Angriffs. Der Isuzu Trooper mit der Fensterputzerausrüstung.«

Fry fiel auf, dass sich die anwesenden Beamten in zwei Gruppen aufgeteilt hatten und wie gegnerische Mannschaften auf verschiedenen Seiten des Raums saßen, mit den beiden DCIs als Mannschaftsführern. Anfangs dachte Fry, es handele sich vielleicht um eine Übung zur Gruppenbildung. Doch dann ging ihr auf, dass sich alle einfach nur möglichst nahe an die Heizkörper gesetzt hatten, deren Wärme nicht bis in die Zimmermitte reichte. Dort pfiff die eiskalte Zugluft von der Tür aus quer durch den Raum bis zu Tweedledum und Tweedledee, deren Position es ihnen jedoch verbot, näher an die Wärmequellen heranzurücken.

Fry zückte ihr Notizbuch und tippte mit dem Kugelschreiber darauf. Da so wenige Beamte für die Befragungen zur Verfügung standen, kamen ihr die regelmäßigen Besprechungen wie Zeitverschwendung vor, insbesondere dann, wenn man gleichzeitig zwei Chefs auf dem Laufenden halten musste. Eigentlich müsste sie draußen auf der Straße sein und die Ermittlungen vorantreiben, potenzielle Schläger verhören und ein verschwundenes Baby suchen. Ganz oben auf ihrem Zettel standen zwei Worte – »Mehr Personal?« – und waren dick unterstrichen.

»Wegen des Zeitfensters suchen wir nach einem Allrader«, sagte Hitchens. »Wir gehen davon aus, dass die Leiche erst in der Haltebucht deponiert wurde, nachdem der Pass wegen des Schnees gesperrt worden war.«

»Aha.«

»Die Spurensicherung ist noch mit dem Isuzu beschäftigt. Kemps Frau sagt, ihr Mann sei die ganze Nacht weg gewesen, und das Auto auch. Detective Cooper hat ein paar Rollen blaue Plastikplane entdeckt, in die der Tote möglicherweise beim Transport eingewickelt gewesen war.«

»Richtig.«

»Cooper hat Edward Kemp am darauf folgenden Morgen als Verdächtigen im Fall des zweifachen tätlichen Angriffs festgenommen. Kemp wurde von Zeugen als einer der vier Männer identifiziert, die für den Angriff verantwortlich sind. Aber er wurde auf Kaution wieder freigelassen.«

»Freigelassen?«

»Wir können ihn jederzeit ausfindig machen«, erwiderte Hitchens zuversichtlich.

»Aber wir suchen doch immer noch die drei anderen Verdächtigen, oder nicht?«, fragte Tailby.

»Wenn man das ›suchen‹ nennen kann«, antwortete Hitchens. »Wir haben ein paar Leute am Telefon sitzen und hoffen, dass uns die Öffentlichkeit die Suche abnimmt. Ich weiß, dass DS Fry ebenso wie wir alle gehofft hat, dass wir Verstärkung zugeteilt bekommen.«

Diese Bemerkung schien über die Köpfe der beiden DCIs hinwegzufegen wie eine Brise, die nicht einmal Tailbys Haar zersauste. Es sah aus, als rückten Tweedledee und Tweedledum lediglich ein bisschen näher zusammen.

»Dazu ist noch einiges an Überzeugungsarbeit nötig«, sagte Tailby. »Es ist ziemlich optimistisch, davon auszugehen, dass Kemp uns bei der Lösung beider Fälle behilflich ist. Nicht, dass ich ihm nicht dankbar wäre, aber diese Hoffnung ist zu unrealistisch.«

Fry hob die Hand.

»Ah, Sergeant Fry«, sagte Kessen. »Was bringen Sie uns für gute Nachrichten?«

Fry unterrichtete die Anwesenden kurz über die Befragung von Mrs Tennent.

»Ich muss auch gleich wieder weg«, sagte sie. »Ich will bei Kemp vorbeischauen. Natürlich ist sonst wieder niemand frei, der das übernehmen könnte.«

»Das verschwundene Baby?«, fragte Tailby. »Das käme uns ja sehr gelegen, was? Drei Fälle auf einen Schlag. Ich glaube, mich interessieren eher die Kleidungsstücke. Sie könnten uns aussagekräftige Hinweise liefern.«

Die Kleidungsstücke, die die Polizisten im Bach gefunden hatten, lagen in Plastiktüten verpackt vor ihnen. Es waren mehrere Hemden, zwei lange Hosen, Unterwäsche, ein dunkelblauer Pullover und drei oder vier einzelne Socken. Man hatte sie an der Luft getrocknet und sorgfältig auf Spuren von Blut, Schweiß und anderen Substanzen, die zu einer Identifikation führen konnten, untersucht.

»Anfangs waren wir ziemlich sicher, dass sie dem Schneemann gehört haben«, sagte Hitchens. »Die Hemden haben eine ähnliche Qualität wie das, das er trug.«

»Aber …?«

»Die Größe stimmt nicht.«

»Verdammt.« Tailby verzog ärgerlich das Gesicht. »Wollen Sie damit sagen, dass irgendein Idiot einfach so zum Spaß seine Klamotten in der Gegend verstreut? Machen die Leute das eigentlich absichtlich, um uns die Zeit zu stehlen?«

»Nach allem, was wir wissen, könnten die Kleidungsstücke trotzdem aus der blauen Reisetasche stammen«, entgegnete Hitchens.

»Aber wenn die Größe nicht stimmt …«

»Wir wissen nicht, ob die Tasche tatsächlich dem Schneemann gehört hat. In der Parkbucht lag auch einiger anderer Müll herum.«

»Das stimmt auch wieder.«

»Auf jeden Fall haben wir das hier«, sagte Hitchens. »Wir haben es in seiner Manteltasche gefunden.«

Er hielt eine kleinere Tüte in die Höhe, deren Inhalt so klein war, dass sich die Beamten, die ein paar Meter weiter weg saßen, vorbeugen mussten, um überhaupt etwas zu erkennen.

»Es ist im Schnee ein bisschen nass geworden, aber zum Glück ist der Druck so gut, dass man es noch lesen kann. Abgesehen von dem Besuch, den der Schneemann am Montag vermutlich im Woodland Crescent gemacht hat, ist das hier unsere bisher heißeste Spur, Leute.«

»Was ist das?«, fragte Fry.

»Eine Eintrittskarte. Für ein Luftfahrtmuseum in einem Ort namens Leadenhall.«

Beim Verlassen von Walter Rowlands Haus spazierte Ben Cooper geradewegs in ein äußerst peinliches *Déjà vu* hinein – draußen auf der Straße stand Alison Morrissey mit in den Manteltaschen vergrabenen Händen, während ein Stück von ihr entfernt Frank Baine an einem schwarzen Ford Kombi lehnte.

Morrissey musterte Cooper, der zu seinem Wagen ging. Einen trügerischen Moment lang glaubte er, er käme davon, ohne mit ihr reden zu müssen.

»Detective Cooper, stimmt's?«, sagte sie. »Kann ich kurz mit Ihnen sprechen?«

Cooper zog seinen Mantelkragen enger. »Ist das eine zufällige Begegnung?«, fragte er.

»Nein«, antwortete Morrissey. »Frank wohnt hier um die Ecke und hat Sie kommen sehen, deshalb hat er mich angerufen. Ich habe gewartet, bis Sie wieder herauskommen.«

Obwohl ihre Miene keine Regung verriet, glaubte er nicht, dass sie sich besonders über die Begegnung freute. Vielleicht war ihr Gesicht nur rot vor Kälte, vielleicht aber auch vor Zorn.

»Mir ist klar geworden, dass mir die hiesige Polizei nicht helfen will«, sagte sie. »Aber ich wusste nicht, dass Sie sich in meine Angelegenheiten einmischen und versuchen würden, mich bei meinem Vorhaben zu behindern.«

»Das hatte ich auch nicht vor«, gab Cooper zurück.

»Ach nein? Ich finde aber, es sieht verdammt danach aus. Zuerst treffe ich Sie bei den Lukasz', und jetzt tauchen Sie hier auf und reden mit den Leuten, mit denen ich mich unterhalten will.«

»Ich hatte nicht vor, Sie an irgendetwas zu hindern.«

»Vermutlich haben Ihnen Ihre Vorgesetzten Anweisungen gegeben, mich im Auge zu behalten, damit ich keinen Ärger mache.«

»Absolut nicht.«

»Aber Sie haben die Lukasz' aufgesucht. Wahrscheinlich haben Sie mit dem alten Mann gesprochen, mit Zygmunt. Und wahrscheinlich haben Sie die Familie davor gewarnt, mit mir zu reden.«

»Warum sollte ich?«

»Befehl von oben, vermutlich. Ich war enttäuscht, als ich gemerkt habe, dass mich die Polizei nicht unterstützen will. Aber ich hätte nie gedacht, dass man mich aktiv behindert.«

Beschämt versuchte Cooper sich weiter auf sein Auto zuzuschieben, das am steilsten Stück der Straße geparkt stand, aber Morrissey wich nicht von seiner Seite.

»Ich will Ihnen mal was sagen, Detective Cooper«, fuhr sie unbeirrt fort. »Ihre Versuche, mich zu behindern, bewirken genau das Gegenteil. Jetzt bin ich noch viel mehr daran interessiert, die Wahrheit herauszufinden. So bin ich nun mal, schon immer gewesen. Ich mache meistens das Gegenteil von dem, wozu mich jemand bringen will.«

»Es ist mir nicht gelungen, mit Zygmunt Lukasz zu sprechen«, sagte Cooper.

»Ach nein?«

»Nein.«

Sie zögerte, als wüsste sie nicht genau, ob sie ihm glauben sollte. »Aber Sie haben lange mit seiner Familie geplaudert, nehme ich an.«

»Ich war wegen einer anderen Angelegenheit dort.«

Sobald er die Worte ausgesprochen hatte, spürte Cooper, wie wenig überzeugend sie sich anhörten. Morrissey warf ihm einen verächtlichen Blick zu.

»Ich weiß nicht, warum Sie sich die Mühe machen, mich anzulügen. Und das, wo ich Sie gerade eben auch noch vor Mr Rowlands Haus angetroffen habe. Oder wollen Sie mir etwa erzählen, Sie seien auch bei ihm wegen etwas anderem gewesen? Das wäre jetzt aber wirklich ein Riesenzufall!«

»Ich habe das Gefühl, es ist ziemlich sinnlos, Ihnen überhaupt etwas zu erzählen, Miss Morrissey. Ich sehe, dass Sie mir sowieso nicht glauben.«

Cooper hatte schon fast seinen Wagen erreicht, doch Morrissey war schneller und schaffte es, ihn zu überholen. Dicht vor ihm blieb sie stehen. Zu dicht für Coopers Geschmack.

»Ich habe keinen Anlass, Ihnen zu glauben«, sagte sie. »Aber nehmen Sie bitte zur Kenntnis, dass ich niemals aufgebe, ganz egal, was Sie tun. Ich habe es nicht eilig, nach Toronto zurückzufliegen. Nicht im Geringsten. Ich bleibe hier in Derbyshire, so lange es eben sein muss. Ich versuche weiterhin alles, um Zygmunt Lukasz und Walter Rowland kleinzukriegen. Und am Ende schaffe ich das auch. Und Sie, Detective Cooper, kriege ich ganz bestimmt noch klein.«

Cooper knöpfte seinen Mantel zu. Das brauchte er sich von ihr nicht anzuhören. Diane Fry machte ihm schon genügend zu schaffen, denn auch sie verstand sich wunderbar darauf, ihn kleinzukriegen.

»Ich muss jetzt los. Ich habe zu tun«, sagte er.

»Zweifellos«, sagte Morrissey. »Personalmangel, stimmt's?«

»Sehr richtig. Deshalb hat der Boss auch gesagt, dass wir Ihnen nicht helfen können. Ehrlich gesagt glaube ich, dass er Sie inzwischen längst vergessen hat. Er muss sich über genug andere Dinge Gedanken machen. Über *wichtige* Dinge.«

»Herzlichen Dank.« Sie musterte ihn forschend, ehe sie die schroffe Bemerkung endlich davon zu überzeugen schien, dass er womöglich doch die Wahrheit sagte. »Und wozu dann das Ganze?«

»Wie bitte?«

»Warum tauchen Sie überall auf, wo ich bin, und stellen den Leuten Fragen?«

Cooper wusste nicht, was er antworten sollte. Er hatte selbst keine Ahnung. Vielleicht hatte es etwas damit zu tun, dass ihn Familiensinn in jeder Form faszinierte, jene Art von Loyalität, die das Leben anderer Menschen bestimmte. Immer wenn er ihn bei anderen sah, verspürte er das Bedürfnis, ihn zu begreifen. Bei den Lukasz' erkannte er ihn ganz deutlich, ebenso wie bei Alison Morrissey.

Morrissey sah ihn immer noch an. »Sie sind ein seltsamer Polizist. Ich werde nicht richtig schlau aus Ihnen.«

Cooper neigte den Kopf. »Von mir haben Sie nichts zu befürchten«, erwiderte er.

»Dann hat Walter Rowland also mit Ihnen gesprochen?«

»Ja.«

»Mit Ihnen sprechen die Leute. Mir würden sie nicht mal verraten, wie spät es ist. Für sie bin ich eine Bedrohung. Sie nicht. Das ist doch merkwürdig. Warum ist ein Polizist keine Bedrohung für sie?«

Cooper zuckte nur die Achseln.

»Was hat er Ihnen erzählt?«

»Wer?«

»Rowland natürlich. Was hat er Ihnen erzählt?«

»Sie wissen doch überhaupt nicht, was ich ihn gefragt habe.«

»Das nicht, aber ich bin mir ziemlich sicher, dass es etwas mit dem Absturz zu tun hatte.«

»Nicht direkt.«

Morrissey fixierte ihn mit ihren grauen Augen. »Sie könnten mir helfen.«

»Ach ja?«

»Na ja, wenn Sie mich angeblich nicht behindern wollen, gibt es keinen Grund, weshalb Sie mir nicht helfen sollten. Mit mir wollen die Leute nicht reden, mit Ihnen aber schon. Sie könnten sie dazu bringen, die Wahrheit zu sagen.«

»Miss Morrissey, mein Boss hat Ihnen bereits erklärt…«

»Ja, ja. Kein Personal. Seine Beamten haben keine Zeit. Bla bla bla. Aber Sie verbringen doch ohnehin schon Ihre Zeit damit, obwohl ich keine Ahnung habe, weshalb. Und wenn Sie sich doch ohnehin mit Lukasz und Rowland beschäftigen, nehme ich keine der wertvollen personellen Ressourcen Ihres Chefs in Anspruch, oder?«

»Tut mir Leid, ich kann Ihnen nicht helfen.«

»Ihr Chef hat gesagt, er würde mir helfen, wenn er könnte.«

Cooper wäre am liebsten einfach in seinen Wagen gestiegen und weggefahren, aber irgendetwas hielt ihn davon ab. Er wusste, dass Morrissey noch nicht alles gesagt hatte, was sie sich vorgenommen hatte. Jetzt machte sie einen kleinen Schritt auf ihn zu und legte ihm die Hand auf den Arm.

»Geben Sie mir doch wenigstens eine Chance, Ihnen zu erklären, weshalb mir die Angelegenheit so wichtig ist«, bat sie.

Cooper zögerte. Er hätte zu gern »ja« gesagt. Er hätte zu gern ihre Erklärung gehört und erfahren, was in ihr vorging, hätte gern an ihrer Leidenschaft, die Wahrheit herauszufinden, teilgehabt. Stattdessen zog er seine Handschuhe an.

»Ich habe leider keine Zeit«, sagte er.

Diane Fry und Gavin Murfin fuhren nach Buttercross und parkten vor einem Antiquitätenladen. Ein halbes Dutzend uniformierter Polizisten sollte sich mit ihnen vor Eddie Kemps Haus treffen, das sie in der Hoffnung, eine Spur von Chloe zu finden, durchsuchen würden.

Fry hatte beschlossen, vor Decker und Miller, Antiquitäten und Sammlerstücke, zu parken. Von hier aus sah sie Ben Coopers roten Toyota ein Stück weiter oben an einer steilen Kopfsteinpflasterstraße stehen, die immer noch mit festgebackenem Schnee bedeckt war. Ihr Peugeot hätte es niemals dort hinaufgeschafft. Als sie ihn gekauft hatte, war sie nicht auf die Idee gekommen, dass sie einmal einen Wagen mit Allradantrieb gebrauchen könnte.

Noch weiter oben, am Ende der Straße, stand Ben Cooper in seinen dicksohligen Stiefeln und dem lächerlichen Wilderermantel. Er unterhielt sich mit einer Frau, die Fry nicht bekannt vorkam. Sie trug eine rote Jacke und schwarze Jeans und hatte sich das dunkle Haar hinter die Ohren gestrichen. Aus Coopers Haltung und seinen Gesten schloss Fry, dass die Frau nichts mit der Ermittlung zu tun hatte, mit der er eigentlich beauftragt war. Sogar von weitem sah sie, wie sich seine Ohren rosig färbten. Wahrscheinlich handelte es sich bei der Frau um eine alte Flamme, die er zufällig getroffen hatte – zumindest war das die nachsichtigste Interpretation. Falls er sich mit ihr während der Dienstzeit verabredet hatte, würde sie ihm gehörig die Leviten lesen. Er trödelte ohnedies schon genug herum.

Fry schlug die Autotür zu und marschierte los, doch ihre Schuhe waren für vereistes Kopfsteinpflaster denkbar ungeeignet. Kaum hatte sie den Fuß auf die steile Straße gesetzt, rutschte sie aus und musste sich an dem eisernen Handlauf an der Hauswand festhalten, um sich wieder hochzuziehen. Sie war so damit beschäftigt, auf den Beinen zu bleiben, dass sie die Frau neben Cooper nicht weggehen sah. Als sie den Kopf wieder hob, stand Cooper allein vor seinem Wagen und blickte ihr entgegen.

»Mit wem hast du dich da eben unterhalten?«

»Mit niemand Besonderem.«

»Du hast kein Recht, dich mit niemand Besonderem zu unterhalten, Ben. Verdammt noch mal, du sollst doch potenzielle Zeugen befragen.«

»Schon erledigt.«

»Und? Was haben sie gesagt?«

»›Wir wissen nichts, und wenn wir etwas wüssten, würden wir es Ihnen nicht sagen.‹ Wenn du den genauen Wortlaut brauchst, warte auf meinen Bericht.«

Fry ließ das Geländer los, um eine eindeutige Handbewegung zu machen, die sie jedoch nicht zu Ende führen konnte, da sie das Gleichgewicht verlor und schon wieder nach hinten wegrutschte. Sie griff nach dem nächstbesten Halt – zufällig der Seitenspiegel von Coopers Toyota. Er klappte nach innen, verhinderte aber immerhin, dass sie kopfüber die steile Straße hinunterstürzte. Cooper machte einen Schritt auf sie zu, als wollte er ihr helfen, aber sie funkelte ihn so wütend an, dass er die Hand wieder sinken ließ.

»Du solltest dir rutschfeste Schuhe mit einem ordentlichen Profil zulegen«, sagte er. »Wenn du nicht aufpasst, kannst du dich bald der Rücken- und Knöchelbrigade anschließen. Und das können wir uns nicht leisten. Wie sollen wir dann zurechtkommen?«

Fry biss sich auf die Lippe. »Wenn du damit fertig bist, irgendwelche Frauen anzuquatschen, die dir über den Weg laufen, könntest du vielleicht deine Schneetreter und deinen Allrader in Richtung Kemps Haus in Bewegung setzen. Dort habe ich noch eine Aufgabe für dich.«

Fry wollte sich umdrehen, rutschte jedoch erneut aus und musste sich noch verzweifelter an Coopers Wagen festhalten. Sie warf einen Blick auf den abschüssigen Weg. Sie hatte das Gefühl, als stünde sie ohne Skier an der Bergstation eines endlosen Skihanges.

»Vielleicht hältst du dich einfach weiter an meinem Wagen fest«, meinte Cooper. »Dann nehme ich dich ins Schlepptau.«

Vicky Kemp sah aus, als wunderte sie sich nicht im Geringsten über die Polizei vor ihrer Tür. Als sie die Ausweise der Detectives und die uniformierten Beamten hinter ihnen sah, fuhr sie sich erschöpft mit der Hand übers Gesicht und forderte die Männer auf, in den Flur zu treten, damit sie die Tür hinter ihnen schließen konnte und nicht noch mehr Kälte ins Haus drang.

»Er ist natürlich nicht da«, sagte sie.

»Ihr Mann?«, fragte Diane Fry.

»Ich habe Eddie seit gestern Morgen nicht mehr gesehen.«

»Wo ist er hin?«

»Er hat nur gesagt, dass er sich eine Weile verzieht. Er hat gemeint, ihr kommt bestimmt wieder und macht ihm noch mehr Ärger. Und er hat Recht gehabt.«

»Wir sind nicht diejenigen, die Ärger machen, Mrs Kemp«, sagte Fry.

»Was? Ihr habt ihm sein Auto weggenommen. Wie soll er jetzt arbeiten? Wie soll er unseren Lebensunterhalt verdienen? Es ist auch so schon schwer genug. Den ganzen Tag lässt er mich Umschläge für eine von diesen Heimarbeitsfirmen voll stopfen. Es ist furchtbar. Aber sonst hätten wir überhaupt kein Geld zum Leben, also mach ich's eben.«

»Haben Sie Kinder?«

»Einen Sohn. Lee. Er ist zwölf.«

»Dann ist er jetzt wahrscheinlich in der Schule.«

»Kann sein.«

Fry hob eine Augenbraue. »Vielleicht haben Sie gehört, dass wir nach einem verschwundenen Baby suchen«, sagte sie.

»Kam ja gestern in den Regionalnachrichten«, erwiderte Mrs Kemp. »Chloe. Ist erst ein paar Wochen alt, stimmt's? Armes Ding. Heutzutage weiß man nie, was unseren Kindern so alles zustoßen kann.«

»Können Sie uns etwas über den Verbleib des Babys sagen?«, fragte Cooper.

»*Ich?* Wieso denn ich?«

»Chloes Mutter ist Marie Tennent. Soweit wir wissen, hat Ihr Mann eine Zeit lang mit ihr zusammengelebt.«

»Oh.« Mrs Kemps Augen huschten nervös hin und her, als wüsste sie nicht genau, welche Reaktion von ihr erwartet wurde. »Es ist ihr Kind, stimmt's? Ich hab's mir schon halb gedacht. Ziemlich ungewöhnlicher Name für diese Gegend.«

»Dann wissen Sie also von der Affäre Ihres Mannes mit Miss Tennent?«

»Vor anderthalb Jahren lief es zwischen Eddie und mir nicht so gut, deshalb ist Eddie eine Weile ausgezogen. Ich wusste, dass er bei ihr war. In dieser Stadt reiben einem die Leute so was ziemlich schnell unter die Nase. Aber er ist zu mir zurückgekommen, und seit etwa einem halben Jahr sind wir wieder zusammen. Er wusste, dass es für Lee das Beste ist, wenn er zurückkommt. Eddie ist sehr stolz auf seinen Jungen. Also haben wir uns wieder zusammengerauft.«

»Seit etwa einem halben Jahr?«

»Seit Juli.«

Fry und Cooper sahen Mrs Kemp an, die den Blick der beiden Beamten neugierig erwiderte, bis es ihr allmählich dämmerte. »Sie meinen … Eddie ist der Vater von dem Baby? Wollen Sie darauf hinaus?«

»Es wäre eine Möglichkeit«, sagte Cooper.

»Dieser Mistkerl!«, sagte sie. »Davon hat er mir nichts gesagt.«

»Er hat nie von einem Baby gesprochen? Haben Sie nichts gesehen, was auf ein Baby hindeuten könnte?«

»Hier nicht«, antwortete Mrs Kemp. »Er hat es nicht hierher gebracht. Eddie? Wieso auch?«

»Wenn das Kind sein …«

»Nicht hierher!«, unterbrach Mrs Kemp bestimmt. »In dem Fall hätte ich ihn sofort wieder vor die Tür gesetzt, das können Sie mir glauben.«

»Wir müssen uns ein wenig im Haus umsehen.«

»Hab ich mir schon gedacht.«

»Und Sie haben wirklich keine Ahnung, wo Ihr Mann hingegangen sein könnte?«

»Keinen blassen Schimmer.«

»Was vermuten Sie denn, wo er ist? Bei einem Freund? Vielleicht bei Verwandten?«

»Keine Ahnung«, sagte sie.

»Und mit wem ist er weggegangen?«

»Wahrscheinlich mit einem von seinen Freunden«, erwiderte sie. »Er ist runter in den Pub, um sich dort mit ihnen zu treffen. ›The Vine‹, da gehen sie immer hin. Aber mehr kann ich Ihnen auch nicht sagen.«

»Er hat gegen seine Kautionsbedingungen verstoßen, Mrs Kemp. Wollen Sie uns nicht sagen, wie seine Freunde heißen?«

Mrs Kemp überlegte kurz. Vielleicht stellte sie sich Marie Tennent und das verschwundene Baby vor. »Ich denk drüber nach«, sagte sie.

Diane Fry sah den Beamten ein paar Minuten lang dabei zu, wie sie Haus und Garten der Kemps durchsuchten, dann wurde sie ungeduldig. Vicky Kemp zeigte keinerlei Interesse am Geschehen, außer dass sie den Beamten überallhin folgte, um Kissen aufzuschütteln und unsichtbare Fingerabdrücke von

Schranktüren zu wischen. Fry winkte Ben nach draußen und rief in der Zentrale an, um Eddie Kemps Verstoß gegen die Kautionsbedingungen durchzugeben. Eddie war verpflichtet, sich an seiner Wohnadresse aufzuhalten, damit er bei Bedarf leicht zu finden war. Wenn er jetzt aufgegriffen wurde, kam er sofort wieder in Haft.

»Ben«, sagte sie. »Hast du schon mal vom Luftfahrtmuseum Leadenhall gehört?«

Cooper sah sie verblüfft an. »Wo soll das sein?«

»In Leadenhall.«

»Leadenhall?«

»Wirst du langsam taub, oder was? Hast du Schnee in den Ohren? In Nottinghamshire war früher offenbar ein Luftwaffenstützpunkt namens Leadenhall, aber heute steht dort ein Luftfahrtmuseum.«

»Ich habe erst kürzlich zum ersten Mal davon gehört«, sagte Cooper. »Nicht von dem Museum, sondern von dem Flugplatz.«

»Ach ja? In welchem Zusammenhang denn?«

»Leadenhall war der Heimatflughafen von Sugar Uncle Victor. Dem Bomber von Fliegerleutnant Danny McTeague und seiner Mannschaft.«

»Aha. Du redest schon wieder von Miss Morrissey«, sagte Fry.

»Ja.«

»Es ist nicht zu fassen. Wieso hakst du die Angelegenheit nicht endlich ab?«

»Ich kann nichts dafür. Du hast mich nach Leadenhall gefragt, und in genau diesem Zusammenhang habe ich den Namen gehört. Von Alison Morrissey und ihrem Journalistenfreund, Frank Baine. McTeagues Lancaster war unterwegs von Leadenhall zu einem Flugplatz in Lancashire, als sie am Irontongue Hill zerschellte.«

»Ben, ich arbeite an einem Fall, der mit dem Flugzeugmuseum zu tun hat. Ich rede vom Hier und Jetzt, nicht von einem Unglück, das vor einem halben Jahrhundert passiert ist. Du bist ja völlig besessen von der Vergangenheit.«

»Geht es in Museen nicht genau darum – ich meine, um die Vergangenheit? Außerdem solltest du das Baby nicht vergessen. Die Tatsache, dass es an der Absturzstelle gefunden wurde, lässt ebenfalls auf einen gewissen Zusammenhang schließen, meinst du nicht auch?«

Sie seufzte. »Na schön. Wo liegt dieses Leadenhall? Ich nehme an, mit deiner gewohnten Gründlichkeit bei Dingen, die dich wirklich interessieren, hast du dieses Kaff bereits präzise lokalisiert. Wahrscheinlich kannst du mir sogar die genauen Koordinaten auf der Landkarte *und* die Flugrichtung nennen, die dein Pilot aus dem Zweiten Weltkrieg hätte einschlagen müssen.«

»Es liegt bei Newark, in der Nähe vom Trent Valley in Nottinghamshire.«

»Würdest du hinfinden?«

»Selbstverständlich. Warum?«

»Weil wir heute Nachmittag hinfahren.«

»Was ist mit Eddie Kemp und dem Baby?«

»Gavin und der Suchtrupp kommen hier schon zurecht. Es liegt auf der Hand, dass sie Chloe nicht hier in der Obhut von Vicky Kemp finden. Ihren liebenden Gatten werden wir demnächst schon schnappen. Du weißt so gut wie ich, dass es witzlos ist, hier weiter herumzustehen.«

»Richtig. Aber Leadenhall ...«

Fry würgte seine Einwände mit einer Handbewegung ab. Sie dachte nicht daran, die Gelegenheit, irgendwohin zu fahren und endlich etwas zu unternehmen, ungenutzt verstreichen zu lassen.

»Wir folgen der Spur des Schneemanns«, sagte sie.

18

Das Flugzeugmuseum Leadenhall hatte während der Wintermonate nicht täglich geöffnet, aber es war offensichtlich, dass auch sonst nicht viele Besucher kamen. Diane Fry und Ben Cooper fanden die Tore offen, und ein paar Freiwillige nutzten die Besucherflaute zur Wartung und Restaurierung der Flugzeuge.

In dem tiefen, düsteren Haupthangar stand eine mit Seilen abgesperrte Spitfire, deren Panzerung rings um die Schnauze abgebaut worden war. Ein Mann im blauen Overall hantierte mit einem Schraubenschlüssel in den Tiefen des Motors herum. Das Klirren von Metall auf Metall hallte im Hangar wider wie ein Kieselstein, der auf den Grund eines tiefen Brunnenschachtes fällt.

Eine zweimotorige Vickers Wellington schien die Hauptattraktion zu sein. Cooper trat an die Informationstafel unter der Nase der Maschine. Dieser Bomber aus dem Zweiten Weltkrieg war aus einem entlegenen norwegischen Fjord geborgen worden, in den er 1941 gestürzt war, nachdem ihn ein deutsches Kampfflugzeug schwer beschädigt hatte. Das Segeltuch über seinem Rumpf war größtenteils weggerissen, darunter lag eine gitterartige Metallstruktur frei, außerdem konnte man einen Teil der Kanzel und den Kartentisch des Navigators sehen. Die Oberflächen des Flugzeuges waren tarngrün gestrichen, nur die Unterseite, die man gegen den Himmel sehen konnte, war schwarz.

Selbst in dieser Umgebung machte die Wellington einen wuchtigen Eindruck und erinnerte Cooper an etwas. Der Informationstafel hatte er entnommen, dass die Wellington-Bomber liebevoll »Wimpeys« genannt worden waren – nach einer pausenlos Hamburger futternden Gestalt aus den Popeye-Zeichentrickfilmen. Den Eindruck, den die Maschine auf ihn machte, war weit von der Drolligkeit eines Zeichentrickfilms entfernt. Der Vergleich, nach dem er suchte, war eher etwas Animalisches.

Nachdem sie ein paar Schritte gegangen waren, drehte sich Cooper noch einmal nach der Wellington um. Die Plexiglasscheiben der Kanzel sahen aus wie zwei dunkle Augen, die über die lang gezogene Nase und über den vorderen Geschützturm in den Himmel jenseits der Hangarwände zu starren schienen. Für Cooper lag in diesem Anblick absolut nichts Heimeliges oder Nostalgisches. Für ihn besaß das Flugzeug eine Schnauze wie ein blutgieriger Jagdhund.

»Wann soll der Schneemann hier gewesen sein, Diane?«, erkundigte er sich.

Fry blieb neben der Schiebetür des Hangars vor mehreren Schautafeln mit Zeitungsberichten über Luftschlachten im Zweiten Weltkrieg stehen. *Spitfire-Jagdgeschwader vernichtet acht Messerschmitts über Ärmelkanal.*

»Am Sonntag, den 6. Januar.«

»Wahrscheinlich am Tag vor seiner Ermordung.«

»Vielleicht erinnert sich hier jemand an ihn, es ist schließlich erst eine Woche her. Abgesehen davon schieben sich hier nicht gerade die Menschenmassen durch.«

»Das stimmt schon, Diane, aber …«

»Was?«

»Ich sollte heute eigentlich das Personal im Snake Inn befragen und ihr Gedächtnis in Bezug auf Allradfahrzeuge auf Trab bringen. Du hättest genauso gut mit Gavin hierher fahren können. Den braucht bei den Kemps bestimmt niemand.«

»Stimmt, ich hätte Gavin mitnehmen können.«

»Und warum hast du es nicht getan?«

»Vielleicht wollte ich dich im Auge behalten.«

Draußen wusch ein älterer Mann in einem schlecht sitzenden Fliegeranzug mit Flügelabzeichen den Rumpf einer Avro Shackleton. Ausgerüstet mit einer Trittleiter, einem Eimer Wasser und einem Putzlappen, verrichtete er seine Arbeit überaus liebevoll, voller Konzentration und Ehrfurcht, wie ein Großvater, den man gebeten hat, die Windeln seines neugeborenen Enkelkindes zu wechseln.

»Vielleicht können wir den dazu überreden, die Fenster in der West Street zu putzen«, sagte Fry, »wo Eddie Kemp ja in Streik getreten ist. Sieht ganz so aus, als würde er seine Sache richtig gut machen.«

»Ich glaube, das hier ist eher ein Liebesdienst«, meinte Cooper.

»Putzen?«, schnaubte Fry ungläubig.

»Es kommt darauf an, *was* man putzt.«

»Das ist ein Flugzeug.«

»Allerdings.«

Sie schüttelte gereizt den Kopf. »Offenbar ist er nur eine Hilfskraft. Wir brauchen jemanden, der sich hier auskennt.«

Sie erkundigten sich im Museumsshop, doch die Frau hinter dem Tresen sagte, sie arbeite sonntags normalerweise nicht hier, ehe sie sie wieder zu der Shackleton und dem Mann mit der Trittleiter führte.

»Mr Illingworth?«, sagte Fry.

»Ja?«

Sie stellten sich vor. »Wir sind auf der Suche nach Informationen über diesen Mann«, erklärte Fry. »Wir glauben, dass er am letzten Wochenende hier war. Am Sonntag, den 6. Januar.«

Illingworth betrachtete das Foto. »Dann ist er jetzt wohl tot?«

»Leider ja, Sir.«

»Seltsam«, sagte er. »Ich glaube nicht, dass die anderen das gewusst haben.«

»Die anderen? Welche anderen?«

»Die anderen Polizisten, die hier waren.«

»Wie bitte?«

»Erst vor zwei Tagen. Dann haben Sie ihn inzwischen wohl gefunden?«

»Mr Illingworth, soll das heißen, dass sich die Polizei bereits bei Ihnen nach diesem Mann erkundigt hat?«

»Ja, aber die anderen hatten ein Foto von ihm, auf dem er noch am Leben war.«

»Woher waren diese Polizisten?«

»Tut mir Leid, das weiß ich nicht mehr. Gehören die nicht zu Ihnen?«

»Ich glaube nicht«, antwortete Fry. »Wir kommen aus Derbyshire.«

»Ah, von außerhalb. Ich vermute, die anderen waren von der Polizei von Nottinghamshire.«

»Und sie wollten wissen, wer dieser Mann ist?«

»Nein. Es sah so aus, als wüssten sie das schon. Sie kannten sogar seinen Namen.«

»Und der lautete?«

»Tut mir Leid...«

»Sie können sich nicht mehr erinnern. Schon gut.«

Cooper sah sie an. Er wusste, was sie dachte: Mangelnde Kommunikation hatte nicht nur zu einer Verdopplung der Anstrengungen, sondern auch zu einem Zeitverlust von mehreren Tagen bei der Identifizierung des Schneemanns geführt. Gavin Murfin hatte mit Sicherheit in Nottinghamshire bei der Vermisstenstelle nachgefragt; schließlich war Nottinghamshire einer ihrer Nachbarbezirke. Fry presste wütend die Lippen aufeinander. Da würde jemand ziemlichen Ärger bekommen. Und ausnahmsweise war dieser Jemand nicht Ben Cooper.

»Warte hier«, sagte sie, »ich muss kurz telefonieren.«

Als sie davonging, zuckte Illingworth die Achseln. »Tut mir Leid, aber an mehr kann ich mich nicht erinnern«, sagte er. »Hört sich ja nach einem ziemlichen Durcheinander an.«

»Haben Sie hier doch auch eine Lancaster?«, fragte Cooper.

»Ah, Sie interessieren sich für die Lanc? Ja, wir haben eine der wenigen, die's noch gibt. Wir mussten sie sogar in Kanada kaufen, wussten Sie das? Bis auf einige wenige sind alle Lancs der RAF verschrottet worden. Oder man hat sie einfach vergammeln lassen.«

»Wo ist sie?«

»Sie steht in einem eigenen Hangar. Wir arbeiten noch daran. Da gibt's noch so einiges zu tun. Ich glaube, sie wird gerade herausgebracht, um die Motoren anzuwerfen.«

Die Tore zum Hangar nebenan standen weit offen. Obwohl die Ausstellungsstücke durch Holzschranken geschützt waren, konnte Cooper darüber hinweggreifen und die Hülle der Lancaster berühren. Zu seiner Überraschung fühlte sie sich leicht und zerbrechlich an. Sie bestand lediglich aus von Tausenden winziger Nieten zusammengehaltenen Leichtmetallblechen; dass sie es jemals bis nach Deutschland und wieder zurück geschafft hatte, kam ihm wie ein Wunder vor.

Ein Strahl Wintersonne fiel durch die Plexiglasscheiben des Hangardaches. Das trübe Licht betonte hier und da kleine Details der Lancaster: das abblätternde rote Abzeichen auf dem Rumpf, eine mittels Schablone aufgemalte Zahl auf der Luke eines Notausstiegs, die festgebackene Rostschicht auf dem Lauf eines Vickers-Maschinengewehrs, der aus einem zertrümmerten Geschützturm ragte.

Ein kleiner Traktor zog das große Flugzeug ganz langsam am Fahrgestell hinaus aufs Rollfeld; reine Maßarbeit, da zwischen Flügelspitzen und Hangartor auf jeder Seite kaum ein halber Meter Platz blieb.

»Die meisten Leute hier arbeiten wahrscheinlich ehrenamtlich«, meinte Cooper. »Alles Flugzeugfans.«

»Genau. Ohne die könnten wir dichtmachen. Sie stecken ihre Zeit und ihre Kraft in das Museum, und manche auch ihr Geld. Es ist ein teures Hobby.«

Am Rumpf der Lancaster lehnte eine Metallleiter. Cooper

konnte der Versuchung nicht widerstehen, einen kurzen Blick durch die offene Tür zu werfen, und staunte über den beengten Innenraum des Flugzeugs, das von außen so riesig wirkte. Sah man vom Einstieg nach vorn, ragte der Hauptholm des Rumpfes fast bis zur Mitte des Durchgangs, wodurch hinter dem Cockpit nur zwei winzige Verschläge übrig blieben.

»Welche Besatzungsmitglieder saßen in diesen Verschlägen?«, erkundigte sich Cooper bei Illingworth.

»Der Funker und der Navigator. Das da drüben ist der Platz des Bordingenieurs, dort im Durchgang zwischen Navigator und Pilot. Und unten, direkt unter den Füßen des Piloten, in dieser Glasbeule da, lag der Bombenschütze. Er hatte die beste Aussicht von der ganzen Besatzung.«

Einige der Plexiglasscheiben sahen für Cooper reichlich neu und unversehrt aus, doch die Instrumente und die Innenausstattung waren allem Anschein nach noch original. Links von ihm, in Richtung Heck, wurde der Rumpf sogar noch schmaler. Am hintersten Ende einer dunklen Röhre erkannte er gerade noch die Rundung einer Schiebetür, die halb offen stand.

»Das da hinten muss der Gefechtsturm des Heckschützen sein.«

»Ganz recht«, bestätigte Illingworth. »Das ist der Platz für Tail-End Charlie, zweifellos der kälteste und einsamste Fleck in einer Lancaster. Da hinten war es so kalt, dass sich der Heckschütze in einen elektrisch beheizten Anzug packen musste, damit ihm nicht Arme und Beine einfroren und er damit einsatzunfähig war.«

Cooper erkannte, dass der hintere Turm auch zugleich die verwundbarste Stelle war. Es war die einzige Position, von der aus man nichts vom eigenen Flugzeug sehen konnte, da man ja rückwärts flog. Der Raum darin war äußerst begrenzt, kaum groß genug, dass ein Mann darin sitzen konnte. Durch das Plexiglas ragten die Verschlüsse von vier Maschinengewehren herein, und es war unmöglich, die Füße mehr als ein paar Zentimeter nach links oder nach rechts zu bewegen, da von dort die Patronengurte wie Fließbänder aus dem Boden des Turms heraufkamen.

Als ihm auffiel, dass Cooper sich für das Flugzeug interessierte, taute Illingworth zusehends auf. »Wie Sie sehen, sind der Pilot, der Bombenschütze und der Bordingenieur die einzigen Besatzungsmitglieder, die gut aus der Maschine hinausschauen können. Sie alle sitzen vorn. Der Navigator musste auf seinem Platz hinter einem Vorhang arbeiten; er bekam gar nicht mit, was draußen vor sich ging, abgesehen von den Informationen, die er über Kopfhörer bekam. Die Glashaube über seinem Platz ist die Kuppel für die astronomische Navigation, damit er sich nach den Sternen richten konnte, zumindest solange der Himmel klar war.«

»Natürlich.«

Aber in der Nacht, in der Uncle Victor abgestürzt war, war der Himmel über dem Peak District wolkenverhangen gewesen. Coopers Blick wanderte wieder zum Gefechtsturm des Heckschützen. Wegen des begrenzten Bewegungsspielraums durfte der Heckschütze nicht groß sein. Sergeant Dick Abbot war nur einsfünfundsechzig gewesen. Die Türen mussten sich problemlos hinter Abbot geschlossen haben, als er sich für seine letzte Reise eingeigelt hatte.

Cooper schauderte. Illingworth bemerkte seinen Gesichtsausdruck und lächelte grimmig. »Die Lancaster war dafür bekannt, dass man im Notfall nur sehr schwer rauskam. Und sie ging von allen Flugzeugen am schnellsten unter, wenn man auf dem Meer notlanden musste. Gibt einem zu denken, was?«

Bestimmt spukte es in dieser Lancaster. Cooper konnte sich gut vorstellen, wie sie nachts im dunklen Hangar stand – voller geisterhafter Geräusche ... das leise Umlegen von Schaltern und Hebeln, das leise Gemurmel im Sprechfunk ...

»Ich muss Sie jetzt leider bitten, ein Stück zurückzutreten«, unterbrach Illingworth seine Gedanken. »Gleich werden die Motoren angeworfen. Sie wollen doch nicht von den Propellern zu Hackfleisch verarbeitet werden.«

Widerwillig stieg Cooper von der Leiter. »Wie viel ist das Flugzeug wohl wert?«, fragte er.

»Wert?« Der Mann sah ihn verblüfft an, als hätte man von ihm verlangt, die Königinmutter zu verkaufen. »Wie sollte man einen Preis für sie festlegen? Sie ist unbezahlbar.«

»Und woher bekommen Sie die Ersatzteile, um sie wieder flottzumachen?«

»Von überall her, von Schrottplätzen, von Händlern, von anderen Museen. Das eine oder andere Teil müssen wir natürlich neu anfertigen lassen. Wenn wir sie wieder flugtüchtig machen wollen, brauchen wir unbedingt einen neuen Hauptholm. Und da so was nicht mehr einfach so herumliegt, müssen wir jemanden finden, der uns einen herstellt. Aber das ist noch Zukunftsmusik, jedenfalls für diese Maschine hier.«

»Haben Sie hier auch eine Sammlung? Ich meine, irgendwelche Erinnerungsstücke, Originalteile und solche Sachen.«

»Haufenweise. Drüben im alten Kontrollturm gibt es eine Ausstellung.«

»Vermutlich haben einige Ihrer ehrenamtlichen Helfer auch ihre Privatsammlungen.«

»Klar. Das sind echte Fans. Manche gehen völlig in ihrer Sammelwut auf. Sie geben ihr ganzes Geld aus, um sich die Wohnung mit solchem Kram voll zu stellen. Unglaublich. Aber wahrscheinlich ist es wie mit allem anderen auch: Wenn man auf etwas versessen ist, nimmt man so ziemlich alles in Kauf, um noch mehr davon zu kriegen, egal was man nun sammelt.«

»Es sind hauptsächlich Männer, oder?«, sagte Cooper.

»Tja, wie's nun mal so ist.«

»Wer ist denn bei Ihnen so ein echter Fan? Können Sie mir da vielleicht ein paar Namen nennen, Sir?«

Illingworth spulte Namen herunter, bis Cooper ihn unterbrach: »Wer war der Letzte?«

»Graham Kemp. Also der ist ja völlig durchgedreht, was die Sammlerei angeht. Sobald er erfährt, dass es irgendwo was Interessantes gibt, fährt er quer durchs ganze Land. Er macht überall Urlaub, wo er Flugzeugwracks oder Schrottplätze besichtigen kann. Seine Frau kann's schon nicht mehr hören.«

Mit einem explosionsartigen Knall setzten sich die Propeller der vier Merlin-Motoren langsam in Bewegung, so dass Illingworth gegen den Lärm anschreien musste. »Wir haben ihn schon eine Weile nicht mehr hier gesehen, aber er ist einer der eifrigsten Sammler, die ich kenne. Sind Sie hinter Kemp her?«

»Graham Kemp«, sagte Cooper nachdenklich. »Schon möglich.«

Fry erschien an der Ecke des Hangars. Sie sah nicht wesentlich glücklicher aus als vorher. »Nottingham hat keinen blassen Schimmer, wovon ich rede«, sagte sie. »Aber sie hören sich mal um.«

»Toll.«

»Toll? Ich bitte dich! Das ist absolut fantastisch.«

In diesem Moment sprangen die Motoren der Lancaster mit lautem Brüllen an. Der Rahmen des Flugzeugs bebte so heftig, dass Cooper sich wunderte, dass die Nieten nicht absprangen. Kein Wunder, dass die Besatzung jedes Mal halb taub und wackelig auf den Beinen war, wenn sie nach einem Feindflug wieder auf heimischem Boden stand.

Der Motorenlärm war ohrenbetäubend, aber auch aufregend. Er erinnerte Cooper an ein Orchester, dessen Musiker vor dem Konzert die Instrumente stimmen. Das Dröhnen und der Missklang bargen die Verheißung von etwas vollkommen anderem.

Diane Fry hörte skeptisch zu, als Ben Cooper ihr von Graham Kemp erzählte.

»Ein Verwandter von deinem Freund Eddie?«, fragte sie.

»Gut möglich. Ich glaube, er hat einen Bruder.«

»Vielleicht weiß der ja, wo Eddie steckt.«

»Ich kann seine Adresse jederzeit herausfinden.«

»Nein, Ben. Das hat Zeit.«

Fry verfiel in Schweigen. Cooper blieb eine halbe Stunde seinen eigenen Gedanken überlassen, während er in einen goldenen Sonnenuntergang hineinfuhr, der wie Honig über die Hügel des Dark Peak troff und dann nach Osten davonglitt. Die Landschaft, die sich vor ihm ausbreitete, wurde von langen, flachen Schatten verfremdet. In diesem Licht konnte Schnee schwarz aussehen, wohingegen die nackten Sandsteintürme wie poliertes Gold schimmerten.

Kurz vor Edendale ging die Sonne unter, so dass ihnen nur noch die Straßenlaternen, der nasse Asphalt und die schmutzigen Schneehaufen in den Straßenrinnen blieben. In jedem Haus, an dem sie vorüberkamen, waren die Fenster erleuchtet, und hinter den Vorhängen machten es sich die Bewohner in ihren kleinen Leben gemütlich. Die Berge waren irgendwo oberhalb der Stadt im Dunkeln versunken.

»Du hast übrigens noch zu tun, Ben«, sagte Fry, als sie sich der West Street näherten.

»Wirklich?«

»Wolltest du nicht noch die Leute in diesem Lokal befragen?«

»Im Snake Inn«, sagte Cooper.

»Genau.«

»Das ist ein ganzes Stück von hier entfernt.«

»Dann machst du dich wohl besser gleich auf den Weg.«

Auf dem Parkplatz sahen sie Gavin Murfin mit ein paar Leuten von der Spezialeinheit plaudern. Als er Diane Fry sah, zuckte er die Achseln.

»Das soll wohl heißen, ihr habt Chloe nicht bei Eddie Kemp gefunden, Gavin?«

»Keine Spur. Nicht eine einzige schmutzige Windel.«

»Das wundert mich nicht. Wenn in dieser Woche noch irgendetwas klappen sollte, kauf ich dir *noch* einen singenden Hummer.«

Wenn jemand auf irgendwelche Fahrzeuge hätte aufmerksam werden müssen, die nach Einsetzen der schweren Schneefälle am Dienstagmorgen die Straße noch passiert hatten, dann die Betreiber des Snake Inn. Nach beiden Richtungen gab es kilometerweit kein anderes Haus auf der A57, und das Gasthaus war auf Touristen und den Durchgangsverkehr zwischen Derbyshire und Manchester angewiesen. Hier fiel es sofort auf, wenn keine Autos vorbeikamen, außerdem war das Gasthaus bei heftigem Schneefall als Erstes von der Außenwelt abgeschnitten.

Doch als Ben Cooper die früheren Aussagen noch einmal sorgfältig mit dem Personal durchging, konnte sich niemand an ein Fahrzeug erinnern, abgesehen von den Schneepflügen, die sich von beiden Seiten zum Pass durchgefräst hatten. Insbesondere an den von Osten kommenden Pflug erinnerten sie sich, weil die Fahrer am Gasthaus angehalten hatten, um ihre Thermoskannen nachzufüllen – kurz bevor sie die Leiche fanden. An solchen Ereignissen hakte sich das Gedächtnis gern fest. Aber egal, wie oft Cooper die Aussagen auch durchging, niemand im Snake Inn erinnerte sich an ein Allradfahrzeug, das sich an jenem Morgen durch den Schnee gekämpft hätte.

Hatte also tatsächlich jemand unglaubliches Glück gehabt? Oder hatte die Leiche des Schneemanns schon die ganze Nacht in der Parkbucht gelegen, vor den Augen all jener, die diese Straße benutzt hatten? Cooper seufzte. Er musste Diane Fry sagen, dass sie ihr Zeitfenster ändern musste.

Vom Snake Inn aus war es kein großer Umweg von der Manchester Road in den Woodland Crescent in Edendale. In Wahrheit war es sogar eine Abkürzung. Cooper fuhr zunächst den Crescent bis zum Ende, wendete, fuhr wieder zurück und sah sich dabei um, ob Alison Morrissey und Frank Baine irgendwo in der Nähe des Bungalows der Lukasz' herumlungerten. In der Einfahrt stand wieder der blaue BMW. Seine Windschutzscheibe war frei von Schnee und Eis, was darauf schließen ließ, dass jemand damit gefahren war und ihn erst vor kurzem dort abgestellt hatte. Wenn Peter Lukasz seine Schicht im Krankenhaus eben erst beendet hatte, dann war jetzt eine gute Gelegenheit, ihn zu erwischen.

»Wir sind mittlerweile gefragte Leute«, stellte Lukasz fest, als er die Tür öffnete. »Manche Leute merken einfach nicht, dass sie unerwünscht sind.«

»Ich dachte nur, vielleicht ist der Zeitpunkt jetzt günstiger, um mit Ihrem Vater zu sprechen«, sagte Cooper.

»Dafür gibt es keinen günstigen Zeitpunkt.«

»Können wir es nicht wenigstens versuchen? Nur ganz kurz?«

»Na schön. Wenn Sie mir dann eher glauben.«

Zygmunt Lukasz saß im Hinterzimmer an einem kleinen Tisch, vor sich einen aufgeschlagenen DIN-A4-Block mit liniertem Papier, auf den er etwas mit einem dicken Kugelschreiber schrieb. Eine Zeile nach der anderen füllte sich mit dichtem Gekritzel in seiner schnörkeligen Handschrift. Cooper fiel auf, dass die beiden mittleren Finger an der linken Hand des alten Mannes fehlten und dass an der Stelle, wo sie oberhalb des untersten Gelenks abgetrennt waren, zwei Stummel saßen.

»Darf ich Ihnen ein paar Fragen stellen, Mr Lukasz?«

Der alte Mann sah nicht einmal auf, sondern sagte nur ein paar Worte in einer Sprache, die sich für Cooper wie Polnisch anhörte. Cooper blickte fragend zu seinem Sohn hinüber, dem das Ganze ein bisschen peinlich zu sein schien.

»Mein Vater meint, er hat Ihnen nichts zu sagen.«

»Haben Sie ihm erklärt, weshalb ich hier bin?«, fragte Cooper.

»Natürlich.«

Dann sagte der alte Mann wieder etwas, diesmal mit mehr Nachdruck.

»Und das heißt?«

»Er meint, die Kanadierin soll sich zum Teufel scheren«, antwortete Peter. »Entschuldigung.«

»Hat er ›Entschuldigung‹ gesagt?«

»Nein. Ich.«

Der alte Mann schrieb weiter. Der Stift bewegte sich langsam, aber gleichmäßig, füllte die Seite mit kräftigen, schwarzen Buchstaben, die dahinflossen und einander überschnitten, bis sie ein kompliziertes Geflecht geschaffen hatten, in dem jedes Wort mit den Worten darüber und darunter verwoben war. Cooper sah zu, wie Zygmunt den unteren Rand der Seite erreichte, umblätterte und praktisch ohne Unterbrechung weiterschrieb.

»Warum weigert sich Ihr Vater, mit mir Englisch zu sprechen?«, fragte Cooper.

Peter trat nervös von einem Fuß auf den anderen. Einen Augenblick herrschte Stille, bis auf das leise Kratzen des Stiftes. Dann setzte der Alte einen Punkt an das Satzende und hob zum ersten Mal den Blick. Das Blau seiner Augen war so blass, dass es beinahe fahlgrau wirkte. Nur der Himmel an einem Wintermorgen konnte ein solches Blau annehmen, an einem klaren, kalten Tag, vom Hochmoor aus gesehen.

»Das verstehen Sie nicht«, sagte Peter.

»Ich weiß, dass Mr Lukasz sehr gut Englisch spricht. Er versteht, was ich sage. Aber er besitzt nicht die Höflichkeit, mir in einer Sprache zu antworten, die auch ich verstehen kann.«

»Das hat nichts mit Höflichkeit zu tun. Mein Vater glaubt, dass er nicht mehr in der Lage ist, in zwei Sprachen gleichzeitig zu denken. Er arbeitet auf Polnisch, deshalb denkt er auch auf Polnisch. Natürlich versteht er, was wir sagen, aber sein Verstand ist nicht mehr imstande, seine Gedanken in eine andere Sprache zu übersetzen.«

»Schade, dass er vergessen hat, mit anderen Menschen so zu kommunizieren wie mit seinen englischsprachigen Kameraden in der Sugar Uncle Victor«, sagte Cooper und hielt dem Blick des alten Mannes stand. Mit Genugtuung nahm er wahr, wie sich die blauen Augen einen Moment schmerzlich verfinsterten, als hätte sich die Öffnung in einer Wolkendecke kurz geschlossen, bevor sie wieder aufriss.

»Ich bitte Sie«, sagte Peter. »Ich glaube nicht, dass das sehr hilfreich ist.«

»Die Polizei kann jederzeit auf die Hilfe eines vereidigten Dolmetschers zurückgreifen«, sagte Cooper. »Wir haben eine ganze Liste. Aber das würde bedeuten, dass wir eine offizielle Vernehmung auf dem Polizeirevier durchführen müssten.«

Cooper hoffte, dass die beiden Männer nicht bemerkten, wie weit er sich damit aus dem Fenster lehnte. Er würde nie im Leben die Mittel für einen Dolmetscher bewilligt bekommen. In Wahrheit durfte er noch nicht einmal hier sein. Es gab keine offizielle polizeiliche Untersuchung, die sein Kommen gerechtfertigt hätte.

Zygmunt sagte noch einmal etwas. Bei den letzten Worten bewegte er abrupt den Kopf und schnalzte mit den Lippen, so dass ein Speichelregen über die voll geschriebenen Seiten niederging.

»Was sollte *das* denn heißen?«, fragte Cooper.

»Mein Vater meint, die Kanadierin soll ihren Dolmetscher gefälligst selber bezahlen«, sagte Peter.

»Und der letzte Teil?«

»Er wünscht ihr viel Glück.«

»Tatsächlich?«

Der alte Mann senkte den Kopf und widmete sich wieder seinen Aufzeichnungen. Cooper sah, wie die schwarze Tinte an den Stellen verschmierte, an denen der Speichel die Seite benetzt hatte. Doch der Stift glitt darüber hinweg und bewegte sich flüssig weiter, bis er wieder am unteren Rand der Seite angekommen war. Allein vom Zusehen wurde Cooper schwindlig. In dem ganzen Text schien es keinen einzigen Absatz zu geben.

Er drehte sich um und verließ das Zimmer. Peter Lukasz folgte ihm und schloss sorgfältig die Tür hinter sich, so dass der Alte sie auf dem Flur nicht hören konnte.

»Tut mir Leid«, sagte er.

»Das sagten Sie bereits.«

»Es hat nichts mit Ihnen zu tun«, fuhr Peter fort. »Auch mit uns will er nicht mehr Englisch sprechen. Er kann es nicht, meine ich. Sein Verstand scheint momentan einfach nicht dazu fähig zu sein.«

»Was schreibt er da?«, fragte Cooper, als sie wieder in der Diele standen.

»Ich dachte, das hätten Sie längst erraten«, antwortete Lukasz.

»Nein.«

»Aus irgendeinem Grund kann er nur Polnisch schreiben. Ich glaube, es war die ganzen Jahre in seinem Kopf und hat darauf gewartet, herausgelassen zu werden. Es hat darauf gewartet, dass er zum Stift greift. Und am Ende hat er sich überwunden, bevor es zu spät ist.«

»Wozu überwunden?«, fragte Cooper.

»Licht in die Sache zu bringen. Verstehe Sie denn nicht? Mein Vater schreibt seinen Bericht über den Absturz von Sugar Uncle Victor.«

19

DCI Kessen hielt Diane Fry auf dem Rückweg vom Vernehmungsraum im Korridor an. Er legte ihr die Hand auf die Schulter, während Gavin Murfin weiterging.

»Na, Detective Sergeant Fry? Alles unter Kontrolle?«

Fry spürte, wie sich ihre Schulter unter seiner Hand verspannte. Sie wusste, dass diese Reaktion übertrieben war, und bemühte sich, gleichmäßig weiterzuatmen. Sie fragte sich, ob Kessen ihre Geschichte kannte, ob er wusste, weshalb sie sich aus den West Midlands nach Derbyshire hatte versetzen lassen. Manche Männer wussten nicht, wie man sich einer Frau gegenüber zu verhalten hatte, die Opfer einer Vergewaltigung geworden war. Andererseits interessierte er sich wahrscheinlich zu wenig für sie, um ihre Akte zu lesen. Sie fürchtete, ihr neuer Vorgesetzter könnte sich zu ihrem schlimmsten Albtraum auswachsen – zu einem riesigen Stolperstein in ihrer Karriere. Sich von der Division E wegversetzen zu lassen erschien ihr plötzlich noch erstrebenswerter als sonst.

»Ja, Sir«, sagte sie.

»Sie haben da ein gutes Team, stimmt's?«, fragte er.

»Ein hervorragendes Team.«

Kessen nahm die Hand von ihrer Schulter, stand aber immer noch viel zu dicht vor ihr. Fry erkannte, dass er zu der Sorte Männer gehörte, die sich ihrer Wirkung auf andere Menschen nicht bewusst waren. Vielleicht bewegte er sich schon sehr lange auf dünnem Eis und wartete nur darauf, dass ihn jemand darauf aufmerksam machte.

»Dieser Detective Cooper... ist ein sehr gewissenhafter Polizist, was? Ein Vorbild für so manch anderen hier.«

»Bestimmt«, erwiderte Fry. Jedenfalls für diejenigen, die sich ständig wegen Rückenschmerzen krankmeldeten, dachte sie. Aber wo zum Teufel war dieser Ausbund an Tugend jetzt schon wieder? So wie gestern hatte er es wieder mal geschafft, stundenlang wegen ein paar einfacher Befragungen unterwegs zu sein.

Fry warf einen Blick auf ihre Armbanduhr. Wenn sie doch bloß eine Weile diesen ewigen Besprechungen entfliehen könnte, dann würde sie losgehen, das angebliche Vorbild suchen und ihm ordentlich in den Hintern treten.

»Gavin, hat sich Ben Cooper schon gemeldet?«, fragte sie, als sie ihren Kollegen im Büro eingeholt hatte.

»Nein. Ich nehme an, er befragt das Personal oben im Snake Inn.«

»Wollen wir's hoffen. Er hätte schon längst anrufen müssen.«

»Wahrscheinlich gönnt er sich einen leckeren Auflauf und ein paar Bierchen, wenn er schon mal da ist«, meinte Murfin. »So würde *ich* es jedenfalls machen.«

»Sofort an die Telefone, Gavin.«

»Ja Ma'am.«

»Und rühr ja den Hummer nicht an.«

Ben Cooper saß auf dem Sofa im Wohnzimmer der Lukasz'. Ihm war viel zu heiß. Obwohl sein schwerer Wachsmantel im Flur hing, hatte er immer noch das Gefühl, als müsste er in der warmen, miefigen Zentralheizungsluft ersticken.

»Es hört sich nicht so an, als interessierten Sie sich für die Vergangenheit«, sagte er. »Interessiert Sie denn die Geschichte Ihres Vaters überhaupt nicht?«

»Früher schon«, erwiderte Peter Lukasz. »Aber die Zeit vergeht, und die Leute ändern sich. Ab einem bestimmten Punkt muss man einfach nach vorn schauen.«

»Vielleicht sieht sich Ihr Vater noch nicht in der Lage, nach vorn zu schauen.«

»Da haben Sie wahrscheinlich Recht«, meinte Lukasz.

Grace Lukasz hatte sich zurückgezogen. Als sie hinausgerollt war, hatte Peter sich unsicher umgeschaut. Er wollte sich nicht setzen, sondern blieb vor dem Kamin stehen, wippte auf den Fersen und hielt den Blick über Coopers Schulter durchs Fenster auf die Straße gerichtet.

»Natürlich halten wir alle unsere polnische Herkunft in Ehren«, sagte Lukasz. »Aber die meisten von uns fühlen sich inzwischen ebenso britisch wie polnisch. Mein Vater entwickelt sich in die entgegengesetzte Richtung; er geht immer weiter zurück, verkriecht sich in seiner Vergangenheit und lebt schon fast wieder in der Zeit, als er noch kein Englisch konnte. Es ist ohnehin schon ein Balanceakt, zwei Nationalitäten gleichzeitig anzugehören. Deshalb kann ich es nicht brauchen, dass mich mein Vater in die falsche Richtung drängt.«

»Aber Sie wurden doch hier geboren? Ist es dadurch immer noch so ein Balanceakt?«

»Sie würden sich wundern«, sagte Lukasz. »Natürlich bin ich zur Hälfte Engländer. Aber jedes Mal, wenn ich gefragt werde, wie mein Nachname geschrieben wird, komme ich mir irgendwie fremd vor. Manche Polen haben ihre Namen anglisiert, als sie sich hier niederließen. Mein Nachname beispielsweise hätte sich ganz einfach in Lucas umwandeln lassen. Kein Mensch hätte je nachgefragt. Peter Lucas – hört sich doch gut an, oder nicht? Englischer geht's kaum. Aber es gibt gewisse Leute, für die das eine Art Verrat darstellen würde, eine Verleugnung unserer Nationalität, eines lebenswichtigen Teils von uns.«

»Gehört Ihr Vater zu diesen Leuten?«

»Ja. Er und seine Schwester, meine Tante Krystyna.«

»Aber wie denken Sie selbst darüber?«

»Ich finde, das muss jeder für sich selbst entscheiden. Jeder von uns sollte sich fragen, ob er sich nun als Polen betrachtet oder als Engländer oder sonst was. Wichtig ist, wie der Einzelne seine Identität sieht und ob er bereit ist, etwas davon zu opfern, um sich anzupassen. Das ist die Frage, die wir uns stellen müssen.«

»Eine Frage, die nicht so einfach zu beantworten ist, wie sie klingt.«

»Haben Sie die Hand meines Vaters gesehen?«, fragte Lukasz.

»Sie meinen die fehlenden Finger?«

»Ja. Er hat sie nach dem Absturz verloren, Verletzungen und Erfrierungen. Weil es so lange gedauert hat, bis die Suchtrupps sie im Hochmoor geborgen haben. Mein Vater hatte seine Handschuhe ausgezogen, weil er das Blut stillen wollte, das aus Klemens' Wunden quoll.«

Cooper nickte, obwohl das nicht in den Büchern gestanden hatte, die er gelesen hatte.

»Mein Vater und Klemens waren mehr als nur Cousins«, erklärte Lukasz. »Sie standen einander so nahe wie Brüder, und das ist keine Übertreibung. Nicht für polnische Verhältnisse. Sie sind zusammen aufgewachsen, in ihrem Dorf in der Provinz Polskie. Als die Deutschen kamen, sind sie zusammen nach Frankreich geflohen. Als Frankreich ebenfalls besetzt wurde, mussten sie auch von dort fliehen. Hitler nannte die polnischen Soldaten ›Sikorski-Touristen‹, nach ihrem Befehlshaber und weil sie von einem Land zum anderen zogen. Er hätte lieber nicht so verächtlich von ihnen sprechen sollen, sie haben nämlich zu den besten Kämpfern überhaupt gehört. Sie haben aus Leidenschaft gekämpft, verstehen Sie? Sie wussten, wen es zu bekämpfen galt. Am Ende kamen Zygmunt und Klemens nach England, um in der britischen Luftwaffe zu dienen. Bei den britischen Fliegern hießen sie nur ›die schrecklichen Zwillinge‹, weil sie ständig zusammensteckten und sich angeblich so ähnlich sahen.«

»War das wirklich so?«

»Eigentlich nicht.«

»Haben Sie ein Foto von den beiden?«

»Mein Vater hat welche. Sie sind ihm heilig, aber ich glaube nicht, dass es ihm etwas ausmacht, wenn ich sie Ihnen zeige.«

Lukasz war nicht lange weg. Doch als er wieder auftauchte, sah er beinahe verstohlen aus, als hätte er etwas Verbotenes getan.

»Das hier wurde aufgenommen, kurz nachdem mein Vater und Klemens Wach nach England kamen. Sie waren in einem Hotel in Brighton untergebracht. Ich glaube, dort ist es ihnen wenigstens eine Zeit lang gut gegangen.«

»Und wer sind die Mädchen?«

»Keine Ahnung. Laut meinem Vater gab es immer jede Menge Mädchen. Jede Menge Mädchen für einen gut aussehenden jungen Mann in Pilotenuniform. Außerdem hatten die polnischen Flieger etwas Exotisches an sich, vermute ich. Warum fragen Sie?«

»Ich dachte nur, eine davon könnte Ihre Mutter sein. Es war doch eine Kriegsromanze, oder?«

»Nein, nein. Die beiden haben sich erst nach dem Krieg kennen gelernt.«

»Verstehe.«

In Coopers Augen war die Uniform fast das Einzige, was Lukasz und Wach wie Zwillinge aussehen ließ. Fast. Und vielleicht die kecke Art, wie sie die Mützen aufgesetzt hatten und die Schultern strafften. Außerdem besaßen beide leicht slawisch geschnittene Augen. Zygmunt Lukasz war größer und kräftiger gebaut und wirkte insgesamt erwachsener. Auf dem Bild hatte er den einen Arm um ein Mädchen mit dunklem, dauergewelltem Haar gelegt, der andere lag über den Schultern seines schmächtigeren Cousins Klemens. Er sah weniger wie Klemens' Zwillingsbruder, sondern eher wie ein Onkel aus oder zumindest wie ein wesentlich älterer Bruder.

»Laut Untersuchungsbericht erlag Klemens Wach mehreren schweren Verletzungen. Ausführlicher wurden sie nicht beschrieben.«

Peter Lukasz zuckte die Achseln. »Mein Vater hat nie über die Einzelheiten des Absturzes gesprochen. Nach allem, was man so hört, muss es schrecklich gewesen sein. Einige der britischen Besatzungsmitglieder sind wohl buchstäblich zerstückelt worden. Sie wurden durch den Rahmen des Flugzeugs geschleudert. Zwei andere, die in den Trümmern eingeklemmt waren, sind verbrannt. McTeague hätte eine Menge Fragen beantworten müssen. Er kann von Glück sagen, dass man ihn nie gefunden hat.«

»Glauben Sie, dass McTeague tot ist, Mr Lukasz?«

»Keine Ahnung. Ich vermute, er ist so schnell wie möglich nach Kanada zurückgegangen. Er hatte drüben eine Frau und ein neugeborenes Kind. Offenbar hat er den anderen ständig von den beiden erzählt und gemeint, er könne es kaum erwarten, nach Hause zu kommen. Einmal hat mein Vater sogar damit angefangen, er wolle nach Kanada fliegen und ihn suchen. Aber ich glaube, letztendlich hat er es vorgezogen, seinen Kummer und seine Erinnerungen nicht anzutasten. Sein Hass auf Danny McTeague war wie ein Talisman für ihn; dadurch hat er die Erinnerung an Klemens lebendig erhalten, verstehen Sie? Hätte er gewusst, dass McTeague irgendwo friedlich im Schlaf gestorben ist, hätte er seinen Talisman verloren. Es wäre niemand mehr da gewesen, den er hätte hassen können. Und, viel schlimmer noch, er hätte endgültig nichts mehr für Klemens tun können. Seine Erinnerungen wären einfach verblasst. Verstehen Sie, was ich damit sagen will?«

»Ja, ich glaube schon.«

Lukasz nickte. »Ich habe im Lauf der Jahre oft darüber nachgedacht. Ich glaube, mein Vater und ich sind einander sehr ähnlich. Unter den gleichen Umständen hätte ich wahrscheinlich ganz ähnlich reagiert. An Hass und dem Verlangen nach Rache kann man sich festhalten. Es sind verlässliche Fixpunkte, an denen man sich orientieren und sein Leben ausrichten kann.«

»Sie meinen, es ist eine Art Lebenszweck?«

»Wenn Sie so wollen. Aber wie ich schon sagte, wenn mein Vater McTeague tatsächlich wieder gesehen und festgestellt hätte, dass er auch nur ein menschliches Wesen ist, wäre das ganze Kartenhaus in sich zusammengefallen. Natürlich war McTeague auch nur ein Mensch. Er hat aus Angst einen Fehler gemacht und seine Kameraden im Stich gelassen. Aber für meinen Vater war es besser, ihn als Ungeheuer zu sehen. Das war das Einzige, das Klemens' Tod begreifbar machte. Die einzige Möglichkeit, einem sinnlosen Tod nachträglich einen Sinn zu verleihen.«

Cooper horchte auf den Papagei in der Zimmerecke, der mit den Krallen an den Gitterstangen seines Käfigs rüttelte.

»Seltsam, dass die Geschichte gerade jetzt wieder hochkommt«, sagte Lukasz. »Es widerspricht eigentlich dem Geist von *Oplatek*.«

»Wie bitte?«

»*Oplatek* ist unser traditioneller Anlass des Vergebens und der Versöhnung, die durch das Essen der *Oplatki*-Waffeln symbolisiert werden. Und an diesem Sonntag wird das *Oplatek*-Festmahl für die polnische Gemeinde von Edendale abgehalten, unten im Dom Kombatanta, dem Veteranen-Club. Es ist einer der Höhepunkte in unserem Kalender. Meinem Vater bedeutet es sehr viel.«

Cooper hatte noch nie von diesem Fest gehört. Er konnte sich nicht einmal vorstellen, wie man das Wort buchstabierte. Vergebung und Versöhnung? Nun ja, in dieser Hinsicht gab es zweifellos einiges zu tun.

»Kennen Sie einen George Malkin?«, fragte Cooper.

Lukasz runzelte die Stirn. »Malkin? Sollte ich ihn kennen? In welchem Zusammenhang? War er auch bei der Royal Air Force?«

»Nein. Er stammt von hier. Er wohnt in der Nähe der Absturzstelle.«

»Tut mir Leid, aber der Name sagt mir überhaupt nichts.«

Widerstrebend reichte ihm Cooper die Fotografie zurück. »Es waren mutige Männer«, bemerkte er.

Lukasz lachte. »Das sagen alle. Jedenfalls alle, die nichts damit zu tun hatten. Mein Vater sagt das nicht. Er meint, keiner von ihnen sei mutig gewesen, sondern all das habe überhaupt nichts mit Mut zu tun gehabt. Seiner Ansicht nach haben sie einfach ihr Bestes gegeben, weil sie eine Mannschaft waren, und es wäre unmöglich gewesen, auch nur im Traum daran zu denken, seine Kameraden im Stich zu lassen. Sie haben einander sehr nahe gestanden, verstehen Sie, und die Umstände haben sie noch enger zusammengeschweißt. Unsere Generation kann nur schwer nachvollziehen, wie nah sie einander waren.«

»Vielleicht waren sie wie eine Familie. Es ist immer schrecklich, wenn in einer Familie etwas passiert. Es kommt einem wie ein Verrat vor.«

»Ja. Aber heutzutage stehen sich nicht einmal mehr Familienmitglieder so nahe. Fragen Sie meinen Sohn.«

»Ihren Sohn?«

»Andrew. Er wohnt jetzt in London, aber er hat uns erst kürzlich besucht.«

»Ist er immer noch da?«

»Nein, er war nur zu Besuch.«

»Wann haben Sie sich von ihm verabschiedet?«

Lukasz schien zu zögern. »Er ist seit Sonntag weg«, sagte er.

»Wollte er direkt nach London zurück?«, fragte Cooper. »War er mit dem Auto unterwegs, oder ist er mit dem Zug gefahren? Bei dem Schnee war es mit dem Auto bestimmt nicht einfach.«

Es war Grace Lukasz, die antwortete. Sie war unbemerkt hereingerollt und hatte der Unterhaltung gelauscht, als hätte sie der Name ihres Sohnes magisch angezogen.

»Er ist mit dem Taxi gekommen. Und wir haben uns auch nicht von ihm verabschiedet«, erklärte sie.

»Aha. Warum nicht?«

»Ich hatte am Sonntagabend Dienst im Krankenhaus«, erwiderte Lukasz. »Wie gesagt, arbeite ich in der Notaufnahme. Als ich nach Hause kam, war Andrew schon weg.«

»Hatten Sie vielleicht Streit?«, erkundigte sich Cooper. Bei dieser Frage sahen die Eheleute Lukasz betreten aus. »So was kommt in jeder Familie vor, ich kenne das.«

»Andrew ist weggegangen, ohne sich von uns zu verabschieden«, sagte Grace Lukasz.

Cooper blickte auf die Schneehaufen, die sich draußen am Straßenrand türmten. Die Auspuffgase der Autos und der Ruß der Zentralheizungen färbten den Schnee allmählich schwarz. Was nicht gerade für die Luftqualität des Crescent sprach.

»Mrs Lukasz, wollen Sie damit sagen, dass Ihr Sohn einfach verschwunden ist?«

»Gewissermaßen, ja.«

»Hatte er Gepäck bei sich?«

»Ja, selbstverständlich.«

»Haben Sie ihn als vermisst gemeldet?«

»Er ist nicht vermisst«, sagte Peter Lukasz. »Er ist ein bisschen überstürzt abgereist, nichts weiter. Ich nehme an, dass ihn jemand abgeholt hat. Ein Taxi oder sonst jemand.«

»Er hat versprochen, dass er mich anruft«, sagte Grace. »Ich habe schon ein paarmal bei ihm zu Hause in London angerufen, aber es springt immer nur der Anrufbeantworter an. Er hat gesagt, seine Frau ist in Amerika, und seine Handynummer haben wir nicht.«

»Wahrscheinlich hat er etwas Dringendes zu erledigen«, sagte Peter. »Andrew ist Bezirksverkaufsleiter einer Firma für Sanitätsbedarf.«

Cooper wurde allmählich wütend. Manche Menschen konnten nur schwer akzeptieren, dass eine Tragödie in ihr eigenes bequemes Leben eingebrochen war.

»Würden Sie mir Ihren Sohn bitte beschreiben? Wie alt ist er? Wie groß? Hat er dunkles oder helles Haar? Was hat er angehabt?«

»Also, Andrew ist dunkelhaarig, wie ich«, sagte Peter Lukasz. »Er ist zweiunddreißig. Was er anhatte, weiß ich nicht. Warum wollen Sie das wissen?«

Aber seine Frau war bereits blass geworden. »Der Tote, der am Snake Pass gefunden wurde«, sagte sie. »Aber das ist doch der Mann, der am Montag bei uns geklingelt hat, oder nicht?«

»Meinen Sie?«

Die beiden starrten ihn wortlos an. Ein feiner Schweißfilm glitzerte auf Peter Lukasz' Stirn. Inzwischen war es wohl auch ihm zu warm geworden.

»Ich muss Sie leider bitten, mit mir zu kommen und … ihn sich anzusehen«, sagte Cooper. »Vielleicht können Sie uns helfen, ihn zu identifizieren.«

Grace Lukasz schüttelte den Kopf. »Aber das ist nicht Andrew«, widersprach sie. »Sie wollen doch nicht etwa andeuten …?« Sie lachte kurz auf. »Ich kenne doch meinen eigenen Sohn.«

Peter Lukasz schien erst jetzt begriffen zu haben. »Das ist doch lächerlich«, sagte er. »Absolut lächerlich. Aber ich komme mit, wenn es dazu beiträgt, Ihnen diese alberne Idee auszureden.«

»Vielen Dank, Sir. Trotzdem brauchen wir Sie beide. Ihre Frau ist die Einzige, die den Mann an Ihrer Haustür gesehen hat.«

Cooper machte sich zum Aufbruch bereit. Lukasz brachte ihn zur Tür, blieb aber in Hausschuhen auf der Schwelle stehen. Er sah aus, als wollte er noch etwas sagen, aber Cooper hatte keine Ahnung, was er ihn noch fragen könnte.

»Wie lange arbeitet Ihr Vater schon an seinem Bericht?«, fragte er schließlich.

»Ungefähr eine Woche.«

»Ach ja? Was hat ihn dazu veranlasst, ausgerechnet jetzt damit anzufangen?«

»Oh, ich glaube, es hat damit zu tun, dass er weiß, dass er bald sterben muss«, sagte Lukasz. »Er hat Leberkrebs im fortgeschrittenen Stadium, und mittlerweile kann man nicht mehr für ihn tun, als die Schmerzen in Schach zu halten. Man hat uns gesagt, dass er nur noch ein paar Monate zu leben hat.«

Ben Cooper stand im Büro der Kripo, zog seinen Mantel aus und blickte auf seine Schuhe, die einmal schwarz gewesen waren, mittlerweile aber einen merkwürdigen Grauton annahmen. Er blätterte die neuesten Mitteilungen und Notizen auf seinem Schreibtisch durch und ordnete sie je nach Wichtigkeit einem der drei Stapel zu, eine Technik, die er in einem Zeit-Management-Kurs gelernt hatte. Wichtig und dringlich – wichtig, aber nicht dringlich – dringlich, aber nicht wichtig. In diesem Fall würde er sich nur mit dem ersten Stapel beschäftigen. Ziemlich weit unten im Stapel stieß er auf eine Telefonnachricht und las sie durch. Ihr Inhalt passte auf keinen der drei Stapel. Sie gehörte nicht einmal zu seinem Aufgabenbereich.

Also legte er sie beiseite, während er sich mit den wichtigen und dringlichen Aufgaben beschäftigte. Ein Staatsanwalt brauchte den Bericht über einen tätlichen Angriff, der gleich als Erstes am Montagmorgen verhandelt werden sollte; bei einer Familie in Edendale, bei denen er einen Einbruch aufklären sollte, war abermals eingebrochen worden, deshalb musste sie beruhigt werden; ein Superintendent wollte, dass er freiwillig bei einer Arbeitsgruppe zur Sicherheit auf Bauernhöfen mitarbeitete, und hätte schon gestern eine Antwort von ihm gewollt.

Diane Fry beobachtete Cooper bei seinem Ritual. Sie wusste nicht, woran es lag, dass er ihr mindestens genauso auf die Nerven ging wie Gavin Murfin. Murfin war dumm und faul, damit konnte sie umgehen. Cooper hingegen war weder das eine noch das andere.

»Du hast ziemlich lange für das Snake Inn gebraucht«, bemerkte sie.

»Tut mir Leid.«

»Ist dir eigentlich klar, dass wir hier auf dem Zahnfleisch kriechen?«

»Natürlich.«

»Ich verlange ja nicht, dass du schluderst«, sagte sie, »mir geht es nur darum, dass du deine Zeit möglichst effektiv nutzt. Also lass mich in Zukunft wissen, wo du bist, wenn du dich verspätest.«

»Diane, ich habe Peter und Grace Lukasz gebeten, den Schneemann zu identifizieren.«

Sie starrte ihn an. »Ach ja? Führst du diese Ermittlung jetzt auf eigene Faust durch?«

»Nein, aber…«

»Wie kommt es dann, dass du schon wieder bei den Lukasz' warst? Gehörte das zu den Aufgaben, die du heute zu erledigen hattest?«

»Nein. Ich habe nur ein bisschen Eigeninitiative ergriffen.«

»Zwei Worte dazu: Lass es!«

»Sie wissen nicht, wo ihr Sohn ist. Sie haben ihn seit Sonntag nicht mehr gesehen.«

Fry sah ihn forschend an. »Haben sie ihn als vermisst gemeldet?«

»Nein.«

»Beschreibung?«

»Stimmt im Großen und Ganzen mit dem Schneemann überein. Abgesehen davon ist Grace Lukasz die Einzige, bei der angeblich am Montag ein Mann geklingelt hat, auf den die Beschreibung passt.«

»*Angeblich*?«

»Ich glaube nicht, dass sie die ganze Wahrheit sagt«, fuhr Cooper fort. »Ihr Mann war nicht zu Hause, und ihr Schwiegervater lebt in seiner eigenen Welt. Nach dem, was die Nachbarn sagen, sieht es ganz so aus, als sei der Mann, der bei den Lukasz' geklingelt hat, nirgendwo sonst in der ganzen Straße aufgetaucht. Von so einem Vertreter habe ich noch nie gehört. Auf jeden Fall dürfte es interessant werden, was sie zum Schneemann zu sagen hat.«

»Na schön«, lenkte Fry ein, »aber gib mir in Zukunft um Himmels willen Bescheid, wo du dich rumtreibst, Ben.«

»Oh, noch etwas«, sagte Cooper.

»Schieß los«, seufzte sie.

»Im Snake Inn erinnert sich niemand an irgendein Fahrzeug mit Allradantrieb. Wäre es nicht möglich, dass die Leiche des Schneemanns schon die ganze Nacht am Straßenrand gelegen hat, bevor es zu schneien anfing?«

»Nein. Wir haben auch unter der Leiche Schnee gefunden. Sieh dir das Video vom Tatort noch einmal genau an, dann wirst du feststellen, dass die Autofahrer, die den Berg heraufkamen, sie hätten sehen müssen. Sogar im Dunkeln hätte man sie im Scheinwerferlicht gesehen.«

»Es wäre nicht das erste Mal, dass Leute einfach vorbeifahren.«

Ungehalten trommelte Fry mit den Fingerspitzen auf die Schreibtischplatte. »Das bedeutet, wir müssten Straßenkontrollen durchführen, und das wiederum würde noch mehr Zeit und noch mehr Leute erfordern.«

»Tut mir Leid.«

»Ich gebe es an den Inspector weiter. Noch was?«

»Im Moment nicht.«

»Dann geh jetzt deine Mitteilungen durch.«

Fry sah Cooper noch eine Weile beim Telefonieren zu. Sie hörte, wie er Leute beschwichtigte, die immer ärgerlicher wurden, weil sich niemand um ihre Angelegenheit gekümmert hatte. Er machte seine Sache sehr gut. Anfangs waren die Leute am anderen Ende der Leitung wutentbrannt oder aufgebracht, legten jedoch schließlich in der Gewissheit auf, sich nunmehr seiner ungeteilten Aufmerksamkeit und seines Mitgefühls sicher sein zu können. Fry überlegte, wie sie selbst Coopers ungeteilte Aufmerksamkeit erlangen konnte. Vielleicht sollte sie noch wütender oder aufgebrachter werden. Alles andere schien keine Wirkung zu zeigen.

Cooper griff nach dem Mitteilungsformular, das er zuvor beiseite gelegt hatte. Dringend oder wichtig? Natürlich weder noch. Trotzdem war dies der Anruf, um den er sich am liebsten kümmern würde. Er steckte den Zettel in die Tasche, zog seinen Mantel an, nahm seine Mütze und folgte Fry zum Parkplatz.

Die kalte Luft war erfrischend. Um zu seinem Wagen zu gelangen, musste er eine tückische Eisfläche überqueren, auf der die Räder Dutzender Streifenwagen beim Herein- oder Herausfahren durchgedreht waren. Wenn nicht bald jemand das Eis beseitigte, würden hier bald Zivilisten zu Fall kommen und sich die Beine brechen. Und dann hagelte es Fahrlässigkeitsklagen gegen die Polizei, was wiederum den Haushalt völlig aus den Angeln heben würde.

Cooper hatte den Eindruck, er müsse sich ein wenig Mühe geben, um sich keinen Ärger mit Diane Fry einzuhandeln. Sie war nicht nur seine Vorgesetzte, sondern hatte es schon seit geraumer Zeit auf ihn abgesehen – ein Verdacht, der noch nie offen zur Sprache gekommen, sondern höchstens angedeutet worden war. Vielleicht bildete er sich nur ein, dass sie sein Geheimnis kannte, aber eins stand fest: Der nächste falsche Schritt konnte seiner Karriere erheblich schaden, so dass er als eines dieser verbitterten alten Schlachtrösser enden würde, die jede Hoffnung auf Beförderung oder Anerkennung längst aufgegeben hatten. Es könnte ihm wie Gavin Murfin gehen, dem es längst egal war, dass ihn niemand mehr für voll nahm.

Doch irgendetwas an der Art und Weise, wie Fry die Sache anging, wurmte ihn. Wann immer sie ihm einen guten Rat gab, verspürte er den Drang, genau das Gegenteil zu tun. Es war dasselbe Phänomen, das er von verheirateten Männern über ihre ständig nörgelnden Frauen zu hören bekam.

Cooper sah sich die Nachricht noch einmal an. Miss Alison

Morrissey hatte angerufen und um Rückruf gebeten. Es war eine Nummer in Edendale angegeben, was den Schluss nahe legte, dass sie immer noch im Cavendish Hotel wohnte. Er hatte noch nicht entschieden, ob er mit ihr reden wollte; er wollte sich seiner Sache sicher sein, bevor er ihr entgegentrat.

Aber Alison Morrissey brauchte seine Hilfe, während Fry ihn absolut nicht brauchte, ja, in Wahrheit war sie ohne ihn besser dran, da sie in diesem Fall ihre Mitarbeiter nach Lust und Laune herumkommandieren konnte. Die beiden Frauen hätten nicht gegensätzlicher sein können.

Der Schneemann sah aus, als würde er jeden Augenblick die Augen aufschlagen. Seine Hautfarbe erinnerte Ben Cooper an den echten Schneemann, den jemand zu Allerheiligen auf dem Friedhof gebaut hatte. Er stand nahe an der Straße und sah seit einigen Tagen wegen der Auspuffgase des vorüberrollenden Verkehrs grau und kränklich aus.

Cooper beobachtete Peter und Grace Lukasz, die schon vor dem Betreten der Leichenhalle ziemlich verstört gewirkt hatten.

»Ist wirklich alles in Ordnung?«, fragte er. »Wir können es auch auf morgen früh verschieben, wenn Ihnen das lieber ist.«

»Nein, schon gut«, sagte Lukasz.

In der Leichenhalle zog ein Assistent dem Leichnam das Tuch vom Gesicht. Cooper beobachtete das Ehepaar aufmerksam. Lukasz schien sogar fast ruhiger zu werden, als er das Gesicht sah, doch seine Frau war von dem Anblick wie gebannt. Sie schob ihren Rollstuhl ein Stück näher heran, um sich Haar und Haut des Schneemanns genauer zu betrachten.

»Also, es ist mit Sicherheit nicht unser Sohn«, sagte Lukasz. »Diesen Mann habe ich noch nie im Leben gesehen.«

»Mrs Lukasz?«, fragte Cooper.

»Natürlich ist es nicht Andrew.«

»Aber haben Sie ihn schon einmal gesehen? Könnte es der Mann sein, der am Montag bei Ihnen geklingelt hat?«

»Schwer zu sagen«, antwortete sie. »So wie er jetzt aussieht … und, na ja, ich habe ihn ja auch nur ganz kurz gesehen. Aber ich glaube, er könnte es sein.«

»Ist Ihnen noch etwas eingefallen, das uns helfen könnte, ihn zu identifizieren? Irgendein kleines Detail?«

»Ich glaube nicht.«

»Vielen Dank.« Cooper nickte dem Assistenten zu, der die Leiche daraufhin wieder zudeckte. Der Schneemann war auf Reisen gewesen, deshalb kannte ihn auch niemand in Edendale und Umgebung. Cooper fragte sich, ob Gavin Murfin sich schon mit Interpol in Verbindung gesetzt hatte.

»Mrs Lukasz, ist Ihnen vielleicht aufgefallen, dass der Mann einen Akzent hatte?«

Grace Lukasz fuhr mit den Handflächen über die Räder des Rollstuhls und blickte zu ihrem Mann auf. »Ich weiß es nicht, er hat nicht viel gesagt.«

»Was genau hat er denn gesagt?«

»Er hat gefragt, ob Mr Lukasz zu Hause ist. Mehr nicht.« Sie wendete den Rollstuhl und fuhr neben ihrem Mann in Richtung Ausgang.

»Welchen Mr Lukasz wollte er denn sprechen?«, fragte Cooper weiter.

Grace blieb stehen. Ihre Schultern waren angespannt. Ihr Mann trat hinter sie, um den Rollstuhl zu schieben. »Das weiß ich nicht«, antwortete sie. »Aber Peter war nicht zu Hause, und zu Zygmunt konnte ich ihn nicht lassen.«

Cooper runzelte die Stirn. Ihr offensichtlicher Mangel an Vorstellungskraft, ihre Weigerung, andere Möglichkeiten in Betracht zu ziehen, ärgerte ihn.

»Ist Ihnen nie in den Sinn gekommen, dass er vielleicht *Andrew* Lukasz gesucht hat?«, sagte er.

»Aber Andrew war doch schon weg«, sagte Peter.

»Eben.«

Auf dem Nachhauseweg machte Diane Fry am Eckladen an der Castleton Road Halt. Er wurde von einer pakistanischen Familie geführt, die immer sehr freundlich zu ihr war, ganz gleich, ob sie gute oder schlechte Laune hatte. Manchmal hatte sie beim Verlassen des Ladens ein schlechtes Gewissen, weil sie diese Freundlichkeit nicht erwidert hatte. Aber das waren jene Tage, an denen ihr Edendale wie der letzte Ort auf Erden vorkam, an dem sie sein wollte.

Fry hatte eine Flasche Milch und eine tiefgekühlte Peperoni-Pizza gekauft. An der Kasse nahm sie noch ein paar Zeitungen mit, für den Fall, dass am Abend nichts einigermaßen Erträgliches im Fernsehen kam. Sie wohnte schon so lange allein, dass sie daran gewöhnt war und es ihr mittlerweile recht gut gelang, die Anfälle von Einsamkeit zu unterdrücken, solange keine Leute in der Nähe waren. Schwierig wurde es, wenn sie die Studenten in den anderen Wohnungen lachen und einander etwas zurufen hörte, wenn sie mit Freunden aus der Kneipe kamen, Musik auflegten und in langen Diskussionen die Welt retteten. In solchen Momenten musste sie ihre ganze Kraft aufbringen. Sie wusste schon jetzt, dass Ben Cooper nicht damit zurechtkommen würde, allein zu leben. Er kannte so etwas ja überhaupt nicht.

In ihrer Wohnung warf Fry einen Blick in die Zeitungen, während die Pizza im Ofen und das Wasser im Kessel heiß wurden. Sofort sprang ihr ins Auge, dass sich Alison Morrissey, die Kanadierin, an die Presse gewandt hatte.

Die *Eden Valley Times* hatte einen ganzseitigen Artikel über sie veröffentlicht, ebenso der *Buxton Advertiser*. Auch in den größeren Zeitungen, im *Sheffield Star* und der *Manchester Evening News*, standen Berichte. Neben jedem Artikel war ein Foto. Fry erkannte sofort die Frau in der Underbank, mit der sich Ben Cooper unterhalten hatte.

20

Als Ben Cooper am Samstagmorgen aufwachte, dachte er an Marie Tennent. Er hatte geträumt, seine Arme und Beine seien aneinander gefroren, seine Trommelfelle und seine Nase seien erfroren und er könnte die Augen nicht mehr öffnen. Schließlich öffneten sie sich aber doch, und er sah sein Zimmer vor sich, jenes Zimmer, in dem er praktisch seit seiner Geburt geschlafen hatte.

Er zog den Vorhang einen Spalt breit auf. Das Fenster ging auf den Hof hinter dem Bauernhaus hinaus. Dahinter erhob sich ein steiler Hügel, der bis auf die obersten dreißig Meter mit dunklen Nadelbäumen bewachsen war, ehe weiter oben das Moor durchbrach. In seiner Kindheit hatte er die bewaldeten Hänge mit allerlei wilden Tieren bevölkert und mit aufregenden Geschichten gefüllt. Er war seinem Bruder Matt in manches wilde Abenteuer gefolgt, das zugleich unheimlich und aufregend gewesen war. Die Erinnerung versetzte ihm einen kleinen Stich des Bedauerns, als er daran dachte, dass er all das bald hinter sich lassen würde.

Obwohl es noch stockdunkel war, wusste Cooper, dass an diesem Morgen kein frischer Schnee gefallen war. Am schwarzen Himmel standen die Sterne fast stechend hell. Das Hochmoor war von einer Eisschicht bedeckt, so wie in der Nacht, in der Marie Tennent starb. Einen Augenblick lang versuchte er sich in Marie hineinzuversetzen, das Verlangen zu spüren, das sie bei einem derartigen Wetter auf den Irontongue Hill getrieben hatte. War es wirklich das Bedürfnis gewesen, das Skelett eines längst toten Babys zuzudecken, es vor der Kälte zu schützen, die es ohnehin nicht mehr spürte?

Cooper schüttelte den Kopf. Er würde es nie verstehen, nicht einmal wenn Marie vor ihm stünde und es ihm in ihren eigenen Worten erklärte. Viel zu viel Gefühl und zu wenig Logik.

Am Montag würde Marie Tennent nicht an oberster Stelle seiner Prioritätenliste stehen, obwohl eine Kopie ihrer Akte immer noch auf seinem Schreibtisch lag. Wie viel Zeit würde er wohl für sie erübrigen können? Vielleicht musste er sie unbearbeitet beiseite legen, bis er mehr Zeit hatte oder das Baby gefunden wurde oder bis die Gerichtsmediziner endlich Zeit für die Obduktion fanden. Er fügte Marie Tennent seiner langen Liste von Fehlschlägen hinzu, Fällen, bei denen er nichts ausrichten konnte, so gern er es auch getan hätte. Am Montagmorgen würde der Schneemann wieder ganz oben auf seiner Liste stehen, da er durch den Autopsiebericht zu einem Mordopfer geworden war. Damit war er sowohl dringlich als auch wichtig.

Aber heute war Samstag, und Cooper hatte frei. Heute war der Tag, an dem er die Bridge End Farm verließ. Es würde nicht lange dauern, seine Sachen zu packen.

»Der Laster steht draußen«, sagte sein Bruder Matt beim Frühstück. »Ich helfe dir beim Aufladen.«

»Ich nehme kaum etwas mit«, erwiderte Cooper. »Die Wohnung ist möbliert. Es ist erstaunlich, wie wenig Zeug sich all die Jahre bei mir angesammelt hat.«

»Was ist mit deinen Gewehren?«

»Die kann ich nicht mitnehmen. Sie müssen im Schrank bleiben, weil ich nicht weiß, wo ich sie sonst unterbringen soll.«

»Bald ist wieder Schützenfest, Ben. Du musst noch ein bisschen trainieren.«

»Ich weiß.«

Matt setzte sich und sah ihn hilflos an. Keiner von beiden wusste, was er sagen sollte. Matt stand wieder auf, um nicht länger nach Worten ringen zu müssen.

»Ruf mich, wenn du fertig bist.«

Cooper brauchte nur seine Kleider, den Computer und die Stereoanlage, ein paar Bücher, CDs und Bilder. Er kam sich vor wie ein Student, der zum ersten Semester an der Uni aufbricht und dessen Eltern darauf bestehen, ihn zur neuen Bleibe zu fahren, um sich zu vergewissern, dass es ihm dort auch wirklich gut ging. Das eine oder andere konnte er auf der Farm lassen, so dass sie in gewisser Hinsicht sein Zuhause blieb.

Das erste Bild, das er von der Wand nahm, hing am Fußende seines Bettes. Ihm fiel auf, dass er es eine ganze Weile nicht mehr betrachtet hatte. Andererseits war das auch nicht nötig, da er ohnehin jede Einzelheit darauf kannte. Jedes Gesicht in jeder einzelnen Reihe war ihm vertraut, sogar die Struktur der Wand hinter den Abgebildeten und der Betonboden unter ihren Stiefeln. Er hätte blind beschreiben können, wie sie die Arme hielten, wer von ihnen lächelte, wer eher misstrauisch in die Kamera blickte und wer seine Krawatte an diesem Morgen nicht korrekt gebunden hatte. Er wusste genau, wie sich der Mahagonirahmen anfühlte, die abgerundeten Ecken, die sanfte Erhebung im Holz neben der einen Ecke, die seine Finger immer wieder fanden. Er erinnerte sich an den kleinen Kratzer im Glas, der fast im Schatten eines Stuhles verschwand, auf dem einer der Beamten in der ersten Reihe saß. Wenn man das Bild ins Licht hielt, wurde der Kratzer sichtbar. Er erinnerte sich nicht mehr daran, wie er zustande gekommen war. Irgendwie war er schon immer da gewesen. Vorsichtig schlug er das Bild zuerst in Seidenpapier und dann in mehrere Schichten Zeitung ein, ehe er es zuunterst in den Karton legte. Mehrere weniger wichtige Fotos folgten. War das Bild besser geschützt, wenn es ganz oben läge? Doch es erschien ihm durchaus richtig, dass es unten lag, unter allem anderen, was sich im Lauf seines Lebens angesammelt hatte. Trotzdem würde es in der neuen Wohnung einen Ehrenplatz bekommen. Es würde ihr eine Art stillschweigende Anerkennung verleihen. Cooper wusste schon genau, wo er es hinhängen wollte.

Kaum war er mit Matt in der Welbeck Street angekommen, herrschte hektische Betriebsamkeit. Seine Schwägerin Kate kam mit den Mädchen, um sich die Wohnung anzusehen. Die drei ließen sich nicht davon abhalten, nach Putzzeug zu suchen und sämtliche Oberflächen in Küche und Bad zu wienern, bis sie glänzten. Matt stand im Wintergarten und musterte den kleinen, verwilderten Garten und die Rückwände der Häuser, die dahinter aufragten. Dann ging er durchs Wohnzimmer und schaute aus dem vorderen Fenster auf die Straße. Vor dem Haus gegenüber stand eine Reihe geparkter Autos. Tauwasser tropfte von den Dächern.

»Besser du als ich, Ben«, sagte er nach einer Weile.

Cooper wusste, was sein Bruder meinte. Obwohl die Welbeck Street nur ein paar Kilometer von Bridge End entfernt war, lagen Welten dazwischen. Aber er war fest davon überzeugt, dass er sich daran gewöhnen würde. Matt würde es wesentlich schwerer fallen, sich umzustellen, falls es jemals dazu kam, dass er den Hof verkaufen musste.

Cooper hatte herausgefunden, dass seine neue Vermieterin einen Jack-Russell-Terrier namens Jasper besaß, den er nun im Hof nebenan kläffen hörte.

Kurz darauf kam Mrs Shelley vorbei, um zu sehen, wie er zurechtkam. Lawrence Daley war bei ihr. Er trug eine Fliege und schüttelte allen die Hand, inklusive Josie und Amy, was dazu führte, dass sie noch eine halbe Stunde später hysterisch kicherten. Mrs Shelley sah Kate zu, wie sie die Küche putzte, und nickte beifällig.

Dann kam Coopers Schwester Claire vorbei und jammerte wie immer, sie habe eigentlich keine Zeit, trotzdem sei es ihr gelungen, ein paar Minuten für ihn abzuzwacken. Sie brachte eine Glückwunschkarte zum Einzug und eine Flasche Weißwein mit und war kurz darauf auch schon wieder in einer Parfümwolke zu ihrem Kunstgewerbeladen in der Bold Lane abgerauscht. Die Mädchen gurrten im Wintergarten über dem Kater, der dieses

Ausmaß an Aufmerksamkeit sichtlich genoss. Er schnurrte so laut, dass die Scheiben vibrierten.

Cooper saß auf einem Koffer und beobachtete unbehaglich das Treiben. Er war von seiner Familie umgeben, von den Menschen, die er seit Jahren kannte, einige von ihnen schon sein ganzes Leben. Neunundzwanzig Jahre hatte er mit Matt unter einem Dach gewohnt. Doch nun, da sie sich alle an einem so wenig vertrauten Ort befanden, kam er sich mit einem Mal wie ein Fremder vor. In einer halben Stunde wären sie alle wieder weg, verschwunden wie das Meer bei Ebbe, und würden ihn hier wie ein Stück Seetang zurücklassen, das von den Wellen auf die Felsen geworfen wird und langsam in der Sonne vertrocknet. Er würde allein in diesem kleinen Haus bleiben müssen, von dem er nicht einmal wusste, wo sich der Stromzähler befand, während sie alle nach Hause fuhren.

Sogar Onkel John und Tante Margaret hatten unvermittelt auf der Schwelle gestanden und sich lobend über die Lage der Wohnung geäußert, bevor sie sich mit einer Entschuldigung wieder verabschiedeten. Sie alle waren aus Neugier gekommen, aus Verblüffung darüber, dass sich ein Mitglied der Familie auf diese Weise davonmachte. Denn genau das tat er in ihren Augen. Ein Cooper lebte nicht allein. Die Familie war dazu da, sich gegenseitig zu unterstützen – warum wollte Ben sich all dem entziehen? Er spürte, dass Claire und auch Tante und Onkel argwöhnten, dass eine Frau im Spiel war, jemand, mit dem er klammheimlich schon eine ganze Weile zusammen war. Bislang hatten sie aber noch keine Anzeichen dafür entdeckt. Cooper rechnete damit, dass sie ihm in nächster Zeit immer wieder einen Überraschungsbesuch abstatten würden.

Mrs Shelley hatte herausgefunden, dass Matt Bauer und damit der personifizierte Antichrist war. Sie verkniff sich zwar jeden Kommentar dazu, aber sobald er gegangen war, vertraute sie sich Cooper an.

»Ich kann Leute nicht ausstehen, die Tiere misshandeln«,

sagte Mrs Shelley. »Welchen Respekt haben die wohl vor Menschen, wenn sie schon die Tiere schlecht behandeln? So was macht mich ganz krank.«

»Sie haben bestimmt Recht, Mrs Shelley.«

»Lassen Sie Miranda nicht auf die Straße, ja? Die Autos sind zu gefährlich. Die rasen wie die Verrückten durch die Straße, dazu haben sie noch die Musik voll aufgedreht und die Fenster offen. Musik! Ein Wunder, dass ihnen nicht der Schädel platzt!«

»Da haben Sie Recht.«

»Wie ich gesehen habe, hat Ihr Bruder trotzdem zwei Kinder«, fuhr Mrs Shelley fort. »Wie schön.«

»Matt sagt, sie kommen gerade in ein ziemlich schwieriges Alter.«

»Oh, ich weiß. Aber solange sie noch klein sind, sind sie niedlich. Ich habe Lawrence lange Jahre gepredigt, dass er Vater werden soll …«

»Tantchen, ich glaube, Ben möchte jetzt ein bisschen allein sein und sich erst einmal einleben«, unterbrach Lawrence.

Mrs Shelley kicherte. »Lawrence findet, dass ich zu viel rede. Sie kümmern sich doch um Miranda, ja? Ich kann sie ja leider nicht mit zu mir nehmen.«

»Wegen des Hundes, nehme ich an.«

Mrs Shelley starrte ihn mit finsterer Miene an. »Was ist denn mit dem Hund?«

»Oh, nichts.«

»Jasper ist der perfekte Wachhund. Er beschützt sein Heim und seine kleine Familie. Er lässt mich immer wissen, wenn jemand kommt.«

»Das glaube ich gern«, sagte Cooper und dachte an das übellaunige Kläffen, das er zuvor aus dem Hof gehört hatte. »Halten Sie ihn draußen oder drinnen?«

»Kommt drauf an, ob es sicher ist«, erwiderte Mrs Shelley.

»Er bellt, wenn er im Hof ist.«

»Oh, Jasper bellt in letzter Zeit auch im Haus, der Gute. Aber ich bin sowieso ein bisschen taub. Wenn ich den Ton am Fernseher ein bisschen lauter stelle, stört es mich nicht.«

Cooper war froh über die dicken Wände. Bis jetzt hatte er weder den Fernseher noch den Hund im Haus gehört.

»Nicht dass ich oft fernsehe«, fuhr Mrs Shelley fort. »Viel zu viele Nachrichten. Die kann ich nicht leiden. Ständig geht es um Leute, die anderen Menschen oder auch Tieren etwas Schlimmes getan haben. Wenn Nachrichten kommen, schalte ich sofort aus und unterhalte mich stattdessen mit Jasper, damit er sich nicht vernachlässigt fühlt.«

»Komm, Tantchen«, sagte Lawrence. »Wir wollten doch nur ein paar Minuten bleiben.«

»Na gut. Dann bis bald«, sagte sie. »Die Pflicht ruft.«

Dann war auch Mrs Shelley verschwunden, der kläffende Hund wurde hereingeholt; und alles war wieder still.

Cooper öffnete das Küchenfenster, um frische Luft hereinzulassen und den Geruch nach Desinfektionsmittel zu vertreiben, das Kate und die Mädchen überall großzügig verteilt hatten. Ein aromatischer Duft nach brennendem Holz wehte herein. Einer seiner Nachbarn machte ein Feuer im Garten, und es roch nach verbrannten Apfelzweigen. Vom Fenster seiner Wohnung aus konnte Cooper keine Bäume sehen. Sie mussten in den Gärten zwischen der Welbeck Street und den Läden auf der Meadow Road stehen und waren nur vom Wintergarten aus zu erkennen. Er überlegte, ob Mrs Shelley wohl erlauben würde, dass er ein kleines Fenster in die Rückwand des Schlafzimmers stemmte, um im Frühjahr die Apfelblüte sehen zu können. Wahrscheinlich nicht. Vielleicht gewöhnte er sich ja daran, nur Asphalt und Schieferdächer vor sich zu haben.

In seiner Tasche steckte immer noch die Telefonnotiz. Wahrscheinlich rechnete Morrissey inzwischen schon nicht mehr mit seinem Anruf. Er fragte sich, was sie hier in Edendale anfing, wenn die Leute sich weigerten, mit ihr zu reden. Vielleicht hatte Frank Baine ihr ein wenig die Stadt gezeigt.

Er wählte die Nummer des Hotels.

»Kann ich bitte Miss Alison Morrissey sprechen? Sie ist Gast bei Ihnen.«

»Einen Augenblick, bitte.«

Noch immer standen ein paar kleine unausgepackte Kisten herum. In einer befand sich eine holzgeschnitzte Katze, Miranda nicht unähnlich, schwarz und übergewichtig. Cooper hatte sie vor Jahren geschenkt bekommen, konnte sich aber nicht mehr daran erinnern, von wem. Jedenfalls hatte sie mehr als zehn Jahre in seinem Zimmer auf der Bridge End Farm gestanden.

Während er wartete, stellte er die Holzkatze auf das Fensterbrett mit dem Blick zur Straße. Behutsam rückte er die Figur so zurecht, dass sie ins Zimmer schaute, direkt auf den Lehnsessel, in dem er abends sitzen würde. Ihr dreistes Lächeln war bestimmt tröstlich.

»Hallo?« Morrisseys Stimme klang misstrauisch. »Wer ist da?«

»Ben Cooper. Sie hatten eine Nachricht hinterlassen.«

»Ach ja. Ich hatte nicht erwartet, dass Sie zurückrufen.«

»Um ein Haar hätte ich das auch nicht getan.«

»Ich hatte mich gefragt, ob Sie wohl bereit wären, sich mit mir zu treffen. Anscheinend ist es mir nicht gelungen, mich hier irgendjemandem verständlich zu machen. *Sie* schienen zumindest interessiert zu sein. Ich hatte gehofft, dass Sie mir zuhören.«

»Aber nur absolut inoffiziell«, sagte Cooper.

»Von mir aus.«

»Morgen vielleicht? Morgen habe ich dienstfrei.«

»Wunderbar. Treffen wir uns im Foyer des Cavendish Hotels? Um halb zwölf?«

»In Ordnung.«

Cooper streichelte die Holzkatze und schaute hinaus auf die Straße. Er verspürte das Bedürfnis, sich mit den Einzelheiten seiner neuen Umgebung vertraut zu machen: mit den Farben der Haustüren gegenüber, den Mustern der Vorhänge in den

Fenstern, den Marken und Modellen der Autos, die auf den Stellplätzen am Straßenrand parkten. Er prägte sich ein, in welchen Gärten Blumen wuchsen und welche ungepflegt und voller Unkraut waren. Er zählte die Mülleimer vor einem schmalen Durchgang, und er sah den Jack Russell, der hinter einem Eisentor stand und auf die Straße spähte. Er fragte sich, wie lange es wohl dauern würde, bis er sich hier heimisch fühlen würde.

»Das ist also deine neue Bleibe!«

Cooper hätte beinahe die Lampe fallen lassen. Jeden anderen hätte er hier erwartet, aber nicht sie. Vielleicht einen seiner neuen Nachbarn oder ein weiteres Familienmitglied, das sehen wollte, wo er untergekommen war. Aber Diane Fry? Sie stand vor der Tür wie ein Gerichtsvollzieher und ließ den Blick prüfend über seine Habseligkeiten wandern, als müssten sie geschätzt werden.

»Ich war in der Gegend«, erklärte sie. »Da habe ich deinen Wagen draußen stehen sehen und mir gedacht, das muss es wohl sein. Nicht besonders groß, wie?«

»Für mich reicht es.«

Cooper stellte die Lampe vorsichtig auf einen Tisch, während ihm plötzlich bewusst wurde, wie bunt zusammengewürfelt sein Geschirr war und dass auf den Stühlen im Wohnzimmer immer noch Berge von Kleidern lagen. Fry löste ständig dieses Gefühl in ihm aus, als könnte er ihren Ansprüchen nie genügen.

Ganz oben auf einem Bücherstapel lagen die Bände, die er bei Eden Valley Books gekauft hatte. Diane Fry sah sie natürlich sofort.

»*Die Geschichte der Flugzeugwracks im Peak District*«, las sie. »Woher das plötzliche Interesse an diesem Thema, Ben?«

Cooper sah keine Veranlassung zu antworten. Was sie jedoch nicht davon abhielt weiterzubohren.

»Der Krieg ist lange her, Ben«, sagte sie. »Ehrlich gesagt verstehe ich überhaupt nicht, warum die Leute ihn immer noch *den* Krieg nennen. Seither hat es jede Menge andere Kriege gegeben.«

»Aber keinen, der so viele Leute direkt betroffen hat«, sagte Cooper. »Keinen, der das ganze Land verändert hat.«

»Wenn du meinst. Aber es sind doch eigentlich gar nicht irgendwelche alten Männer, für die du dich interessierst, oder?«

»Wie bitte?«

»Na ja, entschuldige, wenn ich falsch liege, aber dein Interesse an dieser Geschichte ist doch wohl ein wenig anders gelagert. Gibt es da nicht vielleicht einen kleinen zusätzlichen Anreiz? Eine Kanadierin namens Alison Morrissey vielleicht?«

»Was soll das denn heißen?«

Fry lächelte. »Pass auf, dass du den Kopf nicht in die Schlinge steckst, Ben. Konzentrier dich auf das, was wichtig ist. Nur weil du allein lebst, solltest du nicht gleich auf den erstbesten Menschen hereinfallen, der dir ein bisschen Aufmerksamkeit schenkt. So was geht immer schief.«

»Das geht dich überhaupt nichts an.«

»Wenn es sich auf deine Arbeit auswirkt, schon, Ben. Und im Moment habe ich da so meine Zweifel. Du lässt dich zu leicht ablenken. Du kümmerst dich viel zu intensiv um die Angelegenheiten anderer Leute. Dafür wirst du nicht bezahlt. Wir können uns nicht leisten, dass du durch die Gegend fährst und alte Männer ausfragst, nur weil sich diese Kanadierin irgendwas in den Kopf gesetzt hat. Verstehst du, was ich damit sagen will?«

»Das mache ich in meiner Freizeit«, verteidigte er sich.

»Dann achte darauf, Ben, dass es auch wirklich so ist. Ich behalte dich im Auge.«

»Gut.«

Cooper merkte, dass er unwillkürlich schwerer atmete. Er konnte nicht glauben, dass Diane Fry am Tag seines Einzugs in seine neue Wohnung spaziert kam, um ihn runterzuputzen. Entweder musste er sie hinauswerfen, oder er musste etwas finden, das ihn wieder auf den Teppich brachte.

»Möchtest du einen Kaffee, wenn du schon mal hier bist?«

»Hast du hier überhaupt eine Küche?«

»So was Ähnliches.«

»Dann gerne, vielen Dank.«

Cooper machte sich auf den Weg in die Küche. Zuerst musste er allerdings die Kiste mit dem Wasserkessel finden, dann die Einkaufstüte mit dem Pulverkaffee und der Milch auspacken, die er schon längst hatte in den Kühlschrank stellen wollen. Er lauschte auf irgendwelche Geräusche aus dem Wohnzimmer, hörte jedoch nichts. Vielleicht hatte Diane Fry alles, was sie sehen wollte, bereits von der Haustür aus gesehen und wollte sich nicht in einen Sessel setzen, auch wenn sie dabei nicht auf seinen Kleidern hätte Platz nehmen müssen. Er stellte fest, dass er keinen Zucker gekauft hatte, und drehte sich um, um sie zu fragen, ob sie welchen brauchte. Doch dann besann er sich eines Besseren. Er war sich so gut wie sicher, dass sie ihren Kaffee ohne Zucker trank.

Als er ins Wohnzimmer zurückkam, war Fry dabei, die Kiste mit den Bildern auszupacken. Sie hielt sie an die Wand und reihte sie säuberlich nebeneinander an ein paar Nägeln auf, die die Vormieter zurückgelassen hatten. Und sie hatte ein Tuch gefunden, mit dem sie das Glas über einem Druck von Richard Martin von einem kleinen Durchgang in einer Steinmauer mit dem Win Hill im Hintergrund abwischte.

»Hast du einen Hammer?«, fragte sie.

»Äh, ja… irgendwo.«

»Ich finde, das hier muss an die Wand da drüben.«

»Wahrscheinlich hast du Recht.«

Cooper fand den Hammer, reichte ihn ihr, hockte sich mit seinem Kaffeebecher auf eine Sessellehne und sah zu, wie sie das Bild genau an die richtige Stelle hängte. Sie erledigte diese Aufgabe in ihrer typischen Art – korrekt und ohne großes Aufhebens darum zu machen. Cooper musste zugeben, dass sie die ideale Position für den Druck ausgesucht hatte. Hätte er sie allein aussuchen müssen, wären dazu wahrscheinlich mehrere Anläufe notwendig gewesen.

»Vergiss deinen Kaffee nicht, Diane«, sagte er.

»Ja, gleich.«

Sie ging völlig in ihrer Tätigkeit auf, kramte in der Kiste nach weiteren Bildern und wickelte schichtweise die alten Zeitungen ab, um zu sehen, was noch zum Vorschein kam. Einige recht banale Drucke von Fuchsjagden ließ sie liegen, dann fand sie ein größeres Bild ganz unten in der Kiste, das sorgfältig in Seidenpapier eingewickelt war, damit es nicht beschädigt wurde.

Cooper wusste, was es war. Am liebsten wollte er ihr sagen, sie solle es wieder einpacken und zurücklegen; er wollte ihr sagen, dass es ihm nicht recht war, dass sie damit herumhantierte. Aber er schwieg und wartete ihre Reaktion ab. Er rechnete zumindest mit einem Kommentar. Jeder andere hätte etwas gesagt, irgendeine halblaute Plattitüde, ein paar unbeholfene Worte des Mitgefühls, ohne ihn dabei anzusehen.

Aber Fry sagte kein Wort. Und ihr Gesichtsausdruck veränderte sich ebenfalls nicht. Sie hielt das Bild am Rahmen fest, wischte vorsichtig mit dem Tuch darüber und säuberte die verschmierte Glasscheibe. Und wieder wusste sie genau, wo das Bild hingehörte. Diesmal hatte auch Cooper seine eigene Vorstellung von der richtigen Stelle, brauchte aber nicht einzugreifen. Fry hängte das Bild mittig über den Kamin und rückte es so lange gerade, bis sie hundertprozentig zufrieden war. Dann trat sie einen Schritt zurück und betrachtete es, ehe sie das Tuch noch einmal zur Hand nahm und ihre eigenen kaum sichtbaren Fingerabdrücke abwischte. Cooper wunderte sich, wie behutsam, fast zärtlich sie vorging. So hatte er sie noch nie erlebt.

Es war ein Foto seines Vaters in Polizeiuniform, wie er stolz in der Reihe seiner Kollegen saß, die letzte Aufnahme von ihm, bevor er so gewaltsam auf der Straße umgekommen war. Die Art, wie Fry mit dem weichen Tuch über das Bild strich, bedeutete Cooper mehr als alles, was sie hätte sagen können.

Angesichts ihrer instinktiven Ehrfurcht spürte er einen beunruhigenden Kloß im Hals. Er wünschte, sie würde damit aufhören und ihren verdammten Kaffee trinken. Er hielt ihr den Becher hin und zwang sie damit, das Tuch wegzulegen. Ein paar Sekunden lang fiel ihm nichts ein, was er hätte sagen können, bis ihm seine Stimmbänder wieder gehorchten.

»Wo wolltest du denn gerade hin?«, erkundigte er sich schließlich.

Beim heiseren Klang seiner Stimme sah ihn Fry verblüfft an.

»Na ja, ich bin nicht immer im Dienst. Ich habe auch ein Privatleben.«

»Aha.«

Aus der Küche kam ein leises Geräusch, eine Art fragendes Gurren. Cooper drehte sich um und sah ein breites, schwarzes Gesicht und ein gelbes Auge, das Fry erwartungsvoll anblickte.

»Was um alles in der Welt ist das denn?«, fragte sie.

»Das ist Randy«, sagte Cooper. »Er gehört sozusagen zur Einrichtung.«

Frys Blick wanderte von Cooper zurück zu der Katze, die jedoch beschlossen hatte, vorerst auf Distanz zu bleiben.

»Das ist wieder mal typisch«, sagte Fry. »Nur du kommst auf die Idee, eine Wohnung inklusive eines vagabundierenden Untermieters zu nehmen.«

Danach schienen sie plötzlich keinen Gesprächsstoff mehr zu finden. Fry schaute zum Fenster, woraus Cooper schloss, dass sie sich auf den Weg machen wollte. Sie hatte ihren Auftritt gehabt, ihre Pflicht erfüllt, jetzt war sie bereit, sich wichtigeren Aufgaben zuzuwenden. Sie ging langsam zur Tür, wo sie stehen blieb und etwas aus der Tasche zog. Es war ein kleiner, in blaues Papier gewickelter Gegenstand.

»Wie du weißt, mag ich dich nicht besonders«, sagte sie. »Aber ich habe dir trotzdem was mitgebracht.«

»Danke.«

Cooper nahm das Päckchen und wog es in der Hand. Es war

schwer für seine Größe. Er fing an, an dem Klebeband zu zupfen.

»Du musst es nicht gleich aufmachen«, sagte Fry und schlang sich ihren Schal um den Hals. »Wie ich sehe, hast du hier noch einiges zu tun.«

»Allerdings.«

»Dann bis Montag.«

Cooper sah ihr nach, wie sie die Welbeck Street entlangschlitterte. Offenbar hatte sie ihren Wagen unten an der Straße stehen lassen. Schon bald war sie außer Sichtweite. Cooper war aufgefallen, dass sie neue Schuhe angehabt hatte, und er fragte sich, ob sie welche mit rutschfestem Profil gewählt hatte.

Er ging zurück ins Wohnzimmer und öffnete das kleine Päckchen. Sie hatte ihm eine Uhr gekauft.

Cooper dachte an die Vorteile des Alleinlebens. Er freute sich darauf, sonntagmorgens die gesammelten Wiederholungen der alten *Archers*-Folgen im Radio zu hören, ohne ständig von Videos oder Popmusik oder Kinderfernsehen gestört zu werden. Und da er ganz allein war, musste er sich an seinen freien Tagen noch nicht einmal anziehen oder rasieren. Solange er nicht aus dem Haus ging, konnte er im Bademantel oder einer alten Trainingshose herumlungern. Er konnte den ganzen Vormittag am Küchentisch Kaffee trinken, Toast essen und Zeitung lesen, wenn ihm danach war. Das heißt, falls er daran gedacht hatte, irgendwelche Zeitungen zu abonnieren. Im Augenblick blieb ihm nichts anderes übrig, als beim Kaffeetrinken und Toastessen die Katze anzuschauen. Vielleicht sollte er die Bücherkiste auspacken, die er mitgebracht hatte.

Schließlich kam er darauf, weshalb seine Gedanken so in seinem Kopf herumwirbelten. Er führte stumme Selbstgespräche, um die Stille im Haus zu überspielen. Er hatte noch nie in einem stillen Haus gelebt und bekam nun eine Ahnung davon, wie bedrückend, wie trostlos, ja wie erschreckend es sein würde, jeden

Abend in eine leere Wohnung zu kommen. Jeden Abend würde die Post dort auf der Matte liegen, wo sie am Vormittag durch den Briefschlitz hereingefallen war; eine einzelne, ungespülte Kaffeetasse würde noch immer an der Stelle in der Spüle stehen, wo er sie am Morgen eilig abgestellt hatte; das Haus würde ihm vorkommen, als hätte es den ganzen Tag ein Eigenleben geführt, so dass seine Anwesenheit überflüssig, vielleicht sogar unerwünscht war. Und das sollte in Zukunft sein Zuhause sein?

Dieser erste Vorgeschmack auf die Einsamkeit kam völlig unerwartet – eine Art metallische Bitterkeit im Mund, die ihn daran erinnerte, wie er sich einmal beim Rugby-Spielen in der Schule einen Zahn abgebrochen hatte. Bei dem Versuch, einen tollkühnen Angriff abzublocken, hatte er einen Stiefel ins Gesicht bekommen. Der plötzliche Schwall Blut in seinem Mund hatte ihn einen Augenblick lang in Panik versetzt, ehe ihm übel geworden war. Er hatte den Geschmack seines eigenen Lebens gespürt, wie es zwischen seine Zähne sickerte und sich mit seinem Speichel mischte. Die Einsamkeit schmeckte genauso. Genauso bitter wie damals das Blut auf seiner Zunge.

Die Geräusche der Katze beruhigten ihn ein wenig. Das leise Tappen ihrer Pfoten auf den Wintergartenfliesen, das Rascheln, wenn sie sich in ihrem Körbchen umdrehte, sogar das leise Schnarchen, wenn sie schlief. Das waren nun die Geräusche, denen er gespannt lauschte. Ohne sie wäre das Haus tot und abweisend gewesen. Für den Bruchteil einer Sekunde konnte er sich vorstellen, weshalb Diane Fry so viel Zeit bei der Arbeit verbrachte.

Inzwischen war die Katze unbemerkt ins Wohnzimmer gekommen, saß auf einer Sessellehne und blickte ihn an. Als Cooper ihr Fell streichelte, spürte er eine kurze elektrische Entladung, und das Tier zuckte vor seiner Hand zurück. Die Luft war sehr trocken. Wahrscheinlich gab es in der Nacht wieder Frost.

21

Jeden Morgen, wenn Diane Fry die Autotür öffnete, musste sie kleine Styroporstückchen und fettige Papierfetzen vom Boden aufsammeln. Außerdem versprühte sie Raumspray, bis es im Wageninneren so konzentriert duftete, dass sie das Fenster herunterlassen musste, um nicht zu ersticken. Auch der Sonntagmorgen bildete da keine Ausnahme. Gavin Murfins Spuren hielten sich das ganze Wochenende. Sie war sicher, dass er seine pausenlose Nahrungsaufnahme bewusst als Mittel einsetzte, um sich nicht mit ihr unterhalten zu müssen, wenn sie zusammen unterwegs waren. Mit Ben Cooper konnte man wenigstens ein bisschen plaudern. Er brauchte sich keinen singenden Hummer zuzulegen, der das für ihn erledigte.

An diesem Sonntagmorgen war Fry gerade mit dem Autoputz fertig, als sie ihr Handy klingeln hörte. Es war Inspector Hitchens.

»Sie kommen am besten sofort ins Büro, Diane«, sagte er. »Hier ist der Teufel los.«

Das Cavendish war nicht gerade das modernste Hotel in Edendale. Am Verkehrskreisel am Ende der Umgehungsstraße gab es das Holiday Inn und in der Eyre Street das Travelodge, außerdem war vor kurzem der alte Conservative Club, in dessen Bar noch immer die Porträts von Margaret Thatcher und John Major wie ausgestopfte Hirschköpfe an der Wand hingen, zu einem Hotel umgewandelt worden. Aber das Cavendish war, den Touristenbroschüren zufolge, *das* Hotel mit Charakter. Es war eines dieser Hotels, in denen der Ober die *Times* brachte, wenn man es sich in einem der Ledersessel in der Lounge bequem machte. Und es war das Hotel, in dem der Rotary Club seine Wohlfahrtsdinners für 80 Pfund Eintritt pro Nase veranstaltete. Der schmiedeeiserne Zaun vor dem Hotel war grün gestrichen und mit Spitzen versehen. In den meisten Städten waren solche Konstruktionen längst verschwunden, im Zweiten Weltkrieg herausgerissen worden, um Waffen daraus herzustellen. In Edendale waren sie diesem Schicksal auf wundersame Weise entronnen.

Als Ben Cooper eintraf, wartete Alison Morrissey bereits auf der Treppe. Es war zwar kalt, aber nicht unangenehm eisig. Es schien, als könnte es jeden Augenblick anfangen zu regnen, was zumindest den Schnee fortgespült hätte, der immer noch in den Rinnsteinen und auf den Hügeln rings um die Stadt lag.

»Danke, dass Sie gekommen sind«, sagte sie. »Ich war mir nicht hundertprozentig sicher. Ich wusste nicht, ob man es Ihnen erlaubt.«

»Ich habe heute frei. Also kann ich tun und lassen, was ich will.«

»Wahrscheinlich können Sie sich denken, was ich Ihnen sagen will.«

»Ja. Aber ich bin gekommen, weil ich keine Missverständnisse aufkommen lassen möchte.«

»Missverständnisse? Ich habe akzeptiert, dass mir die Polizei von Derbyshire nicht helfen will. Mir war aber nicht klar, dass Sie mich absichtlich behindern und sich in meine Angelegenheiten einmischen würden.«

»So war es auch nicht«, gab Cooper zurück.

»Ach nein? Sie haben die Lukasz aufgesucht, noch bevor ich mich mit Ihnen in Verbindung setzen konnte. Und dann sind Sie sofort zu Mr Rowland gegangen. Sagen Sie jetzt bloß nicht, das war Zufall. Sie wollen mir einen Strich durch die Rechnung machen. Ihre Vorgesetzten wollen verhindern, dass ich mit diesen Leuten spreche und erreichen, dass ich entmutigt wieder abziehe. Sie haben Sie losgeschickt, um mir Steine in den Weg zu legen, damit ich so schnell wie möglich abreise.«

Cooper bemerkte, dass er verlegen mit den Füßen scharrte, und versuchte so zu tun, als würde er damit gegen die Kälte ankämpfen.

»Ich hatte keinerlei Anweisung, so etwas zu tun«, widersprach er.

Alison zögerte. »Aber Sie sind der richtige Mann für eine solche Aufgabe, oder nicht? Sie sprechen die gleiche Sprache wie die Leute hier. Jedes Mal, wenn Sie vor mir irgendwo waren, bin ich mir erst recht wie ein Fremdkörper vorgekommen. Sobald die Leute meinen Akzent hören, machen sie dicht, als wäre ich ein feindlicher Spion. Man könnte meinen, wir hätten immer noch Krieg. Wer plaudert, gefährdet andere. Dieses Motto haben sie immer noch verinnerlicht. Wissen sie denn nicht, dass wir auf ihrer Seite waren?«

»Aber so ist es doch nicht«, widersprach Cooper. »Die Leute hier sind von Natur aus zurückhaltend. Wenn man sie zum Reden bringen will, muss man sich schon ein bisschen Mühe geben.«

»Ach ja? Mir kommt es eher so vor, als lebten sie immer noch im Krieg. Zurückhaltend ist eindeutig nicht das richtige Wort dafür.«

Cooper schüttelte den Kopf. »Tut mir Leid«, sagte er, »aber *Sie* sind hier diejenige, die ständig vom Krieg redet. Er ist schon lange vorbei. Lange bevor Sie und ich geboren wurden.«

»Da täuschen Sie sich«, sagte Alison. »Für mich ist er nicht vorbei. Er ist erst dann vorbei, wenn ich herausgefunden habe, was mit meinem Großvater passiert ist.«

Sie wechselten einen kurzen Blick. An der Straßenecke in der Nähe des Cavendish Hotels, an der sie stehen geblieben waren, blies ein eisiger Wind um die Häuser. Cooper sah, dass Morrissey fröstelte. Aber dann schien sich ihre Laune mit einem Mal zu heben, und sie lächelte.

»Na ja, wenigstens einen Drink muss ich Ihnen wohl spendieren«, sagte sie. »Keine Widerrede. Gibt es hier irgendetwas in der Nähe, wo man hingehen kann?«

Sie gingen ins Wheatsheaf, wo Alison zu Coopers Verblüffung ein Glas Apfelwein bestellte. Cooper fiel wieder ein, dass er nicht mehr zur Farm hinausfahren musste, und ließ sich ein großes Derbyshire Drop geben – eines der kräftigen Biere aus der Region, dessen Name auf die ursprüngliche Bezeichnung für den einzigartigen Blue John zurückging, den Halbedelstein, der so viele Touristen in den Peak District lockte.

»Ich habe auch nach der Sonntagskarte gefragt«, sagte Morrissey. »Ich hoffe, es macht Ihnen nichts aus.«

»Dazu dürfen Sie mich aber nicht einladen«, protestierte er.

»Wollen Sie jetzt etwa spießig werden? Haben Sie nicht eben gesagt, Sie seien heute nicht im Dienst?«

»Trotzdem muss ich aufpassen.«

»Verstehe. Sie klingen wie jemand, der sich auf einem schmalen Grat bewegt. Damit kann ich umgehen. Mir geht es nicht anders.«

Morrissey entschied sich für einen Gemüseauflauf, während Cooper eine Lasagne aussuchte. Er kam sich lächerlich nervös vor. Als das Essen gebracht wurde, hatte er Mühe, die richtige Reihenfolge zusammenzubekommen: Wo legte man die Serviette hin, was spießte man zuerst auf, wann bestellte man den Kaffee?

»Was meinten Sie mit ›auf einem schmalen Grat‹?«, hakte Cooper nach.

Morrissey runzelte die Stirn. »Auf dem Grat zwischen zwei Welten, dem Grat zwischen Richtig und Falsch, zwischen Vergangenheit und Zukunft. Suchen Sie sich einen aus. Ich bewege mich auf allen dreien.«

»Vielleicht auch auf dem Grat zwischen Vernunft und Zwangsvorstellung?«

Sie sah ihn an und nahm einen Schluck Apfelwein. Ihre Wangen hatten sich vom Alkohol und der Wärme im Pub bereits leicht gerötet. Dann fing sie an zu erzählen, erst stockend, dann immer flüssiger.

»Ja, Sie haben Recht. Es ist zu einer Art Zwangsvorstellung geworden«, sagte sie. »Jedenfalls, nachdem ich den Bericht über den Absturz der Lancaster SU-V und die Liste mit den Namen der Toten gelesen hatte. Von diesem Augenblick an waren diese Männer für mich nicht mehr die anonyme Besatzung irgendeines RAF-Bombers, sondern Menschen. Sie hatten ein eigenes Leben, hatten Frauen und Kinder. Der eigentliche Auslöser war die Tatsache, dass Dick Abbott ebenfalls Vater eines kleinen Kindes war. Dabei war Abbott selber fast noch ein Junge. Das löste etwas in mir aus, irgendeinen Instinkt, der mich drängte, herauszufinden, was damals wirklich passiert ist.«

»Ein *Instinkt*? Nicht Neugier?«

»Vielleicht. Ich weiß nicht, wie ich es sonst bezeichnen soll. Aber ich musste unbedingt wissen, was passiert war. Ich musste die Wahrheit herausfinden, und in gewisser Weise nicht nur wegen mir selbst, sondern auch wegen des anderen Kindes, das ohne Vater aufwachsen musste. Ich habe mir auch Gedanken über Zygmunt Lukasz und die Familie gemacht, die er vielleicht hatte. Ich kann es nicht erklären, warum mir diese polnischen und englischen Kinder überhaupt etwas bedeuten. Wenn ich vernünftig darüber nachdenke, weiß ich, dass die Bilder dieser Kinder, die ich mit mir herumtrage, nichts mit der Wirklichkeit zu tun haben. Ich weiß, dass sie inzwischen längst erwachsen sind. Aber ich habe festgestellt, dass ich allmählich angefangen habe, in einer Art Paralleluniversum zu leben, in dem sie so waren wie 1945. Deshalb habe ich gar nicht erst versucht, es jemandem zu erklären, nicht einmal meiner Mutter. Ich habe mich vor den vernünftigen Argumenten gefürchtet, die man mir entgegenhalten und die ich nicht entkräften könnte, die mich aber in meiner Entschlossenheit nur noch bestärken würden. Manche Leute – solche wie Sie zum Beispiel – halten mich auch so schon für zwanghaft. Ich wollte ihnen nicht die Gelegenheit geben, mich für verrückt zu erklären.«

»Wenn Ihnen das lieber ist, nehme ich das mit der ›Zwangsvorstellung‹ wieder zurück.«

»Nein, es ist mir egal. Wenn Ihnen dadurch klarer wird, wie entschlossen ich bin, kann es mir nur nützen.«

»Aber das liegt alles so lange zurück…«

»Ja, ich weiß. Die Zeit damals war so fremd, so feindselig. Man lernt den Frieden umso mehr zu schätzen. Es hat lange gedauert, bis mir klar geworden ist, dass es im England der Kriegsjahre fast alltäglich war, dass Flugzeuge vom Himmel fielen.«

»Allein im Gebiet um den Dark Peak sind seit Beginn des Zweiten Weltkrieges über fünfzig Flugzeuge zerschellt.«

Morrissey sah ihn erstaunt an. »Woher wissen Sie das?«

»Ich habe ein Buch darüber gefunden«, sagte Cooper.

»Wo denn?«

»In einem Antiquariat hier in der Stadt. Eden Valley Books.«

»Interessant. Dort muss ich unbedingt hingehen. Als Frank Baine mir diese Zahl genannt hat, konnte ich es kaum glauben. Auf der Landkarte sieht der Peak District so klein aus, ein paar Dutzend Meilen breit, eingezwängt zwischen zwei Großstädten. Und die Berge sind nicht einmal besonders hoch, kaum einer ist höher als tausend Meter. Wir sind hier schließlich nicht in den Rocky Mountains, Ben. Warum wurde ausgerechnet dieser Landstrich zum Friedhof so vieler Flugzeuge und ihrer Besatzungen?«

»Einige wurden vom Feind beschädigt, manche sind aufgrund technischen Versagens abgestürzt, oder sie sind vereist und in der Luft zerborsten. Andere Abstürze sind auf Pilotenfehler oder mangelhafte Navigation zurückzuführen. Wenn die Maschinen bei schlechten Wetterbedingungen über ansteigendes Gelände fliegen mussten, wurde es schwierig.«

»Sie haben Ihre Hausaufgaben wirklich gemacht. Passen Sie bloß auf, dass keine Zwangsvorstellung daraus wird.«

Eine Gruppe Mittdreißiger kam herein, junge Männer, die von ihren Frauen in den Pub entlassen worden waren. Sie unterhielten sich lautstark und amüsierten sich offenbar über jemanden, der beim Kauf eines Gebrauchtwagens aus Dummheit Geld verloren hatte. Sie trugen Sweatshirts und ausgewaschene Jeans, deren Bund über den gewölbten Bäuchen abstand, und bestellten mit viel Tamtam irgendwelche Spezialbiere, die normalerweise nur von Touristen getrunken wurden, als orderten sie kistenweise erlesene Weine.

»Dann stellte sich mir ein weiteres Problem«, sagte Morrissey. »Ich musste mich entscheiden, ob ich Kontakt mit den Verwandten der anderen Flieger aufnehmen sollte. Waren sie an meinen Informationen überhaupt interessiert? Ich hatte versucht, mich in ihre Lage zu versetzen. Ich hatte Bedenken, alte Wunden aufzureißen. Nur weil diese Wunden schon siebenundfünfzig Jahre alt sind, tun sie nicht weniger weh. Ich weiß das.«

Cooper versuchte den Blick auf ihr ruhen zu lassen, sie zum Weiterreden zu ermuntern. Manchmal genügte das, um jemanden davon zu überzeugen, dass man ihm aufmerksam zuhörte. Aber wenn er ihr in die Augen sah, lenkte ihn das viel zu sehr ab, so dass er den Blick abwenden musste.

»Zuerst schien es mir eine unmögliche Aufgabe«, fuhr sie fort. »Ich habe es einfach nicht geschafft, mich in diese Leute hineinzuversetzen.«

»Weil Sie so etwas noch nie selbst erlebt haben…«

»Nein. Das war nicht der Grund. Es lag daran, dass es um Leute geht, die meinen Großvater für den Tod ihrer Verwandten verantwortlich machen. Schließlich kam ich zu dem Schluss, dass es für mich nur eine Möglichkeit gab, die Sache anzugehen. Ich musste davon ausgehen, dass die Verwandten ebenso froh wären wie ich, wenn sie wüssten, was wirklich vorgefallen ist.«

Sie redete ununterbrochen, nahm sich kaum Zeit zum Essen und wartete nur selten ab, bis er genickt oder den Kopf geschüttelt hatte. Es war, als wollte sie ihn nicht zu Wort kommen lassen, als hätte sie Angst, er würde versuchen das Thema zu wechseln, bevor sie mit ihren Ausführungen zu Ende war. Inzwischen empfand es Cooper als unverdiente Ehre, dass sie ausgerechnet ihn dazu auserkoren hatte, und fragte sich, ob sie dieses Privileg noch anderen gewährt hatte, Frank Baine zum Beispiel.

»Es kam mir vor, als hätte ich ein Buch vor dem letzten Kapitel weglegen müssen, verstehen Sie? Ein Buch, das ich nie zu Ende lesen konnte. Ich glaube, diese Enttäuschung hat mich angetrieben. Ich wusste, dass es eine herbe Erfahrung werden würde, die letzte Seite zu lesen. Aber es war eine Erfahrung, die ich machen *musste.* Verstehen Sie das, Ben?«

Die Tatsache, dass sie ihn so selbstverständlich Ben nannte, schien einen Wendepunkt darzustellen. Cooper hatte genug Leute verhört, um zu wissen, dass Morrissey sich ihm jetzt, nachdem sie ihm ihre Beweggründe geschildert hatte, näher fühlte und ihn gewissermaßen als Freund betrachtete. Was ihm keinerlei Probleme bereitete.

»Ich glaube schon.«

»Gut. Wissen Sie auch, dass am vergangenen Montag der Jahrestag des Absturzes war?«

»Ja.«

»Keine Ahnung, warum, aber ich fand es wichtig, gerade jetzt hierher zu kommen.«

»Haben Sie die Medaille zufällig dabei?«, fragte Cooper.

»Ja. Und das Päckchen, in dem sie geschickt wurde, auch.« Morrissey legte die Medaille auf den Tisch. »Mein Großvater trug sie immer bei sich, wenn er flog. Sie war so etwas wie sein Talisman.«

Cooper schob die Medaille mit dem Kaffeelöffel in das Licht, das durchs Fenster fiel, um die glänzende Metalloberfläche betrachten zu können.

Morrissey beobachtete ihn lächelnd. »Falls Sie nach Fingerabdrücken suchen, muss ich Ihnen leider sagen, dass meine

Mutter sie als Allererstes gründlich poliert hat. Sie sagte, sie sei schmutzig. Sie hat extra Silberpolitur gekauft.«

»Prima.« Cooper konnte die Politur sogar noch riechen. Trotzdem waren einige durch Rost hervorgerufene Vertiefungen auf dem Metall und schwache Flecken auf dem verblichenen Band zu erkennen. Daneben waren einige dunklere Flecken zu sehen, kleine Spritzer, bei denen es sich möglicherweise um Blut handelte. Die Medaille war in einem alten Lederbeutel verwahrt gewesen, der so zerknittert und rissig war, dass man ihn praktisch kaum noch benutzen konnte. Auf der Innenseite waren an der Stelle, wo einst ein Etikett angenäht gewesen sein mochte, die Reste einer altersschwachen Stickerei zu sehen. Der Beutel war in mehrfach gefaltetes braunes Papier eingewickelt und mit Klebeband versiegelt gewesen, die kanadische Adresse stand mit schwarzem Filzstift in Großbuchstaben darauf geschrieben.

»Und es war kein Brief dabei?«, fragte er.

»Nein.«

»Und die Adresse stimmt?«

»Ja.«

»Ich frage mich, woher der Absender die Adresse Ihrer Mutter kannte.«

»Scharf beobachtet«, bemerkte Morrissey.

Cooper sah auf. »Wie bitte?«

»Glauben Sie nicht, dass wir uns das schon seit Monaten fragen? Seit die Medaille ankam.«

»Natürlich.«

»Es muss entweder jemand sein, der Zugang zur Dienstakte meines Großvaters hatte oder der meinem Großvater nahe genug stand, dass dieser ihm seine Heimatadresse gegeben hat. Vielleicht hat er sie demjenigen aufgeschrieben, damit sie nach dem Krieg miteinander in Kontakt bleiben konnten.«

»Sie meinen… jemandem von seiner Besatzung?«

»Und da es in Edendale abgestempelt wurde…«

»Sie haben daraus geschlossen, dass das Päckchen von dem

einzigen überlebenden Besatzungsmitglied kam, von Zygmunt Lukasz.«

»Von wem denn sonst? Nachdem wir von Frank Baine erfahren hatten, dass Lukasz noch immer in Edendale wohnt, schien uns das die einzig logische Schlussfolgerung. Wen sonst sollte mein Großvater in dieser Gegend gekannt haben?«

Cooper schob die Medaille wieder in die Verpackung zurück. »Die Familien der anderen Besatzungsmitglieder müssen deren Habseligkeiten nach dem Unglück von der RAF bekommen haben. Jeder von ihnen hätte die Adresse Ihres Großvaters haben können.«

»Aber keiner von den anderen wohnte hier in der Nähe.«

»Dann sind Sie also fest davon überzeugt, dass Zygmunt irgendetwas damit zu tun hat?«

»Entweder das«, erwiderte sie, »oder mein Großvater lebt noch und wohnt hier in Edendale.«

In den Räumen der Kripo herrschte eine eisige Atmosphäre. Gavin Murfin war ganz grün im Gesicht, als hätte er endlich zu viel Chicken Tikka Masala gegessen. Als er Diane Fry hereinkommen sah, schaute er weg.

»Was ist denn mit Gavin los?«, fragte sie Hitchens. »Warum sieht er so elend aus?«

»Er hat in sämtlichen Vermissten-Akten nach dem Schneemann gesucht. Jetzt ist er endlich auf die Idee gekommen, die Beschreibung landesweit herauszugeben.«

»Und?«

»Er war ganz besonders gründlich und hat die Einzelheiten an alle Behörden geschickt. An *alle*.«

Murfin sah tatsächlich aus, als hätte er einen Schock erlitten. Seine Haare standen ab, als wäre er vor Aufregung mit fettigen Fingern hindurchgefahren.

»Hat denn eine Behörde eine Übereinstimmung gemeldet?«, fragte Fry.

»Ja. Und sie sind auch schon hierher unterwegs.«

»Wunderbar.«

»Glauben Sie, Diane?«

»Wenn jemand ein paar Leute übrig hat, die uns unter die Arme greifen, dann ist das doch wirklich wunderbar. Gut gemacht, Gavin.« Fry blickte in die Runde und bemerkte, wie nervös Gavin war. »Es ist doch nicht die RUC, oder? Sag jetzt bitte keiner, dass es nach all den Jahren wieder Ärger mit Nordirland gibt!«

»O nein«, sagte Hitchens. »Es ist nichts so Einfaches wie eine Hinrichtung mit terroristischem Hintergrund.«

»Was dann? Wen haben wir denn aufgescheucht? Eine der angrenzenden Dienststellen?«

»Nein. Eine Bundesbehörde.«

»Eine Bundesbehörde?« Fry zog die Stirn in Falten. »Sie meinen die Eisenbahnpolizei, Sir? Nicht? Doch nicht etwa die National Crime Squad? Die Staatssicherheit?«

»Denken Sie mal in Richtung Militär«, antwortete Hitchens. »Ministry of Defence Police, die interne Polizei des Verteidigungsministeriums. Noch heute kommen zwei Beamte der MDP hierher. Angeblich kennen sie unseren Schneemann. Sie glauben, es könnte einer von ihren Leuten sein.«

»Einer von ihren Leuten? Ein verschwundener Militärangehöriger?«

»Der Vermisste heißt Nick Easton. Und wenn ich sage, es ist einer von denen, dann meine ich es auch so. Sie sind in ungefähr einer Stunde hier, und das heißt, die fackeln in dieser Sache nicht lange. Und Sie, Fry, werden mit einer gewissen Sergeant Jane Caudwell zusammenarbeiten.«

Ben Cooper und Alison Morrissey teilten sich die Rechnung und verließen den Pub. Ein paar Minuten gingen sie schweigend nebeneinander her, bis sie das Flussufer erreicht hatten. Dieser Abschnitt des Flusses war mit unzähligen Wasservögeln bevölkert, die quakten, untertauchten, herumspritzten, sich zankten oder mit schief gelegten Köpfen die wenigen Spaziergänger auf den Uferwegen musterten. Ein altes Ehepaar unterhielt sich über den Unterschied zwischen Blässhühnern und Moorhühnern. Zwei Kinder stritten sich um das letzte Stück Brot und versuchten, es der Ente zuzuwerfen, die am weitesten entfernt war, während die Hunde von all dem Geflatter fast hysterisch wurden.

In der Nähe des Wehrs wurde das Wasser flacher, so dass man bis auf den Grund sehen und nach Fischen Ausschau halten konnte. Flöße aus vertrockneten Weidenblättern trieben auf der Oberfläche, trudelten sanft in ziellosen Kreisen und vermengten sich in Ufernähe zu einem dunklen Matsch. Ein paar Meter weiter stürzte das Wasser jäh über das Wehr. Das Schmelzwasser aus den Bergen hatte den Flusspegel ansteigen lassen, und der Wasserfall rauschte so heftig in die Tiefe, dass vereinzelte weiße Fontänen emporspritzten. Dann schäumte der Fluss weiter auf die Brücke zu, wo er einen alten Baumstamm überspülte, der sich am Ufer verkeilt hatte.

»Nicht nur mein Großvater war ein Held«, sagte Morrissey. »Auch Klemens Wach hat Bemerkenswertes geleistet. Als er nach Nottinghamshire kam, war er in Polen schon ein Held. Einer von denen, die bis heute unvergessen sind.«

»Wie meinen Sie das?«

»Wach wurde von der 305. Fliegerstaffel, der berühmten polnischen Einheit, nach Leadenhall verlegt.«

»Tatsächlich?«

»Klar. Steht in der Akte. Allem Anschein nach ist das in Polen eine geradezu legendäre Staffel.«

»Stimmt.«

Sie kamen an zwei Radfahrern vorbei, einem Pärchen in den Dreißigern, das auf einer Bank saß und Tee aus Pappbechern trank; die Helme lagen neben ihnen auf den Holzlatten, während sie mit ausgestreckten Füßen den Enten bei der Futtersuche zusahen. Sie saßen einfach nur da, ohne miteinander zu reden, und hoben die Köpfe nur, um erstaunt einen weißhaarigen Mann anzublicken, der ihnen eine religiöse Broschüre entgegenstreckte.

»Wie lange wollen Sie noch in der Gegend bleiben?«, fragte Cooper.

»So lange wie nötig.«

»Haben Sie keinen Beruf, der Sie nach Toronto zurückruft?«

»Ich bin Lehrerin an der High School. Aber ich habe mich für ein Jahr beurlauben lassen«, erwiderte sie mit einem flüchtigen Lächeln.

»Wie schön. Und Sie haben keine Familie?«

»Nur meine Mutter und meinen älteren Bruder. Sie unterstützen mich in jeder Hinsicht. Meine Mutter und ich sind uns sehr ähnlich. Wir haben in dieser Angelegenheit die gleichen Ansichten. Wir müssen herausfinden, wie das letzte Kapitel ausgeht. Wir *müssen* es einfach wissen, Ben.«

»Ihre Großmutter stand also 1945 ganz allein mit einem kleinen Kind da, das sie ohne Hilfe großziehen musste.«

»Nicht lange. Sie hat einen anderen Mann gefunden. Der Mädchenname meiner Mutter war Rees. Sie hat den Namen meines Stiefvaters Kenneth Rees angenommen.«

»Ihre Großmutter hat also wieder geheiratet?«

»Wie denn? Ihr Mann wurde ja nicht einmal für tot erklärt. Und in Wahrheit hat sie auch nicht geglaubt, dass er tot ist. Aber sie brauchte jemanden, der sie unterstützte und ihr half, meine Mutter aufzuziehen. So war das damals. Und Kenneth Rees war ein guter Mann. Er hat ihr Verhalten nie in Frage gestellt, sagt meine Mutter. Ich erinnere mich noch gut an ihn, obwohl er schon fünfzehn Jahre tot ist.«

Seltsamerweise suchte Cooper nach einer Möglichkeit, Alison nach einem Foto von Kenneth Rees zu fragen. Er hätte es gern mit einer der Aufnahmen von Danny McTeague verglichen.

»Woher stammte Rees?«

»Aus Newcastle on Tyne. Er war als Bauingenieur nach Kanada gekommen. Um Brücken zu bauen.«

»War er ungefähr im gleichen Alter wie Ihr richtiger Großvater?«

»Ungefähr.«

»Vermutlich kannte ihn Ihre Großmutter schon vorher. Oder hat sie ihn erst kennen gelernt, nachdem Ihr Großvater vermisst wurde?«

Cooper stellte plötzlich fest, dass Alison Morrissey nicht mehr neben ihm ging. Als er sich umdrehte, sah er, dass sie ein paar Meter hinter ihm stehen geblieben war. Sie hatte die Hände wieder tief in die Manteltaschen geschoben, so wie er sie zuletzt vor Walter Rowlands Haus gesehen hatte. Ihre Haltung verriet Verärgerung und zugleich eine gewisse Abwehr. Eigensinnig und gleichzeitig schrecklich verletzlich.

»Sie denken jetzt, dass Kenneth Rees mein richtiger Großvater war, nur unter anderem Namen«, sagte sie. »Warum hätte er meine Großmutter auch heiraten sollen – sie waren ja schon verheiratet. Er durfte sich nicht zu erkennen geben, weil er ein Deserteur war. Man hätte ihn ins Gefängnis gesteckt.«

»Das habe ich nicht gedacht.«

»Kenneth Rees war Ingenieur aus Newcastle. Er hatte rote Haare. Er war nur einsachtundsechzig groß. Sein Akzent war kaum zu verstehen.«

»Sie sagten, er ist inzwischen gestorben?«

»Ja, aber wenn Sie wollen, lasse ich Ihnen seine Beschreibung zufaxen. Mit Foto.«

Cooper hätte furchtbar gern gesagt, dass das nicht nötig sei, aber er wusste, dass er die Unterlagen um seines eigenen Seelenfriedens willen mit eigenen Augen sehen musste. Als Alison aufging, weshalb er ihr Angebot nicht ablehnte, nickte sie. »Ich rufe meine Mutter gleich heute Nachmittag an und bitte sie darum«, sagte sie. »Dann haben Sie das Ganze am Montagmorgen. Reicht Ihnen das?«

»Selbstverständlich.«

»Haben Sie E-Mail?«

»Ein Fax geht in Ordnung.«

Morrissey blickte zum Hotel auf der anderen Straßenseite hinüber. Sie wirkte ein wenig enttäuscht, aber bis jetzt hatte sie sich als unverwüstlich erwiesen, und Cooper wusste, dass ihre Verstimmung nicht von langer Dauer sein würde. Zumindest hoffte er das.

»Vielen Dank für das Mittagessen«, sagte sie.

»Sie haben doch selbst für sich bezahlt«, sagte Cooper. »Ich habe Sie zu nichts eingeladen.«

»Dann eben nicht.«

Cooper sah Morrissey nach, wie sie durch das Eisentor ging und im Hotel verschwand. Er wusste, dass irgendetwas an ihrer Geschichte nicht stimmte. Und zwar nicht seine wilde Vermutung hinsichtlich des Briten Kenneth Rees. Alison Morrisseys Geschichte war nicht die ganze Wahrheit.

22

Diane Fry lehnte mit verschränkten Armen an ihrem Auto, das vor Ben Coopers neuer Wohnung stand, und wartete auf ihn. Mrs Shelleys Vorhang nebenan bewegte sich.

»Diane? Schon wieder ein Besuch?«

»Wo warst du?«, fragte sie.

»Ich habe heute frei.«

»Du hast schon wieder nicht auf meine Anrufe reagiert«, sagte sie. »Ich brauche dich.«

Cooper erblickte einen blonden Schopf auf dem Beifahrersitz von Frys Wagen.

»Aber du hast doch Gavin dabei«, sagte er.

»Ja, ich weiß, ich habe diesen Schwachkopf Gavin dabei. Aber ich brauche *dich.*« Sie schob Cooper zum Wagen. »Gavin, ab nach hinten«, rief sie.

Murfin stieg stolpernd aus, woraufhin rings um ihn Bonbonpapierchen in den Schnee regneten. Cooper hätte ihm ohne weiteres einen Strafzettel wegen Umweltverschmutzung verpassen können. »Hallo Ben, in letzter Zeit irgendwelche Fensterputzer eingebuchtet?«

»Halt die Klappe«, konterte Fry. »Und geh nach hinten.«

Cooper blieb zögernd an der Beifahrertür stehen. »Da klebt irgendwas auf dem Sitz.«

»Ihr beide klebt gleich auf dem Gehsteig«, blaffte Fry, die allmählich die Geduld verlor. »Würdest du jetzt bitte endlich …«

»Ich weiß, einsteigen. Was gibt es denn so Dringendes? Noch eine Leiche, oder was?«

Für eine ausgebildete Streifenwagenfahrerin kam Diane Fry nicht besonders gut mit dem Schnee zurecht. Sie beschleunigte zu ungestüm und bremste zu abrupt ab. Ab und zu spürte Ben Cooper, wie die Räder ins Rutschen kamen, und wappnete sich schon für einen Zusammenprall mit dem Rinnstein oder einem entgegenkommenden Auto, aber Fry bekam die Lenkung immer wieder rechtzeitig in den Griff. Am oberen Ende der High Street bog sie an der Ampel zur Clappergate ab, fuhr aber nicht in Richtung Fußgängerzone, sondern am Bahnhof und an der Allerheiligenkirche vorbei, neben der jemand einen Schneemann gebaut hatte. Mit seinem schwarzen T-Shirt und einem weißen Pappkreis als Kragen sah er aus wie der Pfarrer, während glitzernde Murmeln als Augen dienten.

»Wo fahren wir hin?«, wollte Cooper wissen.

»Zuerst wieder in die West Street«, sagte Fry.

»Dann fahren wir aber in die falsche Richtung.«

»Ich umfahre nur den Berg.«

»Wenn du weiterhin so nach Vorschrift fährst, schaffst du es nie den Berg hoch.«

»Drei Dinge zu deiner Information«, sagte Fry mit ernster Miene. »Erstens: Wir wissen, wer der Schneemann ist. Wie sich inzwischen herausgestellt hat, handelt es sich um einen Ermittler der Air Force namens Nick Easton.«

»Aha.«

»Zweitens hatten wir heute Morgen ein paar Typen aus dem Verteidigungsministerium in der West Street zu Besuch. Es waren Leute vom MDP, die sich im Luftfahrtmuseum nach Easton erkundigt hatten.«

Das reichte fürs Erste, fand Cooper. Aber es hörte sich ganz so an, als käme noch mehr. »Und drittens?«, fragte er.

»Drittens«, sagte Fry, »kannst du, wenn dir mein Fahrstil nicht gefällt, jederzeit aussteigen und zu Fuß gehen.«

»Aha.«

Fry kam auf der Höhe des High Peak College heraus. Hier

ging es zwar ebenfalls bergauf, aber nicht so steil, sondern in gemäßigten Serpentinen.

»Dein Kumpel ist immer noch weg«, sagte Gavin Murfin vom Rücksitz, als wollte er Cooper aufmuntern.

»Welcher Kumpel?«

»Eddie Kemp. Ich hab mir mal seine Akte angesehen. Der Knabe hat ja ein ziemliches Vorstrafenregister.«

Als sie die Spitze des Bergs erreicht hatten, schlugen sie sich durch die kleinen Nebenstraßen in Richtung West Street durch. Wenigstens kannte sich Fry inzwischen einigermaßen gut in der Stadt aus, so dass sie kein völlig unbekanntes Terrain mehr für sie war, wie noch eine ganze Weile nach ihrer Versetzung aus den West Midlands. Manche Beamte hatten sie in der ersten Zeit »die Zimtzicke aus den West Midlands« genannt. Cooper hatte diese Bezeichnung schon lange nicht mehr gehört und hoffte nur, dass sie Fry nie zu Ohren gekommen war.

Sergeant Jane Caudwell und PC Steve Nash waren von der Zentrale der Polizei des Verteidigungsministeriums in Essex hergekommen. Caudwell war Diane Fry auf den ersten Blick unsympathisch gewesen. Sie konnte nicht genau sagen, woran es lag – an ihren Grübchen oder an den muskulösen, breiten Schultern. Ihren Spießgesellen Nash hatte Fry bereits nach wenigen Minuten völlig vergessen. Er hielt sich im Hintergrund und sagte nichts, nicht einmal »Hallo«. Chief Inspector Tailby war eigens zu der Sitzung erschienen, ebenso wie Inspector Hitchens.

»Nick Easton war Ermittler bei der Polizei der Royal Air Force«, stellte Sergeant Caudwell fest. »Wegen der offiziellen Identifizierung haben wir uns bereits mit seiner Frau in Verbindung gesetzt, aber eigentlich zweifeln wir nicht daran, dass er es ist. Easton war überall gut bekannt und wurde von allen wegen seines Hobbys ›Magic Nick‹ genannt.«

Ein Foto mit einem RAF-Polizisten in einer blauen Uniform wurde herumgereicht. Fry war sofort klar, dass der Mann auf dem Bild und der Schneemann ein und derselbe waren. In der angehängten Personenbeschreibung war sogar seine Tätowierung erwähnt.

»Wegen seines Hobbys?«, fragte Tailby, der heute noch unglücklicher aussah als sonst. Aber das tat er immer, wenn seine Sonntagsruhe gestört wurde.

»In seiner Freizeit war er Kinderunterhalter«, erklärte Caudwell. »Ich habe mir sagen lassen, dass seine Party-Tricks bei den Kleinen sehr beliebt waren. Die hohen Tiere waren sehr angetan von ihm – jede Menge gute PR, freundschaftliche Beziehungen zur Öffentlichkeit und so.«

Paul Hitchens schien drauf und dran, einen Witz zu reißen, überlegte es sich jedoch nach einem kurzen Blick auf Caudwell und Nash anders.

»An welchem Fall hat Easton gerade gearbeitet?«, fragte Tailby.

»Tut mir Leid, aber darüber darf ich Ihnen im Augenblick keine Auskunft geben«, antwortete Caudwell.

Tailby richtete sich zu voller Größe auf. Er war fast einen Kopf größer als Caudwell und zwei Ränge über ihr, doch das schien ihm nicht viel zu nützen.

»Meiner Meinung nach sollten wir darüber eigentlich informiert sein«, sagte er.

»Tut mir Leid, Sir. Das geht momentan aber nicht.«

»Das ist doch lächerlich, Sergeant. Wie sollen wir sonst unsere Informationen austauschen?«

Caudwell schüttelte den Kopf. Die beiden starrten einander einen Augenblick grimmig an. Fry fiel auf, dass Caudwell nicht einmal zu blinzeln schien. Vielleicht hatte sie sich die Augenlider festnähen lassen, um Furcht erregender zu wirken.

»Dann muss ich mich wohl mit Ihrem Vorgesetzten unterhalten«, sagte Tailby. »Diese Angelegenheit muss auf höherer Ebene geklärt werden. Wir brauchen Zugang zu sämtlichen Informationen.«

»Von mir aus gern«, sagte Caudwell. »Aber vielleicht möchten wir diese Informationen niemandem zugänglich machen. Aber das liegt nicht in meiner Kompetenz. Wie auch immer, wir wissen nicht, was Easton in Ihrem Zuständigkeitsbezirk zu suchen hatte. Wir haben zuletzt aus Nottinghamshire von ihm gehört.«

»Vom Flugzeugmuseum Leadenhall«, sagte Fry.

Caudwell sah sie zum ersten Mal an. Wenn sie lächelte, ließen ihre Grübchen helle Vertiefungen in ihren Wangen entstehen. Im Hintergrund lächelte Nash ebenfalls. Er hatte keine Grübchen, sondern nur einen brutalen Haarschnitt und etwas zu eng stehende Augen.

»Aha«, kommentierte Caudwell. »Wie ich sehe, haben Sie bereits einiges in Erfahrung gebracht.«

»Ich nehme an, es waren Ihre Leute, die vor uns in Leadenhall waren.«

»Da sich Nick Easton nicht mehr gemeldet hat, haben wir versucht seine Spur zu verfolgen.« Caudwell wandte sich wieder an die ranghöheren Beamten. »Was haben Sie über die Todesursache herausgefunden?«, fragte sie.

»Ein kleines, scharfes Messer oder Skalpell, etwas in der Art«, erwiderte Hitchens. »Aber wir wissen nicht, ob er tatsächlich in dieser Gegend getötet wurde. Wir glauben, dass er bereits tot war, als er am Straßenrand zurückgelassen wurde, wissen aber noch nicht, von wo man seine Leiche dorthin gebracht hat.«

»Laborergebnisse?«

»Abgesehen von der tödlichen Wunde gab es keine Spuren an der Leiche, für die sich keine Erklärung am Tatort gefunden hätte. Auf seinem Anzug waren ein paar Flecken, die Motorenöl enthielten. Das ist unsere einzige Hoffnung, das Fahrzeug zu identifizieren, in dem er transportiert wurde. Wahrscheinlich war seine Leiche in etwas eingewickelt, das keine Spuren hinterlässt, eine Plastikplane oder etwas in dieser Art. Außerdem haben wir eine Tasche gefunden, die jedoch leer war. Der Schneepflug hat alle Reifenspuren verwischt.«

»Easton war doch wahrscheinlich mit dem Wagen unterwegs«, sagte Tailby.

»Mit einem schwarzen Ford Focus.« Caudwell nannte ihnen das Kennzeichen.

»Wir lassen sämtliche Parkplätze und die üblichen Orte überprüfen. Und wir bitten die Kollegen in Nottinghamshire, das auch zu tun.«

»Wir glauben, dass er noch einen anderen Ort aufgesucht hat, nachdem er in Leadenhall war«, sagte Fry. »Wir haben eine mögliche Zeugin hier in Edendale, die behauptet, ein Mann, auf den Eastons Beschreibung passt, sei am Montag bei ihr an der Haustür gewesen.«

Caudwell beugte sich interessiert vor. »Name?«

»Mrs Grace Lukasz.«

Die Sergeantin grinste so breit, dass die Grübchen verschwanden. »Sie ahnen ja nicht«, sagte sie, »wie sehr uns das weiterhilft.«

Caudwell zog ein Blatt Papier hervor und reichte es Chief Inspector Tailby, der einen kurzen Blick darauf warf und es an Hitchens weiterreichte.

»Sie sollten sich auch die anderen Namen auf der Liste ansehen und überlegen, ob sie Ihnen etwas sagen«, schlug Caudwell vor. »Dann können wir uns noch einmal zusammensetzen und darüber reden, ob wir unsere Informationen vielleicht doch austauschen.«

Fry sah Caudwell und Nash nach, die sich verabschiedet hatten, um sich in irgendeinem Hotel Zimmer zu besorgen.

»Darf ich die Liste auch mal sehen, Sir?«, fragte sie.

Hitchens gab sie ihr, worauf sie die Namen überflog. Die Liste weckte das überwältigende Verlangen in ihr, so viel wie möglich über all diese Leute herauszufinden, ehe sie Caudwell das nächste Mal begegnete. Ihr war klar, dass der MDP zweifellos ein Problem darstellte. Jeder, der mit ihm zusammenarbeiten musste, bewegte sich auf dünnem Eis. Es war ungefähr so, als würde man den Wölfen zum Fraß vorgeworfen.

Ben Cooper hatte versucht Fry davon zu überzeugen, dass Alison Morrisseys Geschichte mit den Ermittlungen im Schneemann-Fall zusammenhing, trotzdem war er selbst überrascht, als ihm die Beweise dafür endlich vorlagen. Vielleicht hatte er unbewusst gehofft, dass er sich den Zusammenhang nur eingebildet und sich etwas zusammengereimt hatte, weil er einen Grund brauchte, seine Nachforschungen über McTeague fortzusetzen. Aber Fry hatte keinen Grund, sich etwas zusammenzureimen.

»Also, was meinst du dazu, Ben?«, fragte sie.

»Zygmunt Lukasz hat nach Eastons Besuch angefangen, seinen Bericht niederzuschreiben.«

»Bericht?«

»Seinem Sohn zufolge schreibt Zygmunt einen Bericht über den Absturz der Sugar Uncle Victor«, erklärte Cooper.

»Oh, das.«

»Diane, findest du nicht, wir sollten allmählich in Erwägung ziehen, dass eine Verbindung zwischen den beiden Geschichten besteht?«

Fry sah ihn erstaunt an. »Wie bitte? Glaubst du etwa, Alison Morrissey hat etwas mit dem Tod von Nick Easton zu tun?«

»Das habe ich nicht gemeint. Sie war zu diesem Zeitpunkt noch nicht einmal in England.«

»Bist du ganz sicher? Hast du ihren Flug überprüft? Hast du überprüft, ob sie auf der Passagierliste stand?«

»Nein.«

»Dann solltest du das jetzt vielleicht tun.«

Cooper schwieg.

»Das dürfte eigentlich kein Problem sein«, sagte Fry. »Es sei denn, du fühlst dich irgendwie persönlich davon betroffen. Aber das brauchst du eigentlich nicht, oder, Ben? Das würde dir überhaupt nicht ähnlich sehen. Nicht so einem kompetenten, pflichtbewussten Kriminalbeamten wie dir.«

Cooper spürte, wie er rot wurde. Er hasste sich jedes Mal dafür. Es war so albern für jemanden, der auf die Dreißig zuging. Aber Diane Fry besaß das unheimliche Talent, diese Reaktion immer wieder zu provozieren. Leider lag es meistens daran, dass sie Recht hatte.

»Es gibt eine Verbindung«, sagte er. »Das Verbindungsglied sind die Lukasz'. Sergeant Caudwell kannte den Namen. Jede Wette, dass er auf der Liste steht, die sie uns gegeben hat.«

»Stimmt.«

»Trotzdem glaube ich, dass Nick Easton auf der Suche nach Andrew Lukasz war.«

»Warum?«

»Keine Ahnung. Aber es ist mehr als bloßer Zufall, dass Andrew einen Tag vor Eastons Ankunft verschwunden ist. Außerdem ist irgendetwas vorgefallen, das Zygmunt aus der Fassung gebracht hat. Angeblich hat er aufgehört, Englisch zu sprechen. Ich halte ihn für verdammt störrisch. Andererseits hat er nicht mehr lange zu leben, sagt sein Sohn.«

»Steht ihm sein Sohn sehr nahe?«

»Sie stehen einander alle nahe. Sehr sogar.«

»Womit verdient Peter Lukasz eigentlich seinen Lebensunterhalt?«

»Er ist Arzt in der Notaufnahme im Krankenhaus.«

Fry öffnete einen Ordner mit den Autopsie-Aufnahmen von Nick Easton. Für Cooper hieß er immer noch der Schneemann, denn er war mit dem Schnee nach Derbyshire gekommen.

»Mrs Van Doon zufolge wurde Eastons tödliche Wunde durch ein kleines, sehr scharfes Instrument hervorgerufen. Es könnte durchaus ein Skalpell gewesen sein.«

»Mir ist schon klar, worauf du hinauswillst. Aber Peter Lukasz hatte an jenem Abend angeblich Dienst im Krankenhaus. Wir können ganz leicht überprüfen, ob er zu der Zeit, als Easton getötet wurde, dort war, wo er hätte sein müssen.«

»Dann tu das. Was für einen Wagen fährt Lukasz?«

»Einen blauen BMW, drei oder vier Jahre alt.«

»Taugt er was im Schnee?«

»Das bezweifle ich.«

»Aber die Lukasz' sind eine verschworene Gemeinschaft, hast du gesagt.«

»Das heißt noch lange nicht, dass sie sich verschworen haben, jemanden umzubringen. Dazu braucht man ein schwer wiegendes und gemeinsames Motiv.«

»Genau.« Fry dachte eine Weile nach, warf einen Blick auf die Liste vor sich und überlegte weiter.

»Wo bist du sonst noch gewesen, Ben?«, fragte sie.

»Wie meinst du das?«

»In dieser Morrissey-Angelegenheit. Wen hast du noch aufgesucht? Zygmunt Lukasz, dann den alten Mann von der RAF-Bergungsmannschaft, Rowland. Wen noch? Komm schon, raus damit.«

»Na ja, da wäre noch George Malkin.«

Frys Gesicht nahm einen grimmigen Ausdruck an. Sie sah aus, als wollte sie Cooper am liebsten am Mantelkragen packen und kräftig durchschütteln.

»Wer ist George Malkin, Ben?«

»Ein Landarbeiter, aber schon seit Jahren in Rente. Er wohnt auf einem kleinen Bauernhof in Harrop, der früher seinem Vater gehört hat, aber inzwischen ist nur noch das alte Bauernhaus übrig. Beim Absturz der Lancaster war er noch ein kleiner Junge, aber er ist in jener Nacht mit seinem Bruder zur Unglücksstelle hinaufgegangen. Malkin ist ein einsamer alter Mann, schon ein bisschen wunderlich, lebt völlig zurückgezogen, aber er erinnert sich noch genau an das Unglück.« Cooper unterbrach sich und dachte an Zygmunt Lukasz und Walter Rowland. »Na ja, Malkin ist eigentlich noch nicht *so* alt. Erst um die sechzig. Aber zufällig erinnert er sich noch sehr gut an den Absturz.«

Fry starrte ihn noch immer an. »Zufällig?«, sagte sie. »Zufällig?«

»Ja.«

»George Malkin, wohnhaft in der Hollow Shaw Farm, Harrop?«

»Ja. Wieso fragst du?«

Fry wedelte mit der Akte vor seiner Nase herum. »George Malkin steht auch auf Nick Eastons Liste, Ben. Du bist kreuz und quer durch deren Untersuchungen spaziert, ohne zu wissen, was zum Teufel du da überhaupt tust.«

Cooper verspürte eine jähe Erregung, als hätten sich alle seine Vermutungen mit einem Schlag als richtig herausgestellt.

»Was sollen wir jetzt machen?«

»Hast du heute noch was vor?«

»Nein. Absolut nichts.«

»Hast du die Telefonnummer von den Lukasz' dabei?«

»Ja.«

»Ruf sie an. Wir fahren hin.«

Cooper wählte. Niemand nahm ab. »Sie sind nicht zu Hause.«

»Dann versuch's bei Malkin.«

Er wählte eine andere Nummer. George Malkin war zu Hause, sagte aber, er hätte zu viel zu tun.

»Wir würden wirklich sehr gern heute noch vorbeikommen, Mr Malkin«, sagte Cooper.

»Wenn es unbedingt sein muss. Aber ich warne Sie – ich mache mich nicht extra fein für Sie.«

Cooper nickte Fry zu. »Er ist einverstanden.«

»Dann los«, sagte sie. »Ich gebe Inspector Hitchens durch, was wir vorhaben, und dann sehen wir mal, wie dein Freund Malkin da hineinpasst.«

Aber Cooper war sich noch immer nicht sicher, worauf das Ganze hinauslief. Das Auftauchen der MDP hatte ihn durcheinander gebracht, ebenso wie Diane Frys plötzliches Interesse an der Angelegenheit.

»Diane, dann glaubst du jetzt also auch, dass ich Recht habe … dass all das irgendwie mit dem Absturz der Lancaster zusammenhängt?«

»Wenn das Ganze ausschließlich auf deinem Mist gewachsen wäre, Ben, würde ich sagen, du hast es dir nur eingebildet«, antwortete Fry.

»Aber ich bin nicht der Einzige?«

»Nein. Als die MDP heute Morgen anrief, wollten sie als Erstes, dass wir ihnen die Stelle zeigen, an der die Trümmer der Lancaster SU-V liegen.«

Bis auf das eine Mal, als er mehrere Mitglieder ihrer Ermittlungseinheit bei einem Lehrgang kennen gelernt hatte, war Ben Cooper noch nie mit der Polizei des Verteidigungsministeriums in Berührung gekommen. Aber er hatte eine alte Bekannte bei der RAF-Polizei. Carol Parry stammte aus der Gegend von Edendale. Sie musste ihre Zeit bei der RAF demnächst beendet haben und hatte schon angedeutet, dass sie sich bei der Polizeiverwaltung Derbyshire um eine Stelle bewerben würde. Derbyshire würde sie mit offenen Armen aufnehmen – erfahrene Beamte waren als Gegengewicht zu den vielen Anfängern, die in letzter Zeit die Reihen füllten, bitter nötig.

Während er auf Diane Fry wartete, rief Cooper Carol Parry an.

»Die MDP ist ein ganz eigener Laden«, erklärte Parry. »Sie haben viel weitreichendere Befugnisse, und sie haben mit Zivilisten zu tun. Wir kümmern uns ausnahmslos um Soldaten, von denen die meisten im Militärgefängnis in Colchester landen. Wenn der Richter ihnen mehr als achtzehn Monate aufbrummt, werden sie in eine zivile Strafvollzugsanstalt überstellt. Wir haben also im Grunde genommen nichts mit der Aufklärung von Kapitalverbrechen zu tun.«

»Und wer ist dann dafür zuständig?«

»Sag ja der MDP nicht, dass du mit mir gesprochen hast. Das mögen die überhaupt nicht.«

»Warum nicht?«

»Die beiden Lager haben nicht besonders viel füreinander

übrig. Wir veräppeln die Royal Military Police, und die RMP nennt uns ›Schneeglöckchen‹. Aber die MDP kann keinen von uns leiden. Ihr Personal wird ständig heruntergefahren, weil wir andere Methoden finden, die Probleme zu erledigen. So läuft's nun mal.«

»Aber *wir* arbeiten doch mit der RAF-Polizei zusammen, falls nötig. Wir kooperieren.«

»Das stimmt, aber nur, weil wir euch brauchen. Die RAF-Polizei darf niemanden verhaften. Ihr habt die Polizeigewalt. Sergeant Caudwell allerdings auch. Ach übrigens – sind Caudwell und ihre Leute bewaffnet?«

»Was? Keine Ahnung.«

»Fünfundsiebzig Prozent der MDP-Leute sind rund um die Uhr bewaffnet.«

»In Derbyshire müssen wir ein Spezialtraining absolvieren, bevor wir Schusswaffen tragen dürfen«, protestierte Cooper. »Wir müssen regelmäßig Prüfungen ablegen.«

»Sie auch«, meinte Parry. »Jeder von denen ist umfassend an der Waffe ausgebildet. Daran erkennt man, wozu sie eigentlich da sind. Die Öffentlichkeit nimmt sie natürlich nur dann wahr, wenn sie Nukleartransporten auf der A1 Geleitschutz geben. Auch das ist mal wieder typisch britisch: Wenn man kein großes Aufhebens davon macht, kriegt es keiner mit.«

»Damit bin ich einen Schritt weiter«, sagte Cooper. »Glaube ich jedenfalls.«

»Wie ist eigentlich das Wetter bei euch, Ben?«

»Es wird wieder wärmer«, sagte er.

23

Wenigstens war Diane Fry so klug gewesen, Cooper mit seinem Toyota nach Harrop fahren zu lassen. Sie hatte einen Blick auf die Karte geworfen und die immer engeren Höhenlinien gesehen, die den steilen Anstieg auf der anderen Seite des Snake Pass und den noch steileren Aufstieg nach Harrop markierten. Hier gab es immer noch vereinzelte Schneefelder und tückische Eisflächen, die mit der einsetzenden Dunkelheit noch schlechter zu erkennen waren.

Auf dem Weg nach Harrop kamen sie an einem abgestellten Streifenwagen vorbei, der in einer Parkbucht unweit des Irontongue Hill stand. Auf der Seite des Wagens stand die Adresse der Website angeschrieben: www.derbyshire.police.uk. Dort konnten die Bürger ein Grußwort des Polizeipräsidenten aufrufen und sich über die letzten Neuigkeiten zum Wettbewerb »Polizist des Jahres« informieren. Coopers Lieblingsseite war »Personal«, wo es hieß, Kandidaten für den Polizeidienst müssten im Gebrauch »alltäglicher technischer Gerätschaften« wie Telefon und Schlagstock bewandert sein.

Einige Meter weiter gingen zwei Beamte in reflektierenden Jacken die Straße auf und ab und spähten in die gelben Streusandkisten, die die Gemeinde hier am Randstreifen aufgestellt hatte. Sie suchten immer noch nach Chloe.

»Ich habe gestern über Marie Tennent nachgedacht«, sagte Cooper.

»Ach ja?«, meinte Fry.

»Ich habe versucht, mir vorzustellen, warum sie es getan hat.

Warum ist sie dort hinaufgegangen und hat die Babysachen hingelegt?«

»Und? Ist es dir gelungen?«

»Nein«, erwiderte er. »Es erscheint mir irgendwie als Grund nicht plausibel genug.«

»Mir auch nicht.«

»Wenn wir nur mehr Zeit hätten, uns mit ihr zu beschäftigen! Ich würde es wirklich gern verstehen.«

»Erst mal müssen wir das Baby finden. Und das können wir anderen überlassen.«

Trotzdem fand Cooper, dass sich Fry nicht restlos überzeugt anhörte. Auch sie wollte mehr über Marie Tennent wissen. Aber es galt Regeln zu befolgen und Prioritäten zu setzen. Das Bedürfnis, die Beweggründe anderer Menschen zu verstehen, rechtfertigte nicht, noch mehr Zeit auf diesen Fall zu verwenden.

Sie fuhren eine Weile schweigend weiter und folgten den Kurven und Kehren des Snake Pass.

»Was macht die neue Wohnung?«, erkundigte sich Fry schließlich. »Schon eingelebt?«

»Klar. Ich finde sie sehr praktisch.«

»Jedenfalls hast du jetzt kein Problem mehr, pünktlich zur Arbeit zu kommen.«

»Das hatte ich nie«, meinte Cooper.

»Manche halten es für keine gute Idee, allein zu wohnen. Die Leute, mit denen wir zu tun haben, könnten deine Privatadresse herausfinden. Daran habe ich schon bei meinem Einzug in die Grosvenor Avenue gedacht, aber in der Welbeck Street steckst du echt mittendrin. Sozusagen auf dem Präsentierteller für jeden volltrunkenen Radaubruder, der aus seiner Stammkneipe torkelt und auf die Idee kommt, einem Polizisten schnell noch einen Backstein durchs Fenster zu werfen. Ich weiß zwar, dass du jedermanns Lieblings-Bulle bist, aber selbst du musst ein paar Feinde haben, Ben.«

»Das ist mir egal«, sagte Cooper. »Mit diesem Risiko kann ich leben. Dafür gehöre ich jetzt zur Gemeinde.«

»Oha«, sagte Fry. »Die Gemeinde.«

»Das ist kein Schimpfwort.«

»Aber auch nichts, was wirklich existiert, oder? Es ist ein Begriff aus unseren Berichten. Gemeindearbeit, gute Zusammenarbeit mit dem Gemeinwesen, so was. Verständnis für die ethnischen Minderheiten und ihre Gemeinden. Es ist nur ein Wort, Ben, nichts, worin man tatsächlich wohnt, jedenfalls heutzutage nicht mehr. Du lebst in der Vergangenheit. Du hättest vor fünfzig Jahren zur Welt kommen müssen. Das hätte dir bestimmt gefallen. Die Tage, als ein freundlicher Rat oder eine Ohrfeige noch die meisten Probleme gelöst haben.«

»Auch heute wirkt ein guter Rat manchmal Wunder.«

Der Toyota hatte den kleinen Berg oberhalb von Glossop erklommen, und vor ihnen öffnete sich der Blick bis hinüber nach Manchester. Von hier aus wand sich die Straße durch die westliche Hochmoorlandschaft, bis an die Stelle, wo die Steinwälle aufhörten und sich das Landschaftsbild veränderte.

»Ich mache mir Sorgen darüber, Ben, dass du dauernd mit den Gedanken woanders bist.«

»Wo denn?«

»Ich weiß nicht. Ich frage mich, ob es etwas damit zu tun hat, dass du vom Hof weggezogen bist. Ich weiß, dass es dir nicht leicht gefallen ist. Ich weiß auch, dass es nicht einfach ist, wenn man zum ersten Mal allein wohnt.«

Das hörte sich ja erschreckend nach einer fürsorglichen Diane Fry an. Aber in Wahrheit sorgte sie sich nicht um ihn. Ihr ging es nur darum, dass er seine Arbeit ordentlich erledigte. Zweifellos hatte man sie angewiesen, sich für das persönliche Wohlergehen ihrer Mitarbeiter zu interessieren. Wahrscheinlich war dies ihr erster Versuch, sozusagen eine kleine Fingerübung.

»Ben? Du warst schon wieder ganz woanders. Woran hast du gerade gedacht?«

»An nichts«, sagte er.

»Genau das meine ich.« Mit einem Mal klang ihre Stimme ganz anders.

»Was denn?«

»Du sagst nie, was du gerade denkst. Ich habe keine Ahnung, was in deinem Kopf vorgeht, aber manchmal hat es offensichtlich nichts mit deiner Arbeit zu tun. Es gibt einen Bereich in deinem Leben, in den du niemanden reinlässt.«

Cooper wusste nicht, was er darauf antworten sollte. Deshalb sagte er lieber gar nichts, sondern fuhr einfach weiter.

Diane Fry war entsetzt über Harrop. Es war wie ein Außenposten des Wilden Westens, nur ohne Cowboys. Erstens gab es dort anscheinend keinerlei Straßen, sondern nur mit Schlaglöchern durchsetzte Feldwege, die manchmal kaum breit genug für einen Wagen waren. Es gab weder Straßenlaternen noch sonst irgendwelche öffentlichen Einrichtungen. Überhaupt nichts. Weder einen Pub noch einen Lebensmittelladen, noch eine Schule, nicht einmal eine Poststelle. Ja, nicht einmal eine Telefonzelle, so weit sie sehen konnte. Nur ein paar dicht gedrängte Häuser aus geschwärztem Stein, die sich hinter hohe Mauern duckten.

Über dem Dorf ragte die Rückseite des Irontongue Hill wie der Kadaver eines toten Wals auf, an dem sich die blanken Sandsteine wie verkrustete Entenmuscheln klammerten. Rings um Harrop lag immer noch tiefer Schnee auf den Feldern, der dort, wo die Weiden in offenes Heide- und Torfland übergingen, sogar noch tiefer wurde. Auf dem Streifen zwischen den Häusern und der felsigen Bergflanke drängten sich Schuppen, Scheunen und verfallene Hühnerställe. Bei manchen waren offenbar beim Bau die Natursteine ausgegangen, denn ihre Erbauer hatten mit Ytong-Steinen und Wellblech improvisiert.

Es war schrecklich trostlos hier oben. Unbewohnt und unbewohnbar. Wenigstens hatte Fry von weiter oben einen Blick auf Manchester werfen können – einer der seltenen Beweise, dass die Zivilisation nicht ganz außer Reichweite war. Dort unten in der Großstadt gab es Restaurants, Theater und anonyme Menschenmengen, Beton und Asphalt anstelle der unbarmherzigen Kälte, die in dieser gottverlassenen Hochmoorlandschaft durch ihre Kleidung kroch. Noch nie hatte sie sich so ausgeliefert gefühlt.

»Wir müssen nach rechts abbiegen und dann noch ein Stück den Berg hinauf«, sagte Cooper.

»Noch weiter? Sind wir noch nicht hoch genug?«

»Hollow Shaw liegt ganz oben, auf der Hügelkuppe da drüben.«

»Verstehe.«

Erstaunlicherweise wurde der Weg sogar noch übler, je näher sie Malkins Wohnsitz kamen. Einmal stand ein zerzaustes Schaf mitten auf der Fahrbahn und kaute an einem Zweig, der aus einer Einfahrt ragte. Das Tier drehte sich in dem Augenblick zum Auto um, als es vom Scheinwerferlicht erfasst wurde. Das Licht reflektierte in seinen Augen wie in zwei kleinen Spiegeln. Schließlich trottete es widerwillig davon, während seine Hufe auf dem festgebackenen Schnee wegzurutschen drohten.

»Wenn du mich vorgewarnt hättest, wie es hier aussieht… Das ist wirklich der letzte Ort, den ich im Dunkeln aufsuchen würde«, bemerkte Fry.

»Ich schätze, bei Tageslicht sieht es etwas netter aus«, meinte Cooper.

»Willst du damit sagen, dass es hier manchmal auch hell wird?«

Als George Malkin die Tür öffnete, hatte er die Hemdsärmel bis zum Ellenbogen zurückgerollt, und die Härchen auf seinen kräftigen Unterarmen waren mit etwas Rötlichem verschmiert, das wie Blut aussah. Er hatte die Stiefel ausgezogen, trug aber dicke Socken, dazu einen löchrigen braunen Pullover und Überhosen aus Plastik über dem blauen Overall. Alles war feucht und klebrig.

Cooper spürte, wie Fry auf Malkins besudelte Unterarme starrte – bereit, die schlimmsten Schlüsse aus seinem Anblick zu ziehen. In diesem Augenblick stieg ihm die unverwechselbare Mischung aus Blut und Geburtssäften in die Nase, zugleich fruchtig und metallisch – der Geruch neuen Lebens.

»Haben Sie Frühlämmer bekommen?«, wollte er wissen.

»Ja. Ich helfe Rod Whittaker ein bisschen. Das ist der Bursche, dem das Land hier jetzt gehört. Er hat fünfzig Mutterschafe in seinen Ställen.«

»Wir haben nur ein paar Routinefragen, Sir«, sagte Fry, die sich angewöhnt hatte, landwirtschaftliche Unterhaltungen, von denen sie nichts verstand, einfach zu ignorieren.

»Ach ja?«, sagte Malkin. »Dann müssen Sie mit mir in den Lammschuppen kommen.«

»Wohin?«

»Hier entlang. Ich kann sie nicht lange alleine lassen.«

Sie folgten Malkin um das Haus herum, durch ein Tor und an einem großen Metallschuppen mit weit geöffneten Schiebetoren vorbei. Im Schuppen stand ein riesiger DAF-Sattelschlepper neben einem leistungsstarken Renault-Traktor, an dessen Front ein Schneepflug montiert war.

»Das ist wohl der Laster von Ihrem Freund«, bemerkte Cooper.

»Genau. Er stellt ihn hier unter.«

»Und der Traktor?«

»Rod arbeitet überall, wo er was kriegt. Wenn es wie jetzt schneit, kann er den großen Laster nicht fahren, aber die Gemeinde bezahlt ihn dafür, dass er die Straßen in der Gegend frei macht, also verliert er kein Geld. Er kann es sich nicht leisten, nichts zu verdienen. Muss ja für seine Familie sorgen. So ein Transportunternehmen ist genauso riskant wie die Landwirtschaft, aber er schafft es schon irgendwie.«

Sie gingen quer über den Hof auf ein anderes Gebäude zu.

»Rod lässt seine Herde immer auf den Wiesen hier grasen. Im Frühling schießt das Gras wie kleine grüne Raketen raus. Er kann sich's erlauben, die Muttertiere früh lammen zu lassen – da hat er schon mal einen guten Anfang mit ihnen.«

»Sie haben den Hof aufgeteilt und das Haus für sich behalten«, stellte Cooper fest. »Wo wohnt Mr Whittaker?«

»Am anderen Ende vom Dorf«, antwortete Malkin. »Mein Vater hat das Land verkauft, als er die Farm nicht mehr halten konnte. Damals hat man noch gute Preise für Land bekommen, jedenfalls hat es gereicht. Rod gehört das Land und diese Gebäude hier. Natürlich hat er noch sein Transportunternehmen. Deshalb kann er nicht ständig hier sein und sich um die Schafe kümmern. Einen Helfer kann er nicht bezahlen, und bei mir weiß er, dass es mir nichts ausmacht.«

»Sie haben in Ihrem Leben bestimmt eine ganze Menge Schafe zur Welt gebracht«, sagte Cooper.

»Tja, das waren schon einige.«

Sie betraten den Schuppen, in dem es deutlich wärmer war als draußen. Der Schuppen war zur Hälfte mit Metallverschlägen ausgestattet, in denen schwarzgesichtige Mutterschafe standen. Cooper atmete tief den warmen Geruch nach Tieren und Stroh ein, während Fry einen Blick auf die Schafe warf und ein Stück zurückwich.

»Ich finde das keinen sehr passenden Ort. Können wir nicht zurück ins Haus gehen?«, fragte sie.

»Die hier sind gerade eben beim Lammen. Das sieht man doch«, brummte Malkin.

Fry starrte die Schafe ausdruckslos an. Cooper wusste, dass sie lediglich ein paar Schafskeulen und etliche Sonntagsbraten in ihnen sah.

»Die sehen doch ganz munter aus«, meinte sie.

»Man darf sie aber nicht alleine lassen. Stellen Sie Ihre Fragen ruhig hier.«

»Na schön. Kennen Sie diesen Mann?«, fragte Fry und zog ein Foto von Nick Easton hervor.

»Hat nicht viel Sinn, mir das unter die Nase zu halten«, sagte Malkin. »Ich hab meine Brille nicht auf.«

»Dann holen Sie sie.«

»Die ist im Haus. Dort, wo ich sie brauche.«

»Herrgott noch mal!«

»Ich plane meine Tage nicht danach, wann Sie hier raufkommen, verstehen Sie?«

Fry atmete tief durch. Cooper sah, wie sie bei den Gerüchen von Schafsdung, Stroh und saurer Milch das Gesicht verzog.

»Wir brauchen Informationen über einen gewissen Sergeant Nick Easton. Sagt Ihnen der Name etwas?«

»Nie gehört.«

»Er hat für die Royal Air Force gearbeitet.«

»Aha«, sagte Malkin. »Hat das was mit der Beschwerde zu tun?«

»Mit welcher Beschwerde?«

»Wegen der Tiefflieger. Ein paar von diesen Düsenjägern fliegen hier so tief drüber, dass sie uns fast die Schornsteine abrasieren. Außerdem erschrecken sie die Schafe zu Tode. Rod hat deswegen eine Beschwerde eingereicht. Er meint, dass er vielleicht wenigstens ein bisschen Schadenersatz kriegt.«

Fry musterte ihn verständnislos, ehe sie Cooper einen Blick zuwarf.

»Ich glaube, dazu müssten Sie nachweisen, dass die Flugzeuge irgendwelchen Schaden angerichtet oder die Schafe beeinträchtigt haben«, sagte Cooper. »Haben denn Muttertiere ihre Lämmer verloren?«

»Es hat überhaupt nichts damit zu tun«, warf Fry ein.

»Dann ist er also bei der RAF?«, fragte Malkin. »Sieht aus, als würde er auf diesem Foto Uniform tragen. Ich erkenne das Blau und die Mütze.«

»Schon, aber vielleicht haben Sie ihn ja auch in Zivil gesehen«, sagte Fry.

Malkin zuckte die Achseln. »Wie gesagt… ohne meine Brille…«

»Ist in letzter Zeit jemand von der RAF hier gewesen? Oder hat vielleicht jemand angerufen?«

»Nicht dass ich wüsste«, sagte Malkin. »Aber ich geh auch nicht immer ans Telefon.«

»Ihr Name stand auf einer Liste von Leuten, die Sergeant Easton aufsuchen wollte. Fällt Ihnen irgendein Grund dafür ein?«

»Nein.«

»Sagt Ihnen der Name Lukasz etwas?«

Malkin spannte sich kaum merklich an. Bevor er antworten konnte, ging ein Schaf im Verschlag nebenan in die Knie und fing an zu brüllen. Malkin drehte sich um.

»Lassen Sie sich nicht stören«, sagte Cooper. »Ich mach das schon.« Malkin akzeptierte das Angebot mit einem Nicken und reichte ihm stumm einen Ersatzoverall.

Verwundert sah Fry zu, wie Cooper seinen Wachsmantel auszog und den Overall überstreifte. Um ein Haar wäre ihr Malkins Antwort entgangen.

»Lukasz. Bei dem Namen klingelt's irgendwie. Hat auch was mit der RAF zu tun, oder?«

»Sagen Sie es mir.«

Aus dem Augenwinkel sah sie, dass Cooper in den Verschlag mit dem blökenden Mutterschaf gestiegen war. Das Tier schrie immer noch. Ein Gebrüll aus voller Kehle, wie es eine Geburt eben mit sich brachte. Es gelang ihr zwar nicht, das Geräusch auszublenden, aber sie versuchte zumindest nicht darauf zu achten, was Cooper tat, während er sich über das Schwanzende des Schafes beugte. Was es auch sein mochte, das Schaf rollte wild mit den Augen, und das Brüllen wurde noch lauter.

»Ben! Was zum Teufel tust du da?«

»Ein Fuß ist verdreht«, sagte Cooper. »Haben Sie ein Stück Schnur, Sir?«

»Ja, da an der Wand vom Verschlag«, sagte Malkin.

Fry sah zu, wie Cooper etwas aufhob, das wie ein Stück blaues Nylonseil aussah, es in Seifenwasser tauchte und zu einer Schlinge band.

Dann bückte sich Cooper wieder. Fry war immer noch nicht hundertprozentig klar, was er da machte, aber sie war sich ziemlich sicher, dass es nicht zu den üblichen Aufgaben eines Kriminalbeamten gehörte, der gerade eine Befragung durchführte.

»Ah … geht doch«, presste Cooper hervor.

Ein schmatzendes Geräusch war zu hören, dann das Platschen von Flüssigkeiten, die sich ins Stroh ergossen, und mit einem Mal verstummte das Schaf. Und als Nächstes ertönte ein anderes Geräusch. Es war nur ein leises Keuchen, wie das eines kleinen Kindes, dem etwas im Hals stecken geblieben ist. Plötzlich wollte Fry unbedingt sehen, was dort in dem Verschlag vor sich ging.

Malkin drehte sich wieder zu ihr um. »Das Einzige, was mir dazu einfällt, ist, dass er ein alter Flieger sein könnte. Vielleicht ein Pole, mit dem Namen? Sie sollten es mal beim alten Walter Rowland versuchen. Der war nämlich bei der RAF. Ist aber schon Ewigkeiten her.«

»Ja, ja«, sagte Fry ungeduldig.

»Interessiert Sie das denn nicht? Ich dachte, Sie wollten ein paar Fragen loswerden?«

Sie hörte Cooper im Stroh rascheln und dem Schaf etwas zumurmeln, als wäre er ein schwachsinniger Ziegenhirt.

»Es ist ein Schaflamm«, konstatierte er.

»Ah, sehr gut«, sagte Malkin, ohne sich umzudrehen. »Nur eins?«

»Das sage ich Ihnen gleich.«

Außer Ben Coopers Rücken in dem blauen Overall sah Fry überhaupt nichts. Sie wollte näher an den Verschlag herantreten, aber Malkin stand ihr im Weg.

»Jedenfalls«, sagte er, »weiß ich nicht, was ich Ihnen sonst noch sagen soll. Was wollen Sie denn noch wissen? Ich weiß nicht, was dieses ewige Tamtam mit der RAF soll.«

»Schsch!«, sagte Fry.

Jetzt drang ein lautes, hohes Quieken aus dem nassen Stroh. Fry beugte sich über den Verschlag und erhaschte einen Blick auf etwas Dunkles und Feuchtes, das vor ein paar Minuten noch nicht da gewesen war. Es war ein Geschöpf mit winzigen, dünnen Beinchen, die ausgestreckt im Stroh lagen, und einem Kopf, der viel zu groß für den kleinen Körper war. Staunend beobachtete sie, wie es versuchte auf die Beine zu kommen, dabei bedenklich schwankte und die Ohren eng an den Kopf legte, als es versuchte, das Gleichgewicht zu halten. Obwohl es noch nicht richtig sehen konnte, schürzte es bereits das Mäulchen und versuchte zu seiner Mutter zu gelangen. Es war gerade mal eine halbe Minute auf der Welt.

»Ein schönes, kräftiges Lamm«, lobte Cooper. »Wir lassen es gleich mal saugen.«

»Wo denn?«, fragte Fry.

»An den Zitzen der Mutter, wo sonst?«

»Es ist noch zu klein. Da kommt es doch niemals dran«, wandte sie ein. »Oder doch?«

»Du wirst schon sehen.«

Nach wenigen Augenblicken hatte sich das Lämmchen gestreckt, eine Zitze gefunden und stieß kräftig mit dem Kopf gegen den Bauch der Mutter. Das Muttertier neigte den Kopf und beschnupperte und beleckte das Lamm, das wie ein kleiner Hund mit dem Schwanz wedelte.

»Nicht zu glauben«, sagte Fry.

»Ein neues Leben«, sagte Cooper. »Das ist jedes Mal wieder ein ganz besonderer Augenblick.«

»Ich kann's gar nicht oft genug sehen«, sagte Malkin, worauf die beiden einen Blick tauschten, den Fry nicht deuten konnte, der sie aber eindeutig ausschloss.

»Sind wir fertig?«, Cooper knöpfte sich den Overall auf.

»Äh, ja«, sagte sie, obwohl sie sich kaum von dem Verschlag mit dem Lämmchen losreißen konnte.

»Wenn Mr Malkin noch etwas dazu einfällt, setzt er sich bestimmt mit uns in Verbindung.«

Fry reagierte sofort und reichte Malkin ihre Visitenkarte. Malkin nahm sie zwischen Daumen und Zeigefinger entgegen, damit sie nicht schmutzig wurde. Die Karte war weiß, glänzend und makellos. In dem Lämmerschuppen wirkte sie so fremdartig, als käme sie vom Mars.

Während Ben sich die Hände wusch, ging Fry zum Wagen zurück. Bevor er sich verabschiedete, klopfte ihm Malkin auf die Schulter. »Sie sind kein übler Bursche«, sagte er. »Ich könnt mir denken, dass Sie allein leben, stimmt's?«

»Woher wollen Sie das wissen?«

Malkin zwinkerte ihm kurz zu. »Wie heißt es so schön: gleiche Brüder, gleiche Kappen. Ich wette, Ihr Mantel hat eine schöne große Tasche, stimmt's?«

»Ja.«

»Dann stecken Sie das hier ein. Ganz frisch, Sie müssen es nur sauber machen.«

Er schob Cooper einen in Zeitungspapier eingewickelten Packen in die Hand. Cooper befühlte ihn, um sich zu vergewissern, dass ihm der alte Mann nicht einige Kilo Crack oder eine Waffe zusteckte.

»Ich glaube, das darf ich nicht annehmen«, sagte er.

»Stell dich nicht so an, Junge. Ist doch nichts dabei. Aber sag nichts deinem Sergeant, ja? Die versteht das nicht.«

Malkin zwinkerte ihm wieder zu. Cooper wusste, dass Diane Fry draußen auf ihn wartete, aber er war sich ebenso darüber im Klaren, dass er den Mann bei Laune halten musste, wenn er an seine Erinnerungen herankommen wollte.

»Ich darf das nur annehmen, wenn ich Ihnen etwas dafür bezahle, Mr Malkin«, sagte er.

»Na gut, wenn's denn sein muss. Sagen wir fünfzig Pence.«

Cooper kramte ein Fünfzig-Pence-Stück hervor. Bis jetzt erwies sich das Single-Leben als ziemlich billig. Und er wusste sogar, wie man ein Kaninchen ausnahm und zubereitete. Er und Randy würden es sich schmecken lassen.

»Dann hat ja alles seine Ordnung«, sagte Malkin und zwinkerte abermals.

Nachdem die beiden Detectives fort waren, kehrte George Malkin sofort wieder zu den Schafen zurück. Er musste die Nabel der neugeborenen Lämmer mit Jod beträufeln, damit sie sich durch die Nabelschnüre keine Infektionen zuzogen. Und am hinteren Ende des Schuppens gab es noch etwas anderes zu tun – etwas, das er aufgeschoben hatte, als die Polizei gekommen war. Der Beamtin hätte es bestimmt nicht gefallen, und er hätte ihnen nur ungern gezeigt, was er in der Tasche hatte. Das, was er gerade aus dem Haus geholt hatte, als die beiden ankamen.

Malkin kümmerte sich gern um die lammenden Schafe. Er war froh, dass er sich nützlich machen konnte, froh, dass er wieder ein wenig in seinem alten Beruf arbeiten durfte. Er hatte schon Hunderte Lämmer auf die Welt geholt, und niemand musste ihm sagen, wie er es anstellen musste. Er konnte allein arbeiten, allein mit seinen Gedanken, die ihm Gesellschaft leisteten. Dank seiner Hilfe konnte Rod Whittaker in seinem Tagesjob arbeiten und den Schuppen am Abend übernehmen, wenn er zurückkam.

Es tat ihm Leid, dass Rod sich so abrackern musste, um über die Runden zu kommen. Der Junge war ein waschechter Bauer, aber er hatte nicht genug Geld, um den Hof richtig zu betreiben, und es gab nur wenig Hoffnung, dass er eines Tages mit seinen Schafen genug zum Leben verdienen würde. Heutzutage konnte niemand mehr richtig von der Landwirtschaft leben. Rod würde für den Rest seines Lebens Lastwagen fahren und gezwungen sein, sein Geld auf andere Weise zu verdienen. Jeden Morgen, wenn er zur Arbeit ging, sah er müde und hohläugig aus, weil er wieder einmal eine ganze Nacht im Lämmerschuppen gedöst hatte.

Kurz bevor die Polizei kam, war ein Lamm tot geboren worden. Gegenüber hatte ein Schaf zwei Lämmer geboren, das zweite jedoch nicht angenommen und sich geweigert, das Jungtier zu säugen. Das kleine Lamm blökte, aber seine Mutter stieß es immer wieder zugunsten seines größeren, kräftigeren Geschwisters zurück, das energisch an ihren Zitzen saugte.

Weder das tote noch das verstoßene Lamm waren etwas Ungewöhnliches, und Malkin wusste genau, was er zu tun hatte. Er musste dem toten Lamm das Fell abziehen und um den Körper des Verstoßenen binden, um der Mutter des toten Lämmchens den richtigen Geruch zu bieten, damit sie es als ihr eigenes Junges akzeptierte. Es war eine uralte Methode, aber sie funktionierte immer. Schafe waren dumm – sie merkten nicht, dass man sie hereinlegt hatte.

24

Auf der Rückfahrt saß Diane Fry steif auf dem Beifahrersitz des Toyota und sagte kein Wort. Eigentlich wollte er sie darauf aufmerksam machen, dass sie Stroh im Haar hatte, traute sich aber nicht, etwas zu sagen. Sie waren schon fast in Edendale, als er merkte, dass sie sich ein wenig entspannte. Es schien an den Straßenlaternen zu liegen, am Anblick von Häusern und Tankstellen, an den Lichtern ihrer Alarmanlagen und Einfahrten.

»Wir können es noch mal bei den Lukasz' versuchen, Diane«, schlug Cooper vor. »Oder willst du bis morgen warten?«

»Das erledigen wir gleich. Morgen ist es vielleicht schon zu spät.«

»In Ordnung.«

Im Woodland Crescent fanden sie den Bungalow der Familie Lukasz dunkel vor, auch der BMW in der Einfahrt fehlte. Cooper klingelte trotzdem.

»Pech gehabt«, meinte er.

»Verdammt. Dann eben doch morgen. Wir hätten uns auch denken können, dass manche Leute sonntagabends etwas Besseres zu tun haben.«

»Moment mal. Wie spät ist es?«, fragte Cooper. »Fünf Uhr? Ich weiß, wo sie sein könnten.«

»Was?«

»Vor einer Stunde sollte ihr *Oplatek*-Essen anfangen. Wahrscheinlich sind sie alle unten im Dom Kombatanta.«

Die polnische Gemeinde schien ausgesprochen gesellig zu sein. Während sie warteten, las Ben Cooper die Bekanntmachungen am Eingang zum Gemeindesaal durch. Im April gab es ein Osteressen, gefolgt von etwas, das sich Katyn-Gedenktag nannte und mit einem Gottesdienst und einer Kranzniederlegung begangen wurde. Der dritte Mai war der polnische Nationalfeiertag, den die Gemeinde ebenfalls mit einem Gottesdienst und einer Flaggenparade würdigte. Cooper fragte sich, ob Zygmunt wohl an der Parade teilnahm, zusammen mit den anderen Mitgliedern der Veteranen-Organisation *Stowarzyszenie Polskich Kombatantow w W Brytanii.*

Sie hatten jemanden in der Küche angetroffen und darum gebeten, Peter Lukasz etwas auszurichten, da sie die Feier nicht stören wollten.

Cooper fiel die letzte Veranstaltung des kommenden Frühlings ins Auge: das Jahrestreffen der SPK selbst, das im Dom Kombatanta abgehalten wurde. Zu diesem Anlass wiederum schien man nicht mit großem Andrang zu rechnen. Der Beginn war für 16 Uhr angesetzt, aber darunter stand: *Sollten wir nicht beschlussfähig sein, wird die Versammlung auf jeden Fall um 16 Uhr 30 eröffnet.* Cooper konnte sich die SPK genau vorstellen: ehemalige Soldaten und Flieger, gebeugte alte Kämpfer, stolz auf die Medaillen, die sie an die Brusttaschen ihrer Anzugjacken geheftet hatten, einige von ihnen mit Fallschirmjäger-Baretts und Weißer-Adler-Orden. Aber es waren nur noch so wenige von ihnen übrig, dass sie nicht einmal mehr garantieren konnten, bei ihrem Jahrestreffen beschlussfähig zu sein, denn jedes Jahr forderten Krankheit und Tod ihren Tribut.

Er hatte solche alten Soldaten schon gesehen, zumindest ähnliche Männer, die jedes Jahr am Volkstrauertag vor dem Ehrenmal Aufstellung bezogen. Aber es wurden von Jahr zu Jahr weniger, als würden allein die verblassenden Erinnerungen an die Opfer, die sie gebracht hatten, sie solange aufrecht halten. Manche Teilnehmer der Parade im Vorjahr hatten so zerbrechlich und durchscheinend gewirkt, dass sie ebenso gut Gespenster hätten sein können. Vielleicht existierten sie nur noch, weil die Öffentlichkeit an sie glaubte, so wie die Fee Naseweis oder der Weihnachtsmann.

»Peter meint, Sie sollen einfach reinkommen«, sagte die Frau aus der Küche.

Diane Fry zögerte. »Ja, aber...«

»Er hat gesagt, heute Abend sind Sie sehr willkommen.«

Fry betrat den Saal. Cooper blieb kurz an der Tür stehen. Ein seltsames Gefühl breitete sich in ihm aus, so als würde er mit dem nächsten Schritt ein fremdes Land betreten. Nein... kein fremdes Land, sondern eine Art Paralleluniversum, das immer noch England war, aber ein England, dessen Bewohner keine Engländer waren.

Auf den ersten Blick sah alles ganz normal aus – der übliche schlichte Saal mit Holzfußboden und Bühne sowie einer kleinen Bar an der Seite. Die Zapfhähne und die Ausstattung hinter der Bar sahen aus wie in unzähligen anderen Bars, nur die Beschriftung der Flaschen war unverständlich. Mitten im Saal standen mit weißen Tischdecken bedeckte Tische mit Essbesteck und Blumengebinden. Es hätte die Weihnachtsfeier für die Senioren von Edendale sein können oder das Jahresessen des Tennisclubs oder eine Versammlung der Kaledonischen Gesellschaft zur *Burns Night*. Die Leute an den Tischen sahen aus wie jede beliebige Versammlung von Leuten, die sich amüsierte – nur dass sich diese Leute hier in einer Sprache unterhielten, die Cooper nicht verstand. Sie sprachen laut, trotzdem verstand er kein einziges Wort von dem, was sie sagten. Es waren auch zahlreiche Kinder da, deren Anwesenheit die Atmosphäre deutlich auflockerte.

Und dann die Gerüche. Essen wurde aufgetragen – aber nicht Rindfleisch und Yorkshire-Pudding aus der Mikrowelle, ebenso wenig wie gekochter Schinken und Backkartoffeln. Dafür roch es zu würzig, nach fettem Fleisch und intensiven Kräutern. Sogar der Alkohol in einigen Gläsern schien die falsche Farbe zu haben. Cooper wollte am liebsten kehrt machen, wieder hinausgehen und noch einmal hereinkommen, um zu sehen, ob dann alles wieder wie gewohnt war. Die Widersprüche waren zu verwirrend, die Geräusche und Gerüche ließen zu sehr an ein fremdes Land denken.

An einem Tisch erblickte er Zygmunt Lukasz und einige andere alte Männer. Er sah, wie sie aus Gläsern mit einer klaren Flüssigkeit tranken. Tranken die Polen nicht Wodka, wie die Russen? Die alten Männer kippten das Getränk mit einem Schluck hinunter, beförderten den Wodka mit einer knappen Drehung des Handgelenks direkt in ihre Kehlen. Dann setzten sie die Gläser ab und machten sich über die Vorspeise her, die mit Tomatenstückchen und Gurke garniert war, aber nach Fisch roch.

Aus reiner Neugier nahm Cooper eine Menükarte von der Bar. Die Vorspeise hieß *sledzie w smietanie*. Eine hilfreiche Übersetzung informierte ihn darüber, dass es sich um Hering in saurer Sahnesoße handelte. Sein Magen kam leicht ins Schlingern. Das war es eindeutig nicht, was in der Küche so gut geduftet hatte. Vielleicht waren das die *pierogi* oder das *bigos* gewesen, die weiter unten auf der Menükarte folgten. Es spielte auch keine Rolle. Auf ihn wartete in der Welbeck Street ohnehin ein leckeres Mahl aus dem Tiefkühler.

»Wir gehören wahrscheinlich zu den traditionsverhaftetsten polnischen Gemeinden in diesem Land«, sagte Peter Lukasz, der ihn beobachtet hatte. »Keine Ahnung, wie lange das noch so bleibt. Es hängt natürlich vor allem von den alten Leuten ab. Zum Beispiel von meinem Vater und meiner Tante Krystyna. Möchten Sie etwas trinken?«

Fry schüttelte den Kopf. »Das ist nicht der Grund, weshalb wir gekommen sind.«

Cooper hingegen hatte das Gefühl, sich ein bisschen Freiheit verdient zu haben.

»Haben Sie auch Bier?«, fragte er.

»*Zagloba Okocim.*«

»Ich weiß zwar nicht, was das ist, aber ich nehme gern eins.«

Die Regale hinter der Bar standen voller Wodkaflaschen, deren Inhalt teilweise geradezu alarmierende Farben aufwies, als hätte jemand Urinproben von Leuten mit ernsthaften Nierenbeschwerden aufgereiht. Cooper musterte die Etiketten. Es waren Wodkas mit Aromen. Er entdeckte Zitrone, Orange, Ananas, Pfirsich, Kirsche, Melone und sogar Pfeffer. Außerdem entdeckte er eine hellgrüne Flüssigkeit, in der ein Grashalm zu schwimmen schien.

Lukasz hielt ein kleines Schnapsglas mit dickem Boden und eingraviertem Adler in der Hand. Cooper fiel auf, dass er nur daran nippte, statt den Inhalt wie die alten Männer mit einem Schluck hinunterzukippen.

»Was trinken Sie denn da?«, fragte er.

»*Krupnik*«, erwiderte Lukasz. »Polnischer Honigwodka. Eine Flasche kostet hier beinahe zwanzig Pfund – wenn man überhaupt eine findet. Zu Hause kostet sie gerade mal fünfzig Pence.«

Cooper nickte. Ihn interessierte eher die Tatsache, dass Lukasz »zu Hause« gesagt hatte.

»Zu Hause in Polen?«, fragte er.

»Natürlich.«

Lukasz nahm noch ein Schlückchen von seinem *Krupnik*. Cooper wusste nur zu gut, dass Peter Lukasz in Edendale geboren war und sein ganzes Leben hier gewohnt hatte. Lukasz führte sie in einen kleinen Salon. Cooper setzte sich so hin, dass er Zygmunt und die anderen alten Männer im großen Saal sehen konnte. Mehrere von ihnen trugen Klubjacken und Blazer und hatten ihre Medaillen gut sichtbar auf die Brusttaschen geheftet. Jeder von ihnen könnte der achtzigjährige Danny McTeague sein, schoss es ihm durch den Kopf. Er hätte seine Identität wechseln und siebenundfünfzig Jahre lang ein anderes

Leben führen können. Aber warum hätte er dann nach so langer Zeit seiner Frau seine Medaille schicken sollen? Wollte er, dass jemand herkam und ihn fand? Versuchte er wie Zygmunt Lukasz eine Art Schlussstrich zu ziehen?

Die anderen alten Männer schienen alle Zygmunt anzusehen, wenn er sprach. Die Frauen kümmerten sich rührend um ihn, und viele der Kinder wichen ihm nicht von der Seite und lächelten ihn an. Seine blassblauen Augen quittierten alles mit dem gleichen Ausdruck, einer Art stillem Stolz.

»Wir müssen mit Ihnen über einen Mann namens Easton reden, Mr Lukasz«, sagte Cooper.

»Aha?« Der Name schien ihm nichts zu sagen, aber man konnte nie wissen. Manche Leute konnten sich gut verstellen. Sie konnten innerlich aufgewühlt sein und trotzdem nach außen hin ganz ruhig wirken. »Was wollen Sie denn von mir wissen?«

»Schade, dass Sie ihn nicht identifizieren konnten, als Sie am Freitag in der Leichenhalle waren.«

»Dann ist *er* also Ihr Toter.«

»Genau.«

»Und wie kommen Sie darauf, dass ich ihn identifizieren kann? Sie hatten doch angenommen, es könnte sich um meinen Sohn handeln.«

Cooper war sich der Tatsache bewusst, dass er hier ein Fremder war, ein Außenseiter. Er hatte das Gefühl, dass ihn alle Anwesenden heimlich beobachteten. Noch waren er und Fry Gäste, aber es brauchte wahrscheinlich nicht viel, um einen gemeinsamen Feind aus ihnen zu machen.

»Wir glauben, dass Nick Easton der Mann war, der Sie am 7. Januar aufgesucht hat«, sagte Fry. »Letzten Montag.«

»Und wer ist dieser Mann nun?«

»Vielleicht sagen Sie es mir, Sir?«

»Ich sage es noch einmal: Ich war zu dieser Zeit nicht zu Hause. Ich habe gearbeitet. Meine Frau hat mir erzählt, jemand sei da gewesen, und als sie den Aufruf der Polizei hörte, hat sie sich bei Ihnen gemeldet. Mehr weiß ich nicht, tut mir Leid. Außer Grace hat ihn niemand gesehen. Aber mit ihr haben Sie sich ja schon unterhalten, also wissen Sie bereits alles.«

»Mrs Lukasz hat uns nicht alles gesagt. Sie hat uns nicht erzählt, was Easton wollte. Hat sie es *Ihnen* erzählt, Sir?«

Lukasz starrte in seinen Wodka mit Honiggeschmack und schwieg.

»Ich schätze, wir sollten uns noch einmal mit Ihrer Frau unterhalten«, sagte Cooper.

Lukasz seufzte. »Grace regt sich immer so leicht auf.«

»Dann sagen Sie es uns vielleicht lieber selbst.«

»Grace sagt, er habe nach Mr Lukasz gefragt. Sie dachte, er meinte meinen Vater, weil der als Einziger zu Hause war. Der Mann wurde aufdringlich, und Grace hatte Angst, er würde sich mit Gewalt Zutritt zum Haus verschaffen. Deshalb hat sie ihn weggeschickt. Wenn nur sie und mein Vater zu Hause sind, fühlt sich Grace schnell angegriffen. Sie müssen wissen, mein Vater ist unheilbar krank, deshalb können wir nicht zulassen, dass er ständig von Leuten belästigt wird, die ihn irgendetwas fragen wollen. Weder von diesem Easton noch von dieser Kanadierin. Und von Ihnen auch nicht. Wir versuchen meinen Vater so lange wie möglich bei uns zu behalten, aber ich fürchte, wir müssen ihn bald ins Hospiz bringen. Seine Schmerzen werden stärker und müssen ständig überwacht werden.«

»War Eastons Besuch der Auslöser dafür, dass Ihr Vater anfing, seinen Bericht über den Absturz der Sugar Uncle Victor niederzuschreiben?«, fragte Cooper.

Lukasz blickte überrascht auf. »Wie kommen Sie darauf?«

»Es passt zeitlich. Und weil Nick Easton Ermittlungen für die RAF durchführte.«

Lukas setzte sein Glas unvermittelt ab. Es knallte so heftig auf den Tisch, dass es beinahe zerbrochen wäre. Ein Schluck Wodka schwappte über den Rand.

»Für die Royal Air Force?«, fragte er.

»Ganz recht, Sir. Haben Sie eine Vermutung, weshalb Easton Ihren Vater sprechen wollte?«

»Nein. Ich habe nicht die leiseste Ahnung.«

Lukasz' Gesichtsausdruck war schwer zu deuten. Er war eindeutig verwirrt, gleichzeitig jedoch wirkte er irgendwie erleichtert, fand Cooper.

»Haben Sie inzwischen etwas von Ihrem Sohn gehört?«, wollte Fry wissen.

»Nein.«

»Haben Sie eine Ahnung, wo er sein könnte?«

»Nein.«

»Würden Sie uns bitte sagen, was Andrew hier in Edendale gemacht hat, als er Sie besuchte?«

»Er hat gesagt, er habe hier geschäftlich zu tun.«

»Welche Art von Geschäft war das?«

»Das hat er uns nicht erzählt. Ehrlich gesagt beschränkten sich unsere Gespräche eher auf... ähm... familiäre Themen.«

»Was soll das heißen?«

»Nachdem er nach London gezogen ist, hat er dort geheiratet. Wir waren nicht zur Hochzeit eingeladen. Wir sind seiner Frau davor nur einmal begegnet, und Grace war sie sofort unsympathisch.«

»Gab es irgendwelche Auseinandersetzungen?«, fragte Fry.

»Ja.«

»Dann ist Ihr Sohn also gekommen, um Frieden zu schließen?«, fragte Cooper.

»Ich habe doch gesagt, er war geschäftlich hier.«

»Es ist die Zeit von *Oplatek*«, meinte Cooper. »Heißt das nicht Vergebung und Versöhnung?«

»Sie merken sich wohl alles?« Lukasz lächelte. »Aber Andrew ist nicht bis zum *Oplatek* geblieben. Er war ebenso plötzlich wieder verschwunden, wie er aufgetaucht war. Er ist am Sonntag weggegangen, und seither haben wir nichts von ihm gehört.«

»Hat es Streit gegeben?«

»Er hat sich mit meinem Vater unterhalten. Ich weiß nicht, worüber, aber ich weiß, dass mein Vater wütend war. Grace hat ihn auf Polnisch schreien hören. Ich war nicht dabei, und mein Vater will mir nicht sagen, worüber er sich mit Andrew gestritten hat.« Lukasz drehte sich um und blickte zu der kleinen Gruppe alter Männer hinüber. »Sehen Sie, Detective Constable Cooper, Sie sind nicht der Einzige, mit dem er nicht reden will.«

»Mr Lukasz«, sagte Fry. »Welche Art von Geschäften betreibt Ihr Sohn Andrew?«

»Er arbeitet bei einem großen Sanitätshaus.«

»Wir müssen Sie bitten, gleich am Montag früh zu uns zu kommen und eine Aussage zu machen, Mr Lukasz«, sagte Fry. »Ihre Frau auch. Und ich fürchte, wir müssen uns auch um einen Dolmetscher kümmern, damit wir uns mit Ihrem Vater ebenfalls unterhalten können.«

»Ist das wirklich nötig?«

»Es wird allmählich unumgänglich«, sagte Fry.

Der Geräuschpegel im Saal war merklich gestiegen. Auf der kleinen Bühne wurden einige Vorbereitungen getroffen. Cooper fühlte sich unwillkürlich an die Seniorenveranstaltungen erinnert, bei denen der Polizeichor manchmal auftrat. Normalerweise war die Hälfte des Publikums eingeschlafen, noch bevor sie beim dritten Lied angelangt waren, wofür allein schon das gute Essen und ein Gläschen süßer Sherry sorgten. Aber das Publikum hier war eindeutig noch in der Aufwärmphase. Cooper fragte sich, was für eine Art von Unterhaltung an einem Abend wie diesem angebracht war.

Lukasz folgte seinem Blick. »Gleich findet das Krippenspiel statt«, erklärte er.

»Das was?«, fragte Cooper.

»Das Krippenspiel. Bestimmt …«

»Ich weiß, was ein Krippenspiel ist. Aber wir haben Mitte Januar.«

»Heute ist unser *Oplatek*-Dinner«, sagte Lukasz. »Zeit für die Gemeinde. Nicht wie *Wigilia*, das ist für die Familie. Das Krippenspiel wird von den Kindern aus der Samstagsschule aufgeführt.«

»Sie meinen Sonntagsschule«, sagte Cooper, der das Gefühl hatte, die Zusammenhänge allmählich zu begreifen. Viele Polen waren gute Katholiken, und er hatte die Marienkirche nebenan gesehen.

»Nein, Samstag«, korrigierte Lukasz. »Am Sonntagvormittag lernen die Kinder Polnisch. In diesem Jahr machen einige von ihnen die mittlere Reife. Ich habe sie damals auch abgelegt, und Vater war auf meine Zwei sehr stolz. Er sagte, ich spreche die Sprache fast so gut wie die Leute zu Hause. Richard und Alice, meine jüngsten Kinder, gehen auch zur Samstagsschule.«

»Ich glaube, wir gehen jetzt lieber«, sagte Fry.

»Bleiben Sie ruhig zum Krippenspiel«, sagte Lukasz. »Sie sind herzlich eingeladen.«

»Nein, vielen Dank. Ach, eins noch ... wir brauchen Andrews Adresse in London.«

»Selbstverständlich.«

Cooper trank langsam sein Bier aus. Er konnte weder Pfirsich- noch Melonen- noch Pfeffergeschmack feststellen, und auf dem Glasboden lauerte auch nirgendwo ein Grashalm. In Wahrheit war er ein bisschen enttäuscht. Trotzdem hatte der Nachgeschmack eine undefinierbare Fremdheit, die, wie er wusste, noch die ganze Nacht auf seiner Zunge bleiben würde.

»Mr Lukasz«, sagte er, »ist vielleicht schon vor Mr Eastons Besuch etwas vorgefallen, was Ihren Vater aufgeregt hat?«

Lukasz nickte. »Mein Vater hat sich über die Plünderung der Flugzeugwracks aufgeregt, die schon seit Jahren stattfindet. Als das Zigarettenetui seines Cousins Klemens auftauchte, hat das das Fass zum Überlaufen gebracht. Es war ein altes Silberetui, das Klemens aus Polen mit nach England gebracht hatte. Auf dem Deckel waren seine Initialen eingraviert. Mein Vater war sehr aufgebracht. Er wollte wissen, woher es kam und wer es Klemens weggenommen hatte. In seinen Augen ist es Schändung, wenn man ein Wrack plündert, weil sie für ihn Kriegsgräber sind. Das Zigarettenetui hat seinen ganzen Hass wieder hochkommen lassen. Er sagt, diese Leute sind Aasgeier.«

»Aasgeier?«

»Ja. Mein Vater sagt, die Plünderer machen sich über die Überreste der Toten her wie die Aasgeier.«

»Hat Ihr Vater das Zigarettenetui selbst gesehen, oder hat ihm jemand davon erzählt?«, fragte Cooper.

»Nein, er hat es gesehen und in der Hand gehalten. Er hat es zweifelsfrei identifiziert.«

»Wer hat es ihm gezeigt, Mr Lukasz?«

»Also …«

»Lassen Sie mich raten. War es vielleicht Ihr Sohn Andrew?« Cooper wartete auf das leichte Nicken. »Könnten sie sich am vergangenen Sonntag deshalb gestritten haben?«

Lukasz trank seinen Wodka mit Honiggeschmack aus. »Ich fürchte, ja.«

Als sie das Dom Kombatanta verließen, erschien Ben Cooper die Luft deutlich kälter als zuvor. Sie standen in der Harrington Street, ganz in der Nähe von Walter Rowlands Haus.

»Wir müssen Andrew Lukasz finden«, sagte Cooper.

»Dann setz ihn auf die Liste«, entgegnete Fry. »Chloe, Eddie Kemp, Andrew Lukasz … Ich frage mich, ob sie alle irgendwo zusammenhocken. Aber dazu bräuchte es dein berühmtes Quäntchen Glück, was, Ben?«

»Sieht aus, als hätte Nick Easton den falschen Leuten Fragen gestellt.«

»Den Aasgeiern vielleicht? Auf die der alte Mann so wütend war, weil sie die Flugzeugwracks plündern?«

»Gut möglich«, sagte Cooper. »Und wir müssen unbedingt mit Graham Kemp reden, Eddies Bruder. Allem Anschein nach ist er der größte Sammler von praktisch allem, was mit Luftfahrt zu tun hat. Wenn irgendjemand weiß, wo so etwas wie Klemens Wachs Zigarettenetui herkommt, dann er.«

»Wohnt er in Edendale?«

»Wenn es stimmt, was dieser Mann in Leadenhall gesagt hat, ja.«

Sie stiegen in den Toyota und warteten, bis die dünne Eisschicht auf der Windschutzscheibe verschwunden war. Der Himmel war sternenklar. Heute Nacht waren die Lastwagen wieder unterwegs.

»Ich frage mich, wie nahe Graham Kemp seinem Bruder steht«, sagte Fry. »Und ob er auch an dem tätlichen Angriff montagnacht beteiligt war.«

Cooper sah sie an. »Das wäre eine Verbindung.«

Fry rieb sich die Hände. »Ich glaube, wir haben da ein paar viel versprechende Spuren, die wir morgen bei der Sitzung vorbringen können.«

»Damit haben wir die Initiative ergriffen«, sagte Cooper. »Sergeant Caudwell wird beeindruckt sein.«

»Na schön, Ben. Ich gebe zu, auch das spielt für mich eine gewisse Rolle.«

»Aber«, meinte Cooper, »was ist, wenn jemand dachte, Nick Easton sei selbst einer dieser Aasgeier?«

»Was?«

»Wenn er die falschen Fragen gestellt hat, könnte er bei jemandem, der über die Plünderung der Absturzstellen in Rage gerät, einen falschen Eindruck hinterlassen haben.«

»Bei wem zum Beispiel?«

»Bei jemandem, der ein persönliches Interesse daran hat. Jemand, der einen nahen Verwandten bei einem Flugzeugabsturz verloren hat. Jemand, der einen derartigen Grabraub als Schändung betrachtet.«

»Jemand wie Zygmunt Lukasz, beispielsweise?«

»Peter Lukasz war nach außen hin sehr ruhig«, fuhr Cooper

fort. »Und er hat den Hass auf die Aasgeier seinem Vater zugeschrieben. Aber ich frage mich, ob er seine Einstellung insgeheim nicht sogar teilt.«

Cooper fuhr die Harrington Street hinunter. Sie kamen an der Kirche der heiligen Maria von Tschenstochau vorbei, an der polnischen Samstagsschule und an den erleuchteten Fenstern des Dom Kombatanta.

Vermutlich würde der *Oplatek*-Brauch zusammen mit den alten Leuten aussterben. Bei den Lukasz' waren Zygmunt und seine Schwester Krystyna die einzigen Mitglieder, die noch in Polen geboren worden waren. Die anderen waren mehr oder weniger Engländer, selbst Peter Lukasz, obwohl er in Gegenwart seines Vaters die Schultern auf dieselbe Weise hielt und der gleiche Ausdruck in seinen Augen lag, der Cooper auf dem Jugendfoto von Zygmunt und Klemens aufgefallen war. Entschlossenheit und Kampfgeist. Und die Fähigkeit zu hassen.

Cooper hatte das Gefühl, als bewegte er sich auf völlig unbekanntem Terrain. Doch diese Leute waren keine neuen Einwanderer, wie die Asylanten aus dem Iran oder aus Albanien. Die Polen lebten schon seit fast sechzig Jahren in Derbyshire, aber obwohl Cooper sein ganzes Leben in ihrer Nachbarschaft verbracht hatte, wusste er so gut wie nichts über sie.

Auf dem Rückweg in die Stadt ließ er den Blick über die Berge wandern, die wie eine Barrikade westlich von Edendale aufgereiht waren. Nackt und glitzernd lagen sie im Sternenlicht, uralt und unverändert seit den geologischen Verwerfungen, die sie vor Millionen von Jahren so zurückgelassen hatten. Doch obwohl sie ihm so vertraut waren, spürte Cooper, dass sich seine Wahrnehmung unmerklich verschob, bis er nicht mehr einfach nur Berge sah. Zum ersten Mal in seinem Leben erschienen sie ihm wie Gefängnismauern.

25

Alison Morrissey stand auf dem Kopfsteinpflaster von Nick i' th' Tor vor Eden Valley Books. Ohne auf das Schild im Fenster zu achten, klopfte sie so lange an die Tür, bis Lawrence Daley im Dämmerlicht des Ladeninneren auftauchte und die Riegel zurückschob.

»Wir haben geschlossen«, sagte er. »Sonntags habe ich nie auf.«

»Für niemanden?«, fragte Morrissey.

Lawrence musterte sie eindringlich und fuhr sich mit einem Finger über die Brillengläser.

»Sonntags verkaufe ich keine Bücher«, sagte er. »Ich arbeite sechs Tage die Woche und verkaufe Bücher. Sonntags brauche ich keine Bücher zu verkaufen.«

»Ich heiße Alison Morrissey und bin die Enkelin des Piloten der Lancaster, die am Irontongue Hill zerschellt ist.«

»Ich weiß, wer Sie sind«, sagte Lawrence. »Ich habe Sie im Fernsehen gesehen. Und in der Zeitung waren Sie auch.«

»Sehr schön«, meinte Morrissey. »Darf ich reinkommen?«

Lawrence zögerte immer noch, als hinge eine Menge davon ab, ob er die richtige Entscheidung traf. Schließlich öffnete er widerstrebend die Ladentür.

In dem schmalen Durchgang vor dem Verkaufstresen klopfte sich Alison Morrissey den Schnee von den Füßen. Im Laden brannte kein Licht, bis auf die Lampe an der Tür zur Treppe, und Lawrence machte keine Anstalten, es anzuschalten.

»Was wollen Sie?«, fragte er.

Morrissey behielt die Hände in den Taschen und sah sich im Laden um. Als sich ihre Augen allmählich an das Halbdunkel gewöhnten und sie die vielen Regale und Bücherstapel sah, hob sie die Augenbrauen.

»Wenn Sie wissen, wer ich bin, wissen Sie vielleicht auch, weshalb ich zu Ihnen komme«, sagte sie.

»Ich kenne mich aber nicht mit Flugzeugwracks aus«, sagte Lawrence. »Manchmal verkaufe ich Bücher zu dem Thema, aber ich glaube, zurzeit habe ich nichts da. Meine letzten Bestände habe ich vor ein paar Tagen verkauft. Sie verschwenden nur Ihre Zeit.«

»Das glaube ich nicht.«

Morrissey zog die Hand aus der Tasche und wickelte vorsichtig das Päckchen aus, das sie schon Ben Cooper gezeigt hatte. Die Medaille fing das Licht aus dem Treppenhaus ein und glitzerte, so dass Lawrence sehen konnte, worum es sich handelte.

»Deshalb bin ich hier«, sagte sie.

Lawrence nahm die Brille ab und rieb sich die Augen. Doch im düsteren Licht war nicht zu erkennen, ob aus Müdigkeit oder vor plötzlicher Ergriffenheit. »Damit habe ich nichts zu tun«, sagte er.

»Ob die Polizei wohl derselben Meinung ist?«

»Ich mache keine illegalen Geschäfte.«

»Dann würde es Ihnen also nichts ausmachen, wenn die Polizei mal vorbeischaute?«

»Zufällig kenne ich einen der hiesigen Kriminalbeamten persönlich.«

»Detective Cooper? Er hat mir Ihr Geschäft genannt. Und er ist sehr interessiert an dieser Medaille.«

Lawrences Schultern schienen zusammenzusacken. »Das ist unfair«, sagte er.

Morrissey hielt ihm die Medaille unter die Nase wie ein Amulett, das böse Geister vertreiben soll. »Meinen Sie etwa, es sei fair *mir* gegenüber? Meiner Familie gegenüber? Fair gegenüber der Erinnerung an meinen Großvater?«

»Kommen Sie mit nach oben«, lenkte Lawrence schließlich ein.

Bevor er Alison Morrissey zur Treppe führte, warf Lawrence einen letzten Blick nach draußen in die dunkle Gasse. Er fragte sich, wer sich sonst noch dort draußen herumtrieb und sein Leben durcheinander bringen wollte.

Im Büro in der West Street stellte Diane Fry fest, dass die Akte Marie Tennent immer noch auf Ben Coopers Schreibtisch lag. Es war erst vier Tage her, dass Marie am Irontongue Hill gefunden wurde, aber es hätten ebenso gut schon Wochen sein können. Fry wusste, dass mehrere Suchtrupps in der Dam Street gewesen waren. Überall hingen Steckbriefe, und auch die Zeitungen hatten Aufrufe veröffentlicht, in denen um Hinweise nach Chloe gebeten wurde. Aber Fry war so sehr mit anderen Dingen beschäftigt gewesen, dass sie nicht mehr mitbekommen hatte, was den ganzen Tag über passiert war.

In der Akte Tennent lag der Bericht eines Sergeanten, in dem stand, Maries Haus sei noch einmal durchsucht und der Schnee aus dem hinteren Garten weggeräumt worden, man habe jedoch keinerlei Anzeichen für kürzlich erfolgte Grabungen in dem festgefrorenen Boden feststellen können. Noch immer kein Hinweis auf das Baby. Die Suche war immer weiter ausgedehnt worden und müsste sich inzwischen auch auf den alten Mühlteich erstreckt haben. Auch das Gebiet um die Stelle am Berghang, wo Marie gefunden wurde, war gründlich durchkämmt worden.

Und was Marie selbst anging, mussten sie immer noch auf den Autopsiebericht warten, bevor eine Fahndung angeordnet werden konnte.

Dann bemerkte Fry die Faxe auf Ben Coopers Schreibtisch. Sie quollen aus dem alten Gerät, das noch mit Thermopapier arbeitete, so dass sich die Blätter zu einer dicken Rolle verschlungen hatten. Sie sah, dass die Faxe aus Kanada kamen und mit Alison Morrissey zu tun hatten. Am obersten Blatt klebte außerdem ein gelber Haftzettel. »Alison anrufen«, stand darauf. Fry versuchte es unter der angegebenen Telefonnummer, und eine Stimme sagte: »Cavendish Hotel, guten Abend.«

»Wohnt bei Ihnen eine Miss Alison Morrissey?«, fragte Fry.

»Ja. Soll ich nachsehen, ob sie im Hause ist?«

»Nein, vielen Dank.«

Sie legte auf. Jetzt bestand kein Zweifel mehr daran, was Ben Cooper in letzter Zeit so beschäftigte. Der Superintendent selbst hatte ihm erklärt, dass im Moment keine Möglichkeit bestand, Alison Morrissey bei ihrer hoffnungslosen Suche zu unterstützen. Aber für Cooper stellte offensichtlich alles, was hoffnungslos war, eine Herausforderung dar. Fry rief sich die Frau in Erinnerung, die sie im Fernsehen gesehen hatte – dieselbe Frau, die tags darauf mit Cooper in der Underbank geplaudert hatte. »Alison anrufen«, lautete die Nachricht. Anscheinend beschäftigte Cooper noch etwas ganz anderes.

Vorsichtig klebte Fry die Nachricht wieder auf die zusammengerollten Faxe. Sie musste endlich ernsthaft darüber nachdenken, was sie in dieser Angelegenheit unternehmen sollte.

Als sie sich wieder Marie Tennents Akte zuwandte, fiel ihr auf, dass inzwischen die Kopien der Berichte zur Leiche des Säuglings hinzugefügt worden waren. Sie überflog die Berichte der Spurensicherung eines der Beamten, die am Fundort eingetroffen waren, nachdem der kleine Leichnam von den Flugkadetten entdeckt worden war. Es war eine sorgfältige und detaillierte Beschreibung des Tatorts, verfasst von einer jungen Beamtin, die sich damit große Mühe gegeben hatte, auch wenn es allem Anschein nach völlig sinnlos war. Obwohl die Überreste schon so alt waren, hatte sie auch nach jüngeren Spuren gesucht. Fry hatte den Eindruck, als seien der Beamtin die Knochen und die neuen Babysachen sehr nahe gegangen, als hätte sie krampfhaft nach etwas gesucht, worauf sie sich konzentrieren konnte.

Seltsamerweise bezog sich eine ihrer Beobachtungen auf Mohnblumen. Nicht auf echte Mohnblumen, sondern auf welche aus rotem Plastik oder Papier, wie sie in den Wochen vor dem Volkstrauertag verkauft wurden, um Geld für die Veteranen zu sammeln. Viele Leute hefteten sie sich im November an den Mantel, außerdem wurden überall im Land Kränze an Kriegerdenkmalen niedergelegt. Und allem Anschein nach waren auch an der Absturzstelle der Lancaster Mohnblumen niedergelegt worden. Fry vermutete, dass das Wrack selbst gewissermaßen ein Denkmal war. Dem Bericht zufolge hatte dort erst kürzlich jemand Mohnblumen hingelegt, obwohl es Januar und der Volkstrauertag schon lange vorbei war.

Es schien nicht weiter wichtig zu sein, doch Fry wusste genau, dass sich solche Details später als erstaunlich wichtig herausstellen konnten. Sie unterstrich die Zeile, in der auf die Mohnblumen hingewiesen wurde, mit einem roten Stift. Als sie den Bericht fast zu Ende gelesen hatte, klingelte das Telefon.

Mit der Tennent-Akte in der Hand ging sie zu ihrem eigenen Schreibtisch. Die Mitarbeiterin aus der Zentrale entschuldigte sich und erklärte, man habe ihr gesagt, DS Fry sei im Revier, und sie sei gebeten worden, einen Anruf durchzustellen, der gerade hereingekommen war.

»Wer ist dran?«, fragte Fry.

»Sergeant Caudwell von der MDP.«

»In Ordnung, stellen Sie sie durch.«

Einen Augenblick stellte sich Fry vor, dass Caudwell und Nash im gleichen Hotel wie Alison Morrissey untergebracht seien, als ihr wieder einfiel, dass die MDP-Beamten zu einer billigeren, einfacheren Unterkunft geschickt worden waren, vermutlich ins Travelodge.

»Ah, immer noch im Dienst«, stellte Caudwell fest, als sie Fry an der Strippe hatte. »Da habe ich ja Glück gehabt.«

»Was kann ich für Sie tun?«, erkundigte sich Fry.

»Naja, mir ist hier langweilig geworden, und es sieht nicht so aus, als könnte man in Edendale sonst viel unternehmen, deshalb habe ich mir die Regionalzeitungen kommen lassen. Eine interessante Lektüre.«

»Die Presse hat die Geschichte von der unbekannten Leiche groß und breit ausgeschlachtet«, sagte Fry. »Und wahrscheinlich mit jeder Menge wilder Spekulationen ausgeschmückt, wie üblich.«

»Allerdings. Aber nicht nur das. Es ging auch um eine erfrorene Frau.«

Fry ließ den Blick auf den Ordner in ihrer Hand sinken. »Marie Tennent. Aber ...«

»Und das verschwundene Baby und so weiter. Ziemlich beunruhigend für Sie, kann ich mir vorstellen. Und dann werden auch noch die Überreste eines Kleinkindes unter einem Flugzeugwrack gefunden. In den Zeitungen steht nichts davon, trotzdem hatte ich das Gefühl, dass Sie einen Zusammenhang zwischen den beiden Fällen nicht ausschließen.«

»Ja, wir sind sicher, dass das tote Baby Marie Tennents Kind war.«

»Verstehe.« Caudwell schwieg einen Augenblick. Als sie weitersprach, lag ein anzüglicher Unterton in ihrer Stimme. Fry sah förmlich vor sich, wie sie grinste. »DS Fry, ich möchte Sie um einen Gefallen bitten. Ich wäre Ihnen sehr verbunden, wenn Sie mir eine Kopie der Akte Marie Tennent vorbeischicken würden.«

»Wozu?«

»Ist nur so eine Idee«, erwiderte Caudwell leichthin. »Ist Ihnen bewusst, dass das Flugzeugwrack Eigentum des Verteidigungsministeriums ist? Wir haben ein Interesse daran. Uns steht jede Art von Unterstützung zu. Streng genommen hätte man uns informieren müssen, bevor an der Stelle überhaupt irgendetwas unternommen wurde. Aber ich bin sicher, dass wir uns darüber nicht streiten müssen«, fuhr sie fort, als sie Frys Zögern bemerkte.

»Ich lasse Ihnen so rasch wie möglich eine Kopie ins Hotel bringen«, versicherte Fry.

»Vielen Dank. In einer Stunde reicht völlig.«

Fry legte auf und las die Akte Tennent noch einmal von vorn bis hinten durch. Bei der unterstrichenen Zeile mit den Mohnblumen runzelte sie die Stirn, dann zuckte sie die Achseln. Damit war Sergeant Caudwell zumindest eine Zeit lang ruhig gestellt.

Obwohl er erst am Vortag aus der Bridge End Farm ausgezogen war, kam es Ben Cooper vor, als durchlebte er die schwierigste Phase seines Lebens. Nachdem er Diane Fry in der West Street abgesetzt hatte, war er zu Fuß durch die Stadt zum Pflegeheim gegangen. Er hatte seiner Mutter versprochen, sie möglichst jeden Tag zu besuchen, was er auch einzuhalten versuchte, auch wenn sie nicht mitbekam, ob er da gewesen war oder nicht.

Am Ende fiel es ihm schwer, sich loszureißen. Er musste sich in Erinnerung rufen, dass er jetzt ein eigenes Zuhause hatte, obwohl es in Wahrheit lediglich eine fremde Tür in der Welbeck Street und eine dunkle, leere Wohnung war. Allein die dicke, faule Katze im Wintergarten machte den Gedanken, nach Hause zu gehen, halbwegs erträglich.

Auf dem Heimweg durch die Stadt stand er plötzlich in der Clappergate, am Rand der Fußgängerzone unweit der Ecke High Street. Normalerweise mied er diese Gegend und ging stattdessen lieber ein Stück weiter den Berg hinauf, so dass er durch die Back Lane oder durch die Einkaufszone zur Clappergate kam. Auf diese Weise blieb ihm der Anblick des Blumenbeetes erspart, in dem die Stadtgärtner Osterglocken gepflanzt hatten, damit sie im Frühling blühten. Und auf diese Weise brauchte er nicht die Plakette auf der Holzbank neben dem Blumenbeet zu sehen.

Aber heute war er so in Gedanken versunken gewesen, außerdem sah die Straße im Schnee anders aus. Das Blumenbeet war stellenweise unter einer Schicht festgefrorenen Schnees verborgen und von unzähligen leeren Flaschen und McDonalds-Verpackungen übersät, die die Passanten hineingeworfen hatten. So kam es, dass Cooper mit einem Mal unmittelbar vor der Bank stand und die Gedenkplakette anstarrte, als wäre sie gerade eben wie ein Meteorit vom Himmel vor seine Füße gefallen. Er sah, dass er nur ein paar Schritte von der Eingangstür des Vine Inn und damit jener Stelle entfernt war, wo sich das Blut zwischen den Pflastersteinen gesammelt hatte.

Die Plakette glänzte und sah sauber aus, aber er hatte gehört, dass sie manchmal beschmiert und von Graffiti-Künstlern mit roter Farbe besprüht wurde. Die Farbe ließ sich nur schwer von der Plakette entfernen, so wie das Blut vom Straßenpflaster. *Zur Erinnerung an Sergeant Joseph Cooper, Polizei Derbyshire, der unweit von hier in Erfüllung seiner Pflicht starb,* lautete die Inschrift. Es folgte das Datum, jener Tag im November vor etwas mehr als zwei Jahren, an dem Sergeant Cooper von einer Gruppe Jugendlicher, die sich der Festnahme widersetzt hatten, zu Tode getrampelt worden war.

Wahrscheinlich hätte sein Vater gegen diesen Tod nichts einzuwenden gehabt. Er hätte keiner dieser alten Männer sein wollen, die im Ruhestand langsam wegdämmerten und keine sinnvolle Aufgabe mehr hatten. Cooper war sicher, dass sein Vater den Ruhestand verabscheut hätte. Er hätte die Aussicht, unwichtig geworden zu sein, nicht akzeptiert, die Aussicht, einfach zu verschwinden, ohne dass es jemandem auffiel. Auf diese Weise würde man sich an Sergeant Cooper stets als an den Mann erinnern, der er war, als er starb, denn die Plakette verschaffte ihm einen festen Platz in der Erinnerung der Nachwelt und verhalf ihm zu Unsterblichkeit.

Ben wandte sich ab und blickte in Richtung High Street. Vier Frauen kamen ihm auf dem Bürgersteig entgegen. Sie bewegten sich langsam und breitbeinig, wie Cowboys. Sie hatten die Hüte tief in die Augen gezogen, die Arme hingen an den Seiten herab, beladen mit prall gefüllten Einkaufstüten. Die Beleuchtung der Schaufenster von Marks and Spencer warf lange Schatten auf den Gehsteig vor ihnen. Die Frauen waren beim Winterschlussverkauf in den Läden auf der Clappergate gewesen, die auch sonntags geöffnet hatten. Jetzt gingen sie zur Bushaltestelle, um in die Devonshire-Siedlung oder die Reihenhäuser der Underbank zu fahren.

Cooper wollte ihnen nicht begegnen – nicht, weil sie Fremde waren, sondern weil sie ihn vielleicht erkannten und bemitleideten, wenn sie ihn vor der Plakette stehen sahen. Kurz entschlossen nahm er die Abkürzung durch eine der Seitenstraßen, die hinauf zur Hollowgate und unter dem Uhrenturm des Rathauses hindurch zum Marktplatz führten. Er konnte über den Platz und durch die Passagen am Nick i' th' Tor gehen und dann an der Fargate die Ampel überqueren.

Der Marktplatz war nahezu menschenleer, nur einige vereinzelte Tauben spazierten auf und ab und pickten in den Überbleibseln des Markttags, der am Vortag stattgefunden hatte. Ein Mann in einer gelben Windjacke stand vor dem Kriegerdenkmal in der Mitte des Platzes, als hätte er keinen anderen Ort, an den er gehen konnte. Vielleicht stimmte das ja auch. Auch Edendale hatte seinen Anteil an Obdachlosen, von denen einige diesen Winter nicht überleben würden.

Cooper war an der Einmündung zur Nible John's Gate angekommen, wo eine kleine Fußgängerbrücke über den Fluss ging, bevor die Straße sich in Nick i' th' Tor und Rock Terrace gabelte. In der Nähe der Brücke war neues Pflaster verlegt worden, trotzdem fielen die schmalen Durchgänge nach wie vor unangenehm steil zum Fluss hinunter ab. Tiefer Schnee lag links und rechts an den Mauern, und da niemand auf die Idee gekommen war, Straßenlaternen in den Passagen aufzustellen, lagen sie nun zwischen den hohen Gebäuden in tiefer Dunkelheit. Unter Cooper tobte und toste der River Eden durch die schmale Rinne zwischen den gemauerten Ufern. Auf der Brücke war das Rauschen des Wassers fast ohrenbetäubend.

An der Ecke Nick i' th' Tor zögerte Cooper, weil er glaubte, weiter vorn eine Bewegung wahrgenommen zu haben. Aber es war nur der Schnee, der schmolz und von den Dachrinnen des alten Kinos tropfte. Die Tropfen ließen Kreise in den Pfützen entstehen, die sich bereits zwischen den Pflastersteinen gebildet hatten. Das einzige Licht in der Passage kam von den Straßenlaternen auf dem Marktplatz hinter ihm und wurde von den Pfützen und den schmutzig grauen Schneefeldern reflektiert. Cooper hatte noch nie Bedenken gehabt, sich in Edendale frei zu bewegen, obwohl er wusste, dass manche Frauen automatisch im Geiste eine Checkliste durchgingen, bevor sie sich zu einem nächtlichen Fußmarsch aufmachten: War ihre Handtasche sicher, war die Straße gut beleuchtet, sollte sie nicht doch lieber ein Taxi nehmen, konnte sie in diesen Schuhen notfalls einigermaßen gut laufen?

Ein Geräusch veranlasste ihn, sich umzudrehen. Am anderen Ende der Passage sah er eine bekannte Gestalt vor den Lichtern des Marktplatzes vorübergehen. Es war ein Mann in einem langen Mantel, der wie ein Armeemantel aussah. Eddie Kemp? Als hätte er seinen Namen gehört, blieb der Mann an der Einmündung einer Gasse stehen und wandte den Kopf. Für den Bruchteil einer Sekunde hätte Cooper fast seinen Blick erhascht. Im Schein der Laternen sah er eine Wollmütze. Er war sich so sicher, dass er beinahe den Geruch wahrnahm.

Als die Gestalt weiterging, machte Cooper einen Schritt auf sie zu, ehe er wieder stehen blieb. Er erinnerte sich an den Fehler, den er begangen hatte, als er Eddie Kemp das erste Mal in der Hollowgate festgenommen hatte. Es wäre ein Fehler zu glauben, dass Kemp allein war und sich so ohne weiteres festnehmen ließ. Cooper zog sein Funkgerät heraus und bat in der Zentrale um Verstärkung. Dann ging er vorsichtig bis zum

Ende der Gasse und schob sich um die Ecke. Keine Spur von Kemp.

Cooper spähte in die Hauseingänge zu beiden Seiten. Hier gab es nicht mehr viele Geschäfte – Woolworth's und W. H. Smiths waren in das Einkaufszentrum an der Clappergate umgezogen, so dass am Marktplatz mittlerweile hauptsächlich Banken und Bausparkassen, Immobilienhändler und Pubs ihren Sitz hatten. Ferris' Metzgerei sah allmählich wie ein Relikt aus grauer Vorzeit aus. Vorsichtig überprüfte Cooper die Eingänge der Barclays Bank und der Landesbausparkasse. Nichts. Als die Rathausuhr anfing, sieben zu schlagen, schreckte er zusammen. Die Glocke hallte überlaut auf dem leeren Platz, und die Schläge wurden von den hohen Gebäuden zurückgeworfen. Die Tauben flogen davon und flatterten um den Platz, bevor sie wieder landeten und ihre Futtersuche fortsetzten.

Cooper blieb stehen und wartete, bis die Uhr zu Ende geschlagen hatte. Er lauschte auf den Klang von Schritten, hörte aber nur einen Bus, der in die High Street einbog und dort anhielt. Er sah die vier Frauen mit ihren Einkaufstaschen einsteigen. Gleich neben der Barclays Bank war der Red Lion Pub. Die Lichter brannten zwar, aber er hatte eben erst aufgemacht, und Cooper sah noch keine Gäste. Trotzdem beschloss er, einen Blick hineinzuwerfen. Auf großen Videobildschirmen lief MTV. Die Frau hinter dem Tresen schüttelte den Kopf, als er sich nach einem Mann in einem Armeemantel und einer Mütze mit Fellohrenklappen erkundigte.

Folglich musste Kemp bis zur High Street gegangen sein. Von dort konnte er in mehrere Richtungen weitergegangen sein: über den Fluss zur Eyre Street, hinunter zur Umgehungsstraße oder zurück durch das Labyrinth aus Passagen entlang des Flusses. Dahinter lag die Buxton Road und dann kam Buttercross, sozusagen Eddie Kemps Heimweg. Cooper musste eine Entscheidung treffen. Es wäre schneller, auf demselben Weg wieder zurückzugehen.

Nach dem erleuchteten Marktplatz wirkte die Passage noch dunkler. Im Gegensatz zu den großen Kaufhäusern ließen die Läden ihre Schaufensterbeleuchtung nachts nicht brennen. Der Italiener hatte im Januar sonntags geschlossen, so dass es dort ebenfalls dunkel war. Auf halber Strecke kam Cooper an Larkin's vorbei, dem Bäcker, wo es tagsüber immer voll war. Doch jetzt waren die Auslagen leer. Die Imbissläden und der Geschenke-Shop sahen im Schnee fast lächerlich aus. Die Eiszapfen an den Traufen fingen an zu tauen, Eiswassertropfen landeten auf Coopers Schultern und in seinem Nacken, wenn er zu dicht an den Gebäuden entlangging. Wenn der Himmel klar blieb, war das Tauwasser bis zum Morgen wieder gefroren.

Vor sich hörte Cooper jetzt wieder den Fluss. Es klang fast so, als sei weiter oben ein Damm gebrochen und als käme das Wasser in einem gewaltigen Schwall durch die Passage auf ihn zugeschossen.

Weiter oben sah er Eden Valley Books. Auf dem Dach glitzerte mattes Sternenlicht, und in einem Fenster im zweiten Stock brannte Licht. Noch jemand, der sich nicht die Mühe machte, die Vorhänge zuzuziehen. Aber dort oben gab es nur Tauben und den Ausblick auf die Rückseite des Rathausturmes. Lawrence Daley musste eine gute Aussicht über die Dächer von Edendale haben. Von dort aus konnte man bestimmt in sämtliche Höfe, Passagen und Gässchen zwischen hier und dem Marktplatz blicken. Wahrscheinlich konnte man sogar die Stelle sehen, an der der River Eden unter der Brücke hindurchfloss.

Als Cooper zu dem beleuchteten Fenster hinaufsah, ging ein Schatten dahinter vorbei, dann ein zweiter. Die erste Gestalt war Lawrence Daley selbst, daran bestand kein Zweifel. Aber die zweite Silhouette war die einer Frau. Cooper wollte seinen Augen nicht trauen. Die Frau wandte sich dem Fenster zu und schaute hinaus. Nun war er sich vollends sicher.

Cooper hörte jemanden husten. Eddie Kemp? Hatte er wirklich empfindliche Bronchien?

Sein Funkgerät meldete sich. »Ben, wir sind in der Eyre Street. Wohin ist er gegangen?«

»Diane? Ich glaube, er ist in einer der Gassen zwischen euch und dem Marktplatz. Irgendwo in der Nähe des Buchladens.«

»Welche Routen sollen wir abdecken?«

»Er kommt entweder durch die Eyre Street oder oben über die Rock Terrace auf die Buxton Road. Ich bin in Nick i' th' Tor, am Ende des Marktplatzes.«

»Alles klar.«

Langsam setzte sich Cooper wieder in Bewegung. Es war steil hier, das Pflaster dicht an den Hauswänden war glatt. Er ging an Larkins Bäckerladen und an einem der Schnellcafés vorbei. Inzwischen hatte er beinahe die Brücke erreicht. Selbst wenn da Schritte gewesen wären, hätte er sie bei dem Rauschen des Wassers unter der Brücke nicht gehört.

Wo die bröckelnde Ruine einer Steinmauer den Lieferanteneingang zu einem der Läden verbarg, sah er eine rasche Bewegung, ehe er am Rand seines Gesichtsfeldes eine dunkle Gestalt wahrnahm. Bevor er sich umdrehen konnte, versetzte ihm jemand einen brutalen Stoß, so dass er gegen die Tür knallte. Gleichzeitig mit dem jähen Schmerz durch den Aufprall hörte er dicht neben sich etwas dumpf gegen die Tür schlagen. Dann ertönte das Klappern von Absätzen auf dem Pflaster, als der Angreifer durch die Gasse floh.

Cooper wollte sich von der Tür abstoßen und ihm folgen, stellte jedoch fest, dass er nicht von der Stelle kam. Seine rechte Seite fühlte sich seltsam straff an, und er konnte sich beim besten Willen nicht von der Tür lösen. Es war, als hätte er sämtliche Kraft auf der rechten Körperseite verloren. Er spürte nirgendwo richtigen Schmerz, abgesehen von der Stelle, wo er mit der Schulter an die Tür geprallt war. Als er den rechten Arm über den Kopf heben wollte, wollte er ihm jedoch nicht gehorchen, sondern blieb mitten in der Bewegung auf halber Höhe hängen.

Beschämt ließ er den Arm wieder sinken. Dann konzentrierte er sich der Reihe nach auf jeden einzelnen Teil seines Körpers und prüfte, ob es irgendwo einen ernsthaften Schmerz gab, der ihm bislang entgangen war. Vielleicht hatte sein Gehirn ihn unterdrückt, und er würde jeden Moment entsetzliche Qualen leiden. Vielleicht stand er ja unter Schock. Er hatte von Schwerverletzten gehört, die noch minutenlang weitermachten, bevor der Schmerz sie übermannte und sie zusammenbrachen.

Cooper erinnerte sich deutlich an einen Aufprall. Und er wusste auch, dass er ein leises, aber deutliches Knirschen von Fleisch und Knochen gehört hatte. Und jetzt weigerte sich sein Körper, die Verfolgung aufzunehmen. Irgendetwas lief hier gründlich schief.

Cooper blickte an seiner rechten Seite herunter. Durch seinen Mantel drang Blut. Ein dicker Tropfen löste sich vom Saum und landete im Schnee, wo er auf der gefrorenen Oberfläche zerplatzte. Das Blut war so dunkel, dass es fast violett aussah.

Als das Adrenalin aus seinen Gliedmaßen wich und das eisige Tauwasser von der Dachrinne auf ihn tropfte, wurde ihm mit einem Mal sehr kalt.

26

Diane Fry hatte Eddie Kemp noch nie gesehen. Doch als der Mann, der ihr in der Gasse entgegenkam, in die Dunkelheit zurückwich, sobald er den Strahl ihrer Taschenlampe und den uniformierten Polizisten neben ihr sah, zweifelte sie nicht mehr daran, wer er war.

Noch im Laufen schaltete sie ihr Funkgerät an. »Ben! Er bewegt sich wieder hinunter, Richtung Eyre Street. Wir haben ihn umzingelt. Ben?« Sie bekam keine Antwort, nahm jedoch an, dass Cooper damit beschäftigt war, Kemp von der anderen Seite in die Zange zu nehmen. Cooper war noch nie ein Mann überflüssiger Worte gewesen.

Als sie um die Ecke lief, prallte sie frontal gegen den Mann, den sie verfolgte. Er war unvermittelt auf der Brücke stehen geblieben, als er den anderen Streifenpolizisten von der Eyre Street herankommen sah.

»Edward Kemp?«

Der Mann machte einen Schritt zurück und holte sofort zum Schlag aus, den Fry jedoch mit Leichtigkeit abblockte. Er war viel zu schwerfällig und zu langsam für geübte Taekwondo-Kämpferin. Im Nu hatte sie ihm den Arm auf den Rücken und den ganzen Mann mit dem Gesicht zur Hauswand gedreht.

»Ob Sie nun Edward Kemp sind oder nicht – Sie sind festgenommen.«

Die beiden Uniformierten legten dem Mann Handschellen an und führten ihn ab. Fry sah sich um. Keine Spur von Ben Cooper.

»Verdammt noch mal, Cooper, machst du wieder mal einen Einkaufsbummel, oder was?«

Ihre Stimme war bei den letzten Worten lauter geworden und hallte in der schmalen Straße wider. Doch als einzige Antwort war das Tosen des Wassers unter der Brücke und das Tropfen des Wassers von den Dächern zu hören. Weiter vorn wurde die Tür des Streifenwagens zugeschlagen.

Cooper hatte gesagt, er sei in der Nick i' th' Tor, am Marktplatz. Also irgendwo oberhalb der Brücke, vorbei am Buchladen und um die Ecke.

»Ben?«, rief sie.

»Hier.«

Seine Stimme klang seltsam. Fry fing an zu laufen, schlitterte über das Pflaster auf der Brücke. Dann sah sie ihn. Er stand mit dem Rücken zu ihr an ein Garagentor gelehnt.

»Ben?«

»Hallo, Diane.«

»Was machst du da?«

»Nichts Besonderes.«

»Ich glaube, wir haben Kemp erwischt.«

»Gut.«

»Bist du sicher, dass er es ist? Ich habe ihn nicht richtig gesehen. Hat denn in diesem Viertel noch niemand was von Straßenbeleuchtung gehört? Oder ist denen das Gas ausgegangen?«

»Ja, es ist wirklich ziemlich dunkel.«

Sie sah ihn zunehmend ärgerlich an. »Warum lehnst du dich da an?«

»Na ja, ich glaube, in erster Linie deshalb, weil ich mich nicht mehr bewegen kann.«

Fry streckte die Hand nach ihm aus, zog sie jedoch sofort wieder zurück.

»Du *glaubst*? Soll das ein Witz sein? Falls ja, lasse ich dich eine Woche mit Murfin durch die Gegend fahren, und dann kannst du ja mal seine Zwiebel-Bhajis zahlen.«

»Es ist kein Witz, Diane.«

»Herrje, du hörst dich aber nicht an, als wärst du verletzt. Lass mal sehen.« Sie zog die Taschenlampe heraus und richtete den Strahl auf seine Brust. »Wo ist das Problem?«

Cooper knöpfte seinen langen Mantel mit der linken Hand auf. »Hier irgendwo. Ich habe nur kurz etwas gesp …«

»Nicht anfassen!«

»Was?«

Vorsichtig schob Fry den Mantel mit der Taschenlampe weiter zurück, weit genug, dass Cooper den hervorstehenden Griff sah.

»Sieht aus wie der Griff von einem Bajonett.«

»Zum Glück hat es mich verfehlt.«

»Es hat dich nicht verfehlt«, bemerkte Fry. »Du blutest. Ich rufe einen Krankenwagen.«

»Nein, es hat mich verfehlt.«

Fry richtete den Strahl der Taschenlampe auf das Blut, das in den Schnee tropfte. Es hatte sich in der großen Innentasche des Mantels gesammelt und einen ölig aussehenden Fleck im Stoff hinterlassen.

»Glaubst du mir jetzt, Ben? Du blutest.«

»Nein. Das ist das Kaninchen«, erwiderte Cooper.

»Was um alles in der Welt redest du da?« Sie sah ihn an, als wäre er im Delirium.

»In meiner Wilderertasche steckt ein Kaninchen. Das habe ich von George Malkin bekommen.«

»Jetzt machst du aber wirklich Witze!«

»Nein, es stimmt.« Cooper lachte stockend, aber erleichtert. »Die Bajonettklinge hat das Kaninchen aufgespießt und meinen Mantel an der Tür festgenagelt. Und dabei hat sie das Kaninchen durchbohrt. Malkin hat gemeint, es sei ganz frisch. Das war offenbar nicht gelogen.«

»Bist du ganz sicher, dass du nicht verletzt bist?«

Cooper musterte den Schnitt, den das Bajonett in seinem

Mantel hinterlassen hatte, bevor es durch mehrere Zentimeter Fleisch und Knochen gedrungen war und sich schließlich in das Garagentor gebohrt hatte. »So ein Mantel kostet ein Vermögen«, stellte er fest.

»Solange du nur ein Loch in der Kreditkarte hast und nicht im Bauch …«

»Mir geht's gut.«

»Dann zieh den Mantel aus, damit wir die ganze Bescherung zur Spurensicherung bringen können. Weiß der Himmel, wie wir denen das mit dem Kaninchen erklären sollen.«

»Es wäre unhöflich gewesen, es abzulehnen, Diane. Außerdem habe ich es bezahlt, also war es kein Geschenk.«

»Du hast nicht zufällig noch ein paar Fasane in der Hosentasche, oder?«

»Nein«, sagte Cooper. »Ich freue mich nur, dich zu sehen.«

Kaum lagen Peter und Grace Lukasz an diesem Abend im Bett, fingen sie an zu streiten. Zuerst ging es um etwas Nebensächliches, irgendeine Meinungsverschiedenheit, an deren Auslöser Grace sich anschließend nicht mehr erinnern konnte. Vielleicht war es die Farbe der neuen Tapete oder die Frage, ob sie sich im Sommer einen Urlaub in Portugal leisten konnten.

Die Diskussion hatte schlagartig einen anderen Charakter angenommen, als Peter gesagt hatte, sie solle aufhören zu nörgeln, da es wichtigere Dinge gebe, mit denen er sich beschäftigen müsse.

Grace hatte ihn angesehen. Er hatte ihr das Gesicht zugewandt, das wegen der Nachttischlampe hinter seinem Kopf jedoch im Schatten lag. Sie hatte ihre Lampe bereits ausgeknipst und die Lesebrille abgenommen. Peters Gesicht war zu nahe vor ihrem und zu dunkel und verschwommen, als dass sie seinen Gesichtsausdruck hätte erkennen können. Sie berührte ihn am Arm und stellte fest, dass seine Muskeln angespannt waren.

»Was ist denn los?«, fragte sie.

»Nichts.«

»Irgendwas stimmt doch nicht.«

»Unsinn.«

»Sag's mir, Peter.«

»Lass mich in Ruhe. Ich bin müde.«

Er drehte sich auf den Rücken und stopfte sich das Kissen zornig unter den Hinterkopf. Jetzt sah Grace sein Profil im Schein der Nachttischlampe. Seine Miene war finster und entschlossen. Dieser Ausdruck erinnerte sie am meisten an seinen Vater; es war jener Ausdruck, der am allermeisten das Bild des alten Mannes als Kämpfer vor ihrem geistigen Auge heraufbeschwor. Dieselbe Entschlossenheit verriet jetzt Peters Miene. Und denselben unversöhnlichen Hass.

»Du regst dich darüber auf, dass die Kanadierin hergekommen ist«, sagte Grace.

»Die ist unwichtig.«

»Aber sie wollte nicht weggehen.«

»Ich glaube, ich habe mich deutlich genug ausgedrückt«, erwiderte Peter.

»Das mit dem Polizisten war aber merkwürdig. Mir kam das seltsam vor. Dir nicht?«

Peter schwieg. Grace musterte ihn und wurde plötzlich wütend.

»Warum redest du nicht mit mir?«, fragte sie.

Er seufzte. »Ja, es kam mir auch seltsam vor. Ich fand es merkwürdig, dass sie sich schon mit ihm getroffen hat, und ich fand es merkwürdig, dass er wusste, weshalb sie hergekommen ist. Sogar sehr merkwürdig. Aber du warst schließlich diejenige, die ihn hereingebeten hat.«

»Ach, jetzt bin ich wohl wieder schuld?«

»Das habe ich nicht gesagt.«

»Aber das ist es doch. Du schmollst, weil du mich für alles verantwortlich machst.«

»Das stimmt doch nicht.«

»Ich habe doch nur wegen der Beschreibung dieses Mannes, den sie gefunden haben, bei der Polizei angerufen.«

»Ich weiß. Sonst hast du nichts getan.«

Jetzt drehte sich Grace auf den Rücken. Sie starrte an die Schlafzimmerdecke, ohne irgendetwas außer undeutlichen Schatten zu erkennen. Schweigend wartete sie darauf, dass Peter etwas sagte, und fragte sich, ob es ihm egal war. Sie wollte, dass er merkte, dass sie verletzt war.

»Du hast es wegen Andrew getan«, sagte er.

Erstaunt stellte Grace fest, dass ihr plötzlich Tränen über das Gesicht und auf das Kissen rannen. Sie suchte in der Tasche ihres Nachthemds nach einem Papiertaschentuch.

»Ich konnte den Gedanken nicht ertragen, dass er irgendwo tot da draußen herumliegt«, sagte sie.

»Wer? Andrew? Oder irgendein Fremder, den du noch nie im Leben gesehen hast?«

»Du verstehst das nicht.«

»Andrew ist nach London zurückgefahren. Das musst du akzeptieren«, sagte Peter.

»Das kann ich erst, wenn er sich meldet. Warum nimmt er das Telefon nicht ab? Warum hat er uns nicht gesagt, wo er ist?«

»Schon gut. Aber was hast du dir dabei gedacht, einfach die Polizei anzurufen und ihnen zu erzählen, du würdest den Mann, der am Snake Pass gefunden wurde, wieder erkennen? Das war dumm. Mehr als dumm. Du hast die Polizei hierher geholt, die Polizei und diese verdammte Frau.«

»Brüll mich nicht so an.«

»Es war jedenfalls mehr als dumm. Genau das hat uns noch gefehlt. Was glaubst du wohl, was mit Vater passiert wäre, wenn der Polizist darauf bestanden hätte, sich mit ihm zu unterhalten? Ich kann nicht glauben, dass du nicht daran gedacht hast. Aber nein, du hast nur an dich gedacht. Irgendwie musstest du deinem Affen Zucker geben. Bei dir geht es immer nur um Andrew, Andrew, Andrew. Du wirst noch ganz verrückt. Merkst du das nicht?«

Grace presste sich das Taschentuch vors Gesicht und versuchte das leise, krampfartige Schluchzen zu unterdrücken, das in ihrer Kehle aufstieg.

»Ich will Zygmunt genauso schützen wie du«, sagte sie.

»Dann tust du es auf sehr seltsame Weise.«

»Aber es stimmt. Wirklich.«

»Ich halte das nicht mehr aus. Definitiv nicht.« Er drehte sich auf die andere Seite, malträtierte wieder sein Kopfkissen und zog ihr fast die ganze Bettdecke weg.

»Bitte dreh dich nicht weg«, sagte Grace.

Ohne ihn zu berühren, wusste sie, dass er völlig verkrampft war. Natürlich hatte Peter Angst. Aber das würde er niemals zugeben. Er machte eine schwere Zeit durch, gerade weil er seinem Vater so nahe stand. Sie akzeptierte das. Das Letzte, was sie wollte, war, es den beiden noch schwerer zu machen. Sie wischte sich die Augen trocken und legte ihrem Mann eine Hand auf die Schulter. Sie fühlte sich kalt und abweisend an. Sie versuchte ihn zu sich herumzudrehen, so dass sie sein Gesicht sehen konnte.

»Peter…«

Er wälzte sich wieder auf den Rücken. »Hör zu, Grace, bitte vergiss Andrew um Himmels willen eine Weile. Er ist es nicht wert. Wir müssen uns um andere Dinge kümmern. Verstehst du überhaupt, was ich sage?«

»Ja, Peter. Ich verstehe dich.«

Mit einem Mal verflog die Anspannung. Peter rollte sich auf die Seite. Er seufzte tief, als hätte ihn plötzlich die Müdigkeit überwältigt, und war nach wenigen Sekunden eingeschlafen. Grace lächelte und tätschelte ihm in der Dunkelheit zärtlich die Schulter. Dann drehte sie sich ebenfalls auf die Seite und schmiegte sich eng an ihn, suchte seine Wärme.

Nachdem Ben Cooper in der West Street untersucht worden war, ließ ihn Diane Fry eine Zeit lang im Ermittlungsraum sitzen und schickte sogar jemanden nach einer Tasse Tee für ihn, gegen den Schock. Cooper wusste, dass in der Stadt jetzt einiges los war; die Passage, in der er angegriffen worden war, würde abgesperrt werden, man würde, wie immer vergeblich, nach möglichen Zeugen suchen. Später würde er eine vollständige Aussage machen müssen. Nicht gerade erfreuliche Aussichten.

Cooper sah, dass auf seinem Schreibtisch ein Stapel Faxe auf ihn wartete, und griff danach. Sie kamen aus Toronto und waren mit dem Vermerk »Ben Cooper persönlich« versehen. Darunter befand sich das Brustbild eines Mannes mit drahtigem Haar und kantigem Unterkiefer, dann ein zweites, auf dem er neben einer Frau stand, die ein kleines Stück größer war als er. Der Mann war als Kenneth Rees, der Stiefvater von Alisons Mutter, angegeben. Trotz der schlechten Qualität der Fax-Kopie bestand kein Zweifel daran, dass dieser Mann nicht Danny McTeague war. Cooper dachte flüchtig daran, dass es allerdings auch keinen echten Beweis gab, dass es sich bei ihm tatsächlich um Kenneth Rees handelte.

Er legte die Faxe wieder zurück. Am nächsten Morgen würde er sie sich genauer ansehen. Bei seinem Gespräch mit Alison Morrissey hatte ihn noch etwas anderes beschäftigt, das er dringend überprüfen musste. Es war nur eine Kleinigkeit gewesen, aber sie hatte ihn an der Zuverlässigkeit ihrer Informationen zweifeln lassen.

Cooper fand den Ordner, den der Nachrichtenoffizier für den Chief zusammengestellt hatte. Über Klemens Wach war verzeichnet, dass er seine Grundausbildung bei der RAF in Liverpool absolviert hatte, zur gleichen Zeit wie sein Cousin Zygmunt, und dass beide zum Lehrgeschwader nach Lymm in Cheshire versetzt worden waren. In Lymm war eine sehr britische Methode zur Zusammenstellung von Flugzeugbesatzungen zum Einsatz gekommen – man hatte einfach Hunderte von Männern in einen großen Raum gebracht und sie aufgefordert, sich miteinander bekannt zu machen, bis sich die Besatzungen mit der richtigen Kombination an Fähigkeiten von selbst gefunden hatten. Es hörte sich ein bisschen wie die Zusammenstellung von Fußballmannschaften in der Schule an; man brauchte immer einen guten Stürmer und einen guten Torwart, dazu ein paar große Jungs für die Abwehr. Und immer war am Ende einer übrig, der eine Junge, den niemand in der Mannschaft haben wollte. Cooper fragte sich, wer wohl bei den Fliegern übrig geblieben war. War es vielleicht Zygmunt Lukasz gewesen? Oder Klemens Wach? Die Tatsache, dass verschiedene Nationalitäten beteiligt gewesen waren, hatte das Ganze bestimmt noch komplizierter gemacht.

Aber die Mannschaft war zusammengestellt und zu ihrem ersten Einsatzgeschwader geschickt worden – eine Lancaster-Staffel auf dem Stützpunkt Leadenhall, wo sie bis zu dem tödlichen Absturz im Januar 1945 blieb.

Der NO hatte vermerkt, dass die Information über die Militärdienstzeit der Flieger aus den offiziellen Akten der RAF stammte. Also war Klemens Wach nur einmal einem Kampfgeschwader zugeteilt gewesen, was bedeutete, dass er auf keinen Fall bei der berühmten Staffel 305 gedient haben konnte, wie Alison Morrissey behauptet hatte. Morrissey irrte sich. Bislang hatte Cooper angenommen, ihre Recherchen seien – natürlich mit der Hilfe von Frank Baine – peinlich genau. Doch nun kamen ihm Zweifel. Ihre Recherche hatte eindeutig Schwachstellen. Er fragte sich, welche Informationen wohl noch ungenau waren.

Aber selbstverständlich gab es mehr als nur ein paar Ungenauigkeiten. Es gab eine entscheidende Lücke: Morrissey hatte nichts von der Existenz der Malkin-Brüder gewusst, obwohl sie es jederzeit hätte herausfinden können. Walter Rowland beispielsweise hätte ihr davon erzählen können. Wenn er an das Gespräch mit dem alten Mann zurückdachte, fiel Cooper ein, dass dieser nicht sonderlich abgeneigt gewesen schien, sich mit Alison Morrissey zu unterhalten. Und er fragte sich, wer Rowland überredet hatte, es nicht zu tun.

»Also, das Bajonett ist jedenfalls kein altes Militär-Sammlerstück«, erklärte Diane Fry. »Es ist also gut möglich, dass es nicht von einem unserer alten Soldaten stammt.«

Ben warf ihr über die Schreibtische hinweg einen Blick zu. Fry hielt eine Plastiktüte hoch. An der langen Bajonettklinge klebten immer noch Hautfetzen, getrocknetes Blut und Gewebe. Bei dem Anblick zog sich Coopers Magen zusammen, was Fry garantiert vorausgeahnt hatte.

»Flieger«, sagte Cooper. »Das sind alte Flieger. Mit einem Bajonett hätten die nicht viel anfangen können.«

»Wer weiß, was sie alles sammeln? Aber das hier ist ziemlich neu, eins von denen, die in manchen Läden ganz offen verkauft werden, wie Luftgewehre und Jagdmesser. Gutes Oberflächenmaterial, der Griff. Vielleicht bekommen wir davon ein paar Abdrücke oder sogar genug Schweißspuren für eine DNS-Probe – falls er es irgendwann ohne Handschuhe angefasst hat. Damit hätten wir Eddie Kemp endlich überführt.«

»Das glaube ich nicht«, wandte Cooper ein.

Fry ließ die Tüte sinken. »Was meinst du damit?«

»Er war in der Gegend. Aber ich glaube trotzdem nicht, dass er derjenige war, der mich angegriffen hat.«

Fry legte den Beutel beiseite und ließ sich auf ihren Stuhl zurücksinken. »Ich hoffe, das ist ein schlechter Scherz.«

»Er war ein ganzes Stück von mir entfernt, da bin ich mir sicher. Ich glaube nicht, dass es Kemp war, der sich auf mich gestürzt hat. Der Betreffende ist in die andere Richtung geflüchtet, nicht zur Eyre Street. Außerdem hätte ich Kemp am Geruch erkannt.«

»Der zuständige Sergeant hat ihn jedenfalls sofort erkannt, als wir ihn durch die Tür geschoben haben. Und er lässt dir ein Dankeschön ausrichten, dass du ihm ›Homer‹ zurückgebracht hast.«

»Sag ich doch.«

Fry seufzte. »Die Fingerabdrücke oder die DNS bringen uns ohnehin weiter.«

»Das glaube ich auch.«

»Wer hätte sonst noch wissen können, dass du dort bist, wenn nicht Kemp? Konnte dich jemand erkennen?«

»Also …«

»Wie dumm von mir«, unterbrach Fry. »Hier kennt dich ja jeder. Ich nehme an, du hast noch nicht mit dem Gedanken gespielt, als verdeckter Ermittler loszuziehen, Ben?«

»Ich habe den Mann nicht gesehen, jedenfalls nicht deutlich genug.«

»Wenn wir von dem Bajonett keine passenden Abdrücke bekommen, stehen wir mit Kemp wieder ganz am Anfang, sogar was den tätlichen Angriff angeht. Die Staatsanwaltschaft hält die Zeugenaussagen für nicht ausreichend.«

»Ich weiß.«

»Es wäre schön, Ben, wenn wir zur Abwechslung mal jemanden für etwas drankriegen könnten.«

»Tja, tut mir Leid, aber ich sage nur, wie es ist.«

Fry seufzte. »Ich nehme an, das steht alles in deiner Aussage.«

»Selbstverständlich.«

Fry saß an ihrem Schreibtisch. Der Papierberg wurde immer höher und instabiler. Cooper sah etliche lederfarbene Ordner in der Mitte, die unter dem Gewicht über kurz oder lang seitlich herausrutschen würden. Wahrscheinlich war es ratsam, nicht im Büro zu sitzen, wenn diese Lawine abging.

»Ich bin jedenfalls froh, dass du unverletzt bist«, sagte Fry.

»Danke.«

»Ich habe nämlich morgen einen Spezialauftrag für dich.«

»Tatsächlich?«

»Du lernst Sergeant Caudwell kennen. Ihr beide werdet einen kleinen Ausflug machen.«

»Ehrlich gesagt lasse ich mich da doch lieber in einer dunklen Gasse mit einem Bajonett angreifen.«

»Harte Worte. Ich hoffe nur, dass dein Magen bis morgen früh wieder in Ordnung ist, Ben.«

»Warum?«, fragte Cooper misstrauisch.

Fry lächelte ihn mit aufgesetzter Zuversicht an, doch sie wirkte nicht sehr überzeugend. »Ich habe mich gerade noch einmal mit Sergeant Caudwell unterhalten«, sagte sie. »Wir haben uns überlegt, wie wir dich am besten von den gefährlichen Straßen fern halten.«

In seiner Wohnung über dem Buchladen in der Nick i' th' Tor hatte Lawrence Daley Stimmen durch die Gassen hallen hören. Er nahm an, dass es sich um eine Horde Betrunkener aus einem der Pubs rings um den Marktplatz handelte, obwohl es dafür noch ein bisschen früh war. Normalerweise gab es erst später Ärger, wenn die beiden Nachtclubs von Edendale schlossen.

Er ging nach hinten in sein Schlafzimmer, das auf einen schneebedeckten Hof und mehrere Tore hinausging, die auf eine ruhige Seitengasse führten. An der Scheibe bildeten sich Eisblumen und überzogen das Glas mit feinen Mustern. Der Himmel war klar, und ein Halbmond warf etwas Licht in den Hof. Erschauernd stellte Lawrence sich menschliche Silhouetten zwischen den verschwommenen Umrissen vor, hörte das Schlurfen ihrer Füße im Schnee und ihre unterdrückten Flüche in der Dunkelheit. Aber er hatte den Hof so gut wie möglich gesichert. Die Tore waren fest verschlossen, und in dem Beton auf der hinteren Mauer steckten Glasscherben. Es lag noch zu viel Schnee im Hof, um die Torflügel zu öffnen. Laut Wetterbericht würde es noch bis Ende der Woche dauern, bis es anfing zu tauen. Er verfolgte täglich den Wetterbericht. Mehrmals.

Fürs Erste beruhigt, kehrte Lawrence zu dem Buch zurück, in dem er vor laufendem Fernseher gelesen hatte. Über sich hörte er das Scharren auf den blanken Bodendielen, hörte Krallen leise auf den hölzernen Querbalken kratzen, die die Decke stützten. Er glaubte nicht, dass es die Mäuse waren, die unten im Laden hausten und manchmal zum Entsetzen der Kunden zwischen den Regalen hervorschossen. Nein, es musste etwas

Größeres, weniger Flinkes sein, das einen Schwanz hinter sich über die Dielen herschleifte.

Lawrence nahm an, dass Eichhörnchen einen Zugang unter den Dachvorsprüngen gefunden hatten, um auf dem Dachboden zu überwintern. Aber er hielt es für wesentlich wahrscheinlicher, dass sich Ratten über seinem Kopf breit gemacht hatten. Und sie gediehen offenbar prächtig.

27

Ben Cooper klammerte sich an die Rückenlehne des Vordersitzes, als der Erdboden unter ihm kippte und Wrackteile vorbeisausten. Unmittelbar unter dem Hubschrauber sah es aus, als wäre ein Wirbelsturm durch einen Schrotthaufen getobt. Bruchstücke eines Flugzeugrumpfes glitzerten im vom Schnee reflektierten Licht. Irgendwo ein Stück den Hang hinauf nach Westen müsste auch ein Teil einer Heckflosse aus dem schneebedeckten Torf ragen. Aber Cooper hatte keine Ahnung, wo der Horizont war, und er spürte, wie sein Magen zu schlingern begann, als sein Gleichgewichtssinn die Orientierung verlor.

In den fünf Jahren bei der Kripo von Derbyshire war er noch nie in den Genuss gekommen, mit einem Hubschrauber zu fliegen, und er zweifelte ernsthaft daran, ob er dafür geschaffen war. Keine Frage, er war ein Mann, der am liebsten mit beiden Füßen auf dem Boden stand. Davon hatte ihn die halbe Stunde an diesem Montagmorgen überzeugt.

Die Passagiere verkrampften sich, als der Pilot den Steuerknüppel nach hinten zog und den Hubschrauber auf die Seite legte, um dem jähen Anstieg aus kahlem, schwarzem Stein auszuweichen, der auf den Karten als Irontongue verzeichnet war. Die Felsen waren zerklüftet und von heimtückischen Spalten durchzogen, in denen gefrorener Schnee aufblitzte. Sogar Bergsteiger hielten sich von der Wand des Irontongue fern. Seine Oberfläche war zu unberechenbar und nur für die Erfahrensten und am besten Ausgerüsteten bezwingbar.

Der Hubschrauber flog noch einmal über die Absturzstelle,

neigte sich zur Seite, wendete und flog wieder zurück, wobei er seinen Passagieren einen guten Blick auf das Wrack bot. Der Schatten der Rotorblätter wirbelte im scharfen Morgenlicht über den Hang und die Trümmer.

»Nein, das ist nicht das Richtige«, sagte Cooper. »Das hier war eine Fliegende Festung der Amerikaner. In der sind dreizehn Mann umgekommen.«

Er sah wieder nach unten. Teile des Flugzeugs schienen sich in den Torf gegraben zu haben, wie Höhlentiere, die sich zum Schutz gegen Wind und Schnee einen Bau buddeln wollten, es aber nicht bis unter die schützende Oberfläche geschafft hatten.

»Im Krieg sind hier viele Maschinen abgestürzt«, fuhr er fort. »Der Peak District war regelrecht übersät damit.«

In Wahrheit waren es so viele gewesen, dass die Flugzeugwracks Teil der örtlichen Folklore geworden waren. Noch heute kursierten Geschichten von einem Geisterflugzeug, das die Leute an mehreren Stellen am Dark Peak gehört haben wollten, obwohl es niemand je zu Gesicht bekommen hatte. Zeugen zweifelten nicht daran, dass das Flugzeug am Berg zerschellt sein musste, weil es so tief geflogen war. Doch sein Wrack wurde nie gefunden, was den Geschichten jedoch keinen Abbruch tat.

Es hieß auch, irgendwo im unzugänglichen nördlichen Hochmoor läge ein deutscher Bomber, der nach einem Luftangriff auf Manchester abgeschossen worden sei. Zwar waren in Deutschland hergestellte Munitionskisten in der Gegend gefunden worden, aber auch dieses Wrack hatte nie jemand gesehen.

»Ich glaube, die Maschine hier ist nicht mal im Krieg abgestürzt, sondern erst 1948. Die Fliegende Festung dort unten gehörte zu einer amerikanischen Luftaufnahme-Einheit. Die Besatzung hatte die Atombombentests im Bikini-Atoll und die russischen Stellungen in Ost-Berlin während der Luftbrücke gefilmt.«

»Aber an Derbyshire sind sie gescheitert.«

Erstaunt über die grimmige Heiterkeit in Sergeant Caudwells Stimme runzelte Cooper die Stirn. Dann starrte er wieder aus dem Fenster und stellte erstaunt fest, wie weit die Trümmer über das Hochmoor verstreut waren. Auf dem Weg zur Absturzstelle hatte Cooper die Zeit genutzt und Jane Caudwell die Geschichte vom Absturz der Sugar Uncle Victor und vom Verschwinden von Fliegerleutnant Danny McTeague erzählt. Noch bevor er fertig war, hatte sie die Augen geschlossen.

»Ich wundere mich, dass niemand die Wracks wegräumt«, sagte Caudwell. »Geht das unseren pingeligen Bürokraten nicht gegen den Strich?«

»Hier nicht. Im Peak District lässt man sie liegen. Schließlich sind es Ehrenmale. Es sind offizielle Kriegsgräber. Ich finde immer, dass das eigentlich nicht stimmt, ich meine… es liegen ja eigentlich keine Leichen mehr dort, oder?«

»Hoffen wir's nicht.«

Der Hubschrauber kam wieder in die Horizontale und flog nach Norden weiter, über mehrere Hektar weißen, torffleckigen Boden hinweg, der sich wie ein wogendes Meer bis zu den Ausläufern des Dark Peak fortsetzte. Kurz darauf entdeckten sie das nächste Trümmerfeld.

»Das ist es. Sugar Uncle Victor.«

Caudwell lachte kurz auf. »Hört sich wie ein fieser Verwandter an.«

Als der Hubschrauber sich auf die Seite legte, glich die Sergeantin das Manöver nicht aus, indem sie sich krampfhaft festhielt, sondern verlagerte ihr Gewicht, wobei sie ab und zu wie ein nachlässig festgezurrtes Gepäckstück gegen Cooper stieß. Ihr Kollege PC Nash hatte seine Anwesenheit kaum zur Kenntnis genommen, seit sie an Bord gegangen waren. Cooper wusste nicht, ob es Gleichgültigkeit war oder ob Nash insgeheim Angst vorm Fliegen hatte und auf seine Weise damit fertig werden musste. Jedenfalls war er zu dem Schluss gekommen, es nicht persönlich zu nehmen.

Unter ihnen waren die Bruchstücke der Tragflächen des Lancaster-Bombers zu erkennen. Vom Rumpf war kaum noch etwas übrig, aber man sah die unvollständigen Umrisse ausgebrannter Triebwerke und Leitwerkteile, und ein einzelnes Rad stand immer noch aufrecht. Im Umkreis von mehreren hundert Metern lagen kleinere Bruchstücke in Wasserrinnen und Felsspalten. Rings um das Wrack hatte der Wind den dunklen Torf freigeblasen, der im Kontrast zum Schnee wie ein Teich aus getrocknetem Blut aussah, in dem der zerstückelte Leichnam des Flugzeugs lag.

»Die müssen doch nach dem Absturz ein paar Teile mitgenommen haben«, bemerkte Caudwell.

»Kommt drauf an, wen Sie mit ›die‹ meinen«, erwiderte Cooper. »Es gab kein offizielles Bergungsteam, aber einige inoffizielle seither. Allem Anschein nach ziehen solche Wracks zwei Arten von Besuchern an: Luftfahrtarchäologen, die an ihrer Erhaltung interessiert sind, und solche, die ihre eigenen Interessen verfolgen.«

»Die Aasgeier?«

»Manche Leute nennen sie so.« Cooper glaubte, eine Spur Ironie herauszuhören. »Die wertvolleren Teile der Lancaster sind über die Jahre weggeschafft worden. Schätzungsweise ist so etwas wie die Funkausrüstung als Erstes verschwunden, gefolgt von allem, was sich wegtragen und entweder als Schrott verkaufen ließ oder was man als Souvenir oder Sammlerstück benutzen konnte.«

»Von den Einheimischen?«

»Anfangs, ja. Lange Zeit waren sie die Einzigen, die genau wussten, wo die Wracks liegen. Die anderen sind erst in jüngster Zeit eingefallen.«

Wer hatte noch gesagt, dass die Männer von der Home Guard es mit ihrer Aufgabe, das abgestürzte Flugzeug zu bewachen, nicht allzu genau genommen hatten? Cooper konnte es ihnen nicht verübeln. Nicht mitten im Winter im Hochmoor des Dark

Peak. Hier draußen hatte man genug damit zu tun, am Leben zu bleiben, besonders während der Nacht und mit der miserablen Ausrüstung von damals, mit ihren Nagelstiefeln und den schweren Militärmänteln. Er konnte sich vorstellen, wie sich die Home Guard an irgendeinen geschützten Ort davonstahl, um sich dort vor ein Lagerfeuer zu kauern – aus geborgenen Flugzeugholmen, die sie eigentlich bewachen sollten. Sie hatten keine Chance, die Einheimischen davon abzuhalten, Wertgegenstände mitgehen zu lassen. Es war schließlich Krieg. Wenn es ums Überleben ging, musste jeder sehen, wo er blieb. Aber Danny McTeague war zu weit gegangen.

Caudwell sah geradeaus über die Schulter des Piloten, ohne der schneebedeckten Landschaft, die unter ihnen vorbeizog, Beachtung zu schenken. Sie schien nach schlechtem Wetter von Norden Ausschau zu halten, oder aber auch nach dem nächsten blanken Steinrücken, der jederzeit vor ihnen aufragen konnte, so wic die Felsen von Irontongue Hill in letzter Sekunde vor dem Piloten Danny McTeague aufgeragt waren.

Die tief stehende Sonne hüllte das Tal in Nebel und glänzte golden auf dem eisigen Wasser eines kleinen Wasserlochs, das ein Bauer für seine Tiere gegraben hatte. Im Schutz einer Mauer drängten sich Rinder aneinander, sorgsam darauf bedacht, nicht auf den Betonvorsprung des Trinklochs zu treten, denn sie spürten, dass ihre Hufe auf der gefrorenen Oberfläche keinen Halt fanden.

Es sah nach noch mehr Schnee aus. Die Luft war bitterkalt, und der Wind hatte zwar nachgelassen, führte aber eindeutig Feuchtigkeit mit sich – eine bedrohliche Sättigung in den dunklen Wolken, die sich über der Bergkette im Osten zusammenbrauten, um ihre Last auf den höheren Bergen im Westen abzuladen.

Als der Hubschrauber sich wieder auf die Seite legte und eine Kurve flog, ertappte sich Cooper dabei, dass er Sergeant Caudwell anstarrte. Sie streckte sich und gähnte, wobei sie ihn fast von seinem Sitz geschubst hätte. Die dunklen Haare hatte sie wie eine russische Kommissarin unter eine Mütze aus Kunstpelz geschoben. Er fühlte sich in ihrer Gegenwart seltsam unbehaglich. Obwohl sie nach außen hin die übliche Höflichkeit an den Tag legte, strahlte sie eine unterschwellige Feindseligkeit aus. Eine Feindseligkeit, die jedoch nicht von der offenkundigen Gereiztheit herrührte, die er von anderen Kollegen bereits gewöhnt war, sondern von etwas tiefer Gehendem, das er lieber nicht antasten wollte.

»Haben Sie alles gesehen, was Sie sehen wollten?«, fragte er.

»Ich will da runter. Ich muss mir das Wrack der Lancaster genauer ansehen.«

»Hier kann man nirgendwo runter«, meinte der Pilot.

»Dann müssen wir eben zu Fuß rauf«, beharrte Caudwell. »Detective Cooper, würden Sie bitte dafür sorgen, dass uns jemand von der Spurensicherung begleitet?«

Cooper sah sie verdutzt an. »Ich weiß nicht, was Sie dort zu finden hoffen. Wir haben erst am Freitag, nachdem das Baby entdeckt wurde, eine forensische Untersuchung durchführen lassen. Wie sich herausstellte, waren es alte Knochen.«

»Aber nicht so alt wie die Besatzung der Lancaster, oder?«

Jeder Polizist wusste, dass es nichts Schlimmeres gab, als einen alten Fall aufzurollen und in alten Knochen zu wühlen. Und es gab kaum Knochen, die kälter waren als diese hier. Wäre es nicht besser gewesen, die Flieger in Frieden ruhen zu lassen, als in ihren Gräbern zu wühlen und ihre Geister aufzuscheuchen?

»Ich halte das für verrückt«, sagte Cooper.

Caudwell zeigte ihm wieder ihre Grübchen. Jedesmal wenn die MDP-Sergeantin lächelte, hatte Cooper das Gefühl, neben einem riesigen Nagetier, einer Art Monsterhamster mit Pelzkappe, zu sitzen, der ihn im nächsten Moment erst verschlingen und dann wieder ausspucken würde.

»Sie haben zweifellos Recht, mein Guter«, sagte Caudwell.

»Manchmal hat man das Gefühl, als sei die ganze Welt verrückt, nicht wahr?«

Steilhänge und Schneeflächen sausten unter ihnen vorbei, als der Hubschrauber einen weiten Bogen flog, um zu seinem Ausgangspunkt zurückzukehren. Zuerst hatte ihn die Form des Wracks an eine Kreuzigung erinnert. Aber er wusste, dass der Vergleich nicht ganz passte. Das hier hatte nichts mit dem Christentum zu tun. Hier gab es keine Botschaft von Tod und Auferstehung, von der Vergebung der Sünden. Er dachte an etwas Heidnischeres. Keine Auferstehung, nur eine Feier des Todes.

Vor einigen Wochen hatte Cooper etwas über die dänischen Invasoren gelesen, die Derbyshire und die angrenzenden Grafschaften eine Zeit lang besetzt hatten. Ihre Armee hatte großen Wert darauf gelegt, die besiegten angelsächsischen Könige auf höchst grausame Weise hinzurichten. Sie hatten ihnen die Brustkörbe aufgeschnitten und die Rippen wie Flügel zur Seite gebogen, so dass ihre Herzen freilagen. Es war ein symbolischer Akt gewesen, ein feierliches Opfer, das sie ihren nordischen Göttern darbrachten. Sie nannten es den »Blutadler«. Es erinnerte auf unangenehme Weise an das Vorgehen bei einer Autopsie: das Aufsägen des Brustbeins, das Aufklappen des Brustkorbes, die Entnahme von Herz, Lungen und anderen inneren Organen. Cooper hatte sich des Eindrucks nie erwehren können, dass jede Autopsie ein Opferritual war, eine Zeremonie, mit der man das Opfer dem neuen Gott der modernen Wissenschaft darbrachte.

Und genau daran hatte ihn die Form des Wracks nämlich erinnert: nicht an eine Kreuzigung, sondern vielmehr an einen Blutadler.

Auf der Fahrt zum Snake Pass musste Ben Cooper seine Sonnenbrille aufsetzen, da die schneebedeckten Hänge mit ihren gleißenden Reflexionen mit zunehmender Höhe immer greller in die Augen stachen. Im Tal hatte sich der Schnee an den Böschungen mit dem abgestorbenen Farn nicht so lange gehalten.

In den Nadelholzschonungen weiter oben im Tal war es anders. Dort standen die Fichten rötlich leuchtend vor dem blauen Schimmer des Schnees.

Auf den höher gelegenen Hängen gab es keinen Farn mehr, sondern nur noch dürres Gras, an dessen Stängeln gefrorener Schnee klebte. Wenn man nach Süden in Richtung Sonne schaute, glich das karge Hochmoor einem Ozean, dessen Wellen bei der Berührung mit der Küste erstarrt waren.

Heute ließ sich die Einflugschneise zum Flugplatz Manchester einwandfrei bestimmen. Die Kondensstreifen von sechs oder sieben Düsenflugzeugen zeichneten sich weiß am Himmel ab. Eine der schlimmsten Befürchtungen der Rettungsdienste war, eines Tages könnte eines dieser Passagierflugzeuge über dem Hochland am Dark Peak vom Himmel fallen. Schon jetzt lagen genügend Wracks im unzugänglichen Heideland, die jedem nur allzu deutlich vor Augen führten, wie schwierig sich eine Rettungsaktion gestaltete.

Sie stellten ihre Fahrzeuge auf einem Parkplatz möglichst nahe am Irontongue Hill ab. Es war nicht der Parkplatz, auf dem man Nick Easton gefunden hatte, sondern ein Stück weiter oben, fast am höchsten Punkt des Snake Pass. Cooper stellte seinen Toyota hinter dem Ford der MDP und dem Kleinbus der Spurensicherung ab. Er war froh, dass die Spurensicherung Liz Petty geschickt hatte. Sie war gewissenhaft und darüber hinaus durchtrainierter als die meisten ihrer Kollegen, würde also keine Probleme mit der Wanderung durch das Hochmoor bis zur Absturzstelle haben.

»Was für ein herrlicher Tag für einen tüchtigen Spaziergang«, meinte Sergeant Caudwell gut gelaunt. »Wie lange werden wir wohl brauchen?«

»Ungefähr eine Dreiviertelstunde, wenn wir uns einigermaßen beeilen.«

»Dann dürfen wir also nicht herumtrödeln, was?«

»Sind Sie bereit?«

»Machen Sie sich keine Sorgen um mich. Ich bin wie ein Kamel. Ich gewinne zwar keine Schönheitspreise, kann aber stundenlang laufen.«

Der Aufstieg zum Irontongue Hill war an diesem kalten, klaren Morgen sehr erfrischend. Der Himmel war blau und wolkenlos, und die Landschaft mit ihren verführerisch glitzernden Schneeflächen sah unberührt aus.

Aber Cooper wusste, wie rasch das Wetter umschlagen konnte. Wenn sich die Wolken auf die Gipfel senkten, konnten sie mitten im Hochmoor in einem Schneesturm stecken bleiben, bevor sie auch nur die Hälfte des Rückweges hinter sich gebracht hatten.

Sie stapften über das gefrorene Heidekraut, kämpften gegen einen beständigen Ostwind an, der kleine Pulverschneewirbel aufsteigen ließ. In den tieferen Lagen sah der Schnee wie Schlagsahne aus, ragte wie die gewellten Kanten eines Tischtuchs über einen Abgrund, während ein Stück weiter unten ein kleiner Bach unter einer dünnen Eishaut vor sich hin gurgelte.

Cooper sah, dass schon jemand hier entlanggekommen war, aber nicht heute. Feiner Schnee lag in den Fußstapfen. In der Ferne keckerten Birkhühner, und von der anderen Seite des Gipfels ertönte aus weiter Ferne eine menschliche Stimme.

Als sie den trigonometrischen Punkt des Irontongue Hill erreicht hatten, an dem ein Steinhaufen den Gipfel markierte, legten sie eine kurze Verschnaufpause ein. Auf der einen Seite fiel die nackte Felswand bis hinunter zum Snake steil ab, während auf der gegenüberliegenden Seite eines schmalen Tals die nächste Steinfläche zutage trat. Das war High Shelf, wo die Trümmer der amerikanischen Fliegenden Festung lagen.

»Was für ein Job!«, sagte Caudwell. »Und Sie beschweren sich, Sie hätten nicht genügend Personal!«

Liz Petty hatte auf dem ganzen Weg kaum ein Wort gesprochen. Jetzt setzte sie ihren Koffer ab und genoss die Aussicht.

»Tage wie dieser entschädigen einen für die schlechte Bezahlung«, sagte sie. Cooper lächelte sie an.

»Mir kommen gleich die Tränen«, spottete Caudwell.

Jenseits des High Shelf sah man in der Ferne Glossop liegen. Die Berghänge fielen unterhalb des Dark Peak sanfter ab und bildeten tief unter ihnen eine Senke, in der das Städtchen lag, eingebettet in die Überreste der Textilspinnereien, die einst sein bedeutendster Industriezweig gewesen waren. Inzwischen schien Glossop aus seiner Umgebung herausgewachsen zu sein, wie eines jener komplexen Ökosysteme, die sich ganz von selbst in einer kleinen Pfütze bilden, wenn man ihnen nur genug Zeit dazu lässt.

Doch nicht weit hinter Glossop sah Cooper nichts als eine graue Wand, die aussah, als wäre hinter ihr die Welt zu Ende. Der Anblick erinnerte ihn an die Szene aus einem Horror-Roman, den er einmal gelesen hatte, in dem eine amerikanische Kleinstadt durch einen feindseligen Nebel vom Rest des Landes abgeschnitten wurde, in dem grässliche Monster lauerten. Aber er wusste, dass unterhalb der schmutzigen Decke, die er dort in der Ferne sah, keine Monster waren. Dort lauerte nur der Moloch Manchester.

An einem warmen Sommertag sahen die weißen, turmartigen Wohnblocks im Stadtzentrum wie die Zinnen einer Märchenstadt oder wie eine schimmernde Fata Morgana in der Ebene aus. An diesem Morgen hingegen präsentierte das kompromisslos klare Winterlicht jedes Atom der Verschmutzung, das über der Stadt hing, jeden Rußwirbel aus einem Fabrikschornstein, jeden Auspuffstoß des Verkehrs, der die Straßen verstopfte. Ohne die warmen Aufwinde, die ihn von der Stadt weghoben, sammelte sich der Smog und wurde immer dicker, bis er so wie jetzt wie eine gewaltige graue Ratte zusammengerollt in ihrem Nest über der Stadt lag. Cooper schauderte. Es wäre für jeden Großstadtbewohner eine heilsame Erfahrung, wenigstens einmal an einem Tag wie diesem zum High Shelf heraufzukommen und sich die Stadt aus der Vogelperspektive anzusehen. Kaum einer würde sich danach noch trauen zu atmen.

Liz Petty kehrte der Aussicht den Rücken und sah ihn nachdenklich an.

»Man kann sich nur schwer vorstellen, wie die Piloten hier eine Bruchlandung hinlegen konnten«, sagte sie. »Es kommt einem irgendwie ironisch vor.«

»Nachts, wenn die Wolken tief hängen, sieht es hier völlig anders aus«, entgegnete Cooper. »Dann ist die Gegend viel gefährlicher.«

Cooper malte sich aus, wie die Lancaster SU-V tief vom Süden her durch das Tal hereinkam, das Brummen ihrer Motoren von der Wolkendecke gedämpft, während die Besatzung orientierungslos aus den Cockpitfenstern oder den Plexiglas-Türmen spähte. Er stellte sich vor, wie Bill Mee, der Bombenschütze, auf seiner Position im Bugturm lag, nach unten blickte und einen Blick auf den Boden erhaschte, der ihnen rasch entgegenkam. Vielleicht hatte Mee aufgeregt gegen die Füße des Piloten geklopft, nach oben gezeigt und mit den Lippen die Worte »Steigen! Steigen!« geformt. Daraufhin hatte McTeague wahrscheinlich den Steuerknüppel an sich gerissen, so dass die Lancaster SU-V langsam an Höhe gewonnen hatte.

Im Heck des Flugzeuges hatte der junge Dick Abbot höchstwahrscheinlich nichts davon mitbekommen, bis er plötzlich in seinen Gurten nach vorn gegen die Plexiglasblase gedrückt worden war, als das Flugzeug zu steigen begann. Er musste hilflos, fast mit dem Kopf nach unten festgehangen haben, so dass er die Bergflanke durch ein Loch in den Wolken aufblitzen sah. Vielleicht hatte er auch die angsterfüllten Stimmen im Kopfhörer gehört.

Aber zu diesem Zeitpunkt war es bereits zu spät. Die nackte

Wand des Irontongue Hill musste unmittelbar vor ihnen aufgeragt haben. Vielleicht hatte die Besatzung sie Sekunden vor dem Aufschlag auf sich zurasen sehen, eine gewaltige schwarze Masse, die aus den Wolken ragte, wo eigentlich Himmel sein sollte. Aber da war es schon zu spät gewesen. Viel zu spät.

28

Chief Inspector Tailby ließ stirnrunzelnd den Blick durch den Konferenzraum wandern. Diane Fry fiel auf, dass er in letzter Zeit oft die Stirn runzelte. Er war zwar noch nie eine Stimmungskanone gewesen, aber die letzten Wochen in der Division E erwiesen sich offenbar als wahre Bürde für ihn.

»Detective Cooper macht sich bei unseren Besprechungen immer rarer«, bemerkte Tailby.

»Alle haben schrecklich viel zu tun«, sagte Hitchens. »Es muss so viel erledigt werden. Wir müssen jede Menge Befragungen durchführen.«

»Das weiß ich. Geht es Cooper gut? Er ist bei dem Zwischenfall letzte Nacht doch nicht verletzt worden?«

»Nein, es geht ihm gut. Er hat sich heute Morgen wie gewohnt zum Dienst gemeldet. Jetzt ist er mit Sergeant Caudwell unterwegs. Die MDP wollte sich an der Absturzstelle des Flugzeuges umsehen.«

»Mit Sergeant Caudwell? Sie haben ihn denen zum Fraß vorgeworfen?«

»So würde ich das nicht unbedingt ausdrücken, Sir«, widersprach Hitchens.

»Wenn es schwierig wird, ist die Versuchung groß, sich nach einem Opfer umzusehen«, meinte Tailby.

Fry sah ihn erstaunt an. Sie hatte den alten DCI noch nie so philosophisch erlebt. Vielleicht wollte er sich in den letzten Tagen in puncto Weisheit noch ein bisschen produzieren, bevor er an Kessen übergab, damit der Kontrast noch deutlicher war.

»Ich habe gehört, Sergeant Caudwell hat auch jemanden von der Spurensicherung angefordert. Was will sie denn dort oben finden?«

»Keine Ahnung«, erwiderte Hitchens.

Tailby legte die Stirn in Falten. »Ich bin gern zur Kooperation bereit. Ab einem bestimmten Punkt sollte Kooperation aber etwas Gegenseitiges sein.«

»Jawohl, Sir.«

»Na schön«, fuhr Tailby fort. »Also, es ist Montagmorgen, und übers Wochenende hat es in diesem Fall einige wichtige Entwicklungen gegeben. Wir haben eine bestätigte Identifizierung für das Opfer: Unser so genannter Schneemann ist Sergeant Nick Easton, ein Kollege von der Royal Air Force Police. Außerdem konnten wir mithilfe der MDP-Beamten, die hierher nach Edendale geschickt wurden, einige seiner Schritte rekonstruieren.«

»DS Fry und ihr Team haben bereits gestern damit begonnen, dieser Spur intensiv zu folgen«, sagte Hitchens.

»Hervorragend. Ich bin sicher, dass sämtliche Überstunden absolut gerechtfertigt sind, Paul.«

»Jawohl, Sir. Sergeant Fry wird Ihnen sofort berichten, was sie alles ans Tageslicht gebracht hat.«

Fry rückte mit ihrem Stuhl herum, als die beiden Chief Inspectors sie anblickten. Der eine lächelte, der andere setzte eine finstere Miene auf. Tweedledee und Tweedledum. Sie würden wohl niemals einer Meinung sein.

»Zunächst einmal wissen wir«, begann Fry, »dass Sergeant Easton am Sonntag, den 6. Januar, das Luftfahrtmuseum in Leadenhall besucht hat, das heißt zwischen vierundzwanzig und sechsunddreißig Stunden vor seinem gewaltsamen Tod. Er hat sich dort nach einem der freiwilligen Helfer erkundigt, Graham Kemp, der überall als Sammler von Flugzeug-Souvenirs bekannt ist.«

»Wie ich erfahren habe, handelt es sich um den Bruder von

Edward Kemp«, sagte Tailby. »Das ist der Gentleman, den wir gerade wieder in Gewahrsam genommen haben.«

»Ganz recht, Sir. Wir haben die Adresse seines Bruders und hoffen, dass wir ihn noch heute Vormittag erwischen. Selbstverständlich haben wir bereits etliche von Edward Kemps Freunden in Verbindung mit dem tätlichen Angriff in der Nacht zum vergangenen Dienstag befragt. Dabei sollten wir nicht außer Acht lassen, dass sich dieser Zwischenfall ein oder zwei Stunden vor Eastons Tod ereignete.«

»Gut. Und nach dem Luftfahrtmuseum …«

»Wir wissen, dass Nick Easton an jenem Abend in einem Hotel in der Nähe von Chesterfield abgestiegen ist, und am darauf folgenden Tag, dem Montag, in Edendale war. Er hat bei einer Familie namens Lukasz am Woodland Crescent geklingelt und kurz mit Mrs Grace Lukasz gesprochen. Seltsamerweise ist Mr Andrew Lukasz ein paar Stunden vor Eastons Erscheinen verschwunden.«

»Andrew?«

»Grace Lukasz' Sohn. Er wohnt in London, war aber gerade bei seinen Eltern zu Besuch. Vielleicht entsinnen Sie sich, dass wir den Vater und die Mutter zur möglichen Identifizierung des Schneemanns herbestellt hatten, weil ihr Sohn ziemlich überraschend verschwunden war.«

»Ist er inzwischen wieder aufgetaucht? In London?«

»Allem Anschein nach nicht. Die Metropolitan Police hat heute früh an seiner Wohnung geklingelt und mit seinen Nachbarn geredet, aber offensichtlich ist er dort schon seit ungefähr zehn Tagen nicht mehr aufgetaucht, was zu seiner Ankunft in Edendale passen würde. Seine Frau ist Amerikanerin und zu einer Beerdigung im Familienkreis nach Wisconsin geflogen, aber wir versuchen Kontakt mit ihr aufzunehmen. Interessanterweise behauptet seine Firma, Andrew Lukasz habe Urlaub genommen und hätte eigentlich heute wieder zur Arbeit kommen müssen. Er ist aber nicht erschienen.«

»Was für ein Interesse hatte Sergeant Easton an den Lukasz'?«, fragte Tailby. »Ist das bekannt?«

»Eigentlich nicht. Auch Peter Lukasz weiß es nicht. Aber er sagt, Andrew habe sich mit seinem Großvater gestritten. Es gab eine Auseinandersetzung wegen eines Zigarettenetuis, das Zygmunt Lukasz' Cousin Klemens Wach gehört hat, der bei einem Flugzeugabsturz im Zweiten Weltkrieg ums Leben gekommen ist. Allem Anschein nach war Zygmunt wütend geworden, weil das Etui womöglich von Plünderern aus dem Wrack gestohlen wurde.«

»Mit anderen Worten, ein begehrtes Souvenir.«

»Sieht ganz so aus, Sir«, bestätigte Fry.

»Fahren Sie fort.«

»Wir wissen nicht, was Easton nach seinem Besuch bei den Lukasz' gemacht hat. Nach Auskunft der MDP fuhr er einen schwarzen Ford Focus, den wir aber noch nicht gefunden haben. Außerdem hatte er nirgendwo in der Gegend ein Zimmer gemietet, soweit wir das in Erfahrung gebracht haben. DC Murfin hat gestern alles überprüft, was jede Menge Anrufe und Besuche erforderlich gemacht hat. Ich muss noch einmal wiederholen, Sir, dass wir für eine derartig komplexe Ermittlung einfach nicht genug Personal haben.«

»Schon verstanden, Fry«, sagte Tailby. »Gibt es irgendeinen Fortschritt im Hinblick auf den Zeitrahmen für den Morgen, an dem Eastons Leiche gefunden wurde?«

»Wir haben ihn auf einen Zeitraum von ungefähr einer halben Stunde eingeschränkt, in der die Täter die Leiche am Straßenrand der A57 zurücklassen konnten, ohne dabei beobachtet zu werden. Aber es ist uns nicht gelungen, Sichtungen von Allradfahrzeugen auf der Straße zu bestätigen, nachdem sie wegen des einsetzenden Schneefalls gesperrt worden war. Wir hatten auf das Snake Inn gesetzt, aber auch dort sieht es so aus, als hätte das Personal außer den Schneepflügen nichts gesehen oder gehört.«

»Was ist mit Edward Kemps Wagen? Der hat doch Allradantrieb?«

»Der Isuzu Trooper, ja. Auf den Plastikplanen im Kofferraum haben wir Blutspuren gefunden, die jedoch mit einem der Opfer des tätlichen Angriffs übereinstimmen. Wir gehen davon aus, dass die Baseball-Schläger oder andere Waffen, die bei dem Angriff benutzt wurden, anschließend unter den Planen versteckt wurden. Leider fehlt von den Waffen jede Spur. Trotzdem haben wir ein paar mögliche Spuren von der Plastikoberfläche genommen, und sobald wir die Erlaubnis haben, sie ans Labor weiterzuleiten ...«

»Ja, selbstverständlich. Tun Sie das.«

»Dann haben wir noch das Bajonett, das bei dem Angriff auf Detective Cooper benutzt wurde. Vielleicht kriegen wir eine DNS-Spur vom Griff.«

»Möglich.«

»Die größten Sorgen macht mir die Tatsache, dass man uns immer noch nicht unterrichtet hat, an was für einer Sache Sergeant Easton dran war«, fuhr Fry fort. »Wir brauchen diese Information, und zwar dringend.«

»Die Kollegen von der MDP haben uns für morgen früh einen Termin versprochen, bei dem sie uns sämtliche Einzelheiten mitteilen wollen, so weit das möglich ist«, erwiderte Tailby. »Aber inzwischen scheint klar zu sein, dass eine Verbindung zu den Flugzeug-Erinnerungsstücken besteht. Das Luftfahrtmuseum in Leadenhall, dieser Sammler, Graham Kemp, und ein Gegenstand, der irgendwie in den Besitz von Andrew Lukasz geraten ist. Das sieht nach einer sehr einleuchtenden Indizienkette aus, Fry.«

»Am interessantesten ist, dass Easton kurz nach Andrews Verschwinden bei den Lukasz' auftauchte«, sagte Fry. »Selbstverständlich vernehmen wir beide Kemp-Brüder, aber wenn Sie mich fragen, würde ich mich am liebsten mit Andrew Lukasz über den Mord an Nick Easton unterhalten.«

»Und wie es inzwischen Tradition bei uns ist«, sagte Tailby, »ist derjenige, mit dem wir am dringendsten reden müssen, verschwunden.«

»Jawohl, Sir.«

Tailby wandte sich steif an DCI Kessen, der nickte. Er hatte während der gesamten Sitzung geschwiegen. Fry befürchtete, dass er nach Tailbys Weggang gehörig ins Schwimmen kommen würde.

»Sie haben Recht, Fry«, nahm Tailby den Faden wieder auf. »Die Sache mit Easton bindet große Kapazitäten, ganz zu schweigen von dem tätlichen Angriff auf einen Polizeibeamten. Wir müssen versuchen Verstärkung von außerhalb zu bekommen. Aber, Paul, Sie sollten die Kompetenz der MDP-Leute ebenfalls ausschöpfen, solange sie hier sind.«

»Dürfte ich daran erinnern, dass wir auch noch ein verschwundenes Baby haben, Sir?«, warf Hitchens ein.

»Als wenn ich das nicht wüsste! Die Zeitungen schreiben, dass die Hoffnung für Chloe schwindet. Stimmt das? Schwinden unsere Hoffnungen?«

»Falls jemand das Baby bei sich hat und sich darum kümmert, dann meldet er sich nicht«, sagte Fry. »Nach dieser Besprechung vernehmen wir Eddie Kemp noch einmal, sowohl zum Angriff auf Detective Cooper als auch zu dem Baby, da er der letzte Geliebte von Marie Tennent ist, der uns bekannt ist. Aber wir haben bereits sein Haus durchsucht und mit seiner Frau gesprochen. Ich glaube, dass er schon seit geraumer Zeit nichts mehr mit Marie Tennent zu tun hatte, und es ist unwahrscheinlich, dass er irgendetwas über den Verbleib des Kindes weiß.«

»Das hört sich nicht gut an.«

»Die Knochen des anderen Babys machen die Sache auch nicht besser. Falls wir aus den Überresten eine DNS bekommen, können wir nachweisen, ob es sich um ein früheres Kind von Marie Tennent handelt. Die Kleidungsstücke, die wir zusammen mit den Knochen gefunden haben, sind mit an Sicherheit grenzender Wahrscheinlichkeit von ihr dort hingelegt worden. Maries Mutter hat sie identifiziert. Wie es aussieht, ist Marie zu dem Wrack gegangen, um dort die Kleider zum Gedenken an das tote Kind niederzulegen.«

Tailby starrte sie entsetzt an. »Das ist ziemlich makaber, Fry.«

»Natürlich ist es reine Spekulation«, sagte Fry. »Aber warum sonst hätte Marie Tennent an jenem Tag zu dem Flugzeugwrack auf dem Irontongue Hill hinaufsteigen sollen?«

Die ersten Trümmer der Sugar Uncle Victor lagen hundert Meter unterhalb des höchsten Punktes auf der dem Wind zugewandten Seite des Irontongue. Zwischen den größeren Bruchstücken war der Boden von geschmolzenen Fragmenten aus Metall, Glassplittern und zerfetzten Gummistreifen bedeckt. Einige Wollbüschel klebten an einer Fahrwerkachse; Schafe hatten ihre juckenden Rücken daran gerieben und sich gefreut, in dieser nur von weichem Torf bedeckten Weite etwas Hartes zu finden, das einen gewissen Widerstand bot. An einer riesigen Radnabe hingen immer noch Reifenfetzen.

Vor den größeren Trümmerteilen lagen zu Kränzen geflochtene oder an kleinen, selbst gebastelten Kreuzen befestigte Mohnblumen. Manche Kreuze waren aus Holz, andere schienen aus Stücken des geschmolzenen Gestänges des Flugzeugs selbst gefertigt und mit Draht zusammengebunden zu sein. Das Metall des Fahrwerks und des Rumpfs war zum Teil noch unversehrt und selbst nach so langer Zeit vom Rost verschont geblieben. Die Mohnblumen hingegen waren fast weiß geworden, ausgewaschen und gebleicht von Sonne und Regen.

»Ein Überlebender und fünf Tote, den Piloten nicht mitgerechnet«, sagte Cooper und sah einem kleinen Flugzeug nach, das hoch über ihnen Richtung Glossop flog.

Jane Caudwell schien ihn nicht gehört zu haben. Ihre Stiefel und Hosenbeine waren vom Waten durch den Schnee mit einer dünnen weißen Schicht überzogen. Caudwell war schwarz gekleidet – eine äußerst unpraktische Farbe auf den schneebedeckten Torfmooren. Es war ratsam, bunte Farben zu tragen, besonders dann, wenn das Wetter jederzeit umschlagen konnte und man eventuell darauf hoffen musste, von den Rettungsteams der Bergwacht gefunden zu werden. Bunte Farben waren gut zu erkennen, Schwarz hingegen kam beinahe einer Tarnfarbe gleich.

Caudwell zog den rechten Handschuh aus und streckte Cooper ihre blasse, dickliche Hand mit einem goldenen Ring am Mittelfinger entgegen.

»Ja, fünf«, stimmte sie ihm zu. »Aber sind Sie sicher, dass sich Fliegerleutnant McTeague überhaupt an Bord der Maschine befand?«

»*Was*?«

Caudwell lächelte. »War nur so ein Gedanke. Übrigens halte ich es für keine gute Idee, dass *sie* hier oben ist, egal wer sie ist.«

»Wer?«

»Sie da oben.«

Cooper drehte sich um und sah Alison Morrissey zwischen den Felsen, unweit des Gipfelpunkts, stehen. Sie hielt eine Kamera in der Hand, doch es sah nicht so aus, als wollte sie die Beamten bei ihrer Arbeit an der Absturzstelle fotografieren. Sie hatte ihre Kapuze aufgesetzt, um die Ohren vor dem Wind zu schützen, der den Schnee von der felsigen Oberfläche aufwirbelte. Trotzdem glaubte Cooper in ihren Augen eine düstere Mischung aus Befriedigung und Schmerz zu lesen.

»Ich gehe besser mal hin und rede mit ihr«, sagte er.

»Nein«, sagte Caudwell. »Das kann jemand anders machen.«

Sie gab Nash einen Wink, der sich mit finsterer Miene auf den Weg den Hang hinauf machte, wobei er die Stiefel tief in den harten Schnee bohrte. Morrissey sah ihm gelassen entgegen, als beobachtete sie ein seltenes wildes Tier. Als Nash nur noch ein paar Meter von ihr entfernt war und sich mit gesenktem Kopf darauf konzentrierte, nicht auf dem nassen Geröll auszurutschen, hob sie die Kamera und fotografierte ihn. Nash hörte das Klicken und sah wütend auf. Den Rest des Weges legte er im Laufschritt zurück, wobei er mit den Armen immer wieder gegen die Steine stieß.

Cooper machte ein paar Schritte auf die beiden zu, als er Caudwells Hand auf seinem Arm spürte und stehen blieb. Morrissey war keinen Zentimeter zurückgewichen und hörte sich amüsiert an, was Nash zu sagen hatte. Sie schien nichts zu entgegnen, und Nash fuchtelte wild mit den Armen, um sie wieder ins Tal hinunterzuscheuchen. Sie rührte sich nicht vom Fleck.

Dann versuchte Nash ihr die Kamera zu entreißen, worauf sich Morrissey zur Wehr setzte. Nash baute sich vor ihr auf, doch ihre Körpersprache signalisierte eine Sturheit, die ihn warnte, dass sie sich keineswegs einschüchtern lassen würde.

»Nein!« Cooper riss sich von Caudwell los und rannte den Hang hinauf.

»Verdammt noch mal«, rief ihm Caudwell hinterher, »was ist denn los mit Ihnen?«

Der Schnee stob unter Coopers Stiefeln auf, als er über das Geröll hastete und sich dabei mit den Händen an den Felsbrocken abstützte. Er hob den Kopf. Inzwischen hatte Nash die Kamera in der Hand, aber der Riemen war immer noch fest um Morrisseys Schulter geschlungen, und als er daran zog, hätte sie beinahe das Gleichgewicht verloren. Sie rutschte aus und ruderte wild mit den Armen. Sie schlug mit der Hand gegen seine Schulter, worauf Nash sie am Arm packte.

»Loslassen!«

Nash drehte sich um und blickte ihn an. Er lächelte zwar nicht, trotzdem sah Cooper, dass er das Gerangel durchaus genoss. Erst jetzt ging Cooper auf, dass er eindeutig im Nachteil war. Er stand unterhalb von Nash, der über ihm aufragte. Einen Augenblick fürchtete er, er hätte sich in eine Situation manövriert, aus der er unmöglich wieder herauskam. In diesem Moment ließ Nash die Kamera los.

»Geh zurück zur Straße, Alison«, sagte Cooper. »Bitte.«

Endlich drehte sich Morrissey um und ging davon, nachdem sie sich noch einmal nach ihm umgedreht hatte. Cooper und Nash kletterten den Hang wieder hinunter.

Ben Cooper versuchte sich zu beruhigen, indem er die frische Luft tief in seine Lunge sog. Die Luft hier oben war völlig anders als die im Bungalow der Lukasz' oder in Walter Rowlands Haus, sogar anders als bei George Malkin. Sie war sauber und klar. Es glich einem Sakrileg, an diesem Morgen durch den jungfräulichen Schnee zu stapfen. Eine einzelne Spur war etwas anderes, da sie die unversehrte Reinheit ringsum noch betonte. Aber wenn mehrere Stiefelpaare durch den Schnee trampelten, ihn in Matsch verwandelten und mit ihren schmutzigen Sohlen besudelten, sah sofort die ganze Umgebung befleckt und schäbig aus.

»Wer legt diese Mohnblumen hier ab?«, fragte Caudwell.

»Keine Ahnung«, antwortete Cooper. »Vielleicht irgendwelche Veteranenorganisationen, die der Meinung sind, man sollte die Besatzung in Erinnerung behalten. Vielleicht aber auch Fliegerkadetten aus der Gegend.«

»Meinen Sie, die kommen jedes Jahr am Volkstrauertag hier herauf?«

»Durchaus möglich.«

»Und was ist hiermit?«

Cooper ging zu ihr hinüber. Jemand hatte ein Holzkreuz mit einer einzelnen Mohnblume unter das Fahrwerk geschoben. Das Kreuz ragte aus einem Flecken tauenden Schnees, und die Blume leuchtete so hellrot wie ein Spritzer Arterienblut aus einer frischen Wunde.

»Ich glaube, Ihre Kollegin hat Recht gehabt. Das hier sieht nicht aus, als wäre es schon zwei Monate hier.«

»Inzwischen hat es oft geregnet«, sagte Cooper. »Die Farbe wäre längst herausgewaschen, so wie bei den anderen.«

»Wann genau ist die Maschine abgestürzt?«

»Am 7. Januar 1945.«

»Der siebte war vor einer Woche«, stellte Caudwell fest. »Der Tag, an dem Nick ermordet wurde.«

»Na und?«

Caudwell sah ihn gereizt an. »Männer verstehen so was nicht«, sagte sie. »Aber Jahrestage sind für manche Leute sehr wichtig. Geburtstage, Todestage, der Tag, an dem man seiner großen Liebe zum ersten Mal begegnet ist. Das sind Daten, die man nie vergisst.«

»Ja, das kenne ich«, erwiderte Cooper und dachte an den alljährlichen Besuch mit Matt am Grab seines Vaters, der schon bald zu einem Ritual werden würde, bis sie beide zu alt oder zu gebrechlich für den Weg zum Friedhof wurden. »Dann waren das wohl Verwandte von einem der Besatzungsmitglieder?«

Caudwell tauschte ihre Handschuhe gegen ein Paar aus Plastik aus einem Päckchen in ihrem Mantel. »Jemand, der fand, er müsste das Kreuz am entsprechenden Tag hier hinlegen, egal wie das Wetter war.«

Cooper drehte sich um und schaute über das weite, schneebedeckte Heidemoor bergab zu einer Stelle, die sich deutlich von der Umgebung abhob. Sie sah nackt und braun aus, aufgewühlt von den Stiefeln der Männer, die um einen gefrorenen Leichnam herumgestanden und Witze über Eispickel und Thermometer gerissen hatten.

Zu seiner Überraschung sprach Sergeant Caudwell aus, was er dachte.

»Marie Tennent«, sagte sie.

Cooper starrte sie an. »Woher wissen Sie von Marie?«

»Eine Kombination aus Ortskenntnis, gründlicher Detektivarbeit und interdisziplinärer Kooperation. Ich habe die Akte gelesen. Wir müssen die Mohnblume mitnehmen.«

Liz Petty kam herüber und machte Aufnahmen von der Mohnblume und ihrer Befestigung an dem Kreuz, ehe sie es vorsichtig aus dem Boden zog. Jetzt sah Cooper, dass auf dem Holz eine weiße Inschrift stand, die aussah, als wäre sie mit Tipp-Ex geschrieben.

»Wir haben Marie Tennents Leiche ein paar hundert Meter weiter weg gefunden«, sagte er. »Sie lag dort schon mehrere Tage. Wahrscheinlich war es Selbstmord. Ich glaube, wir haben noch nicht einmal den Obduktionsbericht vorliegen.«

»Sagen Sie nichts – die Gerichtsmedizin ist unterbesetzt, hab ich Recht?«

Caudwell musterte das hölzerne Kreuz, das Liz in eine kleine Plastiktüte geschoben hatte. »Was steht denn drauf?«, fragte Cooper.

»›Sergeant Dick Abbott. 24. August 1926 bis 7. Januar 1945.‹«

»Abbott? Das war der Heckschütze. Tail-end Charlie.«

»Da steht noch etwas«, sagte Caudwell. »Was das heißen soll, weiß ich nicht…«

Cooper wartete und dachte an Dick Abbott. Den Zeitungsberichten zufolge war die Leiche des Heckschützen schwer verstümmelt gewesen. Laut Walter Rowland hatten die Rettungsmannschaften Stunden gebraucht, um sämtliche Leichenteile einzusammeln. Der einzige Trost in Sergeant Abbotts Fall war vielleicht der, dass er möglicherweise nicht mitbekommen hatte, was mit ihm geschah. Von seinem Heckturm aus konnte er den Irontongue Hill nicht gesehen haben. Vielleicht hatte er noch kurz die entsetzten Stimmen über den Bordfunk gehört, als Nächstes musste er den Aufprall gespürt haben, als die Sugar Uncle Victor gegen den Berg geprallt und sich überschlagen hatte, wobei der Heckturm an den Felsen zerschmettert worden war.

»Ist das Lateinisch? Vielleicht das Motto der Staffel oder so etwas?«, fragte Cooper.

»Nein, nein«, sagte Caudwell. »Ich kann die Worte lesen, ich weiß nur nicht, was sie bedeuten. Da steht: ›Endlich Gerechtigkeit.‹«

Die Geschäftsführerin von Wise Buys in der Clappergate erinnerte sich noch gut an Marie Tennent.

»Sie war ein gutes Mädchen, sehr fleißig. Sie war auch intelligenter als die anderen«, erzählte sie Diane Fry. »Ich habe sie nicht gern gehen lassen. Aber die besten von den Jungen bleiben nie lange.«

Fry sah sich im Laden um. Die Ständer waren voller warmer Mäntel und bunter Pullover, Hosenanzüge sowie farblich aufeinander abgestimmter Schal- und Hut-Sets. Die Frühlingsmode war noch nicht eingetroffen.

»Hat Ihnen Marie gesagt, weshalb sie nicht mehr bei Ihnen arbeiten wollte?«, fragte sie.

»Nein. Sie meinte nur, sie will sich verändern. Wissen Sie, nach einer gewissen Zeit wird es den Mädchen hier langweilig. Es ist nicht immer einfach, sich mit den Kunden auseinander zu setzen.«

»Ich weiß«, sagte Fry.

»Das glaube ich Ihnen gern.«

»Aber soweit wir wissen, hatte Marie keinen anderen Job.«

»Den Eindruck hatte ich auch. Ich persönlich habe vermutet, dass da ein Mann im Spiel ist. Es hätte mich nicht gewundert, wenn ich demnächst gehört hätte, dass sie heiratet.«

»Hat sie einen bestimmten Mann erwähnt?«

»Nicht direkt. Manche Mädchen reden die ganze Zeit von ihren Freunden, aber Marie war nicht der Typ. Sie hat sich eher bedeckt gehalten. Aber ich habe mich immer gefragt…«

»Ja?«

»Na ja, sie hatte ein Kind, wissen Sie das?«

»Hat sie davon erzählt?«

»Eigentlich nicht. Aber es gibt gewisse Anzeichen. Sie hat sich zunehmend in sich zurückgezogen, als hätte sie andere Dinge im Kopf als den täglichen Tratsch. Sie sah auch verändert aus. Manchen steht ja eine Schwangerschaft richtig, aber Marie sah krank aus. Ich weiß nicht, wie ich das beschreiben soll… sie war blasser und wirkte manchmal so erschöpft. Außerdem hielt sie sich anders. Ich habe so was schon öfter gesehen.«

»Aber Sie haben sie nicht darauf angesprochen?«

»Es ging mich ja nichts an. Offenbar wollte sie nicht darüber sprechen, also habe ich nicht weiter nachgebohrt.«

Fry sah zu, wie eine Frau einen Ständer mit Kleidern durchwühlte, nichts Interessantes fand und das Geschäft wieder verließ.

»Hat Marie jemals ihre Familie erwähnt?«

»Oh, ja, ihre Mutter in Schottland. Sie hat ziemlich viel von ihr erzählt. Sie hat auch einen jüngeren Bruder, glaube ich.«

»Sonst noch jemanden? Hier in der Gegend vielleicht?«

Die Geschäftsführerin zögerte. »Seltsam, dass Sie das ansprechen. Marie hat immer behauptet, dass sie aus Schottland stammt. Ich meine, sie sprach mit schottischem Akzent und so, und ihre Mutter wohnt auch da. Aber ich dachte immer, dass sie irgendeine Verbindung zu Derbyshire haben muss. Manchmal hat sie so geklungen, als wüsste sie einiges über die Geschichte dieser Gegend.«

Fry drehte sich um. »Was denn zum Beispiel?«

»Ich kann mich nicht mehr richtig erinnern. Aber ich glaube, es hatte etwas mit dem Krieg zu tun.«

»Vielleicht mit der RAF? Mit einem Bomber, der im Zweiten Weltkrieg abgestürzt ist?«

Die Miene der Geschäftsführerin hellte sich auf. »Ja, ich glaube, das war's. Ist doch seltsam, dass sich ein Mädchen wie Marie für so etwas interessiert hat. Aber sie hat häufiger über Flugzeugwracks geredet.«

Mit einem trockenen Knall zerriss ein Schuss die Luft. Cooper erkannte das Geräusch sofort, warf sich instinktiv zur Seite, rollte in die Schneewehe hinter dem Fahrwerk und robbte in Deckung. Als er sich nach Caudwell umdrehte, sah er, dass sie sich nicht von der Stelle gerührt hatte. Sie stand immer noch ungeschützt da und spähte über die Schulter auf etwas jenseits der Trümmer.

In diesem Moment hörte Cooper ein Keckern und panisches Flügelschlagen, ehe zwei Fasane hundert Meter weiter vom Moor aufstiegen. Er sah, wie sich das Sonnenlicht wie rote Blutrinnsale auf ihren Rücken brach, als sie in Richtung Reservoir davonflatterten. Und Cooper sah, wie Nash lachend eine Glock in das Holster unter seiner Jacke zurückschob. Also hatte Carol Parry Recht gehabt: Der MDP hielt es tatsächlich für notwendig, bewaffnet Dienst zu tun.

Inzwischen waren die natürlichen Geräusche des Hochmoors wieder zu hören, das unaufhörliche Gemurmel des Windes, der den wirbelnden Schnee aufstieben ließ, das Bellen eines Hundes und das Scheppern eines Eimers, so gedämpft und weit entfernt, dass die Welt hinter einem dicken Vorhang verschwunden zu sein schien.

Caudwell drehte sich um und beobachtete, wie Cooper sich aufrappelte und sich den Schnee von der Schulter wischte. Als er den Blick hob, grinste sie höhnisch.

»Nash!«, rief sie. »Benimm dich! Du erschreckst das Wild!«

Cooper setzte sich einen Moment in den Schnee und musterte Caudwell und Nash. Er war ziemlich wütend, durfte aber nicht die Fassung verlieren, da die beiden genau das beabsichtigten. Vielleicht war es ja auch das, was Fry im Umgang mit ihm beabsichtigte.

Als sein Blick auf die Stelle fiel, wo er sich hingeworfen hatte, bemerkte Cooper ein Glitzern im dunklen Torf. Noch ein Stück Aluminium? Er hob es auf und wischte die schwarzen Fasern davon ab, worauf es seltsam weiß schimmerte. Cooper fragte sich, aus welchem Material es bestehen mochte. Es sah aus wie das Bruchstück einer schmalen Strebe und war eindeutig zu spröde, um ein Teil des Rahmens gewesen zu sein. Er hielt es sich an die Nase und schnupperte in der Erwartung des vertrauten Geruchs nach versengtem Metall daran. Stattdessen sog er einen Geruch ein, der ihn vage an Sonntagsbraten erinnerte – an den Duft von Rindfleisch mit Kartoffelbrei und Mohrrüben, wenn er mit seinen Eltern an einem nasskalten Novembertag am Esstisch gesessen hatte. Er schüttelte den Kopf, um die lästige Erinnerung zu verjagen. Vielleicht hielt er ja ein Fragment des Funkgeräts in der Hand. Es sah beinahe wie Bakelit aus, die abgebrochenen Enden körnig und hohl. Aber es war weiß …

Er ließ den Gegenstand zu Boden fallen, als hätte er sich die Finger verbrannt, und stellte fest, dass das Ding unmissverständlich schneeweiß auf dem Torf leuchtete. Entsetzt starrte Cooper es an. Es war ein Knochenstück. Wahrscheinlich nur von einem zurückgebliebenen Tier aus einer Herde auf der anderen Seite des Berges, das von einem Aasfresser weggetragen, abgenagt und hier liegen gelassen worden war. Es sah nicht aus, als sei es der Witterung schon lange ausgesetzt. Trotzdem brachte Cooper es unwillkürlich mit dem in Verbindung, woran er gerade gedacht hatte; als er es in der Hand gehalten hatte, war es ihm wie ein Stück eines der Flieger vorgekommen, die in der Uncle Victor gestorben waren.

»Ben? Alles in Ordnung mit Ihnen?«

Liz Petty stand über ihm und musterte ihn beunruhigt.

»Ja. Alles klar.«

In Wahrheit jedoch war Cooper einen Augenblick lang in einer ganz anderen Zeit gewesen. Er hatte sich den jungen Flieger vorgestellt, Dick Abbott, wie er durch die zerreißenden und splitternden Metallstreben des Flugzeugrumpfes geschleudert wurde, wie ihm die Gliedmaßen abgerissen wurden, als ihn der Aufprall in die Dunkelheit katapultierte, wo er im Schnee verblutete.

Cooper hatte einmal ein Schaf gesehen, das auf einer nicht eingezäunten Straße durch das Hochmoor oberhalb des Eden Valley von einem Auto angefahren worden war. Einen der Vorderläufe des Tieres hatte es so schlimm erwischt, dass Bruchstücke seines Oberschenkelknochens wie Puzzleteile über den Asphalt verstreut lagen. Doch das hier war viel schlimmer. Hier waren Menschen auseinander gerissen und ihre Knochen zerschmettert worden, und ihr Blut hatte den Torf getränkt. Die Leute sprachen von Männern, die ihr Leben geopfert hatten. Aber das hier war mehr als nur ein Opfer. Er stand am Schauplatz eines Massakers.

Alle hatten Fliegerleutnant Danny McTeague für den Absturz der Lancaster SU-V verantwortlich gemacht, für den Tod von fünf Männern. Cooper fragte sich, was Marie Tennent oder wer auch immer angesichts eines solchen Frevels wohl als Gerechtigkeit empfand.

Als Diane Fry Eddie Kemp gegenüberstand, machte er den Eindruck, als vertraute er darauf, dass nicht genug Beweise gegen ihn vorlagen. Es war die Art Vertrauen, die sich jemand anmaßte, der schon häufiger vernommen worden war, ohne dass sich daraus eine Anklage ergeben hatte, oder der vor Gericht gestellt und freigesprochen worden war. Auch Kemps üblen Geruch konnte Fry nicht mehr ausmachen. Vielleicht hatten ihn die Kollegen in der Untersuchungshaft ordentlich abgeschrubbt.

»Natürlich hat meine Vicky alles von der Sache mit Marie gewusst«, sagte Kemp. »Vicky hatte mich damals rausgeschmissen, also konnte sie sich ja wohl nicht darüber beschweren, was ich mache, oder?«

»Wohl nicht.«

»Und dann sind wir ja wieder miteinander klargekommen. Ich bin zu Vicky zurück, und das war's dann.«

»Wann war das?«

»Letzten Juli.«

»Also vor ungefähr sechs Monaten. Haben Sie sich in Freundschaft von Marie getrennt?«

Kemp zögerte. »Marie war ein bisschen sauer und hat ein paar Sachen gesagt, die sie nicht so gemeint hat. Sie hat mir an den Kopf geworfen, ich würde stinken. Aber das ist hormonell bedingt, also war es nicht besonders fair.«

»Und Sie haben Marie Tennent seither nicht wieder gesehen?«

»Nein. Dazu gab es keinen Grund.«

»War das Baby kein Grund?«

Mit einem Mal sah Kemp nicht mehr ganz so selbstbewusst aus. Fry beobachtete, wie er sich wand. »Von einem Baby hab ich nichts gewusst«, sagte er.

»Sind Sie sicher?«

»Ganz sicher.«

»Hat Marie nie versucht, mit Ihnen Kontakt aufzunehmen, um es Ihnen zu erzählen? Ich könnte mir vorstellen, dass sie ein wenig Unterstützung gebrauchen konnte. Wenn Sie bis vor sechs Monaten mit ihr zusammengelebt haben, dürfen wir wohl mit einiger Sicherheit annehmen, dass Sie der Vater sind.«

»Gibt es dafür irgendwelche Beweise?«, fragte Kemp.

Fry sah ihn an. »Sie wissen bestimmt, dass wir das Baby bis jetzt noch nicht gefunden haben.«

»Nein, aber …«

»Hat Marie Ihnen erzählt, dass sie schon einmal ein Baby hatte?«

»Nein.«

In Ermangelung von Beweisen wechselte Fry die Taktik. »Mr Kemp, warum haben Sie gegen die Kautionsbedingungen verstoßen?«

»Ich bin doch nur bei meinem Bruder gewesen«, antwortete er. »Vicky war sauer, weil ich schon wieder Ärger mit der Polizei hatte. Deshalb hat sie mich ehrlich gesagt auch beim ersten Mal rausgeworfen. Also hab ich mich einen Tag oder zwei verdünnisiert, bis sich alles wieder beruhigt hatte. Aber ich hab die Stadt nicht verlassen, sondern war nur bei Graham.«

»Na schön. Und jetzt hätte ich noch ein paar Fragen zu dem Angriff auf einen Polizeibeamten gestern Abend.«

Kemp schüttelte den Kopf. »Dafür«, sagte er, »haben Sie nun aber absolut keine Beweise.«

29

Ben Cooper sah, dass Alison Morrissey bei seinem Wagen auf ihn wartete. Er hatte sie schon von weitem gesehen, als der Pfad auf dem letzten halben Kilometer über das Torfmoor allmählich flacher wurde. Ihr gelber Mantel hob sich von seinem roten Toyota ab wie ein Klecks Senf.

»Ihre Freundin lässt sich nicht so leicht abschütteln«, stellte Jane Caudwell fest. Sie stieß Cooper an und zeigte ihre Grübchen. »Soll ich Nash noch mal auf sie loslassen?«

PC Nash kicherte. Liz Petty war seit dem Aufbruch von der Absturzstelle ziemlich still gewesen.

Cooper konnte nur hoffen, dass man in der Kälte nicht sah, wie er rot wurde. Auf dem ganzen Rückweg hatte er in der einen Sekunde gehofft, Morrissey würde verschwinden, und in der nächsten, dass sie es nicht tat.

»Seltsam, dass sie genau weiß, welches Auto Ihnen gehört«, sagte Caudwell.

Cooper drehte sich um und warf Liz einen Blick zu, die ihn mit finsterer Miene ansah. Sie hatte es nicht viel besser erwischt, denn sie musste neben Nash gehen. Er machte zwar doppelt so große Schritte wie sie, verlangsamte sein Tempo aber bewusst, so dass sie dicht nebeneinander auf dem schmalen Pfad gehen konnten.

Als sie die Autos erreicht hatten, sah Cooper, dass Alison Morrissey ganz blass war und zitterte. Sie hatte die Hände unter die Achseln und das Kinn tief in den Mantelkragen geschoben, um die ungeschützte Hautfläche möglichst klein zu halten. Ein paar Haarsträhnen hatten sich unter ihrer Mütze gelöst und hingen ihr in die Augen.

»Bist du verrückt geworden? Du erfrierst ja noch«, schimpfte Cooper. »Wo ist dein Wagen?«

»Ich habe keinen dabei. Frank hat mich hergefahren.«

Sie brachte nur noch ein Murmeln heraus, weil ihre Lippen taub und fast blau vor Kälte waren.

»Das war dumm«, sagte er. »Wann holt er dich wieder ab?«

»Ich habe ihm gesagt, das ist nicht nötig. Ich dachte, du nimmst mich mit zurück nach Edendale, Ben.«

»Das geht aber nicht.«

»Betrachte es als Teil deines Dienstes an der Allgemeinheit.«

Liz Petty stieg in ihren Transporter und fuhr als Erste davon, ohne sich noch einmal umzudrehen. Als Caudwell und Nash sich die Wanderstiefel auszogen, machte Caudwell über die Haube ihres Wagens hinweg eine Bemerkung, worauf Nash zu kichern begann.

»Du hast es wohl wirklich darauf abgesehen, dass ich Ärger bekomme«, sagte Cooper. »Du siehst doch, dass ich im Dienst bin.«

»Du machst dir Sorgen, was deine Kollegen sagen könnten. Aber denen ist das doch egal. Den beiden da drüben jedenfalls.«

Aber es waren nicht Caudwell und Nash, die ihm Sorgen machten. Er wusste, dass die beiden Diane Fry bei der erstbesten Gelegenheit alles brühwarm erzählen würden – falls Liz Petty ihnen nicht zuvorkam.

»Du machst es mir sehr schwer, dir zu helfen.«

»Ach so, du versuchst also, mir zu helfen?«, fragte Morrissey.

Sie wirkte sehr verletzlich, als sie so blass und schlotternd vor ihm stand. Trotzdem konnte er sich den Gedanken nicht verkneifen, ob ihr Zittern nicht ein wenig übertrieben war und sie einen ganz bestimmten Zweck damit verfolgte. Caudwell und Nash fuhren an ihnen vorbei. Nash ließ eine kleine Melodie auf der Hupe ertönen, während Caudwell ihnen huldvoll lächelnd wie die Queen persönlich vom Beifahrersitz aus zuwinkte. Dann waren die beiden in Richtung Snake Inn verschwunden.

»Jetzt können sie uns nicht mehr sehen«, sagte Morrissey. Ihre blassen Lippen teilten sich ein wenig, so dass er ihre regelmäßigen Zähne und ihre Zungenspitze sah. Er spürte ihren Atem auf seinem Gesicht und bemerkte, dass er zu dicht vor ihr stand.

»Verdammt, Alison«, sagte er. »Steig ein.«

»Danke, Ben.«

Er schloss den Toyota auf, um sie einsteigen zu lassen, ehe er seine Stiefel und seine Windjacke im Kofferraum verstaute. Er warf die Heckklappe etwas zu heftig zu, worauf sie ihm einen vorwurfsvollen Blick durch die Rückscheibe zuwarf.

»Hast du eine Heizung hier drin?«, fragte sie, als er die Fahrertür öffnete. »Ich habe schon kein Gefühl mehr in den Beinen.«

»Warum bist du hergekommen?«, wollte er wissen. »Wusstest du, dass wir heute Morgen dort hinaufgehen?«

»Frank wusste es.«

»Woher?«

»Frank kennt eine Menge Leute. Ich glaube, der Pilot hat ihn gestern Abend angerufen, um ihn nach der exakten Lage der Absturzstelle zu fragen.«

»Verdammt.«

»Als er mir heute Morgen davon erzählt hat, habe ich ihn gebeten, mich herzufahren«, erklärte sie. »Ich wollte wissen, was ihr hier macht.«

»Das darf ich dir nicht sagen.«

Cooper wusste selbst nicht genau, weshalb er so aufgebracht war. Er drehte die Heizung voll auf und trat ein paarmal im Leerlauf aufs Gas, bevor er auf die Straße einbog. Er war fest entschlossen, auf der Rückfahrt nach Edendale nicht mit Alison zu sprechen. Aber er wusste, dass sie es nicht den ganzen Weg aushalten würde, ohne ihm Fragen zu stellen. Eine Zeit lang fuhren sie in unbehaglichem Schweigen. Als Morrissey schließlich etwas sagte, war es nicht die Frage, die er erwartet hatte.

»Findest du deine Arbeit nicht frustrierend?«, wollte sie wissen. »Dieses ewige Suchen nach Beweisen. Der Großteil muss doch umsonst sein. Eine Verschwendung von Zeit und Kraft, denke ich mir.«

Cooper staunte, wie zielsicher sie genau das angesprochen hatte, was er selbst gerade dachte. Ihm blieb keine andere Wahl, als ihr zu antworten.

»Doch. Manchmal ist es sehr frustrierend«, sagte er.

»Warum hörst du dann nicht damit auf?«

»Warum sollte ich?«

»Das ist keine Antwort, Ben. Du bist jemand, der für das, was er tut, einen Grund braucht. Du musst daran glauben, dass du das Richtige tust. Warum machst du also weiter?«

Cooper runzelte die Stirn. Er hatte es sich selbst nie richtig erklären können, doch jetzt, da ihn jemand anders danach fragte, fand er auf einmal die richtigen Worte.

»Manchmal, wenn auch nicht oft, habe ich das Gefühl, etwas getan zu haben, das die Mühe wert war«, sagte er.

»Und das reicht dir? Nur manchmal?«

»Ja«, sagte Cooper.

Sie kamen am Snake Inn und an der Parkbucht vorbei, in der die Schneepflugfahrer Eastons Leiche gefunden hatten. Aber Cooper dachte nicht an Easton, nicht einmal an Marie Tennent. Alison Morrissey wusste genau, wann sie den Mund halten musste. Sie wäre eine gute Vernehmungsbeamtin gewesen.

»Wenn das passiert«, fuhr er fort, »wenn ich das Gefühl habe, etwas Sinnvolles getan zu haben, dann ist es, als ob die Welt plötzlich zurechtgerückt wird und wenigstens für kurze Zeit so aussieht, wie sie aussehen sollte. So wie sie geschaffen wurde, bevor wir sie ruiniert haben und sie grausam und hässlich geworden ist. Es ist schwer zu erklären. Natürlich ist es nicht so, dass mit der Welt etwas Bestimmtes passiert, jedenfalls nichts, das man benennen kann. Sondern es passiert eher etwas mit mir. Aber was es auch sein mag, es fühlt sich… richtig an.«

Aus dem Augenwinkel sah er sie nicken. Sie sagte immer noch nichts. Sie waren auf dem langen Stück Straße, das ins Derwent Valley hinunterführte.

»So ein Gefühl habe ich sonst nie. Ich vermute, es ist wie eine Droge. Es elektrisiert mich, und ich fühle mich lebendig. Es tut gut, zumindest eine Zeit lang.«

Sie nickte wieder, und er bemerkte, dass sie ihn ansah. Er war froh, dass sie schwieg. Er brauchte noch einen Augenblick, um den Gedanken zu Ende zu führen, um die Worte zu ordnen, die sich plötzlich in seinem Inneren drängten und nur darauf warteten, dass er sie aussprach.

»Aber es ist wie mit jeder anderen Droge«, sagte er. »Wenn es vorbei ist, will man mehr davon. Man würde alles tun, egal was, damit das Gefühl wieder kommt.«

Kurz darauf hatten sie Bamford hinter sich gelassen und näherten sich Edendale. Morrissey hatte ihn ganz seinen Gedanken überlassen. Es war ihm langsam peinlich, dass sie ihn jedes Mal dazu brachte, solche Dinge auszusprechen, trotzdem war er froh, sie für sich selbst einmal in Worte gefasst zu haben. Damit hatte er endlich eine Art logische Erklärung für seine Gefühle gegeben, die er sonst nie so recht zu fassen bekam.

»Ich lasse dich beim Hotel raus«, sagte Cooper. »Und tu so etwas bitte nicht noch einmal.«

»In Ordnung«, sagte Morrissey. »Danke fürs Mitnehmen.« Inzwischen klang sie nicht mehr ganz so provokativ, sondern eher kleinlaut. »Ich wollte die Gelegenheit auch nutzen, um dir zu sagen, dass es mir Leid tut, dass ich gestern so wütend auf dich war. Du hast Recht, wenn du dem, was dir jemand erzählt, skeptisch gegenüberstehst. Ich möchte mich entschuldigen.«

»Schon gut. Ich habe inzwischen sowieso die Faxe gelesen.«

»Gut. Da ist noch etwas, das du für mich tun könntest, Ben.«

»Nein«, sagte er.

»Bitte«, sagte sie. »Du weißt, dass die Leute nicht mit mir reden wollen. Ich möchte, dass du noch einmal zu Walter Rowland gehst.«

»Warum sollte ich?«

»Wegen etwas, das meine Großmutter meiner Mutter und meine Mutter wiederum mir erzählt hat. Es geht um eine der Anschuldigungen, die damals gegen meinen Großvater vorgebracht wurden. Aber nicht einmal Frank Baine scheint etwas davon zu wissen. Deshalb möchte ich, dass du Walter Rowland danach fragst.«

»Wonach denn?«, sagte Cooper.

»Ich möchte, dass du ihn fragst, was er über das verschwundene Geld weiß.«

Als Ben Cooper in der West Street versuchte sich aufzuwärmen, hatte er zwei Bilder vor seinem geistigen Auge. Das eine war die eindringliche Vision von den toten und sterbenden Fliegern. Das andere war das Bild der hellroten Mohnblume an dem hölzernen Kreuz, das sich in sein Gedächtnis gebrannt hatte. Sergeant Dick Abbott, 24. August 1926 bis 7. Januar 1945. Wer gab sich so viel Mühe, die Erinnerung an Dick Abbott am Leben zu halten?

Am Nachmittag stöberte Cooper die alten Fallberichte zum Tod der fünf Flieger in den Bezirksarchiven in Derby auf und ließ sie sich zufaxen. Natürlich waren die Ermittlungen zu Klemens Wach, Dick Abbott und den anderen Fliegern mit dem Befund auf Tod durch Unfall abgeschlossen worden. Der Bericht eines technischen Unfallsachverständigen von der RAF besagte, dass die Lancaster bei niedriger Wolkendecke und ansteigendem Gelände ein gutes Stück vom Kurs abgekommen war – die übliche fatale Kombination. Doch es wurde auch die Möglichkeit menschlichen Versagens eingeräumt. Entweder hatte der Navigator dem Piloten einen falschen Kurs angegeben, oder der Pilot hatte die Anweisungen des Navigators ignoriert, was jedoch mit Ausnahme der Beteiligten niemand wissen konnte. Der Navigator war beim Absturz umgekommen, und der Pilot war seither verschwunden.

Die interne Untersuchung durch die RAF hatte den Piloten für den Verlust des Flugzeugs verantwortlich gemacht. Der Pilot trug stets die Verantwortung, egal welchen Rang er bekleidete. Aber niemand schien sich zu fragen, was der Bordingenieur möglicherweise über die letzten Minuten der SU-V wusste. Er hatte den besten Platz, um mitzubekommen, ob der Navigator falsche Berechnungen angestellt oder ob der Pilot versagt hatte. Doch der Bordingenieur war Zygmunt Lukasz gewesen und der Navigator sein Cousin Klemens.

Der Archivar hatte Cooper außerdem die Kopie eines Berichts von der Unfalluntersuchungsstelle des Luftfahrtministeriums durchgefaxt. Sie war von jemandem namens C. I. (Unfallstelle) mit schwarzem Füllfederhalter unterzeichnet und enthielt die Ergebnisse einer detaillierten Untersuchung der Hauptbestandteile des Flugzeugs. Nirgendwo war ein Konstruktionsfehler festgestellt worden. Darüber hinaus waren die Wetterbedingungen, der Werdegang des Piloten und der Standort des Flugwerks vermerkt. Diese Unterlagen halfen Cooper nicht weiter, erzählten ihm nichts über die Beteiligten.

Aber jemand hatte mehr über Sergeant Dick Abbott gewusst. Alison Morrissey hatte erwähnt, dass außer Danny McTeague noch ein anderes Besatzungsmitglied der Sugar Uncle Victor ein kleines Kind hatte. War das nicht Dick Abbott gewesen? Woher also hatte Morrissey diese Information?

Cooper wählte eine Nummer in Edendale.

»Sergeant Dick Abbott, der Heckschütze?«, fragte Frank Baine. »Er stammte aus Glasgow. Hat in einem Stahlwerk gearbeitet, bevor er sich zur Luftwaffe meldete.«

»Er war verheiratet und hatte ein Kind?«

»Genau. Nur zwei Leute der Besatzung der SU-V hatten Kinder – Abbott und McTeague. Abbott war selbst noch sehr jung. Vielleicht musste er wegen des Kindes heiraten, aber das weiß ich nicht.«

»Konnten Sie seine Familie ausfindig machen?«

»Die Abbotts? Na ja, ich habe mich an die Geschwaderchronisten gewandt. Sie haben versucht, Kontakt mit der Ehefrau herzustellen, aber allem Anschein nach hat sie wieder geheiratet und ist ausgewandert. Daraufhin habe ich das Ganze nicht mehr verfolgt.«

»Aha. Sie wissen vermutlich, dass es Leute gibt, die Reste von Flugzeugwracks sammeln. Man nennt sie gelegentlich wohl auch ›Aasgeier‹.«

»Ja, davon habe ich gehört. Manche Leute halten es für Grabschändung, weil die Wracks in ihren Augen Mahnmale für die Männer sind, die dort ums Leben kamen.«

»Ich kann mir vorstellen, dass insbesondere Verwandte dazu eine sehr eindeutige Haltung haben.«

»Natürlich.«

»Alison Morrissey zum Beispiel?«

»Alison? Da bin ich mir nicht so sicher«, sagte Baine.

»Wie meinen Sie das?«

Baine seufzte. »Sie scheint immer etwas zurückzuhalten. Verstehen Sie, was ich meine? Sie hat mir die ganze Geschichte erzählt, alles über ihre Mutter und ihren Großvater, Danny McTeague. Da war sie ganz offen. Aber manchmal kommt es mir vor, als ob sie mir viel mehr erzählt, als ich wissen will, und das macht mich stutzig… Na ja, ich habe den Eindruck, sie macht das, damit ich keine Fragen stelle. Sie mag keine Fragen, obwohl sie weiß Gott selbst mehr als genug Fragen stellt.«

»Werden Sie von ihr bezahlt?«, fragte Cooper.

Baine zögerte einen Augenblick. »Sie übernimmt meine Unkosten, das schon. Warum fragen Sie?«

»Dafür dass Sie Miss Morrissey noch nicht lange kennen und sogar sagen, dass Sie ihr nicht so ganz trauen, scheinen Sie sehr viel für sie zu tun. Sie heute Morgen zum Irontongue Hill zu fahren, war reichlich dumm. Damit haben Sie mich in ziemliche Schwierigkeiten gebracht.«

»Tut mir Leid, aber wenn sie sich etwas in den Kopf gesetzt hat, kann sie ganz schön hartnäckig sein.«

»Allerdings. Das ist mir auch schon aufgefallen.«

In diesem Moment betrat Diane Fry das Büro. Cooper wusste nicht genau, ob sie mitbekommen hatte, dass er über Alison Morrissey gesprochen hatte. Aber etwas an der Art, wie sie mit ihrem Schal herumspielte, ihn in die Länge zog und dann zusammenzwirbelte, ließ ihn vermuten, dass sie es gehört hatte.

Sie ging zu seinem Schreibtisch, griff nach dem Stapel Faxe, hielt sie ihm unter die Nase und wartete darauf, dass er das Telefonat beendete.

»Was ist damit?«, fragte sie. »Ist was Interessantes dabei?«

»Nein, nichts Wichtiges.«

Bevor er ihr die Faxe aus der Hand nehmen konnte, fiel ihr Blick auf das oberste Blatt. »Wer ist Kenneth Rees? Sollte ich den Namen kennen?«

»Nein.«

»Kein besonders attraktiver Bursche, finde ich. Außerdem sieht es so aus, als würde er in Kanada wohnen.«

Cooper biss die Zähne zusammen. »Er ist der Stiefvater von Alisons Mutter.«

»Ben, heißt das etwa, du lässt dir Einzelheiten aus ihrem Leben ins Büro faxen?«

»Es hat mit dem Piloten Danny McTeague zu tun.«

»Tatsächlich? Bist du sicher?«

»Ich habe darüber nachgedacht, ob er vielleicht nach Kanada zurückgekehrt ist und dort eine neue Identität angenommen hat.«

»Aha. Sogar du bist skeptisch, hm?«

»Es ist nicht unmöglich, die Identität zu ändern. Viele Deserteure haben das getan.«

»Und jetzt glaubst du, dieser Rees ist in Wirklichkeit McTeague mit einer neuen Identität, der nach einer gebührenden Trauerzeit um sich selbst seine Frau zum zweiten Mal geheiratet hat. Wie um alles auf der Welt bist du denn auf diese Idee gekommen, Ben?«

»Er sieht sowieso nicht wie McTeague aus«, gab Cooper zurück. »Kenneth Rees war Bergbauingenieur aus Newcastle. Er hatte rotes Haar und war nur einsachtundsechzig groß. Wie du siehst, habe ich alles überprüft.«

»Jetzt sag bloß, du hast die Idee aus einem Roman. Ich hab auch schon mal einen gelesen.«

»Ich wusste gar nicht, dass du Romane liest, Diane.«

»Damals war ich krank. Hat aber auch nicht dazu beigetragen, dass ich wieder gesund geworden bin.«

»Aha. Jedenfalls sieht es ganz so aus, als sei McTeague nicht zu seiner Frau und seinem kleinen Kind zurückgekehrt. Was mich aber stutzig macht, ist die Tatsache, dass er seinen Kameraden ständig von seiner Familie in Kanada erzählt hat und dass er es kaum erwarten könne, sie wiederzusehen. Er hätte sie nicht im Stich gelassen, egal was passiert. Er hätte sich irgendwie mit ihnen in Verbindung gesetzt und sie zumindest wissen lassen, dass er noch lebt.«

Fry legte das Fax auf den Schreibtisch. Cooper war überrascht, dass sie ihm immer noch zuhörte. Es war das erste Mal, dass sie ihn länger als dreißig Sekunden über McTeague reden ließ.

»Und was jetzt?«, fragte sie.

»Ich bin fest davon überzeugt, dass er es nicht wieder zurück nach Kanada geschafft hat. Vielleicht litt er nach dem Absturz an Gedächtnisschwund und hatte vergessen, wer er war. Vielleicht hat er hier in England eine neue Identität angenommen und ist dageblieben.«

»Soweit ich weiß, haben sich die Behörden damals sehr genau angeschaut, wer wer ist. Sie waren wegen der deutschen Spione geradezu paranoid.«

»Kurz vor Kriegsende? Da bin ich mir nicht so sicher. Wir müssten jemanden fragen, der damals schon hier war. Aber zu der Zeit war Hitler so gut wie geschlagen. Das Blatt hatte sich gewendet. Das britische Bomberkommando und die amerikanische Luftwaffe machten die deutschen Städte platt, nicht umgekehrt. Das Einzige, was die Deutschen diesem Teil des Landes noch antun konnten, war ein paar V2-Raketen abzufeuern und zu hoffen, dass sie bis nach Sheffield kamen. Und hier im Peak District … ich vermute, hier in der Gegend gab es Leute, die nicht allzu viele Fragen stellten. Ehrlich gesagt sind sie heute noch genauso. Während des Krieges herrschte Männerknappheit, es gab nicht ausreichend Arbeitskräfte für die Landwirtschaft. Viele Bauern mussten auf deutsche oder italienische Kriegsgefangene zurückgreifen. Es ist durchaus möglich, dass ein Flieger mit kanadischem Akzent irgendwo auf einem Bauernhof unterkam, ohne dass man ihm viele Fragen stellte. Es waren verrückte Zeiten damals.«

Cooper merkte, dass Fry allmählich ungeduldig wurde.

»Das ist doch alles reine Spekulation«, wandte sie ein. »Man wird es nie beweisen können, es sei denn, McTeague taucht plötzlich wieder auf.«

»Wahrscheinlich.«

»Und weißt du was, Ben? Als ich damals den Roman gelesen habe, hat mir das überhaupt nicht geholfen. Stattdessen habe ich mich nur noch schlechter gefühlt.«

Fry zupfte weiter an ihrem Schal herum, während Cooper ihr von dem Ausflug zur Absturzstelle berichtete. Er ging nicht allzu sehr ins Detail, aber ihm war klar, dass er Alison Morrisseys Auftauchen erwähnen musste. Fry würde es ohnehin von Caudwell erfahren. Am meisten interessierte sie sich jedoch für die Mohnblume und das Kreuz.

»Wie kommst du darauf, dass Marie Tennent es dort hingelegt haben könnte?«, fragte sie.

»Der 7. Januar war der Jahrestag des Absturzes. Wir haben

die Bevölkerung aufgefordert, sich zu melden, falls jemand an diesem Tag oben im Moor war und Marie Tennent gesehen hat. Aber sogar der zuständige Ranger hat sich an dem Tag wegen des Wetters vom Irontongue fern gehalten. Um bis zum Gipfel hinaufzusteigen, brauchte man schon einen ziemlich guten Grund. Aber jemand hat den Weg auf sich genommen, um das Kreuz hinzulegen. Und jemand ist auf dem Rückweg gestorben – Marie Tennent. Ich halte es für ziemlich wahrscheinlich, dass es sich um ein und dieselbe Person handelt.«

»Schön. Und sie hat diesen toten Flieger geehrt…«

»Sergeant Dick Abbott, den Heckschützen. Abgesehen von McTeague war er das einzige Besatzungsmitglied, das zu Hause ein Kind hatte. Außerdem war er Schotte. Wir müssen Mrs Tennent fragen, ob sie miteinander verwandt waren. Vielleicht war ja Marie Tennent genau wie Alison Morrissey die Enkelin eines der Besatzungsmitglieder. Nur dass Marie im Gegensatz zu Morrissey wusste, was mit Dick Abbott passiert ist.«

Cooper hatte erwartet, dass Fry sich über ihn lustig machen würde. Dass sie sagen würde, es sei alles eine Frage der Prioritäten und damit unmöglich, noch länger Personal mit der Aufklärung eines eventuellen Selbstmords oder Todes durch Unfall zu beschäftigen. Aber sie sagte nichts Derartiges. Er wusste, dass das verschwundene Baby für sie ebenso wie für ihn den Ausschlag gab.

Normalerweise lässt eine Mutter, die ihr Kind loswerden will, es irgendwo zurück, wo es schnell gefunden wird, auch wenn sie alles daran setzt, selbst anonym zu bleiben. Wenn Marie Tennent ihr Baby aber versteckt hatte, hatte sie einen Ort ausgesucht, an dem es nicht gefunden wurde. Die Überreste des früheren Kindes sprachen eine erschreckend deutliche Sprache. Obwohl die Ergebnisse der DNS-Analyse zur Bestätigung noch ausstanden, war es nur allzu klar, dass die Knochen Maries erstem Kind gehörten. Auch Chloe musste inzwischen tot sein, vielleicht aufgrund mangelnder Fürsorge, weil es von einer

Frau zur Welt gebracht worden war, die nicht wusste, was sie mit einem Baby anfangen sollte.

»Ich hoffe, dir ist eines klar, Ben«, sagte Fry.

»Was denn?«

Sie stand auf. »Es wird sehr schwer zu rechtfertigen sein, weshalb du so viel Zeit für die Angelegenheit von Alison Morrissey verwendest. Denk lieber über Sergeant Easton nach. Denk an Marie Tennent und ihr Baby statt an deine Kanadierin. Denk an die Leute, die dich wirklich brauchen.«

Cooper wurde rot. Warum musste Fry immer Recht haben? Und warum musste sie immer auf eine Weise mit ihm reden, die ihn daran hinderte, zugeben zu können, dass sie Recht hatte?

»Alles, was ich tue, um Alison Morrissey zu helfen, tue ich in meiner Freizeit«, sagte er.

Fry schlug mit der flachen Hand auf die Faxe. »Tatsächlich? Mit dem hier auf deinem Schreibtisch? Ich zweifle langsam ernsthaft, ob ich dich noch allein rausschicken kann, Ben. Wenn wir nicht so knapp besetzt wären, würde ich mir überlegen, ob ich nicht jemanden einsetze, dem ich vertrauen kann.«

Cooper erhob sich und zog seinen Mantel an. Seine Hand zitterte, als er umständlich die Knöpfe schloss, aber er musste unbedingt raus hier. Er wollte sich nicht mit Fry streiten.

Fry sah ihn an. Ihre Stimme wurde wieder leiser. »Ben, ich sage es dir nur zu deinem eigenen Besten. Vergiss Alison Morrissey. Sag ihr, sie soll verschwinden. Du tust dir nichts Gutes, wenn du dich wieder mit ihr triffst.«

»Das geht dich nichts an«, sagte Cooper.

Cooper ging hinaus zu seinem Wagen und ließ den Motor an. Er stellte fest, dass er völlig durcheinander war und sich erst ein wenig beruhigen musste, bevor er losfuhr.

Er zog eines der Bücher über die Flugzeugwracks im Peak District hervor, in dem das Foto der Männer in ihren Fliegerkombinationen abgebildet war, das ihm so vertraut war, als wäre es eine eigene Erinnerung. Er hätte selbst dort stehen können, mitten in dieser Gruppe lächelnder Flieger, vielleicht wie sie dankbar für das bisschen Sonne, das auf ihre müden Gesichter schien, und den vertrauten Geruch von Flugzeugbenzin und Gummi von den Maschinen einatmen, die hinter ihnen am Rand der Rollbahn aufgereiht standen.

Cooper spürte fast den Wind, der über den ungeschützten Flugplatz in Yorkshire geweht haben musste. Er wusste, dass es windig gewesen war, denn der Wind hatte Sergeant Dick Abbott die dunklen Strähnen aus der Stirn gepustet. Am liebsten hätte er die Hand ausgestreckt und die Haare des Sergeants wieder zurückgeschoben, damit sein Gesicht nicht so jung und verletzlich aussah.

Diese Reaktion war zum Teil darauf zurückzuführen, dass Cooper wusste, was wenige Wochen nach der Aufnahme mit Sergeant Abbot geschehen war. Er konnte das Foto der Lancaster-Besatzung nicht mehr ansehen, ohne gleichzeitig ein anderes Bild zu sehen: das Bild zersplitterter Knochen und abgerissener Gliedmaßen, verkohlter Leichen in verbogenem Metallgestänge. Er sah die Geister toter Männer, die sich, von seinem historischen Wissen geweckt, über die Seite legten.

Diane Fry hatte zugesehen, wie Cooper ging, seine trotzig gestrafften Schultern, als er den Mantel zuknöpfte und die Mütze aufsetzte. Wahrscheinlich hätte sie sich ihre Worte sparen können. Er war nicht in der Verfassung, auf vernünftige Worte zu hören. Aber sie hatte es genauso gemeint, wie sie es gesagt hatte: Es war wirklich nur zu seinem Besten.

Trotzdem bedauerte Fry, dass sie ihm nicht sagen konnte, was ihr wirklich auf der Zunge lag – dass er in ihren Augen von Alison Morrissey nur ausgenutzt wurde und am Ende wie der Dumme dastehen würde. So etwas würde er sich von ihr niemals sagen lassen.

Fry konnte sich den Ausdruck peinlich berührter Ungläubigkeit auf seinem Gesicht nur zu gut vorstellen, das spöttische Lachen bei der Vorstellung, dass sie sich tatsächlich Sorgen um ihn machte.

Frys Blick fiel auf die Akte Marie Tennent auf Coopers Schreibtisch, in der noch immer der Autopsiebericht fehlte. Sie beschloss, auf der Stelle Mrs Van Doon anzurufen. Wenn niemand Druck machte, mussten sie vielleicht noch Tage auf den Bericht warten.

»Bin gerade fertig damit«, sagte die Gerichtsmedizinerin. »Ihr Timing ist bewundernswert.«

»Vorläufige Ergebnisse?«

»Die Todesursache war Unterkühlung und Erschöpfung. Also wohl keine große Überraschung.«

»Irgendwelche zusätzlichen Faktoren? Verletzungen?«

»Erfrierungen an den Extremitäten – Füße, Hände, Partien des Gesichts. Und jetzt kommt das, was Sie wahrscheinlich nicht hören möchten …«

»Sagen Sie es mir ruhig. Ich schaff das schon.«

»An mehreren Stellen haben wir Blutergüsse und kleinere Hautabschürfungen festgestellt.«

»Wo?«

»Im Brustbereich und am Unterleib, darunter zwei angebrochene Rippen und mehrere Leberrisse. Quetschungen an Ober- und Unterarmen. Und ein ausgedehnter Bluterguss an der Schläfe, in der Nähe des linken Ohrs.«

»Können diese Verletzungen von einem Sturz herrühren? Wie bei dem Schneemann?«

»Oh, Ihrer anderen Leiche? Nein, leider nicht. Hier liegt der Fall anders. Die Blutergüsse und Abschürfungen an den Armen lassen darauf schließen, dass sie sich gegen jemanden gewehrt hat. Der Schlag gegen den Kopf muss sehr heftig gewesen sein, ebenso die Verletzungen am Oberkörper, daher die angebrochenen Rippen. Ich kann mir vorstellen, dass sie große Schmerzen hatte.«

»Folglich war sie nicht unbedingt in der Verfassung, im Schnee auf den Irontongue Hill zu marschieren?«

»Nein, absolut nicht«, erwiderte die Gerichtsmedizinerin. »Sie war ohnehin geschwächt. Was den allgemeinen Gesundheitszustand angeht, müssen Sie die Ergebnisse sämtlicher Tests abwarten. Aber ich kann Ihnen jetzt schon sagen, dass sie ordentlich ernährt war, obwohl sie seit mehreren Stunden nichts mehr gegessen hatte. Kein Anzeichen für eine Krankheit. Eine Geburt, nicht länger als zwei Monate her. Wahrscheinlich nicht die Erste. Aber auch das bringt uns nicht viel Neues, oder?«

»Nicht unbedingt.«

»Ich habe die Zeitungsberichte gelesen. Suchen Sie immer noch nach dem Baby?«

»Ja.«

»Tragisch. Vermutlich wieder ein Versagen der Mediziner. Ich bekomme alle ihre Fehler hier auf meinen Tisch.«

»Wir wollen keine voreiligen Schlüsse ziehen«, sagte Fry vorsichtig.

»Nein. Tut mir Leid. Es war ein langer Tag. Eine lange Woche.«

»Erzählen Sie mir nichts.«

»Möchten Sie sonst noch etwas wissen?«

»Ja. Wie sieht es mit dem zeitlichen Rahmen aus? Wann wurden ihr die Verletzungen zugefügt? Wie lange vor ihrem Tod?«

»Ach ja, genau. Dem Zustand der Blutergüsse nach zu schließen, schätze ich, dass sie die Verletzungen mindestens sechsunddreißig Stunden vor ihrem Tod erlitten hat. Wir haben einige frische innere Blutungen festgestellt, die vermutlich auf den übermäßigen Druck auf die Leber und die Verletzungen im Brustbereich zurückzuführen sind. Sie muss starke Schmerzen gehabt haben.«

»Vielleicht hat sie sich ja hingesetzt, um zu verschnaufen«, meinte Fry, »und ist sogar vor Schmerzen ohnmächtig geworden?«

»Das wäre möglich.« Die Gerichtsmedizinerin schwieg einen Augenblick lang. »Natürlich kann ich den Todeszeitpunkt ebenfalls nur schätzen. In jedem Fall ist sie nicht schnell gestorben. Im Gegenteil, ihr Sterben muss sich längere Zeit hingezogen haben.«

Fry wollte lieber nicht zu ausführlich darüber nachdenken. Aber sie hatte noch eine letzte Frage an Mrs Van Doon.

»Könnte sie sich die Verletzungen selbst beigebracht haben?«

»Auf keinen Fall.«

Anschließend rief Fry bei Mrs Tennent an, die inzwischen wieder zu Hause in Falkirk war. Mrs Tennent war erstaunt über die Frage.

»Ja, selbstverständlich«, sagte sie. »Dick Abbott war der Vater meines ersten Ehemannes. Früher, als Mary noch jünger war, sind wir jedes Jahr nach Derbyshire gefahren, um eine Mohnblume dort hinzulegen, aber nach der Scheidung haben wir damit aufgehört. Ich hatte keine Ahnung, dass Marie immer noch das Bedürfnis hatte, diese Tradition fortzuführen. Nicht die leiseste Ahnung.«

Fry legte auf. Am liebsten hätte sie sofort Cooper angerufen, wusste aber nicht, wohin er gefahren war. Vielleicht traf er sich wieder mit Alison Morrissey, schon aus purem Trotz. Dann musste er eben warten. Fry hatte nicht die Absicht, sich irgendwie in sein Privatleben einzumischen. Im Moment dachte Ben Cooper nur an sich selbst.

30

An diesem Abend war das Gotteshaus geöffnet. Durch ein Seitenfenster sah Ben Cooper mehrere Gemeindemitglieder auf Holzstühlen sitzen, die auf einem gefliesten Boden standen. Der Klang einer elektrischen Orgel drang an sein Ohr, ehe Stimmen in ein Kirchenlied einfielen.

Bei seinem ersten Besuch bei Walter Rowland war Cooper die andere Kirche an der Ecke Harrington Street überhaupt nicht aufgefallen. Jetzt sah er, dass es die heilige Maria von Tschenstochau war, jene Kirche, die von den Lukasz' und anderen Mitgliedern der polnischen Gemeinde besucht wurde. Sie war an der Schwarzen Madonna über dem Eingang zu erkennen. Daneben stand auch das kleine Schulgebäude, die Samstagsschule, in der Richard und Alice Lukasz für ihre polnische mittlere Reife lernten. Ein Stück weiter die Straße hinunter befand sich das Dom Kombatanta, der Klub der SPK, der Organisation der ehemaligen polnischen Kriegsteilnehmer.

Cooper klopfte an Rowlands Tür und stellte fest, dass sie nicht verschlossen war. Er drückte sie einen Spalt auf.

»Mr Rowland?«

Eine müde Stimme antwortete ihm. Eine schmerzverzerrte Stimme, die nur mühsam unterdrückte Verzweiflung verriet.

»Ja. Hier herein.«

Walter Rowland war im vorderen Zimmer. Wenigstens hatte sein Haus eine Heizung. Würde er in Hollow Shaw wohnen, wäre der alte Mann längst erfroren.

Rowland saß in einer merkwürdigen Haltung am Tisch. Er

hatte die Hände mit nach oben gekehrten Handflächen vor sich auf den Tisch gelegt, als wartete er darauf, dass es jeden Augenblick Goldstücke von der Decke regnete. Cooper fühlte sich unwillkürlich an einen Yogi in Lotusstellung erinnert, nur dass sie die Hände üblicherweise auf die Knie legten. Wie war das noch? Was wollte ein Yogi durch Meditation erlangen? Eine Art inneren Frieden? Doch der alte Mann vor ihm suchte ganz bestimmt nicht nach innerem Frieden. Rowlands Finger waren wie Klauen gekrümmt, und die Haut war trocken und wie Pergament gespannt, so dass die Gelenke wie knochige Wülste hervorstanden. Diese Hände sprachen so unmissverständlich von still ertragenem Leid und Schmerz, dass Cooper sein religiöses Bild von dem meditierenden Yogi augenblicklich revidierte. Diesen Händen hier fehlten nur noch die Nägel, die sie ans Holz hefteten.

Rowland bemerkte, dass Cooper auf seine Hände blickte. »Heute geht's nicht so gut«, sagte er entschuldigend. Er sah blass aus, und seine Augen lagen noch tiefer in den Höhlen als sonst. »Wenn Sie eine Tasse Tee haben wollen, müssen Sie den Kessel selber aufstellen«, sagte er.

»Haben Sie jemanden, der Ihnen hilft?«, fragte Cooper und ging in der Küche.

»Wie meinen Sie das?«

»Falls Sie mal krank sind und nicht selbst für sich sorgen können, dann gibt es doch sicherlich jemanden, der sich um Sie kümmert?«

Rowland antwortete nicht. Cooper stöpselte den Wasserkocher ein und fand zwei Becher, auf denen das Londoner Parlamentsgebäude abgebildet war. Sein Blick fiel auf einen mehrere Zentimeter breiten Riss in der Hintertür. Das Holz war zerbrochen. Er fragte sich, ob der alte Mann vielleicht in der Küche gestürzt war.

Cooper spähte ins Vorderzimmer. Rowland starrte auf seine Hände. Seine Finger waren so braun und knorrig wie der Kiefernholztisch, auf dem sie lagen.

»Haben Sie es mal beim Sozialdienst probiert? Oder mit Ihrem Hausarzt gesprochen?«

Der alte Mann schüttelte den Kopf.

»Die könnten Ihnen jemanden vorbeischicken«, meinte Cooper. »In Ihrem Alter steht Ihnen das zu. Damit wäre einiges leichter für Sie. Ich meine, wie kochen Sie sich denn Ihr Essen?«

Rowland lächelte nur. »Der Tee ist im Oberschrank.«

Während er suchte, schaute sich Cooper ein wenig in den Küchenschränken um, wobei er die Türen so leise wie möglich aufzuschieben versuchte. Er fand allerlei Konserven – Fleisch mit Soße, Würstchen, neue Kartoffeln und weiche Erbsen, Pfirsiche und Ananasstückchen. Er fragte sich, ob Rowland überhaupt in der Lage war, einen Büchsenöffner zu benutzen. In der Ecke stand ein kleiner Kühlschrank, in dessen Gestänge an der Rückseite die Kühlflüssigkeit gurgelte. Er fand eine Tüte Milch, warf aber vorsichtshalber einen Blick auf das Haltbarkeitsdatum, als ihm der säuerliche Tee bei George Malkin wieder einfiel. Noch Tage später hatte er den widerlichen Geschmack im Mund gehabt. Rowlands Milch war jedoch noch ein paar Tage haltbar. Hieß das, dass jemand gelegentlich für den alten Mann einkaufen ging? Wenigstens etwas. Cooper überlegte, wie er Rowland danach fragen sollte und ob er ihm wohl antworten würde.

Er trug die beiden Becher ins Zimmer.

»Was haben Sie denn für Nachbarn? Gehen sie auch mal für Sie einkaufen?«

Rowland gab ihm keine Antwort, sondern hielt den Blick auf seine Tasse auf dem Tisch gerichtet. Cooper begriff, dass ihm der alte Mann damit unmissverständlich zeigen wollte, dass ihn das nichts anging.

»Machen Sie sich wegen mir keine Gedanken«, sagte er. »Ich habe meinen gewohnten Tagesrhythmus. Da drüben steht mein Fernseher. Und wenn kein Mord und Totschlag mehr kommt, weiß ich, dass es Zeit fürs Bett ist.«

Cooper setzte sich ihm gegenüber. Der Fernseher lief, doch Cooper wollte Rowland nicht bitten, ihn auszuschalten.

»Wir haben uns neulich über den Absturz der Lancaster unterhalten«, sagte er, »erinnern Sie sich?«

»Natürlich. Sugar Uncle Victor. Hier passiert nicht viel, woran ich mich nicht mehr erinnern kann.«

»Sie haben erzählt, Fliegerleutnant McTeague sei anders als die Flieger gewesen, die manchmal nach einem Absturz unter Schock standen.«

»Stimmt.«

»Inwiefern?«

Rowland ließ sich mit der Antwort Zeit, aber Cooper spürte, dass sein Widerstand heute nicht ganz so groß war.

»Ich hab ihn gerochen«, sagte Rowland.

»Wie bitte?«

»Als wir gemerkt haben, dass mindestens noch einer von der Besatzung fehlte, haben wir uns so gut es ging im Wrack umgesehen. Ein Teil davon brannte, und unser Sergeant schrie uns an, wir sollten wegbleiben. Aber wir hätten doch keinen in dem brennenden Flugzeug gelassen. Ich hab in die Kanzel geschaut. Sie war vom Rumpf abgerissen, deshalb haben die Flammen sie nicht erreicht. Und als ich meinen Kopf da reingestreckt hab ... naja ... ich konnte den Whisky riechen. Der Geruch hätte mich fast umgehauen.«

»Wollen Sie damit sagen, Fliegerleutnant McTeague war betrunken?«

»So wie es im Cockpit gestunken hat, muss er besoffen wie eine Ratte gewesen sein. Andere können meinetwegen sagen, er hat unter Schock gestanden. Das glauben Sie ja auch. Aber ich hab nie daran gezweifelt, dass er völlig betrunken war, als er die Maschine gegen den Irontongue Hill geflogen hat.«

»Aber das hätte seine Besatzung doch gemerkt.«

»Bestimmt. Aber nur Zygmunt Lukasz hat überlebt, und der hat nie was gesagt.«

»Jedenfalls offiziell nicht.«

»Nein.«

»Treffen Sie sich gelegentlich mit Mitgliedern der polnischen Gemeinde in Edendale?«

»Was für einer Gemeinde?«, fragte Rowland.

»Die Polen haben hier in Ihrer Straße ihre eigene Kirche«, erklärte Cooper. »Und einen Veteranen-Klub, dem auch Zygmunt Lukasz angehört. Sie haben sogar eine eigene Schule.«

»Tatsächlich?« Rowland wirkte ein wenig erstaunt. »Aber darüber habe ich nie viel nachgedacht. Die leben ihr eigenes Leben, hab ich Recht? Wundert mich nicht, denn wie ich schon gesagt hab, halten die sich an ihre eigenen Sitten und Gebräuche.«

Rowland sah Cooper verwirrt an, ehe er nervös auf seinem Stuhl herumzurutschen begann.

»Ich kann es ihnen nicht verdenken«, fuhr der alte Mann fort. »Wenn ich aus irgendeinem Grund in Polen leben müsste, wäre ich auch nicht plötzlich Pole, oder? Nein, ich denke, ich wäre ein Bursche aus Derbyshire, bis ans Ende meiner Tage.«

Rowland schloss kurz die Augen. Noch immer drang leises Gemurmel aus dem Fernseher, aber jetzt war es eine andere Stimme, eine Frauenstimme mit schottischem Akzent. Beruhigend und besänftigend.

»Vielleicht irre ich mich ja mit McTeague«, meinte Rowland. »Aber ich kann mich nur an das erinnern, was ich gesehen und gehört habe.«

»Aber Sie haben Danny McTeague nicht gesehen, oder doch? Sie haben ihn auch weder gehört noch gerochen.«

»Als wir kamen, hatte er sich längst davongemacht.«

»Genau.«

»Ich hab immer gedacht, sie finden ihn irgendwo, wie er seinen Rausch ausschläft«, sagte Rowland. »Ich hab sogar mit dem Gedanken gespielt, ihn selber suchen zu gehen und windelweich zu prügeln. Aber ich glaube, sonst ist es keinem aufgefallen. Irgendwann hat auch das Cockpit gebrannt, und das war's dann. Niemand hat was gesagt.«

»Und warum haben *Sie* damals nichts gesagt, Mr Rowland?«

»Woher wollen Sie wissen, dass ich das nicht getan hab?«

»In den Vernehmungsprotokollen taucht nichts Derartiges auf, und auch im Unfallbericht steht nichts dergleichen.«

»Sie glauben wohl immer alles, was in offiziellen Berichten steht.«

»Na ja ...«

»Das kann ich mir kaum vorstellen. Sie schreiben doch wahrscheinlich selbst genug von den Dingern, um zu wissen, wie der Hase läuft. Manche Sachen werden aufgenommen, andere weggelassen. So ist es doch, oder?«

»Ich denke schon.«

»Ich hab es den Beamten erzählt, aber sie haben es nicht in ihre Berichte aufgenommen. Ich war damals nur ein junger RAF-Helfer und hab getan, was man mir sagte. Damals hat man solche Dinge nicht in Frage gestellt.«

»Nach einer Sache wollte ich Sie noch fragen«, sagte Cooper. »Nach dem Geld.«

»Ah«, sagte Rowland. »Das Geld.«

»Im Unfallbericht wird Geld mit keiner Silbe erwähnt.«

»Nein. Ganz bestimmt nicht.«

»Soweit ich es verstanden habe, befand sich die Lancaster SU-V auf einem Routineflug von ihrem Heimatflugplatz Leadenhall zur RAF Benson in Lancashire. Die Maschine war mehrfach repariert worden, und auch ein Triebwerk hatte man ausgetauscht. Die Besatzung führte einen Testflug durch, bevor sie wieder für normale Einsätze benutzt werden konnte.«

»Ja«, bestätigte Rowland, »aber als sie sich für diesen Routineflug bereitgemacht haben, hat man sie gebeten, die Wochenlöhne für Benson und drei andere RAF-Stützpunkte in Lancashire mitzunehmen. Das war sicherer, als mit Stöcken bewaffnete Flieger loszuschicken, um es bei den Banken vor Ort einzusammeln, und manche Stützpunkte waren ziemlich weit von der nächsten Bank entfernt.«

»Verstehe. Aber das Geld kam niemals an, weil die Lancaster am Irontongue Hill abstürzte.«

»Und weil irgendein Dreckskerl mit der Beute verschwunden ist«, ergänzte Rowland. Für den Bruchteil einer Sekunde leuchtete ein matter Funken in seinen Augen auf. »Es war wirklich komisch. Die RAF ist deswegen fast durchgedreht, aber in der Öffentlichkeit haben sie nichts davon verlauten lassen. Wahrscheinlich wollten sie nicht, dass die Leute scharenweise auf den Berg stürmen, um nach dem Geld zu suchen. Andererseits war es typisch für die, Informationen für sich zu behalten. Damals haben wir das alle so gemacht. Keiner hat darüber gesprochen, obwohl einige von uns vermutlich trotzdem nach dem Geld gesucht haben, sobald die Luft rein war. So mancher hat bestimmt gehofft, die eine oder andere Pfundnote zu finden, die da oben übers Moor angeflogen kam.«

»Wurde das Geld jemals gefunden?«

»Nein. Ein paar Offiziere kamen zur Absturzstelle. Sie waren ziemlich sauer auf uns, aber natürlich kümmern sich Rettungsmannschaften zuerst um die Menschen. Einige von uns waren stundenlang da oben in der Eiseskälte gewesen und haben versucht, die verletzten Jungs wieder zusammenzuflicken und runterzubringen. Wir waren absolut nicht in der Stimmung, uns von irgendwelchen RAF-Bossen mit ihrem hochnäsigen Getue und ihren Clark-Gable-Bärtchen zur Schnecke machen zu lassen. Es sind ein paar grobe Worte gefallen, manche behaupteten sogar, es wäre zu Handgreiflichkeiten gekommen, aber es wurde nie Anklage gegen jemanden erhoben, weder zivil noch vor einem Militärgericht.«

»Wie ging die Sache aus?«

»Zwei Angehörige der Home Guard wurden verdächtigt.«

»Was? Die Reservisten?«

»Die mussten die Trümmer die ganze Nacht lang bewachen.

Sie waren die Einzigen, die überhaupt Gelegenheit hatten, das Geld an sich zu nehmen. So hieß es jedenfalls.«

»Davon stand auch nichts im Abschlussbericht.«

»Natürlich nicht. Es hatte ja nichts mit dem Absturz zu tun. Meinen Sie, die Air Force posaunt überall herum, dass an Bord der Maschine mehrere tausend Pfund Bargeld waren?«

»Wer waren die beiden Männer von der Home Guard?«

»Wenn Sie wollen, kann ich Ihnen die Namen sagen, aber Sie dürfen nicht vergessen, dass sie zu alt waren, um regulär eingezogen zu werden. Sie sind längst tot. Natürlich hätte die Polizei nach jemandem suchen müssen, der damals plötzlich reich wurde. Für so manchen armen Landarbeiter wäre das damals gewesen, als hätte er König Salomos Goldmine gefunden. Aber er hätte das Geld nicht ausgeben können, ohne dass es jemandem aufgefallen wäre. Nicht im Krieg... denken Sie nur an die Rationierungen. Aber die beiden Burschen von der Home Guard haben die Schuld gekriegt. Walker und Sykes hießen sie. Sie wurden tagelang verhört, aber nie angeklagt. Ohne das Geld konnte man ihnen nichts nachweisen.«

»Kannten Sie die beiden?«, fragte Cooper.

»Natürlich«, antwortete Rowland. »Walker und Sykes haben zur Kompanie West Edendale gehört. Der eine war vom Wasserwirtschaftsamt und hat sich immer um das Blackbrook-Reservoir gekümmert. Sein Kumpel hat seinen Lebensunterhalt in der Küche vom Snake Inn verdient, soweit ich mich erinnere. Er hat auch nicht richtig englisch ausgesehen, sondern irgendwie dunkler. Einer von denen, die im Krieg immer verdächtig sind. Wer vor dem Krieg schon nicht richtig reinpasste, wurde im Krieg ganz schnell zum Nazispion. Tja, entweder warst du einer von uns oder einer von denen. Ich schätze, dass er sich deshalb zur Home Guard gemeldet hat. Um den Leuten hier zu zeigen, auf welcher Seite er stand.«

»Aber später, nachdem das Geld verschwunden war...«

»Er hatte einfach das Pech, dass man ihm die Schuld in die

Schuhe geschoben hat. Als herauskam, dass er Wache gestanden hat, waren alle überzeugt, dass er sich das Geld unter den Nagel gerissen hat. Niemand hat sich groß Gedanken darüber gemacht, wie er das hätte anstellen sollen. Sie *wussten* einfach, dass er es gewesen war.«

Cooper verzog das Gesicht. »Aber, Mr Rowland, wenn nicht die Männer von der Home Guard das Geld genommen haben, wer dann?«

»Das kann ich Ihnen nicht sagen«, erwiderte Rowland. »Warum fragen Sie ausgerechnet mich?«

Cooper spürte, dass er nicht weiterkommen würde. Aber er war ganz sicher, dass Walter Rowland mehr wusste. Er spürte, dass die eine Information, die den Schlüssel zu allem darstellen konnte, zum Greifen nah war.

»Jemand aus der Gegend? Wissen Sie nicht vielleicht doch …?«

»Ich habe keine Ahnung«, beharrte Rowland. »Es ist auch egal.«

In der Stimme des alten Mannes lag eine Schicksalsergebenheit, die vorher noch nicht da gewesen war. Obwohl er versuchte die Fragen zu beantworten, fiel es ihm schwer, das Interesse dafür aufzubringen. Er war dem Rand der Verzweiflung noch ein paar Zentimeter näher gekommen. Cooper wusste, dass etwas nicht stimmte und dass es mehr war als die schmerzenden Gelenke des alten Mannes.

»Einen Augenblick«, sagte er. »Bleiben Sie sitzen und rühren Sie sich nicht von der Stelle.«

Er ging in die Küche zurück und betrachtete die Hintertür. Das Schloss fehlte vollständig, dort, wo der Schließzylinder sitzen sollte, befand sich nur ein rundes Loch, und dem nackten Holz war deutlich anzusehen, dass es erst seit kurzem freilag. Er drückte die Tür am äußersten Rand auf und blickte in einen kleinen, schuppenähnlichen Anbau an der Rückseite des Hauses. Darin stand eine Werkbank inmitten auf dem Boden verstreuter Holzspäne. Aber es gab kein Werkzeug. Die Regale über der Werkbank waren leer. Man konnte noch erkennen, wo einmal ein Schraubstock befestigt gewesen war, doch da war kein Schraubstock mehr. Die Tür, die nach draußen führte, war mit Gewalt aufgebrochen worden, und frische Holzsplitter ragten gefährlich in die Luft.

»Bei Ihnen ist eingebrochen worden«, stellte Cooper fest. »Jemand hat Ihre Werkstatt geplündert.«

»Ja«, bestätigte Rowland.

»Haben Sie Anzeige erstattet?«

»Bei der Polizei? Das hat wohl nicht viel Sinn.«

»Warum nicht?«

»Ihr hättet doch sowieso nichts unternommen. Es gibt andere Leute hier, die mehr auf die Beine stellen. Also hab ich denen Bescheid gesagt.«

Cooper starrte den alten Mann an. »Von wem reden Sie, Mr Rowland?«

»Leute aus der Stadt, die Einbrecher und Drogenhändler nicht leiden können. Leute, die was dagegen unternehmen.«

»Sie meinen … eine Bürgerwehr?«

Rowland wich seinem Blick aus. Cooper wusste, dass er nicht mehr aus dem alten Mann herausbekommen würde. Er dachte wieder an die beiden Jugendlichen, die im Krankenhaus gelandet waren, und an das Videoband der Überwachungskamera, auf dem Eddie Kemp zu erkennen war.

»Ich schicke Ihnen jemanden vorbei, der die Einzelheiten des Vorfalls aufnimmt und nach Fingerabdrücken sucht«, sagte er. »Wenn Sie eine Liste der gestohlenen Sachen zusammenstellen könnten, fordern wir die Leute auf, die Augen danach offen zu halten.«

Rowland senkte den Kopf. Sein Vorschlag schien ihn nicht besonders zu interessieren. Er betrachtete immer noch den Teebecher und hatte die verkrümmten Hände vor sich auf den Tisch gelegt, während er zusah, wie der Dampf aufstieg und sich auflöste. Entsetzt wurde Cooper klar, dass der alte Mann vielleicht überhaupt nicht in der Lage war, die Tasse zu heben. Ihm fiel ein, dass Rowland nicht um einen Tee gebeten hatte, sondern ihn lediglich aufgefordert hatte, sich selbst eine Tasse zu kochen.

Cooper spürte, wie er rot wurde. Er konnte Walter Rowland keinesfalls helfen, konnte ihm nicht anbieten, ihm die Tasse an die Lippen zu halten. Eine derartige Hilfe würde der alte Mann von einem Fremden niemals annehmen. Vielleicht sogar von überhaupt niemandem. Ihm blieb nichts anderes übrig, als zu gehen, um Rowland die Demütigung zu ersparen, dazusitzen, während der Tee langsam kalt wurde, und so zu tun, als wollte er ihn nicht.

Hilflos sah Cooper aus dem Fenster und auf die Vorhänge im Haus gegenüber. Wenn er bei den Nachbarn klopfte, würde Rowland ihn sehen. Auf der anderen Seite war die Kirche, wo der Gesang inzwischen verstummt war. Cooper fiel ein, dass er Türen schlagen und Autos anfahren gehört hatte, vielleicht sogar das Geräusch eines Schlüssels, der sich energisch im Schloss der großen Eichentür gedreht hatte, bevor alles still wurde. Er wusste nicht, wo er sich sonst nach Hilfe umsehen sollte. Auf eine solche Situation war er bei seiner Ausbildung nicht vorbereitet worden.

Wenn es um eine große Summe ging, war natürlich alles möglich. Geld brachte die schlimmsten Seiten im Menschen hervor, ob nun Krieg war oder nicht. Ben Cooper saß in seinem Wagen und ging im Geiste noch einmal alle Leute durch, mit denen er gesprochen hatte. War einer von ihnen in der Vergangenheit plötzlich reich geworden? Walter Rowland? Oder George Malkin? Unwahrscheinlich. Und falls Danny McTeague selbst das Geld aus der Lancaster SU-V mitgenommen hatte, ließ sich das wahrscheinlich nicht mehr nachvollziehen. Damit blieb von denjenigen, die damals dabei waren, nur noch einer übrig.

Er schaute auf die Uhr. Vielleicht kam er noch rechtzeitig. Die Lukasz' müssten gerade in der West Street sein, um dort ihre Aussagen zu machen.

Diane Fry beobachtete, wie Grace Lukasz mit den Handflächen über die Armstützen ihres Rollstuhls fuhr und sichtbare Schweißflecken zurückließ.

»Mrs Lukasz«, sagte Fry, »woher hatte Ihr Sohn Andrew dieses Zigarettenetui, das Ihren Schwiegervater so aufgebracht hat?«

»Das weiß ich nicht. Andrew wollte es uns nicht sagen. Er war in dieser Hinsicht sehr verschlossen. Wissen Sie, mittlerweile weiß ich selbst nicht mehr genau, was er eigentlich wollte, als er uns besucht hat. Ich glaube, er wollte sich mit uns versöhnen, aber irgendetwas ist schief gelaufen, und ich weiß auch nicht, warum er sich mit Zygmunt gestritten hat. Seit er in London wohnt, ist uns Andrew richtig fremd geworden.«

»Haben Sie eine Ahnung, wer Nick Easton war, der Mann, der am Montag bei Ihnen war?«

»Eigentlich nicht«, sagte Mrs Lukasz.

»Eigentlich nicht? Was heißt das?«

»Das heißt, ich kann es nur vermuten. Niemand hat mir etwas gesagt, aber wenn es um meine Familie geht, kann ich zwei und zwei zusammenzählen. Ich dachte, er ist entweder Polizist… oder etwas noch Schlimmeres.«

»Etwas Schlimmeres?« Fry sah zu Murfin hinüber und lächelte. »Gibt es denn noch etwas Schlimmeres?«

»Ja«, sagte Mrs Lukasz. »Ich glaube, es gibt Leute, die Andrew etwas antun wollen.«

»Warum?«

»Ich mache mir schon lange Sorgen wegen ihm. Wissen Sie, dass wir ihn, nachdem er nach London gezogen war, fast fünf Jahre nicht gesehen haben?«

»Es gab Unstimmigkeiten wegen seiner Heirat.«

»Ja, aber das war nicht alles. Er hat immer ausweichend reagiert, wenn wir uns eingehender nach seiner Arbeit und seinem Alltag erkundigt haben. Vielleicht wäre es sonst niemandem aufgefallen. Peter hat es nicht gemerkt. Aber ich bin Andrews Mutter. Ich brauche keine Beweise. Nach einiger Zeit war ich mir sicher, dass er in etwas Gefährliches verwickelt war. Peter hat gemeint, ich rede nur Unsinn.« Grace Lukasz spielte mit den Speichen der Räder, während ihr Blick Frys Kugelschreiber folgte, als sie sich Notizen machte. »Dann tauchte Andrew ein paar Tage nach Neujahr plötzlich in Edendale auf. Er wich unseren Fragen immer noch aus … etwa wenn wir uns zum Beispiel nach dem Grund seines Kommens erkundigt haben. Er sagte, er hätte in der Gegend zu tun, und ich habe ihm geglaubt. Aber ich war besorgt wegen der Art von Geschäften, die ihn hierher geführt hatten.«

»Glauben Sie, es hatte etwas mit dem Zigarettenetui zu tun?«, fragte Fry.

»Ja. Weil er sich darüber mit Zygmunt an jenem Sonntag gestritten hat. Ich habe keinen der beiden je so wütend erlebt. Ich war froh, dass Peter nicht da war. Andrew sagte etwas von Loyalität, und da wurde Zygmunt erst richtig zornig. Ich dachte schon, er bekommt einen Herzanfall. Er brüllte auf Polnisch, und danach hat Andrew das Haus verlassen.«

»Wissen Sie, weshalb Ihr Schwiegervater so zornig geworden ist?«

Grace Lukasz nickte. »Es ist die Zeit von *Oplatek*, verstehen Sie, die Zeit des Vergebens und der Versöhnung. Das bedeutet Zygmunt sehr viel. Wir alle wissen, dass es sein letztes *Oplatek* ist und dass er mit allem ins Reine kommen will.«

»Verstehe.«

»Das bezweifle ich«, sagte Grace. Sie wischte ihre Hände an einem Papiertaschentuch ab und knüllte es zu einer festen Kugel zusammen. »Ich glaube, dass Zygmunt klar geworden ist, dass er trotz *Oplatek* nicht vergeben kann. Ich glaube, ihm ist klar geworden, dass er Andrew nicht von Herzen vergeben kann … und das hat ihn so wütend gemacht. Ich hatte Angst, was Andrew tun würde, nachdem er gegangen war. Er steckt in Schwierigkeiten, stimmt's? Ich weiß nur, dass er in schlechte Gesellschaft geraten ist.«

Ben Cooper traf Peter Lukasz vor dem Vernehmungsraum, wo er auf seine Frau wartete. Er sah blass und besorgt aus, aber auch resigniert. Er sah aus, als ob er wüsste, was Grace aussagen würde, und dass er nichts dagegen unternehmen konnte.

»Mr Lukasz, würden Sie mir eine Frage beantworten?«, sagte Cooper.

»Was denn noch?«

»Könnten Sie mir vielleicht sagen, wann das Dom Kombatanta gebaut wurde?«

Lukasz starrte ihn mit offenem Mund an. Diese Frage hatte er nicht erwartet. »Na ja, das ursprüngliche Gebäude wurde ein paar Jahre nach dem Krieg errichtet, als nach und nach eine polnische Gemeinde in Edendale entstand.«

»Und woher kam das Geld dafür?«

»Das Geld?«

»Es muss ein paar tausend Pfund gekostet haben. Wo kamen dic her?«

»Spenden«, erklärte Lukasz. »Spenden aus der Gemeinde. Wahrscheinlich hat jeder etwas dazu beigetragen.«

»Der eine mehr, der andere weniger, vermute ich.«

»Ich weiß nicht, was Sie damit sagen wollen.«

»Ich frage mich, ob es einen speziellen Wohltäter gab, jemanden, der in der Lage war, eine große Summe beizusteuern. So etwas gibt manchmal den Ausschlag.«

»Da müssen Sie Stefan Janicki fragen, unseren Schatzmeister. Vielleicht hat er die alten Aufzeichnungen noch.«

»Das werde ich.«

»Aber welche Rolle spielt das? Viele Polen sind erfolgreiche Geschäftsleute geworden. Warum sollten sie kein Geld für etwas geben, das ihrer Gemeinde zugute kommt?«

»Dagegen gibt es nichts einzuwenden.«

»Mein Cousin Tadeusz Kulczyck hat eine ziemlich hohe Summe für die letzten Renovierungen gespendet«, sagte Lukasz. »Er hat die neue Bühne und die Toilettenanlagen gestiftet.«

»Wohnt er hier in Edendale?«

»Nein. Er wohnt nicht in der Gegend, aber er besucht uns, so oft er kann. Tadeusz ist Architekt«, sagte Lukasz. »Er hat das Dom Kombatanta in Ottawa entworfen.«

»Ottawa? In Kanada?«

»Natürlich.«

»Ihr Cousin Tadeusz ist Kanadier?«

»Warum auch nicht? Es gibt viele Polen in Kanada.«

Wahrscheinlich stimmte das. Es war durchaus vorstellbar, dass es überall auf der Welt polnische Gemeinden mit tiefen, unverwüstlichen Wurzeln gab. Er dachte an die alten Männer mit den verschlossenen Gesichtern, aus denen noch immer Loyalität und Entschlossenheit sprachen. Hitler hatte diese Leute verhöhnt, indem er sie »Sikorskis Touristen« genannt hatte. Walter Rowland hingegen sagte, er hätte sie lieber auf seiner Seite. Cooper fragte sich, wie *er* selbst die Polen auf seine Seite bekommen konnte. Aber diese Lektion hatte ihm Hitler bereits erteilt, sie brauchten einen gemeinsamen Feind.

»Ich habe noch eine Frage«, sagte Cooper. »Eigentlich ist es eher eine Bitte um einen Gefallen.«

»Ach ja?«

»Hat Ihr Vater jemals einen Mann namens Walter Rowland erwähnt? Er gehörte der Rettungsmannschaft der RAF an, die bei dem Absturz der Lancaster im Einsatz war.«

»Ich glaube, ich weiß, wen Sie meinen.«

»Er wohnt zufällig ganz in der Nähe Ihrer Kirche.«

»Und? Um welchen Gefallen handelt es sich?«

»Ich habe mich gefragt, ob Sie ihn vielleicht einmal besuchen könnten«, sagte Cooper. »Einfach nur … na ja, ich dachte, Sie könnten ihn vielleicht mal besuchen.«

Lukasz schwieg und sah ihn fragend an. Cooper gelangte zu dem Schluss, dass er seine Bitte ziemlich ungeschickt formuliert hatte.

»Er hat keine Familie«, erklärte er. »Aber seine Geschichte

hängt gewissermaßen eng mit der Ihres Vaters zusammen. Warum betrachten Sie ihn nicht einfach als Teil Ihrer Gemeinde?«

In diesem Moment hielt Fry Mrs Lukasz die Tür auf. Sie und ihr Mann sahen einander nicht an, als sie an ihm vorbeifuhr und er den Rollstuhl die Rampe hinunter und aus dem Polizeirevier schob.

Das Pflegeheim erschien Ben Cooper an diesem Abend wie ein Hort des Friedens und der Geborgenheit. Alle Zufahrten waren vom Schnee befreit, und überall auf den Gehwegen war Sand gestreut, damit niemand ausrutschte. In der West Street hatte sich bis jetzt noch niemand darum gekümmert. Außerdem brannte überall Licht, und als er hineinging, sahen alle Räume warm und freundlich aus.

Cooper setzte sich ins Wartezimmer, weil er wusste, dass es den Pflegern lieber war, wenn sie seine Mutter erst ein wenig zurechtmachen konnten, bevor sie ihn empfing – oder, besser gesagt, sie für ihn einigermaßen präsentabel herzurichten. Bei dem Gedanken, dass man ihm die ungeschminkte Wahrheit über ihren Zustand ersparen wollte, dessen Ausmaß er bereits über ein Jahr zu Hause auf der Bridge End Farm miterlebt hatte, musste er lächeln.

Als eine der Pflegerinnen Cooper warten sah, kam sie auf ihn zu. Auf ihrem Namensschild stand Rachel. Cooper war ihr schon häufiger begegnet.

»Isabel ging es heute recht gut«, sagte sie.

»Vielen Dank. Ich glaube, sie hat sich inzwischen hier eingelebt.«

»Aber ja. Es ist doch hier viel besser für sie. Sie wird rundum betreut, und auch ihre Medikation wird ständig überwacht. Sie müssen sich deswegen keine Vorwürfe machen.«

Cooper hob die Augenbrauen. »Wie kommen Sie denn darauf?«

»Es ist ganz normal, dass es Familienmitgliedern so geht. Es dauert eine Weile, bis sie feststellen, dass sie die richtige Entscheidung getroffen haben. Sie werden sehen, dass Isabel ganz zufrieden ist. Sie hat sogar schon Freundschaften geschlossen.«

»Ich würde trotzdem gern jeden Tag vorbeikommen, wenn Ihnen das recht ist.«

Rachel lächelte. Sie war jung, vielleicht fünfundzwanzig oder sechsundzwanzig. Cooper konnte nicht verstehen, was eine Frau wie sie bewog, sich um die älteren Angehörigen anderer Leute zu kümmern.

»Aber selbstverständlich, jederzeit«, erwiderte sie. »Kommen Sie, so oft Sie wollen.«

Cooper sah eine Gestalt auf dem Flur in Richtung Ausgang gehen, die ihm irgendwie bekannt vorkam, obwohl er im ersten Augenblick nicht darauf kam, wer es war. So etwas passierte ihm immer wieder: Er begegnete jemandem, aber ihm wollte einfach der Name des Betreffenden nicht einfallen, da er ihn außerhalb des gewohnten Zusammenhangs sah. Vielleicht war der Mann auch anders angezogen als sonst. Dann schwang die Eingangstür auf, und ein frischer Windstoß blies bis ins Wartezimmer. Die Kälte half Coopers Gedächtnis auf die Sprünge.

»Das war George Malkin«, sagte er.

»Oh, Sie kennen Mr Malkin?«, fragte Rachel. »Seine Frau wohnt auch bei uns. Sie ist schon ziemlich lange hier.«

»Ja, es muss schon recht lange sein.«

»Wie bitte?«

»Ich habe nur laut gedacht. Ich war erst vor kurzem bei ihm zu Hause. Dort ist, gelinde gesagt, nicht viel von weiblichem Einfluss zu erkennen.«

»Armer Kerl. Manche Männer sind völlig hilflos, sobald sie allein leben.«

»Das Gefühl habe ich auch«, sagte Cooper.

»Florence Malkin leidet an Demenz. Altersschwachsinn. Manchmal erkennt sie ihren Mann, aber kurioserweise sind das die schlimmsten Tage. Florence hat so eine fixe Idee. Sie ist überzeugt davon, dass George ihr eine Privatbehandlung bezahlt. Sie sagt, dass er das Geld dazu hat und sie bald wegschickt, damit sie geheilt wird. Manchmal redet sie von einem hervorragenden Arzt in der Harley Street, dann wieder von einem berühmten Spezialisten in Amerika. Sie fragt ihn jedes Mal danach, wenn er kommt – *falls* sie ihn erkennt. Sie fragt ihn immer wieder, und er weiß nicht, was er ihr darauf antworten soll. Keine Ahnung, wie sie darauf kommt. Es ist offensichtlich, dass keiner von beiden mehr als zwei Pennies zum Aneinanderreiben hat.«

Rachel seufzte. »Aber man sieht, dass er sie vergöttert. Ich weiß nicht, wie er es schafft, für ihre Betreuung aufzukommen, ohne dass er das Haus verkaufen muss. Aber es wird nun nicht mehr lange dauern. Der arme Mann.«

»Ja«, sagte Cooper. »Der arme Mann.«

31

Ben Cooper rief Diane Fry auf ihrem Handy an. Er wusste nicht, was sie abends nach Dienstschluss machte, außer dass sie manchmal nach Sheffield fuhr. Einmal hatte sie ihm erzählt, sie hätte versucht, ihre Schwester ausfindig zu machen, aber davon hatte sie schon seit Monaten nichts mehr erwähnt. Sie war verschlossener und eigenbrötlerischer, als gut für sie war.

»Ben? Seltsam, dass du ausgerechnet jetzt anrufst. Ich habe Neuigkeiten.«

»Tatsächlich?«

»Du hattest Recht mit Marie Tennent. Sie war Sergeant Abbotts Enkelin. Ziemlich seltsam, was? Zwei Enkelinnen der Lancaster-Besatzung tauchen zur gleichen Zeit auf. Eine tot und die andere quicklebendig.«

»Es war der Jahrestag des Absturzes«, sagte Cooper. »Jahrestage sind wichtig. Beide hatten das Bedürfnis, ihn zu begehen.«

»Das erklärt aber nicht, weshalb eine von ihnen tot ist.«

»Nein.«

»Außerdem haben wir die vorläufigen Ergebnisse der Autopsie vorliegen.«

»Zu Marie Tennent?«

»Ja.«

»Vermutlich schlechte Nachrichten, oder?«

»Leider ja. Sie ist schwer misshandelt worden. Blutergüsse im Gesicht und am Oberkörper, die von mehreren Faustschlägen herrühren. Es sieht ganz so aus, als hätte sie kurz vor ihrem Tod jemand brutal zusammengeschlagen.«

»Verdammt.« Beim Gedanken daran wurde Cooper fast übel. Trotz all der Arbeit, die ihm die Ermittlungen im Schneemann-Fall beschert hatte, und der vielen Zeit, die er für Danny McTeague und den Absturz der Sugar Uncle Victor erübrigt hatte, war er jeden Morgen mit dem Gedanken an Marie Tennent aufgewacht – ein trauriges, kaltes Bündel auf dem Berg, das darauf wartete, dass jemand herausfand, was mit ihr geschehen war.

»Wir haben sie vernachlässigt, Diane«, sagte Cooper. »Wir müssen herausfinden, wo sie gewesen ist und mit wem sie zusammen war.«

»Wir vernehmen Eddie Kemp morgen noch einmal«, sagte Fry. »Aber wenn er vor einem halben Jahr wieder zu seiner Frau gezogen ist, stehen die Chancen gut, dass sie anschließend einen anderen Freund hatte.«

»Einen, der nicht gerade begeistert von dem Baby war.«

»Offenbar.«

»Außerdem haben wir noch seinen Bruder«, sagte Cooper. »Graham.«

»Stimmt. Graham Kemp war einer der Leute, die wir zu dem tätlichen Angriff vernommen haben. Wir haben keine Beweise gegen ihn, obwohl die Überwachungskamera bei der Identifizierung helfen könnte. Die Sitzung mit der MDP ist für morgen angesetzt worden.«

»Hoffentlich erklärt uns Sergeant Caudwell dann, warum sie sich so für Marie Tennent und Sugar Uncle Victor interessiert.«

Fry gab ein Geräusch von sich, das wie eine Mischung aus verächtlichem Grunzen und resigniertem Seufzen klang. »Man hat uns versprochen, dass sie ihre Informationen an uns weiterleiten«, sagte sie. »Es ist Wahnsinn, Einzelheiten dieser Ermittlung vor uns geheim zu halten, so dass wir völlig im Dunkeln tappen.«

»Es wäre aber bestimmt nicht schlecht, uns vorher selbst noch ein paar Informationen zu beschaffen«, meinte Cooper.

Fry schwieg einen Augenblick. »Was willst du damit sagen, Ben?«

»Wenn du irgendeinen Beweis gegen die Aasgeier hättest.«

»Die *Aasgeier*?«

»So nennt Zygmunt Lukasz sie. Die Leute, die sich alles Mögliche aus den Flugzeugwracks holen. Wo bist du gerade, Diane?«

»Immer noch in der West Street.«

»Noch mehr Überstunden? Ich glaube, wir könnten uns noch ein paar Beweise verschaffen. Zusammen kriegen wir das bestimmt hin.«

»Wie bitte? Bittest du mich etwa um Hilfe, Ben?«

»Vielleicht klappt es, wenn wir den Hebel ganz woanders ansetzen. Ich finde, wir sollten George Malkin noch mal auf den Zahn fühlen.«

»Unter welchem Vorwand?«

»Das Geld.«

»Welches Geld?«

»Die Lancaster SU-V hatte in der Nacht des Unglücks den Sold für drei RAF-Stützpunkte an Bord. Das Geld wurde nie gefunden. Ich vermute, dass Malkin zumindest einen Teil davon bekommen hat. Vielleicht hat sein Vater mit den beiden Home Guards gemeinsame Sache gemacht. Möglich, dass sie das Geld beiseite geschafft und auf der Hollow Shaw Farm versteckt haben, um es später zu teilen. Ich weiß es nicht, aber jetzt hat Malkin jedenfalls kein Geld mehr. Und er scheint sämtliche Erinnerungsstücke, die er je besessen hat, verkauft zu haben, mit Ausnahme einer alten Uhr. Ich frage mich, wem er all das verkauft hat, Diane. Und ich frage mich, was mit dem verschwundenen Geld passiert ist.«

»Ich hoffe nur, das ist keine von deinen Spinnereien«, sagte Fry. »Hol mich am Haupteingang ab.«

Als sie nach Harrop kamen, war es bereits dunkel. Sie betraten George Malkins Haus, und Ben bemerkte, dass Fry die Jacke auszog, es sich dann aber anders überlegte und sie zitternd wieder überstreifte, ehe sie den Kragen enger und den Schal fester zog.

»Ich bin ja mächtig beliebt in letzter Zeit«, bemerkte Malkin. »Die Leute geben sich regelrecht die Klinke in die Hand.«

»Tut uns Leid, dass wir Sie noch einmal belästigen müssen, Sir.«

»Ganz bestimmt.«

Das Wohnzimmer sah noch genauso aus wie vor ein paar Tagen, als Cooper da gewesen war. Malkin zog die Vorhänge abends nicht zu. Es wäre auch sinnlos gewesen, denn in der Umgebung gab es weit und breit keine anderen Häuser, und auf dem Weg vor dem Haus fuhr abgesehen von Malkins Freund Rod Whittaker keine Menschenseele vorbei.

Auf einer Fensterbank stand eine Sammlung leerer Gläser. Sie sahen aus, als hätten sie einmal Erdbeermarmelade oder Gelee enthalten, aber die Papieraufkleber waren entfernt und die Gläser ausgewaschen worden. Jetzt standen sie herum und setzten Staub an. In dem Glas, das Cooper am nächsten stand, lagen mehrere vertrocknete Spinnen. Ihre dünnen, zerbrechlichen Beinchen, kaum dicker als ein Haar, waren noch in der Haltung gebogen, in der sie der Tod in ihrem Gefängnis ereilt hatte.

»Wie lange leben Sie schon allein?«, fragte Cooper.

»Florence ist vor fast drei Jahren ins Pflegeheim gekommen.«

»Das ist lange, wenn man ganz allein ist.«

»Erst recht, wenn man nicht daran gewöhnt ist. Wir haben vor achtunddreißig Jahren geheiratet. Wenn man dann plötzlich allein dasteht, wird man ein bisschen wunderlich. Zuerst fällt es einem gar nicht auf, es sei denn, jemand macht einen darauf aufmerksam.«

»Ohne Heizung zu leben, beispielsweise?«, meinte Cooper.

Malkin lachte. Es hörte sich an, als schaufelte jemand Rollsplitt. In seinem Mundwinkel sammelte sich Speichel.

»So was brauch ich nicht«, sagte er. »Nicht für mich. Und ich mache es hier nicht ständig brüllend heiß, nur für den Fall, dass irgendwann Besuch kommt, wie Sie zum Beispiel. Sie sind bestimmt Städter.«

Cooper wollte gerade verneinen, als ihm einfiel, dass er tatsächlich in der Stadt wohnte. Und zwar schon seit Samstag. Malkins ruppige Fürsorge rührte ihn, gleichzeitig ärgerte es ihn, dass der alte Mann so selbstverständlich davon auszugehen schien, sein Besucher sei ein verweichlichter Stadtbewohner.

»So ein Wetter wie hier gibt's in der Stadt überhaupt nicht«, sagte Malkin. »Wenn man ein bisschen verpimpelt ist, mein Freund, sollte man eben einen Pullover mehr anziehen, wenn man rausgeht. Das hat uns unsere Mama immer gesagt.«

Cooper hatte sich selbst nie für »verpimpelt« gehalten – für verweichlicht, zu empfindlich für die Kälte. Mit diesem ironischen Ausdruck machten sich die Einheimischen sonst eher über die Leute aus dem Süden lustig. Aber Cooper kam nicht aus dem Süden, sondern war selbst ein Einheimischer. »Verpimpelt« war etwas für Großstadtpflanzen.

Trotzdem unterschied sich Coopers Lebensstil beträchtlich von dem George Malkins, und Behaglichkeit war für ihn mit einigen Stufen mehr auf dem Thermostat verbunden. Er hatte eine deutlich niedrigere Toleranzschwelle, was Unbequemlichkeit und Entbehrungen anging. Deshalb war er in den Augen der George Malkins dieser Welt also vielleicht doch verpimpelt. Vielleicht hatte er den Draht zu diesen Leuten verloren, sich innerlich weiter von ihnen entfernt, als ihm bewusst gewesen war. Letztendlich war das Band zwischen ihnen kein genetisches, sondern ein soziales, das leicht zerriss, wenn man es überdehnte.

»Ich muss zugeben, dass Florence sich schämen würde, wenn sie wüsste, wie ich jetzt lebe«, sagte Malkin.

Cooper spürte, wie ihn eine Woge des Mitgefühls übermannte. Mit einem Mal wurde ihm bewusst, dass dem alten Mann genau jene Art von Unterstützung fehlte, die ihn auf einem normalen Kurs gehalten hätte. Wenn man allein lebte, verfiel man nur allzu rasch in einen Lebensstil, der anderen seltsam vorkam.

»Detective Cooper hat sich gestern lange mit Walter Rowland

unterhalten«, sagte Fry. »Detective Cooper kann den Leuten sehr gut Informationen entlocken. Offenbar vertrauen sie ihm.«

Malkins Blick wanderte von Fry zu Cooper und verharrte auf dem Polizisten, der sichtlich nervös wurde.

»Sie und Ihre Familie sind als leidenschaftliche Sammler von Flugzeugandenken bekannt«, fuhr Fry fort. »Stimmt das?«

»Kann gut sein. Über die Jahre ist so allerhand durch unsere Hände gegangen. Mein Dad war absolut verrückt danach, das gebe ich gern zu. Und wir Jungs haben es von ihm geerbt. Auch ich hab hier und da meine Souvenirs mitgenommen.«

»Und wahrscheinlich mehr als nur eine zerbrochene Uhr.«

»Ich hab nicht behauptet, dass ich die Sachen behalten hab. Ich bin kein Sammler, daraus mach ich mir nichts. Aber es gibt Leute, die viel Geld für diesen Kram bezahlen. Wussten Sie das?«

»Ja, das wissen wir.«

Cooper fragte sich, ob der Verkauf von Souvenirs regelmäßig zu Malkins Einkommen beigetragen hatte. Er konnte kaum genug Geld haben, um für die private medizinische Versorgung seiner Frau aufzukommen. Vielleicht hatte sie ihren Mann von seinen Nebeneinkünften reden gehört und einen falschen Eindruck von ihrem wahren Ausmaß bekommen. Die arme Frau – ihr Mann hatte ihren Erwartungen nicht gerecht werden können.

»Wir ermitteln nicht nur wegen ein paar kleiner Souvenirs«, sagte Fry.

»Wir suchen nach dem Geld«, sagte Cooper. »Dem Sold, der zum Stützpunkt Benson gebracht werden sollte.«

Zum ersten Mal nahm Malkin die Mütze ab. Es kam so überraschend, dass es mehr als alles andere Ausdruck dessen schien, was in ihm vorging. Sein Haar war bemerkenswert dicht, auch wenn es schon grau wurde.

»Der arme alte Walter Rowland«, sagte er. »Dem muss es jetzt wirklich mies gehen. Es ging ihm schon beim letzten Mal, als ich ihn gesehen habe, nicht besonders.«

»Nein, es geht ihm nicht besonders.«

»Wenn Walter von dem Geld gewusst hat, hat er siebenundfünfzig Jahre die Klappe gehalten. Es wundert mich, dass er ausgerechnet jetzt damit rausrückt.«

»Das hat er nicht. Nicht direkt«, sagte Cooper.

»Ach ja?«

»Dann geben Sie also zu, dass Sie das Geld, das sich an Bord der Lancaster befand, an sich genommen haben?«, fragte Fry.

Malkin richtete seine Aufmerksamkeit wieder auf sie. »Gutes Timing, Leute. Ihr wisst schon, wie man seine Fragen stellt. Aber inzwischen ist es mir egal. Völlig egal sogar. Also könnt ihr von mir aus alles wissen.«

»Fahren Sie fort, Sir.«

»Na schön, ja, ich und mein Bruder Ted haben das Geld genommen. Wir waren damals noch Kinder. Ich war acht Jahre alt und hab nicht mal richtig kapiert, was ich da überhaupt mache. Aber vermutlich spielt das jetzt sowieso keine Rolle mehr.«

»Ich halte es für unwahrscheinlich, dass Sie nach so vielen Jahren noch strafrechtlich belangt werden«, sagte Fry. »Nicht für eine Tat, die Sie mit acht Jahren begangen haben.«

»Und wenn schon«, sagte Malkin. »Es spielt keine Rolle.«

»Es handelte sich um viel Geld«, sagte Cooper. »Wir würden gern wissen, was Sie damit gemacht haben. Wofür haben Sie es ausgegeben?«

Jetzt grinste Malkin – ein verlegenes, fast schon beschämtes Grinsen. »Das glauben Sie mir nie im Leben.«

»Das werden wir ja sehen. Wir haben schon alles Mögliche gehört, wofür die Leute ihr Geld zum Fenster rauswerfen. Fernreisen? Frauen? Haben Sie es verspielt?«

»Nichts davon.«

»Was dann?«

»Ich hab's überhaupt nicht ausgegeben. Ich hab's noch.«

Cooper starrte ihn an. »Das ist ein Witz.«

»Ich hab doch gleich gesagt, dass Sie mir nicht glauben.«

»Sie waren auf einen Schlag im Besitz eines Vermögens und wollen mir erzählen, Sie hätten es einfach zur Bank gebracht? Für schlechte Zeiten? Sie haben überhaupt nichts davon ausgegeben?«

»Stimmt. Ich hab es nicht ausgegeben. Aber ich hab es auch nicht zur Bank gebracht.«

»Jetzt verstehe ich überhaupt nichts mehr.«

»Dann muss ich es Ihnen wohl zeigen.«

George Malkin führte Cooper und Fry den Garten hinauf, durch ein Tor und quer über eine schneebedeckte Koppel. Sie mussten sich gegen den Wind stemmen und die Füße sehr weit anheben, um in dem hohen Schnee voranzukommen. Malkin schien das nichts auszumachen. Er pflügte in seinem langen Mantel wie ein Zugpferd mit gesenktem Kopf über die Koppel.

Auf der anderen Seite der Wiese fand sich ein Zauntritt in der Steinmauer. Vorsichtig stiegen sie darüber und landeten auf der anderen Seite in einer hüfthohen Schneewehe, aus der sie sich mühsam herauskämpften. Vor ihnen lag ein weiteres Feld, das sanft bis zu den felsigen Ausläufern des Berghanges anstieg, ehe der Schnee nach ein paar Schritten niedriger wurde. Erst als sie den Fuß des Berges erreicht hatten, sahen sie, dass sie vor dem Eingang eines alten Bergwerks standen. Er war kaum breiter als ein Spalt in der Felswand, ungefähr so breit wie die Schultern eines Mannes und eindeutig nicht breit genug für George Malkin, der sich seitlich hindurchzwängen musste. Schnee war hineingeweht, dahinter war der Boden nur ein wenig feucht und glitzerte im Licht einer alten Fahrradlampe, die Malkin aus der Tasche gezogen hatte.

»Wir hätten einen Akkuscheinwerfer aus dem Wagen mitbringen sollen«, sagte Fry. »Ich sehe so gut wie nichts.«

»Das geht schon«, sagte Malkin. »Wir müssen sowieso nicht viel lesen oder so was.«

Wie alle Höhlen oder Bergwerksstollen, egal wie klein und

unbedeutend sie waren, erklangen auch hier aus den dunkelsten Ecken unidentifizierbare Geräusche und Echos, und aus bestimmten Blickwinkeln sah das Gestein in den hintersten Nischen wie drohend gereckte schwarze Fäuste aus. Es roch nach nassem Sand, und die feuchte Luft legte sich wie eine Decke über die drei, als befänden sie sich bereits unter dem Grundwasserspiegel.

Der schwankende Strahl von George Malkins Fahrradlampe blieb an einem tiefen Spalt in der Wand hängen. Malkin wuchtete einen ungefähr dreißig Zentimeter großen Steinbrocken beiseite und tastete suchend mit einer Hand in dem Spalt herum, ehe er ein Stück hellblaue Ballenschnur hervorzog, die der einzige Farbtupfer in der Dunkelheit zu sein schien. Zunächst hatte es den Anschein, als sei überhaupt nichts am anderen Ende, doch dann kam ein dünnes Seil zum Vorschein, das an der Schnur festgeknotet war.

»Vielleicht helfen Sie mir mal«, sagte Malkin.

Cooper ergriff das Seil, worauf die beiden Männer mit vereinten Kräften zogen, während Fry die Lampe hielt. Das Licht erlosch einen Augenblick, worauf Fry die Lampe schüttelte, so dass die Batterie wieder mit den rostigen Kontakten in Berührung kam. Tiefer im Berg hörte Cooper ein schleifendes Geräusch. Er spürte den Widerstand von etwas Schwerem am Seil, etwas, das an jeder Unebenheit hängen blieb. Er und Malkin schienen in einem Winkel von etwa fünfundvierzig Grad zu ziehen.

»Sieht aus wie eine Ledertasche«, sagte Fry, die über die Schultern der beiden Männer in die Öffnung spähte. »Nein, zwei Taschen … da ist noch eine zweite dran.«

»Genau. Es waren zwei«, sagte Malkin, als die Taschen in dem Felsspalt erschienen. »Mein Bruder und ich konnten sie kaum tragen. Natürlich war ich damals noch ein kleiner Junge. Ich war so klein, dass ich hier durch dieses Loch gepasst hab. Weiter unten wird der Boden flach wie ein Brett. Ted hat mich runtergeschickt und mir dann die Taschen gereicht. Ich weiß noch, dass sie am Anfang festgesteckt haben, und sie waren so schwer, dass ich dachte, ich komm nie wieder raus. Aber Ted war ja dabei. Der hätte mich gerettet, wenn ich stecken geblieben wäre.«

Cooper hielt das Seil, und Malkin packte die Taschen an den Lederriemen. »Es war stockfinster da unten«, sagte er. »Ich kann Dunkelheit nicht leiden. Schon als ganz kleines Kind hab ich mich im Dunkeln gefürchtet. Dunkelheit und tiefes Wasser… davor hab ich echt Angst. Ich hab immer Albträume gehabt, ich sitz irgendwo in der Falle, und dann strömt Wasser herein. Man möchte meinen, dass sich das irgendwann gibt, wenn man älter wird. Aber nach Teds Tod ist es nur noch schlimmer geworden. Ich schätze, das lag daran, weil ich wusste, dass er nicht mehr da war, um mich zu retten.«

Sie stellten die Taschen auf den Boden. Fry kauerte sich mit der Lampe davor und schüttelte sie ab und zu, damit der Strahl nicht wieder erlosch. »Wir hätten wirklich mehr Lampen mitbringen sollen«, sagte sie. »Das ist doch lächerlich.«

»Wir werfen nur einen kurzen Blick darauf, dann nehmen wir die Taschen mit ins Haus«, sagte Cooper.

»Sie brauchen nicht lang, um zu sehen, was es ist«, sagte Malkin. Er stand über ihnen, und seine Stimme klang unnatürlich weit entfernt und hallend, als sitze er dort unten in dem Loch, in das ihn sein Bruder als Junge geschickt hatte.

Coopers Finger bewegten sich ungeschickt in den Handschuhen, und die Riemen der ersten Tasche waren so steif und brüchig geworden, dass er sie nur mit Mühe durch die Schnallen ziehen konnte. Er bemerkte, dass er eine Art Satteltasche vor sich hatte, wie sie die Wells-Fargo-Postreiter in den Western hatten. Sie war prall mit etwas Festem, Weißem gefüllt. Cooper traute seinen Augen nicht.

»Halt die Lampe näher ran.«

Fry ging neben ihm in die Hocke. Er hörte sie in sein Ohr atmen und sah ein Wölkchen ihres Atems durch den Lichtstrahl schweben. Er zerrte am Inhalt der Tasche, bis sich ein Klumpen der weißen Masse löste. Der Tascheninhalt bestand aus fest gepackten Bündeln, die in der Feuchtigkeit, die durch das Leder gedrungen war, aneinander klebten.

Als Cooper die Tasche ein wenig kippte, rutschten ganze Berge Papier heraus. Sie glichen Platten aus gefrorenem Schnee, die auf den Boden fielen und sich dort in schmutzige, eisverkrustete Rechtecke teilten. Cooper wusste sofort, was er vor sich hatte.

»Banknoten«, sagte er.

»Das ist unmöglich«, sagte Fry.

»Sie werden feststellen, dass sie echt sind«, sagte Malkin.

»Aber sie sind weiß. Ist die Farbe ausgeblichen? Ist es eine ausländische Währung?«

»Nein«, sagte Cooper. »Es sind britische Pfund Sterling.«

Cooper hob den Blick, doch er konnte George Malkins ausdrucksloses Gesicht kaum erkennen. Erstaunlich, dass ein so beleibter Mann fast vollständig mit den Schatten außerhalb des Lichtkegels verschmelzen konnte. »Mr Malkin?«

»Ja, das stimmt«, bestätigte Malkin. »Aber es wundert mich nicht, dass Sie so was noch nie gesehen haben. Dazu sind Sie viel zu jung, Sie beide.«

»Aber ich habe davon gehört«, sagte Cooper. »Das sind Fünfpfundnoten, stimmt's? Weiße Fünfer. Die sind schon seit fünfzig Jahren nicht mehr im Umlauf.«

»Ganz recht. Weiße Fünfer. Ein Teil des Soldes für den Stützpunkt Benson.«

Gemeinsam trugen sie die Taschen ins Haus. Auf dem Wohnzimmertisch sahen die Banknoten fast aus, als gehörten sie dorthin, als wären sie wieder in ihrer eigenen Zeit angekommen. Es war, als wäre ein Teil von George Malkins Leben im Jahre 1945 eingefroren worden und hätte sich seitdem nicht mehr verändert.

»Am Anfang haben wir gedacht, es wäre ein abgeschossenes

deutsches Flugzeug«, erklärte Malkin. »Es hat schon vorher Gerüchte von einer Junkers gegeben, die in der Nähe von Manchester heruntergeholt worden war. Deshalb haben wir gedacht, es ist nichts dabei, wenn wir die Taschen nehmen.«

»Aber später müssen Sie doch mitbekommen haben, dass es ein britisches Flugzeug war.«

»Da war es zu spät. Uns war klar, dass wir niemandem was von dem Geld erzählen durften. Ted hat gesagt, ich darf auf keinen Fall was verraten. Aber das hätte er mir nicht erst zu sagen brauchen. Ich hab immer gedacht, Ted weiß schon, was wir mit dem Geld machen. Ich hab gedacht, er hat einen Plan. Er hat mir nie gesagt, was für einen, aber damals war ich nur der dumme kleine Bruder, der nicht alles zu wissen braucht. Als er zum Militär gegangen ist, hab ich gedacht, wenn er zurückkommt, machen wir etwas mit dem Geld. Ich hab gedacht, dann sagt er mir endlich, was er damit vorhat, weil ich dann siebzehn und alt genug bin. Aber dann kam Ted eben nicht mehr wieder.«

»Was ist mit ihm passiert?«

»Ted ist gleich mit achtzehn eingezogen worden. Man hat ihn nach Malaysia geschickt. Er war tot, noch bevor er neunzehn wurde. Ein chinesischer Kommunist hat ihn erschossen, als seine Einheit in einen Hinterhalt geriet.«

»Haben Ihre Eltern denn nichts von den Taschen gewusst?«, fragte Cooper. Malkin schüttelte den Kopf. »Wie haben Sie es geschafft, es ihnen zu verheimlichen?«

»Ich hab die Taschen im alten Bergwerk gelassen, wo wir sie versteckt hatten. Als junger Mann bin ich manchmal mit einer Lampe hingegangen, hab die Taschen rausgeholt und mir das Geld angeschaut. Ich wusste nicht, was ich damit anfangen soll, aber ich wusste, dass ich eines Tages *irgendetwas* damit machen würde. Dieses Geheimnis hat mir das Gefühl gegeben, anders als die anderen Kinder zu sein, und ich hab mich wirklich für einen heimlichen Millionär gehalten. Das hat mir immer geholfen, wenn es mir mies ging. Die Taschen waren wie Freunde, die nur darauf warten, mir aus der Patsche zu helfen, wenn ich sie mal brauche. Sogar nach dem Tod von Mum und Dad hab ich die Taschen nicht ins Haus geholt. Zeit ihres Lebens haben sie nichts von dem Geld gewusst, und als sie tot waren, kam's mir nicht richtig vor, es herauszuholen. Solange das Haus noch voller Erinnerungen an sie war, hatte ich das Gefühl, dass ich ihnen dadurch mein Geheimnis verraten würde. Schon komisch, wie lange es dauert, bis manche Leute einen Ort verlassen haben, nachdem sie gestorben sind.«

Cooper nickte. »Sie haben die Taschen also nie woanders hingebracht?«

»Nur einmal. Eines Tages hab ich ein paar Höhlenforscher im Bergwerk gesehen, mit Stricken und Helmen, die volle Ausrüstung. Solange sie drin waren, konnte ich ja nichts machen, aber ich hatte eine Heidenangst, dass sie die Taschen finden. Meine Taschen. Ich hab mir vorgestellt, wie einer von ihnen mit der Lampe in den Spalt leuchtet, und das wär's dann gewesen, die ganze Warterei wäre umsonst gewesen. Ich hab mir überlegt, ob ich einen Steinschlag auslösen soll, damit der Eingang verbarrikadiert ist, dann wären sie alle dort drin umgekommen. Was anderes ist mir nicht eingefallen. Dann hätte wenigstens *niemand* was von dem Geld gehabt.«

Die Erinnerung schien ihn so zu überwältigen, dass er einen Moment inne halten musste. »Aber dann sind sie wieder rausgekommen und weggegangen. Und die Taschen waren noch da. Ich hab sie rausgezogen und ins Haus gebracht. Aber dann hatte ich Angst, dass Florence sie vielleicht findet, also hab ich sie wieder in den Schacht zurückgebracht.«

Cooper betrachtete die Geldbündel. Die Banknoten in der Mitte sahen so sauber und unberührt aus wie frisch gedruckt.

»Ich verstehe nicht viel von Währungen und solchen Dingen«, meinte er. »Aber ich habe das Gefühl, als ob …«

»Ja, ich weiß«, sagte Malkin. »Diese Scheine sind 1957 aus dem Verkehr gezogen worden. Ich hätte sie ausgeben sollen, als ich zwanzig war, da hätte ich noch was damit anfangen und mir ein anderes Leben aufbauen können.« Er warf die Bündel in die Taschen zurück. »Ich erinnere mich noch an den Tag, als ich in der Zeitung gelesen hab, dass die weißen Fünfer bald nicht mehr gelten. Das war, als hätte jemand alle meine Träume zerschlagen. Dieses Geld ist meine Zukunft, hab ich immer gedacht. Ich bin mir vorgekommen, als hätte ich meine Zukunft verloren. Wie wenn man im Lotto spielt und dann merkt, dass man den Spielschein verloren hat. Und jetzt sind sie nicht mal mehr ein Geheimnis.«

»Warum haben Sie das Geld denn nicht ausgegeben, als Sie zwanzig waren?«, fragte Fry und sah Malkin verwundert an.

Malkin zuckte die Achseln. »Es hört sich vielleicht blöd an«, sagte er, »vielleicht *war* es auch blöd. Aber ich bin damals nie aus England rausgekommen. Ich war zu jung für den Krieg und zu alt, um jedes Jahr einfach so in den Urlaub zu fahren, wie das die jungen Leute heute ganz selbstverständlich machen. Ehrlich gesagt hab ich nicht gewusst, was ich mit dem Geld anfangen soll. Ich hab mir gedacht, wenn ich damit zur Bank gehe, wissen die sofort, dass es geklaut ist, und dann komm ich ins Kittchen. Ich hab mich nicht getraut, irgendwas damit zu machen. Es war besser, es als geheimen Schatz zu hüten. Es war sicherer, zu Hause zu sitzen und davon zu träumen, wofür man es ausgeben könnte. Damit bin ich kein Risiko eingegangen.«

»Weiß Ihre Frau von dem Geld?«, fragte Cooper, dem Florences hartnäckige Fragen zu ihrer Pflege einfielen.

»Ich hab Florence drei Jahre vorher kennen gelernt, und wir haben gleich angefangen zu sparen, weil wir heiraten wollten. Es war blöd, aber ich hab sie immer in dem Glauben gelassen, dass ich irgendwo Ersparnisse hätte. Na ja, es war ja auch nicht gelogen. Dann hab ich erfahren, dass die Fünfer aus dem Verkehr gezogen werden. Ohne Ted hab ich nicht gewusst, was ich machen sollte. Ein paar Tage später bin ich wieder ins Bergwerk und hab ein letztes Mal nach den Taschen gesehen. Ich wollte sichergehen, dass das Geld wirklich das war, was ich dachte. Genau, weiße Fünfer, nichts anderes. Mir war klar, dass ich sie nicht alle zur Bank bringen und umtauschen konnte. Also war das Geld futsch, von dem ich Florence immer andeutungsweise erzählt hatte.«

Cooper nahm die Tasche. »Was haben Sie mit Ihren ganzen Souvenirs gemacht, Mr Malkin? Wem haben Sie die verkauft?«

»Dem Einzigen, der in der Gegend damit handelt. Dem Buchhändler in Edendale, Lawrence Daley. Wenn Sie mal was sehen wollen, lassen Sie sich das Zimmer über dem Laden zeigen.«

Fry und Cooper wechselten einen Blick. »Das werden wir«, sagte Fry.

Malkin schaute auf die Tasche in Coopers Hand. »Nur eins noch«, sagte er. »Jetzt ist es zwar zu spät, aber ich denke sowieso daran, bis ich eines Tages den Löffel abgebe.«

»Woran denn?«

»Ich würde gerne wissen, ob ich etwas von dem Geld hätte ausgeben können, um Florences Behandlung zu bezahlen. Meinen Sie, das hätte was gebracht? Meinen Sie, ich hätte das Geld dafür verwenden sollen, ihr Leben zu retten?«

»Aber Mr Malkin«, sagte Cooper, »Ihre Frau ist doch im Pflegeheim.«

»Nicht mehr, die Gute. Nicht mehr. Man hat mich vorhin angerufen, kurz bevor Sie gekommen sind. Florence ist vor zwei Stunden gestorben.«

32

Bevor sie sich wieder auf den Weg nach Edendale machten, führte Ben Cooper eine Reihe Telefongespräche. Schließlich bekam er über etliche Umwege jemanden von der Antiquitätenhändlervereinigung an die Strippe, der auf Münzen und Banknoten spezialisiert war.

Fry wartete und trommelte ungeduldig mit den Fingern auf das Armaturenbrett.

»Und? Hat er gesagt, warum das ganze Geld in Fünfpfundnoten geschickt wurde?«

»Wegen des Fälschens«, sagte Cooper.

»Wie das?«

»Offensichtlich haben die Deutschen das ziemlich groß aufgezogen. Sie dachten, sie könnten damit die britische Wirtschaft lahm legen und das Land in die Knie zwingen. Während des Krieges haben sie eine Zeit lang jeden Monat eine halbe Million falscher Banknoten gedruckt. Die Bank von England hat keine Banknoten im Wert von über fünf Pfund mehr herausgegeben, damit es sich nicht lohnte, Falschgeld herzustellen. Natürlich gab es damals noch Ein-Pfund- und Zehnshillingnoten. Aber die weißen Fünfer waren die Ersten, die wieder eingestampft wurden.«

»Damit ist George Malkins Schatz wertlos.«

»Nicht ganz«, sagte Cooper. »Heutzutage nicht mehr. Hätte er die Scheine geschickt auf den Markt gebracht, hätte er sie in den letzten paar Jahren ziemlich lukrativ umtauschen können.«

»Und wie?«

»Ich habe mir sagen lassen, dass diese Banknoten inzwischen Sammlerstücke sind. Mein Experte meint, für einen weißen Fünfer aus dem Jahr 1944 in gutem Zustand bekommt man heute sechzig Pfund.«

»Gütiger Himmel!«, entfuhr es Fry. »George Malkin hatte zweitausend Stück davon versteckt.«

»Ziemlich gut, was?«

»Und wir müssen alles der RAF zurückgeben. Nicht mehr ganz so gut.«

»Diese blöden Sammler«, sagte Cooper. »Warum können sie nicht im Hier und Jetzt leben? Sie verzerren doch sämtliche Maßstäbe.«

»Es ist wie überall sonst auch«, erwiderte Fry. »Die Sachen sind das wert, was die Leute dafür zu bezahlen bereit sind.«

»Das ist doch verrückt.«

»Man nennt es freie Marktwirtschaft, Ben. Deshalb bekommt ein Fußballer Millionen dafür, dass er einmal in der Woche gegen den Ball tritt, während du dir keine nette, freundliche Wohnung leisten kannst. Sehen wir der Sache ins Gesicht, mein Freund: Das, was du anzubieten hast, ist auf dem Markt einfach nicht gefragt.«

»Vielen Dank.«

»Bedank dich nicht bei mir, sondern bei der undankbaren Öffentlichkeit.«

Aber Cooper dachte nicht an seine eigenen Verhältnisse. Er hatte gelernt, keinen Dank zu erwarten. Er dachte an Walter Rowland an seinem Esstisch, der nicht mehr fähig war, eine Teetasse zu heben, der nicht mehr fähig war, sich selbst zu versorgen, und doch zu stur, um andere um Hilfe zu bitten. Er dachte daran, dass Rowland in einem Haus voller Dosenmahlzeiten verhungerte, weil er zu stolz war, jemandem einzugestehen, dass er nicht mehr mit dem Büchsenöffner umgehen konnte. Und er dachte an einen alten Mann, der die Heizung nicht anschaltete, weil er Angst hatte, die Stromrechnung nicht bezahlen zu können. So viel war der Gesellschaft das wert, was Walter für sie getan hatte. Und George Malkin hatte seiner Frau beim Sterben zugesehen, weil er nie auf den Gedanken gekommen wäre, dass es Leute gab, die für eine Tasche voll ungültiger Geldscheine weit mehr bezahlten, als für die Behandlung seiner Frau erforderlich gewesen wäre.

»Wo fahren wir jetzt hin?«, fragte Fry. »Soll ich raten?«

Wie üblich war Lawrence Daley allein im Buchladen und sah Cooper und Fry, als er endlich auf ihr hartnäckiges Klopfen reagierte, empört über den Brillenrand an.

»Heute schon Kunden gehabt, Lawrence?«, fragte Cooper.

»Ich tu mein Bestes. Ein Kunde hier, ein Kunde da, Sie wissen ja. Bis zum Jahresende will ich meine Zahlen verdoppeln. Was kann ich für Sie tun?«

»Es gibt noch andere Dinge im Leben außer Büchern«, erwiderte Fry. »Dürfen wir reinkommen?«

»Aus Büchern erfährt man alles, was man wissen will. Alles über das Leben, den Tod, die Liebe und die Besonderheiten des Anlassers beim 1968er Ford Capri.«

»Auch über Flugzeugwracks?«, fragte Cooper.

»Wie bitte?«

»Sie verkaufen Bücher über Flugzeugwracks.«

»Das wissen Sie doch. Sie haben neulich welche gekauft.«

»Ich habe erfahren, dass eine ziemlich rege Nachfrage danach besteht. Und nicht nur nach Büchern. Auch nach anderen Sachen. Souvenirs. Erinnerungsstücke.«

Lawrence nickte. »Kann sein.«

»Die bringen einen guten Preis, was? Ich kann mir gut vorstellen, dass mit Flugzeugsouvenirs mehr Profit zu machen ist als mit Büchern, die nie aus ihren Regalen herauskommen. Eine kleine Geschäftserweiterung?«

Lawrence sah Cooper forschend in die Augen und fingerte an seinem Schlüsselbund herum.

»Würden Sie uns den Raum über dem Laden zeigen, Lawrence?«, bat Cooper.

Der Buchhändler nahm die Brille ab und suchte in seiner Weste nach dem kleinen Schraubenzieher. Ohne Brille sahen seine Augen sehr müde aus.

»Ich tue nichts Illegales«, meinte er.

»Dann müssen wir uns ja keine Sorgen machen, oder?«, konterte Fry. »Gehen Sie bitte voran.«

Lawrence Daley führte sie an dem Schild mit der Aufschrift *Nur für Personal* vorbei zum Fuß einer nackten Holztreppe. Die Treppe war schmal und unbeleuchtet, und die Stufen knarrten. Ihre Schritte hallten im Treppenhaus wider. Nachdem sie halb um eine Ecke gebogen waren, mussten sie auch auf den Rest Licht aus dem Laden verzichten. Der Weg wurde lediglich von einer nackten Glühbirne am oberen Treppenabsatz und ihren Reflexionen in den zahlreichen kleinen, von Steinstreben unterteilten Fenstern in der hinteren Hauswand erhellt. Der schwache Schein ließ dichte schwarze Spinnweben erkennen, die unter der Decke hingen. Der Handlauf unter Coopers Fingern fühlte sich klebrig an, doch er traute sich nicht, ihn loszulassen, für den Fall, dass die Treppe plötzlich unter ihm nachgab und seine Füße keinen Halt fanden.

Das Gebäude musste früher einmal das Stadthaus einer wohlhabenden Familie gewesen sein. Es war hoch und weitläufig, und der Buchladen nahm nur ungefähr die Hälfte ein. Die Treppe, die sie hinaufstiegen, war so schmal, dass sie damals nur von den Dienstboten benutzt worden sein konnte, von denen erwartet wurde, dass sie dünn und unterernährt waren. Wahrscheinlich erwartete man von ihnen auch, dass sie im Dunkeln sehen konnten und den Winter ohne Heizung überstanden.

An den Scheuerleisten und auf den Fensterbrettern sah Cooper hier und da Mäusekot liegen. Vielleicht sollte sich Lawrence bei Gelegenheit eine Katze anschaffen.

Lawrence blieb stehen und klimperte wieder mit dem Schlüsselbund. Sie standen in einem staubigen Flur, der, was Cooper nicht weiter erstaunte, von hohen Bücherstapeln gesäumt war. Weiter hinten gab es noch zwei oder drei Türen, die jedoch wegen der vielen Bücher davor nicht zugänglich waren. Gleich rechts neben der Treppe, ein wenig unter der Dachschräge verborgen, befand sich eine unverstellte Tür. Inzwischen mussten sie ungefähr auf Traufhöhe des Gebäudes sein.

Fry stand hinter ihm, unmittelbar unter einem der Maßwerkfenster. Cooper drehte sich um und wechselte einen Blick mit ihr. Auf ihrem Gesicht lag ein eigenartig fleckiges, von den staubigen Fensterscheiben gebrochenes Lichtmuster.

»Kein Wunder, dass Leute wie Eddie Kemp nie arbeitslos werden«, bemerkte sie.

Sämtliche Türen waren schmal und niedrig, als wären sie für Zwerge angefertigt worden. Die Farbe, die früher einmal dunkelgrün gewesen sein musste, blätterte inzwischen ab, und auch die braunen Bakelitgriffe hatten im Lauf der Jahre sichtlich gelitten. Auf dem Boden lag kein Teppich, wahrscheinlich hatte auch nie einer dort gelegen. Cooper fröstelte. Es war kalt in diesem Flur, so kalt wie in George Malkins Bauernhaus, aber die Kälte fühlte sich anders an. Malkins Haus war von einer kalten Leere durchdrungen, hier hingegen schien es von Phantomen nur so zu wimmeln. Cooper stellte sich einen Haufen bleicher, dürrer, in Lumpen gehüllter Gespenster vor, die Tag und Nacht unaufhörlich hin und her gingen und ihren Herrschaften Kerzen und Waschschüsseln mit heißem und kaltem Wasser brachten.

»Praktisch, so ein Dachboden«, bemerkte Fry. »Haben Sie schon mal daran gedacht, ihn an Studenten zu vermieten?«

Bei der Aussicht auf ein zusätzliches Einkommen als Vermieter leuchteten Lawrences Augen kurz auf. Doch dann fiel sein Blick auf die Bücherstapel, und seine Miene verfinsterte sich wieder.

»Ich glaube, das geht nicht.«

»Schauen wir uns lieber dieses Zimmer hier an«, schlug Cooper vor. »Deswegen sind wir schließlich heraufgekommen.«

Das Zimmer im ersten Stock über Eden Valley Books war mit Flugzeug-Memorabilia voll gestopft, von denen die meisten aus dem Zweiten Weltkrieg stammten. Eins der auffälligsten Stücke war die Irving-Jacke eines RAF-Piloten, die Ben Cooper wie angegossen passte. An manchen Stellen hatte jemand das Leder ausgebessert, aber die Reißverschlüsse und der Gürtel funktionierten noch, und das Futter war sehr warm. Am liebsten hätte er die Jacke gar nicht mehr ausgezogen.

»200 Pfund«, sagte Lawrence. »Mit Original-Aufnäher vom Verteidigungsministerium und allem Drum und Dran.«

»Darauf würde es mir nicht ankommen.«

Eine Cockpit-Uhr war auf 1940 datiert. Auf dem Schild stand, sie sei in einwandfreiem Zustand, obwohl sie zwei Minuten vor halb fünf anzeigte. Sie war mit 75 Pfund ausgezeichnet. Eine lederne Fliegerhaube mit angeschlossener Sauerstoffmaske schien mit 450 Pfund eines der herausragenden Ausstellungsstücke zu sein. Cooper fiel sofort auf, dass Lawrence sich mit dem Auspreisen seiner Sammlerstücke offenbar erheblich mehr Mühe gab als bei seinen Büchern.

»Das hier ist absolut legal«, sagte Lawrence.

»Kommt drauf an, woher die Stücke stammen, würde ich sagen. Wo kommen sie denn her?«, sagte Fry.

»Sie werden mir geliefert.«

»Kriegen Sie von den Lieferanten auch irgendeinen Herkunftsnachweis dazu?«

»Selten. Aber diese Leute sind Sammler oder andere Händler. Was sie mir bringen, geht schon jahrelang von Hand zu Hand.«

»Wenn Sie den Verdacht hätten, dass etwas davon gestohlen oder unrechtmäßig erworben sein könnte …«

»Dann lasse ich die Finger davon.«

Fry nickte. »In diesem Fall haben Sie Recht. Dann ist es tatsächlich legal.«

»Haben Sie auch Medaillen?«, fragte Cooper.

»Hin und wieder.«

»Ich dachte an eine bestimmte. An die Canadian Distinguished Flying Cross.«

»Ich glaube nicht, dass ich so eine jemals hier hatte.«

»Hat man Ihnen jemals eine angeboten?«

»Soweit ich mich erinnern kann, nicht. Manchmal bekomme ich ganze Partien Ramschware. Die sortiere ich nicht jedes Mal aus. Gut möglich, dass ab und zu eine Schachtel mit Medaillen dabei ist.«

»Heißt das, dass jemand in Ihrer Ware eine solche Medaille gefunden haben könnte? Ein kanadisches DFC?«

Lawrence zuckte die Achseln. »Möglich.«

Cooper ging zum Tisch am anderen Ende des Zimmers. »Und was ist das hier?«

Er nahm eine Tasche in die Hand. Es war eine Ledertasche mit Klappen, die wie eine große Akten- oder Satteltasche aussah. Auf dem Schild stand: *Original RAF-Geldtasche aus Leder, 1945.*

»Wo kommt die her, Lawrence? Wie viel haben Sie George Malkin für seine Sammlung gezahlt?«

»Ich bin Geschäftsmann«, sagte Lawrence. »Ich zahle Malkin das Gleiche wie allen anderen.«

Gegenüber dem Tisch gab es ein winziges Fenster, aus dem Cooper gerade eben hinausschauen konnte. Er rieb die Scheibe blank und sah in einen kleinen, von einem Sicherheitslicht erhellten Hof auf der Rückseite des Ladens, der sich zwischen mehreren hohen Gebäuden befand. Trotzdem musste es eine Zufahrt geben, denn Cooper sah ein zweiflügeliges Holztor in der Steinmauer gegenüber, deren Krone mit einbetonierten Glasscherben geschützt war.

»Was ist da unten im Hof?«, fragte Cooper.

Bedächtig suchte Lawrence einen anderen Schlüssel aus und öffnete eine Tür, die nach draußen führte und helles Licht sowie einen kalten Windstoß hereinließ. Cooper sah die obersten Stufen einer eisernen Feuerleiter, die an der Außenwand des Gebäudes hinunterführte. Unten im Hof sah es aus wie auf einem Schrottplatz. Alle möglichen Gegenstände lagen herum. Es schien sich vorwiegend um Motoren, Propeller, Räder und ein Stück Flugzeugkanzel zu handeln, doch viele Stücke waren auf den ersten Blick nicht zu identifizieren, da sie von einer Schneekruste bedeckt waren. Der Schnee dazwischen war mit Vogelspuren übersät, die ziellos hin und her zu führen schienen und des Öfteren den eigenen Pfad kreuzten. Wahrscheinlich waren die Vögel auf der Suche nach etwas Essbarem gewesen. Die Flugzeugkanzel gehörte zu den größten Objekten, und auf ihrer Schneekruste waren zwischen den Vogelspuren größere, tiefere Abdrücke zu erkennen. Offenbar gab es doch eine Katze.

»Ich sehe die Ware«, sagte Cooper. »Aber woher kommen die Kunden? Wie werben Sie für sich?«

»Das läuft hauptsächlich über eine Website.«

»Eine Website. Natürlich. Heutzutage hat jeder eine Website.«

»Die meisten Geschäfte werden nicht hier abgewickelt. Das hier ist Kleinkram, verstehen Sie? Die Website stellt nur den Kontakt zwischen den Leuten her, Sammlern aus der ganzen Welt. Wir brauchen die Site nur zu pflegen.«

»Haben Sie keine Kontrolle darüber, wer sie benutzt?«

»Wir überprüfen die Leute nicht auf Herz und Nieren. Selbst wenn uns jemand ein ganzes Flugzeug zum Verkauf anbietet, stellen wir keine Fragen.«

»Wer ist eigentlich ›wir‹?«, hakte Cooper nach.

Lawrence klimperte wieder mit dem Schlüsselbund und zog die Tür zu, als sei ihm die Aussicht peinlich. »Es zieht fürchterlich, wenn die Tür offen steht«, bemerkte er.

»Wer hängt noch mit drin?«, beharrte Cooper.

»Manchmal hab ich ein bisschen Hilfe«, räumte Lawrence ein. »Ein paar Leute, die sich für das Geschäft mit Luftfahrtarchäologie interessieren.«

»Wir brauchen Namen.«

»Das geht nicht. Diskretion…«

»Blödsinn.«

»Wer hat außer Ihnen noch Zugang zum Hof?«, fragte Cooper.

»Niemand«, antwortete Lawrence.

»Was ist mit Ihren Geschäftspartnern?«

Lawrence schien einen Augenblick nachzudenken. Dann drehte er sich zu Fry um, deren Gesichtsausdruck jedoch hart und mitleidslos war.

»Wir brauchen Namen«, wiederholte sie.

Als er endlich wieder in seiner Wohnung in der Welbeck Street war, war Cooper alles andere als erfreut, statt einer gleich zwei Katzen im Wintergarten vorzufinden. Die Katzenklappe war als Besuchereingang missbraucht worden. Der neue Bewohner war eine Rotgetigerte mit blauen Augen, und auch sie war ein regelrechter Ballon auf Beinen. Cooper fragte sich, wie sie es geschafft hatte, sich durch die Katzenklappe zu zwängen, ohne stecken zu bleiben.

»Und, wer ist denn dein dicker Freund da, Randy?«, fragte er.

Randy strich ihm um die Beine, als wollte er die andere Katze offiziell vorstellen. Cooper streckte die Hand aus, um den Neuzugang zu streicheln, als sein Blick auf den hängenden Bauch und die geschwollenen Zitzen fiel.

»Oh, nein. Ich hoffe, du gehörst jemandem. Hier bekommst du deine Jungen jedenfalls nicht.«

Doch dann schaute Cooper aus dem Fenster in den verschneiten Garten, sah die Eiszapfen, die von den Bäumen hingen, und musste feststellen, dass er genauso weichherzig wie Mrs Shelley war.

»Also gut, aber sobald sie auf der Welt sind, verschwindest du wieder«, sagte er mit fester Stimme. Beide Katzen sahen ihn an und schnurrten. Er hätte schwören können, dass sie ihn auslachten.

Was ihm seit jeher gefehlt hatte, war Körperkontakt. Und den konnte man von Tieren bekommen. Aber warum waren sie in mancher Hinsicht wie Menschen? Warum wollten Tiere einfach nicht lernen, dass es gefährlich war, jemandem rückhaltlos zu vertrauen?

33

Chief Inspector Tailby wandte den Kopf und betrachtete die weiße Tafel, auf die Paul Hitchens mit einem dicken schwarzen Stift Namen schrieb. Gelegentlich griff er zu einem roten Stift, um die Namen mit Strichen zu verbinden. Die Tafel quietschte, als er Kurven und kleine Kreise zog und schließlich das Muster vervollständigte, indem er sein Schaubild mit einer Reihe roter Punkte ausschmückte.

»Erkennen Sie schon, was das hier ist?«, fragte Hitchens.

»Finden Sie wirklich, wir sollten all diese Leute festnehmen?«, sagte Tailby.

Inspector Hitchens lief offenbar zu großer Form auf und war bereit, die Morgenbesprechung bei der geringsten sich bietenden Gelegenheit an sich zu reißen.

»Wir haben uns mit unseren Freunden vom Verteidigungsministerium zusammengetan«, sagte er, »und gemeinsam haben wir diese Liste von Personen erstellt, von denen wir glauben, dass sie mit den Aktivitäten zu tun haben, die Sergeant Easton untersucht hat. Wenn wir sie jetzt alle gleichzeitig einkassieren, sind wir vielleicht schon bald in der Lage, uns ein Bild von dem zu machen, was eigentlich passiert ist.«

»Wenn ich recht verstanden habe, hatte die RAF-Polizei mehrere Militärangehörige unter Beobachtung, weil sie im Verdacht stehen, illegal Flugzeugteile zu verkaufen. Easton wollte herausfinden, wer ihre Kontaktleute draußen waren.«

»Richtig, Sir. Und das hier sind alles Leute, die zu einem Kreis von Sammlern gehören, die Erinnerungsstücke von alten Flugzeugen sammeln. Sie verfügen über ein gut ausgebautes Netzwerk, das sowohl über Mundpropaganda als auch über Internet funktioniert. Sergeant Fry hat den Ort, an dem der Handel mit Memorabilia im großen Stil stattfindet und von dem aus die Website betrieben wird, ausfindig gemacht. Nach allem, was wir gehört haben, scheint es ein durchaus lukratives Geschäft zu sein. Die Preise für einige Objekte sind ungewöhnlich hoch – aber das ist ja unter Sammlern immer so. Wenn sie etwas wirklich haben wollen, geben sie ihr letztes Hemd dafür her. Im Klartext: Viele dieser Stücke sind höchstwahrscheinlich illegal beschafft worden, aber es wird sehr schwierig werden, das zu beweisen.«

»Die Mühe können wir uns wohl sparen«, meinte Tailby. »Die Staatsanwaltschaft ist garantiert nicht der Ansicht, dass eine solche Ermittlung von öffentlichem Interesse ist.«

»Wahrscheinlich nicht. Und diese Angelegenheit ist unbedeutend im Vergleich zu dem Handel, den Nick Easton aufzudecken versucht hat«, stimmte ihm Hitchens zu. »Wir haben uns die Website heute Morgen angesehen, und es ist schwer zu sagen, wo die Legalität endet und die Illegalität anfängt. Nicht alle Sammlerstücke stammen unbedingt aus dem Zweiten Weltkrieg. Dazwischen finden sich auch Gegenstände, mit denen man modernere Flugzeuge wieder instand setzen kann, außerdem werden auch einige zeitgenössische und eindeutig illegale Artikel angeboten. Wahrscheinlich sind manche Nachrichten auf diesem schwarzen Brett ohnehin kodiert. Und die angegebenen Adressen sind international.«

Tailby seufzte. »Das sprengt unseren Rahmen. Aber die ganze Sache geht doch von einem Buchladen aus, oder? Hier in Edendale?«

»Genau danach hatte Easton gesucht, aber wir glauben, dass er nicht zum Ziel gekommen ist. Wir glauben, dass er ermordet wurde, bevor er das Herzstück ausfindig gemacht hatte. Es liegen keine Beweise vor, dass er den Buchladen je betreten hat.«

»Was ist mit dem Eigentümer?«

»Lawrence Daley«, sagte Fry. »Wir nehmen an, dass er aus finanziellen Beweggründen in den Handel mit Flugzeugteilen eingestiegen ist. Wir haben ihn gestern Abend das erste Mal vernommen. Offenbar hat er wirklich keine Ahnung, dass abgesehen von den Erinnerungsstücken noch andere Geschäfte über die Website oder das schwarze Brett dort abgewickelt werden. Die Internet-Seite wird von einem seiner Partner betrieben und scheint für Daley ein Buch mit sieben Siegeln zu sein.«

»Ein gutgläubiges Opfer, das aus Geldgier in illegale Machenschaften hineingezogen wurde?«, fragte Tailby skeptisch.

»Ja. Aber er hat uns die Namen bestätigt, die Inspector Hitchens aufgelistet hat. Das sind die Leute, die am tiefsten drinstecken. Gut möglich, dass sie Easton getötet haben, bevor er ihnen zu nahe kommen konnte. Aber wir haben keinerlei Beweise dafür.«

»Schade, dass wir Eastons Wagen immer noch nicht gefunden haben. Das würde uns weiterhelfen.«

»Der Wagen wird schon irgendwann auftauchen«, sagte Hitchens. »Mit ein bisschen Glück liefert er uns auch dann noch die erforderlichen Beweise oder Spuren.«

Chief Inspector Tailby sah sich im Raum um. »Das Ganze steht auf ziemlich wackligen Füßen. Meinen Sie, wir haben genügend Beweise, um jemanden festzunehmen?«

»Ja, Sir«, erwiderte Hitchens.

Tailby sah zu den Leuten von der MDP hinüber. »Und Sie, Sergeant Caudwell?«

»Wir sind der gleichen Meinung.«

»Also gut. Ich vermute, dass Sie Verstärkung brauchen, Paul?«

»Alles, was wir kriegen können, Sir.«

»Dann fordern wir noch einmal die Spezialeinheit an. Die haben schon bei dem verschwundenen Baby eine Niete gezogen. Jetzt bieten wir ihnen dafür ein bisschen Action.«

Als die Besprechung beendet war, sah Fry Sergeant Caudwell auf sich zukommen.

»Sie haben gewonnen«, sagte sie und zeigte ihre Grübchen. »Aber wenn ich einen Vorschlag machen darf, würde ich Ihnen raten, mal zu überprüfen, worauf sich einige Ihrer Beamten in letzter Zeit eingelassen haben.«

Ben Cooper holte Alison Morrissey vor dem Cavendish Hotel ab und fuhr mit ihr bis nach Bamford, zu dem großen Pub an der Kreuzung. Er wollte nicht in Edendale gesehen werden, jedenfalls nicht heute.

Morrissey hatte eine blaue Aktenmappe unter den Arm geklemmt. Doch nicht etwa noch ein Dossier? Davon gab es schon mehr als genug, und manche Informationen waren irreführend oder falsch gewesen.

»Was hast du da?«, fragte Cooper.

»Das hat mir Peter Lukasz geschickt. Er behauptet, sein Vater hätte es geschrieben.«

»Ach so. Sein Bericht vom Absturz der Sugar Uncle Victor.«

»Dann weißt du darüber Bescheid?«

»Ich habe gesehen, wie Zygmunt ihn geschrieben hat. Jedenfalls hat Peter gemeint, dass es das sei. Der Bericht ist bestimmt sehr interessant, wenn du ihn übersetzen lässt. Aber ich glaube, das spielt jetzt sowieso keine Rolle mehr.«

»Vielleicht nicht«, räumte Alison ein. »Aber Peter Lukasz hat ihn gelesen und gemeint, eines sollte ich sofort wissen. Alle sagen, mein Großvater sei schuld am Absturz der Maschine gewesen, weil er die Anweisungen seines Navigators ignoriert hat. Peter Lukasz meint, in Zygmunts Aufzeichnungen stehe etwas anderes, nämlich dass Klemens Wach einen Fehler begangen hat. Es war offenbar sein Fehler, dass sie so weit vom Kurs abgekommen sind. Aber alle haben Klemens vertraut, auch mein Großvater.«

»Hast du das Gerücht gehört, Danny McTeague sei bei dem Absturz am Irontongue Hill betrunken gewesen?«

Morrissey runzelte die Stirn. »Frank sagt, der alte Rowland hätte dieses Gerücht in die Welt gesetzt. Rowland hat wohl Zygmunt davon reden hören, dass sie am Abend davor gefeiert hatten. Danny McTeague hatte die Geburt seines ersten Kindes gefeiert – die meiner Mutter.«

»Zumindest in den offiziellen Berichten stand nichts davon, dass dein Großvater möglicherweise betrunken war. Vielleicht aus Pietät, um die Angehörigen nicht unnötig zu belasten. Vielleicht hätte sich das Ganze aufgeklärt, wenn man McTeague irgendwann gefunden hätte.«

»Vielleicht.«

Cooper fragte sich, ob Rowland das Gerücht über McTeague gegenüber George Malkins Vater erwähnt hatte. Er starrte an Morrissey vorbei auf die Wand des Pubs, an der ein Druck mit der Ansicht des Chatsworth House hing, ganz ähnlich dem, der unter Marie Tennents Bett gelegen hatte. Chatsworth House war ein beliebtes Ausflugsziel für Touristen und auf sämtlichen Postkarten in der Gegend sowie in jedem Reiseführer abgebildet.

»Wie bist du eigentlich an Frank Baine geraten, Alison?«, fragte er.

»Übers Internet.«

»Tatsächlich?«

»Ich habe dort eine Seite für Flugzeugfans entdeckt und jemanden gesucht, der sich speziell mit Flugzeugwracks im Peak District auskennt. Frank hat auf meine Anfrage reagiert und mich angemailt. Er war ein Geschenk des Himmels. Er kannte sich unheimlich gut aus und war bereit, sämtliche Einzelheiten zu recherchieren, die ich brauchte. Damals wusste ich kaum, wo der Peak District überhaupt lag, obwohl meine Mutter ihn oft genug erwähnt hat. Ich mache das alles hier nicht nur für mich, sondern auch für sie.«

»Baine behauptet, er sei Journalist.«

»Ja.«

»Ich habe heute Vormittag ein paar Redakteure angerufen. Keiner von ihnen kannte auch nur seinen Namen.«

»Vielleicht schreibt er nur ab und zu Artikel für kleinere Zeitschriften.«

»Vielleicht. Aber kann man davon leben?«

»Das weiß ich nicht.«

»Tut mir Leid, dass ich dir nicht helfen konnte«, sagte Cooper. »Wir haben inzwischen nicht viel mehr darüber herausgefunden, wer euch die Medaille deines Großvaters geschickt hat. George Malkin hat alles weggegeben bis auf das Geld. Falls die Medaille irgendwie bei Lawrence gelandet ist, hat er nichts davon gewusst, und von Lawrence aus kann sie überall hingekommen sein. Wenn also Zygmunt Lukasz in seinem Bericht nichts darüber schreibt, weiß ich auch nicht mehr, wo ich noch suchen soll. Und ich kann mir nicht vorstellen, dass Zygmunt etwas damit zu tun hat – für ihn sind diese Sammler nichts anderes als Aasgeier. Sogar sein eigener Enkel Andrew. Sie haben sich wegen eines Zigarettenetuis gestritten, das Klemens Wach gehört hat.«

Morrissey hörte gespannt zu.

»Wo hatte Andrew Lukasz das Etui her?«

»Ich vermute, er hat es bei einem Sammler in London gekauft. Dieses Hobby scheint ziemlich weit verbreitet.«

»Ja. Solche Sammler gibt es auf der ganzen Welt. Das weiß ich von der Website. Dort tummelten sich auch jede Menge Amerikaner und Kanadier.«

Cooper sah zu, wie sie von ihrem Apfelwein trank. Sie hob den Blick, sah ihn an und lächelte. Cooper lächelte zurück.

»Hast du etwas über das Geld herausgefunden?«

»Ja. George Malkin hatte es immer noch. Er hat nie etwas davon ausgegeben.«

»Malkin?«

»Der Mann von der Hollow Shaw Farm, der damals natürlich noch ein Kind war.«

Cooper unterbrach sich abrupt, als ihm auffiel, dass Morrissey den Namen Malkin noch nie gehört hatte. Aber schließlich hatte sie bei der Besprechung mit dem Chief Superintendent gesagt, sie habe die Jungen, die gesehen hatten, wie ihr Großvater sich von der Absturzstelle entfernte, nicht ausfindig machen können. Cooper wechselte rasch das Thema, bevor Alison anfing, Fragen zu stellen.

»Soll ich dich wieder vor dem Cavendish absetzen?«, fragte er.

»Ja, bitte. Ben, dieser George Malkin …«

»Wie gefällt es dir dort? Wahrscheinlich entsprechen die Hotels in Edendale nicht ganz dem Standard in Toronto.«

»Nein, nicht so richtig«, erwiderte Morrissey und lächelte kurz.

Cooper sah auf seine Uhr. Die Zeit lief ihm davon. Wenn er noch länger hier sitzen blieb, piepte ihn Diane Fry an und fragte, wo er sich wieder herumtrieb. Vielleicht kassierte er auch eine zweite Verwarnung.

»Meinst du nicht, Zygmunt Lukasz könnte uns noch einiges über den Absturz erzählen?«, fragte Morrissey.

Cooper zuckte die Achseln. »Keine Ahnung. Vielleicht hat er schon alles gesagt, was er dazu sagen wollte.«

Beinahe hätte er hinzugefügt, dass George Malkin derjenige war, der sich am besten an den Absturz erinnerte, aber er hatte bereits mehr als genug ausgeplaudert.

»Ich habe wirklich keine Zeit mehr, dir zu helfen«, sagte er. »Heute Morgen war eine Besprechung. Ich weiß nicht genau, was vor sich geht, aber ich glaube, es passiert bald etwas. Unsere Bosse wollen Festnahmen im Fall des toten RAF-Polizisten, und ich glaube, die MDP hat endlich die Informationen herausgerückt, auf die wir gewartet haben.«

»Dann hast du wohl demnächst alle Hände voll zu tun«, meinte Morrissey.

»Ich warte jeden Augenblick darauf, von hier weggerufen zu werden.«

»Ich wollte mich noch für alles bedanken, was du für mich getan hast.«

»Das habe ich doch überhaupt nicht.«

»Aber du hast dich bemüht, Ben. Das ist mehr, als sonst jemand für mich getan hat. Wahrscheinlich hast du etwas getan, das die Mühe wert war. Das hast du doch neulich gesagt, oder? Dass du das Gefühl brauchst, etwas Sinnvolles zu tun. Diese Sache mit der Droge. Du hast gesagt, dass es das Einzige ist, das dir das Gefühl verleiht, am Leben zu sein.«

Cooper sah sie an. Er beobachtete, wie sie sich das Haar aus der Stirn strich, während ihm bewusst wurde, dass er sich nicht von ihr verabschieden wollte, sondern viel lieber etwas tun würde, um das Band zwischen ihnen beiden nicht zerreißen zu lassen.

»Ich habe nicht gesagt, dass es das Einzige ist«, sagte er.

Diane Fry saß mit Gavin Murfin im Wagen und beobachtete den Eingang des Cavendish Hotels. Als Ben Coopers Toyota mit Alison Morrissey auf dem Beifahrersitz davor anhielt, war sie nicht im Geringsten überrascht.

»Dann hat Ben also bereits mit ihr gesprochen«, sagte Murfin verdutzt.

»Aber bestimmt nicht über das, worüber *wir* uns mit ihr unterhalten wollen«, entgegnete Fry.

Sie konnten unbemerkt mit ansehen, wie sich Alison Morrissey zu Cooper hinüberlehnte und ihn auf den Mund küsste. Sie beobachteten, wie Morrissey ihre Hand hinter Coopers Kopf schob, während sich Coopers Hand vom Lenkrad löste. Der Kuss schien eine halbe Ewigkeit zu dauern.

»Sieht ganz so aus, als hätte Ben was für sie übrig«, bemerkte Murfin.

Einen Augenblick lang hätte Fry nicht sagen können, was in ihr vorging. Ein roter Nebel legte sich wie ein Schleier über ihre Augen und ließ Coopers Toyota mitsamt seinen Insassen verschwimmen. Sie atmete einige Male tief durch, bis sich der Nebel wieder verflüchtigt hatte. Dann erst stellte sie fest, dass sie die Enden ihres Schals so fest gepackt hatte, dass sie Gefahr lief, sich eigenhändig zu strangulieren.

Murfin warf sich ein Stück Kaugummi in den Mund und raschelte mit dem Papier, als säße er vor einer Kinoleinwand mit einer Hollywood-Schnulze.

»Ben hat noch nie viel Glück bei den Frauen gehabt«, nuschelte er kauend. »Vielleicht sollte ich ihm mal ein paar Tipps geben.«

Fry starrte ihn an. »Das hat mit Glück nichts zu tun, Gavin. Manche Leute sind einfach von Grund auf dumm.«

»Ben ist nicht dumm«, protestierte Murfin, ehe er einen Moment nachdachte. »Naiv vielleicht. Mit einem aussichtslosen Fall kann man ihn immer locken.«

»Wenn er nicht aufpasst, ist er selber bald ein aussichtsloser Fall.«

Fry sah zu, wie der Toyota davonfuhr und Morrissey im Hotel verschwand, dann gab sie dem Wagen auf der gegenüberliegenden Straßenseite ein Zeichen. »Los«, sagte sie.

Als Diane Fry und Gavin Murfin das Hotel betraten, standen Morrissey und Frank Baine an der Rezeption. Morrissey sah die beiden erstaunt an, bevor ihr aufging, was sie waren, wenn auch nicht wer.

Fry wies sich aus. Morrissey zuckte nicht mit der Wimper, sondern drehte sich nur kurz um und funkelte Sergeant Caudwell und PC Nash an, die ihnen gefolgt waren. Nur Frank Baine sah aus, als würde er am liebsten mit der Eichentäfelung verschmelzen und sich in den Fluren des Hotels verdrücken. Doch Nash war wieder einmal schneller. Er wich Baines Versuch eines Kopfstoßes aus und ließ eine Handschelle zuschnappen, während Sergeant Caudwell die Aufgabe zufiel, ihm seine Rechte zu verlesen.

34

Eine Woche nachdem der Schnee gekommen war, türmte er sich immer noch zu beiden Seiten der A57 auf. Als Ben Cooper am späten Nachmittag in der Dämmerung Richtung Harrop fuhr, sah er, dass die eine oder andere Nebenstraße immer noch nicht vollständig geräumt war. Auf den Hügeln gab es Höfe und Weiler, zu denen der vom Bezirk eingesetzte Schneepflug niemals vordrang. Deshalb mussten sich die Bauern den Weg zur Hauptstraße mit vor die Traktoren geschraubten Schaufelblättern selbst bahnen. Und heute würde noch mehr Schnee fallen. Cooper konnte es förmlich riechen.

Als er schon ein gutes Stück über dem Tal war, erfassten die Scheinwerfer einen blauen Vauxhall, der schräg zum Straßenrand stand. Cooper fuhr näher heran, bis er sah, dass der Wagen in eine Schneewehe gerutscht war, unter der sich ein kleiner Graben verbarg, wo der Schnee unter den Reifen schlammig und aufgewühlt war. Der Fahrer war ausgestiegen und betrachtete die Räder auf der Beifahrerseite.

Cooper bremste vorsichtig, stellte den Warnblinker an und blieb vor dem Vauxhall stehen. Wäre Diane Fry bei ihm gewesen, hätte sie bestimmt geschimpft, sie seien kein Pannendienst. Und hätte sie den Fahrer erkannt, hätte sie hinzugefügt, dass dies auch nicht der richtige Moment sei, anzuhalten und ein Buch zu kaufen. Aber Cooper stellte den Motor seines Wagens ab, nahm seinen Regenmantel vom Rücksitz und stieg aus. Unter seinen Füßen spritzte der Matsch auf. Er öffnete den Kofferraum und holte die Schneeschaufel heraus. Manche Leute machten sich darüber lustig, aber im Winter gehörte das zur Grundausrüstung. Seiner Meinung nach sollte jedes Einsatzfahrzeug routinemäßig damit ausgerüstet sein.

Erst als Cooper aus dem Toyota stieg, erkannte ihn Lawrence Daley, allerdings schien er nicht besonders begeistert, ihn zu sehen. Er war eindeutig nicht für dieses Wetter angezogen – er trug dieselbe blaue Jacke wie im Buchladen, darunter einen dünnen Pullover und ein Hemd. Seine Jeans war bereits nass und unterhalb der Knie steif gefroren. Es würde Tage dauern, bis sie wieder trocken war. Der Buchhändler zitterte vor Kälte und Verzweiflung.

»Was ist passiert, Lawrence?«

»Ich habe ein bisschen zu stark gebremst«, antwortete der Buchhändler. »Die Räder sind von der Straße gerutscht, und jetzt drehen sie nur noch durch. Sie greifen nicht mehr.«

Er war der typische Autofahrer, für den ein Auto, sobald es nicht mehr fuhr, ein absolutes Mysterium darstellte. Cooper betrachtete den Schlamm, der meterweit über den Schnee und bis auf die Straße gespritzt war, dann die tiefen Rinnen, die die Räder des Autos gegraben hatten.

»Sieht aus, als hätten Sie sich festgefahren«, stellte er fest. »Setzen Sie sich rein, ich schiebe Sie an. Aber nicht zu viel Gas geben. Versuchen Sie, die Räder nicht mehr durchdrehen zu lassen.«

»Ich wollte eigentlich auf den Pannendienst warten«, sagte Lawrence.

»Haben Sie schon angerufen?«

»Ich habe kein Handy. Ich habe keine Lust, mir von der Strahlung das Hirn grillen zu lassen.«

Für Sorgen dieser Art war es ein bisschen zu spät, dachte Cooper. An Lawrences Hirn war nicht mehr viel zu verderben, dafür hatten bereits der Alkohol und das Leben unter all den Büchern gesorgt. Vielleicht war auch die Einsamkeit schuld daran. Lawrence hatte sich in etwas hineinziehen lassen, das aus zwei Gründen verlockend war: Zum einem spielte natürlich das Geld eine Rolle, zum anderen aber bestimmt auch das Gefühl, sich einer Gruppe zugehörig zu fühlen, sozusagen als Familienersatz.

»Ist Ihnen klar, dass die nächste Telefonzelle vier Meilen von hier entfernt ist? Sie müssten fast bis zum Snake Inn laufen.«

Lawrence zuckte entmutigt die Achseln. »Dann hätte ich wohl jemanden anhalten müssen.«

»Heutzutage hält nicht mehr jeder an, Lawrence. Die Leute haben zu viele Geschichten von Überfällen und Autodiebstählen gehört. Die nehmen nicht mehr jeden Anhalter mit.«

Manchmal konnte Cooper Diane Frys Ungeduld mit Leuten wie Lawrence Daley verstehen. Lawrence hatte keinerlei Anstalten gemacht, den Toyota anzuhalten, als er ihn kommen hörte. Hätte Cooper ihn nicht erkannt, wäre er vielleicht vorbeigefahren. Hätte Lawrence später ein anderes Fahrzeug angehalten? Oder wäre das unter seiner Würde gewesen? Höchstwahrscheinlich wäre er einfach stehen geblieben und erfroren.

»Wo wollten Sie überhaupt hin?«

»Nur nach Glossop. Ein Freund von mir wohnt dort. Auch ein Buchhändler. Nachdem Sie mir meinen Laden zugemacht haben …«

»Schon in Ordnung. Solange Sie den Bezirk nicht verlassen …«

»Das tue ich nicht. Vernehmen Sie heute Frank Baine?«

»Heute Nachmittag. Ihn und ein paar andere. Eddie und Graham Kemp.«

»Die Kemps?«

»Ja.«

»Eddie Kemp sagt nie die Wahrheit.«

»Warten wir's ab«, erwiderte Cooper. »Steigen Sie ein, wir probieren es mal.«

Er stemmte sich gegen den Kofferraum des Vauxhall und suchte nach einen guten Halt auf der Straßenoberfläche. Lawrence ließ den Wagen an und löste die Handbremse. Zuerst sah es aus, als wollten die Reifen überhaupt nicht greifen, doch dann fand das Hinterrad auf der Fahrerseite ein Stück unverschmutzten Asphalt, so dass der Vauxhall einen Augenblick später einen Satz auf die Straße machte. Cooper rutschte ab und fiel hinter der Stoßstange auf die Knie. Lawrence fuhr ein paar Meter weiter und hielt an.

»Vielen Dank!«, rief er.

Cooper stand auf, klopfte sich den Schnee von den Handschuhen und ging zu seinem Auto zurück. Neben Lawrences offenem Fenster blieb er stehen. »Bevor Sie weiterfahren, würde ich Ihnen raten, die Windschutzscheibe ordentlich frei zu kratzen«, sagte er. »Und wischen Sie auch den Schnee von den Scheinwerfern. Sonst bekommen Sie eine Anzeige von meinen Kollegen von der Verkehrspolizei.«

»Mach ich«, versicherte Lawrence.

Cooper nickte, wischte sich noch ein bisschen Schnee von der Hose und stieg in den Toyota. Als er losfuhr, sah er noch einmal in den Rückspiegel. Lawrence Daley winkte ihm zum Abschied zu.

Die MDP hatte Frank Baine ebenfalls vernommen, weil sie ihn im Verdacht hatte, der Hauptkontaktmann der Luftwaffenangehörigen zu sein, die sie überwachten. Diane Fry konnte sich gut vorstellen, dass Baine ein Mann mit vielen Kontakten war. Und ein Mann, der mit seinen journalistischen Arbeiten nicht allzu viel Geld verdiente. Lawrence Daleys Aussage zufolge hatte Baine auch die Website und das schwarze Brett im Internet gepflegt.

Schwieriger war es, im Hinblick auf den Mord an Nick Easton Anklagepunkte gegen ihn zusammenzutragen. Man hatte weder eine Waffe bei ihm gefunden noch beweisen können, dass Eddie Kemps Wagen dazu benutzt worden war, Eastons Leiche zum Snake Pass zu transportieren. Abgesehen davon gab es Beweise, dass Eddie Kemp in der Nacht zum Dienstag an dem tätlichen Angriff auf die beiden Jugendlichen in der Nähe der Underbank beteiligt gewesen war. Er war auf dem Band der Überwachungskamera zu erkennen.

Fry schüttelte wütend den Kopf. Die beiden Drogendealer weigerten sich kategorisch, mit der Polizei zu reden. Befragungen in der Underbank hatten aber ergeben, dass die Anwohner von einer Art Bürgerwehr wussten, die sich eigenhändig darum kümmerte, dass die Drogenbanden aus dem Devonshire-Wohnblock sich nicht in ihrem Viertel breit machten. Sogar Walter Rowland hatte einem Polizeibeamten erzählt, es gebe Leute, die ihm sein gestohlenes Eigentum eher zurückbrachten als die Polizei. Bedauerlicherweise hatte er damit nicht einmal so Unrecht.

Die Kemp-Brüder schienen sich in der Gegend um die Underbank einen Namen gemacht zu haben. Ihr Pech war nur gewesen, dass das alte Ehepaar, das Eddie in jener Nacht identifiziert hatte, nicht wusste, auf wessen Seite er stand.

Fry betrachtete das Bajonett, mit dem Ben Cooper angegriffen worden war. Ungeduldig wartete sie auf die Gelegenheit, Frank Baine selbst zu verhören, und hoffte, dass ihr das Labor eine Übereinstimmung zwischen den Spuren vom Griff des Bajonetts und Baines DNS lieferte. Damit wäre wenigstens der Angriff auf einen Polizisten aufgeklärt. In der Zwischenzeit würde sie sich um die Kemps kümmern. Und Eddie Kemp hatte noch ein paar Fragen zum Tod von Marie Tennent zu beantworten.

Aber erst am späten Nachmittag war Fry so weit, sich Eddie Kemp vorzuknöpfen und ihn zu dem Thema zu befragen, das sie am meisten interessierte.

»Das Baby«, sagte sie. »Maries Baby.«

»War nicht von mir«, erwiderte Kemp. »Sie hat mir gesagt, es ist nicht von mir.«

»Wie haben Sie darauf reagiert, Mr Kemp?«

»Reagiert?«

»Waren Sie wütend auf Marie?«

Obwohl man ihm die vorgeschriebenen Vernehmungspausen zugestanden hatte, wirkte Kemp allmählich erschöpft. Er versuchte zwar immer noch den Lässigen und völlig Unbeteiligten zu mimen, der nichts zu befürchten hat, aber Fry sah die Müdigkeit in seinen Augen, das erste Anzeichen dafür, dass er mürbe wurde.

»Waren Sie wütend, Mr Kemp?«

»Mir war das so was von egal.«

»Nein. Lassen Sie uns mal kurz darüber nachdenken. Wenn ich mich recht entsinne, dauert eine Schwangerschaft neun Monate. Wenn das Kind nicht von Ihnen war, heißt das, dass Marie noch einen anderen Mann hatte – zu der Zeit, als sie noch mit Ihnen zusammen war.«

»Und?«

»Ich glaube, dass Sie deswegen ziemlich wütend waren«, sagte Fry. »Ich könnte mir vorstellen, dass Sie ausgerastet sind.«

»Na ja, das wäre doch wohl jedem so gegangen. In so einer Situation.«

»Sie haben Marie also geschlagen, Mr Kemp?«

Kemp verzog ärgerlich das Gesicht. »Sie wollen mich unbedingt als Schläger hinstellen. Keine Ahnung, wie Sie darauf kommen.«

»Wie oft haben Sie Marie geschlagen?«, fuhr Fry geduldig fort.

»Hören Sie, es ging alles ziemlich durcheinander, ehrlich gesagt.«

»Einmal? Zweimal? Mehr als zweimal?«

»Ich erinnere mich nicht mehr.«

»Wo haben Sie hingeschlagen? Ins Gesicht, auf den Oberkörper oder wohin sonst?«

»Auf den Oberkörper, glaub ich.«

»Haben Sie Marie auch ins Gesicht geschlagen?«

»Kann sein, aber das war keine Absicht.«

»Aha.«

»Ich hab ihr nicht richtig wehgetan«, erklärte Kemp.

»Wie bitte?«

»Ich meine, falls ich sie überhaupt geschlagen hab, dann hab ich ihr nur ein paar Ohrfeigen verpasst. Davon kriegt man höchstens ein paar blaue Flecken. Aber sie hat es so gewollt. Sie musste ja immer so überheblich tun.«

Fry beschloss, eine andere Taktik einzuschlagen und später auf den tätlichen Angriff zurückzukommen. Kemps Geschichte würde in den Einzelheiten leicht variieren, bis sie schließlich ein volles Geständnis hatte.

»Hat Ihnen Marie verraten, wer der Vater des Kindes ist?«

Kemp blinzelte kurz, ehe er sich über den Tisch beugte.

»Klar. Aber das war nicht nötig. War ja nicht schwer zu erraten.«

»Und wen hat sie Ihnen als Vater genannt?«

Jetzt wollte Kemp reden. Er wollte sichergehen, dass Fry ihn verstand. Wie so viele andere war er davon überzeugt, dass jeder begreifen würde, dass er das Richtige getan hatte, wenn man ihn das Ganze nur von Anfang an erklären ließ.

»Wissen Sie, Sie müssen bei Marie etwas verstehen«, sagte Kemp. »Sie hat immer gedacht, sie wäre schlauer als alle anderen, aber sie hat selber keine richtige Schulbildung gehabt. Sie war ganz wild auf Bücher. Hat ihre Wohnung bis obenhin mit Büchern voll gestopft, bevor sie Schluss gemacht hat.«

»Ja, ich habe die Bücher gesehen.«

»Sie dachte immer, sie wird ein besserer Mensch, wenn sie mehr liest. Als ob man von solchen Romanen schlauer wird. So ein Blödsinn! Aber sie hat gedacht, weil sie über Romane reden kann, ist sie eine Intellektuelle. Von so was hat sie sich leicht beeinflussen lassen, wollte den Typen damit imponieren. Deshalb hing sie auch ewig im Buchladen rum. Sie hat wohl geglaubt, sie bewegt sich in besseren Kreisen, nur weil er sich für sie interessiert hat. Aber dem ging's nur um das eine, wie allen anderen.«

»Sie war also regelmäßig im Buchladen?«

»Klar, im Eden Valley Books. Bei dieser Schwuchtel mit der Fliege. Lawrence Daley. Ich bin selber dran schuld, dass sie ihn kennen gelernt hat. Dabei ist er auch nicht besser als alle anderen, oder?«

»Marie hat Ihnen erzählt, Lawrence Daley sei der Vater ihres Kindes?«, fragte Fry.

»Genau. Daley. Den interessieren am Ende auch nur zwei Dinge – Sex und Geld. Alles andere ist nur Getue. Bücher? Blödsinn. Sex und Geld! Ja, ich könnte Ihnen einiges über den Typen erzählen.«

Nach zwei Meilen versuchte Cooper immer noch, seine kalten Hände aufzutauen, als das Handy klingelte.

»Ben, wo bist du?«

»Auf der A57, in der Nähe vom Snake Inn. Ich bin unterwegs nach Harrop, um eine Aussage von George Malkin über die Gegenstände einzuholen, die er an Lawrence Daley verkauft hat.«

»Fahr lieber einen Augenblick an den Straßenrand.«

Cooper lenkte den Toyota in die erstbeste Einfahrt. Der Fahrer eines Ford Transit hupte ihn an, als er ihn in weitem Bogen überholte.

»Was gibt's denn?«, fragte Cooper.

»Wir haben uns gerade noch mal Eddie Kemp vorgenommen.«

»Gut. Habt ihr etwas aus ihm rausgekriegt?«

»Den Namen des Kindsvaters.«

»War es etwa nicht von ihm?«

»Er streitet es ab und behauptet, der Vater sei Lawrence Daley.«

Cooper war froh, dass der Wagen stand. Er drehte sich um.

Lawrences blauer Vauxhall hätte ihn inzwischen längst überholen müssen. Bis Harrop, das auf der anderen Seite des Irontongue Hill lag, konnte man auf dem Snake Pass nirgendwo abbiegen.

»Ich habe ihn gerade erst gesehen«, sagte Cooper. »Ein paar Meilen hinter mir. Ich habe ihm geholfen, seinen Wagen wieder auf die Straße zu schieben. Er hat gesagt, er wolle in diese Richtung, aber jetzt hat er wohl umgedreht.«

»Bin schon unterwegs. Wenn du ihn siehst, gib mir Bescheid.«

Cooper manövrierte den Toyota umständlich aus der Einfahrt heraus und zwang damit weitere Autofahrer, ihm auszuweichen. Schließlich befand er sich wieder auf der Straße und fuhr nach Westen. Es dauerte nicht lange, bis er Lawrences Vauxhall gefunden hatte. Er stand nur zwei Meilen entfernt an der A57 in einer anderen Haltebucht, wenn auch auf der gegenüberliegenden Straßenseite. Diesmal war er mit Absicht von der Fahrbahn gelenkt und ordentlich abgestellt worden. Von Lawrence Daley war nichts zu sehen.

Cooper stieg aus und schaute sich um. Überall nur Schnee. Es war der abgelegenste Abschnitt der A57, nur der Irontongue Hill im Osten diente als Orientierungspunkt. Cooper überprüfte die Türen des Vauxhall und fand sie verschlossen. Dann spähte er durch die Scheiben und wählte Frys Handynummer.

»Was ist, Ben?«

»Lawrence Daleys Wagen steht hier am Straßenrand. Auf der Beifahrerseite habe ich ein Stück Plastikschlauch und eine Rolle Isolierband gefunden.«

»Schade, dass dir das nicht aufgefallen ist, als du ihm vorhin geholfen hast.«

»Meinst du, er ist hier herausgefahren, um sich umzubringen?«

»Hört sich ganz so an. Siehst du ihn irgendwo? Er kann ja noch nicht weit sein.«

»Aber er entfernt sich mit jeder Sekunde weiter. Ich weiß nur nicht, in welche Richtung.«

Cooper drehte sich um, blickte nach Norden und fluchte wieder. Das Wetter schlug um. Dicke, schwere Wolken schoben sich über die Flanken des Bleaklow und des Kinder Scout. Auf den weiter entfernten Hängen sah er es schon schneien. Er zitterte, als ihn die ersten Böen des Nordwinds erreichten und durch seine Kleidung drangen.

Er ging ein Stück die Straße entlang und fluchte über den Matsch und die tiefen Reifenspuren der Fahrzeuge, die in den letzten Tagen hier Halt gemacht hatten. Schließlich fand er am Rand des Hochmoors frische Fußstapfen, den Anfang einer Spur.

»Ich weiß jetzt, in welche Richtung er gegangen ist«, sagte Cooper. »Das hätte ich mir denken können. Er will zum Iron-tongue. Aber das schafft er nie über dieses Schneefeld. Der Untergrund ist viel zu gefährlich. Felsspalten, loser Torf, gefrorener Morast… man weiß nie, was man gerade unter den Füßen hat.«

Der Himmel verfinsterte sich zusehends. Rings um Cooper brauste der Wind, abwechselnd pfeifend oder stöhnend wie ein Tier. Die ersten großen weichen Flocken fielen, legten sich auf den gefrorenen Matsch und froren ebenfalls sofort fest. Im Handumdrehen würden sie das gesamte Moor bedecken, so dass Cooper nichts mehr sehen würde.

»Verflucht, verflucht, verflucht!«

»Was machst du?«, erkundigte sich Fry.

Cooper gab keine Antwort, sondern öffnete die Heckklappe des Toyota, zog die Schuhe aus, balancierte auf einem Fuß und zog seine Wanderstiefel an. Dann streifte er die Windjacke über, setzte die Kapuze auf und zog den Reißverschluss hoch.

»Ben, antworte gefälligst. Was zum Teufel machst du da?«

»Ich nehme das Telefon mit. Ich versuche in Verbindung zu bleiben, je nachdem, wie da draußen der Empfang ist.«

Er suchte in seinem Rucksack nach dem Kompass, trockenen Sachen und einer Taschenlampe.

»Ben, du bleibst, wo du bist. Ich bin nur ein paar Minuten von dir entfernt. Wir müssen die Bergrettung alarmieren.«

»Das kann Stunden dauern, und es ist inzwischen schon fast dunkel.«

»Dann sollen sie eben einen Hubschrauber schicken.«

»Im Schneesturm? Wenn du mal nach Norden schaust, siehst du, dass gerade einer auf uns zukommt.«

»Ben, ich kann dich schon sehen. Bleib beim Auto!«

»Diane, wenn wir ihn entwischen lassen, finden wir Chloe nie.«

Cooper steckte das Handy in die Vordertasche seine Rucksacks und zog Handschuhe an. Dann stapfte er in Lawrences Spur den Hang hinauf. Nach etwa hundert Metern hörte er, wie ein Auto auf der Straße anhielt.

»Ben!«

Cooper ging weiter. Fry rief noch einmal hinter ihm her. Inzwischen klang ihre Stimme ganz anders, nicht mehr wütend, sondern ängstlich, fast flehend.

Cooper drehte sich um und sah sie stumm an. Es war definitiv der falsche Augenblick, um nach den richtigen Worten zu suchen. Worte, die etwas bedeuteten. Man konnte darauf wetten, dass Diane Fry stets den falschen Augenblick wählte. Cooper sah, wie sich die Schneeflocken auf ihre Schultern und auf ihr Gesicht legten und sich in Tropfen verwandelten, die auf ihren Wangen glitzerten. Ein Rest gesunder Menschenverstand zwang ihn, zu ihr zurückzugehen und zusammen mit ihr im Wagen auf Hilfe zu warten. Er starrte sie so lange an, dass er dachte, er würde ihren roten Schal bis in alle Ewigkeit sehen.

Dann drehte er sich um und ging weiter hinaus ins Hochmoor. Als Cooper sich ein letztes Mal umdrehte, sah er, dass Fry ihm in der Dämmerung immer noch nachschaute und der Schnee im Scheinwerferlicht ihres Wagens immer dichter fiel. Dann führte ihn der Weg in eine Senke, und Fry verschwand aus seinem Blickfeld.

Diane Fry erledigte die notwendigen Anrufe mit zitternden Händen. Danach konnte sie nur noch warten. Ben wusste, dass sie zu besonnen war, um etwas anderes zu unternehmen, und dass sie über genügend Selbstdisziplin verfügte, um nicht gegen die Vorschriften zu verstoßen. Sie würde ihren Impulsen nicht nachgeben, sondern auf die eindeutigen Prioritäten achten, die in diesem Fall Selbsterhaltung und Koordinierung der Rettungsmaßnahmen hießen.

Natürlich würde Cooper nie im Leben begreifen, dass es ihr erster Impuls gewesen war, ihm durch den Schnee zu folgen. Aber wenn jeder seinen Impulsen nachgab – wo käme die Welt da hin? In was für einem Schlamassel würden sie dann alle stecken?

Und Cooper würde niemals zugeben, dass das Schlimmste die Warterei war. Er würde nie erfahren, wie schwer es war, ganz allein im Wagen zu sitzen und zuzusehen, wie der Himmel sich verdunkelte und es immer heftiger schneite, bis der Schnee seine Spuren füllte und jedes Anzeichen seiner Anwesenheit auslöschte.

Fry schaltete die Scheibenwischer ein und betrachtete Coopers Toyota, von dem er immer behauptete, er würde ihn durch jeden Schnee bringen. Aber jetzt stand das Auto verlassen auf dem Parkplatz, während Cooper sich dem Schnee ganz allein stellte. So wie Fry ihn kannte, hatte er in seinem Eifer, ein Held zu sein, wahrscheinlich sogar vergessen, ihn abzuschließen.

Trotz der Heizung zitterte Fry. Aus irgendeinem Grund kam ihr die Akte in den Sinn, die sie in einer abgeschlossenen Schublade in ihrem Schreibtisch in der West Street aufbewahrte, und sie wusste plötzlich, dass sie diese Akte ohne zu zögern vernichten würde, falls Ben Cooper lebend zurückkehrte.

Das ferne Heidemoor sah im Zwielicht verblüffend künstlich aus, wie Styroporhügel, in deren weißer Oberfläche dunkle Risse klafften. Abgesehen von Ben Coopers unmittelbarer Umgebung war die Landschaft nahezu konturenlos. Man sah keinen Horizont, nur ganz hinten, wo die tief hängenden Wolken auf den Bergen lagen und stumm immer mehr Schnee auf das Moor fallen ließen, verschwammen die sanften Wellen ein wenig. Der einzige Orientierungspunkt war der nackte Fels des Irontongue Hill, der sich schwarz gegen den dunklen Hintergrund abhob.

Es war nicht schwer, Lawrence Daleys Spuren zu folgen. Zwar waren auch die Abdrücke anderer Wanderer zu sehen, aber Lawrences Spuren waren die einzigen frischen. Cooper versuchte den Wasserrinnen auszuweichen, versank jedoch ab und zu trotzdem bis zu den Knien in einer Wehe und musste sich mühsam wieder herausarbeiten. Der Schnee war zu kalt, um seine Kleider zu durchnässen. Stattdessen setzte er sich in kleinen, gefrorenen Klumpen in Hose, Stiefeln und Handschuhen fest. Das Stapfen durch die tiefen Schneewehen entzog seinen Beine die Kraft, und nach einer Weile begannen seine Waden zu brennen.

Er wusste, dass er Lawrence finden musste, bevor es vollends dunkel wurde. Bei diesem Wetter war es gefährlich, sich nachts im Moor aufzuhalten. Und nicht nur gefährlich, sondern tödlich für jeden, der nicht entsprechend ausgerüstet war. Je stärker der Schnee fiel, desto schwieriger war es, Lawrence irgendwo auszumachen, es sei denn, er konnte den Abstand verringern.

Er stieg immer höher und hielt dabei auf die Kuppe des Irontongue Hill zu, wo die Trümmer der Sugar Uncle Victor lagen. In den Felsspalten bedeckte der Schnee die dünne Eisschicht, die unter seinem Gewicht knackte und nachgab, während seine Stiefel im tieferem Schnee versanken. Doch er konnte keine andere Route wählen – es gab zu viele Rinnen und Schluchten und Felsspalten, zu viele unter hüfthohen Verwehungen versteckte Mulden, zu viele eisige Bäche und Entwässerungsgräben, in die man stolpern konnte.

Endlich entdeckte er einen Farbfleck im Schnee, der im Dämmerlicht kaum mehr sichtbar war. Cooper änderte die Richtung und hielt darauf zu. In etwa fünfzig Meter Entfernung konnte er Lawrences blaue Jacke erkennen. Es sah aus, als hätte sich der Buchhändler am Fuß eines Felsens zwischen den ersten verstreuten Flugzeugfragmenten nur einen Augenblick zum Ausruhen hingesetzt. Doch Cooper sah dem Buchhändler deutlich an, dass er vollkommen erschöpft war und Schmerzen hatte.

»Ich glaube, ich hab mir das Bein gebrochen«, stöhnte Lawrence. »Und meine Brust tut auch weh. Ziemlich schlimm.«

»Bewegen Sie sich nicht. Wir müssen warten, bis wir hier abgeholt werden.«

»Sie hätten mir nicht folgen sollen, Ben.«

Cooper befühlte Lawrences Wangen. Sie waren eiskalt. »Warum laufen Sie auch in diesen Kleidern durch die Gegend?«, schalt er ihn. »Sie hätten erfrieren können.«

»Ja ja«, sagte Lawrence. »Schon möglich.« Er hustete.

»Ich habe Neuigkeiten über Marie«, fuhr Cooper fort. »Ihr Großvater war Sergeant Dick Abbott.«

»Ja, ich weiß. Als Marie klein war, kamen ihre Eltern jedes Jahr mit ihr nach Derbyshire, um hier eine Mohnblume hinzulegen. Manchmal haben sie einen kleinen Urlaub daraus gemacht und sind ein paar Tage in Edendale geblieben. Im Winter ist es hier sehr ruhig. Es gibt nicht viel zu tun, außer in den Buchläden herumzustöbern. So habe ich sie kennen gelernt.«

Lawrences Stimme verebbte. Cooper sah ihm ins Gesicht. Er schien Mühe zu haben, die Augen offen zu halten. Er musste dafür sorgen, dass Lawrence nicht einschlief.

»Aber dann kam Eddie Kemp dazwischen.«

Lawrence antwortete nicht.

»Wussten Sie, dass Sie der Vater des Babys sind, Lawrence?«, fragte Cooper. »Wenn Marie es Eddie Kemp erzählt hat, dann muss sie es doch auch Ihnen gesagt haben. Kemp war eifersüchtig. Er hat sie geschlagen, als sie ihm sagte, dass das Kind von Ihnen ist. Die Untersuchung hat ergeben, dass sie von den Verletzungen zu geschwächt und erschöpft war, um es bis hinunter ins Tal zu schaffen, nachdem sie die Mohnblume hinaufgebracht hatte. Offensichtlich hat sie sich hingelegt, um sich ein wenig auszuruhen, und muss eingeschlafen sein. Das darf man auf keinen Fall machen, Lawrence. Hier oben kann man vor Entkräftung erfrieren.«

Aber Lawrence schien über etwas anderes reden zu wollen. »Es ging nicht um das Baby. Das Baby interessierte Kemp kein bisschen.«

»Was? Warum hat er sie dann geschlagen?«

»Er wollte ihr Angst einjagen. Ich glaube nicht, dass er ihr richtig wehtun wollte, aber er ist immer zu weit gegangen. Er wollte sie davor warnen, was passieren könnte, falls sie der Polizei erzählte, was sie wusste. Das war natürlich mein Fehler. Ich habe zugelassen, dass sie herausfand, um welche Art von Geschäften es ging. Ich habe mir nie Gedanken darüber gemacht, wie sie das Ganze auffassen könnte.«

»Weil sie Dick Abbotts Enkelin war, natürlich. Sie muss ähnlich darauf reagiert haben wie Zygmunt Lukasz. Sie hat also gedroht, Sie alle anzuzeigen, stimmt's, Lawrence? Und Eddie Kemp fiel die Aufgabe zu, sie einzuschüchtern. Haben Sie etwas dagegen unternommen? Um Himmels willen ... sie war schwer verletzt!«

Lawrence klang resigniert. »Das verstehen Sie nicht. Es ist alles viel zu kompliziert.«

»Nein, das verstehe ich nicht. Und ich verstehe auch nicht, warum Marie Kemp ihn nicht bei der Polizei angezeigt hat, nachdem er sie so verprügelt hat.«

»Weil er ihr mit etwas Schlimmerem gedroht hat«, sagte Lawrence.

»Etwas Schlimmerem?«

Wieder schien Lawrence unvermittelt das Thema zu wechseln. »Wussten Sie, dass Andrew Lukasz bei mir im Laden war?«

»Tatsächlich?«

»Er hatte ein Zigarettenetui dabei, das er gekauft hatte. Er rief mich an und sagte, er wolle die Namen der Leute wissen, die am Geschäft beteiligt sind. Er drohte damit, noch am selben Abend alles diesem RAF-Polizisten zu erzählen.«

»Wann war das, Lawrence?«

»Vor über einer Woche. Am Sonntag, dem Tag vor Maries …«

»Und? Haben Sie ihm alles verraten?«

»Nein. Er hat mir Angst gemacht. Ich wollte mich nicht allein mit ihm treffen, also hab ich Frank Baine angerufen. Er kam auch gleich mit Kemp zum Laden.« Lawrence hustete wieder. »Ich habe Verstärkung angefordert.«

»Aber Easton hat Lukasz am nächsten Tag immer noch gesucht. Folglich hat er sich nicht am Sonntagabend mit ihm getroffen.«

»Nein.«

Cooper fragte sich, wo Andrew Lukasz jetzt sein mochte. Aber die Zeit rann ihm durch die Finger, und ihm brannte noch eine wichtigere Frage unter den Nägeln.

»Wo ist das Baby, Lawrence?«

Diesmal antwortete Lawrence nicht. In diesem Moment hörte Cooper ein Geräusch, das rasch näher kam. Es schien aus östlicher Richtung zu kommen, um den Irontongue Hill herumzukriechen und den gesamten nackten Fels zu umhüllen. Es bewegte sich die Hänge herunter, schien immer näher zu kommen, während es gleichzeitig irgendwo in der Luft war, über der niedrigen Wolkendecke. Es schwoll an … zu einem dumpfen Dröhnen, das die Luft vibrieren ließ, zu einem Brausen, das sich an der Felswand brach und alles ringsumher erfüllte.

In Erwartung eines Flugzeugs oder eines Hubschraubers hob Cooper den Kopf. Doch er sah nur die stahlgrauen Wolken, die sich bis zum Horizont erstreckten, dasselbe unaufhörliche Treiben Tausender Schneeflocken, die wie winzige Fallschirmspringer zu Boden trudelten.

»Wo ist das Baby, Lawrence? Wo ist Baby Chloe?«

Immer noch keine Antwort. Nach einigen Minuten wurde das Dröhnen leiser. Cooper hätte nicht sagen können, in welche Richtung es sich bewegte und ob es sich tatsächlich entfernte. Es wurde einfach nur gedämpfter, leiser und dumpfer, bis die Wolken es schließlich restlos verschluckten.

»Wir müssen Chloe finden, Lawrence. Wir müssen wissen, ob es ihr gut geht.«

Cooper rutschte ein Stück beiseite, um sein anderes Bein anzuziehen, das inzwischen eiskalt war und sich anfühlte, als gehörte es kaum noch zu seinem Körper. Jetzt war nur noch der Wind zu hören, der über das Hochmoor fegte, und das trockene Rieseln des Schnees, der an seinen Ohren vorbeitrieb.

Mittlerweile erschien ihm der Versuch, Lawrence eine Antwort zu entlocken, nicht mehr besonders erfolgversprechend. Aber er musste den Buchhändler unbedingt am Einschlafen hindern. Verzweifelt überlegte er, was er noch sagen konnte.

»Ich weiß, dass Sie den Buchladen am Laufen halten wollten, Lawrence. Hat eigentlich jemand mal ein Buch von denen gekauft, die ich ausgezeichnet habe? Wahrscheinlich nicht, obwohl bestimmt echte Schnäppchen darunter waren. Außerdem hat mir der Besuch Ihres Ladens zu meiner neuen Wohnung verholfen. Ich glaube, Sie waren am Anfang ja nicht sehr begeistert, dass ich sie mir ansehen wollte. Wo wir gerade davon sprechen: Wäre es wohl zu viel verlangt, wenn Sie Ihrer Tante sagen würden, dass der Hund zu laut ist? Er kläfft die ganze Zeit, wenn er draußen im Hof ist, und reißt mich jeden Morgen aus dem Schlaf.«

Cooper blinzelte. Seine Augen tränten vom Wind, und das unendliche Weiß des Schnees trieb Schabernack mit seiner Farbwahrnehmung.

»Diane Fry holt uns hier bald raus«, versicherte er. »In solchen Dingen ist sie gut. Was sie will, schafft sie auch. Deshalb ist auch *sie* zum Sergeant befördert worden und nicht ich. Aber wer will schon Sergeant sein? Wer will schon einen Verwaltungsjob und den ganzen Tag Papierkram erledigen und sich mit den Problemen anderer Leute herumschlagen?«

Er blinzelte wieder. Lawrences blaue Jacke sah inzwischen rot aus. Cooper hatte Farbenblinde kennen gelernt, die nicht zwischen Blau und Rot unterscheiden konnten. Aber er wusste, dass er nicht farbenblind war. Korrekte Farberkennung war eine der Grundvoraussetzungen für die Aufnahme in den Polizeidienst. Kandidaten, die die Grundfarben nicht voneinander unterscheiden konnten, und diejenigen, die stark schielten, wurden nicht angenommen. Das stand in den Bewerbungsunterlagen. Das konnte jeder auf der Website nachlesen.

»Jemanden wie Diane könnten Sie in Ihrem Laden auch gut gebrauchen«, redete er weiter. »Jemanden, der durchgreift und dem es nichts ausmacht, all die alten Bücher rauszuschmeißen, die sowieso niemand kauft und die nur Platz wegnehmen. Sie könnten Ihr Geschäft völlig anders aufziehen. Auf Diane können wir uns verlassen. Sie schickt uns bald Hilfe, ganz bestimmt.«

Rot, Weiß und Blau. Cooper fuhr sich mit dem Handschuhrücken über die Augen. Er musste sich die Farben einbilden. Aber er sah sowohl Rot als auch Blau im Schnee. Rot, Weiß und Blau. Sehr patriotisch. Er tastete nach seiner Taschenlampe und knipste sie an. Das Blau war Lawrences Jacke, das Weiße der Schnee. Und das Rote war Blut. Dunkles Arterienblut rann aus Lawrences Körper, verwässerte ein wenig im Schnee, ehe es verdickte und gefror und dabei den Schnee rosa wie Erdbeereis färbte.

»Lawrence! Wo sind Sie verletzt? In der Brust? Sind Sie auf etwas gefallen?«

Vorsichtig schob er seine tauben Finger unter Lawrences Körper und ertastete Metall, einen scharfkantigen Splitter aus Stahl.

Cooper sah in Lawrences bleiches Gesicht und erinnerte sich wieder an die Irving-Fliegerjacke im Zimmer über dem Buchladen. So einen Irving-Anzug könnte er jetzt gut gebrauchen, um das unaufhaltsame Entweichen der Körperwärme zu verhindern, die zusammen mit dem Blut aus dem Verletzten sickerte. Ohne ihre Irving-Anzüge wären die Männer in den Lancaster-Bombern beim winterlichen Bombenangriff auf Deutschland erfroren. Heckschützen wie Sergeant Dick Abbott hatten trotz der beheizbaren Anzüge häufig Erfrierungen erlitten. Zygmunt Lukasz hatte zwei Finger bei dem Versuch verloren, das Blut zu stillen, das aus den Wunden seines Cousins quoll, als sie nebeneinander im Schnee gelegen und auf Hilfe gewartet hatten. Sogar jetzt sah Cooper die beiden polnischen Flieger in ihren RAF-Uniformen deutlich vor sich, wie sie nur wenige Meter von der Stelle entfernt lagen, an der er sich jetzt mit Lawrence befand. Rot, weiß und blau.

In der Ferne sah er ein Licht, dessen rechtwinklige Form im Dunkeln wie ein Leuchtfeuer über das wirbelnde Schneefeld blinkte. Einen Moment dachte Cooper an den hellen Stern, dem die Weisen aus dem Morgenland gefolgt waren. Doch dieses Licht kam von Norden, und es war eindeutig kein Stern. Es war das Schlafzimmerfenster eines ehemaligen Landarbeiters, hinter dessen vorhanglosen Scheiben vielleicht gerade in diesem Augenblick ein Mann saß und die Fehler bereute, die er in seinem Leben begangen hatte.

Ein Stück weiter westlich hob sich ein dunkler Umriss vom Schnee ab – der Steindamm vor dem Blackbrook-Reservoir. Cooper stellte sich vor, wie sich Fliegerleutnant Danny McTeague vom Wrack seiner Lancaster entfernte und quer über das Moor lief, um Hilfe zu holen. In ein paar Minuten wäre es völlig dunkel, so wie damals, als McTeague von der Sugar Uncle Victor aufgebrochen war. Dann konnte er das Reservoir nicht mehr sehen, sondern nur noch das Licht.

»Zumindest haben Sie George Malkin geholfen, Lawrence«, sagte Cooper. »Seine Souvenirs haben ihm ein hübsches Sümmchen eingebracht, oder?«

Lawrence antwortete immer noch nichts. Ben Cooper starrte ihn an, als hätte er etwas gesagt, etwas besonders Kluges, was Cooper noch nicht in den Sinn gekommen war.

»Genau«, wiederholte er. »Sie haben George Malkin geholfen, stimmt's, Lawrence?«

Der Wind wurde noch stärker. Cooper spürte, wie ihm Eisschnee, der von der Kante der Schneewehe fortgetrieben wurde, auf den Nacken prasselte. Seine Ohren schmerzten immer heftiger, doch dieser Schmerz ließ sich nicht einmal ansatzweise mit dem vergleichen, was Marie Tennent durchgemacht haben musste, als sie in der Nacht ihres Todes im Schnee gelegen hatte. An den Stellen, wo seine Hand dem Schnee ausgesetzt gewesen war, sah sie rot und wund aus. Er rieb sie an seiner Hose trocken und steckte sie wieder in den Handschuh. Aber auch im Handschuh war schon Schnee, so dass er nicht besonders wärmte.

»Ich weiß, dass Sie nichts mit dem Mord an Nick Easton zu tun hatten. Und auch Maries Tod war nicht Ihre Schuld. Aber Sie müssen uns sagen, wo das Baby ist, Lawrence.«

War dieses dumpfe Peitschen in seinen Ohren das Geräusch eines Hubschraubers? Oder war es nur sein Herz, das darum kämpfte, das Blut durch seine Adern zu pumpen? Wenn er Lawrence davon überzeugen konnte, dass die Rettung nicht mehr fern war, beschloss der Buchhändler vielleicht, doch nicht zu sterben. Vielleicht raffte er sich noch einmal auf, dann könnten sie sich gegenseitig wärmen und beide überleben.

Aber Lawrence raffte sich nicht mehr auf. Sein Körper konnte niemanden mehr wärmen. Cooper legte sich über ihn und zog die Windjacke über sie beide, so dass nur noch ihre Köpfe und Füße herausschauten. Er musste den Hubschrauber hören können, damit er ihm seine Position signalisieren konnte. Er wusste zwar nicht, ob ihm das in dieser Finsternis gelingen würde, aber irgendwie musste es gehen. Er hatte nur seine Taschenlampe, und das Hochmoor war weit entfernt. Höchstwahrscheinlich hatte die Rettungsmannschaft Wärmebildkameras an Bord und konnte ihrer beider Körperwärme lokalisieren. Falls bis dahin noch etwas davon vorhanden war.

Ja… es war eindeutig ein Hubschrauber.

»Ich glaube, sie sind da, Lawrence«, sagte er.

Cooper legte seine Hand auf Lawrences Gesicht. Seine Finger berührten etwas Hartes, Kaltes, eine seltsame Erhebung auf Lawrences Wange. Es war eine einzelne Träne, die langsam auf seiner Haut festfror.

35

Diane Fry fuhr vom Parkplatz der Zentrale und folgte den Rücklichtern eines Streifenwagens die West Street hinunter. Die Morgendämmerung kroch über die Dächer von Edendale. Ben Cooper saß bleich und erschöpft neben ihr. Er hätte nicht zum Dienst erscheinen sollen, hatte sich aber geweigert, zu Hause im Bett zu bleiben.

»Wir hätten darauf bestehen sollen, alle Zimmer zu inspizieren, wo wir schon mal da waren«, sagte er.

»Wie denn? Wir hatten keinen Durchsuchungsbefehl. Wir hätten ihn nicht einmal festnehmen können. Damals noch nicht.«

»Über dem Stockwerk, das er uns gezeigt hat, gibt es noch mehr Räume. Dort wohnt er. Unterm Dach. Wahrscheinlich waren da früher mal die Dienstbotenzimmer.«

»Gleich wissen wir mehr.«

Fry sah, dass Cooper nervös war. Er spielte mit seinem Sicherheitsgurt wie ein aufgeregtes Kind. Aber wenigstens blieb das Auto sauber. Gavin hatte sie an diesem Morgen im Büro zurückgelassen.

»Ich hätte wissen müssen, dass mit diesem Frank Baine etwas nicht stimmt«, fuhr Cooper fort. »Er hat Alison Morrissey so lückenhaft unterrichtet. Er hat ihr weder von George Malkin erzählt noch die Bücher über die Flugzeugabstürze gezeigt. Walter Rowland wäre vielleicht sogar bereit gewesen, mit ihr zu reden, aber Baine hat ihm davon abgeraten.«

»Ja, das vermute ich auch«, bestätigte Fry.

»Und natürlich hat Baine Alison erzählt, Sergeant Dick Abbotts Familie hätte das Land verlassen, dabei hat Marie Tennent hier in Edendale gewohnt. Sie hätten sich problemlos verabreden können. Es hätte den beiden bestimmt viel bedeutet.«

»Vermutlich.«

»Es hätte so etwas wie eine Versöhnung geben können.«

»Ja, Ben.«

Fry fuhr in einen Kreisverkehr und die Hulley Road hinauf bis zur Ampel.

»Ich hätte wissen müssen, dass er Alison manipuliert. Sie war zu entschlossen, als dass er hätte verhindern können, dass sie aus Kanada herüberkam, aber Baine war ständig um sie herum, weil er wissen wollte, was sie vorhatte, und um sie notfalls in die richtige Richtung zu lenken, damit sie der Wahrheit nicht zu nahe kam. Natürlich hatte er alle Leute vor ihr aufgesucht und sie verschreckt, damit sie ja nicht mit ihr redeten. Erst als ich angefangen habe, mich mit den falschen Leuten zu unterhalten, wurde Baine nervös.«

Fry warf ihm einen kurzen Blick zu. »Als er gemerkt hat, dass du nicht das tust, was du eigentlich tun solltest, ist er nervös geworden.«

Aber Cooper ging nicht auf die Anspielung ein. »Er hat mich erst bei den Lukasz' gesehen und dann bei Walter Rowland. Und er wusste, dass ich auch im Buchladen war.«

»Mehrmals sogar«, sagte Fry. »Woher sollte er auch wissen, dass du bloß Bücher gekauft hast.«

»Bücher über Flugzeugwracks. Lawrence muss es ihm sofort erzählt haben.« Cooper hielt kurz inne. »Es war Frank Baine, der mich neulich abends aus dem Verkehr ziehen wollte, stimmt's? Nicht Eddie Kemp.«

»Ja, davon gehen wir aus. Wir warten noch auf die DNS-Analyse.«

Der Streifenwagen bog von der Eyre Street in eine enge Einfahrt ab. Fry folgte ihm. Sie holperten über Kopfsteinpflaster und mussten fast im Schritttempo fahren, als sie in das Gewirr der Gässchen zwischen der Eyre Street und dem Marktplatz eintauchten. Sie hielten neben der Brücke, wo ein Polizist die Passanten davon abhielt, weiter als bis zu Larkins Bäckerei zu gehen.

»Ich muss Alison das später einmal alles erklären«, sagte Cooper.

Fry stellte den Motor ab, blieb noch einen Moment sitzen, sah zum Buchladen hinüber und lauschte dem Tosen des River Eden unter der Brücke. Sie wusste nicht, was sie dazu sagen sollte.

Vor Eden Valley Books lösten zwei Motorradpolizisten die Kinngurte ihrer Sturzhelme, obwohl sie kaum anders aussahen, nachdem sie die Helme abgenommen hatten. Beide hatten rasierte Schädel, die so glatt und weiß schimmerten wie ihre Helme.

Ben Cooper stieß die Eingangstür auf und ging zwischen den Bücherregalen durch. Ohne Lawrence wirkte der Laden irgendwie tot. Cooper hatte das Gefühl, als befände er sich in der Kulisse eines Historiendramas. Er sah, dass ein Fenster in der kleinen Küche hinten offen stand. Etwas Schnee war hereingefallen und lag auf dem Abtropfbrett, und auf dem Boden einer umgedrehten Kaffeetasse erhob sich ein kleiner Schneehügel.

Während Fry einen Funkspruch entgegennahm, ging Cooper nach oben und arbeitete sich langsam durch alle Zimmer. Es war so still im Laden, dass es ihm widerstrebte, die Türen zu öffnen, aus Angst, was er dahinter vorfinden mochte. Das größte Zimmer im zweiten Stock war das, in dem sich die Flieger-Memorabilia befanden. Ein zweites Zimmer war wie eine Art Arbeitszimmer hergerichtet, in dem mehrere Computer leise vor sich hin summten. Kein Wunder, dass so viele Bücher auf dem Gang gestapelt waren. Sie mussten zuvor allesamt aus den beiden Zimmern herausgeräumt worden sein.

Zwischen den Bücherstapeln fand Cooper, was er suchte – eine Tür mit einem kleinen Absatz davor, hinter der sich kein Zimmer, sondern eine weitere Treppe befand. Sie war schmal und nicht mit einem Teppich versehen. Im obersten Stock lagen Lawrences Wohnräume: ein unordentliches Wohnzimmer, ein Bad und ein großes Schlafzimmer mit einem riesigen, schmiedeeisernen Bett. Cooper sah sich nach irgendwelchen Hinweisen auf Marie Tennents Anwesenheit um, als er über sich ein Geräusch hörte. Das typische Trippeln von Ratten. Auf nackten Dielen machten sie einen solchen Lärm, dass es sich anhörte, als trügen sie Nagelstiefel; dazu das leise, schleppende Scharren, das nur allzu deutlich das Bild eines schuppigen Schwanzes heraufbeschwor, der über den staubigen Dachboden schleifte.

Diane Fry stand auf der Schwelle zum Schlafzimmer und beobachtete Cooper wortlos. Er sah, wie sie erschauerte, als sie das Getrappel hörte.

»Das war gerade das Krankenhaus«, sagte sie.

»Lawrence?«

»Leider ja.«

Cooper ließ sich auf das Bett sinken, das mit protestierendem Quietschen nachgab.

»Du hast dein Bestes getan, Ben«, beruhigte ihn Fry. »Niemand hätte mehr tun können.«

»Aber ich hätte es früher tun können. Ich habe Lawrences Lesezeichen schon vor einer Woche in einem von Maries Büchern gefunden. Ich habe gewusst, dass sie hier gewesen ist. Marie hat alle möglichen Bücher gelesen, nicht nur Danielle Steel. Die Regale in ihrem Haus waren voll davon. Sie hat mehr Geld dafür ausgegeben, als sie sich leisten konnte, weil sie immer noch mehr Bücher haben wollte. Lawrence Daley war in Wahrheit ihr Typ, nicht Eddie Kemp. Sie hat den Rat ihrer Mutter befolgt und sich einen besseren Mann gesucht. Als Marie ihrer Mutter erzählt hat, dass der Vater des Kindes ein eigenes Geschäft hat, meinte sie damit keinen Fensterputzer, verdammt noch mal!«

»Wir hätten nicht mehr tun können, Ben.«

»Doch«, widersprach Cooper. »Wir hätten das Baby finden können.«

Cooper stand auf, und Fry musste ihm ausweichen, als er sich an ihr vorbeischob. Er ging die Treppe hinunter und in das große Zimmer, in dem Lawrence seine Erinnerungsstücke aufgebaut hatte. Nun, da ihr Besitzer tot war, wirkten der Irving-Anzug, die Fliegerhauben und die persönlichen Gegenstände der längst verstorbenen Flieger ganz besonders unheimlich und bedrückend. Cooper stieß die Tür nach draußen auf und trat auf die Feuerleiter. Kalte Luft strömte herein und ließ die Spinnweben aufwirbeln. Der Hof unter ihm war unberührt, die undeutlichen Umrisse von der frischen Schneedecke des Vortags verhüllt.

Die Gasse dahinter stand voller Polizeifahrzeuge mit laufenden Motoren. Er hörte ein Knacken, als ein Mitarbeiter der Spezialeinheit mit einem Brecheisen das Vorhängeschloss am Hoftor aufbrach. Doch die Polizisten hatten wegen des hohen Schnees Schwierigkeiten, die Türflügel aufzudrücken. Je mehr sie fluchten und schoben, umso mehr Schnee schob sich dahinter zusammen, so dass sie sich ebenso gut gegen eine Ziegelmauer hätten stemmen konnten.

»Schaufeln!«, rief ein Sergeant. »Wir müssen hier erst freischaufeln.«

Cooper stieg die Feuerleiter hinunter, deren Stufen gefährlich glatt waren. Seine Hände hinterließen Abdrücke in der Schneekruste auf dem Geländer, unter der sich eine Eisschicht befand, die sich wie Sandpapier unter seinen Fingern anfühlte.

Unten blieb Cooper stehen und sah sich um. Der Schnee der Vorwoche hatte sich so gut gehalten, weil zu keiner Tageszeit ein Sonnenstrahl in den Hof fiel. Ringsum ragten die Brandmauern der angrenzenden Gebäude so hoch empor, dass in dieser Jahreszeit überhaupt keine Sonne durchkam.

Schwarze, gusseiserne Regenrinnen zeichneten ein kompliziertes Spinnennetz auf die kahlen Mauern der Gebäude ringsum, auf deren Rändern sich der Großteil der Stare von Edendale drängte und den Sonnenaufgang über den Dächern mit lautem Gezwitscher begrüßte.

Cooper folgte den Pfotenabdrücken der Katze, die durch den frischen Schnee über den Hof spaziert war. Sie wiederum folgten den Vogelspuren, machten aber nirgendwo Halt – wahrscheinlich waren die Vögel schon längst weggeflogen. Stare waren nicht besonders schlau, aber sie wussten, dass sie verschwinden mussten, sobald eine Katze auftauchte. Die Spuren führten fast um den ganzen Hof herum, ehe sie zu einem der schneebedeckten Hügel hinüberschwenkten. Cooper kratzte ein wenig Schnee ab. Es war ein Rad mit einem Teil des Fahrwerks. Ein stechender Geruch stieg ihm in die Nase. An der Stelle, wo das Rad auf dem Boden stand, sah er einen gelben Fleck, daneben mehrere kleine, in den Schnee geschmolzene Löcher. Hier hatte die Katze ihr Revier markiert. Dann war das Tier zum nächsten Gegenstand geschlichen, hatte ihn eine Weile umkreist und war dann hinaufgesprungen, und von dort aus auf die Mauer und hinüber in den Nachbarhof.

Es war nicht schwer zu erkennen, worum es sich bei dem betreffenden Gegenstand handelte. Aus dem Schnee ragten die Läufe zweier verrosteter Vickers-Maschinengewehre. Sie erhoben sich aus einem kuppelartigen Gebilde, das wie ein riesiger Helm aussah. Es war ein Geschützturm. Cooper berührte einen der Läufe an der Mündung, worauf er sich ein Stück in seinem Lager drehte und sich etliche Quadratzentimeter Schnee lösten und langsam von der Plexiglaskuppel rutschten. Durch die so entstandene Lücke in der Schneedecke erkannte Cooper den Sitz des Schützen und etwas Dunkles, das darüber geworfen war.

Hinter ihm setzte die Spezialeinheit mit einem Land Rover rückwärts an das Tor heran. Aus dem Wagen wurden Schaufeln geholt, mit denen der Hof frei geschaufelt werden sollte.

Die Auspuffgase des Fahrzeugs legten sich über den gesamten Hof, bis der Gestank den kalten, sauberen Geruch des Schnees überdeckte.

Cooper konnte nicht warten, bis die Suche offiziell begann. Er musste wissen, was sich in dem Geschützturm befand, was in diesem zellenartigen Verschlag zurückgelassen worden war, in der auch Sergeant Dick Abbott an Bord der Sugar Uncle Victor den Tod gefunden hatte. Vielleicht fand er ja eine weitere Irving-Jacke, eine Fallschirmausrüstung, eine Fliegerhaube oder andere persönliche Ausrüstungsgegenstände, die ihm etwas über den Mann erzählen konnten, der in dieser Enge gelebt und gekämpft hatte und vielleicht sogar gestorben war.

Doch das Loch war zu klein, um genug zu sehen. Cooper wischte mit der Hand über das Plexiglas, bis ein weiterer Brocken Schnee wegbrach und knirschend auf seine Stiefel fiel. Im ersten Augenblick war alles verschwommen, weil das Schmelzwasser lange Schlieren auf der Scheibe hinterließ. Doch es dauerte nicht lange, bis es sich gesammelt hatte, von der gewölbten Oberfläche ablief und in den Schnee tropfte.

Das Tropfen nahm Coopers ganze Aufmerksamkeit gefangen und ließ die Rufe der Beamten und den Motorenlärm des Land Rover in den Hintergrund treten, bis sie kaum mehr als eine leise Irritation am Rande seiner Wahrnehmung waren. Cooper musste sich regelrecht davon losreißen und sich auf das Loch konzentrieren, das er auf dem Plexiglas frei gemacht hatte.

Erst in diesem Moment sah er die Augen.

Grace Lukasz nahm die Oblate in den Mund und nippte mit geschlossenen Augen am Wein. Der Leib Christi lag auf ihrer Zunge. Sein Blut benetzte ihre Lippen. Jesus Christus hatte sein Leben hingegeben. Aber Grace kannte auch die Geschichte aus dem Alten Testament, von dem Sündenbock, den man gezwungen hatte, alle Sünden des Stammes auf sich zu nehmen, und dann in die Wildnis gejagt hatte. Nicht jeder, der sich opfert, tut es aus freien Stücken.

Andrew war schon immer hitzköpfig und stur gewesen, aus dem gleichen Holz wie der Alte geschnitzt, sagten die alten Leute. Er kam eindeutig mehr nach Zygmunt als nach Peter. Er hatte dasselbe trotzige Kinn, dieselben blauen Augen und verfügte über dieselbe Halsstarrigkeit. Aber in einem wichtigen Punkt unterschied sich Andrew von seinem Großvater – er war geldgierig. Das hatte sie jetzt erst erkannt. Sie begriff, dass Zygmunt Andrew gemeint hatte, als er von Aasgeiern sprach. Peter war gezwungen gewesen, sich zwischen seinem Sohn und seinem Vater zu entscheiden – und er hatte Zygmunt gewählt, hatte sich nicht für seine Zukunft, sondern für seine Herkunft entschieden.

Grace musste dafür sorgen, dass sie wieder froh wurde. Es gab keine andere Möglichkeit, sich all dem zu stellen. Es war die Zeit der Vergebung, der Versöhnung. Das Opfer war gebracht worden, und jetzt würde endlich Frieden in der Familie herrschen. An diesem Morgen hatte Peter zufrieden ausgesehen, vielleicht nicht gerade glücklich, aber zumindest weniger gequält. Grace war immer diejenige gewesen, die man beschuldigt hatte, in der Vergangenheit zu leben. Aber in dieser Hinsicht konnte den polnischen Familien niemand das Wasser reichen, den alten Männern, die sich an ihre Kriegserinnerungen klammerten, sich mit verkrümmten Fingern an jene Zeit krallten, in der man sie so dringend gebraucht hatte, eine Zeit, in der ihnen das Leben eine Aufgabe zugeteilt hatte. Eine Zeit, in der sie einen Feind hatten, den es zu bekämpfen galt.

Grace wusste, dass Detective Cooper hinten in der Kirche saß. Er war nicht nach vorn zum Altar zur Kommunion gekommen, sondern war sitzen geblieben und hatte alles beobachtet. Er sah aus wie ein Junge, dem der Glaube helfen könnte, wenn er Gott nur in sein Leben einließe. Er war ungefähr so alt wie Andrew. Sie spürte, wie sich eine Träne in ihrem Augenwinkel sammelte, und suchte in ihrer Rocktasche nach einem Papiertaschentuch. Die jungen Leute heutzutage kannten nur ihre eigenen Bedürfnisse. Sie hatten nie gelernt, was es hieß, eine Perspektive zu haben, sondern interessierten sich nur für ihre kurzfristigen persönlichen Interessen. Sie wussten nicht, dass ein kleines Opfer einer größeren Sache dienen konnte.

Grace schob ihren Rollstuhl ein Stück von der Bank weg und wendete im Mittelgang. Die Räder quietschten ungewöhnlich laut auf den Fliesen. Mehrere Gemeindemitglieder drehten sich nach ihr um und sahen zu, wie sie zur Seitentür hinausrollte und über die Rampe auf den Kirchhof fuhr.

Ben Cooper entging nicht, dass sich einige der Gottesdienstbesucher in seine Richtung drehten und Grace Lukasz beim Verlassen der Kirche beobachteten. Er wartete, bis sich die Gemeinde wieder auf den Pfarrer konzentrierte, dann stahl er sich ebenfalls hinaus, wobei er die Tür so leise wie möglich hinter sich schloss. Er war froh, die Kirche hinter sich gelassen zu haben und wieder in der kalten Luft zu sein, die sich viel reiner und sauberer anfühlte und seiner Vorstellung von etwas Heiligem wesentlich näher kam. Er sah, dass Grace Lukasz noch nicht weit gekommen war. Ihr Rollstuhl stand auf dem Weg zwischen den Grabsteinen, in der Nähe der riesigen Figur der Schwarzen Madonna mit Kind, die sich in der Außenwand der Kirche befand.

Obwohl Mrs Lukasz ihn kommen hörte, drehte sie sich nicht um. »Würden Sie mich bitte nach Hause bringen? Peter wollte mich abholen, aber das kann noch eine Weile dauern.«

»Selbstverständlich.«

Cooper wusste, wie man mit einem Rollstuhl umging. Er half Grace Lukasz, dicht neben die Beifahrertür seines Wagens zu rollen, und sicherte den Stuhl, während sie sich auf den Beifahrersitz hievte. Er sah, dass ihre Beine so gut wie unbrauchbar waren. Sie musste sie mit den Händen in den Wagen heben. Als sie richtig saß, klappte er den Rollstuhl zusammen und legte ihn in den Kofferraum des Toyota.

»Sie fragen sich vielleicht, wie es dazu kam«, sagte sie. »Es war ein Autounfall. Andrew saß am Steuer.«

»Bevor er nach London ging.«

»Ja. Bis dahin haben wir uns sehr nahe gestanden. Aber nach dem Unfall konnte er mit der Schuld nicht mehr leben. Er konnte es nicht ertragen, mich Tag für Tag im Rollstuhl zu sehen. Also war sozusagen ich es, die ihn aus dem Haus getrieben hat.«

Cooper wusste nicht, was er dazu sagen sollte. Wie alle Gefühle folgte auch das Schuldgefühl nicht den Gesetzen der Logik.

»Aber man kann sich nicht für immer und ewig von seiner Familie trennen«, fuhr Grace fort. »Am Ende ist er doch wieder zurückgekommen.«

»Und warum?«

»Andrew fühlte sich in London immer einsamer. Isoliert von seiner Familie, isoliert von der Gemeinde, in der er groß geworden ist. Nach ein, zwei Jahren hat er bereut, dass er alle Brücken hinter sich abgebrochen hatte.«

»Hat er Ihnen das gesagt?«

»Ja, gleich als er kam. Er hatte sich wieder an all die Geschichten erinnert, die Zygmunt immer aus seiner Luftwaffenzeit erzählt hat, von dem Absturz der Lancaster und natürlich von seinem Cousin Klemens, der dabei ums Leben gekommen ist.«

Cooper setzte sich hinters Steuer und legte den Sicherheitsgurt an.

»Wir glauben, dass Andrew angefangen hat, Flugzeug-Memorabilia aus dem Zweiten Weltkrieg zu sammeln«, sagte er.

»Ja, aber ich wette, er hat nach Dingen gesucht, die irgendeine Verbindung mit Polen haben. Die Wurzeln sind sehr stark, wissen Sie? So, wie wir unsere Kinder erzogen haben, können sie sie nicht so einfach herausreißen.«

»Auf diese Weise kam Andrew also an das Zigarettenetui. Er

hat es über die Website gekauft, die Frank Baine und Lawrence Daley betrieben haben. Er gehörte zu ihren Kunden.«

»So hat es angefangen«, sagte Grace. »Aber dann ist es zu seinem Mittel der Versöhnung geworden.«

Cooper legte den ersten Gang ein und fuhr in Richtung Woodland Crescent los. »Das verstehe ich nicht ganz.«

»Ich habe es irgendwann einmal aus Peter und Zygmunt herausbekommen«, erklärte Grace. »Ich glaube, sie schämen sich beide. Peter auf jeden Fall. Zygmunt… na ja, bei Zygmunt bin ich mir nicht so sicher.«

»Aber Versöhnung…?«

»So, wie ich Andrew kenne, wusste er, dass es an der Zeit war, sich zu versöhnen, als er gehört hat, dass Zygmunt nicht mehr lange zu leben hat. Er hat auf eigene Faust nachgeforscht, woher diese Souvenirs und Memorabilia stammen und wer damit zu tun hat. So kam er mit Lawrence Daley in Kontakt. Daley hat ihm vertraut, und Andrew hat herausgefunden, dass hinter dem Geschäft mit den Memorabilia weit mehr steckte. Er hat sich an die RAF-Polizei gewandt und ihnen die ganze Geschichte erzählt.«

»Damit hat er sich in ziemlich große Gefahr begeben«, sagte Cooper. »War ihm das bewusst?«

»Vermutlich ja. Aber er ist sehr eigensinnig, müssen Sie wissen. So stur wie sein Vater und sein Großvater. Er hatte *Oplatek* vor Augen. Die Zeit der Versöhnung. Er musste herkommen und seinem Großvater beweisen, dass er etwas gegen die Leute unternahm, die Zygmunt als Aasgeier bezeichnet. Andrew hat gehofft, sein Großvater würde dann stolz auf ihn sein.«

Sie bogen in den Woodland Crescent ein. Cooper war bewusst langsam gefahren, um zu erfahren, was Grace Lukasz ihm noch alles zu sagen hatte.

»Aber das genügte Zygmunt nicht«, fuhr sie fort. »Ich glaube, er hat sich über Andrew lustig gemacht, weil er seine Informationen einfach nur an die Polizei weitergeben wollte. Ich glaube,

Zygmunt sagte, er hätte konkrete Namen herausfinden müssen. Er hat Andrew gefragt, ob er keinen Mumm in den Knochen hat.«

Cooper hielt am Straßenrand, zog die Handbremse an und hörte schweigend zu.

»Das Zigarettenetui hat Zygmunt schrecklich wütend gemacht«, sagte sie. »Sie haben fürchterlich gestritten. Ich habe nicht alles mitbekommen, aber ich bin sicher, dass es darum ging. Dann ist Andrew gegangen.«

»Wissen Sie, wohin er wollte?«

Grace schüttelte den Kopf. »Ich weiß nur, dass er losgegangen ist, um seinem Großvater zu beweisen, dass er der Vergebung würdig ist. Er hat beschlossen, nicht auf den Polizisten zu warten. Mehr weiß ich nicht.«

»Gut.«

Sie wandte sich Cooper zu und sah ihn erschöpft an. »Andrew hat sich in Schwierigkeiten gebracht, stimmt's?«

»Gehen wir rein.«

Aber Grace machte keine Anstalten. »Da war noch etwas, worüber Zygmunt ständig sprach«, sagte sie. »Dass man Opfer bringen muss.«

Cooper öffnete das Seitentor und schob den Rollstuhl an der Garage vorbei zur Rückseite des Bungalows, wo er Zygmunt Lukasz im Wintergarten sitzen sah. Der Schnee auf dem Glasdach tauchte den Raum in ein seltsam bläuliches Licht. Cooper kam es vor, als betete der alte Mann.

Zygmunt saß vor einer hohen, hell brennenden Kerze. Sein Haar leuchtete in dem vom Schnee gefilterten Licht unnatürlich weiß, als wäre es erst vor kurzem mit Bleiche gewaschen worden. Hinter ihm im Haus war der Rest der Familie zu erkennen. Cooper sah Peter, Richard und Krystyna und sogar Alice, das jüngste Kind. Am liebsten wäre er sofort um die Ecke gebogen, bevor ihn jemand bemerkte, doch Grace Lukasz klopfte ohne zu zögern an das Glas, woraufhin ihr Mann zur Tür kam und Cooper verwundert anstarrte.

»Ich habe nicht damit gerechnet, dass du schon so früh nach Hause willst«, wandte er sich an seine Frau.

»Es hat mir gereicht. Außerdem möchte Detective Cooper mit dir reden.«

»Tut mir Leid, dass ich Sie stören muss.«

»Sie kommen besser herein.«

Krystyna schnitt in der Küche mit einem kleinen Messer Karotten und Pastinaken, und in einem Topf mit kaltem Wasser lag ein Hühnchen. Im Wohnzimmer griff Peter Lukasz automatisch nach der Fernbedienung und spielte damit herum. »Was wollen Sie?«, fragte er.

»Ich wollte wissen, ob Sie inzwischen etwas von Ihrem Sohn gehört haben.«

»Nein. Aber es kann nicht mehr lange dauern.«

Cooper schüttelte den Kopf. Es war seltsam, wieder im Haus der Lukasz' zu sein. Vor über einer Woche hatte er Eddie Kemp im Starlight Café festgenommen. Zu diesem Zeitpunkt hatte er noch nicht einmal von einer Familie Lukasz gehört, dabei hatte Kemp mit der Ermordung ihres Sohnes zu tun. An jenem frühen Morgen war Blut auf den Straßen gewesen, im Schnee. Und nun lag Blut auf dem Irontongue Hill.

»Mr Lukasz«, sagte er, »ich muss Sie noch einmal zu einer Identifikation ins Leichenschauhaus bitten.«

Sämtliche Mitglieder der Familie Lukasz erstarrten mitten in der Bewegung. Grace wirbelte ihren Rollstuhl herum, um Cooper anzusehen, Peter legte die Fernbedienung beiseite, Krystynas Küchenmesser verharrte in der Luft. Cooper drehte sich um und sah zum Wintergarten. Zygmunt fixierte ihn mit seinen blassblauen, wissenden Augen. Der alte Mann hob den Kopf, und sein Unterkiefer spannte sich trotzig an. Der Hund hockte mit einem dünnen, rosafarbenen Keks im Maul, den er durchs Zimmer geschleift hatte, neben Zygmunts Stuhl. Der Keks war schmutzig, aber das Relief auf seiner Oberfläche war immer noch zu erkennen – ein Bild aus der Weihnachtsgeschichte. Cooper erkannte es als Abwandlung einer *Oplatek*-Waffel.

»Vergebung für die Tiere?«, fragte er.

Zygmunt Lukasz sprach zum ersten Mal in Coopers Gegenwart englisch. »Natürlich«, erwiderte er. »Es waren schließlich Tiere in dem Stall, in dem Jesus geboren wurde.«

»Allerdings«, sagte Cooper. »Und Tieren kann man viel leichter vergeben.«

Ben Cooper war noch nie im Nebenhaus gewesen, wo Mrs Shelley wohnte, sondern war ihr immer nur bei sich in Nummer 8 begegnet. Natürlich sah Nummer 6 von außen ganz genauso aus, abgesehen davon, dass es nur eine Klingel gab.

»Sie ist ein bisschen eigen«, sagte er. »Kann sein, dass sie am Anfang überhaupt nicht versteht, was wir sagen.«

»Da haben wir ja Glück, dass sie wenigstens weiß, wer du bist«, sagte Diane Fry.

»Auch da bin ich mir nicht so sicher. Gut möglich, dass sie mich nicht mit der Polizei in Verbindung bringt. Für sie bin ich der junge Mann, der sich um ihre Katze kümmert.«

»Dann bist du ja am Ende doch noch befördert worden, Ben.«

Cooper drehte sich zu ihr um. Ihr Spott gefiel ihm nicht besonders. Aber er sah ihr deutlich an, dass sie ihre Worte bereits bereute.

»Wenn du nichts dagegen hast, würde ich gern anschließend noch Alison Morrissey im Cavendish Hotel besuchen«, sagte er.

Fry wich seinem Blick aus. »Sie ist weg«, sagte sie. »Sie hat heute Morgen einen Flug zurück nach Toronto genommen.«

»Wie bitte?«

»Tut mir Leid, Ben. Wir hielten es für das Beste.«

»Wer ist *wir*?«

»Ich habe gestern mit ihr gesprochen, nachdem wir Frank Baine festgenommen haben. Ich habe gesehen, wie du sie zum

Hotel zurückgebracht hast, und ich glaube, sie hat sich bereits von dir verabschiedet.«

Cooper bemerkte, dass er mit offenem Mund dasaß und kalte Wut in ihm aufstieg. Doch bevor er eine Erklärung verlangen konnte, öffnete sich die Tür von Nummer 6, und Mrs Shelley sah sie mit gerunzelter Stirn an.

»Ja, bitte?«

Sie hörten den Terrier hinter dem Haus bellen. Sogar im Flur war der Lärm ohrenbetäubend. Cooper war für die massiven Wände dankbar, die verhinderten, dass der Lärm ins Nebenhaus drang. Unwillkürlich schweiften seine Gedanken zu Marie Tennents Haus, dessen Mauern so dick waren, dass die Nachbarn kein Baby schreien gehört hatten.

»Mrs Shelley, wir müssen mit Ihnen über Lawrence Daley sprechen«, sagte Fry, als ihr auffiel, dass Cooper keinen Ton herausbrachte.

»Lawrence?«, sagte Mrs Shelley, als würde die Wiederholung des Namens seinem Klang eine Bedeutung verleihen. »Lawrence?«

»Ihr Neffe.«

»Ist etwas passiert? Hat es im Buchladen gebrannt? Ich habe ihm immer gesagt, dass er dort in einer tödlichen Falle sitzt. Die vielen Bücher… es braucht nur jemand eine Zigarette oder ein Streichholz fallen zu lassen, schon steht alles lichterloh in Flammen. Das hab ich ihm mehr als einmal gesagt.«

»Nein, es hat nicht gebrannt, Mrs Shelley. Dürfen wir einen Moment reinkommen? Das ist besser, als hier auf der Schwelle zu stehen.«

»Natürlich. Möchten Sie einen Tee?«

»Gute Idee, aber lassen Sie uns das Wasser aufstellen.«

»Warum das denn? Ich kann meinen Teekessel immer noch selbst aufstellen.«

»Mrs Shelley, wir haben leider eine schlechte Nachricht.«

Mrs Shelley starrte sie an. Ihr Mund bewegte sich kaum

merklich, während sie zu begreifen versuchte, was Fry eben gesagt hatte. Cooper rechnete damit, dass sie ihn gleich nach der Katze fragen würde.

»Er kann nicht tot sein«, sagte sie. »Das ist unmöglich. Doch nicht beide.«

»*Beide?*«, fragte Fry. »Wieso beide?«

»Ich kümmere mich um den Tee«, sagte Cooper.

Er war froh, dass Jasper, der Hund, draußen und nicht in der Küche war. Sein Kläffen klang närrisch und penetrant. Allmählich bekam Cooper Routine darin, in den Küchen anderer Leute zu stehen: zuerst in der von Marie Tennent, in der es intensiv nach Windeln und Sterilisierungsflüssigkeit gerochen hatte, dann in Walter Rowlands spartanisch und zweckmäßig eingerichteter Küche und schließlich in Lawrences kleinem Kabuff im Buchladen. Und nebenan in seiner eigenen Küche in Nummer 8, in der er sich immer noch nicht richtig heimisch fühlte.

Dabei hätte ihn Mrs Shelleys Küche eher an die in Nummer 8 erinnern müssen, da die beiden Räume den gleichen Grundriss und eine ähnliche Aussicht auf den verwilderten Garten besaßen. Trotzdem erinnerte sie ihn von allen Küchen, in denen er gewesen war, am ehesten an die von Marie Tennent. Es dauerte nicht lange, bis er herausgefunden hatte, weshalb.

An der gegenüberliegenden Wand, in der Nische, die in seiner eigenen Wohnung die neue Gefriertruhe einnahm, stand ein Möbelstück, das auf keinen Fall in eine Küche gehörte.

Aber es passte zu den Gerüchen, die ihm, wie ihm mit einem Mal klar wurde, Marie Tennents Küche überhaupt erst in Erinnerung gerufen hatte. Die Gerüche hatten ihn sofort in die Dam Street versetzt, als hätte er wieder die Tür geöffnet und Maries Flur betreten, wie an jenem Tag vor fast einer Woche. Es war, als spielte ihm sein Gedächtnis einen Streich, als hätte er ein Déjà-vu-Erlebnis. Bis auf die Tatsache, dass er genau jenes Möbelstück vor sich hatte, das in sämtlichen Zimmern von Maries Haus so offenkundig gefehlt hatte.

»Was soll ich nur mit ihr machen?«, jammerte Mrs Shelley und folgte ihm in die Küche. »Jasper ist eifersüchtig auf sie, weil sie so viel Aufmerksamkeit bekommt. Deshalb bellt er auch pausenlos. Und wenn Lawrence tot ist, dann holt er sie bestimmt nicht mehr ab, oder?«

»Nein, Mrs Shelley. Und ich glaube, ihre Mutter auch nicht.«

Cooper beugte sich über die Wiege. Die Augen des Babys waren offen, aber es hatte die Hände zu Fäustchen geballt, und das Gesicht war leuchtend rot. Es lag ganz still da. Dann bewegten sich die Pupillen, als versuchten sie, etwas weit Entferntes zu sehen, während sich die Stirn grübelnd in Falten legte.

Schließlich schien das Baby Coopers Gesicht wahrzunehmen. Und Chloe lächelte.

36

Wie so oft hatte sich das Wetter im Peak District innerhalb von achtundvierzig Stunden komplett gewandelt. Sobald es angefangen hatte zu tauen, war alles so schnell gegangen, dass bereits am Dienstag nahezu alle Spuren des Schnees verschwunden waren, mit Ausnahme einiger eisiger Zungen in den Falten des Hochmoors. Das Wasser stürzte von den Bergen, und die Flüsse waren so angeschwollen, dass sie die Brücken wegzureißen drohten.

Ben Cooper fuhr auf den nassen Straßen aus Edendale hinaus und dachte daran, wie anders der Snake Pass an dem Tag ausgesehen hatte, als er mit Sergeant Caudwell zum Wrack der Sugar Uncle Victor hinaufgestiegen war. Damals war der Schnee noch unberührt gewesen und hatte die Sonne so stark reflektiert, dass es in den Augen schmerzte.

Jetzt würde das Wasser im Hof hinter Eden Valley Books in kleinen Bächen von dem Geschützturm und den Motorgehäusen rinnen. Andrew Lukasz' Leiche war längst abgeholt worden, auch wenn die Bergung nicht ganz ohne Schwierigkeiten abgelaufen war. Seine Gliedmaßen waren zusammengefaltet worden, damit er in den Turm passte, und die Leichenstarre hatte die Gerichtsmediziner vor die Frage gestellt, ob sie ihm die Arme ausrenken sollten, um ihn dort herauszubekommen. Aber sie hatten es auch so geschafft, und als sie die Leiche umdrehten, hatten sie das Blut entdeckt, das in den Sitz gesickert war, und die Wunde an Andrews Hinterkopf.

Lawrence Daley tat Cooper Leid. Seine Partner hatten dafür

gesorgt, dass er am Tod von Andrew Lukasz mitschuldig wurde. Da Lawrence nicht mehr gegen sie aussagen konnte, würde es schwierig werden, zu beweisen, ob Andrews Sturz von der Feuerleiter ein Unfall gewesen war oder ob jemand nachgeholfen hatte. Vielleicht stimmte es ja, dass sie einfach nur die Tür geöffnet hatten, um ihm den Hof zu zeigen. Die Treppe war schon seit Tagen vereist gewesen, außerdem hatte es gerade erst geschneit. War Andrew also ausgerutscht und gestürzt? Oder war es die einzige Möglichkeit für Baine und seine Freunde gewesen, ihn davon abzuhalten, sich am darauf folgenden Tag mit Nick Easton zu treffen?

Als er mit Diane Fry den Buchladen aufgesucht hatte, um sich den Raum im ersten Stock zeigen zu lassen, hatte Cooper sogar selbst auf der Feuerleiter gestanden und in den Hof hinuntergeschaut. Zu diesem Zeitpunkt hatte Andrew Lukasz' Leiche bereits dort unten gewartet, dass der Schnee so weit taute, dass er von der Kanzelscheibe rutschte. Armer Lawrence. Er hatte nie richtig begriffen, worauf er sich da eingelassen hatte.

Nachdem nun sämtliche Verhöre abgeschlossen waren, galt es Anklage gegen Frank Baine und die Kemps zu erheben. Die MDP war noch immer mit ihren eigenen Ermittlungen beschäftigt. Das Einzige, was nach wie vor fehlte, war Sergeant Eastons schwarzer Ford Focus.

Alison Morrissey war wieder in Kanada, die kleine Chloe in einem Säuglingsheim. Dem Baby war in Mrs Shelleys Obhut, wo es vor Eddie Kemp sicher gewesen war, nichts passiert. Und Marie Tennent hatte von Anfang an zu Unrecht unter falschem Verdacht gestanden. Das Einzige, worum sie sich gesorgt hatte, war die Sicherheit ihres Kindes. Nein, da war noch etwas anderes gewesen: Sie hatte der Toten gedacht.

Doch Ben Cooper hatte den Eindruck, als gäbe es noch jemanden, an dessen Schicksal niemand mehr dachte. Diese Geschichte hatte weder mit Nick Easton noch mit Marie Tennent oder sonst irgendjemandem ihren Anfang genommen – sondern mit Fliegerleutnant Danny McTeague.

Auf dem Irontongue Hill lief das Wasser in alle Richtungen durchs Hochmoor, grub Rinnen in den wieder frei liegenden Torf, formte ihn zu Burgen und Hügeln, schichtete kleine Steine zu Haufen auf und sammelte sich in den Mulden zu dunklen Tümpeln. Weiter unten waren die Bäche braun und führten deutlich mehr Schmelzwasser mit sich, als sie eigentlich verkraften konnten. Inzwischen waren sie nicht mehr malerisch.

Trotzdem lag auf dem Dach von George Malkins Haus in Harrop immer noch Schnee. Normalerweise war dies ein Zeichen für gute Dämmung, die verhinderte, dass die Wärme nach außen drang. In Malkins Fall wusste Cooper jedoch, dass es in der Hollow Shaw Farm schlicht und ergreifend nicht genug Wärme gab, um den Schnee vom Dach zu schmelzen.

Malkin hatte mit dem Gras auf der Wiese hinter seinem Haus Recht gehabt. Sogar jetzt, da die Schneedecke allmählich schwand, sah das Gras dort heller und frischer aus als auf jeder anderen Weide in Derbyshire. Die Schafe hoben die Köpfe mit den schwarzen Gesichtern und sahen zu, wie Cooper den Toyota abstellte und den Weg zum Haus hinaufging. Einige Tiere nickten, als wollten sie sagen, sie hätten das alles kommen sehen.

»Was macht das Kaninchen?«, fragte Malkin, als Cooper ins Haus trat.

»War ein echter Lebensretter.«

»Oh, prächtig.«

Auf dem Fensterbrett von Malkins Wohnzimmerfenster türmte sich eine kleine Schneewehe, die der Sturm durch den verzogenen Fensterrahmen hereingedrückt hatte. Der Schnee machte keinerlei Anstalten zu schmelzen, nicht einmal jetzt. Heute wollte Cooper nicht im Haus bleiben.

»Würde es Ihnen etwas ausmachen, kurz mit mir nach draußen zu kommen, Mr Malkin?«

»Meinetwegen.«

Sie gingen ein paar Meter den Hang hinauf zu einer Stelle, von wo aus der Irontongue in der Ferne gerade noch zu erkennen war. Dazwischen erhob sich der Hügel des Blackwood-Reservoirs, dessen Damm senkrecht aus dem Schnee ragte.

»Vorgestern Abend war ich dort oben, im Dunkeln«, sagte Cooper. »Normalerweise gehe ich nicht im Dunkeln auf den Berg, aber vorgestern schon.«

»Hab davon gehört«, sagte Malkin.

»Na ja, wenn man nachts dort oben ist, im Schnee, dann sehnt man sich nach jedem noch so kleinen Lebenszeichen. Eine ganze Weile konnte ich im weiten Umkreis überhaupt nichts sehen – nur ein einzelnes Licht. Es kam von Ihrem Fenster. Ich habe gewusst, dass es Ihr Licht war. Sie ziehen die Vorhänge nicht vor.«

»Ich hab nicht gewusst, dass Sie dort oben waren«, sagte Malkin. »Was hätte ich denn tun sollen?«

»Nichts«, erwiderte Cooper. »Aber wenn ich mich verlaufen und nicht mehr gewusst hätte, in welche Richtung ich gehen soll, wäre ich mit Sicherheit auf Ihr Haus zugelaufen. Es war das einzige Licht weit und breit. Es war wie ein Symbol der Rettung.«

»Wenn Sie meinen.«

»Ich wäre nie in die andere Richtung gegangen, zum Reservoir und von dort hinunter zur Wasserwirtschaftsamtsstraße, die man von da oben ja nicht einmal sehen kann. Man käme nie auf die Idee, dass dort eine Straße verläuft. Um in diese Richtung zu gehen, muss man entweder blind oder dumm sein.«

Malkin schien allmählich zu ahnen, worauf Cooper hinauswollte. »Oder betrunken?«

»Fliegerleutnant McTeague war nicht betrunken«, korrigierte Cooper.

Die Luft war feucht, und Cooper sah, dass die Wolken sich rasch über das Land senkten. Fröstelnd schlug er den Kragen hoch.

»Ich habe den Unfallbericht überprüft«, sagte er. »Der Whisky an Bord der Lancaster SU-V war ein Geschenk für den Kommandeur des Luftwaffenstützpunktes Benson. Der Schwadronskommandeur in Leadenhall hatte eine Quelle auf dem Schwarzmarkt, und davon wollte er seinem alten Freund in Lancashire etwas zukommen lassen.«

»Tatsächlich?«

»Mr Malkin, ich glaube, Sie konnten Fliegerleutnant McTeague unmöglich auf der Straße sehen und ›Show Me the Way to Go Home‹ singen hören.«

»Kann schon sein, dass ich mich geirrt habe«, brummte Malkin. »Nach so langer Zeit spielt einem die Erinnerung schon mal den einen oder anderen Streich.«

»Ich glaube, es gibt ein paar Dinge, an die Sie sich nur allzu gut erinnern.«

Malkin blickte über das Moor. Nebelbänke schoben sich vor den Irontongue Hill, und schon bald wäre er von Hollow Shaw aus nicht mehr zu sehen.

»Wollen Sie es mir nicht erzählen?«, fragte Cooper.

Malkin stand wie erstarrt vor ihm. »Eins müssen Sie verstehen«, sagte er. »Ted und ich hatten gehört, wie unsere Eltern und ein paar von ihren Freunden über gefälschte Banknoten geredet haben, die angeblich von den Deutschen gedruckt worden sind, um unsere Wirtschaft lahm zu legen.«

Cooper runzelte die Stirn. »Was hat das damit zu tun?«

»Na ja, als ich mit Ted zum Wrack hinaufgestiegen bin, haben wir gehört, wie zwei von den Fliegern miteinander geredet haben. Sie haben in einer fremden Sprache gesprochen, deshalb dachten wir, es sind Deutsche.«

»Nein, das müssen die beiden Polen gewesen sein«, sagte Cooper. »Das waren Zygmunt Lukasz und Klemens Wach. Sie sprachen polnisch.«

»*Jetzt* weiß ich das auch«, gab Malkin ein wenig gereizt zurück. »Deshalb haben wir uns der Besatzung nicht weiter genähert, verstehen Sie? Abgesehen davon hätten wir sowieso nicht gewusst, was wir tun sollten, wenn wir die Verletzten gefunden hätten. Wir wollten irgendwo zu einem Telefon und die Polizei anrufen, aber dann haben wir die Taschen gesehen. Sie waren aus dem Flugzeug geschleudert worden. Ted ist stehen geblieben und hat hineingesehen. So haben wir das Geld gefunden.«

Malkin hielt inne und blickte über das Moor zur Mauer des Blackbrook-Reservoirs hinüber, ehe er ein kleines Tor in der Steinmauer öffnete: »Ted hat gemeint, das sind Millionen. Wir haben Tage gebraucht, um die Scheine zu zählen, aber so viel war's nicht. Wir konnten die Taschen zu zweit kaum tragen. Ich war damals noch klein und bin schnell müde geworden. Wir wollten die Taschen zuerst verstecken und danach die Polizei anrufen. Wir dachten, alle glauben bestimmt, die Taschen sind bei dem Absturz ins Reservoir geschleudert worden, weil rings um das Becken ja jede Menge andere Flugzeugteile lagen.«

»So weit kann ich Ihnen folgen«, sagte Cooper. »Und was ist dann schief gelaufen?«

Malkin starrte immer noch zum Reservoir hinauf. »Wir haben das Licht gesehen«, sagte er. »Draußen auf dem Eis.«

»Ein Licht?«

»Es war ganz weit draußen im Dunkeln. Wir wussten, dass dort eigentlich niemand sein konnte. Es war, als würde das Licht mitten in der Luft schweben. Am Anfang dachten wir, das sind die Geister, die es draußen im Moor geben soll. Wir dachten an Gespenster. Sogar Ted hatte ein bisschen Angst, glaub ich.«

Malkin schien fast in seine Kindheit zurückzukehren. Cooper konnte sich ihn ohne weiteres als aufgeregten, zu Tode erschrockenen kleinen Jungen vorstellen, voller Ehrfurcht vor dem älteren Bruder. Es war nicht allzu schwer, sich auszumalen, wie sich der kleine George Malkin gefühlt haben musste. Auch Cooper war früher manchmal vor Aufregung fast übel geworden, wenn ihn Matt wieder in irgendwelche Abenteuer verwickelt hatte.

»Dann haben wir eine Stimme um Hilfe rufen gehört«, fuhr Malkin fort. »Sie war ganz schwach und hallte so merkwürdig. Wir haben dagestanden und zugesehen, wie sich das Licht bewegt hat. Uns war klar, dass es einer von der Besatzung des abgestürzten Flugzeuges sein muss. Aber am Anfang haben wir nicht geglaubt, dass er noch am Leben ist. Wir haben gedacht, er ist ein Gespenst, nur ein Licht und eine Stimme. Er hat auf Englisch um Hilfe gerufen, aber so leicht haben wir uns nicht täuschen lassen. Schließlich haben wir ja gehört, wie sie in ihrer eigenen Sprache gesprochen haben. Wir wussten ja, dass es Deutsche waren.«

Cooper schloss die Augen. »Es waren Polen«, wiederholte er.

Aber Malkin hörte ihn überhaupt nicht. Er war weit weg, durchlebte noch einmal jenen Augenblick, der sich seinem Gedächtnis unauslöschlich eingeprägt hatte. Siebenundfünfzig Jahre hatten seiner Erinnerung nicht das Geringste anhaben können. Mittlerweile klang er, als sei es ihm völlig egal, ob Cooper zuhörte oder nicht.

»Dann hat Ted gesagt, der Flieger muss ganz nah am Beckenrand sein. Er hat gesagt, die Dammmauer ist hinter ihm, weil wir das Echo hören, wenn er ruft. Also haben wir dem Licht noch ein bisschen länger zugesehen. Mir ist im ganzen Leben nicht mehr so kalt gewesen, was aber zum Teil auch an der Angst lag. Ich hab gewusst, dass wir die Taschen nicht mehr tragen können, wenn wir noch länger warten. Ich hab mich umgeschaut, ob wir sie irgendwo verstecken können, aber da war nichts in der Nähe. Überall hat Schnee gelegen. Und dann hat Ted gesagt: ›Er ist auf dem Eis.‹«

»Das Reservoir war also zugefroren?«, fragte Cooper.

»Auf der Seite da drüben, ja. Der Flieger ist über das Eis gegangen, immer an der Mauer vom Damm entlang.« Malkin stockte. »Ich hab Angst gehabt wegen dem Geld. Der Mann auf dem Eis war das Einzige zwischen uns und dem Geld. Er hätte gemerkt, dass es fehlt. Ich wollte das Geld lieber wieder zurückbringen, aber Ted hat geschimpft, ich soll mich nicht so dumm anstellen. Ich hab gesagt, wenn der Flieger bis zur Wasserwirtschaftsamtsstraße kommt, dann schafft er es auch bis zu der Telefonzelle eine halbe Meile weiter. Aber Ted hat gesagt: ›Er kommt aber nicht bis zur Straße.‹«

Cooper wollte etwas fragen, besann sich aber eines Besseren. Er durfte Malkin jetzt nicht unterbrechen, da sich die Geschichte langsam ihrem Ende näherte. Cooper war sich sicher, dass sich der alte Mann noch an jedes Wort erinnerte, das damals zwischen den beiden Brüdern gefallen war, während sie den Hilferufen lauschten.

»Und dann haben wir es beide gehört … das Krachen«, sagte Malkin. »Die Nachtluft hat es bis zu uns herübergetragen, und es war schrecklich laut. Als würden zwei Metallstücke aneinander schlagen, und dazu hat es leise geknirscht, als wäre etwas zerbrochen. Dann ist das Licht verschwunden. In der einen Sekunde war es noch da, dann war es weg. Man hat keinen Ruf gehört, keinen Schrei, nicht mal ein Platschen. Vielleicht haben die Flammen vom Flugzeug auf einem Stück Eis aufgeblitzt, das sich schräg gestellt hat. Aber dann ist die Eisscholle zurückgerutscht, und er war weg.«

Erschaudernd stellte Cooper sich den Schock vor, wenn das Eiswasser über dem Kopf zusammenschlug. McTeague musste seine schweren Fliegerstiefel und einen Fallschirmgurt getragen haben. Gefangen unter einer dicken Eisschicht, musste er innerhalb von Sekunden tot gewesen sein.

Der Irontongue war inzwischen im Nebel verschwunden, der rasch über das Moor heranzog. Cooper spürte die Feuchtigkeit bereits im Nacken.

»Ich hab nicht begriffen, was da passiert ist«, sagte Malkin. »Erst später. Am nächsten Morgen sind wir rauf zum Reservoir und haben nachgeschaut. Erst da hab ich gesehen, dass es nur auf der Ostseite dick genug zugefroren war, dass man drauf laufen konnte. Die Eisfläche war verschneit, hat also im Dunkeln genau wie der andere Boden ausgesehen. Es ist nie einfach, übers Moor zu gehen, geschweige denn im Schnee und im Dunkeln. Überall sind kleine Gräben, über die man muss.«

»Als der Flieger das Reservoir erreicht hat, muss er schon ziemlich erschöpft gewesen sein«, sagte Cooper.

»Ja. Er konnte es nicht ahnen. Aber auf der anderen Seite, beim Wehr, hat sich das Wasser noch bewegt. Das Eis war dünn. Nicht dick genug, um einen Menschen zu tragen. Am Morgen war höchstens noch ein feiner Riss in der Oberfläche zu sehen, wo er eingebrochen war. Der Bursche ist über Deutschland gewesen, ist zurückgekommen und hatte gerade einen Flugzeugabsturz überlebt. Und dann hat er sein Leben in die Hände von zwei Kindern gelegt. Und wir haben ihn krepieren lassen.«

Cooper wusste, dass seine Vorstellungskraft nicht ausreichte, um sich auszumalen, was Malkin durchmachte. Der alte Mann hatte den Vorfall wieder und wieder durchlebt.

»Ich dachte immer, er kommt zurück und verfolgt uns hier draußen im Moor«, sagte Malkin. »Nachts kommt er zurück. Aber nur in meinen Albträumen.«

Cooper blickte zum Reservoir hinüber, das in einer Senke zwischen den schneebedeckten Hügeln lag. Er nickte, während er wieder an Zygmunt Lukasz dachte.

»Keine Vergebung. Kein Vergessen«, sagte er.

Und plötzlich war Malkin wieder im Hier und Jetzt. Er lief dunkelrot an, die Adern auf seiner Stirn traten hervor, und sein Gesicht verzerrte sich zu einer unkenntlichen Fratze.

»Glauben Sie vielleicht, ich *will* mich daran erinnern?«, stieß er hervor. »Glauben Sie, ich hätte das nicht schon oft genug durchlebt, seit der Nacht, in der es geschah? Was glauben Sie, wie oft ich seit damals diesen Albtraum hatte? Wie oft wohl?«

»Ich weiß nicht«, erwiderte Cooper.

»In wie vielen Nächten in siebenundfünfzig Jahren?«, sagte Malkin. »Rechnen Sie es selbst aus, Sie sind doch ein schlaues Kerlchen.«

George Malkin drehte sich um und ging zum Hof zurück. Ben Cooper tastete nach seinem Funkgerät. Sollte er die Zentrale anrufen? Aber das wäre albern. Hier handelte es sich mit Sicherheit um einen Tod durch Unfall, der dazu noch siebenundfünfzig Jahre zurücklag. Der Zeuge war damals ein achtjähriger Junge gewesen. Nach allem, was sich in jüngster Zeit ereignet hatte, hielten ihn seine Kollegen mit Sicherheit für übergeschnappt, wenn er ein Drama daraus machte. Dann sah er, dass Malkin nicht auf das Haus zuging, sondern auf die große Scheune, in der Rod Whittaker seinen Lastwagen unterstellte. Malkin schob das Tor zurück und verschwand im Inneren.

»Mr Malkin?«, rief Cooper. Allmählich kam er sich auf der Wiese albern vor. Als er einen Dieselmotor anspringen hörte, lief er zum Schuppen und warf vorsichtig einen Blick hinein. Der DAF war nicht da, wohl aber der große Renault-Traktor, hinter dem die dazugehörige Ausrüstung fein säuberlich an der Wand aufgereiht war: ein Heuwender, eine Egge, ein Schneepflugblatt. George Malkin saß hoch oben in der Fahrerkabine des Traktors.

»Mr Malkin!«, rief Cooper. »Helfen Sie Rod Whittaker auch gelegentlich in seiner Firma?«

»Nein. Ich hab keinen Lkw-Führerschein«, rief Malkin zurück.

»Aber Sie fahren doch auch diesen Traktor!«

Cooper sah, wie Malkin einen Gang einlegte, machte einen Schritt beiseite und zog sich auf das Trittbrett hinauf, um durch die Beifahrertür zu klettern.

»Sie haben mir erzählt, Rod Whittaker hätte einen Vertrag mit der Bezirksverwaltung. Dazu gehört bestimmt auch, dass er manchmal Schnee räumt. Es kommt die Verwaltung doch viel billiger, Bauern und ortsansässige Unternehmer zu bezahlen, als selbst teure Schneepflüge zu kaufen.«

»Genau«, erwiderte Malkin, als sich der Traktor in Bewegung setzte.

»Sie könnten diesen Traktor also auch als Schneepflug benutzen, wenn die Straßen hier in der Umgebung frei gemacht werden müssen?«

»Ich denke schon.«

Der Traktor holperte über den Hof und hielt auf das offene Tor zum Moor zu. Cooper rief sich seinen Abstecher zum Snake Inn ins Gedächtnis, bei dem die Angestellten ausgesagt hatten, an dem Morgen, als Nick Eastons Leiche gefunden wurde, hätten die Fahrer eines Schneepflugs Halt gemacht und ihre Thermosflaschen aufgefüllt. Aber nur die Fahrer *eines* Pflugs. Sie hatten auch gesagt, die Fahrer, die von Norden über den Pass kamen, seien keine städtischen Angestellten. Sie arbeiteten auf Vertragsbasis, deshalb lag es in ihrem eigenen Interesse, die Arbeit möglichst schnell zu erledigen. Und einer davon würde einen großen Traktor mit einem Schneepflug fahren. Er sei schon sehr früh unterwegs gewesen und müsse aus der Nähe von Glossop gekommen sein, hatten sie gesagt. Gut möglich, dass er aus Harrop kam.

»Damit kommen Sie doch bis zum Snake Inn, oder?«, schrie Cooper über das Dröhnen hinweg. »Wenn die Straße für den Verkehr gesperrt ist, wundert sich niemand über einen Schneepflug. Das Personal vom Snake Inn hat das jedenfalls nicht getan. Sie haben keine anderen Fahrzeuge gesehen und gehört, nur die Schneepflüge, die den Pass herunterkamen, und dann, etwas später, noch einen, der heraufkam. Den Pflug, dessen Fahrer Nick Eastons Leiche gefunden haben. Und ich glaube, dass einer von denen, die vom Pass herunterkamen, sie dort abgelegt hat.«

Vor ihnen tauchte das Blackbrook-Reservoir im Nebel auf. Malkin kurbelte am Steuerrad und setzte rückwärts durch den nassen Torf auf ein mit einem Vorhängeschloss versperrtes Gatter zu.

»Halt!«, rief Cooper.

»Keine Angst. Ich halte schon an.«

Malkin ließ den Motor laufen, während Cooper vom Traktor sprang und das Tor weit öffnete, wobei ihm auffiel, dass das Schloss aufgebrochen worden war.

»Sie haben Frank Baine geholfen, die Leiche zu beseitigen«, sagte Cooper. »Hat Baine Sie erpresst?«

»Nein, so war es nicht.«

Malkin fuhr den Traktor rückwärts an den Rand des Reservoirs, wo eine Betonrampe bis ins Wasser führte. Dann stieg er ab und werkelte hinter dem Fahrzeug an etwas herum. Cooper sah, dass er eine dicke Kette mit einem großen Haken an einem Ende in der Hand hielt. Verwundert sah er zu, wie Malkin bis zur Hüfte in das eiskalte Wasser watete. Dann bückte er sich und befestigte den Haken an etwas, das sich unter der Wasseroberfläche befand. Als er zum Traktor zurückkam, war Malkin völlig durchnässt und bleich vor Kälte.

»Frank Baine ist vor ein paar Wochen hier vorbeigekommen«, erklärte er. »Er hatte herausgefunden, dass ich das Geld hab. Ich hab Lawrence Daley einen Haufen anderen Kram verkauft, und Baine ist kein Dummkopf. Er hat Daley gefragt, wo die Scheine herkommen, und hat zwei und zwei zusammengezählt.« Malkin kletterte wieder in die Fahrerkabine. »Baine hat gesagt, die weißen Fünfer wären einen Haufen Geld wert. Er hat gesagt, es wären Sammlerstücke, und dass es Leute gibt, die richtiges Geld dafür zahlen. Viel Geld. Er hat mir angeboten, es für mich zu verkaufen, natürlich gegen einen gewissen Anteil am Erlös. Wir haben ausgerechnet, dass alles zusammen über hunderttausend Pfund wert ist. Genug, um Florence zur Behandlung nach Amerika zu schicken.«

»Es muss Ihnen wie ein Wunder vorgekommen sein«, meinte Cooper.

»Ja. Nach all den Jahren kam endlich das Wunder, für das ich gebetet habe. Wahrscheinlich halten Sie mich nicht für jemanden, der betet, aber genau das hab ich getan, und ich hab mir gedacht, Baine hat mir zu meinem Wunder verholfen.« Malkin schüttelte den Kopf. »Dann ist der Polizist von der Air Force gekommen. Natürlich war es da schon viel zu spät. Und alles, was ich danach gemacht hab, war sinnlos.«

Er legte den Gang ein, worauf sich die Kette straffte. Cooper stand am Beckenrand und schaute hinab. Das Wasser war schwarz und ölig von dem Schlamm, der von dem vielen Schmelzwasser aufgewirbelt worden war. Es konnte alles Mögliche darin herumschwimmen.

Doch als der Traktor langsam anzog, tauchte etwas Metallisches, Glänzendes aus dem Wasser auf. Nach und nach wurden Einzelheiten erkennbar: eine Stoßstange, ein Nummernschild und eine Heckscheibe. Schließlich stand der ganze Wagen auf der Betonrampe. Wasser strömte aus seinem Inneren, Schlamm rann träge über die Windschutzscheibe.

»Suchen Sie an dem Ding mal nach Fingerabdrücken«, sagte Malkin.

»Das ist Nick Eastons Ford Focus«, stellte Cooper fest.

»Schlaues Kerlchen.«

Diesmal rief Ben Cooper in der Zentrale an, während George Malkin wartete, bis er fertig war. Sein Blick ruhte auf der Hollow Shaw Farm, als sähe er sie zum letzten Mal. Das Haus, in dem er sein ganzes Leben verbracht, der Ort, der alle seine Geheimnisse bewahrt hatte.

Cooper betrachtete den tropfenden Wagen und schüttelte den Kopf.

»Sie haben also gedacht, Nick Easton sei gekommen, um Ihnen das Geld wegzunehmen?«

»Klar«, antwortete Malkin. »Gerade als ich dachte, ich hätte das Glück endlich zu fassen gekriegt, kam er, um es mir wieder wegzuschnappen. Das konnte ich nicht zulassen.«

»Und deshalb haben Sie ihn umgebracht?«

»Ich war völlig panisch. Ich glaube, ich hab gar nicht richtig gewusst, was ich tat.« Malkins Stimme zitterte. »Als er tot war, konnte ich überhaupt nicht mehr richtig denken. Ich habe keine Ahnung, was ich in den Stunden danach gemacht hab, bis ich merkte, dass es mitten in der Nacht war. Und da hatte es schon angefangen zu schneien. Ron hatte den Schneepflug schon am Traktor befestigt, falls er zum Straßenräumen rausmusste, also hab ich die Leiche hinten reingepackt und bin zum Snake runtergefahren.«

»Und es waren keine anderen Autos unterwegs«, ergänzte Cooper.

»Genau. Niemand kümmert sich um einen Schneepflug. Aber wissen Sie was? Bevor ich den Burschen rausfallen ließ, hab ich seine Taschen geleert, und erst als ich seine Schlüssel gefunden hab, ist mir aufgegangen, dass er ein Auto haben musste. Wie blöd kann man sein? Das Auto stand nicht weit vom Hof weg. Ich hab es nicht gesehen, als ich weggefahren bin, sonst hätte ich vielleicht dran gedacht, ihn gleich mit im Reservoir zu versenken. Aber am Anfang wollte ich den Kerl nur so weit wie möglich wegbringen. Wie gesagt, ich hab nicht mehr normal denken können.«

Cooper runzelte die Stirn. »Und woher wusste Nick Easton, dass Sie das Geld haben? Wer hat es ihm gesagt?«

Malkin ließ sein heiseres, rasselndes Lachen hören, das im feuchten Schweigen des Hochmoors seltsam deplatziert wirkte.

»Ich«, erwiderte er. »Ich hab's ihm selber gesagt.«

»Das verstehe ich nicht.«

»Es ist schon Jahre her. Ich hab schon lange gewusst, dass die Scheine wertlos sind. Aber sie haben mein Gewissen belastet, und ich musste immer dran denken, dass Florence sie eines Tages finden könnte. Ich hab mir gedacht, wenn ich das Geld zurückgebe, dann hab ich auch den Flieger nicht mehr auf dem Gewissen... dann verfolgt er mich nicht mehr in meinen Träumen. Also hab ich mir die Nummer von der RAF-Polizei besorgt und dort angerufen. Ich hab meinen Namen und meine Adresse hinterlassen und ihnen gesagt, dass ich weiß, wo das Geld von der abgestürzten Lancaster ist.«

»Die hatten wahrscheinlich keinen Schimmer, wovon Sie reden.«

»Natürlich nicht«, sagte Malkin. »Niemand hat mehr an diese alte Geschichte gedacht. Nur ich.«

»Was hat die RAF dann unternommen?«

»Überhaupt nichts. Sie haben sich für die Information bedankt und gesagt, dass sich vielleicht jemand mit mir in Verbindung setzt. Aber es kam nie jemand. Wahrscheinlich hatten sie was Besseres zu tun. Es war ihnen zu lange her, klar. Ich schätze, die haben irgendwo einen Zettel an eine Akte geheftet, dass irgend so ein alter Trottel aus Harrop angerufen hat, und dann haben sie mich mit meinen Albträumen wieder allein gelassen.«

»Bis Andrew Lukasz seine Geschichte Sergeant Easton erzählt hat. Und Easton muss die alten Akten wieder ausgegraben haben, bevor er nach Edendale fuhr.«

»Genau.«

Cooper betrachtete einen Augenblick die kleinen Wellen, die immer noch die Wasseroberfläche kräuselten und sich träge an der Betonrampe brachen.

»In diesem Reservoir kann man so ziemlich alles verstecken«, sagte er. »Ohne dass es jemals wieder an die Oberfläche kommt. Danny McTeagues Leiche jedenfalls ist nicht wieder aufgetaucht.«

Malkins Gesicht verzog sich wieder. »Aber ja«, sagte er.

Cooper verstand ihn zunächst nicht richtig und dachte, Malkin wollte ihm lediglich zustimmen. Doch in der Stimme des alten Mannes lag eine Schroffheit, die die Worte in seiner Kehle erstickten.

»Mr Malkin?«

»Er ist wieder an die Oberfläche gekommen, als das Eis getaut ist«, erklärte Malkin. »Vier Tage später.«

»Haben Sie ihn gesehen?«

»Zuerst nicht. Das Eis ist immer dünner geworden – so dünn, dass wir von oben auf der Mauer durchgucken konnten. Am dritten Tag haben wir ihn gesehen. Er hat auf dem Rücken gelegen und uns angestarrt. Sein Gesicht war gegen das Eis gedrückt. Es war, als würde er uns Grimassen schneiden, uns die Zunge rausstrecken und zurufen, dass er uns doch noch drangekriegt hat.«

»Was haben Sie mit der Leiche gemacht? Haben Sie es Ihrem Vater erzählt?«

Malkin lachte. »Von wegen. Der hätte uns mit seinem Gürtel grün und blau geschlagen und uns in den Kohlenschuppen gesperrt, weil wir Lügengeschichten erzählen. Und dann hätte er es der Polizei gesagt. Wir dachten, wir kommen wegen Mordes ins Gefängnis. Wir haben ja geglaubt, dass wir ihn ermordet haben, verstehen Sie? Wir waren schuld, dass er tot war.«

»Aber wenn die Leiche dort geblieben wäre, hätte sie früher oder später doch jemand finden müssen.«

»Niemand hat sie gefunden, weil wir sie wieder auf den Grund geschickt haben. Zum Reservoir gehörte ein kleines Ruderboot. Das haben wir mit Steinen gefüllt, dann haben wir aus dem Schuppen das Fischernetz von unserem Vater geholt. Später hat er gemerkt, dass es nicht mehr da war, aber er hat immer geglaubt, irgendwelche Zigeuner hätten es geklaut.«

Allmählich wurde es nass und ungemütlich.

»Wir haben das Netz an der Leiche festgemacht«, fuhr Malkin fort. »Wir haben die Enden am Fliegeranzug und an seinem Fallschirmgurt festgebunden, überall wo es ging. Dann haben wir es mit Steinen gefüllt und über den Bootsrand gewuchtet. Am Anfang haben wir gedacht, er geht nicht unter, aber dann hat uns sein Gesicht nicht mehr angestarrt. Die Steine haben ihn bis auf den Grund gezogen, und es waren nur noch ein paar Blasen zu sehen. Ich hab immer wieder nachgesehen, ob er noch mal hochkommt. Monatelang habe ich nachgeschaut, bis zum Sommer. Ich hab so oft und so lange in das Reservoir gestarrt, dass mein Vater schon dachte, ich werde wunderlich. Aber der tote Flieger ist nie wieder aufgetaucht.«

»Wir müssen Taucher hinunterschicken, um nach den Überresten zu suchen«, sagte Cooper. »Vielleicht müssen wir das Wasser ablassen.«

»Das hat keinen Sinn«, sagte Malkin. »Man hat das Reservoir schon vor fünfunddreißig Jahren abgelassen.«

»Aber …«

»Damals war das Becken alt und hat geleckt, deshalb haben sie das Wasser abgelassen, um einen Zementboden zu legen. Seitdem ist es noch zweimal abgelassen worden, zur Instandhaltung. Man lässt ein Reservoir nicht sechzig Jahre einfach so stehen, sonst hätte es längst so viele Löcher, dass kein Tropfen Wasser mehr drinbleibt.«

Cooper fragte sich, ob sich der alte Mann die ganze Geschichte vielleicht nur ausgedacht hatte. Aber Malkins Miene war ernst. Sein Gesicht war aschgrau, und er machte keine Anstalten, die mit dem Nebel aufziehende Feuchtigkeit von seinen Wangen zu wischen.

»Erzählen Sie mir auch die Wahrheit, Mr Malkin?«, fragte Cooper. »Oder ist das nur eine Kinderfantasie?«

»Jedes Wort, das ich Ihnen erzählt hab, ist wahr. Aber die Zeit vergeht, und die Dinge ändern sich. Eine Leiche bleibt nicht bis in alle Ewigkeit eine Leiche, nicht im Wasser, nicht, wenn Fische dran rumknabbern. Als das Reservoir damals abgelassen wurde, haben auf dem Boden wahrscheinlich nur noch ein paar Knochen und ein paar Stofffetzen im Schlamm gelegen. Haben Sie schon mal ein abgelassenes Reservoir gesehen? Der Schlamm liegt über einen Meter hoch, und es stinkt zum Himmel.«

»Ja, ich erinnere mich an das Dürrejahr, in dem alle Reservoirs langsam ausgetrocknet sind. Der Gestank war meilenweit zu riechen.«

»Damals war es sogar noch schlimmer. Es war so übel, dass man fast ohnmächtig geworden ist. Man hat den Dreck rausgebaggert und auf Lastwagen verladen. Niemand ist auf die Idee gekommen, ihn durchzusieben und nachzusehen, ob da irgendwelche Leichen drin liegen. Die wollten das Zeug so schnell wie möglich loswerden. Man hat alles auf eine Deponie gekippt, weiter drüben, wo früher mal Bents Steinbruch war. Später wurde Muttererde drübergegeben und das Ganze eingeebnet. Nach ein, zwei Jahren war alles schön mit Gras bewachsen, und heute ist es eine hervorragende Weide. Genau genommen die Weide, die Rod Whittaker für seine Schafe benutzt.«

Malkin zeigte in Richtung Hollow Sky Farm, wo Cooper ein paar versprengte Gestalten zwischen den verbliebenen Schneeflecken erkannte.

»Dort liegt Ihr vermisster Pilot«, sagte Malkin. »Er hilft, die Muttertiere zu weiden.«

Cooper sah die Schafe an. Eines der Tiere hob den Kopf und erwiderte seinen Blick. Seine Kiefer mahlten unablässig, und sein Gesicht strahlte träge Überheblichkeit aus. Cooper spürte ein irrationales Aufwallen von Wut. Diese Geschichte hatte eine so dramatische Wendung genommen, nur um auf einer Wiese voller Schafe zu enden.

»Eines hab ich mich seit damals oft gefragt«, sagte Malkin. »Was glauben Sie, hätten die Leute in Manchester wohl gesagt, wenn sie gewusst hätten, was da in ihrem Trinkwasser liegt?«

Endlich kam der erste Streifenwagen von Harrop den Feldweg mit den Schlaglöchern heraufgeholpert. George Malkin zog seinen Mantel über und ging mit Cooper dem Wagen entgegen.

»Diese Kanadierin … haben Sie ihr vertraut?«, fragte er.

»Natürlich. Ich wusste, dass ihre Informationen nicht ganz korrekt waren«, antwortete Cooper. »Frank Baine hat ihr nicht alles gesagt.«

»Das meine ich nicht. Sie wusste schon seit Dienstag, wie ihr Großvater gestorben ist. Sie ist hierher gekommen, um mich wegen der Medaille zu fragen, da hab ich es ihr erzählt.«

Cooper blieb wie angewurzelt stehen. »Die Medaille?«

»Ich hab sie in der Nacht, als die Maschine abgestürzt ist, im Moor aufgehoben. Sie hat in einer kleinen Ledertasche gesteckt, aber bei der ganzen Aufregung wegen dem Geld und dem Mann auf dem Eis hab ich erst viel später wieder daran gedacht. Ich hab gesehen, dass sogar der Name und die Adresse des Fliegers auf die Innenseite der Tasche gestickt waren.«

»Dann haben *Sie* ihr also die Medaille geschickt!«

»Ich hab sie zurückgeschickt, weil ich all das schon viel zu lange mit mir rumgeschleppt hab. Wahrscheinlich lag es daran, dass ich wusste, dass Florence doch sterben muss. Ich wollte die Sache nicht mehr auf dem Gewissen haben. Aber ich hab keinen Absender auf den Brief geschrieben, sondern nur gesagt, dass ich einer der Jungs bin, die Danny McTeague damals gesehen haben, als er von dem Wrack weggelaufen ist.«

Cooper verzog das Gesicht, als er plötzlich wieder diesen vertrauten Geschmack im Mund hatte – einen bitteren, metallischen Geschmack, eine Bitterkeit, die ihm die Kehle zuschnürte. Alison Morrissey war in Hollow Shaw gewesen, nachdem er am Dienstag Malkins Namen erwähnt hatte, und von diesem Zeitpunkt an hatte sie alles gewusst. Und am nächsten Morgen hatte sie bereits im Flugzeug nach Toronto gesessen. War sie wirklich so aufrichtig gewesen, wie sie behauptet hatte? Hatte sie nur an ihre Obsession gedacht, sogar in dem Augenblick, als sie ihn vor dem Cavendish Hotel geküsst hatte? Alison Morrissey hatte ihm nicht gesagt, dass es ein Abschiedskuss war. Aber Diane Fry hatte zugesehen, und sie hatte es gewusst. Was Morrissey betraf, hatte sie die ganze Zeit über Recht gehabt.

»Ich hab all das nur für Florence getan, wissen Sie«, sagte Malkin. »Sie war der einzige echte Schatz, den ich im Leben hatte, nicht das Geld. Ich hab die Schuld so lange mit mir herumgetragen, dass ich daran gewöhnt war, niemandem zu trauen. Jemand könnte ja hinter mein Geheimnis kommen. Florence war der einzige Mensch, bei dem ich diese Bedenken nicht hatte. Ich hab ihr vertraut, ich hab sie geliebt, und ich hab alles für sie getan, was ich konnte.«

Ein Streifenpolizist öffnete die Tür des Einsatzwagens, und Malkin zog den Kopf ein, um in den Fond zu steigen. Doch zuvor wandte er sich noch einmal nach Cooper um.

»Es ist ganz wichtig, jemanden zu haben, dem man vertrauen kann«, erklärte er. »Auch wenn derjenige ab und zu einen Fehler macht, weiß man doch, dass er bei allem, was er tut, aufrichtig ist. Solche Menschen findet man nicht oft. Wenn Sie schlau sind, mein Junge, suchen Sie sich so jemanden und halten ihn so gut es geht fest.«

Cooper starrte Malkin wortlos an. Inzwischen fing es richtig zu regnen an. Cooper war froh, dass er den Himmel nicht sehen konnte, der hinter grauen Wolken verborgen lag. Froh, dass er die vorwurfsvollen Gesichter der Schafe nicht sah. Und ganz besonders froh war er, dass er die hoch aufragende Zunge aus schwarzem Stein nicht sehen konnte, mit ihrer reptilienartigen Biegung an der Spitze, ihren Graten und Felsspalten. Der Irontongue hatte zu viele Leben zerstört. Cooper hätte seinen ungerührten Hohn jetzt nicht ertragen.

»Noch was«, sagte Malkin. »Vielleicht möchten Sie das Messer hier haben.«

Er zog eine Klinge aus der Tasche und hielt sie Cooper hin. Sie war sehr scharf und voller Blutflecken.

»Keine Bange«, sagte Malkin. »Das ist nur Schafsblut. Mit dem Messer hab ich tote Lämmer abgezogen. Ziemlich eklige Arbeit, aber irgendeiner muss sie ja machen. Ich kann's nicht mit ansehen, wenn die Waisen ohne Mutter bleiben.«

Nachdem Malkin weggebracht worden war, blieb Cooper noch eine Weile stehen und lauschte dem Regen, der durch den Nebel auf das Torfmoor tröpfelte. Das Geräusch hatte etwas Beruhigendes. Es war ein ganz und gar natürlicher Rhythmus, eine Versicherung, dass die Welt rings um ihn herum wie gewohnt weiterging, ganz egal, was in seinem eigenen Leben passierte. Die Feuchtigkeit kondensierte in der kühlen Luft, wie sie es immer schon getan hatte, und die Regentropfen prasselten auf den nassen Boden, wie sie es auch tun würden, selbst wenn er hier und jetzt aufhören würde zu existieren.

Letztlich bestand das Geheimnis, sein Leben zu leben, darin, von welchem Standpunkt aus man es betrachtete. In Augenblicken wie diesen kamen ihm alle seine Sorgen trivial vor. In Edendale warteten alle möglichen Probleme auf ihn. Er musste sich Aufgaben und Kränkungen stellen, komplexe Sachverhalte erklären und immer wieder enorme Anstrengungen unternehmen, um auch nur ein Mindestmaß an Versöhnung und Vergebung zu erlangen. Aber solange er hier im Moor stehen bleiben und dem Regen lauschen konnte, waren diese Probleme und Ängste so klein, dass sie leicht zu überwinden waren, so unbedeutend, dass sie einfach vom Regen davongespült wurden. Hier draußen war das Leben einfach und schmerzlos.

Cooper nickte. Dann stellte er den Kragen hoch und kehrte der Hollow Shaw Farm den Rücken zu. Als er zurück zu seinem Wagen ging, wurde das Tröpfeln des Regens auf dem Torfmoor hinter ihm immer leiser.

Das Zitat aus »Won't you let me take you on a sea cruise?«, einem Rock-'n'-Roll-Klassiker von Frankie Ford, wurde mit Erlaubnis von Sea Cruise Productions, Inc. verwendet.

Für ihre Unterstützung bei der Entstehung dieses Romans danke ich dem Vorsitzenden des Verbandes der Polen in Großbritannien, Abteilung Derbyshire, Mr F. G. Cejer, für seine Informationen zur polnischen Sprache und Tradition, und dem Lincolnshire Aviation Centre für den Flug in einem Lancaster-Bomber. Sämtliche Irrtümer gehen auf mein Konto.